Christian Ludwig Verlag

Ulrich Joosten

Der Weg des Spielmanns

Roman

20. 12. 2013

Für Volker,
in Dankbarkeit für
viele Jahre Musik und für
die Hilfe dabei, eine wider-
spenstige Leier zu zähmen;
und natürlich für das
Rollenmodell eines
gewissen Instrumenten-
bauers, Herzlichst [illegible]

Biografische Notiz

Ulrich Joosten ist seit mehr als drei Jahrzehnten Musikjournalist im Bereich Folk- und Weltmusik. Er gehörte nahezu zwei Jahrzehnte lang der Redaktionsleitung der Fachzeitschrift *Folk-Michel* als Autor und Endredakteur an. Seine Spezialgebiete sind Singer/Songwriter, deutsche Folkmusik und Bordunmusik. Er war Mitgründer, Mitherausgeber und Endredakteur der Musikzeitschrift *Folker*, für die er heute noch schreibt. Als Musiker spielt er in der Formation Gambrinus Gitarre und Drehleier.

Titelbild

Drehleier: Rekonstruktion eines Instruments nach einem Tryptichon von Hieronymus Bosch (»Le Jardin des Délices«, Ende 15. Jahrhundert) von Denis Siorat. Verwendung des Fotos mit freundlicher Genehmigung.
Schwert: »Schwert des Bogenschützen«, entnommen der Website www.melbar.eu (Melbars Tröpfelhandel®). Verwendung des Fotos mit freundlicher Genehmigung.

Originalausgabe
Veröffentlicht im Christian Ludwig Verlag,
Moers, 2014

Lektorat: Hedwig Henschel, Ingo Nordhofen
Umgschlaggestaltung: Reiner Skubowius nach einem Entwurf von Ulrich Joosten
Konzeption: fuerst.design@gmx.de
Druck: Garmond, CZ
ISBN: 978-3-935943-09-3

1. Auflage

Die Deutsche Bibliothek verzeichnet diese Publikation in der Deutschen Nationalbibliografie; detaillierte bibliografische Daten sind im Internet über www.dnb.ddb.de abrufbar.

Für Doris

Caput I

Erbarmen! Musikanten sind auf der Burg

Das gesellschaftliche Leben rings im Land war zum Erliegen gekommen. Klirrend kalter Frost hielt seit dem Wintermond das gesamte Reich mit eisiger Faust umklammert. Bereits im Oktober hatte man die ersten Kältevorboten spüren können. Felder und Wälder des kleinen Lehens Rabenhorst waren morgens mit Raureif überzogen gewesen. Nun war es Dezember. Eine dicke Neuschneedecke hatte sich über die Grafschaft, das Rabenthal und den Rabenhorstberg gelegt. Es schien, als habe bleierner Winterschlaf die Bewohner der Burgen und Dörfer gelähmt.

In der Ferne ertönte das einsame, hungrige Krächzen jenes schwarzgefiederten Vogels, der das Wappen derer von Rabenhorst zierte, seit die Familie das Lehensgut vom Bamberger Erzbischof erhalten hatte. Die Rabenhorsts gehörten zu den verarmten Landadligen, denen ihre Scholle eher schlecht als recht die tägliche Hirse und das Korn für ihr Brot lieferte. Zu steinig waren die Äcker, nahezu unfruchtbar die Fluren. Jetzt im Winter zeigte der zugefrorene Rabenfluss wie zum Hohn mehr Eis, als er im Sommer jemals Wasser führte.

Ein bitterkalter Wind zog durch die Fenster des Palas, der Caminata und des Burgfrieds, von dessen kreisrundem Dachrand armdicke Eiszapfen wie Drachenzähne herunterhingen.

Langsam stieg im Osten die fahle Wintersonne hinter den Höhenzügen der Fränkischen Alb empor und kitzelte Lorenz von Rabenhorst wach.

Gut geschlafen hatte der Junge nicht, zu sehr war die Eiseskälte zwischen die Winterbettdecke aus Fell und den strohgefüllten Leinensack seines Lagers gekrochen. Das Verhängen der Burgfenster brachte allenfalls eine geringe Linderung der Kälte, und nur in dem großen Wohnraum brannte ein wärmendes Holzfeuer. Der Feuerstelle und seinem Kaminsystem verdankte das gräfliche Familienhaus seinen Namen, Caminata.

Lorenz schüttelte den Kopf, um die Schläfrigkeit zu verscheuchen. Er fuhr sich mit allen zehn Fingern durch den dichten, schwarz gelockten Haarschopf und sprang von seinem Nachtlager auf. Er lauschte auf vertraute Geräusche, die in seine Kammer drangen, Anzeichen, dass die meisten Burgbewohner bereits auf den Beinen waren und ihrem Tagewerk nachgingen. Es mochte bereits gegen die achte Stunde gehen. Im Winter standen die Menschen spät auf.

Aus dem hölzernen Waschzuber nahm Lorenz ein klammes, nahezu gefrorenes Leinentuch und rieb sein Antlitz damit ab. Brrr, das war feucht und ekelhaft kalt. Fröstelnd verzog der Junge das Gesicht. Beim Ausatmen produzierte er Dampfwölkchen. Nachdem er sich die letzten Schlafkörnchen aus den Augenwinkeln gerieben hatte, rannte Lorenz geschwind wie ein Hauskobold die Wendeltreppe bis zum oberen Söller des Burgfrieds hinauf. So wie er es jeden Morgen tat. Vom Ausguck hatte man einen wunderbaren Blick. Fast die gesamte Grafschaft konnte man überschauen, sah Felder und Haine, die bis zum fernen Finsterwald reichten, um den sich geheimnisvolle Märchen und Sagen rankten. Draußen im Westen erstreckte sich, kaum erkennbar unter der dichten Schneedecke, der Weg in Richtung Bamberg. Die Straße schlängelte sich den Rücken des Rabenhorstbergs hinan, ehe sie an der Zugbrücke der Burg endete.

Ein schwarzer Punkt bewegte sich entlang des Weges. Lorenz kniff die Augenlider zusammen, um besser erkennen zu können, wer oder was sich da der Rabenhorstburg näherte. Langsam wurde der Punkt größer, ließen sich Umrisse und Farben unterscheiden. Der Junge traute seinen Augen nicht. Sein Herz machte einen kleinen Freudensprung, als er allmählich ein farbig angemaltes Pferdefuhrwerk ausmachen konnte.

»Gaukler!«, durchfuhr es ihn. »Musikanten, Spielleute, Vaganten!« Das wäre zu schön, um wahr zu sein. »Musiker! Gaukler! Troubadoure!«, schrie Lorenz aufgeregt, während er, sich vor Eifer beinahe überschlagend, die Treppe hinunterfegte. Er schoss durch die Torhalle und rannte nahezu eine Magd über den Haufen, die mit zwei Nachttöpfen bewaffnet auf dem Weg zur Sickergrube war. »Musikanten, Hannah!«, rief Lorenz dem verdattert dreinschauenden Hausmädchen zu. »Spielleute!« Wie vom Beelzebub gejagt schlitterte er durch den gefährlich vereisten Wehrgang, an der Vogtei vorbei zum Burgtor vor der Zugbrücke.

Musikanten, das war für Lorenz ein Zauberwort. Er hatte befürchtet, dass dieser Winter ein trister werde. Denn die Spielleute suchten sich meist schon zeitig im Herbst einen Unterschlupf in der Burg oder dem Schloss eines Gönners. Dort krochen sie für die kalten Wintertage unter, um nicht im Wald, wo sie sommers gern ihr Lager aufschlugen, jämmerlich zu erfrieren. Leider verirrten sich selten Vaganten in das Kastell derer von Rabenhorst, da es abseits von den Hauptreisewegen der fahrenden Ritter und Händler lag.

Doch wenn sie den Weg zur Rabenhorstburg hinauf fanden, wurde es jedes Mal ein Fest für alle Burgbewohner. Endlich hörte man Nachrichten aus fernen Ländern und erfuhr, was in der Welt in den vergangenen Monaten passiert war. Ein Spielmann, der etwas auf sich hielt, vermochte stets die neuesten Heldengedichte vorzutragen. Blutrünstige, gruselige Geschichten von Riesen und Drachentötern, von Kreuzrittern und dem Sultan Saladin. Sie trugen poetische Lieder vor, von ritterlicher Liebe und hoher Minne, berichteten von Artus und seinen Tafelrittern. Sie sangen von Räubern, von Zauberern, Hexen und anderem unheimlichem Gelichter.

Bisweilen brachten die Spielleute Instrumente mit, merkwürdige Geräte mit Saiten, Fell und Firlefanz, denen sie die wundersamsten Klänge zu entlockten vermochten. Der Nachteil an einem Musikantenbesuch war allerdings, dass die Vaganten sich gern wochenlang in den gastfreundlichen Burgen einnisteten und den Burgherren die Haare vom Kopf fraßen.

Nicht nur das, die meisten Troubadoure soffen wie die Löcher und wussten einen guten roten Rebensaft so recht zu schätzen. Dabei lockerte sich oft ihre Zunge, was gelegentlich durchaus üble Folgen haben konnte. Manch scharfzüngiger Sänger hatte schon sein Haupt verloren, weil er sich leichtsinnigerweise nicht als Hofnarr gekleidet hatte, ehe er mit geschliffenen Versen den Edelmann verulkte, dessen Wein er gerade eben noch aus vollen Krügen in sich hineingegossen hatte.

Am Burgtor angelangt sah Lorenz, wie sich der bunt bemalte Pferdewagen ächzend das letzte Stück der steilen Straße bis zur Zugbrücke hinaufquälte.

»Halt! Stehen geblieben!«, rief einer der beiden Torwächter, Bernward vom Bärenfels, ein griesgrämiger, fetter Ritter, der wegen seiner mürrischen Art von allen nur »Bärbeiß« genannt wurde. Der Ruf war überflüssig. Obwohl in Friedenszeiten die Fallbrücke tagsüber meist heruntergelassen blieb, sicherte das Fallgitter vor der Pforte den Eingang. Das Gespann konnte ohnehin nicht weiterfahren.

»Woher des Wegs, und was ist Euer Begehr?«

Die Frage war schroff und obendrein genauso unnötig wie die vorherige. Schließlich wies das farbenfrohe Fuhrwerk die Ankömmlinge schon von weitem als Musikanten oder Gaukler aus. Auf dem Kutschbock saß eine hagere Gestalt, in einen dicken, schwarzen Filzmantel gehüllt. Der Mann hatte einen ebenso schwarzen Wollhut tief in sein wettergegerbtes Gesicht gezogen, das von einem weißen, schütteren Vollbart umrahmt wurde.

»Mein Name ist Anselm von Hagenau. Zwei fahrende Spielleute sind wir und bieten unsere Dienste dem gnädigen Grafen von Rabenhorst an. Wir wollen der holden Dame und dem Herrn des Hauses gar frohe Kunde bringen und Neuigkeit aus fernen Landen. Auch möchten wir Lieder der hohen Minne kunstfertig darbieten zu Sang und Schnurrpfeiferei.«

Nie im Leben hätte Lorenz dem mageren Burschen eine so volltönende und wohlklingende Stimme zugetraut.

»Sucht Euch einen anderen Dummen, bei dem Ihr Euch wie die Made durch den Winterspeck fressen könnt!«, raunzte Bärbeiß. »Wir haben selber nicht genug für die kalte Zeit und brauchen keine Mitesser! Und wenn sie noch so vortrefflich singen und pfeifen können!«

Lorenz war fassungslos. Wie konnte dieser ungehobelte Klotz es wagen, die Gaukler zu vertreiben! Er musste etwas unternehmen, und zwar schnell.

Inzwischen näherte sich die pummelige Magd dem Toreingang, nach wie vor mit den vollen Nachttöpfen bewaffnet. Lorenz folgte einer Eingebung und stürmte auf die Dienstmagd zu. Schon wieder hätte er sie beinahe über den Haufen gerannt, und dann wäre sein schöner Plan vereitelt gewesen. Der Inhalt der Nachtgeschirre schwappte jedenfalls gefährlich. Lorenz gab der Magd keine Chance, sich lautstark über ihn zu beklagen.

»Liebste, gute, allerbeste Hannah«, flötete er. Lorenz war schon immer ihr Liebling und wusste, dass sie ihm in ihrer Gutmütigkeit nichts abschlüge.

»Stell dir vor, Bärbeiß will die Musikanten nicht durchlassen! Du musst mir einfach helfen! Pass auf ...«

Verschwörerisch zwinkerte er Hannah mit einem Grinsen zu. Die Magd legte den Kopf schief und beugte sich zu Lorenz hinab, der ihr sein Vorhaben erklärte. Daraufhin ging alles blitzschnell. Ein kurzes Getuschel, ein Anflug von Erheiterung auf Hannahs Gesicht und eine schauspielerische Meisterleistung reihten sich rasch aneinander. Hannah stieß einen markerschütternden Schreckensschrei aus, als sie auf dem vereisten Boden auszurutschen vorgab. Die Nachttöpfe segelten im hohen Bogen ins Genick der beiden Wachtsoldaten.

»Ja Bubenfurz und Feuerteufel!«, fluchte Bärbeiß, der Torwächter, als sich die Bescherung auf seinem Helm und Wams verteilte, während die eisernen Pinkelpötte scheppernd über den Erdboden kreiselten.

»So eine verdammte Sauerei!« Harald, der andere Wächter, hatte ebenfalls einen Teil der Ladung abbekommen, trotzdem konnte er sich ein breites Grinsen nicht verkneifen.

»Und wehe, du gibst auch nur ein Grunzen von dir!«, donnerte Bärbeiß ihn an. Mit spitzen Fingern versuchte er, seine Joppe notdürftig von der darüber gekippten Notdurft zu befreien. »Und Ihr, Gaukler, schaut endlich zu, dass Ihr Land gewinnt, sonst hetze ich die gräfliche Hundemeute auf Euch!«

Er würdigte den schwarz Gewandeten auf dem Kutschbock keines weiteren Blickes. Mit Harald im Schlepptau stapfte Bärbeiß wütend in Richtung Gesindehaus.

»Wir sprechen uns noch, Lorenz von Rabenhorst, ich weiß genau, dass du hinter dieser Schweinerei steckst! Wehe, du rührst dich vom Fleck, ehe ich zurück bin.«

Das hatte Lorenz gar nicht vor. Im Gegenteil. Hannah hatte sich mittlerweile erstaunlich behände aufgerappelt, ihr Gewand zurechtgestrichen und begonnen, den Eismatsch von ihrem Überkleid abzuwischen.

»Pfui Deibel, mein ganzes Kleid ist versaut! Dabei habe ich nur das eine! Das kostet dich zwei Wochen Geschirrspülen, mein Lieber!«

Hannah bemühte sich um einen finsteren Gesichtsausdruck und zog die Stirne kraus. Allein, so recht wollte es ihr nicht gelingen.

»Jetzt aber schnell, lass uns das Fallgitter hochziehen, ehe der alte Bärbeiß zurückkehrt.«

Gemeinsam bewegten Lorenz und Hannah das Drehkreuz. Mit einem vernehmbaren Knarren und lautem Kettengerassel begann sich das Gitter zu heben.

Als der Weg frei war, schnalzte der Spielmann mit der Zunge. »Hüa, meine Ponys!« Seine beiden Pferde zogen an. Der Spielmannswagen rollte durch den Torbogen in den Innenhof der Vorburg. Dort hatte sich allerlei Volk versammelt, um die Ankömmlinge zu beäugen.

Der Vagant warf den schwarzen Mantel zurück. Er brachte aus dem Wagen einen Dudelsack zum Vorschein, den er sich unter den linken Arm klemmte. Er blies in das Mundrohr, und die Schweinsblase, an der unterschiedlich lange Rohre baumelten, füllte sich mit Luft. Dann drückte er einmal kurz auf den Sack, bis die Pfeifen ansprachen.

Ein jämmerliches Quäken ertönte, das nur allmählich in ein mehr oder weniger melodisches Dauerjaulen überging. Langsam entwickelte sich aus dem Missklang ein volltönender Akkord, während der Musikant an den verschiedenen Flöten herumhantierte, um sie zu stimmen. Aus dem Jaulen begann sich gemächlich die Melodie einer Estampie herauszukristallisieren, die mit jedem Durchgang lebhafter wurde.

Derweil der Musikus die Aufmerksamkeit der Zuhörer auf sich zog, näherte sich Lorenz von hinten das Ungemach in Gestalt seines Vaters. »Laurentius von Rabenhorst!«, grollte Markgraf Roland, der seinen Sprössling unsanft am Ohr fasste. »Wie kannst du es wagen, eigenmächtig Fremde in die Burg hereinzulassen?«

Immer, wenn ihn sein alter Herr mit der lateinischen, der »offiziellen« Form seines Namens ansprach, stand Ärger ins Haus.

»Aber Vater, es sind doch ...«, versuchte Lorenz sich zu verteidigen.

»Kein Aber! Natürlich sind es Gaukler, selbstverständlich sind es Spielleute, und ganz gewiss sind wir dankbar für jede Abwechslung in dieser öden Jahreszeit. Dennoch hast du gegen jegliche Vernunft gehandelt und das Pferdegespann einfach hereingelassen. Was hast du eigentlich von unserem teuer bezahlten Hauslehrer gelernt? Hast du nicht die Geschichte vom listigen Odysseus gehört, der vor der Stadt Troja ein großes Pferd aus Holz aufgebaut hat, in dem sich die griechischen Soldaten versteckt hielten?«

»Aber, Vater ...«

»Schweig! Woher wolltest du denn wissen, dass in diesem Gauklerwagen nicht irgendein schwer bewaffneter Raubritter säße?«

Lorenz senkte beschämt die Augenlider, während sein Vater die Nase rümpfte und sich dem Spielmann zuwandte. »Jedenfalls scheint dieser hier die Leute mit subtileren Mitteln als mit Schwert und Lanze umbringen zu wollen!«

Wie zur Bestätigung gab der Dudelsack einen dissonanten Quietscher von sich, und der Graf verdrehte die Augen: »Erbarmen! Musikanten sind auf der Burg. Dabei haben wir kaum genug zu fressen, um unser eigenes Gesinde durch den Winter zu bringen. Doch, wo sie nun schon einmal bei uns sind, so mögen sie auch bleiben.« Dann grinste er und ergänzte: »Übrigens, Bärbeiß sah ganz schön beschissen aus!«

Sprach's und stapfte über den verschneiten Burghof in Richtung Palas.

Caput II

Guten Abend, Spielmann

Die Caminata war zum Bersten mit Menschen gefüllt. Natürlich hätte sich der große Rittersaal im Palas besser für einen Auftritt der Spielleute geeignet. Aber da nur zwei oder drei fahrende Ritter in der Burg ihr Winterquartier bezogen hatten, brannte im Ofen des Rittersaals kein Feuer. Die Eiseskälte versprach noch frostiger zu werden, so nahm man an. Und die Holzvorräte waren begrenzt. Also hatte man nur das Wohnzimmer in der Caminata beheizt, das sonst dem engsten Familienkreis des Burgherren vorbehalten blieb. Da es jedoch der einzige weitere beheizbare Raum in der Festung war – vom Herd in der Küche und der Feuerstelle in der burgeigenen Schmiede einmal abgesehen – hatte Graf Roland eine Ausnahme gemacht. An diesem Abend durften nicht nur die Ritter auf mitgebrachten Holzbänken in der Caminata Platz nehmen, sondern auch der Marschall mit seinen Pferdeknechten und das Gesinde.

Die Fenster waren mit Holzläden gegen den eisigen Frost und den schneidenden Wintersturmwind verschlossen. Auf schweren Leuchtern flackerten Talgkerzen, im Kaminofen prasselte ein wärmendes Holzfeuer. Lorenz hatte sich in eine Decke gewickelt und zu Füßen seines Vaters niedergelassen, der in seinem hölzernen Lehnsessel die beste Sicht auf die Gaukler hatte.

Die Spielleute hatten den Bereich vor dem geräumigen Erker als Bühne mit Beschlag belegt. Auf den Bänken, die die Erkerwände säumten, lagen allerlei Gerätschaften, darunter auch der Dudelsack, den der Spielmann im Burghof verwendet hatte, um die Aufmerksamkeit auf sich zu lenken. Daneben bemerkte Lorenz vielerlei weitere Instrumente, die er nicht kannte. Immerhin konnte er eine Art Laute erkennen, eine Trommel, eine kleine Harfe und eine Fidel. Außerdem lag ein merkwürdiger Holzkasten mit Tasten und einer Kurbel auf einem Schemel.

Der weißbärtige Musikant hatte statt des dunklen Wollmantels eine ärmellose Schecke mit blauen Streifen an, deren Ränder mit silbernen Seidenbordüren bestickt waren. Darunter trug er ein kariertes Hemd, das nach neuester Mode eng geschnitten war und am Schulteransatz in weiße Puffärmel auslief. Seine dunkelblaue Hose mündete in rehbraune Lederstiefel.

Ein Geraune und Getuschel ging durch die Zuhörerschar. Jeder wartete gespannt auf die Neuigkeiten, die der Spielmann zu verkünden hatte, und auf die Lieder und Geschichten, die sie zu hören bekämen.

Das Publikum verstummte, als der Musiker auf einer riesigen Trommel einen lang andauernden, an den Nerven zerrenden Wirbel zu schlagen begann, der unvermittelt abriss. Die einsetzende Stille war fast körperlich spürbar.

Einem Irrwisch gleich schoss der zweite Vagant, der nicht größer als Lorenz war, durch die Eingangstür in die Caminata. Er lief nicht und sprang nicht. Nein, er hatte Anlauf genommen und unter einem Aufschrei der Anwesenden wirbelte er sich mit fünf, sechs Saltos und Handstandüberschlägen auf Graf Roland zu.

Er kam vor dem Burgherrn zum Stillstand, beugte Knie und Kopf und streckte beide Arme, wie zur Begrüßung, weit von sich. In den Händen, die in weißen Handschuhen steckten, hielt die kleine Gestalt Jonglierkeulen.

Der Spielmann trug ein farbenfrohes, venezianisches Kostüm. Ockerfarbene und schwarze Rauten zierten eine eng anliegende Jacke. Die dazu passende dunkelrote Strickhose mündete in ledernen Schuhen mit kurzen Schnäbeln. Eine mit wunderbaren Blumenmustern, Monden und Sternen bemalte Maske aus Venedig verbarg vollständig sein Gesicht. Das Haar des Gauklers war ebenfalls nicht zu sehen. Sein Haupt bedeckte eine Harlekinmütze mit zwei Zipfeln, an denen jeweils ein Glöckchen baumelte. Das Gewand war über und über mit bunten Schleifen verziert.

Anselm von Hagenau hatte inzwischen die Trommel zur Seite gelegt und zu einem lautenartigen Instrument mit flachem Korpus gegriffen. Er stimmte die Saiten und griff einen volltönenden Akkord. In der rechten Hand hielt er einen Federkiel, mit dem er die Saiten anschlug. Es erklang ein treibender Rhythmus, während der Spielmann mit seiner sonoren Stimme deklamierte:

»Werte Noble, gepriesene Damen, geachtete Edelleute und auch Bürger niederen Standes! Höret die Dichtung aus der Feder eines edlen Troubadours. Guillaume de Machaut, der große Sänger aus der Provence, reiste, wie Ihr Hochwohlgeborenen wisset, wie ein rollender Stein von Fürstenhaus zu Fürstenhaus. Er hat seine Kunst den nobelsten Kaisern und Königen gesungen. Mit seinem Gönner Johann von Luxemburg, dem Monarchen von Böhmen, hat er weite Lande bereist. Gewidmet und zugeeignet hat er das folgende Lied in hoher Minne einer honorablen, schönen Fraue.«

Der Vagant begann, in provenzalischer Sprache zu singen:

»Douce dame jolie,
Pour dieu ne pensés mie
Que nulle ait signorie
Seur moy fors vous seulement.«

Anselm bemerkte an einigen fragenden Gesichtern im Publikum, dass nicht alle Zuhörer die Worte verstanden und wechselte ins Fränkische:

»Schöne holde Dame,
Denkt um Himmels willen nicht,
Dass irgendeine andere Frau
Außer Euch allein Macht über mich habe.

Für immer und ewig habe ich Euch
Jeden Tag meines Lebens
Demütig gedient, ohne auch nur
Einen einzigen niedrigen Gedanken zu hegen.
Ach, wenn Ihr kein Mitleid
Mit mir habt, bin ich aller Hoffnung
Und Hilfe beraubt,
Und all meine Freude ist dahin.

Aber, meine schöne, holde Dame
Eure sanfte Herrschaft über mein Herz
Ist so stark und meine Liebe zu Euch
Peinigt mich.
Sie begehrt nichts anderes, als
Von Euch beherrscht zu werden,
Obgleich Euer Herz
Mir keine Erhörung gewährt.

Und da Ihr, meine schöne holde Dame,
Meine Krankheit überhaupt nicht heilt,
Sondern Euch an meinen Seelenqualen
Labt und Euer Herz mich vergisst,
Erflehe ich händeringend,
Dass es mich bald töten möge,
Denn viel zu lange schon
Habe ich geschmachtet.«

Tosender Applaus ertönte, als Anselm geendet hatte. Der Einstieg war geschickt gewählt, denn Lieder des französischen Troubadours Guillaume de Machaut erfreuten sich seit Jahren beim Publikum großer Beliebtheit und waren Erfolgsgaranten. Der kleine Künstler hatte, während der Spielmann sein Gesangsstück vortrug, meisterlich mit den bunt bemalten, hölzernen Keulen jongliert und gleichzeitig zu der treibenden Melodie getanzt.

Lorenz bewunderte die Körperbeherrschung des Gauklers und die Leichtigkeit, mit der er seine Kunststücke vollführte. Die Vermummung und die Maske verliehen dem akrobatischen Tanz etwas Geheimnisvolles, Unheimliches. Lorenz fragte sich, wer sich hinter der Larve verbergen mochte? Ein hässlicher Gnom? Ein Aussätziger? Oder ein Kobold? Wenn man bedachte, wie der Musiker in der Gegend herumsprang ...

Als der Beifall verklungen war, griff der venezianisch gewandete Vagant zu einer Knieharfe und ließ sich damit auf einem Schemel nieder. Inzwischen hatte Anselm von Hagenau die Laute beiseitegelegt. Er stellte sich vor den gespannten Zuhörern in Positur und hob an: »Lasset Euch verkünden, liebreizende Damen, hohe Herren, die Aventiure von edlen Recken und Regenten. Ein Lied von echter Freundschaft und von Verrat, von Ritterlichkeit und wahrem Heldenmut.«

Anselm gab dem Venezianer ein Handzeichen und dieser begann, seiner Harfe eine perlende Melodie zu entlocken. Das Publikum hing mucksmäuschenstill an Anselms Lippen. Der stimmte, begleitet von hypnotisierendem Harfenspiel, in wohlgesetzten Versen seine Erzählung an: »So höret denn, was uns der Pfaffe Konrad im Auftrag Mathildes, der Gemahlin Heinrichs des Löwen, aus der französischen Zunge erst ins Lateinische und dann in unsere Sprache übersetzt hat. Vernehmet die Mär von Karl dem Großen und seinen Hofrittern, in Sonderheit des berühmten Roland de Bretagne ...«

Der Spielmann hielt kurz inne und rezitierte dann:

»Schöpfer aller Dinge,
Kaiser aller Könige
Und du, Hohepriester,
Lehre du mich selbst deine Wahrheit.
Erfülle du mich mit dem Heiligen Geiste,
Dass ich die Lüge meide und die Wahrheit berichte
Von einem edlen Mann, davon,
Wie er das Himmelreich gewann.
Es handelt sich um Kaiser Karl ...«

Ganz schön gescheit, dachte Lorenz, der sofort die Gedichtzeilen aus dem beliebten Rolandslied erkannt hatte. Der Spielmann wollte seinem Vater schmeicheln, dem Namensvetter des legendären Recken.

Nach der Einleitung des Liedes und gebührendem Lob des großen Kaisers Karl übersprang der Musiker geschickt einige langweiligere Abschnitte der endlosen Versdichtung und ging zu dem spannenderen Teil der Handlung über.

Er erzählte, dass der Sarazenenkönig Marsilius von Saragossa Kaiser Karl zum Schein angeboten hatte, sich zu unterwerfen und zum

Christentum überzutreten. Ganelon, der Schwager des Kaisers, riet ihm, das Angebot anzunehmen. Aber Karls Neffe Roland begehrte, weiterzukämpfen. Roland beleidigte seinen Stiefvater Ganelon, der daraufhin auf Rache sann. Heimlich suchte Ganelon Marsilius auf und bezeichnete Roland als Kriegstreiber. Er überredete den König, die Nachhut des abziehenden fränkischen Heeres mit einer Übermacht von Kriegern zu überfallen. Der Befehlshaber dieser Nachhut jedoch war Roland. Als Roland mit seinen Rittern in einen Hinterhalt des Königs Marsilius geraten war, wollte Rolands Freund Olivier, dass der Recke mithilfe seines Signalhorns Olifant das vorausgezogene Heer Kaiser Karls zur Hilfe hole. Doch ganz der stolze Ritter lehnte Roland das ab und stürzte sich stattdessen mit seinem Schwert Durandal in den Kampf gegen die Übermacht der Sarazenen. Erst als fast alle seiner Getreuen gefallen waren, rief Roland die kaiserlichen Truppen herbei. Kaiser Karl und seine Krieger schlugen zwar die Heiden vernichtend, aber für den tapferen Roland und seine Kämpen kam die Hilfe zu spät.

Als der Spielmann seinen Vortrag beendet hatte, war es mäuschenstill in der Caminata, und Lorenz hörte deutlich, wie Hannah sich schnäuzte. Sie hatte nah am Wasser gebaut. Zwar kannte sie wie jeder andere den Ausgang der Legende, doch die Mär über den Tod des kühnen Ritters und seines Gefährten Olivier ging ihr jedes Mal sehr ans Gemüt. Vor allem, wenn sie von einem Meister seines Fachs mit ausdrucksstarken Betonungen und lebhafter Gestik dargeboten wurde.

Er ging schon auf Mitternacht, als die Geschichte verklungen war. Der Vagant bat um einen Trunk und bekam roten Wein aus einer Messingkaraffe in seinen Becher kredenzt. Er befeuchtete die Kehle und griff zur Laute. Diesmal schlug er keinen treibenden Akkordrhythmus auf den Saiten, sondern zupfte sie mit großer Kunstfertigkeit und ließ Klänge von größter Harmonie ertönen.

Der maskierte Spielmann nahm den Kurbelkasten, setzte sich auf den Hocker und legte sich das merkwürdige Instrument auf den Schoß. Er befestigte den Kasten an beiden Seiten mit einem Gurt, den er an den Hüften entlang um seinen Rücken führte. Vorne und oben auf dem Deckel hatte der ansonsten unscheinbare Kasten mit geschnitzten Rosetten verzierte Schalllöcher und am vorderen oberen Rand eine Reihe von Tasten.

Als der größere Musiker zur Laute zu singen begann, legte der kleine Spielmann die Linke auf den Kastenrand und drückte die Tasten, während seine rechte Hand die Kurbel drehte.

Es erscholl ein feiner Klang, wie von einer Geige, die im Dauertonakkord erklang. Dazu ertönte eine wunderschöne Melodie. Lorenz war völlig hingerissen. Er lauschte und gaffte mit offenem Munde.

Anselm von Hagenau sang ein Lied, das allen aus der Seele sprach, die das Ende der grimmig kalten Jahreszeit herbeisehnten:

»Auf dem Berg und in dem Tal
Hebet an der Vogelschall,
Dies Jahr wie früher grünt der Klee.
Mach dich fort, Winter, du tust weh!

Die Bäume, die da standen grau,
Voll Vögel sind neue Zweige.
Das tut wohl in der weiten Au.
Der Mai spielt die erste Geige.«

So trug der Spielmann ein Lied des Minnesängers Neidhart von Reuental vor, das zwar Hoffnung auf das bald kommende Frühjahr und das allerorten aufblühende Leben machte, aber auch den endlosen Kreislauf des Lebens und Vergehens besang:

»Ein' Alte mit dem Tode rang,
Bei Tag und Nacht betrogen.
Die seither wie ein Böcklein sprang
Und stieß die Jung'n zu Boden.«

Es herrschte einen Moment atemlose Stille im Saale, als die beiden Musiker endeten, doch dann ertönte wiederum donnernder Applaus. Lorenz musste bei der letzten Strophe des Maienliedes an seine

Mutter denken, die vor vielen Jahren gestorben war. Tränen traten in seine Augen. Auch sein Vater machte ein nachdenkliches und trauriges Gesicht.

»Vater«, flüsterte Lorenz, »ich will Spielmann werden!«

Die Reaktion auf diese Ankündigung kam prompt. Roland von Rabenhorst lief rot an. Eine Zornesader schwoll auf seiner Stirn. Heftiger, als er es wollte, raunzte er seinen Sohn an:

»Was willst du? Ein Spielmann werden? Du gedenkst also ein Gaukler zu werden, ein fahrender Geselle, der heute nicht weiß, was er morgen zu fressen in den Hals stecken soll! Ha! Du wirst Ritter und damit Schluss. Und ich will keine Einwände hören! Sobald der erste Krokus sich seinen Weg durch den Schnee bricht, wirst du anfangen, das Tjosten mit der Lanze zu erlernen! Auf dass du ein ebenso stolzer Recke werdest wie der tapfere Roland, der Hofritter des großen Charlemagne.«

Genau, dachte Lorenz trotzig, und dabei werde ich abgemurkst wie alle furchtlosen Helden in den Liedern.

Er hatte wieder einmal den wunden Punkt berührt. Lorenz war das einzige Kind derer von Rabenhorst. Seine Mutter war nach seiner Geburt gestorben. Der Junge war ein Einzelkind geblieben. Lorenz' Vater hatte seine Frau sehr geliebt und konnte sich nicht vorstellen, jemals eine andere Gefährtin zu erwählen. Und weil Lorenz sein einziger Sohn war, hatte er es nicht übers Herz gebracht, ihn mit sieben Jahren zur ritterlichen Ausbildung auf die Burg eines befreundeten Edelmannes zu senden, wie es für Fürstensöhne üblich war. Stattdessen hatte der Graf Lorenz' Unterweisung zum Knappen selbst in die Hand genommen. Roland von Rabenhorst stellte immer wieder geeignete Lehrer ein, die seinem Sprössling Lesen, Schreiben, Rechnen und Latein beibrachten.

Von den sieben zu erlernenden ritterlichen Künsten hingegen, den *septem artes probitates*, mochte Lorenz allerdings nur eine gefallen, die der Verskunst. Mit Bogenschießen, Schwimmen, Fechten und Jagen hatte er so seine Probleme. Allenfalls am Schachspiel und am Reiten vermochte er Geschmack zu finden. Lorenz hatte oft mit seinem

Vater darüber gestritten und hätte sich denken können, wie der Graf auf seinen Wunsch, Minnesänger zu werden, reagieren würde.

»Schlag dir bloß die Minnesingerei aus dem Kopf!«, fuhr Roland von Rabenhorst mit seiner Standpauke fort. »Du wirst noch erkennen, welche Genugtuung es ist, ein ehrenhafter Held zu sein. Man kann mit der Waffenübung nicht früh genug anfangen. In diesem Jänner wirst du vierzehn Jahre alt. Langsam wird es Zeit, nicht nur über Versen zu sitzen und die lateinische und französische Sprache zu üben, sondern etwas Praktisches, Handfestes zu erlernen. Aber *maintenant*: ab in die Schlafgemächer, mein Lieber!« Der Tonfall seines Vaters duldete keine Widerrede.

Lorenz erhob sich gehorsam und trollte sich in Richtung Bett.

Von wegen Ritter, sagte er zu sich selbst, ich will Spielmann werden – aber vorher will ich wissen, wer sich hinter der venezianischen Maske verbirgt!

Caput III

Das Geheimnis der venezianischen Maske

Lorenz lag in seinem Bett und konnte nicht schlafen. Der Auftritt der Gaukler hatte ihn aufgewühlt. Während er sich auf seinem Strohsack herumwälzte, gingen ihm die Musik, die Lieder und die Verse des Spielmannes nicht aus dem Sinn. Vor allem die Melodie eines schnellen Reigentanzes, den Anselm und sein geheimnisvoller Geselle auf Laute und Fidel gespielt hatten, erwies sich als ein rechter Ohrwurm. Die Tonfolge kreiste unaufhörlich durch Lorenz' Gedanken. Plötzlich merkte der Junge, dass er im Kopf eine Art Gegenmelodie dazu entwickelte, eine zweite Stimme.

»Und ich werde doch ein Troubadour!«, murmelte Lorenz im Halbschlaf. Immer wieder tauchten in seinen Träumen Bilder der venezianischen Maske auf. Lorenz vermochte nicht zu sagen, was es war, aber etwas Unheimliches umgab diesen kleinen Musiker.

Mitten in der Nacht schreckte den Jungen ein Geräusch aus seinem unruhigen Schlaf hoch. Was war das? Er meinte ein fernes Wiehern gehört zu haben, spitzte die Ohren und lauschte angestrengt in die Dunkelheit.

Da – erneut hörte Lorenz merkwürdige Klänge und das Schnauben eines Pferdes. Im Nu schlug er die Felldecke zurück, sprang aus dem Bett, schlüpfte in seine Wollhose und zog das Wams an. Schnell streifte er seine Schuhe über und huschte aus der Kammer. Im Flur nahm Lorenz eine Pechfackel aus ihrem Wandhalter und hastete damit durch den stockfinsteren Gang zur Caminata, um die Leuchte am Kaminfeuer zu entzünden.

Die flackernde Flamme warf einen gespenstischen Schatten auf die Gewölbedecke und die Wände der Torhalle. Lorenz durchquerte die Vorburg, wandte sich nach rechts in den Wehrgang und eilte in Richtung Vogtei. Wieder vernahm er ein Geräusch. Plötzlich sah er einen Lichtschein hinter den Ställen. Dort hatten die Spielleute nach ihrer

Ankunft auf der Burg den Planwagen abgestellt. Der Schimmer kam eindeutig von jener Stelle und beunruhigte vermutlich die Pferde. Lorenz stellte den Kragen seiner Jacke hoch, um sein Gesicht wenigstens teilweise vor der beißenden Kälte zu schützen. Am Gangende angekommen lief er die Treppe hinunter, bis er sich auf dem großen Innenplatz zwischen Haupt- und Vorburg befand.

Der Mond war von einer bleigrauen Wolkendecke verhangen und nur gelegentlich drang sein fahles Licht bis zum Burginnenhof durch. Es schneite, und Lorenz fröstelte. Als er um die Ecke des Pferdestalles bog, sah er, dass am Ende des Fuhrwerks Flammen loderten. Lorenz rannte, so schnell es der vereiste Lehmboden erlaubte, auf den Wagen zu.

Plötzlich huschte ein dunkler Schatten aus dem Stall. Die massige Gestalt schien es eilig zu haben. Jedenfalls war sie unachtsam und prallte voller Wucht mit Lorenz zusammen, dem vor Schreck die Fackel aus der Hand fiel. Der Schemen gab einen halb unterdrückten Fluch von sich. Er packte Lorenz und schlang ihm den rechten Arm um den Hals.

»Das hier ist nie passiert, du Landplage! Die Spielleute waren unerwünscht, und die Konsequenzen müssen sie sich selbst zuschreiben! Ich hasse diese Schaumschläger und Tunichtgute. Das gesamte Instrumentenzeug kommt vom Teufel, und was vom Beelzebub kommt, soll im Höllenfeuer schmoren!«

Bärbeiß! Lorenz hätte sich denken können, dass dieser finstere Geselle sich nicht mit der Niederlage an der Torburg abfände. Dass er aber so weit ginge, den Musikern wirklich Übles zuzufügen ... Lorenz wollte es kaum glauben.

»Wenn du auch nur einen Ton darüber verlauten lässt, dass du mich hier gesehen hast, drehe ich dir die Gurgel um! Und jetzt ...«

Weiter kam der Torwächter nicht. Lorenz biss ihm mit aller Kraft in den Arm. Der Recke gab einen dumpfen Schmerzenslaut von sich und lockerte seine Umklammerung. Flugs trat Lorenz der dunklen Gestalt kräftig auf den Fuß. Bärbeiß stieß ein Schmerzgeheul aus und ließ Lorenz los. Er umfasste mit den Händen seinen malträtierten Fuß und hüpfte jaulend im Kreis herum. Lorenz konnte sich lebhaft vorstellen, wie sehr das zwiebeln musste – er hatte sich letzte Woche noch beim

Herumtollen einen eiskalten Fuß am Türrahmen gestoßen. Das waren Schmerzen!

Lorenz ergriff die Fackel, die auf dem nassen Boden bereits bedenklich niedergebrannt war. Er hielt das brennende Ende nach unten, sodass die Flamme Nahrung bekam und aufloderte. Mehr Licht hätte Lorenz gar nicht benötigt. Denn nicht nur seine Fackel, auch das Feuer, das Bärbeiß an den Planwagen gelegt hatte, war inzwischen größer geworden.

»Feurio!«, gellte der Schrei des Jungen durch die Nacht. »Feurio! Feurio! Zu Hilfe, zu Hilfe, der Wagen der Gaukler brennt!« Lorenz raste atemlos zur Zisterne, während es vereinzelt »Feurio« aus dem Gesindehaus echote und auch aus der Vogtei Rufe laut wurden. Lorenz schnappte sich den Kübel, der neben dem Brunnen stand. Der Anblick des gefrorenen Wassers im Eimer trieb ihm beinahe die Tränen der Wut in die Augen.

»So ein Mist«, entfuhr es ihm. Sogleich musste er an Hannah denken, die ihn immer schalt, wenn er fluchte. Lorenz ärgerte sich über die verschenkte Zeit und warf den nutzlosen Kübel zur Seite. »Ich brauche eine Decke!«, schoss es ihm durch den Kopf, als er zurück zu den Stallungen rannte.

Natürlich, gleich hinter dem Haupttor des Stalls gab es eine Kammer, in der Sättel und Pferdedecken aufbewahrt wurden. Lorenz riss die Tür auf. Er leuchtete mit seiner Fackel hinein und griff sich eine Decke und ein Messer, das auf dem Tisch lag. Dann raste er wieder zum Planwagen, dessen Ende nunmehr lichterloh brannte.

Wie ein Besessener schlug Lorenz auf die Flammen ein und versuchte, sie zu löschen. Es nützte nichts. Inzwischen näherte sich Gesinde dem Geschehen. Lorenz begann, die Plane loszuschneiden, die an den großen Eisenreifen befestigt war. Er fetzte einen breiten Streifen der Plane vom Wagen herunter und warf sie zwei Knechten zu, die ihrerseits mit Pferdedecken auf die Flammen schlugen, um sie zu ersticken.

Da erspähte Lorenz die kleine Gestalt des Spielmannes mit der venezianischen Maske, die in dicke Wolldecken eingewickelt reglos im vorderen Teil des Wagens lag. Lorenz kletterte über ein Rad der Vorderachse auf den Kutschbock und von dort hinein ins Wageninnere.

»Heda, Spielmann«, rief Lorenz, »wacht auf, es brennt! Wie tief kann einer pennen, dass er das nicht mitkriegt?« Keine Reaktion. Im Nu war Lorenz bei der bewegungslosen Gestalt und rüttelte sie an den Schultern. Der kleine Vagant war ohne Bewusstsein.

Merkwürdigerweise trug er immer noch sein Bühnenkostüm, seine Narrenkappe und die Maske. »Alle Wetter, wer geht denn schon kostümiert schlafen?«, fragte sich Lorenz. Und wieso war der Musiker eigentlich nicht genauso wie der andere Spielmann im Gesindeschlafraum, wo man den beiden einen Platz in dem großen Gemeinschaftsbett zugeteilt hatte?

Egal, jetzt musste schnell gehandelt werden. Lorenz lud sich den erstaunlich leichten Spielmann auf die Schulter und wuchtete ihn zum Rand des Planwagens, wo er von helfenden Händen in Empfang genommen wurde.

Dann galt es, die Musikinstrumente in Sicherheit zu bringen. Lorenz klemmte sich die Harfe unter den Arm, griff nach der Fidel und hängte sich die Laute an ihrem Gurt auf den Rücken. Voll beladen balancierte er zum Rand des Wagens und reichte die kostbaren Instrumente den Helfern. Es war heiß geworden. Die Flammen hatten mittlerweile die Hälfte der Plane verzehrt. Kokelnde Fetzen fielen ins Innere des Gespanns und griffen auf Decken und herumliegende Kleidungsstücke über.

Einer der Knechte reichte Lorenz die Pferdedecke ins Wageninnere, und der Junge schlug damit auf die Brandnester ein. Inzwischen war es den Helfern gelungen, die brennende Plane von den Eisenreifen zu lösen und vom Wagen wegzuzerren. Einige Männer machten sich nach Kräften daran, das Feuer zu löschen. Als die Flammen erstickt waren, atmete Lorenz tief durch und kümmerte sich um den bewusstlosen kleinen Spielmann. Er hatte vorhin neben den Stallungen eine hölzerne Schubkarre erspäht, die holte er nun heran und legte den Vaganten darauf.

»Bringt ihr die Instrumente in Sicherheit«, rief Lorenz dem Gesinde zu. »Ich bringe diesen hier ins Haus!« Er hob die Karre an und schob ab in Richtung Palas. Die Gestalt auf der Schubkarre wurde von der holprigen Fahrt ordentlich durchgerüttelt und begann, sich zu regen.

Als Lorenz den Eingang des Haupthauses erreichte, sah er, dass in der Küche noch eine Fackel brannte. Also trug er den Spielmann hinein und bettete ihn auf eine breite Holzbank.

Vielleicht sollte ich ihm die Maske abnehmen, damit er besser Luft bekommt, dachte Lorenz. Er nestelte die Bänder der Narrenkappe auf und zog sie dem Musiker vom Kopf.

Ein Bündel nachtschwarzes Haar kam zum Vorschein, ein krauser Schopf mit unzähligen winzigen Ringellocken, drahtig wie schwarze Eisenspäne. Lorenz fasste unter das Kinn der venezianischen Maske und lüftete sie.

Plötzlich öffnete der Spielmann die Lider. Ein Paar dunkel glühender Pupillen funkelte Lorenz an. Der Junge schrie gellend auf, als er in das kohlrabenschwarze Antlitz blickte.

»Ein Dämon!« Lorenz fuhr hoch, wich zurück, stolperte rücklings über einen Schemel und landete unsanft auf dem Hosenboden. »Ein Beelzebub! Ein Teufel!«, rief er in Panik. Lorenz schlug ein Kreuzzeichen und streckte dem Leibhaftigen den ausgestreckten Zeige- und kleinen Finger der rechten Hand entgegen, um den bösen Blick abzuwehren.

Der Dämon schüttelte benommen das Haupt und sah dann den verängstigten Lorenz an.

»Jetzt halt aber mal die Luft an«, sagte er seelenruhig. »Ich bin so wenig ein Höllenfürst wie du!«

Er grinste breit und entblößte zwei Reihen makellos weißer Zähne.

Ein schwarzer Teufel, der unsere Sprache spricht!, dachte Lorenz verwirrt. Was sollte er bloß tun? Der finstere Dämon machte keinerlei Anstalten, sich auf ihn zu stürzen, ihm den Kopf abzubeißen oder ihn ins flammende Inferno des Höllenfeuers hinabzuzerren. Doch sicherheitshalber nestelte Lorenz das Holzkreuz hervor, das er an einer Lederschnur um den Hals trug, und umklammerte es fest.

Der Dämon erhob sich und trat auf ihn zu: »Nun hör schon auf mit dem Getue. Ich bin kein Geist, ich bin ein Menschenkind, genauso wie du, allerdings mit einem kleinen Unterschied ...«

»Wa – wa – wa – wie – warum?«, stammelte Lorenz.

»Ich gehöre zum starken Geschlecht«, entgegnete der Dämon mit einem spöttischen Grinsen. »Mit anderen Worten: Ich hab keinen Piephahn.«

Lorenz' Gesicht war ein einziges Fragezeichen.

»Na, ich bin ein Mädchen! Ich komme aus Afrika und heiße Kamaria Malaika. Aber du darfst einfach Kamaria zu mir sagen.«

Lorenz starrte das schwarzhäutige Mädchen mit offenem Mund an.

»Und ein Teufel bin ich erst recht nicht. Das besagt ja schon mein zweiter Vorname. Malaika bedeutet da, wo ich herkomme, Engel.«

»Und was heißt Kamaria?«, wollte Lorenz, der sich langsam beruhigte, wissen. Misstrauisch beäugte er die Dunkelhäutige. »Und wieso sprichst du meine Sprache?«

»Kamaria«, erklärte das Mädchen, »bedeutet: wie der Mond.«

»Du kannst ja viel erzählen«, entgegnete Lorenz, »aber ich habe noch nie etwas von einem schwarzen Mond gehört.«

»Du warst ja auch noch nie in meiner Heimat Mauretanien!«, sagte Kamaria. »Aber von Mohren hast du doch bestimmt schon gehört. Wie Caspar von den Heiligen Drei Weisen. Der war auch ein Mohr, aber ganz sicher kein Teufel.«

Lorenz streckte seine Hand aus: »Darf ich mal anfassen?«, fragte er.

Kamaria nickte und Lorenz strich ihr sanft über die linke Wange. Ihre Haut war weich wie Samt und schwarz wie Pech.

»Und wie kommst du zu den Spielleuten?«

Kamarias Augen wurden traurig.

»Das ist eine lange Geschichte. Meine Eltern lebten in der Nähe von Sijilmassa. Eines Tages sind sie Menschenhändlern in die Hände gefallen, die sie mit einer Sklavenkarawane nach Tandscha und von dort übers Meer nach Tarifa gebracht haben. Dort hat eine Gruppe Tempelritter sie gekauft, die auf dem Weg nach Santiago de Compostela war. Die Templer wollten meine Eltern von dort aus über die Pilgerstraße, den Jakobsweg, mit zurück nach Frankreich nehmen. In Santiago sind die Tempelherren verhaftet worden. Papst Clemens war auf die Schätze des Ordens aus. Er hat alle Templer von seinen Schergen verhaften und foltern lassen. Nur, um ihnen das Geheimnis zu entreißen, wo sie ihre Goldschätze verborgen haben. Meine Eltern haben sie auf dem Sklavenmarkt verschachert. Ich wurde in Gefangenschaft geboren. Als der Besitzer meiner Eltern mich zu Geld machen wollte, hatte ich das Glück, dass Anselm von Hagenau mich gekauft hat. Er war auf einer Spielmannsreise und dachte, er könnte einen kleinen Diener gebrauchen. Von Anselm habe ich seine Sprache gelernt. Er brachte mir bei, wie man auf der Fidel, der Harfe und dem Dudelsack spielt. Aber meine Eltern habe ich niemals wiedergesehen ...«, fügte sie leise hinzu.

»Mir ist kalt«, bemerkte Lorenz unvermittelt. »Komm, wir verschwinden hier. Du kannst im Gesindeschlafsaal übernachten. Warum bist du eigentlich nicht vom Feuer wach geworden? Wieso warst du überhaupt in dem Planwagen und nicht im Schlafsaal?«

Kamaria runzelte die Stirn: »Meinst du, ich bin schwachsinnig? Natürlich bin ich aufgewacht. Ich habe ein Geräusch gehört und gemerkt, dass jemand um den Wagen herumschlich. ›Wer da?‹, habe ich gerufen und schnell meine Maske und die Narrenkappe aufgesetzt. Dann hat mich durch die Plane hindurch ein Schlag getroffen. Mir tut jetzt noch die Schläfe weh.«

»Und weshalb«, fragte Lorenz erneut, »hast du nicht wie Anselm im Gesindehaus geschlafen?«

»Na, wieso schon? Aus welchem Grund trage ich wohl die Maske und die Narrenkappe? Weil die meisten Abendländer genau solche Schisser sind wie du! Anfangs bin ich ohne Verkleidung aufgetreten, und es hat jedes Mal Probleme gegeben. Einmal wollte mich ein Pfaffe in einem Weihwasserbecken ersäufen, weil er mich für einen Dämon hielt. Ein anderes Mal haben sie im Burghof einen Scheiterhaufen aufgebaut und wollten mich als Hexe schmoren lassen, bloß wegen meiner Hautfarbe. Deshalb ist Anselm auf die Idee mit der venezianischen Maske gekommen. Ich übernachte immer im Planwagen, weil ich ja nicht die ganze Zeit mit der Maske herumlaufen, geschweige denn schlafen kann.«

Lorenz nickte nachdenklich. Er konnte sich vorstellen, dass das Leben für Kamaria nicht einfach war.

»Weißt du was?«, meinte der Junge, »Du kannst in meinem Bett schlafen. Ich nehme mir ein paar Decken und siedle in den Söller oben im Burgfried über. Aber morgen musst du mir unbedingt zeigen, wie man auf diesem Drehkasten spielt. Ich habe nämlich beschlossen, ein großer Spielmann zu werden!«

Kamaria verdrehte die Augen: »Erbarmen! Noch so ein armer Irrer, der die brotloseste aller Künste lernen will!«

»Ich werde ein Minnesänger, und zwar der berühmteste und beste von allen!«, rief Lorenz entrüstet.

»Verrückt allein könnte ich ja noch verstehen«, seufzte das Mädchen, »aber verrückt und größenwahnsinnig – das ist eine besonders gefährliche Mischung!«

Caput IV

Erst die Arbeit, dann das Vergnügen

Die fahle Wintersonne kämpfte sich hinter dichten, eisgrauen Wolken hervor. Ein einsamer Sonnenstrahl bahnte sich den Weg durch die schmale Maueröffnung, die als Ausguck vom Burgfried diente. Lorenz fand nur langsam aus wirren Träumen von Dämonen, Hexen, Mohren und Brandstiftern zurück in die Wirklichkeit. Er fror entsetzlich und fühlte sich wie gerädert. Nach und nach rief er sich die Geschehnisse der vergangenen Nacht ins Bewusstsein, aber Lorenz konnte sich beim besten Willen nicht daran erinnern, was davon Traum und was Wirklichkeit war.

Er hatte auf dem Söller des Burgturms übernachtet, also musste es wahr sein, dass er einem schwarzhäutigen Mädchen sein Zimmer und sein Bett überlassen hatte. Lorenz erhob sich von dem harten Fußboden des Dachbodens und rieb sich die schmerzenden Gliedmaßen. Dann schlug er die Arme unter die Achseln, um sich zu wärmen, und tanzte hopsend herum, um die Blutzirkulation in Gang zu bringen.

»Lorenz!«, brüllte es aus dem Burghof bis zum Speicher des Wehrturmes hinauf. »Wo steckst du schon wieder? Sofort meldest du dich bei mir!« Die Stimme seines Vaters klang aufgebracht. Es war also ratsam, der Anordnung unverzüglich Folge zu leisten. Lorenz seufzte, warf einen schnellen letzten Blick aus dem Fenster auf die tief verschneite winterliche Grafschaft und setzte sich in Bewegung. Behände wieselte er die Wendeltreppe hinunter. Er huschte durch die Halle und die Küche, wo er flugs ein Stück Hartwurst von der Anrichte mopste, während er Hannah eine Kusshand zuwarf.

»Na warte, du Bengel!«, rief die Magd und schmiss mit einem hölzernen Kochlöffel nach Lorenz, der sich geistesgegenwärtig bückte. Haarscharf verfehlte das kreiselnde Kochutensil den Jungen. Dafür traf der Stiel punktgenau ins linke Auge von Bärbeiß, der in diesem Moment die Küche betrat.

»Himmel und Hölle, Herrgott noch mal!«, brüllte der und hielt sich die Hand vors Auge.

»Das ist Gotteslästerung!«, schimpfte Hannah empört. »Wie oft soll ich es dir noch sagen, Bärbeiß? Für deine ewige Flucherei wirst du eines Tagen in genau dieser Hölle schmoren, die du immer so gerne heraufbeschwörst!«

Bärbeiß hatte Lorenz gerade noch am Ärmel zu packen bekommen und zog den Jungen nun in den Flur.

»Das eine sage ich dir, du Rotzlöffel, wenn du nur einen Ton darüber ausplauderst, dass du mich in der Nacht beim Planwagen gesehen hast – nur einen Ton, hörst du! – dann werde ich dir eines Nachts, wenn du nicht damit rechnest, einfach die Kehle durchschneiden ...«

Weiter kam er nicht, denn Graf Roland von Rabenhorst betrat den Gang und schaute erstaunt auf das Bild, das sich ihm bot.

»Lasst sofort meinen Sohn los, Bärbeiß. Er hat ja möglicherweise eine Tracht Prügel verdient, schon rein zur Vorsorge und sicherheitshalber, aber wenn irgendjemand meinen Sprössling züchtigt, mein werter Bärbeiß, dann bin das ich allein, und niemand sonst!« Der Graf funkelte seinen Torwächter böse an: »Haben wir uns verstanden, Herr Bernward vom Bärenfels? Erwische ich Euch noch einmal dabei, Hand an meinen Filius zu legen, werde ich Euch unverzüglich in Eisen legen lassen. Und Ihr wisst, dass unser Kerker nicht nur saukalt ist zu dieser Jahreszeit, sondern obendrein auch noch nass und zugig. Den Bunker im Winter hat noch selten jemand überlebt – außer den Ratten. Also!«

Bärbeiß ließ den Jungen los und machte ein schuldbewusstes Gesicht.

»Natürlich, Herr Graf, aber wenn Ihr wüsstet, was Lorenz wieder ...«

»Schweigt!«, herrschte ihn Roland von Rabenhorst an. »Und du, Laurentius von Rabenhorst«, donnerte er seinen Sohn an, der während des Disputs seines Vaters mit Bärbeiß versucht hatte, sich klammheimlich dünnezumachen, »bleibst sofort stehen und siehst mich an, wenn ich mit dir rede! Hier geblieben!«

Ergeben fügte sich Lorenz in sein Schicksal und drehte sich herum.

»Wo warst du heute Morgen, warum bist du nicht zur Frühmahlzeit erschienen? Und was war gestern Nacht los? Wieso hast du deine Finger im Spiel, wenn im Schutze meiner Burg der Wagen eines Gastes abbrennt?«, fragte Roland von Rabenhorst.

»Ich habe überhaupt nichts damit zu tun!«, rief Lorenz entrüstet. »Im Gegenteil! Ich habe Geräusche gehört und wollte nachsehen, was da los war. Dabei habe ich jemanden bemerkt, der ...« Der Junge hielt inne und sah zu Bärbeiß, der einen Hustenanfall bekommen hatte und Lorenz einen drohenden Blick zuwarf. Gleichzeitig hatte er hinter dem Rücken des Grafen mit dem ausgestreckten Zeige- und Mittelfinger die Geste des Halsabschneidens angedeutet.

Lorenz schluckte und verstummte.

»Also, ich höre.« Graf Roland sah ihn erwartungsvoll an.

»Der Planwagen der Spielleute hat gebrannt und ich habe das Mädchen daraus gerettet.«

»Welches Mädchen?«, fragte der Graf verständnislos.

»Na, Kamaria Malaika. Der Spielmann mit der venezianischen Maske ist ein schwarzhäutiges Mädchen aus Mauretanien!«

Lorenz berichtete seinem Vater ausführlich die Ereignisse der vergangenen Nacht. Dass er Bärbeiß am Planwagen entdeckt hatte, getraute er sich unter den drohenden Blicken des Torwächters nicht zu erzählen. Lorenz' Heldenmut stimmte den Grafen milde. Roland von Rabenhorst hatte schon davon gehört, dass es in Afrika Menschen mit dunkler Hautfarbe gab. Mit eigenen Augen jedoch hatte er noch nie einen solchen gesehen.

»Stell mir deine neue Freundin heute Abend vor. Ich bin gespannt, wie sie aussieht. Aber im Gemeinschaftsbettensaal im Gesindehaus sollte sie besser nicht schlafen. Du weißt ja selbst, wie abergläubisch das Volk ist. Ich werde ihr eine eigene Schlafkammer zuweisen. Sag dem Mädchen, es soll sich erstmal nur im Palas und der Caminata aufhalten, bis ich mit allen Leuten geredet und ihnen erklärt habe, dass sie harmlos ist. Und Ihr, Bärbeiß«, wandte sich der Graf an den Torwächter, »werdet jetzt unverzüglich Euren Dienst an der Zugbrücke antreten und nicht wieder Eure Pflicht verletzen und den Posten ohne Befehl verlassen.«

»Jawohl, Herr«, knurrte Bärbeiß, warf Lorenz einen drohenden Blick zu, kehrte auf dem Absatz um und verließ den Flur.

Roland von Rabenhorst nickte seinem Sohn zu und machte sich auf den Weg in sein Gemach. Lorenz wollte so schnell wie möglich zu Kamaria. Doch ehe er sich verdrücken konnte, nahte Ungemach in Gestalt der Magd Hannah.

»Hier geblieben, mein stolzer Held«, flötete die Dienstmagd, ehe Lorenz sich aus dem Staub machen konnte. »Was hast du mir gestern noch gleich versprochen dafür, dass ich dir beim Hereinlassen der Spielleute geholfen habe? Na?«, fragte Hannah honigsüß.

»Zwei Wochen zusätzlichen Dienst in der Küche«, murmelte Lorenz zerknirscht.

»Genau, mein Guter. Und was, so frage ich dich, du kühner Recke, gehört eindeutig zu den ritterlichen Tugenden?«

Lorenz verdrehte ergeben die Augen: »Ein edler Ritter muss immer halten, was er verspricht. Aber ich will ja gar kein Ritter werden. Ich will Spielmann werden!«

»Schnickschnack! Das, mein lieber Lorenz, macht überhaupt keinen Unterschied. Du wirst dein Versprechen trotzdem einlösen. Schau, was ich extra für dich aufbewahrt habe!« Mit einer einladenden Geste wies Hannah auf einen großen, einen richtig großen Haufen schmutzigen Geschirrs, der neben dem hölzernen Waschzuber lag.

»Hol einen Eimer Wasser von der Zisterne, während ich im Ofen das Feuer in Gang bringe!«

»Aber das Wasser im Brunnen ist gefroren! Das war schon letzte Nacht nicht zu gebrauchen«, versuchte Lorenz schwach einzuwenden.

»Na, wenn schon!«, sagte Hannah gnadenlos, »Das Eis kriegen wir über den Flammen aufgetaut. Sollte das Wasser gefroren sein, umso besser, dann schwappt es dir beim Hertragen nicht aus dem Zuber. Und hole am besten gleich zwei Kübel, so viel brauchen wir sicherlich. Und jetzt keine Widerrede, ab durch die Mitte!«

Anderthalb Stunden und unzählige Teller, Becher, Töpfe und Tiegel später hatte Lorenz ein lahmes Kreuz und vom Wasser völlig verschrumpelte Hände. Unwillkürlich fragte er sich, ob es nicht vielleicht besser gewesen wäre, Bärbeiß in die Hände zu fallen als diesem unerbittlichen Küchendrachen Hannah. Denn neben dem zusätzlichen Küchendienst musste Lorenz auch seine sonstigen Pflichten wahrnehmen. Für einen Knappen gehörten dazu die Versorgung der Pferde und die Pflege des Zaumzeugs und der Sättel. Waffen und Schilde mussten gereinigt, die Rüstungen auf notwendige Reparaturen überprüft werden. Es war eine saumäßige Arbeit, einen Morgenstern oder einen Streitkolben, Streithämmer und ähnliches Kriegsgerät mit Sand, alten Lappen und vor allem viel Geduld sauber zu bekommen.

Nach dem Mittagessen meldete sich Lorenz bei Traugott von Trottlingen, dem Pferdemarschall, der ihm auftrug, die Überreste des nächtlichen Planwagenbrandes zu beseitigen. Ergeben machte sich Lorenz daran, die verkohlten Fetzen der Plane zusammenzufegen und anschließend zusammen mit den Pferdeknechten den Wagen in die Stallung zu schieben. Nachts hatte ein Schneeregen eingesetzt. Die Habseligkeiten der Vaganten waren durchnässt und steif gefroren. Da keine Wetterbesserung in Sicht war, hatte Traugott angeordnet, den Planwagen unterzustellen.

Lorenz hatte durch die Rettungsaktion in der Nacht nicht viel Schlaf bekommen und gähnte fortdauernd. Der Marschall war gnädig und trug ihm lediglich auf, sein eigenes und die beiden Ponys der Spielleute zu versorgen sowie die drei Lieblingspferde des Grafen. Normalerweise wurden die Knappen in der Ausbildung wesentlich härter rangenommen.

Lorenz machte sich brummend ans Werk: striegeln, mit Stroh abreiben, Hufe auskratzen. Schweif und Mähne von Stroh befreien und mit einem Holzkamm kämmen. Box ausmisten, frisches Stroh einstreuen. Heu in die Raufe, Hafer in den Trog und Wasser in die Tränke. Schon wieder: Wasser! Dabei war die Zisterne noch genauso eingefroren wie in der vergangenen Nacht.

Die Pferdeknechte entfachten in sicherem Abstand zu den Stallungen ein Feuer. Lorenz und die Knechte schaufelten Schnee in Eimer. Diese stellten sie ans Feuer, um den Schnee zu Wasser zu schmelzen, das sie den Pferden in die Tränke gießen konnten. Es war ein mühseliges, aber notwendiges Unterfangen.

Am Abend war die Arbeit getan. Lorenz hatte endlich frei. Ihm taten sämtliche Knochen weh, als er sich nach dem Nachtmahl in den Palas und die Treppe hoch zu seinem Zimmer schleppte. Er hatte sich gerade auf seinem Lager ausgestreckt und die Augen geschlossen, als die Tür aufflog und Kamaria in seine Stube stürmte. Sie trug statt des venezianischen Kostüms eine schlichte schwarze Wollkutte, schwarze Leinenbeinkleider und schwarze Schuhe.

»Hallo Lorenz«, rief das Mädchen vergnügt, »wie geht's?«

»Geht so«, murmelte Lorenz. »He, wenn du jetzt noch den Mund hältst und die Augen zumachst, dann bist du im Dunkeln unsichtbar ...!«

»Blödmann!«, schnauzte Kamaria. »Du weißt doch: Nachts sind alle Raben schwarz! Ich bin froh, dass Hannah mir überhaupt diese Bekleidung gegeben hat. Sie hatte keine anderen Sachen, und von meinen eigenen ist nur das Auftrittskostüm unversehrt. Die restlichen Kleider sind letzte Nacht halb verbrannt oder vom Schnee verdorben worden. Ich habe Hannah heute Nachmittag in der Küche geholfen und mich schon richtig mit ihr angefreundet. Sie ist sehr nett, aber die anderen Küchenmägde und die Stubenmädchen haben mich ganz komisch angeschaut, obwohl mich dein Vater dem versammelten Gesinde vorgestellt hat. Es ist immer dasselbe«, seufzte sie.

»Übrigens«, wechselte das mauretanische Mädchen das Thema, »zähl mir bitte mal lückenlos auf, was du in den vergangenen dreißig Tagen zu essen hattest. Und zwar alle Mahlzeiten!«

»Was soll der Unfug?«, fragte Lorenz, »Wie soll ich mich denn daran jetzt noch im Einzelnen erinnern?«

Kamaria warf sich neben Lorenz auf das Strohlager: »Und du willst Spielmann werden? Weißt du, wie viele Verse das Lied vom Recken Siegfried hat? An die zweitausendvierhundert in neununddreißig Aventiuren. Und wenn du als Spielmann auch nur das Schwarze unterm Nagel wert sein willst, musst du die alle auswendig können. Ich mache das schon, seit ich klein war. Aber ich kann es immer noch nicht vollständig aufsagen, obwohl Anselm es mir sehr oft vorgesprochen hat, während wir mit dem Wagen unterwegs waren. Minnelieder sind dagegen einfach, denn sie sind viel kürzer.«

»Na, wenigstens ein schwacher Trost«, meinte Lorenz. »Ich will ja Troubadour werden und nicht Geschichtenerzähler.«

»Täusche dich nicht, mein Lieber. Wenn du nur von der Minne zu singen weißt, wirst du vielleicht die Damen des Hofes für dich einnehmen. Doch die Könige, die Herzöge und Grafen, die Edelleute und Knappen, die wollen Waffengeklirr und Heldenmut! Und vor allem muss man ihnen von Abenteuern und blutigen Schlachten berichten, von Iwein und von Parzival, von den Rittern der Tafelrunde und von König Artus.«

»Trotzdem, ich will Spielmann werden«, beharrte Lorenz.

»Na dann«, meinte Kamaria gelassen, »kommst du am besten mit zu Anselm, da kannst du ausprobieren, ob du mit einem Musikinstrument klarkommst.«

»Wirklich?«, fragte Lorenz und war schon aufgesprungen, »worauf warten wir noch? Ich will unbedingt lernen, wie man auf diesem Kurbelkasten spielt.«

Kamaria folgte ihm ins große Wohnzimmer in der Caminata. Die Knechte hatten die aus dem Planwagen geborgenen Instrumente der Spielleute im Erker abgelegt. Als Kamaria und Lorenz in die Kammer stürmten, war Anselm von Hagenau gerade dabei, sie für den abendlichen Auftritt zu stimmen. Als er Lorenz erblickte, legte er die Harfe beiseite und breitete die Arme aus: »Willkommen, Herr Lorenz«, begrüßte er den Jungen mit seiner wohlklingenden Stimme. »Du hast meine kleine Kamaria vor den Flammen gerettet, während ich volltrunken im Bette lag. Dafür bin ich dir auf ewig dankbar. Lass dich zum Dank umarmen!« Der alte Spielmann drückte Lorenz an sich.

»Du willst, so höre ich von Kamaria, ein Troubadour werden, ein Minnesänger. Kannst du denn überhaupt singen?«, fragte Anselm.

»Na klar«, rief Lorenz überschwänglich, brachte sich in Positur und begann, aus vollem Halse ein Lied zu schmettern:

»Es dämmert an der Halde,
Man weckt uns, Liebster, balde.
Ein Vöglein aus dem Neste schwang
Sich auf der Linde Zweig empor und sang.«

»Um Gottes willen«, sagte Anselm entsetzt und hielt sich die Ohren zu. »Das hat der gute Dietmar von Aist nun wirklich nicht verdient. Wenn er gewusst hätte, dass sein Lied einmal so klingen würde ... Halt ein, mein Junge, wenn ich deine Stimme höre, wird mir einleuchtend, dass du den Namen derer von Rabenhorst völlig zu Recht trägst. Das klingt ja schlimmer als der Gesang eures Wappentieres.«

Lorenz hatte den Mund zugeklappt. Der alte Spielmann sah, dass die Augen des Jungen feucht geworden waren.

»Aber«, so lenkte Anselm schnell ein, als er merkte, wie sehr seine Bemerkung Lorenz gekränkt hatte, »es ist noch kein Meistersänger vom Himmel gefallen. Daran kann man arbeiten, außerdem warst du noch nicht im Stimmbruch, hinterher wird deine Stimme ganz anders klingen. Lass uns einstweilen einfach mal schauen, ob du Talent hast, ein Instrument zu spielen. Wie wäre es mit der *sinfonia*, die ist für den Anfang, glaube ich, angemessen.«

»Was ist denn eine Sinfonia?«, fragte Lorenz.

»Mein Gott, der ist ja wirklich ein Simpel«, warf Kamaria ein, »das weiß doch jeder, dass man so die Drehleier nennt!«

Anselm warf ihr einen strafenden Blick zu und sagte mit ironischem Tonfall: »Du musst nicht immer von dir auf andere schließen, Kamaria Malaika, mein mondgleicher Engel! Woher soll Lorenz den Namen der Leier kennen, wenn er vorher nie eine gesehen hat?«

Der Spielmann wandte sich wieder an den Jungen: »Die Sinfonia ist ein ganz modernes Instrument, das man in der Kirche spielt, als Begleitung himmlischer Psalmen. Man sagt auch Drehleier dazu oder Radleier, weil man die Saiten durch ein Holzrad anstreicht und so zum Klingen bringt. Früher waren die Leiern große Kästen, die man zu zweit gespielt hat. Damals nannte man sie Organistrum. Diese Art von Leier hatte neben dem Kasten noch eine Verlängerung, in der die Tasten untergebracht waren. Der eine Musiker, der Meister, hat die Tasten von hinten hochgezogen, um die Töne zu erzeugen, während der zweite, der Lehrling, mit der Handkurbel das Rad gedreht hat. Das war recht unhandlich, vor allem, wenn man auf eine Pilgerreise gehen wollte. Ein kluger Pilger ist dann auf die Idee gekommen, die Tasten direkt in den Kasten einzubauen. Und zwar von vorne, sodass man die Drehleier alleine spielen kann. Das ist wesentlich praktischer. Außerdem ist die Kastenleier beim Reisen viel handlicher, weil sie so klein ist. Man kann beim

Musizieren sogar damit herumlaufen. Bei Kirchenprozessionen zum Beispiel.«

Das klang furchtbar umständlich, aber Anselm ließ Lorenz einfach auf einem Hocker Platz nehmen und legte ihm die Kastenleier auf den Schoß. Er sicherte das Instrument mit dem Gurt um Lorenz' Hüfte. Oben auf dem Kasten befand sich eine Klappe, die man öffnen konnte. Anselm stellte sich vor Lorenz und hob den Deckel der Sinfonia.

Ein kompliziert aussehendes Innenleben bot sich dem Blick des Betrachters. Zunächst fiel das Rad auf, worüber mehrere Saiten gespannt waren, die am anderen Ende des Instrumentes an Stimmwirbeln befestigt waren.

Eine der Saiten verlief über die Holztasten, worauf kleine Holzpflöcke saßen, mit denen die Saite verkürzt und die Melodie erzeugt werden konnte, wenn man von außen auf die Tasten drückte. Die restlichen Saiten erklangen immer im gleichen Ton. Anselm nannte sie Bordunsaiten.

Andächtig betrachtete Lorenz den verzwickten Mechanismus und konnte es sich nicht verkneifen, mit dem rechten Zeigefinger die Lauffläche des fein gedrechselten Rads befühlen zu wollen.

»Autsch!« Ehe Lorenz das Rad anfassen konnte, hatte der alte Spielmann ihm kräftig auf die Finger gehauen.

»Berühre niemals das Rad einer Drehleier«, schalt ihn Anselm von Hagenau, »niemals, hörst du? Der Radrand ist mit Kolophonium bestrichen, damit die Saiten besser klingen, so wie bei einem Fidelbogen. Und wenn du mit deinen fettigen Griffeln den Radrand berührst, zerstörst du an dieser Stelle die Kolophoniumschicht, und bei jeder Umdrehung reißt der Ton ab, wenn diese Stelle auf die Saite trifft. Deshalb fasse niemals das Rad einer Drehleier mit den Fingern an!«

Lorenz drehte probeweise an der Kurbel, und das Rad setzte sich in Bewegung. Er drückte mit der linken Hand ein paar Tasten. Sofort ertönte ein kreischendes Geräusch, das auch nicht im Entferntesten an den feinen Klang erinnerte, den Kamaria während des Konzertes in der Caminata der Sinfonia entlockt hatte.

Anselm verzog das Gesicht.

»Haltet ein, junger Herr«, bremste er Lorenz. »Wir müssen zunächst die Saiten stimmen. Außerdem musst du das Rad etwas flotter und vor allem gleichmäßiger drehen.«

Lorenz kurbelte schneller, während Anselm so lange an den Wirbeln der vier Saiten drehte, bis ein sauberer Akkord erklang. Anselm klappte den Deckel der Sinfonia zu.

»So, nun leg die linke Hand auf den Rand des Kastens, sodass du mit den Fingern die Tasten erreichen kannst. Gut so! Und nun drück mal mit dem kleinen Finger auf die erste Taste. Genau so!« Lorenz hatte die Anweisung des Spielmanns befolgt. Der Klang des Instrumentes hatte sich verändert, ein Ton des Akkordes war höher geworden.

»Und nun mit dem Ringfinger die nächste Taste drücken«, wies ihn Anselm an, »und jetzt mit dem Mittelfinger die dritte – schön so – und zuletzt mit dem Zeigefinger die vierte. Prima!«

Lorenz hatte vier aufeinander folgende Töne einer Tonleiter gespielt.

»Und nun rückwärts«, meldete sich Kamaria zu Wort. Lorenz drückte die Tasten in umgekehrter Reihenfolge vom hohen zum tiefen Ton. Es klang wunderbar.

»Und nun machst du diese Übung etwas schneller«, meinte Anselm. Nach kurzer Zeit spielte Lorenz die vier Töne rauf und runter, bis es ihm zu langweilig wurde und er die Abfolge der Töne änderte. Eine einfache Melodie erklang, langsam und traurig, aber wunderschön.

Ehe der Spielmann Lorenz die Anweisung dazu geben konnte, hatte er seine linke Hand weiter nach rechts geschoben und seine Finger wanderten zu den höheren Tasten und wieder zurück. Anselm und Kamaria warfen sich anerkennende Blicke zu.

»Es scheint«, sagte Anselm von Hagenau, »der Junge ist ein Naturtalent. Lorenz und die Drehleier – ich glaube, wir haben gerade den Beginn einer wunderbaren Freundschaft erlebt!«

Caput V

Ein Abschied in der Nacht

Die Zeit schien wie in Watte gepackt. Väterchen Frost hatte keine Gnade mit der Grafschaft Rabenhorst und hielt Mensch und Tier in seiner eisigen Umklammerung. Das Leben auf der Burg war hart und mühsam. Die Vorräte gingen langsam zur Neige. Pökelfleisch, Brot und andere Lebensmittelbestände im Vorratskeller hatten bedenklich abgenommen. Auch das im Herbst aufgestapelte Feuerholz wurde allmählich knapp. Die Burgbewohner rückten abends möglichst eng zusammen, um wenigstens etwas Wärme abzubekommen. Die Knechte übernachteten in den Stallungen, legten sich zu den Pferden und schmiegten sich unter Decken an die wärmenden Körper der Tiere. Wer ein Fell zum Zudecken besaß, konnte sich glücklich schätzen. Die Alten sagten, es habe seit Jahrzehnten keinen so bitteren Winter gegeben, und jeder sehnte mehr als alles andere das Frühjahr herbei.

Die einzige Unterhaltung waren die abendlichen Vorstellungen der Spielleute. Je länger die kalte Jahreszeit jedoch andauerte, desto mehr musste das Brennholz rationiert werden. Das Zubereiten der seltener gewordenen warmen Mahlzeiten war mühselig, denn jedes Mal musste in der Küche das Feuer im Ofen neu entfacht werden. So herrschte dort nur selten ein wenig Wärme vom Herdfeuer.

Auch in der Caminata wurde im großen Kamin nicht fortdauernd geheizt, sodass die Auftritte der Spielleute nicht jeden Abend stattfinden konnten. Es war einfach zu kalt. Wer kann schon mit steif gefrorenen Fingern die Laute schlagen oder die Harfe zupfen. Abgesehen davon, dass die Darmsaiten der Instrumente die unangenehme Eigenschaft hatten, sich in der feuchten, eisigen Luft andauernd zu verstimmen. An das Spiel auf dem Dudelsack war gleich überhaupt nicht zu denken. Die Rohrblätter in den Spielpfeifen, die den Ton erzeugten, reagierten noch empfindlicher auf die Kälte als die Saiten der Zupfinstrumente. Lorenz musste aus diesen Gründen oft aufs Üben verzichten. Den Spielleuten blieb meist nichts anderes übrig, als ihre Lieder ohne Instrumentenbegleitung zu singen oder lange Heldengedichte aufzusagen.

Seit der Graf dem Gesinde erzählt hatte, dass Kamaria eine Mauretanierin mit schwarzer Hautfarbe und nicht etwa ein böser Dämon oder ein Geist sei, war das Mädchen Burggespräch. Die meisten kannten Geschichten über die Kreuzzüge ins Heilige Land und hatten von sogenannten Mohren mit dunkler Haut gehört. Doch niemand hatte jemals mit eigenen Augen einen solchen schwarzhäutigen Menschen gesehen. Die Tatsache, dass die Maid ihre Sprache perfekt beherrschte, hatte dazu beigetragen, dass sie zwar scheu gemustert, ansonsten ihre Anwesenheit jedoch hingenommen wurde.

Natürlich hatte Roland von Rabenhorst den Burgbewohnern erklärt, dass Kamaria ihnen nichts Übles wolle. Aber es gab auch Leute, die hinter dem Rücken der Mauretanierin Böses über sie redeten und versuchten, Misstrauen gegen Kamarias Andersartigkeit zu schüren. Deshalb vermummte sie sich bei Auftritten weiterhin mit der venezianischen Maske, die ihr ein Gefühl der Sicherheit gab. Tagsüber streifte sie hingegen unverkleidet mit Lorenz durch die Burg.

Bärbeiß tat sein Bestes, um den Hass auf das Mädchen anzufachen. Zu tief saß seine Abneigung gegen Spielleute im Allgemeinen und gegen Kamaria im Besonderen. Und seit er um ihre Hautfarbe wusste, hatte Bärbeiß die Mauretanierin umso mehr auf dem Kieker. Natürlich verbreitete er seine Tiraden nur hinter vorgehaltener Hand. Aber Kamaria bemerkte gelegentlich, dass die Leute verstohlen ein Kreuzzeichen schlugen, wenn sie ihrer ansichtig wurden. Einige hielten ihr den ausgestreckten Zeige- und kleinen Finger zur Abwehr des bösen Blicks entgegen.

Bärbeiß wurde immer findiger, wenn es darum ging, Gerüchte über Kamaria zu streuen. Die orientalische Teufelin sei schuld daran, dass Gott es nicht Frühling werden lasse. Dann wiederum hieß es, es sei kein Wunder, dass der Winter nicht zu Ende gehe, da selbst die Sonne sich aus Angst vor dem schwarzen Baalskind nicht zu zeigen wage. Je länger das furchtbare Winterwetter anhielt, desto lauter wurden die Stimmen, die Kamaria dafür verantwortlich machten. Manch einer tuschelte, dass vielleicht ein großer Scheiterhaufen der richtige Weg zu ordentlicher Wärme sei.

Für Lorenz zogen sich die Tage quälend langsam dahin. Das Christfest hatten die Burgbewohner mit einem bescheidenen Festmahl gefeiert, den Jahreswechsel still verbracht. Zu seinem Geburtstag im Jänner hatte der Junge von seinem Vater ein Paar Stiefel bekommen, das seine Füße viel besser wärmte als die alten, ausgelatschten Treter. Vor allem bei seinem täglichen Stalldienst leisteten ihm das neue Schuhwerk gute Dienste.

Lorenz verrichtete seine Aufgaben pflichtgemäß. Die zwei Wochen Küchenfrondienst bei Hannah hatte er schon längst klaglos abgeleistet. Trotzdem gehörte das Geschirrspülen nach dem Morgenbrot weiterhin zu seinen Pflichten. Aber da im Küchenherd in diesen Tagen nur noch selten Feuer entzündet wurde, war nicht daran zu denken, täglich warmes Spülwasser aufzusetzen. Man begnügte sich damit, Teller, Tiegel, Schüsseln und anderes Gerät notdürftig mit feuchten Tüchern abzuwischen oder mit Sand zu reinigen. Diese Arbeit war zwar nicht angenehm, doch wenigstens hatte der Junge nicht jeden Tag Spüldienst.

Das Aushelfen in der Küche hatte allerdings auch seine guten Seiten. Lorenz wunderte sich immer wieder aufs Neue, wie Hannah es schaffte – die Magd steckte ihm fast jedes Mal eine Extraration zu. Hier eine Scheibe Speck, da ein Stück Roggenfladenbrot oder einen verschrumpelten Apfel. »Auf dass du groß und stark wirst und die Leier auch getragen bekommst«, zog sie den armen Lorenz auf. »Und sobald du dann ein berühmter Spielmann bist, kannst du mir die schönsten Liebeslieder vorsingen.«

Einstweilen war es nicht so weit her mit dem Musizieren. Wenn Lorenz am späten Nachmittag aus den Stallungen kam, hatte er meist durchgefrorene, schmerzende Hände, sodass an Musikmachen nicht zu denken war. Aber er freute sich jeden Abend darauf, Kamaria und Anselm in der Caminata zu treffen und von ihnen Geschichten zu hören oder Lieder zu erlernen und die Musik wenigstens in der Theorie kennenzulernen.

Anselm von Hagenaus wertvollster Besitz neben seinen Instrumenten waren einige schriftliche Musikaufzeichnungen, die er Lorenz eines Abends zeigte. »Das sind Noten«, schmunzelte der alte Liederjan, als Lorenz' Gesicht zu einem einzigen Fragezeichen wurde. »Das ist eine Schrift, mit der man Töne aufs Pergament bringen kann oder auf die Kuhhaut. Vor vielen Jahren hat Papst Gregor seine Mönche angewiesen, etwas zu erfinden, mit dem man zum Lobe des Herrn die himmlischen Psalmen aufzeichnen kann, um sie für weitere Generationen zu bewahren. Diese Notenzeichen, Neumen genannt, konnten nur Anhaltspunkte geben, wie eine Melodie klingen soll. Deshalb hörten sich die gleichen Lieder, von verschiedenen Spielleuten gesungen, höchst unterschiedlich an. Man hat das System zwar im Laufe der Zeit verbessert, aber so richtig gut kann man Musik nur mit diesem Notationssystem hier aufschreiben.«

Anselm deutete auf eine Reihe von Notenzeilen, die jeweils aus zwei schwarzen, einer gelben und einer roten Linie bestanden, auf die viereckige Notenköpfe geschrieben waren.

»Diese Schrift hat Guido von Arezzo erfunden«, sagte Anselm und erklärte Lorenz die einzelnen Zeichen und welche Töne sie darstellten.

»Als Guido im Kloster Pomposa Choralgesang lernte, haben seine Mitbrüder ihn für einen Spinner gehalten, weil er diese neue Notenschrift erdacht hat. Als er dann später in Arezzo damit selbst Chorknaben in nur wenigen Tagen ziemlich vertrackte Choräle beibrachte, wofür geübte Sänger sonst Wochen brauchten, hat er richtig Aufsehen erregt. Sogar Papst Johannes XIX. hörte von diesem System. Es heißt übrigens *antiphonarium.*«

»Das sieht aber recht knifflig aus«, meinte Lorenz, »ich glaube, das kapiere ich nie ...«

Anselm lachte: »Das habe ich anfangs auch gedacht. Keine Bange, das schaut schwieriger aus, als es ist. Wenn du wirklich ein Minnesänger werden willst, bleibt dir nichts anderes übrig, als die Notenschrift zu lernen, denn die meisten Troubadoure und Trouvères haben ihre Lieder in Noten aufgezeichnet.«

Lorenz runzelte entmutigt die Stirn.

»Na komm«, tröstete ihn Anselm, »es ist noch kein Meister vom Himmel gefallen. Und so hilfreich Noten auch sind, um neue Lieder zu erlernen: Für meinen Geschmack geht nichts über ein ausgezeichnetes Gedächtnis und einen guten Lehrer, der einem Gefühl für Rhythmus und Betonung beibringt und die Kniffe, wie man eine Laute schlägt oder eine Harfe zupft. So, wie es uns seit Hunderten von Jahren die Tradition mündlich überliefert hat. Na ja, aber für den Anfang geben einem die Noten Anhaltspunkte, wie eine Motette oder ein Choral klingen soll. Und welche Verzierungen man auf dem Instrument ausführen muss. Ich habe die Pergamente übrigens einem alten Troubadour in Carcassonne abgeluchst, der nach einem üblen Besäufnis in der Schenke seine Zeche nicht bezahlen konnte. Und alle Zuhörer, die ihn vorher angefeuert und zum Saufen verführt hatten, wollten hinterher auch nicht eine einzige Münze in seinen aufgestellten Hut springen lassen. Der arme Teufel musste selbst seine Drehleier verhökern, um nicht als Zechpreller in den Kerker geworfen zu werden.«

Lorenz hatte staunend der Geschichte gelauscht. »Und was hatte der für eine Leier?«, fragte er Anselm.

»Na, die da, die du gerade auf dem Schoß liegen hast«, schmunzelte der Alte. »Lass hören, wie weit du mit deinen Übungen gekommen bist.«

»Na ja«, druckste Lorenz herum, »ich hätte ja gerne mehr geübt, aber du weißt ja, wie mein Vater ist. Er hält das Musizieren für Zeitverschwendung. Er duldet es zwar, wenn ich versuche, ein Instrument zu spielen, doch er sieht es nicht gerne.«

Anselm zog eine Grimasse und nahm den Jungen ironisch auf die Schippe: »Vor allen Dingen wird er es auch nicht gerne hören, wenn du versuchst, ein Instrument zu spielen, denn deine Fortschritte lassen doch noch zu wünschen übrig.«

Lorenz protestierte. Sein Ehrgeiz war geweckt, und er begann, auf der Sinfonia eine Melodie zu spielen, die ihm Kamaria ein paar Tage vorher beigebracht hatte. Es war ein flotter Reigentanz mit einigen vertrackten Stellen, aber Lorenz bekam das Stück schon ganz gut hin. Anselm nickte anerkennend, ergriff die Laute und begann, mit der linken Hand mehrere Töne gleichzeitig auf den Saiten zu greifen.

In der Rechten hielt er das Federkielplektrum, mit dem er die Saiten rhythmisch anschlug. Lorenz hatte noch nie gehört, dass man auf einer Laute anders spielen konnte, als nur eine einstimmige Melodie ertönen zu lassen. Der Akkordrhythmus untermalte gekonnt seine Drehleiermelodie und verlieh dem Tanz einen völlig neuen, mitreißenden Unterton. Damit nicht genug. Kamaria hatte die Fidel auf den Arm genommen und begonnen, eine zweite Stimme darauf zu intonieren. Es klang wunderbar, und die drei Musikanten spielten sich so richtig in Begeisterung. Hinterher durfte Lorenz sich an der Laute versuchen. Im Nu war seine linke Hand verkrampft.

Die Bünde schienen zu weit auseinander zu liegen, um seinen Fingern ein gleichzeitiges Greifen der Saiten zu erlauben. Er musste sich damit begnügen, eine schlichte Tonfolge auf einzelnen Saiten zu zupfen. Lorenz übte zwar verbissen auf der Laute, doch wirklich angetan hatte es ihm die Sinfonia. Im Laufe der Wochen brachte er es zu recht passablen Fähigkeiten auf diesem Instrument.

Langsam ließ der strenge Frost nach, und Anfang März setzte Tauwetter ein. Lorenz entdeckte im Burggarten die ersten Krokusse. Es konnte nun nicht mehr lange dauern, bis sein Vater mit der ritterlichen Ausbildung des Jungen fortfahren wollte, und Lorenz graute bei dieser Vorstellung. Wenigstens hatte Bärbeiß ihn seit dem Vorfall mit dem Planwagen in Ruhe gelassen. Er konzentrierte sich darauf, Kamaria übel nachzureden. Doch er versäumte es nie, Lorenz finstere und bedeutungsvolle Blicke zuzuwerfen.

Am Ende des Märzmondes wurde die Burg von einer Krankheitswelle heimgesucht. Ein Pferdeknecht und einer der Ritter zogen sich eine Erkältung zu, dann erwischte es die Hälfte des Gesindes. Der Graf wies den am schlimmsten Erkrankten eigene Kammern zu, damit sie die gesunden Bewohner des Gesindeschlafsaales nicht ansteckten. Die Maßnahme hatte nur wenig Erfolg. Innerhalb kürzester Zeit litten fast alle Burgbewohner an der gefährlichen Influenza.

Bald darauf machten noch infamere Gerüchte die Runde als zuvor. Es sei nicht verwunderlich, flüsterten die Leute, wenn jeder auf Burg Rabenhorst todkrank werde. Immerhin beherberge und verhätschele man eine schwarze Teufelsbrut, anstatt sie mit einem schönen Freudenfeuerchen auf dem Scheiterhaufen zu Luzifer, dem Höllenfürsten, zurückzubefördern. Kamaria kamen diese Verleumdungen natürlich zu Ohren. Sie brachte die bösen Zungen zum Schweigen, indem sie sich öffentlich zum Christentum bekannte. Sie nahm an jedem Gottesdienst in der Burgkapelle teil und bekreuzigte sich beim Betreten und Verlassen der Kirche demonstrativ mit Weihwasser. Wer bei der Berührung von geweihtem Wasser nicht sofort vor Schmerzen aufschrie, konnte schließlich nicht des Teufels sein. Aber Kamaria war sich sehr bewusst, dass es nur eines kleinen Funkens bedurfte, um den Volkszorn zum Explodieren zu bringen. Und dann Gnade ihr Gott, mochte man ihn nun Jehova, Christus oder Allah nennen.

Auch Anselm von Hagenau wurde krank. Zunächst war es nur ein leichtes Kratzen, das seine sonore Stimme belegt klingen ließ. Dann kam ein bellender Husten hinzu, der sich zu einer schweren Grippe auswuchs. Anselm bekam hohes Fieber und musste das Bett hüten. Eine Influenza war eine ernste Geschichte, denn es gab keinen Medikus auf der Burg. Die meisten Ärzte waren ohnehin Quacksalber, die jede Krankheit als von Gott gegebene Prüfung betrachteten. Ihr äußerst begrenztes medizinisches Wissen beschränkte sich in der Regel auf reines Gesundbeten.

Wenigstens kannte Hannah einige probate Hausmittel. Gegen den Husten bereitete sie dem Spielmann Zwiebelsud mit Honig. Eine furchtbare Kombination, wie Lorenz fand. Hannah verabreichte Anselm außerdem verschiedene Kräutertees und verpasste ihm kalte Wadenwickel, um die Temperatur zu senken. »Diese verdammten Sterne«, jammerte die Magd, »sie stehen wieder in böser Konjunktur! Ihr Funkeln ist genauso düster wie im vorigen Winter, als die Influenza uns das letzte Mal heimsuchte.« Auch Hannah schniefte seit Tagen vor sich hin. Obwohl sie sich hingebungsvoll um die erkrankten Burgbewohner kümmerte, schien sie selbst unempfindlich gegen die Krankheit zu sein. Sie versorgte Anselm mit besonderer Aufmerksamkeit. Allein, es nützte alles nichts. Der Spielmann bekam immer höheres Fieber mit Schüttelfrost und hustete sich die Seele aus dem Leib. Von Tag zu Tag wurde Anselm schwächer. Nach etwa zwei Wochen war sein Körper vom ständigen Husten so geschwächt, dass er wirre Fieberträume hatte und kaum noch jemanden erkannte. Kamaria wich Tag und Nacht nicht von seiner Seite. Sie hatte sich zu Beginn der Influenzawelle auf der Burg zwar eine Erkältung eingefangen, aber die Erkrankung war bei ihr bald abgeklungen. Auch Lorenz hatte es nicht erwischt, und so wechselten sich die beiden mit der Pflege des alten Vaganten ab.

Eines Nachts, Kamaria wachte an seinem Lager, klagte Anselm über starke Schmerzen in der linken Brust.

»Hol mir den Jungen, schnell!«, flüsterte er, gefolgt von einer heftigen Hustenattacke.

Kamaria rannte wie von Furien gehetzt, um Lorenz aus dem Bett zu werfen. Als die beiden wieder an der Lagerstätte des Spielmanns eintrafen, rührte Anselm sich kaum noch. In Panik hastete Lorenz aus dem Zimmer und kehrte kurz darauf mit einer Feder zurück, die er dem Spielmann unter die Nase hielt. Die Feder bewegte sich. Anselm atmete, aber sehr schwach.

Plötzlich bäumte sich der Spielmann auf, von krampfartigem Husten geschüttelt. Mit schmerzverzerrtem Gesicht griff er sich an die linke Brust und schaute Kamaria und Lorenz aus blutunterlaufenen Augen an.

»Lorenz«, flüsterte er kaum hörbar, »komm her zu mir!« Der Junge beugte sich über den Spielmann.

»Versprich mir, dass du auf Kamaria Acht gibst, wenn ich nicht mehr da bin.«

»Was soll das heißen: wenn du nicht mehr da bist? Red doch keinen Unsinn!«, stammelte Lorenz mit erstickter Stimme.

Wieder wurde Anselm von einem Hustenanfall gepackt. Lange Zeit regte er sich nicht. Dann schlug er die Augen auf und sah den Jungen eindringlich an.

»Lorenz, du wirst eines Tages ein großer Troubadour sein, das habe ich von Anfang an gewusst. Ich schenke dir meine Drehleier und die Laute, aber sorge dafür, dass niemand Kamaria etwas zuleide tut. Sie ist mir lieber als ein leibliches Kind. Dir rate ich: Wenn du ein wahrer Könner auf der Leier werden willst, brauchst du einen richtigen

Lehrer und ein viel besseres Instrument. Gehe nach Coellen und suche Meister Volker, der ...«

Ermattet fiel Anselm in sein Bett zurück. Ein Röcheln entrang sich seiner Brust. Kamaria hielt seine Hand fest umklammert. Der alte Spielmann fiel in einen unruhigen, fiebrigen Schlaf.

Er sollte seine Augen nie mehr öffnen.

Caput VI

Es geht eine dunkle Wolk' herein

Die Influenza kostete fünf Menschen das Leben, und überall auf der Burg herrschte eine gedrückte Stimmung. Anselms Tod löste bei Kamaria und Lorenz tiefe Trauer aus. Als sie den Spielmann auf dem Gottesacker hinter der Burgkapelle beisetzten, spielte das Mädchen am Grab eine langsame, traurige Weise auf dem Dudelsack. Fast alle Burgbewohner erwiesen dem Vaganten die letzte Ehre, obwohl es in Strömen goss und sich der Friedhof schnell in ein Schlammfeld verwandelte.

Kamaria vergrub sich danach in ihrer Kammer und wollte niemanden sehen. Hannah brachte ihr morgens, mittags und abends etwas zu essen, doch die Mauretanierin ließ ihre Mahlzeiten meist unberührt.

Auch Lorenz wusste kaum etwas mit sich anzufangen und war froh, wenn er sich in seine tägliche Arbeit stürzen konnte. Allmählich wurde das Wetter besser und die Temperaturen stiegen. Lorenz übte nach dem Abendbrot stundenlang auf der Sinfonia. Dann wieder quälte er sich damit, die Finger der linken Hand über den Saiten seiner Laute zu spreizen, um auf den Bünden Akkorde greifen zu können.

Aber er machte ohne Anselms kundige Unterweisung nur wenige Fortschritte. Er konnte der Tatsache, dass die beiden kostbaren Instrumente nun ihm gehörten, keine Freude abgewinnen. Nicht um den Preis, dass der alte Spielmann dafür hatte sterben müssen. Lorenz vermisste Anselm sehr, seine sonore Stimme, seine Geschichten von berühmten Troubadouren und das schier unendliche Repertoire an Liedern. Wer brächte Lorenz nun Minnegesänge und Heldengedichte bei? Wer lehrte ihn, die Notenschrift zu lesen, die Laute zu schlagen und die Leier zu spielen?

Eine Woche nach Anselms Tod beschloss Lorenz, dass es so nicht weitergehen konnte. Als Kamaria wieder einmal nicht zum Mittagessen erschien, besuchte Lorenz sie in ihrem Zimmer. Die Mauretanierin lag auf der Seite in ihrem Bett, das Gesicht zur Wand gedreht. Lorenz setzte sich auf den Bettrand und legte Kamaria die rechte Hand auf die Schulter. Sie schluchzte leise und begann zu weinen.

»Kamaria«, flüstere Lorenz.

»Geh weg!«, entgegnete sie tonlos.

»Kamaria«, wiederholte der Junge, »bitte hör mich an. Du musst etwas essen. Es bringt Anselm doch nicht zurück, wenn du dich zu Tode hungerst.«

Unvermittelt warf Kamaria sich herum. Lorenz nahm sie in den Arm, drückte sie fest an sich und streichelte ihren Kopf. Lange schwiegen sie, bis Kamaria wisperte:

»Was soll ich bloß ohne Anselm machen? Ich vermisse ihn so sehr.«

»Ich weiß«, antwortete Lorenz. »Ich vermisse ihn auch. Aber du kannst dich nicht ewig einsperren. Außerdem brauche ich deine Hilfe.«

»Wieso?«, schnüffelte Kamaria und schaute ihn aus rot geränderten Augen an.

»Ich habe die Melodie für einen Reigentanz komponiert, aber sie ist noch nicht ganz fertig. Ich dachte, du könntest mir heute Abend vielleicht helfen.«

Kamaria nickte langsam: »Klar, das könnte ich.«

Sie setzte versuchsweise ein schiefes Grinsen auf:

»Ohne uns Mädels wärt ihr Jungs ja aufgeschmissen – nicht mal einen Tanz bringt ihr ohne unsere Hilfe fertig ...«

Da wusste Lorenz, dass Kamaria über den Berg war.

»Ich hab' dir ein Stück Kuchen mitgebracht, magst du?«

Sie mochte. Lorenz öffnete das verknotete Leinentuch, das Hannah ihm mitgegeben hatte, und brachte das Backwerk zum Vorschein. Kamaria aß mit Heißhunger und leckte hinterher die Krümel von dem Tuch.

»Jetzt habe ich so richtig Hunger! Komm, lass uns schauen, ob noch etwas vom Essen übrig ist«, sagte sie, schubste Lorenz von ihrer Bettkante und erhob sich. »Ich könnte ein ganzes Ferkel verspeisen.«

Die beiden liefen die Treppe hinunter und machten sich auf den Weg in die Küche. Im Treppenhaus warf Lorenz zufällig einen Blick durch ein Fenster und sah auf dem Burghof Bärbeiß, der sich gemeinsam mit einem fremden Ritter der Caminata näherte. Er redete lebhaft gestikulierend auf den Soldaten ein. Der Neuankömmling führte ein Schlachtross am Zügel. Am Sattel war mit einem Riemen das Zaumzeug eines Packpferdes befestigt, das mit der Rüstung und den Waffen des Ritters beladen war.

Lorenz fragte sich, wer der Unbekannte sein mochte und was Bärbeiß wieder ausheckte.

»Geh schon mal zu Hannah«, sagte er zu Kamaria, »ich will sehen, ob ich Bärbeiß und den fremden Ritter belauschen kann.«

Bärbeiß hatte sich mit dem Soldaten auf einer Bank neben dem Kücheneingang niedergelassen. Lorenz lief in den Palas und betrat den Rittersaal, der an die Küche grenzte. Er hockte sich unter das erste Fenster und hoffte, etwas von der Unterhaltung mitzubekommen. Und tatsächlich, als er richtig die Ohren spitzte, konnte er die beiden Männer belauschen.

»Und seither sterben die Menschen wie die Fliegen«, wetterte Bärbeiß gerade.

»Seid also gewarnt«, fuhrt der Torwächter fort, »wenn Ihr dieser schwarzen Teufelin über den Weg lauft. Unseren jungen Herrn Lorenz hat sie schon völlig verhext. Stellt Euch vor, der will jetzt nicht mehr Knappe, sondern Sänger werden.«

»Na«, lachte der fremde Ritter, »das treibe ich ihm aus. Deshalb hat mich Graf Roland schließlich herbestellt. Ich bin bekannt dafür, dass die Ritter, die ich ausgebildet habe, unbesiegbare und stolze Recken geworden sind, so wie die Hofritter Karls des Großen. Viele von ihnen sind schon einen heldenhaften Tod auf dem Schlachtfeld der Ehre gestorben.«

»Aber Herr Lorenz ist verweichlicht, und der Graf lässt ihm so ziemlich alles durchgehen«, gab Bärbeiß zu bedenken.

»Nicht, wenn ich die Sache in die Hand nehme. Bei mir zählen nur Gehorsam, Härte, Disziplin und Todesverachtung. Mir ist egal, wie ich das durchsetze, und ich dulde bei meinen Schülern keinerlei Nachlässigkeit.«

»Ihr werdet Euch wundern«, antwortete Bärbeiß, »wie sehr der junge Herr unter dem Einfluss dieses schwarzen Mädchens steht. Ich bin sicher, sie hat ihm einen Trank eingeflößt, der ihn völlig unter ihren Bann gestellt hat!«

»Das kann man ändern«, grunzte der fremde Ritter mit seiner knarzigen Stimme. »So eine Burg ist groß, und die Gefahren sind vielfältig. Man braucht nur einmal auf einem unbefestigten Wehrgang auf der Burgmauer einen falschen Schritt zu tun oder beim Wasserholen an der Zisterne auszurutschen ... Oder man erschreckt im Stall die Pferde und gerät unter die Hufe. Lass das mal meine Sorge sein. Ich werde von Graf Roland nur dann bezahlt, wenn ich seinen Sohn zu einem unerschrockenen Kämpen mache. Und du glaubst doch bestimmt nicht, dass mich eine hergelaufene Mohrin daran hindern wird, oder?«

Der Ritter lachte hämisch, wobei sein Kettenhemd leise klirrte.

Bärbeiß unterdrückte ein glucksendes Lachen:

»Ich sehe, wir verstehen uns, Herr. Ich will, dass dieses schwarze Miststück endlich von unserer Burg verschwindet. Und wenn dem Bürschlein Lorenz mal eine ordentliche Lektion erteilt wird, dann soll mich das auch weiter nicht stören.«

Bärbeiß ließ offen, was er damit meinte und fuhr fort: »Aber nun kommt, ich zeige Euch erst einmal, wo Ihr Eure Pferde unterbringen könnt. Danach geleite ich Euch zu Graf Roland.«

Lorenz saß wie gelähmt unter dem Fenster und lauschte auf die sich entfernenden Stimmen. Das hätte er Bärbeiß nicht zugetraut. Lorenz wusste nicht, was er tun sollte. Er rannte in die Küche, wo Hannah sich anschickte, Kamaria eine Schüssel Suppe aufzutischen.

»Kamaria, ich muss mit dir reden«, sprudelte es aus Lorenz heraus. Er fasste sie ungestüm am linken Handgelenk und zog sie von ihrem Schemel hoch, sodass ihr beinahe der Suppenlöffel aus der Hand fiel. »Los, komm mit, es ist dringend.«

Kamaria war jedoch störrisch und befreite sich aus seiner Umklammerung: »Nun mal langsam, Lorenz. Ich habe gerade angefangen, diese köstliche Brühe zu genießen, und Hannah hat mir zum Nachtisch noch Dörrpflaumen versprochen. Du glaubst doch nicht, dass ich mir die entgehen lasse, oder?«

»Genau«, schaltete die Magd sich in ihr Gespräch ein. »Und hinterher will ich mit Kamaria zusammen ein Schnittmuster für ein neues Kleid aussuchen. In der schwarzen Kleidung kann sie jedenfalls nicht immer herumlaufen. Die ist ja völlig undamenhaft.«

Kamaria runzelte die Stirn: »Ich bin ja auch keine Dame ... Wenn ich Musik mache, trage ich ein Kostüm. Das müsste zwar an der einen oder anderen Stelle geflickt werden, aber ... Ansonsten gefallen mir die schwarzen Kleider!«

»Nichts da«, sagte Hannah. »Du kannst nicht ewig mit der dunklen Tunika und mit Hosen wie ein Junge rumlaufen. Meine Freundin Dinah vom Gesinde hat mir ein paar Ellen von dem karmesinroten Stoff versprochen, den sie in den letzten Wochen gewebt hat. Der wird sicher sehr gut zu deiner Hautfarbe passen. Und dann habe ich noch eine hübsche Bordüre aus Goldbrokat, die an den Gewändern von Lorenz' Mutter war. Der Graf hat nichts dagegen, wenn ich für Kamarias Kleid ein Stück davon verwende.«

»Und was deine Schuhe betrifft«, fuhr Hannah an Kamaria gewandt fort, »hat Graf Roland angeordnet, dass ich mit dir zum Schuster gehe und dir neues Schuhwerk anfertigen lasse. Auch ein schönes Paar Damenschuhe! Graf Roland sagt, ein Kleid und Schuhe sind ein kleiner Lohn für die Freude, die Kamaria und der arme Anselm uns mit ihrer Musik bereitet haben.«

Nachdem Kamaria fertig gegessen hatte, verdrückten sich die beiden in Lorenz' Lieblingsversteck, den Söller im Burgfried. Lorenz erzählte Kamaria, was er von Bärbeiß und dem schwarzen Ritter erlauscht hatte.

»Das ist eine böse Sache«, meinte Kamaria. »Aber ich glaube nicht, dass mir etwas passieren wird. Gefahr gekannt, Gefahr gebannt, sagt man. Auf jeden Fall werde ich sehr aufpassen.«

»Und was wird mit mir?«, entgegnete Lorenz. »Dieser Schinder sieht nicht so aus, als wäre mit ihm gut Kirschen essen. Ich ahne schon, was mir jetzt bevorsteht. Ab sofort werde ich nur noch wenig Unterricht in Sprachen und Rechnen und höfischer Verskunst bekommen. Stattdessen muss ich lernen, wie man das Schwert schlägt, wie man mit einer Lanze reitet oder den Morgenstern schwingt. Und wenn ich Glück habe, sticht mich dieses Ungetüm beim Tjosten so unglücklich vom Pferd, dass ich mir alle Knochen breche, oder womöglich gar eine Hand. Und das war es dann mit der Laute oder der Drehleier.«

»Na komm, so schlimm wird's schon nicht werden«, tröstete Kamaria den Jungen. »Zumindest nicht am Anfang«, setzte sie grinsend hinzu.

»Na prima, du bist mir eine echte Hilfe!«, entgegnete Lorenz.

Beim Abendessen stellte Graf Roland den Neuankömmling vor. Es kam nicht so schlimm, wie Lorenz befürchtet hatte. Es kam schlimmer.

»Dies ist der Edle Herr Arnold von Schwarzeneck, der im ganzen Land berühmt ist für seine Erfolge als militärischer Ausbilder kühner Recken. Du bist nun vierzehn Jahre alt und somit kein Edelknabe mehr, sondern ein Knappe. Bis jetzt habe ich dich selbst geschult oder dich von Fachlehrern in den *septem artes liberales* unterrichten lassen. Nun ist es an der Zeit, dass du das Kriegshandwerk und die *septem artes probitates* von einem Fachmann erlernst. Der Edle Herr von Schwarzeneck wird dich die Turnierregeln lehren. Du wirst lernen, mit Rüstung und Lanze zu reiten und mit Schwert und Speer zu kämpfen. Dein Tagesablauf sieht künftig wie folgt aus ...«

Arnold von Schwarzeneck reichte Graf Roland ein Pergament. Der entrollte das Dokument und las vor:

- Morgens beim ersten Schrei des Hahnes zur Prim:
  Aufstehen und Frühgebet.
- Zwischen Prim und Terz:
  Turnen und leichte Laufübung zum Stählen der Muskulatur.
  Zubereiten des gräflichen Morgenbrotes, Bedienung bei Tisch.
  Dann eigenes Morgenbrot, Küchendienst und Waffenpflege.
- Zwischen Terz und Meridies:
  Turnierregeln erlernen, Schwertübungen,
  Lanzenreiten in leichtem Gewand.
- Zu Meridies:
  Mittagsmahl.
- Danach bis zur Nona:
  Wurfübungen mit dem Speer auf den Strohritter,
  Lanzenstechen auf den hölzernen Ritter

* Von der Nona bis zur Vesper:
  Versorgen der Pferde.
* Nach der Vesper bis zur Komplet:
  Waffenpflege.
* Danach: Freizeit.

»A-a-aber Vater«, stammelte der Junge, »ich muss doch auch noch die Verskunst erlernen oder Sprachen studieren. Wenn ich das abends machen muss, habe ich ja gar keine Zeit mehr für die Musik! Wann soll ich denn auf der Laute üben oder auf der Drehleier?«

Das Antlitz des Grafen verfinsterte sich: »Ich habe mir deine Musiziererei lange genug mit angesehen. Es war in Ordnung, solange es im Winter nichts Besseres zu tun gab. Doch nun kommt das Frühjahr, und es wird Zeit, dass dir endlich jemand Zucht, Disziplin und Heldenmut beibringt. Arnold von Schwarzeneck ist genau der Richtige für diese Aufgabe. Er ist von mir eigens für deine ritterliche Ausbildung eingestellt worden. Morgen früh wirst du dich bei ihm melden. Du tust ohne Widerrede das, was der Noble von Schwarzeneck dir aufträgt. Sein Wort ist mein Wort. Und nun will ich von dem Thema nichts mehr hören. Haben wir uns verstanden, Laurentius von Rabenhorst?«

Lorenz ließ ergeben den Kopf sinken, nickte schwach und setzte sich zu Tisch. Das Abendessen verlief äußerst angespannt, jedenfalls für Lorenz. Sein Vater und der fremde Ritter hingegen schienen sich ausgezeichnet zu verstehen, und Arnold von Schwarzeneck begann sogleich, seine Heldentaten zu rühmen. Dabei sprach er wacker dem roten Wein zu.

Nach der dritten Karaffe erzählte er, wie er kurz nach einem grässlichen Lindwurm einen Riesen erschlagen und anschließend noch dreißig feindliche Ritter besiegt hatte. Von Glas zu Glas wurden seine Zunge schwerfälliger und die überwältigten Feinde zahlreicher, größer und gefährlicher.

Lorenz wunderte sich über seinen Vater, der den Erzählungen von Schwarzenecks so unkritisch Glauben schenkte. Seine Zukunft, fand Lorenz, sah nicht gerade rosig aus.

Caput VII

Non scholae, sed vitae discimus

Der Tag begann mit einer Katastrophe. Lorenz hatte verschlafen. Als er wach wurde, sah er bereits die ersten Sonnenstrahlen, es musste also schon nach der Prim sein. So ein Mist. Lorenz sprang von seinem Lager auf und zog sich hastig an. Von Körperpflege konnte unter diesen Voraussetzungen natürlich keine Rede sein. Der Junge raste wie von Furien gehetzt durchs Treppenhaus und fegte atemlos in die Küche, wo Arnold von Schwarzeneck ihn mit einer gut gezielten Maulschelle empfing.

Das Gesicht des Jungen rötete sich, zwar auch durch die Ohrfeige, aber in erster Linie vor Empörung über die Demütigung.

»Ihr gemeiner ...« Weiter kam er nicht. Von Schwarzeneck hatte ausgeholt und ihm mit dem Handrücken einen zweiten Schlag auf die andere Wange verpasst.

»Du hältst das Maul und redest nur, wenn du gefragt wirst!«, donnerte der finstere Recke ihn an.

»Aber das dürft Ihr nicht! Mein Vater ...« – Patsch! Lorenz' Wangen glühten von dem dritten Schlag.

»Dein alter Herr, mein guter Knabe, hat mich genau dafür eingestellt, dir die Flausen aus dem Kopf zu prügeln. Du sprichst nur, wenn du gefragt wirst. Verstanden?«

Hannah stand die ganze Zeit fassungslos mit offenem Mund daneben und verfolgte die erniedrigende Behandlung ihres Lieblings. Die dritte Ohrfeige ging ihr über die Hutschnur.

»Ihr, Ihr, Ihr ...« Sie rang nach Worten: »Ihr hergelaufener Ritter, Ihr! Was erlaubt Ihr Euch? Wie behandelt Ihr den jungen Herrn?«

Das war ein Fehler. Arnold von Schwarzeneck fuhr blitzschnell herum und fasste die Magd mit eiserner Hand an der Kehle. Der armen Hannah quollen die Augäpfel aus den Höhlen, während sie verzweifelt nach Luft rang.

»Und du, Schlampe«, raunte von Schwarzeneck gefährlich leise und mit einem Unterton in der Stimme, der Lorenz kalte Schauer den Rücken hinunterjagte, »du hältst gefälligst sofort deine Fresse. Seit wann steht es Weibern zu, sich einzumischen, wenn Edelleute sich gepflegt unterhalten? Höre ich auch nur einen weiteren Ton von dir, dann schlage ich dir in aller Ruhe deine schönen Zähne ein. Und zwar langsam und so, dass die Stummel davon stehen bleiben und dir noch Wochen lang Freude bereiten werden. Haben wir uns verstanden, Leibeigene?«

Mit diesen Worten schubste er die arme Hannah mit einem angewiderten Gesichtsausdruck von sich weg. Die Magd fiel hin und schlug sich am Tischrand übel den Unterarm auf. Weinend zog sie von dannen.

»Zurück zu uns beiden, werter Lorenz. Wenn es heißt: Frühgebet nach dem ersten Hahnenschrei, dann ist es mir wirklich scheißegal, ob du den verdammten Pfaffen in der Kapelle draufsetzt. Aber wenn es heißt: Nach dem Frühgebet Turnübungen zum Stählen der Muskulatur, dann trittst du dazu pünktlich an. Ist das klar?«

Fast zärtlich versetzte er Lorenz eine Kopfnuss: »So, und damit wir die verlorene Zeit wieder einholen, gehen wir unverzüglich an die erste Lektion in Waffenpflege. Auf geht's!« Von Schwarzeneck erhob sich. Sein Kettenhemd klirrte leise.

»So ein Schweinehund«, fuhr es Lorenz durch den Kopf. Er wunderte sich, wozu der Recke eine Brünne anhatte. Es herrschte Frieden, und sie befanden sich sicher im Innern einer Burg. Wovor also sollte der Panzer dieses Ekelpaket bewahren?

»Aber mein Morgenbrot«, getraute sich Lorenz einzuwenden. Die vierte Maulschelle kam genauso schnell und tückisch wie die Ohrfeigen vorher.

»Morgenbrot?«, fragte von Schwarzeneck. »Ich fasse es nicht! Der Herr will Morgenbrot. Erst faul wie Dreck sein und dann auch noch verfressen? Mein lieber Junge: Disziplin ist für einen Ritter alles. Und wer keine Disziplin halten kann, muss eben mit den Konsequenzen leben. Das Stundenglas ist schon dreimal durchgelaufen seit dem Hahnenschrei, und das edle Herrlein Laurentius von Rabenhorst geruht erst jetzt, sich einzufinden! Die Auswirkung deiner Unpünktlichkeit ist nicht nur, dass du die versäumten Stunden heute Abend dranhängen wirst. Nein, du machst dich natürlich umgehend, also sofort, an deine nächste Aufgabe: Waffenpflege. Ein Morgenbrot würde dich davon abhalten, pünktlich dieser Pflicht nachzukommen. Alles zu seiner Zeit – und für dich ist im Moment keine Morgenbrotzeit, sondern Waffenpflegezeit. Verstanden?«

Von Schwarzeneck fasste Lorenz am Kragen und beförderte ihn ins Freie.

»Ab in die Waffenkammer! Ich werde in einer halben Stunde dort erscheinen, und sehen, wie viel du geschafft hast. Jede Nachlässigkeit, jede Widerrede, jede Ausflucht und vor allem jeglicher Ungehorsam werden streng bestraft.«

Mit einem breiten Grinsen fügte er hinzu: »Und wenn das geneigte Knäblein auf den dummen Gedanken kommen sollte, sich beim Grafen zu beschweren, dann ... – sagen wir's so: Ich rate dir dringend davon ab. Ich habe vom Herrn Grafen sozusagen einen Freibrief. Er hat mir nicht gerne absolut freie Hand gewährt, aber er weiß, dass ich als der vortrefflichste militärische Ausbilder im ganzen Frankenlande bekannt bin. Und für seinen Sprössling ist ihm natürlich nur der Beste gut genug. Nun, ich bin der Beste, und meine Bedingung war, dass mir niemand, ich wiederhole, niemand in meine Ausbildungsmethoden hineinredet. Eine Beschwerde beim Grafen werte ich als grob illoyales Verhalten und somit als Verstoß gegen die ritterliche Tugend der Treue. Du kannst dir vorstellen, wie ich darauf reagieren würde. Oder besser: Stelle es dir lieber nicht vor.«

Völlig verzweifelt schleppte Lorenz sich in die Waffenkammer. Das waren furchteinflößende Zukunftsaussichten. Was konnte er nur tun? Wenn er sich bei seinem Vater beschwerte, drohten ihm Prügel, beklagte er sich nicht, wäre er weiter hilflos der Willkür seines neuen »Lehrers« ausgesetzt – eine verfahrene Situation! Jetzt erst bemerkte Lorenz, wie gut er es bisher gehabt hatte. Der Dienst im Stall bei Traugott von Trottlingen war ein vergleichsweise einfacher gewesen. Die Schulstunden in Lesen, Schreiben und Rechnen, das Büffeln von Fremdsprachen und schönen Künsten bei seinem Privatlehrer erschienen Lorenz rückblickend geradezu paradiesisch. »Wir lernen nicht für die Schule, sondern für das Leben«, hatte ihm sein Lateinlehrer beigebracht. Verzweiflung und Mutlosigkeit machten sich in Lorenz breit, als er versuchte, sich vorzustellen, wie denn dieses Leben als Ritter sein würde, für das ihn Arnold von Schwarzeneck ausbilden sollte. Der Junge wollte sich gar nicht ausmalen, was ihn in den kommenden Unterrichtsstunden erwarten mochte.

Seine schlimmsten Befürchtungen wurden übertroffen. Der Tag verlief so katastrophal, wie er begonnen hatte. Es gab keinen Bereich, in dem Lorenz es von Schwarzeneck Recht machen konnte. Gottlob hatte er bei Traugott von Trottlingen bereits grundsätzliche Kenntnisse der Waffenpflege erlernt, und so überstand er die nächste Ausbildungsstunde ohne körperliche Züchtigung. Dafür erntete er jede Menge höhnische, bösartige Bemerkungen von seinem Lehrer.

Danach ging es an die Turnierregeln. Von Schwarzeneck erklärte Lorenz die grundlegenden Elemente des Turniers und gab ihm einen Überblick über seine Geschichte. Seit Mitte des elften Jahrhunderts gab es diesen Kampfsport, der von dem französischen Adligen Geoffroi de Preuill erfunden worden war. Ritterspiele erfreuten sich beim Volk wie auch bei den Rittern großer Beliebtheit.

»Wenn du in einem Turnier siegreich bist«, sagte Arnold von Schwarzeneck, »gewinnst du Ruhm und Ehre. Und du erringst die Gunst einer schönen Frau, die dir den Kranz umlegt, während die Herolde deinen Namen überall ausrufen. Es gibt zu fressen und zu saufen, die ganze Nacht durch, bei Wein, Weib und Gesang. Und hinterher ... Hehehe!«

Von Schwarzeneck ließ bedeutungsvoll offen, was er mit »hinterher« meinte. Aus seinem Munde klang die Beschreibung des Turniers nicht nach einer ehrenhaften ritterlichen Betätigung, sondern eher nach einem grausamen Bluthandwerk und wirkte auf Lorenz unrein und wenig erstrebenswert.

Stets schien es von Schwarzeneck nur darum zu gehen, seinen Gegner zu demütigen und ihn ohne Gnade niederzumetzeln. Genüsslich grinsend gab er zum Besten, dass Anno Domini 1240 im heiligen Coellen bei einem Turnier vierzig Ritter und Knappen »abgekratzt« waren.

Die Turniere hingegen, die Graf Roland von Rabenhorst bisher veranstaltet hatte, waren unvergleichlich schöne Festtage voll aufregender, sportlich fairer Kämpfe gewesen. Mit großen Zuschauertribünen, Zelten für die Ritter und ihre Knappen. Lorenz hatte allerdings immer den meisten Spaß gehabt, wenn er den Aufführungen der Gaukler und Musikanten zusah und nicht den ritterlichen Gefechten.

Es gab drei Turnierarten. Den Tjost, den Buhurt und das Turnei. Der Tjost war ein Zweikampf, bei dem sich die Kontrahenten zu Pferd mit Lanzen bekämpften und versuchten, sich gegenseitig vom Ross zu stoßen. Wenn die dritte Lanze zerbrochen und einer oder beide Gegner zu Boden gestürzt waren, wurde der Kampf mit normalerweise stumpfen Waffen zu Fuß weitergeführt. Gefährlich wurde die Bataille, wie der Kampf auch genannt wurde, wenn die Kombattanten scharfe Schwerter verwendeten, was durchaus vorkam, je nachdem, wie wütend die Kämpfer aufeinander waren. Schiedsrichter verteilten Punkte für faire und gut geführte Schläge. Außerdem achteten sie darauf, dass die Turnierregeln eingehalten wurden. Der Tjost setzte sich in letzter Zeit gegenüber dem Buhurt immer mehr durch, weil die Ritter dabei ihre Geschicklichkeit im Umgang mit Waffen in Einzelkämpfen besser unter Beweis stellen konnten.

Beim Buhurt bekämpften sich zwei gleich große Heere von Rittern auf einem abgesteckten Gebiet, das Wälder, Wiesen und Dörfer umfasste. Wie in einer richtigen Schlacht. Dabei galt die Regel, dass nur stumpfe Waffen verwendet werden durften. Wenn ein Recke einen anderen gefangen nahm, so musste der Besiegte Lösegeld bezahlen. Manch ein vormals stolzer Edelmann verlor dabei nicht nur Geld, sondern oft genug auch Pferd und Rüstung. Nicht selten blieb ihm nichts anderes übrig, als sich dem überlegenen Gegner für einige Jahre zu versklaven, damit er die Lösegeldsumme aufbringen konnte.

Das Turnei war eine Kombination von Tjost und Buhurt. Auf einem kleinen Feld standen sich zwei Gruppen von Recken gegenüber, die versuchten, sich Mann gegen Mann aus dem Sattel zu heben. Das Turnei war die beliebteste und häufigste Turnierart.

Für alle drei Formen gab es komplizierte Regeln, die Lorenz im Verlauf der kommenden Wochen und Monate minutiös würde erlernen müssen. Und obwohl von Schwarzeneck die ritterlichen Tugenden hoher Mut, Zucht, Anstand, Mäßigung der Leidenschaften, Ehre und Ansehen, Treue und Aufrichtigkeit, Beständigkeit und Milde stets hervorhob, so klang in seinen Erklärungen immer eine unterschwellige Gehässigkeit gegenüber den Besiegten durch. Häme und Schadenfreude in seiner Stimme waren nicht zu überhören, wenn er erklärte, welche Schmach dem Verlierer drohte.

Nach der Theorie ging es an die Praxis. Bei den Kampfübungen mit Holzschwertern schien es von Schwarzeneck große Freude zu bereiten, dem Jungen genauestens die Haltung, den Umgang, die Schlagtechnik und Finten beizubringen. Nur, um Lorenz dann mit gezielten Schlägen auf die Handgelenke oder die Arme genüsslich seine eigene Überlegenheit spüren zu lassen. Er schien ein besonderes Talent zu haben, seine Hiebe so zu platzieren, dass sie außerordentlich wehtaten, aber kaum sichtbare körperliche Schäden hinterließen.

Nach dem Schwertdrill war das Lanzenreiten an der Reihe. Dabei ging es in erster Linie darum, sich mit einer schweren Turnierlanze auf dem Pferd zu halten. Schon bald spürte Lorenz einen dumpfen Schmerz in seinem rechten Arm, der bei den Schwertübungen einige empfindliche Schläge hatte hinnehmen müssen.

Von Schwarzeneck ließ ihn gleich von Beginn an mit einer langen Lanze für einen ausgewachsenen Ritter üben, die der Junge selbst auf dem speziellen Lanzensattel kaum halten konnte. Kein Wunder, dass ihm der Arm lahm wurde, und er beim leichten Trab die Lanze so tief sinken ließ, dass sie ins nasse Gras stach. Der unglückliche Lorenz wurde, wie von einem Hebel, unsanft aus dem Sattel gehoben und in den Matsch befördert. Von Schwarzeneck quittierte den Sturz mit höhnischem Gelächter.

Das Mittagessen nahmen sie zeitsparend im Pferdestall ein. Es bestand aus mitgebrachtem Brot und gepökeltem Fleisch. Lorenz aß mit Heißhunger und merkte, dass er jetzt schon Prellungen und blaue Flecken am ganzen Körper hatte. Nach der Mahlzeit ging die Tortur mit endlosem Speerwerfen auf den Strohritter weiter. Und auch beim Lanzenstechen machte Lorenz keine besonders gute Figur. Der hölzerne Ritter war eine Puppe, die mit Schild und Keule ausgestattet war und sich auf einem Pfahl um die eigene Achse drehen konnte. Der Knappe musste versuchen, sie von seinem herangaloppierenden Pferd aus umzustoßen. Wenn es ihm nicht gelang, drehte sich die Attrappe und die Keule traf den Knappen mit voller Wucht.

Nachdem Lorenz die Pferde versorgt und das Zaumzeug überprüft hatte, befahl ihm von Schwarzeneck, die in der Frühe verpassten Turn- und Laufübungen nachzuholen. Natürlich versäumte der Junge deshalb die Vesper und musste mit knurrendem Magen die tagsüber gebrauchten Waffen reinigen. Schließlich war er so erschöpft, dass er sich in seine Kammer schleppte und wie tot auf das Lager fiel.

Er wurde nicht wach, als Hannah ihm in der Nacht noch etwas zu essen brachte. Die Magd hatte sich schon den ganzen Tag Vorwürfe gemacht, dass sie am Morgen nicht energischer eingeschritten war, als von Schwarzeneck seinen Schüler schikaniert hatte. Sie ließ Lorenz schlafen und stellte ihm das Abendbrot einfach neben das Bett. Irgendwann würde er schon aufwachen und dann mit Heißhunger den Grützbrei verzehren. Hannah musste lächeln bei dem Gedanken daran und streichelte zärtlich und leise den Kopf des Jungen, sorgsam darauf bedacht, ihn nicht zu wecken. Verzagt dachte die Magd an eine Zukunft, die für sie beide nicht sonderlich rosig zu werden versprach.

Caput VIII

Ein Schrei in der Dunkelheit

Kamaria hatte den Vormittag wie immer damit zugebracht, Hannah in der Küche zu helfen. Die Magd machte ein verkniffenes Gesicht, das nicht so recht zu ihrem sonst so sonnigen Gemüt passen wollte, und sah bedrückt und traurig aus. Als Kamaria sie fragte, was denn los wäre, wich sie aus und sagte, dass alles bestens sei. Sie berichtete knapp, dass Lorenz sein Mittagsmahl im Stall essen würde. Da die Magd heute offenbar nicht sehr mitteilsam war und keine besonders gute Gesellschafterin, beschloss Kamaria, am Nachmittag die lange überfällige Pflege der Musikinstrumente anzugehen, die regelmäßige Wartung brauchten.

Die Drehleier machte schon seit Tagen Mucken, sie klang einfach nicht mehr schön. Das Holzrad musste dringend mit Kolophonium bestrichen werden. Die Saiten benötigten an der Stelle, wo sie auf dem Radrand auflagen, eine neue Umwicklung mit Schafwollfasern. Außerdem hatten sich einige der hölzernen Fähnchen verdreht, die auf den Schiebetasten saßen und die Saiten beim Spiel verkürzten. Sie trafen nicht mehr sauber auf die Melodiesaite. Deshalb klangen die Töne nicht richtig, und die Leier hörte sich insgesamt eher wie eine jaulende Katze als nach einem Musikinstrument an. Es war eine nervtötende und komplizierte Angelegenheit. Das Einrichten einer Sinfonia bedeutete langwierige, mühsame Feinarbeit.

An der Fidel musste eine Saite ausgetauscht werden. Zum Glück hatte Kamaria noch eine der kostbaren Saiten aus Katzendarm auf Vorrat. Das Aufziehen und Einstimmen war weitaus weniger zeitraubend als das Warten der Drehleier. Allerdings brauchte es häufiges Nachstimmen der Fidel, bis sich der Katzendarm, aus dem die Saite angefertigt war, gesetzt hatte und den Ton hielt. An Laute und Harfe war nichts zu reparieren, doch das Stimmen der Harfe dauerte eine ganze Weile, weil sie so viele Saiten hatte.

Zu guter Letzt musste Kamaria ein neues Rohrblatt für den Dudelsack anfertigen. Diese Arbeit war eine hohe Kunst, die sie von Anselm erlernt hatte. Die Herstellung aus Schilfrohr nahm viel Zeit in Anspruch. Man benötigte genaue Kenntnisse dazu und ein scharfes Messer zum Abschaben. Ein falscher Schnitt und die Arbeit von Stunden war für die Katz'. Rohrblätter waren das Herz des Dudelsacks und galten unter Spielleuten als kostbares Gut. Kamaria freute sich wie eine Schneekönigin, als sie nach der Vesper endlich mit dem vierten Rohrblatt einen passablen Ton hinbekam. Sie würde es vielleicht weiter bearbeiten müssen, aber es klang schon jetzt vielversprechend.

Da Lorenz sich nicht blicken ließ und offenbar keine Lust hatte, den Abend mit Kamaria zu verbringen, beschloss das Mädchen, vor dem Schlafengehen noch eine Estampie auf der Fidel zu üben. Das ungestüme Tanzstück stellte hohe Anforderungen an Kamarias Können, weil es schnelle, vertrackte Melodieverläufe hatte, bei denen sich ihre Finger regelmäßig verknoteten. Die Mauretanierin wusste, dass Hartnäckigkeit und geduldiges Repetieren der Schlüssel zum Erfolg waren, und so spielte sie die schwierigen Stellen immer und immer wieder.

Es war tiefe Nacht geworden. Kamaria hatte zwei Talgkerzen entzündet und war völlig auf die Musik konzentriert und in ihre Fidelübungen versunken. Sie spürte den Lufthauch nicht, als sich die Tür zu ihrer Kammer langsam öffnete, und hörte nicht das leichte Knarren der Scharniere. So sehr war ihr Geist mit der Fidel verschmolzen, dass das leise Tappen schneller Schritte nicht in ihr Bewusstsein drang.

Umso größer war der Schock, als sich plötzlich ihre Welt verdunkelte, während sie von eisernen Fäusten gepackt wurde. Irgendjemand hatte Kamaria einen Sack über den Kopf gezogen. Zu allem Überfluss wurde ihr eine Hand auf Mund und Nase gedrückt, sodass sie kaum atmen konnte. Ihr Strampeln und Treten nützte nichts. Der unbekannte Gegner war stärker als sie und umfasste sie wie ein Schraubstock mit dem rechten Arm. Die Fidel polterte auf den Boden, als Kamaria unsanft in die Höhe gehoben wurde. Sie trat wie eine Besessene um sich, so lange, bis unvermittelt ein zweites Händepaar, ebenso ungehobelt und grob wie das erste, ihre Fußgelenke ergriff.

Wehren war zwecklos. Die beiden Gestalten waren einfach kräftiger als das Mädchen. Kamarias Gedanken rasten. Was sollte sie bloß tun? Wie konnte sie sich befreien? Sie war einer Panik nahe, denn ihre Atemluft war bedenklich knapp und ihr Kopf begann, gefährlich zu summen. Alles drehte sich um sie, während ihre Gegner sie forttrugen. Allmählich wurden Kamarias Bewegungen schwächer, glitt ihr Bewusstsein in ein dunkles, schwarzes Nichts. Sie spürte benebelt, wie man sie zuerst treppab, dann wieder treppauf trug. Ihre Häscher bemühten sich, so wenig Lärm wie möglich zu machen. Irgendwann erreichten sie ihr Ziel. Der Griff um Kamarias Mund lockerte sich. Langsam, sehr langsam, kehrte ihr Wahrnehmungsvermögen zurück.

Mit einem groben Ruck wurde ihr plötzlich der Sack vom Haupt gerissen. Röchelnd wie eine Ertrinkende sog sie die frische Luft tief in ihren schmerzenden Brustkorb. Ein Hustenanfall schüttelte sie so, dass sie beinahe erbrach. Aus dem Augenwinkel bemerkte sie eine große, massige Gestalt, die ihre Füße immer noch umklammert hielt. Der andere Entführer hatte sie von hinten gepackt. Ein eiskalter Wind wehte Kamaria ins Gesicht. Im Stockfinsteren sah sie über sich nur wenige Sterne durch den von Wolken verhangenen Nachthimmel schimmern.

»Das ist der östliche Wehrgang«, schoss es Kamaria durch den Kopf. Sie konnte gerade noch daran denken, dass die Ostmauer der Burg mit dem Wehrgang über der Felsenwand der Rabenhorstklamm emporragte, als sie auch schon unsanft in die Höhe gehoben wurde. Eine heisere Stimme flüsterte: »Eins, zwei, drei – Hexe flieg!«, und Kamaria wurde über die Mauer geworfen. Mit einem gellenden Aufschrei stürzte die Mauretanierin in die pechschwarze Tiefe.

Lorenz schreckte aus dem Schlaf hoch. Was war das? Ein Tier hatte geschrien. Oder hatte er das geträumt? Er rieb sich seine schmerzenden Glieder und drehte sich auf die andere Seite. Sicher hatte er nur ein Käuzchen gehört. Der Junge lauschte angespannt in die Stille. Da war nichts außer einem knurrenden Geräusch. Es brauchte einen

Moment, bis er bemerkte, dass das Knurren aus seinem Magen kam, der sich unter einem nagenden Hungergefühl zusammenzog. Nur fahles Mondlicht drang durch die Fensteröffnung, doch das spärliche Licht reichte, ihn die Schale Grützbrei und das Stück Brot neben seinem Bett erkennen zu lassen. Lorenz setzte sich auf und stillte dankbar seinen Hunger.

Ein merkwürdiges, angstvolles Gefühl beschlich ihn dabei. Irgendetwas stimmte ganz und gar nicht. Aber was? Lorenz dachte an den vergangenen Tag und daran, welches Ungemach ihn am kommenden Tag wohl erwarten würde. Der Gedanke verbesserte seine Laune nicht. Er verspürte Durst und fragte sich, warum Hannah oder Kamaria – denn eine von beiden musste ihm das Abendbrot gebracht haben – ihm nichts zu trinken mitgebracht hatten. Lorenz stand auf und machte sich auf den Weg zur Küche.

Er fand einen Krug Milch und gab sich gar nicht erst die Mühe, sie in einen Holzbecher einzuschenken. Stattdessen setzte er den großen Tonkrug direkt an den Mund und trank in langen, gierigen Zügen. Anschließend stibitzte er einen Apfel aus der Vorratskammer und begab sich auf den Weg zurück in sein Zimmer.

Er wollte gerade das Treppenhaus betreten, als er durch das Fenster einen Schatten bemerkte. Neugierig trat Lorenz näher und schaute hinaus. Er konnte eben noch zwei Gestalten erblicken, die die Treppe zum Wehrgang herunterkamen, um die Ecke des Gesindehauses bogen und in der Dunkelheit verschwanden. Merkwürdig. Wer mochte so spät in der Nacht draußen ein Geschäft zu erledigen haben?

Beim Gedanken an »Geschäft« verspürte Lorenz ein Drücken im Bauch und merkte, dass er selbst ein solches verrichten musste. Er machte sich auf den Weg in den Palas und suchte dort das »heimliche Gemach« auf. Vor einigen Jahren hatte Graf Roland diese neue Erfindung während des Besuchs einer Nachbarburg gesehen. Er war begeistert von den Toilettenerkern gewesen, die man an eine Burg anbauen konnte. Vorbei die Zeiten, in denen man zum Verrichten der Notdurft über den Donnerbalken schiss oder auf die Latrine im Burghof musste, sofern man keinen Nachttopf besaß. Nein, heutzutage erledigte man sein Geschäft gleich vom Rittersaal aus. Für den Anbau des Toilettenerkers hatte man in einer Ecke des Saals die Mauer geöffnet und eine ins Freie hinausragende hölzerne Kabine angebaut. In diesem kleinen Erker befand sich ein sogenannter Kackstuhl aus Holz. Man hing mit dem Hintern regelrecht im Freien und entsorgte seinen Darminhalt direkt in den Burggraben. Ein schlauer Dachdecker war anschließend noch auf die Idee gekommen, von der Dachrinne eine Leitung für das Regenwasser bis in das Notdurftkabäuschen zu legen. Auf diese Weise konnte man nach dem Stuhlgang aus einem Wasserreservoir die Toilette reinigen.

Lorenz hob den Klodeckel hoch, schnüffelte kurz und verzog das Gesicht. Man roch, dass es in den letzten Tagen nicht geregnet hatte. Der Junge hockte sich dann aber doch auf das Thrönchen, öffnete das Erkerfenster und ließ frische Luft in die enge Kabine. Auch wenn die Toilettenerker ein Fortschritt gegenüber den herkömmlichen Aborten waren – angenehm war die Atemluft dort meistens nicht.

Jedes Mal beim Benutzen des Klos musste er an die Geschichte des Erfurter Reichstags denken. Sein Vater gab sie immer wieder gern zum Besten, wenn er auf die neuen stillen Örtchen in seiner Burg zu sprechen kam.

In vielen Burgen und Schlössern gab es im Keller eine große Jauchegrube, in der die Toilettenabflüsse gesammelt wurden. So auch unter dem Schlosssaal zu Erfurt. Als sich beim Reichstag Anno Domini 1183 mehr und mehr Edelleute in dem Saale versammelten, brachen die angefaulten Bohlen und die Dielen des Holzfußbodens unter der Last des deutschen Adels zusammen. Fast die komplette Versammlung landete in der Gülle. Der Bischof schaffte es gerade noch, sich auf ein stehengebliebenes Balkenende zu retten. Aber für viele regierende Fürsten, Ritter und andere Edelmänner war der Reichstag tödlich ausgegangen. Sie waren in der Jauche ersoffen.

Lorenz musste grinsen, als er daran dachte, wie die hohen Herren ganz schön in der Scheiße saßen. Doch halt – was war das? Ein Schrei drang von draußen durch das Erkerfenster! Oder hatte er sich schon wieder getäuscht? Angestrengt lauschte der Junge. Konnte es sein, dass ...? Da! Erneut hörte er ein fernes Geräusch, oder täuschte ihn sein Ohr? Hastig beendete Lorenz seine Sitzung.

Kamaria schrie entsetzt auf, als sie kopfüber in den Abgrund fiel. In diesem Moment riss die Wolkendecke auf. Der Mond beleuchtete die Burgwand, die das Mädchen aus dem Augenwinkel an sich vorübergleiten sah. Wer auch immer die beiden heimtückischen Attentäter waren, eines hatten sie nicht bedacht: Kamaria war nicht nur Musikerin, sondern auch Akrobatin. In Sekundenbruchteilen rollte sie sich zusammen und streckte ihre Arme aus. Im Fallen fasste sie nach einer gemauerten Abflussnase, die etwa zwei Ellen aus der Mauer ragte. Es gab einen Ruck, und Kamaria hing in völlig aussichtsloser Lage an der Burgmauer, hoch über einem tiefen schwarzen Abgrund. Beinahe hätten ihre schmerzenden Finger nachgegeben, als ihr Körper auf die Burgwand prallte.

»Hilfe!«, entfuhr es der Mauretanierin, »so helft mir doch! Hilfeeeeeee!« Es war zwecklos. Sie atmete tief durch und versuchte fieberhaft, ihre Panik in den Griff zu bekommen. Sie musste sich beruhigen und Kräfte sparen. Der Rand des Wehrgangs befand sich mindestens zwölf Ellen über ihr. Die Öffnung der Abflussnase, an der sie sich verzweifelt festklammerte, war zu klein, um hindurchzuklettern. Die Mauerquader der Burg waren zwar grob behauen, aber selbst einem Artisten war es unmöglich, in den Fugen genügend Halt zu finden, um sich an den Steinen hochziehen zu können. Keinerlei Mauervorsprünge oder Fenster waren in erreichbarer Nähe.

Wieder schrie Kamaria in Todesangst um Hilfe. Ihre Gedanken rasten und wie in einem Bilderbogen sah sie Szenen aus ihrem Leben vor ihrem geistigen Auge vorüberziehen: Bilder aus ihrer frühen Kindheit wurden überlagert von Erinnerungen an die Reisejahre, als sie mit Anselm von Hagenau von Land zu Land und von Hof zu Hof gezogen war. Schließlich sah sie ein verschwommenes Bild ihrer Mutter vor sich, die das Mädchen aufmunternd herbeiwinkte. Die Zeit schien stehen geblieben zu sein. Kamaria spürte, wie die Kraft aus ihren Händen langsam schwand und sich ihr Griff zu lockern begann.

Caput IX

Endlich frei

Lorenz war verwirrt. Hastig zog er seine Hose hoch, sprang aus dem Toilettenerker und rannte durch den Rittersaal, die Treppe des Palas hinunter und in den Burgvorhof. Er schaute sich um und versuchte herauszubekommen, was er von außerhalb der Burgmauer vernommen haben mochte. Angreifer? Unwahrscheinlich. Es hatte in den letzten Jahren keinerlei feindliche Überfälle gegeben. Oder hatte er ein Tier gehört?

Angestrengt lauschte Lorenz in die Dunkelheit. Nichts, rein gar nichts war zu hören. Doch halt ... wieder ein Schrei. Es klang wie »Hilfe«. Aber das war unmöglich. Wer sollte denn mitten in der Nacht um Hilfe rufen und vor allem warum? Lorenz spitzte die Ohren und hörte erneut einen Schrei. Der Ruf kam eindeutig von außerhalb der Burg. Der Junge zögerte keine Sekunde und rannte wie ein Windhund in Richtung Wehrgang. Plötzlich hatte er eine Eingebung. Er hielt im vollen Lauf inne, kehrte um und raste zum Zeughaus. Er öffnete die Tür so weit, dass er im Mondschein Einzelheiten ausmachen konnte. Wo war es nur? Gestern hatte er es noch gesehen. Endlich fand er das Gesuchte und machte sich so auf den Rückweg. Lorenz hetzte den Wehrgang hinauf und lauschte angestrengt in die Dunkelheit. Da, jetzt war der Hilferuf ganz deutlich zu hören.

Kamarias Kraft war nahezu erschöpft, als sie unvermittelt seitlich eine Bewegung wahrnahm. Was war das? Ein Seil baumelte direkt neben ihr – wie konnte das sein? Egal, und wenn es der Himmel geschickt hatte ... Jedenfalls war der Strick sehr real, denn er scheuerte in ihrer Handfläche, als sie ihre letzten Kraftreserven mobilisierte und mit der Linken danach griff. Ob das Tau hielte? Kamaria merkte, dass der Strick sich spannte. Es gab eine Schrecksekunde, als sie die Pechnase losließ und auch mit der rechten Hand nach dem Seil fasste.

»Achtung«, kam eine Stimme von oben, »festhalten, ich ziehe!« Langsam wurde Kamaria hochgehievt.

Lorenz hatte das Hanfseil aus dem Zeughaus mitgebracht und um einen der senkrechten Holzbalken geschlungen, die die Überdachung des Wehrganges trugen. Von dort aus hatte er in die Tiefe geschaut und den Schatten gesehen, der an die zwölf Ellen weiter unten an der Wand klebte. Lorenz wusste, dass es auf jede Sekunde ankam. Er warf das Seil hinunter und wollte sich schon daran machen, hinunterzuklettern, als er bemerkte, wie der Schemen sich bewegte und nach dem Strick griff. Lorenz rief ihm zu, er solle sich festklammern, und begann, das Tau hinaufzuziehen. Die Gestalt war nicht sonderlich groß und auch nicht schwer, sodass der Junge kaum Mühe hatte, sie hochzuhieven. Elle um Elle näherte sie sich dem Mauerrand. Lorenz reichte ihr eine Hand und zog sie in Sicherheit.

»Mensch, du machst aber Sachen!«, wurde Kamaria von Lorenz begrüßt, als ihr Kopf außen am Rand der Mauer erschien. Sie ließ sich in den Wehrgang fallen und brach keuchend und zitternd neben Lorenz zusammen. Ihre mühsam beherrschte Anspannung löste sich, und sie ließ ihren Tränen freien Lauf.

Der Junge nahm die Mauretanierin in den Arm und drückte sie an sich. »Komm, komm«, raunte er ihr beruhigend zu, »es ist vorbei, es kann dir nichts mehr passieren, ich bin ja bei dir.«

Lange Zeit saßen die beiden stumm zusammengekauert in dem Wehrgang und hielten einander fest. »Lass uns hineingehen«, sagte Lorenz schließlich, »mir ist saukalt, und es ist besser, wenn wir hier verschwinden.«

Auf wackligen Beinen folgte Kamaria dem Jungen in die Caminata und in sein Zimmer. Erst dort fühlte sich das Mädchen einigermaßen in Sicherheit. Immer noch verstört erzählte sie Lorenz, was passiert war. Der Junge hörte schweigend zu. Er hätte nicht gedacht, dass der Hass auf Kamaria so groß war, dass jemand ihr nach dem Leben trachtete. Andererseits hatte er tagsüber am eigenen Leib erfahren, wie gehässig und gemein ein Mensch sein konnte. Er berichtete Kamaria von seinem ersten Ausbildungstag und davon, was ihm widerfahren war.

»Weißt du was?«, sagte Lorenz unvermittelt, »Wir hauen ab.«

Kamaria schaute ihn verständnislos an: »Was soll das heißen, wir hauen ab?«

»Na, ganz einfach«, gab Lorenz zurück, »wir ziehen in die Fremde. Ich kann mir nur vorstellen, dass Bärbeiß oder von Schwarzeneck oder sogar beide hinter der Sache stecken. Und was bleibt uns dann übrig, als wegzugehen? Bärbeiß hat gedroht, mir den Hals umzudrehen, falls ich ihn bei meinem Vater verpfeife. Von Schwarzeneck meint, dass er einen Freibrief hat, mich zu prügeln. Und mein Vater denkt bestimmt, dass ich von Schwarzeneck nur schlecht machen will, wenn ich erzähle, dass er mich geschlagen hat. Aber wenn sie so weit gehen, dass sie dir nach dem Leben trachten, dann weiß ich nicht mehr, was ich noch tun soll. Ich ertrage diesen Drill zum Ritter nicht. Kein ganzes Jahr oder länger! Und ich will es ja auch gar nicht. Ich will Spielmann werden. Und weil ich das hier nicht kann, gehe ich. Dahin, wo ich das erreichen kann, was ich wirklich will. Kamaria, du musst mit mir kommen!«

Das Mädchen verdrehte die Augen: »Ach du Sch... Schande ... Abgesehen davon, dass wir es niemals schaffen, von der Burg runterzukommen: Wo, bitteschön, will der gnädige Herr hin?«

Lorenz schaute sie mit glänzenden Augen an: »Nach Coellen, zu Meister Volker, so wie Anselm von Hagenau es mir geraten hat. Und wie wir von der Burg runter kommen – da lasse ich mir was einfallen!«

Es war still in Lorenz' Zimmer. Sie hatten noch lange über ihre Situation geredet und überlegt, wie sie von der Rabenhorstburg fliehen könnten. Schließlich übermannte sie die Erschöpfung. Die beiden Kinder fielen in einen tiefen Schlaf. Doch schon bald krähte der Hahn, und kurz darauf öffnete sich die Tür zu Lorenz' Kammer. Hannah kam herein und weckte den Jungen, damit er sich nicht wieder verspätete. Die Magd wunderte sich, dass Kamaria bei Lorenz war, und der Junge erzählte ihr wispernd, was passiert war. Sie ließen die Mauretanierin schlafen.

Lorenz wusch sich und trollte sich zur Burgkapelle. Pater Bonifaz hielt den Gottesdienst zur Prim ab. Lorenz erntete missbilligende Blicke, weil ihm oft die Augen zufielen und er Mühe hatte, den Gebeten zu folgen. Er versuchte, einen besonders versunkenen und andächtigen Gesichtsausdruck zu machen. Leider sank er dabei immer wieder in den Schlaf. Pater Bonifaz schaute sich das Spiel zwei, drei Mal an, dann schritt er heftig psalmodierend durch den Mittelgang der Kapelle. Bei Lorenz angelangt betete er: »Herr, vergib ihnen, denn sie wissen nicht, was sie tun. Wer da schlafet, der sündiget zwar nicht, doch ist das Haus Jesu Christi nicht der rechte Ort, um in Morpheus' Armen zu ruhen. Der war, wie du weißt, ein Heidengott!« Er verpasste Lorenz eine Kopfnuss, sodass der Junge völlig verstört aus seinem tiefen Schlummer hochschreckte.

Irgendwie brachte Lorenz die Andacht hinter sich und wurde am Ausgang der Kapelle von Arnold von Schwarzeneck in Empfang genommen.

»Auf geht's, Lorenz von Rabenhorst«, dröhnte ihm aufgeräumt die Stimme des Recken entgegen, »jetzt wird nicht nur der Geist gestählt, dafür haben wir ja den guten Pfaffen Bonifaz, sondern auch der Körper! Für den bin ich zuständig, und ich werde gewiss nicht so nachsichtig sein wie der Schwarzrock!«

Von Schwarzeneck führte Lorenz zum Anger hinter den Pferdeställen.

»Na denn«, tönte der Ritter, als sie auf der Wiese angelangt waren, »wollen wir mal mit etwas Einfachem anfangen: Dreißig Liegestütze, ohne abzusetzen!«

Ergeben ließ Lorenz sich ins Gras fallen. Von wegen: Dann wollen wir mal anfangen! Der Ritter dachte nicht im Traum daran, selbst dreißig Liegestütze zu absolvieren. Er beschränkte sich darauf, Lorenz zu beaufsichtigen, der stramm mit den Leibesübungen anfing, aber schon nach zehn Liegestützen merkte, wie ihn die Kraft verließ. Immer mehr Mühe kostete es ihn, sich wieder hochzustemmen, und obwohl es früher, kalter Morgen war, begannen sich feine Schweißperlen auf Lorenz' Stirn zu sammeln. Nach dem zweiundzwanzigsten Liegestütz schaffte es der Junge nicht mehr, hochzukommen. Er hatte kaum einen Wimpernschlag lang auf dem Boden verharrt, als ihn eine Weidengerte mit voller Wucht auf dem Rücken traf. Lorenz heulte vor Schmerz auf. Er hatte nicht bemerkt, dass von Schwarzeneck die Rute mitgebracht hatte. Verbissen absolvierte er die restlichen Liegestütze.

Anschließend musste er im Dauerlauf eine Viertelstunde lang den Burghof umkreisen. Danach war er zunächst in Sicherheit, weil er die gräfliche Tafel für das Morgenbrot einzudecken und anschließend bei Tisch zu bedienen hatte. Das war eine neue Erfahrung für Lorenz, denn bis zu diesem Tag hatte er jeden Morgen mit seinem Vater gemeinsam gegessen und war selbst bedient worden. Doch das ritterliche Zeremoniell verlangte, dass die Knappen dem Fürsten bei Tisch aufzuwarten hatten.

Roland von Rabenhorst hatte seine Ritter, darunter Arnold von Schwarzeneck, zum Morgenbrot eingeladen, um eine Neuigkeit zu besprechen. Nachdem alle versammelt waren und Brot, Wurst, Pökelfleisch, Milch und Hirsebrei auf dem Tisch standen, ergriff er das Wort.

»Edle Herren, ich habe Euch heute zur Tafel gebeten, um zu verkünden, dass wir uns auf die Jagd begeben werden.«

Beifälliges Gemurmel wurde allenthalben laut, einige Anwesende klopften gar zustimmend mit ihren hölzernen Trinkbechern auf den Tisch. Andere begannen aufgeregt, mit ihren Nachbarn zu reden.

»Aber, aber, meine Herren!«, rief Roland von Rabenhorst beschwichtigend. »Ich verstehe Ihre Begeisterung. Wir haben den Winter über lange genug auf der faulen Haut gelegen und können etwas Abwechslung und körperliche Bewegung gebrauchen. Doch bewahrt bitte Ruhe ...!«

Langsam legte sich das Gemurmel.

»Wir haben«, fuhr Graf Roland fort, »so gut wie keine Vorräte mehr. Es wird Zeit, dass wir uns in die Wälder aufmachen und dafür sorgen, dass wieder Wildbret in die Vorratskammern gelangt. Mir ist von den Bauern der Umgebung von Wölfen berichtet worden, die in unsere Schafherden eingebrochen sind und bereits einige Tiere gerissen haben. Außerdem sollen sich die Wildschweine im Forst stark vermehrt haben. Wir werden also im Verlauf dieser Woche die Jagdwaffen, die Wagen und Zelte in Schuss bringen und uns am kommenden Sonnabend auf die Pirsch begeben.«

Auf Jagd! Lorenz' Herz machte einen Freudensprung. Die Jägerei war eine aufregende Angelegenheit. Bisher war der Junge erst einmal mit Graf Roland jagen gewesen. Sie waren mit nur wenigen Männern als Begleitung zur Falkenbeize ausgeritten, mehr zum Spaß, als sportliche Freizeitbeschäftigung. Aber an einer richtigen Treibjagd mit Zelten und nächtlichen Lagerfeuern hatte Lorenz noch nie teilgenommen. Das versprach ein wunderbares Abenteuer zu werden, vor allem, weil dann die gnadenlosen Ausbildungsstunden ausfielen.

Vor freudiger Erregung konnte er sich nicht verkneifen, seinen Vater anzusprechen: »Wir gehen also auf die Jagd, Vater? Oh, prima ...«

»Lorenz von Rabenhorst!«, donnerte ihn Arnold von Schwarzeneck an, ehe Graf Roland antworten konnte, »Ein Knappe richtet bei Tisch auf keinen Fall, hörst du, auf gar keinen Fall ungefragt das Wort an den Fürsten. Ein Edeljunge hält das Maul und redet nur, wenn er gefragt ist! Und ich als dein Ausbilder bin der Meinung, dass du noch nicht im Entferntesten bereit bist, an einer Jagd teilzunehmen. Du bist verweichlicht und hast keinerlei Mumm. Andererseits bist du, wie man gerade gesehen hat, viel zu aufsässig, um im Zweifelsfall zuverlässig auf die Anweisungen bei der Jagd zu hören. Die Keilerhatz ist gefährlich, und der Ritter muss sich auf seinen Knappen verlassen können. Und du bist noch nicht so weit, dass man dich einen Knappen nennen könnte. Nein, auf der Jagd hast du nichts verloren.«

Die Zornesröte stieg Lorenz ins Gesicht. Mit Mühe schaffte er es, sich zu beherrschen. Er hatte das Gefühl, dass sein Vater ihn ohne weiteres mit auf die Jagd genommen hätte. Doch nach dieser Standpauke konnte der Graf schlechterdings Lorenz' Teilnahme zustimmen, ohne die Autorität des Ausbilders zu untergraben.

Lorenz verbrachte den Rest des Tages unter dem gnadenlosen Drill seines Lehrers. Mit jeder Demütigung verstärkte sich das unbändige Verlangen des Jungen, seiner Heimat den Rücken zu kehren und die Burg so schnell wie möglich zu verlassen. Er hatte eine Idee, über die er lange nachdachte. Am Abend war ein Plan daraus geworden, den er mit Kamaria besprach. Sie hatten nicht viel Zeit, gerade einmal den Rest der Woche. Kamaria übernahm es, die notwendigen Dinge für eine Flucht zusammenzubringen. Neben Verpflegung würden sie ein Zelt benötigen und Kleider zum Wechseln. Und die Instrumente. Die wollte Lorenz unbedingt dabeihaben, denn sein Ziel war es ja, Spielmann zu werden. Außerdem benötigten sie die Musikinstrumente, um Geld zu verdienen. Lorenz war zwar noch nicht so weit, gegen Geld auftreten zu können. Kamaria hingegen war eine gute Musikerin und wusste ein Publikum darüber hinaus mit ihren Jonglierkünsten zu unterhalten.

Sie zogen Hannah ins Vertrauen und erzählten ihr von den Fluchtplänen. Die Magd war außer sich, als sie hörte, was die Kinder vorhatten. Doch Lorenz redete mit Engelszungen auf sie ein und überzeugte sie schließlich, dass ihnen nichts anderes übrig blieb, als die Burg zu verlassen. Hannah war immer noch entsetzt über den nächtlichen Anschlag auf das Mädchen, von dem die beiden ihr nun ausführlicher erzählten. Die Magd gab ihnen Recht. Dahinter konnte nur von Schwarzeneck stecken, immerhin hatte sie die Skrupellosigkeit und die Brutalität des Ritters am eigenen Leibe erfahren. Hannah versprach, Lorenz und Kamaria bei ihren Fluchtvorbereitungen zu helfen und Lebensmittel für die Reise zu besorgen.

In den folgenden Tagen herrschte in der Rabenhorstburg große Betriebsamkeit. Überall wurde die Jagd vorbereitet. Man sah Ritter ihre Ausrüstung überprüfen und Knappen, die zusammen mit den Tuchmachern Zelte in Stand setzten. Hufschmiede beschlugen die Pferde neu, und Werkzeugmacher überarbeiteten die Jagdausrüstung.

Endlich war der Sonnabend gekommen. Am frühen Morgen brach die Jagdgesellschaft auf. Hörner erschallten. Bunte Banner und Wimpel flatterten im Wind. Die fröhlichen Rufe der Ritter wurden vom noch übermütigeren Gebell der Hundemeute übertönt. Graf Roland von Rabenhorst und die Reiterschar gaben ein farbenprächtiges Bild ab, als sie in ihrer leichten Jagdbekleidung durch den Torbogen ritten und den Weg ins Rabenthal einschlugen. Erleichtert schaute Lorenz ihnen vom Torausguck nach, während die Zugbrücke hochgezogen wurde, um die Burg zu schützen, die nur noch von wenigen Rittern bewacht wurde. Gott sei Dank war sein Peiniger mit auf die Pirsch gezogen. Allerdings nicht, ohne Lorenz vorher einzuschärfen, dass er seine täglichen Übungen dennoch durchzuführen habe, auch, wenn von Schwarzeneck abwesend sei.

Vier Tage dauerten die Fluchtvorbereitungen. Am frühen Mittwochmorgen näherte sich der Planwagen der Spielleute dem Fallgitter des Burgtors.

»Heda, Wache!«, rief Lorenz vom Kutschbock aus dem Torwächter zu. Es war zum Glück nicht Bärbeiß, der mit zur Jagd geritten war, sondern der nicht besonders helle Harald. Ihm zur Seite stand ein Pferdeknecht, den man kurzerhand zum Tordienst abkommandiert hatte, weil fast alle Soldaten ausgeritten waren.

»Wo willst du denn mit dem Wagen hin, Lorenz?«, wollte Harald wissen.

»Na, wohin schon?«, entgegnete der Junge. »Zur Jagdgesellschaft natürlich. Mein Vater hat mir aufgetragen, heute mit dem Fuhrwerk in sein Lager zu kommen. Ich bringe ihm Lebensmittel und hole erlegtes Wild für die Burgküche. Und jetzt mach voran, ich mag hier keine Wurzeln schlagen. Wird's bald? Hoch mit dem Gitter!«

Frechheit siegte! Harald trollte sich und begann gemeinsam mit dem Pferdeburschen, das Fallgitter hochzuziehen. Schließlich senkte sich die Zugbrücke über den Burggraben. Die Bahn war frei.

»Bis morgen oder übermorgen, Harald«, rief Lorenz dem Torwächter zu, schnalzte mit der Zunge und gab den beiden Pferden die Zügel.

Langsam rollte der Planwagen über die Brücke und bergab ins Tal. Lorenz frohlockte innerlich, und als der Wagen außerhalb der Hörweite war, rief der Junge ins Innere hinein: »Wir haben's geschafft, Kamaria, wir haben es wirklich hinbekommen!« Die Plane hinter dem Kutschbock öffnete sich und der schwarze Lockenkopf des Mädchens kam zum Vorschein.

Kamaria gab einen Jauchzer von sich.

»Frei!«, jubelte sie. »Frei, frei, frei, frei, frei!«

Lauthals jauchzten sie in den blauen Himmel. Die Welt stand ihnen offen und sie fühlten sich, als könnten sie Bäume ausreißen.

»Jetzt können wir alles erreichen!«, rief der Junge überschwänglich. »Und jetzt ist nichts unmöglich!«

Lorenz von Rabenhorst ahnte nicht, wie sehr er damit Recht behalten sollte.

Caput X

Vom Rabenhorst in den Finsterwald

Sie hatten es wirklich geschafft. Sie waren frei! Endlich! Kamaria und Lorenz fühlten sich großartig. Die beiden Pferde schnaubten und ließen gelegentlich ein fröhliches Wiehern hören, als seien sie erfreut darüber, wieder vor den Wagen gespannt zu sein und in die Fremde ziehen zu können. Sie brachten die Abfahrt ins Rabenthal und durch den weitläufigen gräflichen Forst gut hinter sich und fuhren nun auf der Straße in Richtung Bamberg. In der grünen, hügeligen Wiesenlandschaft wechselten Auen, Felder und Wälder sich ab. So weit das Auge reichte, grünte und blühte es, ringsumher sahen sie bunte Frühlingsblumen, deren Namen sie abwechselnd nannten.

»Hyazinthen!«, rief Kamaria.

»Schlüsselblumen!«, antwortete Lorenz.

»Kuhschellen, Tulpen, Leberblümchen!«, konterte Kamaria.

Die Mauretanierin kannte die meisten Blumen. Lorenz versuchte, sich die neuen Namen zu merken, um sie beim nächsten Mal, wenn sie die gleiche Blüte erspähten, benennen zu können. Überall zwitscherten die Vögel, und Lorenz hatte den Eindruck, dass sich die Natur mit ihnen über die geglückte Flucht freute. Und genauso wie Lorenz und Kamaria schien sich die Tier- und Pflanzenwelt in Aufbruchstimmung zu befinden.

Wie schön doch der Lenz war. Lorenz gab einen Jauchzer von sich, begann zu glucksen und brach schließlich ohne besonderen Grund in unbändiges Gelächter aus. Kamaria musterte ihn befremdet, aber sein Lachen war so ansteckend, dass sie sich einfach nicht beherrschen konnte. Erst zeigte sie nur mit breitem Grinsen ihre makellos weißen Zähne. Dann jedoch hob sie zu kichern an und wieherte zu guter Letzt mit dem Jungen im Duett.

Dafür, dass es erst Mitte April war, lachte der Himmel in einem leuchtenden Azurblau. Die Strahlen der Frühlingssonne kitzelten Lorenz und Kamaria an der Nase. Nur der Fahrtwind wehte den Reisenden ins Gesicht. Sie legten sich eine Decke um die Schultern, weil der Wind im Schatten doch noch sehr frisch war. Trotzdem genossen sie den ansonsten warmen Frühlingsmorgen. Es schien Lorenz, als habe er nie zuvor einen schöneren Tag erlebt. In seiner Hochstimmung begann er, ein liebliches Lied zu singen:

»Veris leta facies
Mundo propinatur,
Hiemalis acies
Victa iam fugatur,
In vestitu vario
Flora principatur,
Nemorum dulcisono
Que cantu celebratur. Ah!«

Kamaria hielt sich die Ohren zu. »Oh Lorenz, bitte, bitte ... hör auf. Du bist ja wirklich ein netter Kerl und ich hab dich richtig lieb gewonnen, seit ich dich kenne, aber bitte – hör auf zu singen!!! Ich ertrag es einfach nicht. Du kannst ja nichts dafür, dass dein zartes Stimmlein wie das Quaken eines Ochsenfrosches klingt, aber bitte, damit muss man doch nicht auch noch mit aller Gewalt die wunderbare Carmina Burana verschandeln ...«

Lorenz verstummte und machte ein betroffenes Gesicht. Kamaria merkte, dass sie den Jungen verletzt hatte, und setzte hastig hinzu: »Ach komm, ich habe vielleicht ein bisschen übertrieben. Weißt du noch, was Anselm gesagt hat? Bei Knaben ändert sich die Stimme, wenn sie älter werden. Tut mir leid, dass ich das mit dem Frosch gesagt habe. Ganz so schlimm ist es nun wirklich nicht. Deine Stimme klingt nicht so furchtbar wie die eines Ochsenfrosches ...«

Sie konnte es sich nicht verkneifen hinzuzusetzen: »... höchstens wie die eines Laubfroschs!«

Lorenz knuffte ihr mit dem Ellenbogen in die Seite.

»Ich kann doch nix dafür«, brummelte er, »dass die Lieder der Carmina auf Lateinisch immer so knarzig klingen! Und du wirst sehen: Ich werde ein großer Minnesänger. Wart's nur ab! Außerdem kannst du es auch nicht besser. Wetten?«

Die Mauretanierin lächelte hintergründig und antwortete: »Wette angenommen. Und wenn du verlierst, musst du die ersten zwei Wochen unserer Reise Geschirr spülen. Die Gesänge aus der Carmina Burana kennt doch jeder, die gehören zum Grundrepertoire der Spielleute. Ich kenne viele davon sogar auf Fränkisch. Die hat mir Anselm beigebracht.« Kamaria warf den Kopf zurück und sang:

»Sieh, des Frühlings Antlitz hell
Zeigt der ganzen Welt sich!
Strenger Winter schwindet schnell,
Flieht schon, und es stellt sich
Flora ein mit buntem Kleid.
Sie regiert und bringet
Farbenpracht zum Wald zurzeit.
Lobpreiset sie und singet. Ah!

Dort in Floras Armen ruht
Apollon wohl behütet,
Lächelnd, sie bedeckt ihn gut
Mit vielfarb'gen Blüten
Zephyrs Atem duftet klar,
Süß nach Nektarbrisen
Schnell,wetteifern wir nun gar,
Amors Preis genießen. Ah!

Hell wie meine Harfe klingt
Der Nachtigall Erwachen.
Bunte Blumenfülle bringt
Heit'ren Wiesen Lachen.
Hoch fliegt eine Vogelschar
Über Wald und Weiden!
Chor der Mädchen wunderbar
Verspricht schon tausend Freuden. Ah!«

Die Stimme der Mauretanierin klang glockenhell, klar und betörend. Lorenz hatte schweigend zugehört und sich von Kamarias wunderbarem Gesang bezaubern lassen.

In all der Zeit, seit sie auf die Burg Rabenhorst gekommen war, hatte Lorenz sie merkwürdigerweise nie singen hören. Bei den Auftritten der Gaukler hatte sie immer die venezianische Maske getragen und damit natürlich nicht singen können.

Sie folgten der Straße durch einen großen Forst. Lorenz vermutete, dass der Wald noch zu den gräflichen Ländereien gehörte. Er fühlte sich sehr erwachsen, so allein auf sich gestellt und mit der Aussicht auf eine weite Reise nach ... ja, wohin überhaupt?

Plötzlich war seine Hochstimmung verflogen. »Sag mal, Kamaria, weißt du, wie man nach Coellen kommt?«

Seine Reisegefährtin sah ihn nachdenklich an und entgegnete: »Nicht so wirklich. Ich war vor vielen Monden einmal mit Anselm dort. Aber ich erinnere mich nicht mehr genau daran, ich war zu klein. Ich weiß nur, dass sie dort vor fast hundert Jahren mit dem Bau einer riesenhaften Kirche begonnen haben, direkt am Fluss. Die Baumeister sagen, sie werden sicher noch weitere dreißig bis fünfzig Jahre brauchen, um die Kathedrale fertig zu stellen. Das muss man sich mal vorstellen – fünfzig Jahre! Da wird man ja alt und grau drüber, wenn man jemals so alt wird ...«

»Jetzt lenk mal nicht ab«, maulte Lorenz. »Wie kommen wir denn nun ins heilige Coellen? Wo liegt das überhaupt?«

»Also, ich weiß über Coellen sonst nur, dass es eine riesige Großstadt mit etwa dreißigtausend Bewohnern ist. Und dass es dort einen Erzbischof gibt, der dafür bekannt ist, dass er sehr gern mal ein Gläschen – wuppheidi! – leert und es sogleich wieder füllen lässt.«

»Du bist ja wirklich eine große Hilfe«, seufzte Lorenz. »Wir wissen, dass es in Coellen eine gigantische Kirchenbaustelle gibt und dass der Erzbischof gern mal einen Becher hebt, aber was hilft uns das? Wir wissen nicht, wo die Stadt liegt und wie wir da hinkommen.«

»Immerhin war ich schon einmal dort«, gab Kamaria spitz zurück. »Und ich weiß wenigstens, dass Coellen am Rhein liegt.«

Lorenz stöhnte: »Warum sagst du das denn nicht gleich?«

»Warum hast du mich denn nicht gleich danach gefragt?«, antwortete die Mauretanierin schnippisch.

Lorenz schaute sie verdutzt an, und Kamaria begann erneut zu prusten. Diesmal war sie es, die Lorenz ansteckte, bis beide vor Lachen fast wieder vom Kutschbock fielen. Zumindest hatten sie einen Anhaltspunkt. Denn der Rhein, so wusste Lorenz, lag im Westen. Und wenn man den erreicht hatte, brauchte man nur noch zu entscheiden, ob man flussauf- oder flussabwärts reisen musste, um nach Coellen zu gelangen.

Es war um die Mittagszeit, und Lorenz' Magen knurrte. Sie lenkten ihren Wagen auf eine große Wiese. Der Junge holte eine Decke aus dem Planwagen und breitete sie im Gras aus. Kamaria hatte inzwischen das Tuch von dem Weidenkorb gezogen, den Hannah ihnen mitgegeben hatte. Sie brachte eine Dauerwurst zum Vorschein, ein Roggenfladenbrot, Ziegenkäse und eine Speckschwarte. Außerdem hatte die Magd einen hohen Krug voll Milch eingepackt, der oben mit einem Lappen zugebundenen war und ...

»Streuselkuchen!!!« Lorenz' Augen glänzten angesichts dieser Leckerei und er wollte begierig zugreifen. Klatsch! Kamaria hatte ihm auf die Finger geklopft. Lorenz sah das Mädchen verblüfft an.

»Nicht so gierig, junger Mann! Ich glaube, wir müssen uns das Essen gut einteilen. Wir wissen nicht, wo wir neue Vorräte herbekommen, wenn das hier alle ist. Wir haben nur noch einen zweiten Korb, mehr konnte Hannah nicht auf Seite bringen. Sie hat mir extra eingeschärft, darauf aufzupassen, dass du nicht gleich in einem Rutsch alles wegputzt.«

Natürlich, Kamaria hatte Recht, und Lorenz schämte sich wegen seiner Sorglosigkeit und Gier. Aber nur ein wenig, dann griff er dennoch beherzt zu. Er verzehrte eine Scheibe Brot mit Salami, labte sich an der Milch und gönnte sich hinterher ein köstliches Stück Streuselkuchen.

»Sag mal, Lorenz«, meinte Kamaria unvermittelt, »wie lange werden sie brauchen, um uns zu schnappen?«

Der Junge schaute sie verdutzt an: »Was meinst du mit ›schnappen‹?«

»Na, ich kann mir nicht vorstellen, dass Graf Roland von Rabenhorst es hinnehmen wird, dass sein einziger Sprössling und Erbe einfach so auf und davon läuft und seine Pflicht als stolzer Ritter und zukünftiger Burgherr vergisst, um sich mit einer hergelaufenen Gauklerin in der Weltgeschichte herumzutreiben. Außerdem könnte ich mir denken, dass dem edlen Recken Arnold von Schwarzeneck mächtig der Kamm schwillt, wenn er erfährt, dass sein Knappenschüler sich lieber verdünnisiert hat, als fleißig fechten zu lernen und ihm so zu seinem Lohn zu verhelfen.«

»Du hast Recht«, sagte Lorenz nachdenklich. »Wir müssen uns etwas einfallen lassen, damit sie uns nicht fangen können.«

»Das Schlimme ist«, meinte Kamaria, »dass wir bis jetzt an keine einzige Wegkreuzung gekommen sind. Wenn wir einfach so weiterfahren, haben sie uns bald eingeholt. Was glaubst du, wann sie bemerken, dass wir weg sind?«

»Hm, heute sicher nicht. Die Jagdgesellschaft weiß nicht, dass wir durchgebrannt sind. Auf der Burg wird man uns wohl frühestens übermorgen vermissen, weil ich Harald gesagt habe, dass wir erst dann zurückkehren. Wenn wir am Abend nicht wieder in der Rabenhorstburg sind, werden sie sich sagen, dass mein Vater uns vielleicht doch erlaubt hat, bis zum Ende der Jagd bei ihm zu bleiben. Es könnte also bis zum Wochenende dauern, ehe unser Verschwinden auffällt.«

»Na ja«, meinte Kamaria, »darauf verlassen wir uns besser nicht. Wenn wir nicht bald eine Kreuzung finden, sollten wir uns überlegen, den Planwagen lieber zurückzulassen und auf den Pferden querfeldein und durch die Wälder zu reiten. So wären wir schneller und könnten unsere Spur verwischen. Wir bräuchten dann nicht zu fürchten, dass die Verfolger uns so schnell finden, und müssten nur noch auf die Wölfe achten.«

»Wölfe?« Lorenz erschauerte. »Wir müssen auf Wölfe achten?«

»Natürlich«, gab Kamaria zurück, »und auf Schwarzbären und Wildschweine. Was dachtest du denn?«

Lorenz erschien die Reise plötzlich in einem anderen Licht. Viele Gefahren lauerten während einer weiten Fahrt auf die Reisenden. Der

Junge war sich überhaupt nicht mehr so sicher, ob eine Reise nach Coellen so eine gute Idee war.

Nach der Rast wand sich der Weg ohne Abzweigung durch Felder und Wälder, bis sie am Nachmittag an eine Kreuzung gelangten. Sie nahmen den Weg, der in westlicher Richtung verlief, und erreichten bald einen bedrohlich wirkenden Wald. Lorenz überlegte, ob es der Finsterwald sei, über den sich die Leute auf der Burg so viele Geschichten erzählten. Angeblich sollte es dort Riesen geben, aber auch Zwerge und Tatzelwürmer. Lorenz erschauerte beim Gedanken daran, dass diese Erzählungen vielleicht doch ein Fünkchen Wahrheit enthalten könnten. Und er war sich nicht sicher, ob ein »Fünkchen«, zum Beispiel von einem Feuer speienden Drachen, nicht mehr als genug sei ... Er drehte sich unbehaglich um, als der Planwagen dem Wegverlauf in den dichten Forst folgte. Unwillkürlich begann er, vor sich hinzupfeifen.

Kamaria schaute ihn belustigt an: »Na, immer noch der alte Hosenschisser? Gib's zu, langsam wird es dir mulmig, oder?«

»Quatsch«, fauchte Lorenz zurück. »Aber wenn ich schon nicht singen darf, weil meine Stimme wie die eines Frosches klingt, dann darf ich doch wenigstens pfeifen, oder? Wir können ja ein Ratespiel machen: Ich pfeife dir eine Melodie vor, und du musst rauskriegen, welches Lied das ist. Zum Beispiel das hier ...« Lorenz spitzte die Lippen und fing an zu flöten.

»Halt ein, halt ein!«, rief Kamaria. Dein Gepfeife ist ja fast noch schlimmer als dein Gesang. Geht das nicht etwas zarter? So etwa.«

Sie ließ gekonnt das Motiv eines Reigentanzes ertönen, und Lorenz stellte neidisch fest, dass Kamaria ihm auch im Pfeifen überlegen war.

Tiefer und tiefer drangen sie in den Finsterwald vor. Das Gefühl der Unbehaglichkeit wurde von Kamarias fröhlichem Pfeifen nicht vertrieben, im Gegenteil, je weiter sie in den Forst gelangten, desto mulmiger fühlten sie sich. Selbst das Zwitschern der Vögel klang nicht mehr so lustig und vielstimmig wie zu Beginn des Tages.

Das junge Grün der Bäume verwuchs zu einem schon recht dichten Blätterdach, alte knorrige und hohe Eichen, Buchen und Erlen standen eng an eng. Nur vereinzelt schafften es die Sonnenstrahlen, sich einen Weg durch die Baumwipfel zu bahnen. Dann wurden die Schatten länger. Es wurde allmählich düster, der späte Nachmittag verging und der Abend kündigte sich an. Es wurde Zeit, an ein Nachtlager zu denken.

Gelegentlich hörte man ein Knacken, wenn eines der vier Planwagenräder über einen dickeren Ast rollte. Solche Geräusche schallten in der Stille des Finsterwalds besonders laut, und die beiden Fahrensleute zuckten jedes Mal zusammen. Manchmal vernahmen sie einen entfernten Tierschrei, waren aber nicht imstande, den Laut einem bestimmten Tier zuzuordnen.

»Kamaria«, wisperte Lorenz, »das mit den Wölfen, das war doch nur ein Spaß, oder?«

»Ich hoffe es sehr«, sagte die Mauretanierin unsicher. Es wird jedenfalls Zeit, dass wir bald ein Nachtlager aufschlagen.«

Wie zur Bestätigung des Gesagten ertönte ein lang anhaltendes, klagendes Heulen aus den Tiefen des Waldes.

Caput XI

Das zinnoberrotschwarzblaugrüne Pferd

Nach etwa einer halben Stunde mündete der Waldweg in eine weite, von Bäumen gesäumte Lichtung. Kamaria und Lorenz genossen noch den Rest der Sonne, die sich daranmachte, hinter den Wipfeln des dichten Waldes unterzugehen. Ihre letzten Strahlen verwandelten den Himmel in ein Meer flüssigen Goldes, das sich funkelnd auf der Oberfläche eines dunklen Waldsees widerspiegelte. Die Wiese rings um das Gewässer war von mächtigen Kastanienbäumen umgeben, die die Reisenden zum Verweilen einluden.

»Gott, ist das schön«, flüsterte Kamaria andächtig. »Hier gefällt's mir. Komm, lass uns ausspannen und unser Nachtlager aufschlagen!«

Lorenz nickte und lenkte den Planwagen zum Seeufer. Er zügelte die Ponys und brachte den Wagen am Zufluss eines kleinen Baches zum Stehen.

Lorenz und Kamaria sprangen vom Kutschbock und streckten ihre Glieder. Der Junge spannte die Pferde aus, während sich Kamaria daranmachte, Holz für ein Lagerfeuer zu sammeln. Die Gäule verhielten sich merkwürdig unruhig und ruckten nervös mit den Köpfen, als Lorenz sie zum Trinken ans Ufer führte.

»Ruhig, Hein! Sachte, Oss«, beschwichtigte Lorenz die Tiere. »Jetzt gibt es erstmal ordentlich was zu saufen, und dann könnt ihr euch an dem frischen Gras satt fressen und ausruhen.«

Lorenz musste grinsen bei dem Gedanken an den feinen Humor Anselm von Hagenaus. Der hatte eines seiner Ponys nach Heinrich dem Löwen, dem berühmten Welfenherzog von Sachsen und Bayern benannt, das andere nach dem sagenumwobenen gälischen Dichter und Sänger Ossian. »So kann ich auch schon mal einem Fürsten die Peitsche geben oder einen Sangesbruder an die Kandare nehmen«, hatte Anselm trocken erwidert, als Lorenz ihn einmal auf die seltsamen Namen seiner Pferde angesprochen hatte.

Hein und Oss waren gehorsame, brave Tiere, aber heute wollten sie sich einfach nicht beruhigen. Sie soffen nur wenig vom Wasser des Sees, während sich Lorenz platt auf den Bauch warf und gierig mit der Hand das kühle Nass in den Mund schöpfte. Die Ponys hingegen schienen froh zu sein, vom See wegzukommen. Sie trabten flugs auf die Wiese zurück und begannen, friedlich zu grasen.

Der Waldsee schimmerte finster und unergründlich. Schwarz und still lag er vor Lorenz, keine Bewegung kräuselte die glatte Wasseroberfläche. Einen Moment betrachtete der Junge sein Spiegelbild, dann erhob er sich, um Kamaria beim Entzünden des Lagerfeuers zu helfen.

Es dauerte eine Weile, bis die beiden mit Flint und Zunder ein Feuerchen in Gang gesetzt hatten. Zur Ausrüstung des Gauklerwagens gehörte ein kupferner Kochkessel, in dem Lorenz und Kamaria einen Teil der Milch warm machten. Sie aßen ihr Abendbrot, wobei sie ihre Rationen auf das Nötigste begrenzten, um mit dem Vorrat möglichst lange auszukommen.

»Was meinst du, Kamaria, hast du Lust, noch ein wenig zu musizieren?«, fragte Lorenz. »Es kommt mir wie eine Ewigkeit vor, seit ich das letzte Mal Drehleier gespielt habe.«

Lorenz holte das Instrument aus dem Planwagen und wickelte es aus der Decke, worin es zum Schutz eingeschlagen war. Er setze sich ans Feuer, legte sich die Leier auf den Schoß, schnallte sie fest und machte sich daran, sie zu stimmen, so wie er es von Anselm und Kamaria gelernt hatte. Es gelang ihm ganz gut. Und da Kamaria die Sinfonia erst vor kurzem komplett neu eingestellt hatte, klang sie auch recht passabel. Das Mädchen hatte inzwischen die Harfe ausgepackt und begonnen, die Saiten zu stimmen.

Sanftes Mondlicht lag über der Waldwiese. Der See schimmerte aus Millionen kleiner silbriger Spiegelungen des Mondscheins. Lorenz spürte eine wehmütige Stimmung. Er begann, eine langsame, melancholische Weise zu spielen. Es war kein bekanntes Musikstück, die Melodie entsprang direkt seiner Seele, und Lorenz improvisierte daraus eine Canzone, traurig wie der düstere Waldsee und süß wie das Licht des Mondes, der über der Lichtung des Waldes stand.

Sachte und leise mischten sich die Töne der Harfe mit dem Klang der Leier. Kamaria lauschte der wunderbaren Musik nach. Dann griff sie die Tonfolge auf und umspielte sie mit perlenden Melodiebögen, glitzernd wie das Licht der Sterne, die inzwischen das dunkle Firmament erhellten.

Als die Musik verklungen war, starrte Lorenz durch die vom Lagerfeuer hochschlagenden, flirrenden Flammen. Am Ufer graste friedlich ein Tier. Lorenz kniff die Augen zusammen und schaute genauer hin. Tatsächlich, das Tier war immer noch dort.

Es war ein sehr kleines Pony. Ein Zwergpony, wie eines, das man von den keltischen Inseln kannte. Wie mochte es an den See gekommen sein? Lorenz blieb ganz ruhig sitzen, legte den Zeigefinger auf die Lippen und deutete mit dem Kinn sachte auf das Pferdchen. Kamaria sah ebenfalls hin, regungslos.

Das Tier war tiefschwarz und schimmerte bläulich, deshalb hatten sie es vermutlich in der Dunkelheit zunächst nicht gesehen. Dann spitzte das Pony plötzlich die Ohren und legte den Kopf schief, als lausche es den Klängen der sonderbaren Melodie nach, verwundert, woher im tiefen Wald wohl solche Töne kämen.

Vorsichtig, um das Tier nicht zu verscheuchen, legte Lorenz die Leier beiseite und erhob sich. Behutsam näherte er sich dem Pony und streckte ihm beide Hände entgegen, die offenen Handflächen nach oben gerichtet.

»Schau, Pferdchen, meine Hände sind leer, ich tu dir nichts«, sagte Lorenz leise. Das Pony schnaubte und machte einen Schritt auf ihn zu. Es schien nicht scheu zu sein, sondern sehr zutraulich, setzte sich in Bewegung und kam langsam, Huf für Huf, auf Lorenz zu.

Hein und Oss wieherten und scharrten nervös mit den Hufen, während der Junge fasziniert auf das Pony zuschritt. Er bemerkte die Unruhe der Pferde nicht. Als er Auge in Auge mit dem fremden Tier stand, schüttelte es einladend seine Mähne und prustete leise. Lorenz fiel nicht auf, dass das Pony ein wunderbares Zaumzeug aus zinnoberrotem Stoff trug, das mit Myriaden winzig kleiner, schillernder Perlen bestickt war.

Das Tier wollte den Jungen offenbar ermuntern, auf ihm zu reiten. Plötzlich schien es Lorenz, als verfärbe sich das Fell des Pferdchens von Nachtschwarz zunächst in Seegrün und dann in Azurblau, changierend in allen Farben des Regenbogens. Wie im Traum und völlig hypnotisiert ergriff Lorenz das Halfter. Noch ehe er sich über das seltsame Farbenspiel wundern konnte, hatte er sich schon auf den Rücken des Pferdes geschwungen.

Das Pony wieherte begeistert. Kaum hatte sich Lorenz in seine Mähne gekrallt, begann auch schon die wilde Jagd. Es ging auf die Hinterhufe, machte einen riesigen Satz nach vorne und galoppierte aus dem Stand los. Wie ein Wirbelwind jagte es durch den Wald. Lorenz verging Hören und Sehen bei diesem Teufelsritt. Er versuchte verzweifelt, sich mit einer Hand an der Mähne festzukrallen. Mit dem anderen Arm hielt er sich die Augen zu, um sie vor Zweigen und Ästen zu schützen, die ihm wie Peitschenhiebe ins Gesicht schlugen.

Das kleine Pferdchen erwies sich als dämonisch schnelles Reittier, und Lorenz hatte das Gefühl, dass er auf Pfaden ritt, die nicht von dieser Welt waren. Zu rasant wechselten die Bilder vor seinen Augen und verschmolzen zu einem einzigen wilden Farbenrausch. Lorenz hatte Angst, vom Rücken dieses ungestümen Ponys herunterzufallen, aber es schien, dass das Tier ihn auf seinem Rücken hielt und es gar nicht möglich war zu stürzen.

Je länger der rasende Ritt andauerte, desto mehr verfärbte sich das Fell des Ponys, aus Azurblau wurde erst Moos-, dann Schilf- und schließlich Giftgrün. Die Mähne fühlte sich plötzlich merkwürdig feucht an und wirkte eher wie Seetang.

Lorenz hatte nicht die Zeit, über diese seltsame Veränderung nachzudenken. Im vollen Galopp brach das Pony unvermittelt durchs Unterholz. Ross und Reiter donnerten über die Lichtung, von der aus die wilde Jagd gestartet war. Die Nüstern des Pferdes dampften, als es wie der Wirbelwind auf das Seeufer zu galoppierte.

Lorenz rutschte das Herz in die Hose. »Abspringen!«, war alles, was er denken konnte, aber auf magische Weise war er auf dem Rücken des Pferdchens wie festgeleimt. Das Ufer kam bedrohlich näher. Kurz vor dem Wasser bewegte sich plötzlich ein schwarzer Schatten auf Ross und Reiter zu. Wie durch einen Nebel erkannte Lorenz Kamaria, die mit einem katzenhaften, beherzten Satz an den Hals des Ponys sprang und in das rote Zaumzeug griff. Dann überschlugen sich die Ereignisse in Sekundenbruchteilen. Das Pony scheute, krümmte sich zusammen, machte einen Buckel, und Lorenz flog im hohen Bogen in das eiskalte Wasser des Waldsees.

Stöhnend erhob sich der Junge und betastete vorsichtig seine Knochen, prüfend, ob er sich etwas gebrochen habe. Was war bloß passiert? Lorenz hustete einen Mund voll Wasser aus und holte röchelnd Luft. Am Ufer kniete eine kleine, giftgrüne Gestalt neben Kamaria, die triumphierend einen zinnoberroten Stofffetzen in der Hand hochhielt.

Ächzend stakte der pitschnasse Lorenz an Land und betrachtete die Gestalt vor sich. Das Pony hatte sein Aussehen verändert. Vor Lorenz kniete ein Junge, der in etwa seine Statur hatte. Der Knabe war jedoch völlig nackt und hatte eine meergrüne, über und über mit winzigen Muscheln bedeckte Haut. Seine Haare bestanden aus Seetang, und sein Gesicht war ungemein hässlich. Anstelle der Ohren hatte der Knabe Kiemen. Seine Augen waren die eines Fisches, und als er den Mund öffnete, erkannte Lorenz zwei Reihen spitzer, gefährlich wirkender Zähne.

»Wer seid Ihr?«, fragte Lorenz und bemühte sich, seine Stimme möglichst furchtlos klingen zu lassen, »Und vor allem: Was seid Ihr?«

Der grüne Junge richtete sich auf und versuchte, nach dem roten Stoff zu greifen, den Kamaria in der Hand hielt. Doch sie reagierte geistesgegenwärtig und zog ihre Hand zurück.

»Herr«, begann die grüne Kreatur zu sprechen, »sagt dem schwarzen Dämon, er soll mir meine Mütze zurückgeben! Bitte! Und schnell, ich ersticke sonst!«

»Das könnte mir grade einfallen!«, entgegnete Lorenz, der zwar noch wacklige Knie von seinem Höllenritt hatte, sich aber langsam wieder etwas sicherer fühlte, als er merkte, dass die Situation der grünen Gestalt offenbar weit weniger günstig war als seine eigene.

»Erst verratet Ihr mir, wer Ihr seid!«

»Ich bin ein Nöck«, sagte der Grüne.

»Und was ist ein Nöck? Was tut Ihr hier, und was war das für ein Pferd? Wart Ihr das?«, fragte Kamaria.

Der Nöck sah sie an und antwortete: »Ich gehöre zum Volk der Wassermenschen. Ich wurde aus Schaum geboren und lebe in diesem See. Ich bin jung an Jahren und sehr unerfahren.«

Er wandte sich traurig schniefend an Lorenz: »Ich habe es noch nie geschafft, einen Wanderer in den See zu ziehen. Beinahe hätte ich es hingekriegt, und jetzt verdirbt mir dieser schwarze Teufel alles. In diesem Sommer werde ich gerade mal neunhundertvier Jahre alt. Ich hause am Grunde des Sees und warte darauf, dass ein Mensch des Wegs kommt, den ich in die Tiefe zerren kann. Dazu vermag ich mich in jede Gestalt zu verwandeln. Am liebsten werde ich zu einem Pferd. Aber jetzt schnell, bitte gebt mir meine Kappe zurück, gebt mir meine Kappe!«

Die zinnoberrote Kappe war nichts anderes als das Zaumzeug des Ponys, das sich in eine Art Haube mit langen Bändern verwandelt hatte, nachdem der Gaul zum Nöck geworden war.

»Und warum, Herr Nöck, wenn ich fragen darf?«, meinte Kamaria.

»Weil ich ohne meine Mütze an Land nicht atmen kann«, röchelte der Nöck. »Bitte, ich ersticke ...«

»Also gut«, zeigte Kamaria sich gnädig, »ich habe eine Idee ...« Sie nahm eines der Bänder der Kappe und knotete es um den dicken Ast eines Baumes.

»Kommt, Herr Nöck, jetzt könnt Ihr meinetwegen die Kappe aufsetzen, aber nur, wenn Ihr versprecht, Euch anständig zu benehmen!«

»Ich schwöre es, beim Bart des Großen Barsches!«, sprach der Nöck. »Das ist ein heiliger Schwur, an den jeder Wassermensch gebunden ist.«

Kamaria ließ ihn die zinnoberrote Kappe aufsetzen. Seine Haut hatte indes bereits begonnen, sich graugrün zu verfärben. Kamaria ließ ihn rasch die zinnoberrote Kappe aufsetzen, die ihm bis an die Kiemen reichte. Diese stellten sich sofort auf, spreizten sich und begannen zu vibrieren.

»Aaah, das tut gut«, seufzte der Nöck, der gierig die Luft einsog, »jetzt geht es mir viel besser.«

»Nun denn, Herr Nöck – wie ist Euer Name?«, wollte Lorenz wissen.

»Ich heiße Kelpie«, sprach der Wassergeist. Meine Familie stammt aus dem fernen Land Kaledonia. Ich wurde vor hunderten von Jahren beauftragt, diesen Waldsee im Frankenland zu bewachen und viele Menschenwesen in das Wasser zu locken!«

»Warum tut Ihr das, Herr Kelpie?«, fragte Lorenz, »was haben Euch die Menschen getan?«

»Ich weiß es nicht, die Fehde zwischen Erdenkindern und Wassermenschen ist schon so alt, dass niemand mehr den Grund dafür kennt. Aber die Menschen versuchen seit Beginn aller Tage, die Wassergeister zu vernichten, weil sie sagen, dass wir ihre Kinder entführen und fressen ...«

»Und«, fragte Kamaria scharf, »fresst ihr sie?«

»Nun«, zögerte Kelpie, »... nun ja, also, ich, ich habe noch nie ... obwohl, die Altvorderen behaupten, es soll nichts besser munden als ...«

Kelpie verstummte, als er Kamarias strafenden Blick sah.

»Was wollt Ihr, schwarzer Dämon? Ich hörte, dass auch ihr Höllenfürsten gerne mal ein Kinderschenkelchen futtert.«

Weiter kam er nicht, denn Kamaria hatte ihm eine energische Ohrfeige verpasst.

»Ich bin kein Dämon und erst recht kein Teufel! Ich bin eine Mauretanierin und komme aus Afrika. Bei mir zuhause haben alle eine schwarze Hautfarbe. Da, wo ich herkomme, sind weiße oder grüne Leute die Ausnahme! Aber deshalb nennen wir sie noch lange nicht Dämonen, verstanden?«

»Gnade«, winselte Kelpie, »ich habe ja noch nie ein Kinderböllchen gefressen. Gut, ich habe auch noch nie ein Kind erwischt und würde mich zur Not breitschlagen lassen, aber ...«

»Schluss jetzt«, ging Lorenz dazwischen. »Wir nehmen ihm einfach die Kappe ab, soll er doch sehen, wie er klarkommt!«

Der Nöck heulte angstvoll auf: »Nein Herr, lieber, guter Herr, nur das nicht! Ich muss ohne Luft vertrocknen und verderben. Bitte, lasst mir meine Kappe, ich erfülle Euch zwei Wünsche! Bitte!«

»Was wären das für Wünsche, die Ihr mir erfüllen könntet, Herr Nöck?«

»Das, was Ihr Euch am meisten ersehnt, Herr, egal was es auch sei. Zwei Wünsche kann ich Euch gewähren, beim Barte des Großen Barsches schwöre ich es Euch!«

»Nun denn, Herr Nöck, es sei! Mein sehnlichster Wunsch ist: Ich will singen können!«, rief Lorenz. »Und«, ergänzte er, »Ihr müsst mir beim Barte Eures Großen Barsches schwören, dass Ihr künftig nie wieder versuchen werdet, einen Menschen ins Wasser zu zerren. Ihr müsst im Gegenteil schwören, dass Ihr alle Reisenden sicher durch die Sümpfe des Finsterwalds geleiten und dafür Sorge tragen werdet, dass nie mehr ein Mensch fehlgeht und ihm nie wieder etwas Böses in diesem Wald widerfahren wird. Das ist mein zweiter Wunsch!«

Lorenz machte eine kleine Pause und fügte dann hinzu: »Es sei denn, er hieße Arnold von Schwarzeneck!«

Caput XII

Das Geschenk des Wassermanns

Langsam brannte das Lagerfeuer herunter. Kamaria und Lorenz blickten in die Flammen und hingen still ihren Gedanken nach. Lange noch hatten sie mit dem Nöck am Seeufer gesessen. Nachdem sie ihn freigelassen hatten, war der Nöck mit einem dankbaren Jauchzer in den See gehüpft und hatte für seine beiden neuen Freunde ein Schauschwimmen veranstaltet.

Wie ein Pfeil zog er durch das dunkle Wasser und zeigte seinen Zuschauern, dass er ein echter Gestaltwandler war. Fasziniert beobachteten sie, wie Kelpie seine Farbe wechselte und sich, am Kopf beginnend, in eine riesengroße Regenbogenforelle verwandelte, die immer wieder aus den Fluten hochsprang und nach jedem Hopser einige Momente auf der Schwanzflosse über die Wasseroberfläche zu balancieren schien.

Dann wiederum verlängerte sich der Kopf der Forelle, und ihre Kiemen bekamen Federn, während aus der Schwanzflosse zwei Vogelfüße mit Schwimmhäuten wuchsen. Der Fisch hatte sich in einen wunderschön anzuschauenden Schwan verwandelt, der majestätisch seine Bahnen über den See zog, ehe er die Schwingen ausbreitete, gemächlich mit den Flügeln schlug und sich in die Lüfte erhob. Breiter und breiter wurden sie, das Federkleid nahm eine bräunliche Farbe an, und schließlich zog ein großer Adler gravitätisch seine Bahnen über der mondbeschienenen Seelichtung.

Dann war der Adler verschwunden, wie vom Nachthimmel verschluckt, und als Lorenz bereits vermutete, dass Kelpie sich mit diesem Trick aus dem Staub gemacht hatte, sah er über den Flammen des Lagerfeuers einen Nachtfalter schwirren, der von der Glut des Feuers magisch angezogen zu werden schien.

»Schau«, raunte Kamaria, »der Schmetterling hat einen zinnoberroten Kopf.«

Kaum hatte sie geendet, wuchs die Flügelspannweite des Falters, der sich gefährlich dem Feuer genähert hatte. Es zischte, und Lorenz hörte ein leises »Plopp«, als der Falter sich in den Nöck Kelpie zurückverwandelte, der mit einem unsanften Plumpser neben Kamaria am Lagerfeuer landete.

»Autsch, autsch, autsch«, jammerte der Wassermann, steckte sich einen Finger in das Fischmaul, nuckelte daran und pustete anschließend darauf. »Ich bin mit einem Flügel – ääh – Finger in die Glut geraten. Oh, sind das Schmerzen!«

»Du kannst froh sein, dass du nicht in den Flammen umgekommen bist«, meinte Kamaria. »Wenn du wieder mal durch die Gegend fliegen willst, dann bedenke, dass Nachtfalter vom Feuer magisch angezogen werden.«

Der Nöck setzte sich in sicherem Abstand ans Feuer und Kamaria und Lorenz spielten für ihn auf der Harfe und der Drehleier. Kelpie verriet ihnen, dass die Wassergeister nichts mehr liebten als die Musik. Ihm hatten es vor allem die perlenden Klänge der Harfe angetan. Deshalb war er auch herbeigelockt worden, als er Kamaria und Lorenz am Seeufer musizieren gehört hatte.

Er berichtete den beiden Kindern von seiner Familie in Kaledonia und von seinen Geschwistern, die in alle Ecken der Erde ausgesandt worden waren, um Seen und Flüsse zu besiedeln. Kelpie erzählte von den Sagen seines Volkes und von einem wundersamen Kontinent unter dem Meer, der von den Geschichtenerzählern Atlantis genannt wurde.

Als das Feuer nahezu heruntergebrannt war, verabschiedete der Nöck sich. Er glitt schattengleich zum Seeufer und verschwand in den düsteren Fluten.

»Schade«, meinte Lorenz, »jetzt habe ich gar nicht mehr gefragt, was denn mit der Erfüllung meiner Wünsche ist.«

Kamaria sah den Jungen belustigt an: »Hast du etwa im Ernst geglaubt, der Nöck könnte aus einer Kröte eine Nachtigall zaubern? Ha!«

»Immerhin hat er uns nichts getan und sich schließlich als ganz netter Kerl gezeigt«, entgegnete Lorenz. »Und wenn er wenigstens sein

Versprechen hält, keinen Reisenden mehr ins Unglück zu stürzen, dann will ich's zufrieden sein.«

Als von dem Lagerfeuer nur noch ein kleines Häufchen Glut übrig war, machten sie sich daran, sich im Planwagen ein Lager zu bereiten. Sie waren übereingekommen, dass Lorenz am vorderen Ende des Wagens seine Decke ausbreitete, während Kamaria im hinteren Ende des Wagens schlief.

Im Morgengrauen wurde Lorenz von einem prasselnden Geräusch geweckt. Klamme Feuchtigkeit war zwischen die Decken seines Lagers gekrochen. Der Junge brauchte einen Moment, um vollständig wach zu werden und das Platschen richtig einordnen zu können. Es regnete!

Er schob die Plane auf die Seite und schaute hinaus in einen grau verhangenen Himmel, aus dem sich ein kräftiger, ausdauernder Aprilregen ergoss. Die Wiese hatte sich in einen regelrechten Morast verwandelt, und die Baumkronen neigten sich unter der Last der schweren Regentropfen.

Die Geschehnisse der Nacht kamen dem Jungen wie ein seltsamer Traum vor, so unwirklich und fantastisch. Ein Wassermann, der sich in ein Pferd verwandeln konnte? Hatte man so etwas schon gehört?

»He Lorenz«, kam eine verschlafene Stimme vom anderen Ende des Wagens: »Lebst du noch, oder hat dich der Nöck gefressen?«

Der Nöck? Also war es doch wahr gewesen! Er hatte die Geschichte nicht nur geträumt.

Kamaria setzte sich, in ihre Decke gewickelt, auf und schaute nach draußen.

»So ein Mistwetter!«, meinte sie verdrossen, atmete tief ein und sagte dann: »Aber die Luft riecht herrlich, so grün und nach jungem Gras und neuem Laub!«

Sie machten sich eine Frühmahlzeit und stellten fest, dass ihre Vorräte langsam zur Neige gingen. Lorenz sprang aus dem Planwagen, schnalzte mit der Zunge und pfiff nach Hein und Oss, die am Waldrand unter dem Laubdach Schutz vor dem Regen gesucht hatten. Er spannte die Pferde ein und beseitigte die Reste des Feuers.

Da sah er am Ufer einen kleinen, grünen Weidenkorb, der mit Seerosen dekoriert und mit frischen Forellen gefüllt war. Daneben waren Kieselsteine zu einem Pfeil aufgehäuft worden, der in westlicher Richtung zum anderen Ende der Lichtung wies.

Vielen Dank, Kelpie!, dachte Lorenz, denn von wem sonst sollten dieses Abschiedgeschenk und der Hinweis auf den rechten Weg stammen. Er zeigte Kamaria das Geschenk und sie nahmen sich vor, die Fische bei der nächsten Rast aufs Feuer zu legen.

Lorenz gab den Ponys die Zügel und lenkte den Planwagen auf den Weg, den Kelpie ihnen gewiesen hatte. Der Finsterwald wirkte bei Regen bedrohlicher und ungemütlicher als sonst schon. Überall tropfte und plätscherte es, und unheimlich dampfende Nebelschwaden stiegen aus dem Unterholz. Gelegentlich hörten sie Tierschreie, die sie nicht zuordnen konnten, oder es knackte und raschelte beunruhigend in den Büschen und Sträuchern entlang des Waldweges.

Lorenz und Kamaria waren froh, als sie den Waldrand erreichten, und der Weg auf einer Anhöhe mit weitem Ausblick endete. Immer noch goss es in Strömen, und ein schwarzgraues Wolkenband bedeckte den Himmel.

Eine hügelige Gegend lag im Westen vor ihnen. In der Ferne sahen sie Felder und Forste, jedoch keine Ortschaft. Im Süden erhob sich hinter einer weiten Ebene eine bewaldete Bergkette. Vereinzelt ragten schroffe Felsnasen und riesige Steinkegel durch das Blätterdach. In nördlicher Richtung begrenzte ein hoher, mit Nadelbäumen bewachsener Gebirgszug den Blick.

Der Weg nach Westen brachte sie in ein Tal, durch das sich ein kleiner Fluss wand. Hein und Oss wieherten fröhlich, als seien auch sie froh, dass der Finsterwald hinter ihnen lag. Die Gefährten folgten dem Flusslauf so lange, bis sie nach einigen Meilen auf eine Furt stießen. Der Weg führte einfach ins Wasser. Lorenz lenkte den Wagen in die Fluten, darauf vertrauend, dass sie seicht genug wären, um mit dem Planwagen unbeschadet ans gegenüberliegende Ufer zu gelangen, wo der Weg am Flussufer entlang weiter westwärts verlief.

Kamaria saß neben Lorenz auf dem Kutschbock. Als sie auf der anderen Flussseite angekommen waren, begann sie, ein Gedicht vorzutragen:

»Viel Wunderdinge melden die Mären alter Zeit,
Von preisenswerten Helden, von großer Kühnheit,
Von Freud und Festlichkeiten, von Weinen und von Klagen,
Von kühner Recken Streiten mögt Ihr nun Wunder hören sagen.

Es wuchs dort in Burgunden ein edel Mägdelein,
Wie in allen Landen kein schön'res mochte sein.
Kriemhild war sie geheißen und ward ein schönes Weib,
Um das viel Recken mussten verlieren Leben und Leib.

Die Minnigliche lieben brachte nimmer Scham,
Kühnen Rittersleuten; niemand war ihr gram.
Schön war ohne Maßen ihr edler Leib zu schau'n;
Die Tugenden der Jungfrau ehrten alle die Frau'n.«

»He, was ist das denn?«, fragte Lorenz interessiert, »Das kommt mir bekannt vor, ich kann mich nur nicht so recht erinnern. Ich habe diese Verse schon mal gehört, aber wo?«

»Das ist die Geschichte von dem tapferen Siegfried aus Xanten, der den Drachen Fafnir tötete und den Nibelungenzwergen einen unermesslichen Goldschatz abnahm. Außerdem entwand er dem Zwergenkönig Alberich eine Tarnkappe und das Schwert Balmung.

Siegfried hörte von einer wunderschönen Prinzessin in Worms am Rhein. Sie hieß Kriemhild, und der Recke wollte sie unbedingt freien. Kriemhilds Bruder war König Gunther von Burgund. Er verlangte für seine Zustimmung zu der Heirat, dass Siegfried ihm hülfe, die Liebe der Königin Brunhild von Island zu erlangen. Brunhild war eine unglaublich starke Frau, die nur denjenigen heiraten wollte, der sie dreifach besiegen konnte: im Speerwurf, im Steinschleudern und im Weitsprung. Unterlag der Freier auch nur in einem dieser Wettkämpfe, so hatte er sein Leben verwirkt.«

Kamaria machte eine kleine Pause, um ihre Worte wirken zu lassen. Fasziniert hatte Lorenz gelauscht.

»Nun mach's nicht so spannend!«, drängte er und setzte grinsend hinzu: »Wie hat Siegfried es denn geschafft, mit diesem Drachen fertig zu werden?«

Kamaria warf Lorenz einen strafenden Blick zu.

»Siegfried benutzte Alberichs Tarnkappe«, fuhr sie fort, »um unsichtbar König Gunthers Hand zu führen. So gelang es dem Burgunderkönig, Brunhild zu besiegen und sich das Jawort der stolzen Isländerkönigin zu erschleichen. Zum Dank für seine Dienste durfte Siegfried Gunthers Schwester Kriemhild heiraten. Brunhild jedoch verweigerte ihrem Gemahl den Zugang zu ihrem Schlafgemach, weil sie König Gunther nicht liebte. Deshalb half Siegfried dem König, die verriegelte Tür zu Brunhilds Schlafkammer aufzubrechen. Kurz darauf kriegten sich Kriemhild und Brunhild in die Wolle, wer als Erste die Kirche betreten dürfe.«

»Weiber! Pfff!«, warf Lorenz ein und duckte sich, als Kamaria ausholte und ihm spielerisch einen Klaps auf den Hinterkopf versetzte.

Sie setzte ihre Geschichte fort: »Die beiden Frauen zankten sich derart, dass Brunhild schließlich von Gunther verlangte, Siegfried um die Ecke zu bringen. Dummerweise hatte der Recke in Fafnirs Drachenblut gebadet, und nur eine kleine Stelle zwischen den Schultern war verwundbar. Aber Gunthers Oheim, Hagen von Tronje erzählte Kriemhild, dass er Siegfried bei der Jagd beschützen wolle. Deshalb solle sie ein Kreuz auf Siegfrieds Wams sticken, wo der Recke verletzbar war, damit Hagen seinen Schild schützend über ihn halten könne. Kannst du dir das vorstellen, dass eine Frau so blöd sein kann? Ich ehrlich gesagt nicht. Man weiß ja nicht, wer das Nibelungenlied geschrieben hat, aber eine Frau kann es nicht gewesen sein. Die wäre bestimmt nicht auf eine so dämliche Idee gekommen. Na ja, trotzdem kommt die Mär von den Nibelungen beim Volk immer gut an und wird von fahrenden Troubadouren gern vorgetragen. Wenn du willst, bringe ich dir die Strophen bei, die ich kenne.«

»Klingt wunderbar. Erzähl mir mehr von dem Drachen!«, entgegnete Lorenz.

»Von welchem?«, grinste Kamaria. »Aber das war mir klar, dass der Herr Lorenz nur die Geschichte vom Lindwurm hören will. Bist du sicher, dass du alter Hosenschisser das verkraftest und nicht gleich wieder nach Hannahs Rockzipfel rufst? Oder noch schlimmer – nach meinem? Obwohl ich ja gar keinen Rock trage, sondern Beinlinge ...«

Lorenz runzelte die Stirn: »Wer ist denn hier von uns beiden auf dem Wassergeist geritten? Du oder ich? Na?«

»Ach komm, das war ja wohl nicht freiwillig! Und wer hat dir da wieder runtergeholfen? Ich oder ich?«

Lorenz wollte schon auffahren, als er in Kamarias feixendes Gesicht sah und merkte, dass er auf die Schippe genommen wurde. Er zog einen Flunsch und entschied, dass es besser sei, nicht weiter auf die Fopperei einzugehen.

»Weißt du, die Troubadoure hatten es ja mit stolzen Recken und endlosen Schlachten«, fuhr Kamaria fort. »Im Nibelungenlied wird in zahlreichen Versen lobgepriesen, wie Siegfried die Sachsen verprügelt, aber um den Drachen wird gar nicht so viel Aufhebens gemacht. Es heißt nur – warte ...«. Sie legte ihre Stirn in Falten, dachte kurz nach, murmelte: »Ach ja ...«, und begann dann zu rezitieren:

»Noch ein Abenteuer ist mir von ihm bekannt.
Einen Linddrachen schlug des Helden Hand;
Da er im Blut sich badete, ward hörnern seine Haut.
Nun versehrt ihn keine Waffe. Das hat man oft an ihm geschaut.«

Sie hielt inne und sagte: »Wahrscheinlich hat der Dichter den Drachen deshalb gar nicht weiter beschrieben, weil er nicht wusste, wie ein Tatzelwurm aussieht. Vermutlich gibt es solche Urviecher gar nicht!«

Lorenz schaute sich unbehaglich um, als fürchte er, dass jeden Moment eines davon um die Ecke käme: »Ich hätte vorher auch nicht gedacht, dass es Wassergeister gibt, und gestern haben wir einen getroffen ...«

»Das stimmt«, gab Kamaria zu. »Jedenfalls hat Hagen von Tronje Siegfried trotz seines Hornpanzers einen Speer in den Rücken werfen können, genau in die kleine verwundbare Stelle. Seine Witwe Kriemhild heiratete nach einiger Zeit den Hunnenkönig Etzel und zog zu ihm. Später rächte sie sich grausam an ihren Brüdern und an Hagen von Tronje, die sie zu sich eingeladen hatte. Die Burgunder bekamen einen furchtbaren Streit mit dem Reitervolk der Hunnen, das von Kriemhild ziemlich fies aufgehetzt worden war. Von ihnen ist keiner mit dem Leben davongekommen. Ich weiß nicht so ganz genau, wie die Mär ausgeht, denn ich habe es nicht geschafft, alle 2400 Strophen auswendig zu lernen. Anselm konnte sie. Er hat aber auch Jahre gebraucht, sie zu lernen.«

Sie folgten dem Weg und fuhren gemächlich am Flussufer entlang. Nach einer Stunde hatte Lorenz die ersten zehn Strophen des Nibelungenliedes gelernt. Er hatte ein gutes Gedächtnis und Kamaria war eine geduldige Lehrerin.

Der Regen hatte nachgelassen, und der Himmel im Westen klarte langsam auf. Die Sonne versank allmählich und malte eine Ockerfärbung hinter die dunklen Abendwolken. Lorenz und Kamaria schlugen ihr Lager in der Nähe einer alten, verlassenen Scheune auf. Am Vorabend hatte Lorenz am Waldsee einen Vorrat an Feuerholz gesammelt, und davon entfachten die beiden ein Lagerfeuer. Sie brieten die Fische, die Kelpie ihnen geschenkt hatte, und tranken den Rest der Milch. Lorenz beteuerte, nie etwas Köstlicheres gegessen zu haben als diese Mahlzeit, die sie dem Wassergeist aus dem Finsterwalde verdankten.

Er dachte an seinen Vater und fragte sich, ob die Häscher schon hinter ihnen her waren. Es wurde Zeit, dass sie sich daran machten, ihre Spuren zu verwischen.

Caput XIII

Drum singe, wem Gesang gegeben

Sie folgten dem Fluss zwei Tage lang in nordwestlicher Richtung. Allmählich war das Wetter besser geworden. Die Sonne meinte es gut mit ihnen und schien wärmer, als es sonst so früh im Jahr üblich war. Die bergige Landschaft war malerisch, geprägt von Wäldern und fruchtbaren Feldern, durch die der Planwagen der beiden Vaganten rollte. Am Morgen des dritten Tages trafen Lorenz und Kamaria auf einen Schäfer, der seine Herde auf einer weitläufigen Weide hütete. Als sie ihn von Ferne erspähten, verdrückte sich Kamaria flugs vom Kutschbock ins Innere des Fuhrwerks, um den Mann nicht mit ihrer Hautfarbe zu erschrecken.

Lorenz zügelte Hein und Oss. Der Schafhirte trug einen langen, dunklen Kittel, wie eine Tunika geschnitten, dazu Hosen und Bundschuhe und einen Mantel mit Kapuze. Er hielt einen Stab in der Hand. An seiner Seite lag ein großer, struppiger Hund. Misstrauisch musterte er den Wagen.

»Gott zum Gruße, Schäfer«, rief Lorenz. Der Hirte mache eine finstere Miene, nickte dem Jungen zu und schwieg erwartungsvoll.

»Könnt Ihr mir sagen, ob wir auf dem rechten Weg nach Bamberg sind?«

»Gut möglich«, gab der Viehhirt mürrisch zurück. »Was gebt Ihr mir dafür?«

Lorenz überlegte. Was hatte er schon anzubieten? »Ich habe nichts, guter Mann«, antwortete er, aber dann hatte er einen Gedanken: »Ich kann Euch einen Schäfertanz auf der Drehleier spielen, wenn's beliebt.«

»Lasst hören, junger Herr. Wo sind eigentlich Eure Eltern? Seid Ihr allein unterwegs?«

»Nein«, sagte Lorenz, »meine Schwester ist hinten im Planwagen. Ein Fieber plagt sie. Ich will versuchen, in Bamberg einen Bader zu finden, der ihr helfen kann. Und dann, wenn sie wieder gesund ist, möchte ich als Spielmann ein paar Münzen und etwas Brot in der großen Stadt verdienen. Meine Eltern müssen zuhause auf dem Feld arbeiten, deshalb schicken sie mich. Wollt Ihr meine Schwester sehen?«

»Nein, nein«, entgegnete der Schäfer hastig, »ich will mich nicht anstecken. Gott bewahre. Wer weiß, welche schlimme Seuche sie hat. Aber lasst Euren Schäfertanz hören!«

Lorenz holte die Drehleier aus dem Wagen, stimmte sie und spielte eine lustige Melodie. Er hatte keine Ahnung, ob es tatsächlich ein Schäfertanz war, doch der Hirte schien die Weise zu kennen. Die Musik zauberte ein Lächeln auf sein wettergegerbtes Gesicht. Als Lorenz geendet hatte, applaudierte der Mann mit knappen, bedächtigen Handschlägen. Der Schäferhund, der mit schief gelegtem Kopf der Drehleier gelauscht hatte, hechelte und wedelte beifällig mit dem Schwanz. Auch ihm hatte der Vortrag offenbar gefallen.

»Nun gut, ich höre, Ihr seid wirklich ein Spielmann. So will ich Euch glauben. Wenn Ihr nach Bamberg wollt, so folgt diesem Fluss, der Aufseß heißt, noch etwa eine Stunde. Dann gelangt ihr an eine Wegkreuzung, an der ihr nach Westen abbiegt. Den Weg fahrt Ihr immer geradeaus, bis Ihr durch Obst- und Gemüsefelder kommt und auf einen weiteren Strom trefft. Das ist die Regnitz. Habt Ihr die gefunden, so wendet Euch nach Norden und folgt dem Flusslauf. Bei gemächlicher Fahrt könnt Ihr morgen Abend die Stadt erreichen und vor dem Hauptportal des Domes stehen.«

Der Schafhirte erzählte Lorenz noch, dass der »gute Kaiser Friedrich II.« den Dom hatte wieder aufbauen lassen, nachdem er vor über zweihundert Jahren abgebrannt war und dass Bischof Suidger von Morsleben, der später Papst Clemens II. geworden war, in diesem Dom begraben liege.

»Im Übrigen, wenn ihr in Bamberg als Spielmann auftreten wollt«, sagte der Hirte, »nehmt euch in acht vor den Stadtpfeifern. Die sind in einer eigenen Gilde zusammengeschlossen und haben gar nicht gern, dass man ihnen das Brot wegnimmt.«

Lorenz bedankte sich bei dem Schäfer und erbat sich von ihm etwas Schafswolle, die der Hirte ihm gern überließ. »Damit umwickle ich die Saiten der Drehleier an der Stelle, wo sie auf dem Holzrad liegen. Das schützt sie vor dem Zersägen durch das Rad und gibt außerdem einen schönen, weichen Klang.«

Sie folgten der Wegbeschreibung des Schafhirten. Tatsächlich wurde die Landschaft am frühen Nachmittag des nächsten Tages hügeliger. Die angekündigten Gärten verliehen ihr einen sanften Charakter. Schließlich fuhren sie um eine Wegkehre und sahen vor sich den Fluss im Licht der Nachmittagssonne funkeln. Das musste die Regnitz sein, denn am Horizont erblickten Lorenz und Kamaria die Silhouette der Stadt Bamberg, die auf sieben Hügeln gebaut war und deshalb auch Rom des Nordens genannt wurde.

In der Ferne gewahrte Lorenz auf einem der Hügel eine Kirche mit vier Türmen. Das konnte nur der Dom Sankt Peter und Georg sein. Der Junge war vorher noch nie weiter von Burg Rabenhorst weg gekommen als bis zum Waischenfeld, aber Graf Roland hatte Lorenz von seinen Reisen in die Bischofsstadt und von den Wunderwerken der Architektur erzählt.

Als er von der Schönheit der Portale und des Fürstentors an der Nordseite des Langhauses berichtet hatte, war sein Vater regelrecht ins Schwärmen geraten. Man könne dort eine wunderschöne Bildhauerarbeit bewundern. Die Statue stelle König Stephan I. von Ungarn dar, als steingewordenes Symbol des Rittertums.

Nun sollte Lorenz also mit eigenen Augen diese wunderbare Stadt erblicken. Langsam rollte der Planwagen durch die Außenbezirke mit armselig aussehenden Bauernkaten und kleinen Bürgerhäusern. Je näher sie der Kirche kamen, desto imposanter wurden auch die Bauwerke in der Umgebung.

Große, aus Stein gemauerte Patrizierhäuser säumten die Straßen, und in den verschiedenen Vierteln sah man Handwerkshäuser mit Schildern, die anzeigten, welches Gewerbe darin ausgeübt wurde: Bäcker, Schlachter, Leineweber, Apotheker, Bader, Töpfer. Außerdem gab es Hütten der Maurer, Dachdecker, Zimmerleute, Karrenspanner, Käsbohrer, Kupferschmiede, Kürschner und viele andere. Lorenz schwirrte der Kopf ...

Es herrschte geschäftiges Treiben. Viele Bürger bevölkerten die Gassen, die teilweise sogar gepflastert waren. Schließlich gelangten Kamaria und Lorenz an den Fuß des Hügels, auf dem die Kathedrale himmelwärts ragte.

Dort stellte der Junge den Planwagen auf einer Wiese am Flussufer ab und schirrte Hein und Oss aus. Auf der zweiten der sieben Anhöhen, dem Michaelsberg, thronte ein wuchtiger Gebäudekomplex. Das musste die Benediktinerabtei mit der Michaelskirche sein. Dazwischen, weiter nach hinten versetzt, lag zweifellos die Kirche Sankt Jakob, so wie Graf Roland es Lorenz beschrieben hatte. Links davon erblickte er ein zweites Kloster. Er vermutete, dass es die Abtei der Karmeliter sei.

Lorenz nahm sich vor, die Stadt so bald wie möglich zu erkunden. Doch zunächst galt es, etwas zwischen die Zähne zu bekommen. Die beiden Reisenden hatten den ganzen Tag lang nichts gegessen, und der Nachmittag neigte sich gegen Abend. Wenn das heute noch gelingen sollte, mussten sie sich beeilen.

Schon waren einige Bürger auf den bunten Vagantenwagen aufmerksam geworden. Ein paar Grüppchen blieben stehen und beäugten ihn neugierig. Lorenz breitete eine Decke auf der Wiese aus und legte die Instrumente darauf. Kamaria schlüpfte flugs in ihr Spielmannskostüm und band sich die venezianische Maske vors Gesicht.

»Schaffst du es, unsere Estampie zu spielen?«, fragte sie Lorenz. »Dann nehme ich den Dudelsack und begleite dich anschließend bei der Farandole, und danach spielen wir das Potpourri aus Bauerntänzen, das Anselm uns gelehrt hat. Es ist nicht gerade ein üppiges Repertoire, aber für den Anfang wird es reichen. Und wenn du die Canzone spielst, die du an Kelpies Waldsee komponiert hast, kann ich dazu jonglieren. Das dürfte ausreichen, um uns etwas zu essen und vielleicht einen Krug Milch zu erspielen.«

Inzwischen hatte sich eine ganze Menge Menschen versammelt und wartete gespannt darauf, was die Gaukler wohl zu bieten hätten. Auch eine Bande Kinder umringte neugierig das Fuhrwerk. Lorenz schaute sich um und musterte die prächtigen Häuser am Regnitzufer. Sicher wohnten Patrizier und freie Bürger darin, Händler und reiche Pfeffersäcke.

Die Leute, die sich vor dem Planwagen einfanden, waren unterschiedlich gekleidet, manche schlicht in graue, schwarze oder braune Gewänder. Den Arbeitskleidern sah man an, dass ihre Besitzer sie bereits lange Zeit und vornehmlich bei harter Feldarbeit getragen hatten. Andere trugen farbige, Surcots genannte Überkleider oder Umhängemäntel, bunt bestickte Wamse, farbenprächtige Hüte und Hauben und edle Schnürschuhe aus Leder.

Lorenz stellte sich in Positur, und obwohl ihm vor Aufregung das Herz in die Hose gerutscht war, sprach er die Zuschauer an.

»Wir sind fahrende Musikanten und wollen Euch gern ein paar Stücke aufspielen«, rief er munter.

Er schnallte die Drehleier um und sicherte sie mit einem zusätzlichen Schultergurt, sodass er im Stehen leiern konnte. Er stimmte die Sinfonia und ließ zunächst nur die Bordunsaiten erklingen, ohne eine Melodie zu spielen. Die Mienen der Zuhörer zeigten Neugier, drückten angesichts des jungen Burschen aber auch Zweifel aus.

Lorenz versuchte, in Gedanken die Ansage zusammenzubekommen, die Anselm immer zu diesem Stück gemacht hatte. Vor allem der Name des Verfassers wollte ihm zunächst nicht in den Sinn kommen. Dann fiel er dem Jungen wieder ein:

»Raimbaut de Vaqueiras hieß der wohlbekannte Troubadour, der im fernen Montferrat in Italien dieses Liebeslied am Hofe seines Gönners, des Markgrafen Bonifaz, schrieb, zum Lobe einer schönen Fraue namentlich Beatrix, die seine Liebe verschmähte. Als zwei Fidler am Hofe diese schöne Melodei spielten, sang Raimbaut dazu die Worte von der schönsten Jahreszeit, die nun bald auch wieder hierzulande Einzug hält ... Kalenda Maya!«

Kamaria stockte während dieser Ansage der Atem. Oh, nein, er wird doch nicht ..., dachte sie. Wenn er jetzt anfängt zu singen, dann können wir das Abendessen vergessen. Aber Lorenz drehte munter die Kurbel, begann die Melodie zu spielen, warf den Kopf zurück, holte tief Luft und sang, zunächst in provenzalischer Sprache:

»Kalenda maia ni fueills de faia
Ni chans d'auzell ni flors de glaia ...«

Schon nach den ersten Silben wusste Lorenz, dass seine Stimme anders klang. Er war tief in sein Spiel und die Ansage des Liedes versunken gewesen und hatte völlig vergessen, dass er es eigentlich nur instrumental hatte spielen wollen. Dann jedoch war seine Leidenschaft mit ihm durchgegangen, und die Worte des Liebesliedes waren wie von selbst aus seinem Munde gekommen.

Ein Geraune und Getuschel machte sich unter seinen Zuhörern breit, die sich erstaunt ansahen und zustimmend zunickten, während sie der glasklaren Tenorstimme zuhörten, mit der Lorenz von Rabenhorst sang. Er merkte sofort, dass irgendetwas mit seiner Stimme geschehen sein musste. Kelpies Versprechen!, schoss es dem Jungen durch den Kopf. Er hat wirklich Wort gehalten!

Konnte es so etwas geben? Er bemühte sich, die Freudentränen zu unterdrücken und setzte das Lied in seiner Muttersprache fort, auf dass alle, auch die einfachen Leute, den Text verstünden. Nie zuvor in seinem Leben hatte Lorenz sich so wunderbar, so leicht, so voller Freude und Glück gefühlt.

»Nicht erster Maitag,
Nicht grün's Blatt im Hag,
Nicht Rose noch Vogelzungenschlag
Erfreu'n meinen Tag.
Oh, Fraue, ich zag,
Bis Nachricht mir Dein Bote zutrag'
Von dir, oh Holde! Noch heut' am Tag
Von Liebesfreuden er Kunde hertrag',
Die ich so gern mag.
Sei wieder gut, sag,
Erhör' meinen Antrag,
Dass ich's vermag,
An diesem Tag
Vertreib der Eifersüchte Plag.«

Als Lorenz sein Lied beendet hatte, entstand ein magischer Augenblick absoluter Stille. Selbst der leichte Frühlingswind schien einen

Moment innezuhalten und dem verklungenen Gesang nachzulauschen. Die Zuhörer holten Luft, und dann brach ein von begeisterten Bravorufen untermalter Applaus los. Lorenz hatte sich mit der Melodie auf der Sinfonia ein, zwei Mal vertan, aber trotzdem applaudierten die etwa fünfundvierzig Menschen, die sich inzwischen versammelt hatten, laut und anhaltend.

Die Augen, die Lorenz vorher noch misstrauisch und verkniffen gemustert hatten, begannen zu leuchten, als er die Farandole anstimmte und dazu plötzlich aus dem Inneren des Planwagens zunächst etwas irritierend das Einstimmen des Dudelsacks erklang, das dann aber schnell in eine zweite Stimme überging. Es gab ein großes Ah und Oh, als Kamaria die Plane zurückschlug, in ihrem bunten, venezianischen Kostüm vom Wagen sprang und der Dudelsack die fröhliche, treibende Weise des Reigentanzes aufnahm.

Einer der Städter, ein vierschrötiger Mann, der eigentlich nicht danach aussah, als gehöre der Tanz zu seinen Lieblingsbeschäftigungen, wandte sich einer Frau zu und ergriff ihre Hand. Während die beiden ein paar Schritte versuchten, kam Bewegung in die restliche Zuhörerschar, und ehe man sich's versah, hatte sich eine Kette von Tänzern gebildet, die von dem Bauern angeführt wurde.

Die Leute fassten einander an den Händen, hoben und senkten die Arme im Takt der Musik und tanzten die Farandole. Der Bauer tanzte den Reigen vor, und leitete zu den bekannten Figuren an. Zunächst stellten die Tänzer sich im Kreis auf. Dann hob der Vortänzer den linken Arm und bildete mit seiner Partnerin ein Tor. Das ihnen gegenüberstehende Paar tanzte durch dieses Tor und die anderen folgten. Sie lösten die Hände, wendeten sich nach rechts und links und tanzten auf der Kreislinie zurück auf ihre Plätze, wo sie den Kreis wieder schlossen. Schließlich tanzten sie Ketten und Schnecken und andere Figuren, während Lorenz und Kamaria schneller und schneller spielten, bis sich die Tanzenden zu guter Letzt in einem schwitzenden und lachenden Menschenknäuel voneinander lösten und begannen, den beiden Musikanten zu applaudieren.

»He, Musikanten«, rief plötzlich jemand aus der Menge, »kann ich mitspielen?« Lorenz schaute in die Richtung, aus der der Ruf gekommen war, und sah einen jungen Mann, der ein kurioses Instrument hochhielt. Es sah eher nach einem Holzscheit aus als nach einem Musikinstrument. Es bestand aus einem langen, dreieckigen Resonanzkörper, der in ein schmales Griffbrett endete, über das eine Saite gespannt war. Daneben gab es drei weitere Saiten, die immer auf dem gleichen Ton angestrichen wurden. Der Bursche hielt sein Instrument nicht, wie man eine Viola oder Fidel hält, die an den Hals gesetzt wird, den Wirbelkasten vom Körper weg gerichtet. Nein, genau umgekehrt hielt er sein Instrument. Der Wirbelkasten lag auf der linken Schulter und der Resonanzkorpus reichte bis zur Erde. Während er mit einem Bogen über die Saiten strich, erklang ein sirrender und rhythmisch schnarrender Ton.

Lorenz spielte auf der Drehleier sein Potpourri von Bauernliedern, und der junge Mann begleitete ihn. Er entlockte seinem merkwürdigen Musikinstrument zwar nur wenige Töne und einen Bordunklang, aber der Schnarrrhythmus ging höllisch in die Beine und war eine wunderbare Ergänzung zu Lorenz' Drehleiermelodie.

Schließlich mischte sich Kamarias Dudelsack mit einer zweiten Stimme in das Ensemble, und schon bald tanzten die Städter ausgelassen auf dem Anger. Einige Leute brachten ein paar Schemel und einen grob behauenen Tisch herbei. Schnell wurde er mit Brot, Pökelfleisch, Hirsebrei, Steckrüben und anderen Lebensmitteln gedeckt. Üppig war es nicht, doch es schien, als hätten die Menschen nur auf eine Gelegenheit gewartet, um ein wenig zu feiern.

Lorenz wiederholte die Tänze, die er spielen konnte, wieder und wieder. Doch den Leuten machte es nichts aus, dass er die gleichen Stücke mehrfach spielte. Hauptsache, sie konnten tanzen und ihren harten Alltag vergessen.

Schließlich brauchte Lorenz eine Pause. Außerdem hatte er den Eindruck, dass seine Drehleier verstimmt war – sie klang jedenfalls leicht schief. Also ließ er den letzten Tanz mit einem lang gezogenen Triller ausklingen. Die Tänzer hielten inne und applaudierten den drei Musikern.

Während Lorenz nachstimmte, kramte er in seiner Erinnerung und kam zu dem Schluss, dass das Lied »Es dämmert an der Halde« von

Dietmar von Aist das Richtige wäre, um seine neue Stimme noch einmal auszuprobieren. Er musste grinsen, als er daran dachte, dass sein Repertoire an Liedern sehr begrenzt war. Zwar hatte er in den vergangenen Jahren von seinen Hauslehrern viele Lieder gelernt, aber jedes Mal, wenn er begonnen hatte, ein, zwei, Zeilen davon nachzusingen, hatten sie ihm empfohlen, die Texte zu rezitieren und nicht zu singen. Nur Hannah hatte immer wieder mit Lorenz zusammen gesungen, ihr hatte es nichts ausgemacht, ob Lorenz' Stimme schön klang oder wie die eines Ochsenfrosches. Der Junge war sich nicht sicher, ob er die Töne richtig träfe. Allein eine schöne Stimme besitzen heißt ja noch lange nicht, dass man auch die Melodie richtig trifft.

Aber das war Lorenz erstmal egal, und er begann mit seiner neuen und reinen Stimme zu singen:

»Es dämmert an der Halde,
Man weckt uns, Liebster, balde.
Ein Vöglein aus dem Neste schwang
Sich auf der Linde Zweig empor und sang.

Noch lag ich sanft im Schlummer,
Da weckte mich dein Kummer.
Lieb ohne Leid kann ja nicht sein.
Was du gebietest, tu ich, Liebste mein.

Sie ließ die Tränen rinnen:
Du reitest doch von hinnen.
Wann kommst du wieder her zu mir?
Ach, meine Freude nimmst du fort mit dir.«

Die Bamberger Bürger lauschten wie gebannt seinem Gesang. Und als Lorenz zu Ende gesungen hatte, entstand wiederum ein Moment der absoluten Stille, in der die Zuhörer dem Klang seiner Stimme nachlauschten, ehe sie begeistert applaudierten.

Kamaria hatte den Dudelsack zur Seite gelegt und die Jonglierkeulen hervorgeholt. Sie war genauso überrascht gewesen wie Lorenz und hatte zunächst geglaubt, jemand anderes sänge, als sie die neue Stimme des Jungen gehört hatte. Aber dann war auch Kamaria das Versprechen des Nöcken wieder in Erinnerung gekommen.

Lorenz nickte ihr zu und lächelte schief, während er die Saiten der Sinfonia stimmte. Er konzentrierte sich, horchte in sich hinein und erinnerte sich an das silbrig glänzende Mondlicht, das über Kelpies Lichtung gelegen und den Jungen mit seiner melancholischen Stimmung so verzaubert hatte. Ihm fielen die Bilder vom samtschwarzen Himmel und von den funkelnden Sternen wieder ein, er sah den geheimnisvoll dunkel glitzernden Waldsee vor sich.

Wie von selbst begannen die Finger seiner linken Hand gemächlich die Tasten der Leier hinauf- und hinunterzuwandern und die Melodie der Canzone zu formen, die ihm am Ufer des Sees eingefallen war. Die Zuhörer wurden von der zauberhaften Weise gefangen genommen und lauschten ergriffen. Während er spielte, schien Lorenz alles um sich herum zu vergessen.

Kamaria jonglierte und ließ die bunt bemalten Keulen auf abenteuerlichen Bahnen durch die Luft wirbeln. Besonders die Kinder waren von dieser Darbietung begeistert. Mit ihrer Jongliernummer beendeten die beiden frischgebackenen Spielleute ihren ersten öffentlichen Auftritt. Der Applaus der Bamberger zeigte ihnen, dass sie die Feuertaufe bestanden hatten.

Der vierschrötige Mann, der sich als kundiger Tänzer der Farandole erwiesen hatte, bedankte sich bei Lorenz und Kamaria:

»Ihr seid zwar noch jung an Jahren, aber ich habe nicht oft Spielleute gehört, die so gut mit ihren Instrumenten umgehen konnten, und die dazu auch noch so schön wie Nachtigallen gesungen haben. Ich bin der Schlachtermeister Stefan, und mein Geschäft ist dort drüben, ein Stück die Straße hinauf. Seid uns willkommen als gern gesehene Gäste. Wir haben nicht viel, aber was wir haben, teilen wir gerne mit Euch.«

»Habt Dank für das Lob und die Einladung«, sagte Lorenz. »Wir nehmen gerne an!«

Lorenz, Kamaria und der junge Musikant mit dem seltsamen Holzscheit folgten dem Schlachter zu seinem Haus. Stefan bat sie zu Tisch, und während seine Frau das Essen auftrug, fragte er Kamaria: »Mögt ihr, venezianischer Gaukler, nun nicht die Maske abnehmen und Euch zu uns an den Tisch setzen?«

»Nein, nein«, warf Lorenz hastig ein und beeilte sich hinzuzufügen: »Lieber Meister Stefan, wir sind froh, etwas zu beißen zu bekommen. Aber besteht bitte nicht darauf, dass Kamaria ihre Maske abnimmt. Das arme Mädchen wurde als kleines Kind von den Blattern heimgesucht, die sie nach langer, schwerer Krankheit überlebt hat. Aber ihr Gesicht ist so schrecklich von den Narben gezeichnet, dass sie sich nicht getraut, ihre Umwelt mit ihrem Anblick zu belästigen. Seid ihr nicht gram deswegen, sie fühlt sich einfach sicherer mit ihrer Maske.«

»Nun gut«, sprach der Schlachter, »so sei es denn. Kommt an die Tafel und esst und trinkt von dem, was wir Euch anzubieten haben! Wir haben Gemüse, Hirse und Brot, und es gibt heute einen ordentlichen Braten!«

Kamaria setzte sich neben ihn und zischte ihm leise unter der Maske zu: »Ich wusste gar nicht, dass du so ein abgefeimter Lügner bist. Du weißt doch: Wer lügt, kommt nicht in den Himmel – aber in diesem Fall war das eine verdammt gute Notlüge! Ich frage mich, warum ich nicht selbst schon darauf gekommen bin.«

Sie drehte sich vom Tisch weg, hob die Maske ein wenig an und schob sich darunter ein Stück Brot in den Mund. Das Essen und Trinken mit Maske war mühselig.

Dann fragte Lorenz den jungen Bamberger Musiker, wie sein seltsames Musikinstrument heiße.

»Ach, das ist ein Trumscheit«, sagte der Junge, »ich heiße übrigens Mathias, aber du kannst Mathes zu mir sagen.«

»Wie machst du denn mit diesem Instrument das komische Schnarren?«, wollte Lorenz wissen.

»Das ist ganz einfach. Die Saite, auf der ich mit dem Bogen die Töne spiele, läuft über einen beweglichen Steg. Schau, hier!«

Mathes hatte das Trumscheit auf den Tisch gelegt. Lorenz konnte erkennen, dass der Steg zwei Füße hatte, von denen einer einen Spalt breit über der Decke des Instrumentes schwebte. Mathes drückte mit dem Zeigefinger leicht darauf und zeigte Lorenz, dass der Steg beweglich war. »Siehst du, und je nachdem wie kräftig ich mit dem Bogen die Saite anstreiche, schlägt der Fuß des Stegs auf die Decke des Instruments auf und macht diese schnarrenden Geräusche. Ganz einfach also!«

»Ist ja witzig«, gab Lorenz zurück, »ich wünschte, so einen Steg hätte ich auch auf meiner Drehleier, das würde bestimmt lustig klingen ...«

Die Frau des Schlachters unterbrach die drei Musiker und stellte Humpen voll frischer, rahmiger Milch auf den Tisch. Nachdem sie ihren Durst gelöscht hatten, griff Lorenz nach einem Stück Brot und tunkte es heißhungrig in die Gemüseschüssel. Es gab helles Weizenbrot, fast schon ein Luxus. Der Junge wusste, dass Meister Stefan und sein Weib ihnen Leckereien auftrugen, die sie sich selbst nicht jeden Tag leisten konnten.

»Woher hast du denn dieses komische Instrument?«, fragte Lorenz.

»Ach, da ist vor Jahren mal ein wandernder Mönch in die Stadt gekommen, der hatte das Ding dabei. Mein Vater ist Gastwirt. Der Pater hat bei uns übernachtet und ihm die *tromba marina* als Bezahlung für einen Krug Wein, ein Abendessen und die Unterkunft in unserer Kate angeboten.«

»Tromba marina?«, gab Lorenz fragend zurück.

»Ja, die ›Marientrompete‹. Man nennt das Trumscheit auch Nonnentrompete, weil Nonnen es gern als Trompetenersatz nehmen, da das Trumscheit ein wenig wie eine Trompete klingt. Richtige Trompeten dürfen nur von Männern gespielt werden, die der Trompeterzunft angehören.«

Lorenz und Kamaria hatten die Neuankömmlinge nicht bemerkt, die sich der Kate des Schlachters genähert und die lustige Gesellschaft durch das Fenster beobachtet hatten. Plötzlich ertönte eine Stimme: »Dort sind sie! Das sind die Musikanten, die sich ohne Erlaubnis frech und dreist als Spielleute angebiedert haben, ohne Mitglieder der Stadtpfeifergilde zu sein! Das können wir nicht dulden – ergreift sie!«

Die Tür der Schlachterkate flog auf und einige kräftige Männer stürzten in die Stube. Sie umringten die völlig überraschten Musiker, ergriffen sie und zerrten sie vor die Tür nach draußen. Verstört blickten Lorenz und Kamaria in die Richtung, aus der die Stimme gekommen war. Neben einem stolzen Schlachtpferd stand in voller Rüstung, breitbeinig die Hände in die Hüften gestemmt und mit einem hämischen Grinsen im Gesicht, ein Ritter. Die finstere Gestalt deutete auf Kamaria und rief: »Reißt ihr die Maske von der Fratze, und Ihr werdet bestätigt sehen, was ich Euch erzählt habe: Das ist keine Musikerin, es ist eine schwarze Dämonin, eine kohlenhäutige Hexe! Und es wird Zeit, dass sie verbrannt wird, damit ihr schädlicher Einfluss auf den armen Jungen aufhört, der kein Spielmann, sondern in Wahrheit Lorenz, der Sohn des Grafen Roland von Rabenhorst ist.«

Feixend schritt Arnold von Schwarzeneck auf die verängstigten Gefährten zu.

Caput XIV:

Der Bischof und das Mädchen

Die beiden waren starr vor Schrecken. Brutal ergriffen einige der Männer ihre Arme, und jeweils einer der Häscher fasste Lorenz und Kamaria im Genick. Inzwischen waren einige neugierige Passanten stehen geblieben, und aus der Zuschauergruppe war ein erstauntes Raunen zu vernehmen. Manche bekreuzigten sich verstohlen, aber auf den meisten Gesichtern stand deutliche Missbilligung geschrieben.

Arnold von Schwarzeneck riss mit einer hoheitsvollen Gebärde die venezianische Maske von Kamarias Gesicht. Als ihr schwarzes Antlitz zum Vorschein kam, ging ein erschrockener Aufschrei durch die Menge.

»Hier seht ihr sie, die Fratze des dämonischen Teufels, oder besser gesagt, der schrecklichen Teufelin. Seht Ihr nun, geneigte Frauen und Männer, dass dieser arme, verschreckte Junge unter einem satanischen Einfluss steht und überhaupt nicht weiß, was er tut? Seit Monaten hat diese Dämonin den Grafensohn behext und ihn verleitet, schlimme Dinge zu tun und sich wider seinen Vater, Graf Roland von Rabenhorst, aufzulehnen. Ich selbst sah dieses Untier in der letzten Vollmondnacht auf einem Besen um den Burgfried der Burg Rabenhorst fliegen, gefolgt von einer Horde wilder Dämonen!«

Die zweifelnde Haltung des Publikums schlug um in blankes Entsetzen. Niemand schien sich zu fragen, warum die angebliche Hexe nicht auf der Stelle ihre vermeintliche Zauberkraft dazu einsetzte, sich aus dem Griff der Häscher zu befreien.

»Mit Mühe und Not«, fuhr von Schwarzeneck fort, »konnte ich, dem Wunsch des Grafen folgend, die Fährte der beiden finden. Nachdem die Zauberin den Grafensohn dazu verführt hatte, die Sicherheit der väterlichen Burg zu verlassen, habe ich Stunden gebraucht, ehe ich die Fährte des Planwagens fand, die mich schließlich hierher führte. Ein Schäfer war es, der mir den entscheidenden Fingerzeig gab.

Der arme Hirte war auch schon behext und wollte nicht mit der Sprache herausrücken. Ich war gezwungen, regelrecht Gewalt anzuwenden, um ihm die notwendigen Informationen zu entlocken. Stellt Euch vor, er hat sogar seinen Hund auf mich gehetzt, den ich leider mit meinem Breitschwert – hähä – ein wenig pieksen musste, damit er von mir abließ.«

Voller Empörung versuchte Lorenz, sich aus dem Klammergriff der Häscher zu befreien, allein es gelang ihm nicht. Die Männer trugen eng anliegende Tuchhosen und schräg gestreifte Überjacken mit Kapuzen. Auf ihre bunten Kleider waren gestickte Stoffwappen genäht, auf denen eine Harfe und davor kreuzförmig angeordnet eine Fidel und eine Flöte abgebildet waren. Offensichtlich gehörten sie zu der Stadtpfeifergilde, vor der der alte Schäfer die Kinder gewarnt hatte.

»Ruft die geistliche Obrigkeit«, ordnete von Schwarzeneck nun an, »damit wir schnellstmöglich einen kirchlichen Vertreter zugegen haben und diesem Hexenbalg umgehend den Prozess machen können. Und Ihr,« wandte er sich an die Bamberger Bürger, »bringt am besten schon mal genügend Holz zusammen, sodass wir bei der Nacht einen schönen großen Scheiterhaufen haben. Auf dessen Flammen lassen wir den Hexendämon dann in die Hölle zurückreiten!«

Während dieser Geschehnisse hatte sich Mathes mit seinem Trumscheit unauffällig hinter der Menschenmenge verborgen und war in einem unbeobachteten Moment um die nächste Häuserecke gebogen.

Undankbarer Kerl, dachte Lorenz, der sein Verschwinden bemerkt hatte. Erst will er mit uns Musik machen, aber wenn's drauf ankommt, lässt er uns im Stich ... Lorenz schaffte es kaum, gegen die Tränen anzukämpfen. So viel Mühe hatten sie sich gegeben, so viel Hoffnung in die Zukunft gesetzt – und jetzt war alles für die Katz'. Der Junge fühlte sich hundselend und er sah Kamarias völlig verzweifeltes Gesicht.

Eine Gruppe Männer hatte sich, vom Domhügel herabkommend, genähert. Ihre geistliche Kleidung wies sie als Ordenbrüder aus. Vermutlich waren es Mönche des Karmeliterordens. Zwei von ihnen trugen Messgewänder, und der Anführer der Truppe war in das purpurrote Gewand eines Bischofs gekleidet. Begleitet wurden sie von Soldaten, die, so vermutete Lorenz, zur Domgarde gehörten.

Der purpurn gewandete Würdenträger wandte sich an Arnold von Schwarzeneck.

»Ich bin Bischof Werntho Schenk von Reicheneck. Mir wurde zugetragen, dass hier eine Häretikerin verhaftet wurde. Wer seid Ihr, edler Recke, und wo ist die angebliche Ketzerin?«

Während die Häscher Kamaria nach vorn zerrten, fragte Lorenz sich, was wohl eine Häretikerin sein mochte. Er sollte es sogleich erfahren.

»Nun«, wiederholte der Bischof ungeduldig, »wo ist die Ungläubige, die Heidin, die Teufelsanbeterin, die hier gefangen worden sein soll?«

Von Schwarzeneck warf sich in die Brust: »Eure Eminenz, ich bin der Edle Arnold von Schwarzeneck, der im Auftrag des Grafen Roland von Rabenhorst dessen Sohn gesucht hat. Der Knabe ist völlig verstört und hypnotisiert, unter dem Einfluss der schwarzen Dämonin. Sie hat sich als Gauklerin in die Burg des Grafen eingeschlichen. Mit schwarzer Magie hat sie seinen armen Sohn unter ihren schädlichen Einfluss gebracht und zur Flucht verleitet. Der Junge lebt seit seiner Verhexung in geistig verwirrtem Zustand und glaubt, er werde ein berühmter Minnesänger. Nur dank meines unermüdlichen Einsatzes wurde die Hexe entlarvt!«

Missbilligend sah der Bischof Arnold von Schwarzeneck an: »So groß kann der unermüdliche Einsatz nicht gewesen sein, wenn zwei Kinder es geschafft haben, von Burg Rabenhorst bis nach Bamberg zu flüchten, ohne dass Ihr es vermocht hättet, sie zu stellen. Lasst sie los!«

Die beiden Männer, die Kamaria ergriffen hatten, sahen sich unsicher an.

»Wird's bald?«, donnerte der Bischof, »Ihr werdet euch doch wohl nicht vor so einer klitzekleinen Dämonin fürchten, oder? Wenn sie nämlich wirklich eine Dämonin wäre, hätte sie euch schon längst den Kopf abgebissen und wäre mit eurer Seele in die Tiefen der Hölle hinabgefahren.«

Sie ließen Kamaria los, die sich ihre schmerzenden Handgelenke und den Hals rieb.

»Komm her zu mir«, befahl der Bischof. Kamaria warf sich dem Kirchenfürsten zu Füßen, voller Angst, was nun mit ihr geschähe.

»Wie ist dein Name?«, fragte der Bischof.

»Ich heiße Kamaria«, antwortete sie.

»Woher kommst du, Mädchen?«, wollte Werntho wissen.

»Ich stamme aus Mauretanien. Als kleines Kind wurde ich von einem Spielmann aufgenommen und als Christin erzogen.«

»Nun denn«, fuhr der Bischof fort, »und du gehörst nicht etwa zu den unheiligen, ungläubigen Gesellschaften der Waldenser, Katharer oder Beginen?«

Kamaria schüttelte mit bekümmertem Gesichtsausdruck den Kopf: »Euer Eminenz, ich weiß nicht, was das für Gesellschaften sein sollen!«

»Du glaubst also an Gott, den Allmächtigen, und die Heilige Dreifaltigkeit der Kirche?«, fragte der Bischof.

Daraufhin begann Kamaria, das Glaubensbekenntnis von Nizäa aufzusagen, so wie Anselm von Hagenau es sie gelehrt hatte: »Ich glaube an den einen Gott, den Vater, den Allmächtigen, der alles geschaffen hat, Himmel und Erde, die sichtbare und die unsichtbare Welt. Und an den einen Herrn Jesus Christus, Gottes eingeborenen Sohn, aus dem Vater geboren vor aller Zeit; Gott von Gott, Licht vom Licht, wahrer Gott vom wahren Gott, gezeugt, nicht geschaffen, eines Wesens mit dem Vater; durch ihn ist alles geschaffen ...«

»Steh auf, Kind«, forderte der Bischof Kamaria auf, als sie geendet hatte. Dann hielt er ihr die Hand mit dem Bischofsring hin mit den Worten: »*Accipere fidem est voluntatis, sed tenere fidem iam acceptam est necessitatis* – so sagte schon der bedeutende Wissenschaftler und Theologe Thomas von Aquin: Die Annahme des Glaubens ist freiwillig, den angenommenen Glauben beizubehalten notwendig. So beweise denn, dass auch du diesen Glauben beibehalten hast!« Das Mädchen ergriff die Hand und küsste den Ring, anschließend schlug sie das Kreuzzeichen.

Nachdenklich nickte der Bischof und wendete sich an Arnold von Schwarzeneck:

»Ein Dämon, der das *nicaenum*, das Glaubensbekenntnis von Nizäa, ablegt ...? Ich kann mir nicht vorstellen, dass dieses Mädchen eine Ketzerin sein soll. Edler Ritter von Schwarzeneck, Ihr wisst, dass die Heilige Inquisition für falsche Anklagen strenge Strafen verhängt?«

»Natürlich, Euer Eminenz, doch ich sah mit eigenen Augen, wie die Hexe über die Mauer der Burg Rabenhorst flog!«, entgegnete von Schwarzeneck.

Unterdessen war es fast dunkel geworden. Der Wind wehte deutlich frischer, und während der Befragung durch den Bischof waren von Westen schwarze Regenwolken aufgezogen, die sich auftürmten und die Umgebung in ein unwirkliches Licht tauchten. Währenddessen leuchteten die großen Fenster der Kathedrale eines nach dem anderen auf, was darauf schließen ließ, dass man in der Kirche begann, die Kerzen zu entzünden.

»Ich glaube nicht, dass es sich bei diesem Mädchen um einen Dämon handelt«, sagte der Bischof. »Jeder gebildete Mann weiß, dass es im fernen Afrika Menschen mit dunkler Hautfarbe gibt. Die meisten von ihnen glauben an Gott, sie nennen ihn nur Allah. Sie haben lange Zeit mit den Christen friedlich zusammengelebt, bis sich der Unfriede an dem Anspruch auf die Heilige Stadt entflammte. Dieses Kind hier scheint den rechten Glauben angenommen zu haben und kein Dämon zu sein. Auch keine Ketzerin, keine Ungläubige. Lasst sie uns zum Beweis mit geweihtem Wasser besprühen und wir werden sehen, was passiert!«

Es war noch finsterer geworden, und in den umliegenden Häusern hatte schon der ein oder andere Bamberger Bürger ein Licht entzündet. Neugierige Leute näherten sich. Viele trugen brennende Pechfackeln. Arnold von Schwarzeneck machte ein verkniffenes Gesicht. Er merkte, dass ihm die Felle davonschwammen, weil der Bischof seinen Anschuldigungen keinen Glauben schenken wollte.

Werntho Schenk von Reicheneck gab einem der Priester ein Handzeichen. Der Diener Gottes trat vor, schwenkte einen Weihwasserwedel und besprenkelte Kamaria mit dem heiligen Nass. Nichts! Kein Zischen, keine Schmerzensschreie, keine schmelzende Haut, kein in die Hölle fahrender Dämon – einfach nichts dergleichen geschah.

Doch dann, genau in dem Moment, als der Priester zum zweiten Mal ausholte und Kamaria mit Weihwasser besprühte, entlud sich das aufziehende Gewitter. Ein gleißend heller Blitz schlug in das Strohdach eines ganz in der Nähe stehenden Hauses ein, das sofort in lichterlohe Flammen aufging. Ein ohrenbetäubender Donnerschlag ließ die Menschen zusammenzucken und aufschreien. Dann brach das Chaos los, und mehrere Dinge ereigneten sich gleichzeitig.

»Ergreift sie!«, rief Arnold von Schwarzeneck, und die Häscher stürzten sich wieder auf Kamaria. Die Mönche und Priester scharten sich schützend um ihren Bischof, der aufschrie: »Werft sie in den Kerker!« Dem vorher so gemäßigten Kirchenfürsten stand das blanke Entsetzen ins Gesicht geschrieben.

Nachdem er sich einigermaßen beruhigt hatte, sagte er: »Wir werden sie schon morgen früh den Dominikanern als Vertretern der Heiligen Inquisition vorführen! Sollen die Brüder in Christo herausfinden, ob die Maid ein Dämon ist oder nicht! Ich hatte schon geglaubt, das Kind sei unschuldig, aber sie ist wohl doch vom Beelzebub besessen! Hinweg mit ihr!«

Inzwischen liefen die Menschen aufgescheucht umeinander. Einige versuchten, sich in Sicherheit zu bringen, andere waren mutiger und halfen beim Löschen. Aus den benachbarten Häusern wurden Eimer und Bottiche gebracht. Es bildete sich eine Menschenkette zum Fluss, um Löschwasser zu schöpfen und es zur Brandstelle weiterzureichen.

Inzwischen entlud sich ein zweiter, blendend greller Blitz, dem unmittelbarer ein krachender Donner folgte. Dann prasselte sintflutartiger Regen auf die Menschen hinab. Gottlob: Die Bamberger Bürger wurden zwar in Sekundenschnelle bis auf die Haut durchnässt, aber immerhin löschte der Guss den Brand des Strohdaches, den der erste Blitz ausgelöst hatte.

Arnold von Schwarzeneck hielt Lorenz mit einer Hand im Nacken umklammert und bog ihm mit der anderen den rechten Arm auf den Rücken. »Na, bitte«, knurrte der finstere Ritter, »es geht doch! Dass man immer erst schimpfen muss, ehe die verdammten Pfaffen tun, was von ihnen verlangt wird!«

»Lorenz«, schrie Kamaria verzweifelt und versuchte, sich dem eisernen Griff der Schergen zu entwinden, ein völlig aussichtsloses

Unterfangen. Die Männer trugen sie hügelan zum Dom. Sie schleppten sie vorbei an den Flankentürmen des Ostchors mit den Alltagseingängen, vorüber an der nördlichen Gnadenpforte. Kamaria schaute empor und erblickte im Giebelfeld der Pforte ein Relief der heiligen Maria mit dem Jesuskind und andere Figuren, die sie nicht erkannte. Sie nahm an, dass es sich um Fürsten oder gar Könige und kirchliche Würdenträger handelte.

Sie gelangten an die Adamspforte, vor der zwei lebensgroße Statuen standen, eine nackte Frau und ein nackter Mann, die Adam und Eva darstellten. Kamaria hatte indes momentan keinen Blick für die Schönheit der Skulpturen und wusste die Kunst der Bildhauer nicht recht zu würdigen. Grob wurde sie von ihren Häschern durch eine kleine Tür in die Sakristei geschoben und weiter durch finstere Gewölbegänge, hinunter in die Katakomben der Stadt.

Einer der Soldaten entzündete eine Pechfackel, die gespenstische Schatten auf das Gewölbe warf. Kamaria erblickte eine Holztür mit schweren Eisenbeschlägen. Ein Wächter öffnete sie, und ehe die Mauretanierin sich versah, hatte man sie in eine enge, kalte Kerkerzelle geworfen. Mit lautem Krachen fiel die Tür ins Schloss.

Kamaria trommelte wie wahnsinnig mit den Fäusten dagegen und schrie sich die Lungen aus dem Leib, bis sie einsah, wie sinnlos das war. Niemand hörte sie, niemand sah sie, und niemand würde ihr zur Hilfe kommen.

Schließlich ließ sie von der Tür ab und rollte sich schluchzend auf dem spärlichen, nassen Stroh zusammen, das man in einer Ecke der Zelle als Bettstatt aufgeschichtet hatte. Tiefe Dunkelheit und noch tiefere Verzweiflung umfingen das Mädchen.

Arnold von Schwarzeneck hatte Lorenz mit eiserner Faust gepackt und ihm die Hände auf dem Rücken zusammengebunden. Dann beförderte er ihn unsanft in den Planwagen, wo er ihm auch die Füße verschnürte. Zusätzlich fesselte der finstere Recke Lorenz' Handgelenke sorgfältig mit ein paar kurzen Stricken an einen der Eisenreifen, die ansonsten zur Befestigung der Wagenplane dienten. An ein Entkommen war nicht zu denken.

»Heda, Ritter«, rief plötzlich jemand von draußen, und Lorenz fragte sich, woher er die Stimme kannte. Von Schwarzeneck drehte sich um, schob die Plane zur Seite und kletterte aus dem Wagen.

»Was gibt es?«, fragte er unwirsch.

»Euer Hochwohlgeboren, ich wollte Euch nur sagen, wie sehr ich davon beeindruckt bin, wie Ihr die böse Dämonin entlarvt habt. Nun können die Bamberger Bürger wieder ruhig schlafen. Dafür möchte ich Euch danken, Euer Ehren und Euch mitteilen, wie sehr ich Euer Durchlaucht ritterliche Tapferkeit bewundere.«

»Nun«, gab von Schwarzeneck geschmeichelt zurück, »wenn das so ist ... wie ist dein Name?«

»Ich heiße Mathias, aber Ihr könnt mich einfach Mathes nennen.«

Lorenz spitzte im Inneren des Wagens die Ohren, und in seinem Kopf rauschte sein Blut vor Wut. Dieser dreckige kleine Mistkerl!, dachte er. Erst biedert er sich bei uns an, dann verpisst er sich, wenn wir in Not geraten, und am Ende schleimt er sich auch noch bei unserem Häscher ein! Die Gedanken kreisten in Lorenz' Kopf, während ihm vor Enttäuschung die Tränen in die Augen traten.

»Und was willst du von mir?«, fragte draußen der Ritter.

Mathes antwortete: »Nun, Herr, meine Eltern betreiben den Linnenzworch, ein Wirtshaus mit Gaststube hier gleich ein paar Straßen weiter. Es wäre mir eine Ehre, wenn Ihro Hochwohlgeboren bei uns ein Zimmer nähmet. Kostenlos natürlich, denn meine Eltern sind gottesfürchtige Menschen, und jeder, der die Dämonen von dieser Stadt abhält, ist uns gern gesehener Gast. Wir haben auch einen Gewürztraminer, der Euer Ehren sicher wunderbar munden wird.«

»Nun«, gab der Ritter zögernd zurück, »aber was ist mit dem Wagen? Ich habe einen widerborstigen Grafensohn in Gewahrsam, der wohlbehalten nach Hause gebracht werden muss. Eigentlich wollte ich einfach hier im Wagen schlafen.«

»Euer Ehren, es ist eines so durchlauchtigen Herren unwürdig, draußen im Wagen zu nächtigen. Außerdem gab es heute bei meiner Mutter in der Küche einen großen Hammelbraten und hinterher einen kräftigen Branntewein, davon ist bestimmt noch etwas übrig.«

Von Schwarzeneck atmete tief durch: »Gut, Junge, du hast mich überzeugt. Doch ich weiß immer noch nicht, wo ich den Wagen lassen soll.«

»Der bleibt am besten hinter unserem Haus im Hof. Unser Knecht kann Euren Gefangenen bewachen!«

»So sei es denn«, gab von Schwarzeneck zurück. Lorenz hörte von drinnen, wie Hein und Oss eingespannt wurden, dann gab es einen Ruck, der Wagen zog an und rollte los.

Caput XV

Ein Gottesurteil

Kamaria lag verzweifelt auf dem Strohlager und weinte still in sich hinein. Was sollte nur aus ihr werden, was aus Lorenz? Was mochte die Kirchenobrigkeit mit ihr anstellen? Sie schlagen? Foltern? Umbringen? Das Mädchen rollte sich zusammen, und tiefe Niedergeschlagenheit trübte ihre Gedanken. Sie fror, es war kalt und feucht in der Zelle. Außerdem hatte sie Hunger, niemand hatte ihr etwas zu essen gegeben und auch zu trinken gab es nichts.

In einer Ecke lag Unrat, vermutlich Kot, denn es stank bestialisch. Es gab so gut wie kein Licht. In der schweren Holztür war lediglich eine kleine Luke, durch die der Schein einer Pechfackel aus dem Gang in das Verlies drang.

Die Mauretanierin weinte sich in einen unruhigen Schlaf. Sie wurde von wirren Träumen heimgesucht, in denen sie vor purpurn gekleideten Schatten auf der Flucht war. Gesichtslose Folterknechte schnallten sie auf eine Streckbank und legten ihr Daumenschrauben an, und eine schwarze Gestalt mit Kapuze und Henkersbeil verfolgte sie im Traum. Es wurde eine furchtbare Nacht, in der sie kaum ein Auge zutat.

Schließlich hörte sie, wie der Riegel mit lautem Getöse zurückgezogen wurde, ehe die Tür mit einem Krachen aufflog. Die grelle Flamme einer Fackel blendete ihre Augen, und sie erkannte einen Moment lang nur Schemen. Ein Wächter warf ihr einen angeschimmelten Kanten Brot hin und ein Stoffbündel.

Kamaria fragte sich, wie spät es sein mochte. Sie hatte jegliches Zeitgefühl verloren. Es konnte genauso gut früh am Morgen wie später Abend sein.

»Aufstehen, Hexe! Zieh sofort das Büßergewand an!«, schnauzte der Wächter das Mädchen an.

»Aber, wie ...«, stammelte Kamaria, »jetzt, hier?«

»Natürlich, und zwar augenblicklich. Wird's bald?«, entgegnete der Mann.

Kamaria zögerte.

»Bitte, dreht Euch um, wenn ich mich umziehe!«

Der Soldat grinste breit. »Nichts da. Du könntest mich ja hinterrücks angreifen. Nun mach schon. Ich habe schon früher mal ein nacktes Weibsbild gesehen! Na los.«

In diesem Moment betrat ein Dominikanermönch in einer schwarzen Kutte die winzige Zelle. Er machte ein strenges Gesicht und sagte: »Schluss jetzt, Wache, warte draußen! Und du, Ketzerin, legst sofort das Büßerhemd an!«

Unter den wachsamen Blicken des Ordensmannes zog Kamaria ihre Kleider aus. Sie versuchte, mit dem Büßerhemd notdürftig ihre Blöße zu bedecken, während der Mönch sie nicht aus den Augen ließ. Nie zuvor in ihrem Leben hatte sich das Mädchen so gedemütigt und beschmutzt gefühlt wie in diesem Augenblick. Vor Scham und Wut traten ihr die Tränen in die Augen. Schließlich war es geschafft und Kamaria trug das Hemd aus grobem Sackleinen.

»Iss jetzt!«, herrschte der Mönch sie an, und Kamaria klaubte den Brotkanten vom Boden auf. Sie wischte, so gut es ging, mit dem Ärmel den Dreck des Zellenbodens von dem Brot und biss zaghaft hinein. Der Kanten war trocken und schmeckte nach Schimmel. Sie bekam kaum einen Brocken herunter.

Während sie noch zu essen versuchte, betrat der Wächter mit einem weiteren Soldaten die Zelle. Sie ergriffen Kamaria, bogen ihr die Arme auf den Rücken und banden ihre Handgelenke mit Stricken zusammen. Danach legte einer ihr die Schlinge eines Seils um den Hals und zerrte so grob daran, dass sie beinahe von den Beinen gerissen wurde. Kamaria würgte mit schmerzender Kehle, aber die beiden Soldaten und der Mönch scherten sich nicht darum.

»Mach dir nichts draus, Dämonin«, rief der Wächter höhnisch, »wenn der Schlund dir wehtut. Nun geht's dir sowieso an den Kragen! Hähähä!«

Sie führten das Mädchen durch dunkle Katakombengänge einem ungewissen Schicksal entgegen.

Lorenz lag mit wundgescheuerten Hand- und Fußgelenken im Fuhrwerk, festgebunden wieder an einem Eisenreif. Bei der Fahrt über holperndes Straßenpflaster konnte der Junge sich also nicht festhalten. Er wurde hin und her geworfen, wobei die Stricke schmerzhaft in seine Handgelenke einschnitten. Endlich kam der Wagen zum Stillstand. Er hörte, wie von Schwarzeneck und Mathes die Pferde ausspannten und sie zusammen mit dem Reitpferd des Ritters wegführten. Wütend zerrte Lorenz an seinen Handfesseln. Vergeblich. Von Schwarzeneck hatte beim Fesseln ganze Arbeit geleistet, alles Zerren nutzte nichts. Nachdem Lorenz sich die Handgelenke schließlich sogar blutig geschabt hatte, gab er seine Anstrengungen auf und fügte sich in sein Schicksal. Er lag jedoch derart unbequem, dass er kein Auge zubekam.

Die Minuten zogen wie Sirup dahin, und aus Minuten wurden Stunden. Irgendwann in der Mitte der Nacht vernahm Lorenz ein Geräusch. Die vordere Plane schob sich zur Seite, und ein Schatten schwang sich in den Wagen. Angst machte sich in ihm breit. Nicht auch noch ein Räuber, der auf den Inhalt des Gespanns scharf war und den Jungen mir nichts, dir nichts um die Ecke brächte. Er zerrte an seinen Fesseln.

»Schsch!«, flüsterte der Schemen, als er sich Lorenz näherte. »Sei still, Lorenz, ich tu' dir nichts. Ich bin's, Mathes.«

»Mathes!«, rief Lorenz verblüfft.

»So sei doch leiser, du weckst ja halb Bamberg auf!«, gab die dunkle Figur zurück.

»Du Verräter!«, zischte Lorenz verbittert. »Was willst du Schleimscheißer von mir? Ah, ich verstehe, du hast dich bei von Schwarzeneck angebiedert, damit du in Ruhe die Instrumente aus dem Wagen stehlen kannst. Bitte, bediene dich.«

»Jetzt hör' mal gefälligst mit dem dummen Geschwätz auf, Lorenz. Ich will dir helfen!«, raunte der Schatten kaum hörbar. »Und jetzt sei doch endlich leiser, wenn du nicht willst, dass wir gleich die Nachtwächter auf dem Hals haben.«

Während er dies sagte, zückte Mathes ein Messer.

»Oh Gott«, durchfuhr es Lorenz, »jetzt schneidet er mir die Kehle durch!«

Doch er irrte sich. Mathes zersäbelte vorsichtig die Stricke an Lorenz' Handgelenken, sorgsam darauf bedacht, ihn dabei nicht zu verletzten.

»Warum machst du das?«, stammelte Lorenz. »Ich dachte, du wärst so dicke mit dem von Schwarzeneck?«

»Ich habe doch nur so getan, um ihn in Sicherheit zu wiegen. Ich habe von Anfang an vorgehabt, euch zu helfen. Dazu musste ich mich aber erst mal aus dem allgemeinen Getümmel verdrücken, damit von Schwarzeneck mich nicht mit euch in Verbindung bringen konnte.«

»Und jetzt?«, fragte Lorenz, der sich die befreiten Handgelenke rieb.

»Das müssen wir überlegen«, meinte Mathes. »Von Schwarzeneck schnarcht jetzt jedenfalls tief und fest in unserer Gaststube. Ich hab noch nie gesehen, dass einer so gesoffen hat. Erst hat er uns die Hälfte vom Abendbrot weggefressen, sich dann fünf Humpen Gewürztraminer hinter die Binde gekippt und anschließend auch noch mit Branntewein volllaufen lassen. Ich habe ihm ordentlich eingeschenkt.«

»Ach, du meine Güte«, sagte Lorenz, »und warum?«

»Wenn ich dich nicht so schön hätte musizieren hören, würde ich glauben, dass du ein ziemlicher Strohkopf bist«, entgegnete Mathes. »Denk doch mal nach! Ich habe von Schwarzeneck außer Gefecht gesetzt, damit er uns nicht dazwischenfunkt, wenn wir Kamaria befreien. Der feine Herr Ritter ist jetzt erstmal so besoffen, dass er vor morgen Mittag nicht wach wird. Ich habe gehört, dass Kamaria vor ein Inquisitionsgericht geführt werden soll. Ich weiß zwar noch nicht, wie wir es anstellen wollen, aber wir müssen sie einfach frei bekommen. Das Gericht tagt bei Tagesanbruch auf dem Marktplatz direkt am Fluss. Hier sind ein paar alte Kleider von mir. Die werden dir zwar sicherlich zu groß sein, aber Hauptsache, du kannst dich mit dem Kapuzenmantel vermummen, sodass man dich nicht erkennt. Irgendeinen Weg werden wir schon finden, um Kamaria da herauszuholen.«

Lorenz schwieg. Er schämte sich dafür, dass er Mathes einen Verrat zugetraut hatte. Gemeinsam überlegten sie, leise flüsternd, was man tun könnte, um das Mädchen frei zu bekommen.

Es war noch dunkel, als die beiden Wächter und der Dominikanermönch sie aus dem Dom schleppten. Ein Ochsenkarren stand vor dem Hauptportal. Die Wächter warfen Kamaria auf den Wagen. Einer ergriff das Joch der links eingespannten Ochsen und schlug dem Tier mit einem Knüppel auf die Kruppe. Der Wagen ruckte an, und das Gespann setzte sich talwärts in Richtung Regnitzufer in Bewegung.

Nach einiger Zeit erreichten sie den Marktplatz, auf dem trotz früher Morgenstunde bereits rege Betriebsamkeit herrschte. Viele Stände und Tische, auf denen Bauern, Händler und Handwerker ihre Waren oder Dienste feilboten, waren bereits aufgebaut. Ein Honigbauer diente saftig triefende Honigwaben an, eine Gemüsefrau verkaufte Rotkohl, Weißkohl, Salat und köstlichen Kohlrabi. Ein Bauer hatte an einer Stange frisch geschlachtete Kaninchen an den Hinterläufen angebunden, außerdem gab es Hühner und sogar ein paar Fasanen.

Die Marktschreier priesen ihre Handelswaren an. Einer rief: »Kaaaaufet, kaufet, kaufet, ihr Bürger und Bürgerinnen, feiiiine Gewürze für die Küche! Kaaaaufet, kaufet, kaufet! Dill, Kerbel, Koriander, Pfefferkraut, Gartenmohn, Kümmel, Petersilie, Zwiebeln, Lauch, Bohnenkraut, Liebstöckel, Fenchel, Rosmarin, Pfefferminze, Salbei, Weinraute, Beifuß, Sellerie, Rettich, Lavendel, Estragon und Thymian!«

Aus einer anderen Kehle tönte es: »Frische Fische, frische Fische, direkt aus der Regnitz, frische Fische!«

Am Stand nebenan wurde Bier aus hölzernen Tonnen verkauft. Der Händler rief mit leiernder Stimme, die immer wieder kieksend anstieg und dann abfiel: »Kooooommt ihr Herren und triiiiinket! Güld'nes Gruitbier wiiiiinket. Was schmeckt dem Pfaff' und Möööönchlein, das maaag dem Bürger biiiillig sein! Fünf Liter Bier darf der Mönch am Tage trinken, ohne in der Acht zu sinken! Nur Wasser säuft der Vierbeiner, der Mensch, der findet Bier feiner!«

Vom Nachbarstand mit hauchzartem Tuch rief eine pausbäckige Bürgersfrau: »Feinste, feinste Klöppelware! Kauft Eurem Weibe schöne Bordüren für die Kleider!«

Andere Kaufleute boten allerlei Gerätschaften an, Pfannen und Töpfe oder Werkzeuge wie Hämmer, Zangen, Scheren, Messer und dergleichen. Hinter einem aufgespannten Tuch hatte ein Bader seinen Behandlungsstuhl aufgebaut. »Zahnreißen für wenig Geld, Furunkelstechen, Brüche richten, alles für kleine Münze!«, rief der Kurpfuscher, der sich eine blutbefleckte Schürze vorgebunden hatte, die ihn eher einem Schlachter ähneln ließ.

Der Marktplatz wimmelte inzwischen von Menschen, während die Sonne sich langsam hinter den Dächern der östlichen Stadt in den Himmel schob. Es versprach, ein schöner Frühlingstag zu werden.

Dann erblickte Kamaria direkt am Regnitzufer einen Holztisch mit Lehnstühlen dahinter. Dort saßen der Bischof und ein paar Dominikanermönche in schwarzen Kutten. Der Tisch war umringt von Soldaten. Nicht weit davon hatte man einen mächtigen Holzhaufen aufgebaut, aus dessen Mitte ein etwa vier Ellen langer Balken senkrecht in die Höhe ragte. Ein Scheiterhaufen.

Neben dem Tisch standen auf einem niedrigen Holzpodest mehrere bunt gekleidete Musiker, offenbar Angehörige der Bamberger Stadtpfeifergilde. Mit zwei Dudelsäcken, einer Fidel und einer großen Umhängetrommel veranstalteten sie einen Mordsradau. Sie spielten einen Schäfertanz, aber die Intonation, so dachte Kamaria, war mehr als mau. Die Dudelsäcke klangen verstimmt, und die Musikanten verspielten sich häufig. Die Leute schien das nicht weiter zu stören.

Trotz der frühen Stunde war bereits eine große Menge Bürgerinnen und Bürger versammelt. Es hatte sich herumgesprochen, dass eine Hexe oder eine Dämonin von einem Inquisitionsgericht verurteilt werden sollte. Eine solches Spektakel wollte sich natürlich niemand entgehen lassen.

Als der Ochsenkarren vor den Tisch der Gerichtsbarkeit rollte, ging ein Raunen durch die Reihen. Einige Mütter hoben ihre Kinder hoch, auf dass sie die schwarze Teufelin besser sehen könnten. Der Karren hielt, und der Dominikanermönch, der Kamaria aus dem Kerker geholt hatte, befahl den beiden Begleitsoldaten, das Mädchen herunterzuheben.

Der Mönch gab Kamaria einen groben Stoß. Sie taumelte auf den Richtertisch zu und fiel beinahe zu Boden, da ihre Hände immer noch auf den Rücken gebunden waren. Vor dem Tribunal zwangen die beiden Soldaten sie auf die Knie.

Einer der Dominikanermönche ergriff das Wort: »So höret denn, Bamberger Bürger und Bürgerinnen! Hier und heute sind wir, die vom Papst beauftragten Vertreter der Heiligen Inquisition, in Bamberg zusammengekommen, um diese schwarze Dämonin zu befragen und, so sie eine Ketzerin oder Hexe ist, ihrer gerechten Strafe zuzuführen. Mein Name ist Antonius von Weißenfels, ich habe in Toulouse studiert und bei dem großen Meister der Heiligen Inquisition, Bernardo Gui persönlich gelernt, dass die Häresie, die Ketzerei, die teuflischste aller Sünden ist, derer ein Mensch fähig sein kann. So wollen wir denn prüfen, ob dieses junge Weib eine Ketzerin ist oder den Diabolus im Leib hat, oder ob sie gar selbst eine Teufelin direkt aus den Tiefen der Hölle ist! Doch zunächst lasset uns beten!«

Mathes hatte Brot und Käse mitgebracht, etwas Schinkenspeck und einen Krug voll Milch. Nachdem Lorenz sich umgezogen hatte, frühstückten die beiden hastig im Planwagen und machten sich dann auf den Weg.

Lorenz zog sich die Kapuze des Mantelumhangs ins Gesicht. Mathes führte ihn durch die Gassen der Stadt, bis sie den Markt am Ufer der Regnitz erreicht hatten.

»He, da hinten scheint das Gericht schon begonnen zu haben. Schau, da vor dem Tisch ist Kamaria!«

Lorenz war aufgeregt und wollte sich einen Weg durch die Menschenmenge bahnen, als Mathes ihn am Ärmel festhielt: »Halt, jetzt mal sachte. Lass uns erst sehen, was passiert, und dann überlegen, wie wir vorgehen können! Wir versuchen am besten, uns unauffällig zu dem Richtertisch vorzuarbeiten.«

Der Inquisitor hatte gerade seine Andacht beendet. Kamaria rutschte unruhig auf den Knien hin und her, die langsam immer mehr schmerzten.

»Wie ist dein Name?«, fragte der Mönch.

»Kamaria Malaika«, antwortete sie.

»Woher kommst du?«, fuhr der Kirchenmann fort.

»Ich stamme aus Mauretanien!«, sagte das Mädchen.

Es wiederholte sich im Wesentlichen die Befragung, die der Bischof am Tag zuvor schon durchgeführt hatte. Kamaria sagte noch einmal das Glaubensbekenntnis auf und beschwor, dass sie Christin sei und nichts mit Teufeln und Dämonen zu tun habe.

Der Inquisitor wiegte bedenklich den Kopf und beriet sich mit dem Bischof. »Wer«, fragte er den Kirchenfürsten, »hat denn dieses Kind der Häresie bezichtigt? Wer hat gesagt, dass sie eine Hexe sei? Und welche Beweise gibt es?«

Werntho Schenk von Reicheneck schilderte den Blitzeinschlag, der sich justament ereignete, als das Mädchen mit Weihwasser besprüht wurde. Von Weißenfels wiegte erneut voll Skepsis das Haupt. Natürlich hatte man ihm die Geschichte bereits brühwarm erzählt. Und doch ließ er sie sich in allen Einzelheiten schildern.

»Herr«, bat Kamaria, »darf ich vielleicht aufstehen? Mir tun die Knie so furchtbar weh!«

Der Bischof sah den Inquisitor fragend an, und der nickte hochmütig mit dem Kopf: »Nun gut, wir sind schließlich keine Unmenschen!« Zu den Soldaten gewandt sagte er: »Aber wenn sie den geringsten Versuch zur Flucht unternimmt, so erschlagt sie sofort oder spießt sie mit eurer Hellebarde auf!«

Kamaria erhob sich langsam.

»Und nun«, fragte von Weißenfels, »wo ist der Ritter, der Zeugnis ablegen kann, dass dieses Weibsbild eine Hexe ist?«

Lorenz und Mathes hatten sich unter die Menschenmenge gemischt und schauten sich grinsend an. »Na, da kann er lange warten!«, meinte Mathes. »Der edle Herr Ritter liegt noch völlig unedel und total besoffen auf dem Boden in unserem Wirtshaus.«

Doch in diesem Moment ertönte Hufgetrappel, und die Schaulustigen stoben auseinander, als ein Ritter in voller Rüstung auf den Marktplatz trabte.

»Hier bin ich!«, dröhnte die Stimme Arnold von Schwarzenecks über den Markt, und die Menschen machten dem rücksichtslos heranpreschenden Recken schleunigst Platz. Vor dem Richtertisch zügelte er sein Ross und wuchtete sich aus dem Sattel.

Lorenz und Mathes waren entsetzt. Mathes hatte von Schwarzenecks Trinkfestigkeit, wie es aussah, deutlich unterschätzt. Der Recke war barhäuptig, seinen Helm hatte er am Sattelknauf befestigt, so konnte man sehen, dass seine schwarzen Haare ungekämmt und ungepflegt herabhingen. Seine Augen zeugten von einer durchzechten Nacht. Aber immerhin war der Ritter auf den Beinen und offenbar entschlossen, eine Aussage vor dem Inquisitionsgericht zu machen.

»Wer seid Ihr, edler Herr?«, fragte der Dominikaner.

»Ich bin Arnold von Schwarzeneck«, schnarrte der finstere Ritter, »ich verfolgte im Auftrag des Grafen von Rabenhorst seinen Sohn, den diese Dämonin verzaubert hat!« Wieder, wie am Vortage schon, verfehlten diese Worte ihre Wirkung nicht. Ein Raunen ging durch die Menge.

»Und wie, nobler Herr von Schwarzeneck«, erkundigte sich der Inquisitor, »wollt Ihr diese wirklich schwerwiegende Anschuldigung beweisen?«

»Ich sah mit meinen eigenen Augen, wie diese Hexe auf einem Besenstiel bei Vollmond um den Bergfried der Burg derer von Rabenhorst geflogen ist, begleitet von einer Horde heulender Dämonen! Sie ist selbst eine Teufelin«, hetzte von Schwarzeneck. Kamaria wurde es immer unbehaglicher, und sie schaute angstvoll zwischen den beiden Rednern hin und her.

»Aber das hört sich mehr als unwahrscheinlich an«, sagte der Inquisitor Antonius von Weißenfels. »Eine solche Geschichte ist mir noch niemals vorgetragen worden. Und nur weil sie dunkle Haut hat, ist sie kein Dämon! Denkbar ist es natürlich, dass sie eine Hexe sein könnte. Obwohl – sie hat das Glaubensbekenntnis abgelegt!«

»Ich bin keine Hexe«, wimmerte Kamaria verzweifelt. »So glaubt mir doch! Ich hab doch bloß schwarze Haut, deshalb bin ich doch noch lange kein Dämon und auch keine Hexe!«

»So foltert sie eben«, donnerte von Schwarzeneck, »damit wir endlich die Wahrheit erfahren!«

»Ja, foltert die Hexe!«, rief jemand aus der Menge. Weitere Rufe wurden laut. Die Sensationsgier der Schaulustigen war geweckt, jetzt wollten sie Blut sehen.

Doch Bischof Werntho Schenk von Reicheneck sagte: »Eine hochnotpeinliche Befragung lasse ich auf keinen Fall zu! Das Mädchen ist zwar höchst verdächtig, mit dem Teufel im Bunde zu stehen, denn wie sonst hätte sie einen Blitz aus dem Himmel herab beschwören können, aber andererseits hat sie das Glaubensbekenntnis gebetet! Was haltet Ihr von einem Gottesurteil?«, fragte er den Inquisitor.

»Gut, angesichts der Jugend der Beschuldigten wollen wir auf die Folter verzichten und sie gleich einem Gottesurteil unterziehen«, stimmte der Inquisitor zu. »Da der edle Herr von Schwarzeneck sie bezichtigt, eine Hexe zu sein, soll sie Gelegenheit bekommen, uns in der Wasserprobe von ihrer Unschuld zu überzeugen. Und Ihr«, fuhr er an von Schwarzeneck gewandt fort, »wisset, dass die Heilige Inquisition jeden aufs Schärfste bestraft, der ein falsches Zeugnis wider seinen Nächsten ablegt!«

Lorenz schaute Mathes an und fragte ängstlich: »Sag mal, was ist denn eine Wasserprobe?«

Mathes zuckte die Achseln und meinte: »Keine Ahnung, was das sein soll! Aber Gott sei Dank wird man sie nicht auf die Streckbank schnallen. Das habe ich schon mal gesehen, das ist furchtbar grausam.«

»So vernehmet denn, Bambergerinnen und Bamberger«, proklamierte Antonius von Weißenfels, »dass das Mädchen der Wasserprobe unterzogen wird. Eine Hexe, so hat die Wissenschaft inzwischen erkannt, kann sich federleicht machen, sodass sie in der Lage ist, auf einem Besen zu fliegen. So soll die Verdächtige nunmehr, an Händen und Füssen gefesselt, von der Brücke in den Fluss gestoßen werden. Schwimmt sie oben auf den Fluten, so bedeutet das, dass sie leicht wie eine Feder ist und somit eine Hexe sein muss. Dann fischen wir sie aus dem Wasser und übergeben sie auf dem Scheiterhaufen den Flammen. Säuft sie aber ab und ertrinkt, so hat sie die Wahrheit gesprochen, und es ist vor Gott dem Herrn bewiesen, dass sie unschuldig ist. Ihre Seele wird dann froh zu ihrem Heiland in den Himmel auffahren, und jede Schuld wird von ihr abgewaschen sein! Doch vorher geben wir ihr Gelegenheit, die Beichte abzulegen. In einer halben Stunde wird das Gottesurteil von der Regnitzbrücke aus vollstreckt. Amen – so sei es!«

Die anwesende Menge johlte und applaudierte. Der Vormittag versprach, noch aufregender und äußerst unterhaltsam zu werden.

Lorenz sah Mathes entsetzt an: »So ein verfluchter Mist, und was machen wir jetzt?«

»Lass uns erst mal verschwinden und in Ruhe überlegen«, beschwichtigte ihn Mathes. »Komm, wir laufen zum Linnenzworch.«

Die beiden Jungen stahlen sich davon. Sie liefen flussaufwärts, bis die Regnitzbrücke in Sicht kam. Sie bestand aus Holzplanken, die man über eine Pfahlkonstruktion ähnlich einem großen Steg aufgebaut hatte. Lorenz und Mathes setzten sich ans Ufer und überlegten, was man tun könnte.

Etwas weiter flussabwärts säumte ein dichtes Schilffeld das Flussufer. Lorenz betrachtete es nachdenklich und hatte plötzlich eine Idee. »Mathes«, sagte er, »hast du ein scharfes Messer für mich?« Dann erläuterte er ihm seinen Plan.

Kamaria war verzweifelt. Ein Gottesurteil sollte es also geben, das darauf hinauslief, sie in Kürze mit Anselm von Hagenau im Himmel zu vereinen. Sie konnte kaum einen klaren Gedanken fassen. Wie durch einen Nebel hörte sie den Bischof, der davon redete, dass sie die Beichte ablegen und beten solle. Sie schüttelte nur stumm weinend den Kopf und sackte in sich zusammen. Sie bemerkte nicht, dass die Soldaten sie erneut ergriffen und auf den Ochsenkarren hoben, der sich unmittelbar darauf in Bewegung setzte.

Während der Wagen in Richtung Brücke rollte, wurden mehr und mehr Schmährufe in der Bevölkerung laut.

»Tötet die Hexe!«

»Lasst den Dämon brennen!«

»Nein, foltert die Hexe!«

»Nein, auf den Scheiterhaufen mit ihr!«

Dann begannen die Menschen, Kamaria mit faulem Gemüse, Kot und dergleichen Unrat zu bewerfen. Kurz vor der Brücke traf sie ein dicker Lehmklumpen an der Schläfe, und sie verlor das Bewusstsein. Als sie wieder zu sich kam, merkte sie, dass man sie an den Armen und Beinen ergriffen hatte und auf die Brücke trug. Ihr Gesicht war himmelwärts gewandt, und sie sah, dass die Sonne inzwischen weiter in die Höhe gestiegen war. Die Menschen säumten das Ufer und warteten sensationslüstern darauf, dass der Großinquisitor endlich das Signal gab, das Gottesurteil zu vollstrecken.

Antonius von Weißenfels stand mit erhobenem Arm am Ufer. Er nahm sich lange Zeit, aber schließlich ließ er seine Hand fallen, und die Soldaten warfen Kamaria von der Brücke.

Sie meinte, ihr Herz bliebe stehen, als sie in die Fluten tauchte und das eiskalte Nass über ihr zusammenschlug. Verzweifelt versuchte sie sich zu bewegen, trotz der gefesselten Hände und Füße. Vom Schwung des Falls wurde sie tief unter Wasser gezogen, doch dann schaffte sie es, mit gerecktem Kopf, wieder an die Wasseroberfläche zu gelangen.

Als ihr Haupt aus den Wellen ragte, hörte sie für einen kurzen Moment das Geschrei der Menschen und die schrillen Dudelsackklänge der Stadtpfeifer zu einem lauten Crescendo anschwellen. Die Musikanten hatten offensichtlich beschlossen, das Spektakel mit einer flotten Estampie zu untermalen.

Dann versank Kamaria wieder in den Fluten. Die gellenden Schreie der Meute und das Heulen der Dudelsäcke klangen noch in ihren Ohren. Wie eine eiserne Faust griff die Kälte des Wassers nach ihrem Herz, und die Strömung des Flusses zerrte sie immer tiefer hinab. Ihr Kopf begann zu dröhnen und schien bersten zu wollen. Unbändiges Verlangen nach Atemluft überkam sie, aber sie zwang sich, nicht nach Luft zu schnappen und dem tödlichen Nass, so lange es ging, den Weg in ihre Lungen zu verwehren.

Plötzlich war ein Schatten neben ihr. Kamaria riss die Augen auf. Undeutlich sah sie ein Gesicht und eine Hand, die ihr Zeichen machte. Lorenz?, dachte Kamaria, Lorenz, wieso ist Lorenz denn hier im Wasser?

Im nächsten Moment drückte der Junge seinen Mund auf den ihren und pustete dem Mädchen Luft in die Lungen. Gleich darauf steckte er ihr etwas zwischen die Lippen, etwas Rundes, Längliches, ein Rohr. Lorenz zeigte auf seinen eigenen Mund. Kamaria erkannte, dass er ein Schilfrohr im Mund hatte. Schilf. Schilf? Was war mit Schilf? Warum Schilf?

Dann durchzuckte sie die Erkenntnis, dass Schilfrohr hohl ist. Augenblicklich begann sie, daran zu saugen. Ja! Köstliche Atemluft strömte durch das Rohr. Gleichzeitig bemerkte Kamaria, dass Lorenz sich an ihren Handfesseln zu schaffen machte. Der Junge hatte ein Messer und säbelte an den Stricken, die schließlich nachgaben. Er fasste Kamaria unter die Arme und zog sie in Richtung Ufer. Plötzlich waren Pflanzen um sie herum, sie spürte den Grund unter ihren immer noch gefesselten Füßen. Dann tauchte sie auf, mitten in einem Röhrichtfeld. Lorenz zog sie tiefer und tiefer in das Schilfdickicht, wo sie vor den Blicken der Bamberger Bevölkerung sicher und vor allem dem wachsamen Auge der Inquisition entzogen waren.

Caput XVI

Aus der Regnitz an den Main

Ein Aufschrei ging durch die Menge, als die schwarze Dämonin in die Fluten der Regnitz eintauchte und die Wellen über ihr zusammenschlugen. Man konnte sehen, dass die Strömung relativ stark war, denn sie war schon ein gutes Stück flussabwärts getrieben, als ihr Kopf an die Wasseroberfläche kam und sie röchelnd nach Luft schnappte.

Die Bamberger applaudierten, als Kamarias Kopf wieder auftauchte, nachdem sie zunächst untergegangen war. Gespannt erwarteten viele Zuschauer, jeden Moment eine auf den Wellen wandelnde Hexe zu erblicken, die man dann augenblicklich auf dem Scheiterhaufen verbrennen könnte. Wie man jedoch einer munter über den Fluss wandelnden Hexe habhaft werden sollte, daran dachte niemand.

Das Spektakel der Hexenverbrennung war neu, man hatte nur gelegentlich davon gehört, dass ein Zauberer oder eine Hexe verbrannt worden war. Dem Vernehmen nach hatte Großinquisitor Bernardo Gui in Toulouse die eine oder andere Ketzerin den Flammen übergeben.

Gut, nicht immer hatte man eindeutig beweisen können, dass es sich um Hexen gehandelt hatte, aber Weiber waren ohnehin keine richtigen Menschen. Deshalb war es auch nicht weiter schade, wenn man versehentlich mal die Falsche ins Feuer warf.

Jedenfalls würde sich niemand eine Hexenverbrennung entgehen lassen, denn eine solche Schau bekam man nicht alle Tage geboten. Zuweilen wurde einem Dieb die Hand abgehackt oder ein Tunichtgut an den Pranger gestellt, aber eine Zauberin in Flammen – das war etwas Besonderes. Den Scheiterhaufen hatte man vorsorglich schon aufgebaut, allein, die Bamberger sollten um ihr Spektakel gebracht werden. Kamaria versank erneut in den Fluten und kam nicht an die Oberfläche zurück.

Nachdem sie zehn Minuten angestrengt das Wasser beobachtet hatten, wandte sich Bischof Werntho Schenk von Reicheneck an den Inquisitor: »Nun, von Weißenfels, die Maid ist nicht wieder aufgetaucht. Das bedeutet, das Gottesurteil hat ihre Unschuld bewiesen.«

»Ja«, gab der Dominikaner zurück, »es scheint, dass ihre Schuldlosigkeit tatsächlich erwiesen ist. Doch wir wollen sichergehen.«

An die Soldaten gewandt befahl er: »Schwärmt aus und sucht das Ufer nach der Leiche der Mohrin ab! Und lasset nicht ab, ehe ihr zwei Meilen an jeder Seite überprüft habt. Bringet ihren Körper zum Dom, auf dass wir ihr eine ordentliche Totenmesse zuteilwerden lassen!«

Die Soldaten machten sich sofort daran, dem Befehl des Inquisitors Folge zu leisten. Einige Berittene hatten lange Stangen, mit denen sie am Ufer des Flusses ins seichte Wasser stachen. Eine Gruppe von Fußsoldaten überquerte derweil die Regnitzbrücke und begann, die gegenüberliegende Böschung flussabwärts abzusuchen. Sie näherte sich rasch dem Schilfrohrfeld.

Arnold von Schwarzeneck hatte die Geschehnisse schweigend und mit versteinerter Miene verfolgt. Ihm schwante nichts Gutes, als ihm klar wurde, dass seine Beschuldigung des Mädchens als Lüge entlarvt worden war. Ruhig nahm er die Zügel seines Streitrosses in die Hand und führte das Pferd langsam über den Marktplatz in Richtung Hauptstraße. Er versuchte, sich unauffällig zu verhalten und so wenig Aufmerksamkeit wie möglich auf sich zu lenken.

Am jenseitigen Flussufer hatten die Soldaten das Röhrichtfeld fast erreicht. Lorenz gab sich Mühe, Kamaria tief ins Schilf zu ziehen und die Halme dabei nicht in Bewegung zu versetzen. Natürlich gelang ihm das nicht, doch er hoffte, dass man das Schwanken der Schilfrohre nicht bemerke und wenn doch, es den Enten zuschriebe, die zuhauf das Ufer bevölkerten.

Lorenz und Kamaria froren wie die Schneider, aber sie verhielten sich still und trauten sich nicht, weiter ans Ufer zu waten. Sie blieben bis zum Hals im Wasser und warteten voller Angst, ob man sie bemerkte oder nicht. Die Soldaten begannen, langsam in das Schilffeld hineinzuwaten und es mit dem Armen zu durchkämmen.

Plötzlich erklang ein entfernter Schrei vom gegenüberliegenden Ufer: »Soldaten, helft! Eilt herbei und haltet den verleumderischen

Ritter!« Kamaria und Lorenz hielten den Atem an. Die Soldaten wendeten die Köpfe und lauschten auf die Rufe.

»Der Ritter von Schwarzeneck!«, rief der Bischof von Bamberg, aufgeregt mit den Armen fuchtelnd. Dem Kirchenfürsten war aufgefallen, dass der Recke dabei war, das Hasenpanier zu ergreifen.

»Haltet ihn«, gellte der Bischof. »Der Lügner, der vor der Heiligen Inquisition ein falsches Zeugnis abgelegt hat, versucht zu fliehen! Ergreift ihn, auf dass er seine gerechte Strafe erhalten möge!«

Als von Schwarzeneck die Rufe vernahm, wusste er, was die Stunde geschlagen hatte. Schnell schwang er sich in den Sattel und versuchte, sich aus dem Staub zu machen.

Die Soldaten hatten auf den Befehl des Bischofs hin beidseits der Regnitz ihre Suche nach Kamaria abgebrochen und stellten nunmehr Arnold von Schwarzeneck nach. Der finstere Recke hatte am Ende des Marktplatzes eine unglückliche Gemüsefrau über den Haufen geritten, ehe er in eine enge Gasse eingebogen war.

Höhnisch lachte er auf: »Lebt wohl, Ihr leichtgläubigen Bamberger Tölpel, die Ihr an Hexen glaubt und Euch so einfach hinters Licht führen lasst! So schnell seht Ihr mich nicht wieder!«

Doch der Ritter hatte den Volkszorn der Bamberger unterschätzt, die um das Spektakel der Hexenverbrennung gebracht worden waren und ihre Wut nun auf ein anderes Ziel richteten. Einige beherzte Männer hatten den Vorfall beobachtet. Ein großer, kräftiger Knecht sprang auf Ross und Reiter zu, griff in die Zügel des Pferdes und brachte es zum Stillstand.

Währenddessen gingen drei andere Bürger mit Knüppeln auf den Ritter los, der sein langes Breitschwert gezogen hatte und wütend auf die Verfolger einhieb. Doch ehe er ernsthaft jemanden verletzten konnte, traf ihn mit voller Wucht das Geschoss einer Steinschleuder, die der Schütze, ein halbwüchsiger Junge, offenbar meisterhaft einzusetzen wusste. Von Schwarzeneck sank langsam aus dem Sattel und wurde von den Soldaten ergriffen.

Niemand nahm Notiz von dem bunten Planwagen, der unterdessen über die Regnitzbrücke rollte und sich am jenseitigen Ufer auf das

Schilffeld zubewegte. Mathes lenkte Hein und Oss auf dem Uferpfad bis zum Ende des großen Röhrichtfeldes. Dort angelangt zügelte er die Pferde und lenkte sie an den Wegesrand. Er stieg vom Kutschbock und schaute sich verstohlen um, ob er bemerkt worden war, wartete noch einige Zeit und beobachtete den Rückzug der Soldaten. Als ihm die Luft rein genug erschien, pfiff er einmal lauf auf den Fingern.

Es dauerte nicht lange, bis sich das Schilf raschelnd in Bewegung setzte. Frierend, klatschnass und am ganzen Leib zitternd taumelten Lorenz und Kamaria auf den Planwagen zu. Mathes half ihnen schnell hinein. Die beiden entledigten sich mit steifgefrorenen Fingern ihrer Kleider und krochen unter die Schlafdecken.

»Achtung«, rief Mathes, der auf den Kutschbock zurückgeklettert war, »ich fahr jetzt los!« Und schon setzte sich das Fuhrwerk in Bewegung und folgte rumpelnd dem Flusslauf der Regnitz.

Lorenz und Kamaria waren völlig unterkühlt. Es brauchte eine rechte Weile, bis sich das Zittern legte und ihre Körper sich wieder einigermaßen erwärmt hatten. Trotzdem froren sie immer noch erbärmlich.

»He, ihr zwei«, rief Mathes vom Kutschersitz aus in den Wagen, »habt ihr mitgekriegt, dass sie den Ritter von Schwarzeneck verhaftet haben? Die Inquisition ist ziemlich streng mit Leuten, die andere zu Unrecht beschuldigen. Ich glaube, den werdet ihr so schnell nicht wiedersehen! Warum rubbelt ihr euch mit den Decken nicht gegenseitig warm? Vielleicht hilft das ja. Und hinten im Wagen findet ihr euren Korb, den ich mit etwas Essbarem gefüllt habe. Bedient euch!«

Lorenz und Kamaria waren zu durchgefroren, um sich über die gute Nachricht freuen zu können. Außerdem tat Arnold von Schwarzeneck Lorenz leid, trotz allem, was er ihm angetan hatte. Nachdem sie Mathes' Rat, sich gegenseitig warm zu rubbeln, befolgt und sich einigermaßen von der Kälte erholt hatten, machten sie sich, die Decken um die Schultern geschlungen, über die Lebensmittel her.

Besonders Kamaria hatte Heißhunger und stopfte Brot und Dauerwurst in sich hinein. Auch Lorenz langte tüchtig zu. Irgendwann war ihr Hunger gestillt.

Inzwischen lenkte Mathes den Planwagen entlang der Regnitz. Sie fuhren über die untere Brücke und kamen wieder ans Westufer.

Mathes folgte dem Flusslauf, bis die Stadt hinter ihnen lag und sie an die Mündung des Mains gelangten. Er hatte Kamaria und Lorenz geraten, möglichst viele Kleider anzulegen und sich richtig in die Decken einzuwickeln, damit sie sich nicht erkälteten.

»In dem Korb«, meinte er, »ist auch noch eine Tonflasche mit Branntewein. Den hat der gute Arnold von Schwarzeneck in der vergangenen Nacht nicht mehr geschafft. Ich habe ihn extra in den Wagen gepackt, weil mir klar war, dass ihr etwas zum Aufwärmen brauchen würdet. Trinkt davon, das hilft, die bösen Krankheitsgeister zu vertreiben!«

»Im Ernst?«, fragte Lorenz. Es war ihm zuhause strengstens untersagt gewesen, Schnaps zu trinken. Sein Vater hatte ihn erst einmal einen roten Frankenwein probieren lassen, der dem Jungen jedoch so pelzig und sauer auf der Zunge gelegen hatte, dass er seitdem nie wieder Alkohol versucht hatte. Lorenz zog den Korkstöpsel aus der Flasche und nahm einen tiefen Zug.

Das hätte er besser bleiben lassen, denn der Branntewein hielt, was sein Name versprach: Er brannte, und zwar höllisch! Lorenz glaubte, sein Mund und seine Kehle stünden lichterloh in Flammen. Er begann zu husten und zu spucken und nach zu Luft ringen. Kamaria sah kommen, was passieren würde. Geistesgegenwärtig fing sie die Branntweinflasche auf, die Lorenz fallen ließ, während er sich röchelnd an die Kehle griff.

Das Mädchen war gewarnt und nippte vorsichtiger an dem Höllengebräu. Trotzdem konnte sie ein Husten nicht unterdrücken und musste würgen, als der Alkohol ihre Kehle benetzte.

»Gimmnomma her!« Lorenz war offenbar trotz der feurigen Erfahrung auf den Geschmack gekommen und nahm einen weiteren tiefen Zug aus der Flasche. »Dassjan guter Dropfn!«, lallte der Junge nach zwei weiteren Schlucken.

»Schluss jetzt«, raunzte Kamaria, die ihre Stimme wieder gefunden hatte. »Du brauchst hier nicht anzugeben und den starken Mann zu markieren. Du bist ja jetzt schon betrunken! Der Branntewein soll uns nur wärmen, als Medizin, mehr nicht! Los, ab unter die Decke.«

»Du bissne alte Schbielverderberin!« nörgelte Lorenz, ließ sich aber gehorsam auf dem Lager nieder und rollte sich in seine Schlafdecke ein, weil ihm von dem ungewohnten Alkoholgenuss ordentlich schwummerig geworden war. Kamaria wickelte sich fester in ihre Decke, legte sich bequem hin und schloss die Augen, nicht ohne vorher noch einmal herzhaft von der Dauerwurst abzubeißen.

Lorenz wurde mit einem brummenden Schädel wach. Draußen dämmerte es, doch der Planwagen war noch in stetiger Bewegung. Kamarias Schlafplatz war leer. Lorenz erhob sich und öffnete die vordere Plane. Das schwarze Mädchen saß neben Mathes auf dem Kutschbock.

»Na, du Schlafmütze!«, rief sie munter. »Hast du deinen Rausch ausgeschlafen?«

Lorenz hielt sich den Kopf und antwortete nicht. Er sah, dass sie an einem Fluss entlangfuhren, der deutlich breiter war als die Regnitz. Als hätte er die Gedanken des Jungen erraten, sagte Mathes: »Das ist der Main! Folgt man dem Flusslauf, kommt man zuerst nach Frankfurt. Wenn man ihm weiter folgt, erreicht man den Ort Mainz, der liegt da, wo der Main in den Rhein mündet!«

»In den Rhein?«, fragte Lorenz aufgeregt. »Und wenn ich dann dem Rheinlauf folge, komme ich nach Coellen?«

»Ja«, entgegnete Mathes, »so hat es mir jedenfalls mein Vater erzählt. Der war schon mal im heiligen Coellen!«

»Wir brauchen also immer nur dem Mainlauf zu folgen, bis wir an den Rhein kommen«, meinte Kamaria, »und können dann einfach an diesem Fluss entlang bis nach Coellen fahren?«

»Grundsätzlich ja. Ihr könntet euch allerdings auch einen Mainschiffer suchen, der bis nach Coellen segelt. Aber dann müsstet ihr euren Planwagen zurücklassen. Eine andere Möglichkeit ist der Händlerreiseweg, der von Bamberg über Swynfurt bis Ascaffinburg führt. Der Main macht ja sehr viele Schleifen, und wenn ihr dem Fluss folgt, braucht ihr lange. Die Straße nach Ascaffinburg geht auf direkterem Weg über Land, und sie trifft wieder auf den Main. Der Straße folgt ihr dem Main entlang, bis er in den Rhein mündet. Was wollt ihr denn eigentlich in Coellen?«

»Wir wollen einen Meister Volker finden. Der muss irgendwas mit Musik zu tun haben«, gab Lorenz zurück. »Kamarias Stiefvater Anselm von Hagenau hat uns geraten, nach Coellen zu gehen und ihn zu suchen. Er kann mir dabei helfen, ein großer Spielmann zu werden.«

Mathes hatte inzwischen die Pferde gezügelt und den Wagen an den Wegesrand gelenkt.

»Nun, ich hoffe, ihr werdet diesen Meister Volker finden«, sagte Mathes. »Aber für mich ist die Reise hier zu Ende. Ich muss euch nun verlassen, wenn ich nicht erst mitten in der Nacht zuhause sein will.«

Er stieg vom Kutschbock und band sein Pony los, das er hinten am Planwagen angebunden hatte. Kamaria tuschelte währenddessen mit Lorenz, der ihr einen Moment zuhörte und zustimmend nickte.

»Alsdann«, meinte Mathes, »jetzt heißt es also, Lebewohl zu sagen. Wenn ihr ein Stück dem Main folgt, findet ihr am Flussufer einen guten Platz zur Übernachtung. Morgen müsst ihr dem Fluss noch für etwa fünf Meilen folgen, dann trefft ihr auf eine Wegmündung, an der ihr vom Main abbiegt. Nach einigen Meilen gelangt ihr dann direkt auf den Reiseweg nach Swynfurt. Ihr könnt die Straße nicht verfehlen.«

»Vielen Dank für alles, was du für uns getan hast«, sagte Kamaria und umarmte Mathes zum Abschied. »Wir wollen uns bei dir bedanken. Wir haben ja nicht viel, aber es gibt ein Instrument, das Lorenz und ich nicht so gut spielen können. Lorenz spielt am liebsten auf der Drehleier und gelegentlich auch schon mal auf der Laute. Ich mag Harfe und Dudelsack am meisten. Aber wir haben noch ein Instrument, auf dem keiner von uns beiden so richtig spielen kann. Und das wollen wir dir schenken, als Dankeschön für alles, was du für uns getan hast.«

Sie verschwand in dem Planwagen und kam mit einem Tuchbündel im Arm wieder heraus. Mit einem schiefen Grinsen überreichte sie es Mathes, der sich zuerst ein wenig zierte, dann das Geschenk aber doch annahm. Unschlüssig hielt er es in den Händen.

»Was ist es denn?«, fragte er.

»Na, pack doch aus«, meinte Lorenz, »dann siehst du es!«

Mathes schlug das Tuch auseinander und wickelte das Instrument aus. Es war die Fidel. Ehrfürchtig bestaunte der junge Mann die noble Gabe, nahm den Bogen zur Hand und strich versuchsweise damit über die Saiten.

»Habt Dank für dieses kostbare Instrument! Ich wollte schon immer Fidel spielen lernen, aber meine Eltern hatten nie das Geld, mir eine zu kaufen! Ich verspreche, dass ich sie immer in Ehren halten und solange darauf üben werde, bis ich ein großer Fidelspieler geworden bin! Beim Barte des Linnenzworch!«

Mathes umarmte Lorenz und Kamaria zum Abschied. Dann schlug er sein neues Instrument vorsichtig wieder in das Tuch ein und befestigte das Bündel sicher am Sattelknauf. Er stieg auf sein Pony, wendete es und winkte seinen beiden Freunden noch einmal zu, ehe er in Richtung Bamberg davon ritt.

Uns so war aus Mathes dem Trumscheitspieler Mathes der Fidler geworden.

Caput XVII

Von Göttern, Zwergen, Drachen und Nymphen

Lorenz und Kamaria befolgten Mathes' Rat. Nach etwa fünf Meilen fanden sie den Rastplatz und schlugen ihr Lager auf einer satten grünen Wiese auf. Am nächsten Tag waren sie sehr früh auf den Beinen, denn obwohl sie wussten, dass Arnold von Schwarzeneck von den Soldaten der Inquisition verhaftet worden war, hatte Lorenz kaum Schlaf gefunden vor lauter Sorge, dass ihnen doch irgendjemand gefolgt sein könnte. Aber es war ruhig geblieben, und keine Menschenseele hatte sich blicken lassen.

Sie nahmen ein karges Morgenbrot zu sich und setzten ihren Weg fort. Sie fanden, wie Mathes es beschrieben hatte, den Reiseweg nach Swynfurt. Lorenz war hundemüde. Kamaria bot an, den Planwagen zu lenken, während er sich im Wagen lang machte und versuchte, etwas von dem versäumten Schlaf nachzuholen. So war es schon Nachmittag, als er mit knurrendem Magen erwachte und zu Kamaria auf den Kutschbock stieg.

»Ach ja«, meinte Kamaria, »ich habe mich noch gar nicht bei dir bedankt dafür, dass du mir schon wieder das Leben gerettet hast. Das soll jetzt aber nicht zur Gewohnheit werden!«

Lorenz grinste. »Na ja«, entgegnete er, während der Planwagen von einer Anhöhe talwärts fuhr und den Blick auf eine grün im Saft stehende Wiesenlandschaft freigab, »so schlimm war's ja nicht!«

»Oh doch, es war schlimm!«, gab Kamaria zurück. »Es war noch niemals zuvor in meinem Leben so schlimm, selbst als ich an der Burgmauer hing, denn da konnte ich wenigstens Luft holen. Unter Wasser hatte ich Todesangst und Panik zugleich und dachte, ich müsste jeden Moment sterben. Was du getan hast, war einfach großartig ...«

Lorenz wurde verlegen und winkte ab.

»... und unglaublich mutig!« Mit einem Grinsen setzte Kamaria hinzu: »... jedenfalls für so einen Hosenschisser wie dich!«

Lorenz knuffte sie in die Seite, und schon rollten die beiden wild rangelnd und kichernd durch das Wageninnere. Keiner von ihnen verschwendete auch nur einen Gedanken daran, dass der Wagen führerlos war. Aber Hein und Oss, die gutmütigen Zuggäule, ließen sich nicht das Geringste anmerken und trotteten treu und brav den Weg entlang, als sei nichts weiter passiert.

Nachdem Kamaria und Lorenz sich ausgetobt, ausgekichert und ausgebalgt hatten, rasteten sie und verzehrten den Rest ihrer Vorräte. Sie würden sich sehr bald mit Nahrung versorgen müssen, wenn sie nicht hungern wollten.

»Sag mal«, fragte Lorenz unvermittelt, »wie wird man eigentlich Minnesänger und Liederschreiber?«

»Also zuerst mal musst du ganz doll in eine Hohe Fraue verliebt sein«, sagte Kamaria. »Dann musst du ganz doll traurig sein, weil die Hohe Fraue nix von dir wissen will, und dann musst du ganz doll romantische Lieder darüber schreiben, warum die Hohe Fraue nix von dir wissen will und warum du deshalb so ganz doll traurig bist.«

»Och nee«, meinte Lorenz, »Weiber sind doof ...« Weiter kam er nicht, weil Kamaria ihm ansatzlos eine Backpfeife hinter die Löffel gab.

»He, warum haust du mich?«, protestierte Lorenz, »ich wollte gerade sagen: Anwesende ausgenommen!«

»Ja, ja, ist schon klar!«, raunzte Kamaria ungnädig zurück. »Hinterher heißt es das immer. In Wahrheit meint ihr Burschen es aber doch immer genau so, wie ihr es sagt. Und die Backpfeife war nicht für das ›doof‹, sondern für den Ausdruck ›Weiber‹!«

»Moment mal, was ist an dem Wort ›Weiber‹ falsch?«, fragte Lorenz perplex. »So heißt das nun mal ...«

»Wenn hier von Minnesang geredet wird, dann erhebe ich auch den Anspruch auf die Bezeichnung Hohe Fraue!«, gab Kamaria mit gespielter Hochnäsigkeit zurück, konnte sich dabei aber ein Zucken ihrer Mundwinkel nicht ganz verkneifen. »Also lass mal hören, ob du reimen kannst!«

Lorenz lehnte sich zurück und überlegte lange. Nach einiger Zeit des Schweigens, Kamaria hatte ihr Gespräch schon fast wieder vergessen, meinte Lorenz: »Hör mal, wie wäre es damit:

Du bist mein, ich bin dein:
Dessen sollst du ganz sicher sein.
Du bist verschlossen
In meinem Herzen
Verloren ist das Schlüsselein;
Du musst für immer drinnen sein.«

Kamaria bekam einen Lachkrampf: »Ach du liebe Güte, so einen geistigen Dünnpfiff habe ich ja noch niiiiie im Leben gehört! Wer soll sich denn so was anhören? Und vor allen Dingen, wer soll denn so was jemals singen? Also, wenn du mit solchen Liedern auftrittst, sind wir in kürzester Zeit verhungert.«

Kamaria bemerkte nicht, dass sie Lorenz ernsthaft verletzt hatte. Er hatte sich richtig angestrengt und sein Innerstes nach außen gekehrt, indem er ihr seine ersten Versuche im Liederschreiben anvertraute, und sie machte sich lustig über ihn! Lorenz zog einen Flunsch und wurde sehr ruhig.

Da wurde der Mauretanierin klar, was sie angerichtet hatte.

»Lorenz, schau mal, es tut mir leid! Ich wollte dich nicht beleidigen, aber die Verse waren so merkwürdig, dass ich mich einfach nicht beherrschen konnte. Ich hätte dich nicht auslachen dürfen, aber die Verse sind wirklich nicht so toll. Es ist kein richtiger Rhythmus darin, die Reime sind bäuerlich und nicht wirklich lyrisch. Hör mal, ich kenne noch einige Lieder von berühmten Minnesängern. Die kann ich dir aufsagen, und wir können überlegen, wie die ihre Texte gemacht haben. Da kannst du dann lernen, wie man richtige Minnelieder schreibt.«

Kamaria und Lorenz lenkten den Planwagen am Fuße der Hassberge entlang, vorbei an Weinbergen, Mischwäldern, Feldern und Hainen. Sie kamen durch winzige Dörfer und größere Städte mit lustigen Namen wie Zeil am Main, Hasavurte und Swynfurt, und wann immer sie ein Publikum fanden, spielten sie auf ihren Instrumenten. Die größte Attraktion dabei war Lorenz' Gesang. Es stellte sich heraus, dass zu seiner neuen Stimme am besten eine Harfenbegleitung passte.

Sein klarer Tenor klang jedoch auch zur Lautenbegleitung wunderschön, vor allem, wenn Kamaria mit dem Federkielplektrum oder mit den Fingernägeln Läufe und Akkordzerlegungen zupfte. Zu Lorenz' Leidwesen klang sein Gesang zur Drehleier nicht ganz so schön, vielleicht lag es an den stets gleich tönenden Bordunsaiten. Doch das Publikum war dennoch jedes Mal wie verzaubert, wenn er seine Stimme erhob.

In der ersten Ortschaft, in der sie Halt machten, tat Kamaria etwas sehr Mutiges: Sie trat in ihrem venezianischen Kostüm auf wie immer, aber sie legte die Maske nicht an. »Nie wieder werde ich meine Hautfarbe verstecken!«, sagte sie. »Wenn die Leute davor Angst haben, merke ich es wenigstens sogleich und kann mich darauf einstellen.«

Es zeigte sich, dass die Menschen sie zunächst zwar misstrauisch beäugten, sich dann aber von der Musik und dem Gesang bezaubern ließen. Nach einigen Liedern und Tänzen schien es sie nicht mehr zu kümmern, dass das Mädchen vermeintlich »anders« war.

Sie gewöhnten sich an, nie länger an einem Ort zu bleiben, sondern für Essen und Trinken aufzuspielen und anschließend gleich weiterzuziehen. Nur in Swynfurt blieben sie ein paar Tage, ehe sie sich auf den Weg nach Karlsstadt am Main machten und von dort die Reise nach Ascaffinburg antraten.

Die erzbischöfliche Residenz bekamen sie gar nicht erst zu sehen, sie wurden am Stadttor abgewiesen mit dem Hinweis, dass es hier eine Stadtpfeifergilde gebe, der allein das Recht öffentlichen Musizierens zustünde.

Lorenz musste an jenen Tag im Winter denken, als Anselm von Hagenau mit dem Planwagen vor der Zugbrücke der Rabenhorstburg angekommen und auf den grimmigen Bärbeiß getroffen war, der dem Musikanten den Einlass verwehrte. Lorenz fragte sich, wie es Bärbeiß gehen mochte. Ob der finstere Torwächter immer noch so unleidlich war? Wie mochte es der guten Hannah gehen und wie seinem Vater Roland von Rabenhorst? Lorenz spürte einen Kloß im Halse. Zum einen, weil es demütigend für ihn war, von einem Torwächter nicht in die Stadt gelassen zu werden, zum anderen, weil er plötzlich ein brennendes Heimweh verspürte.

Immerhin beschrieb der Torwächter ihnen den Weg durch das Spechtshardgebirge in Richtung Frankfurt. Er sprach mit starkem Dialekt, sodass der Name Spechtshard wie Spessart klang. Tiefe Gründe, sanfte Höhen und Hänge kennzeichneten die Berge. Lorenz fand die Landschaft mit ihren alten Eichen- und Buchenwäldern und den klaren Bächen unvergleichlich schön. Er genoss den wunderbaren Duft nach Freiheit und Natur.

Immer wieder erspähten sie Schwarzspechte, jene Vögel, die dem kurmainzischen Jagdgebiet den Namen gegeben hatten. Lorenz wusste, dass dieses Gebiet ein kaiserlicher Bannwald gewesen war und die Jagd dem Adel vorbehalten. Deshalb war die Gegend sehr dünn besiedelt, nur vereinzelt hatten sich Köhler, Bauern und Fischer niedergelassen. Lorenz und Kamaria trafen wenige Menschen und waren froh, als sie von einem Bauern eine Mahlzeit aus Steckrüben und Hirsebrei erhielten.

Nach einigen Tagen erreichten sie die freie Reichsstadt Frankfurt, wo sie erneut an das Ufer des Mains gelangten. Sie folgten dem Fluss bis nach Mainz, wo er sich bei Kostheim mit dem Rhein vereinigte. Lorenz und Kamaria wurden still, als sie über eine sanfte Anhöhe kamen und sich plötzlich der Blick auf den majestätischen Strom öffnete.

Es war inzwischen frühsommerlich warm geworden, und das Wetter zeigte sich von seiner besten Seite. An diesem frühen Nachmittag ließ die Sonne die Wellen des Flusses silbrig aufglitzern. Schnell und reißend zog das Wasser entlang des recht flachen Uferlaufes. In der Ferne sahen die beiden ein Segelboot, das flott mit der Strömung auf sie zukam und dem Flussverlauf folgte, bis es hinter einer Biegung außer Sicht geriet.

»Hier sind wir nun im Land der Burgen«, sagte Kamaria. »Jetzt brauchen wir nur dem Rhein zu folgen, dann kommen wir automatisch nach Coellen. Ich weiß noch, dass Anselm und ich einmal von Coellen aus rheinaufwärts bis Coblenz gefahren sind. Es gibt viele Festungen am Rhein, und wir finden sicher eine Unterkunft, wo wir übernachten und musizieren können. Aber wir sollten uns vorher erkundigen, welche Herren in den Burgen sitzen und ob Vaganten dort gelitten sind.«

Je weiter sie dem Rheinverlauf nach Norden folgten, desto höher und schroffer wurden die Felsen, die, von Weinrebstöcken bewachsen, die Ufer säumten. Lorenz und Kamaria kamen zur Brömserburg bei Rüdesheim, dann zur Burg Stahleck bei Bacharach. Dort setzten sie mit einer Fähre über den Fluss und fuhren zur Schönburg bei Oberwesel. Auf den Burgen wurden sie freundlich empfangen, und es war eine große Erleichterung, einmal nicht in Sorge um das tägliche Brot zu sein.

Sie erzählten den Burgherren natürlich nicht, dass sie von der Rabenhorstburg geflohen waren. Stattdessen berichteten sie über das Schicksal Anselm von Hagenaus, der als Spielmann Kamaria aus Santiago de Compostela mitgebracht hatte. Lorenz gab sich als Anselms Sohn aus. Die meisten Burgherren waren gerührt von der Geschichte und voller Mitleid, dass die beiden jungen Menschen schon so früh selbst für ihren Lebensunterhalt sorgen mussten. Lorenz und Kamaria gaben vor, auf dem Weg zu Anselm von Hagenaus Verwandten zu sein, die in Coellen wohnten.

Der Weg in die Domstadt verzögerte sich immer wieder. Sie kamen langsamer voran, denn meist wollten die Burgherren so schnell nicht wieder auf die willkommene Unterhaltung verzichten und ließen die Musikanten ungern ziehen. Kamaria und Lorenz wurden viel besser im Zusammenspiel. Je mehr Lorenz übte, desto geschickter tanzten seine Finger über die Drehleiertastatur. Auch auf der Laute machte er Fortschritte. Es schien, dass seine linke Hand von Woche zu Woche an Kraft gewann und seine Finger die Saiten länger niederdrücken konnten, ohne schmerzhaft zu verkrampfen.

Die beiden genossen den Aufenthalt auf der Schönburg sehr und konnten sich nicht sattsehen an dem Ausblick vom Bergfried hinab auf die Stadt Oberwesel. Lorenz liebte es, mit seiner Drehleier auf der Burgmauer zu sitzen, die Beine baumeln, seinen Blick weit über den Rheinlauf schweifen zu lassen und dabei gedankenverloren Melodien zu erfinden. Aber Liedertexte von der hohen Minne fielen ihm weiterhin nicht ein.

Abends saßen sie mit der Familie von Schönburg im Palas oder im Burghof, wenn es das Wetter zuließ. Graf Friedhelm war ein gemütlicher, dicker Mann mit einer reizenden Gattin und einer Horde wuselnder Kinder. Er wusste einen guten Tropfen zu schätzen, den seine Winzer auf dem burgeigenen Wingert anbauten. Er kannte eine Menge Geschichten. So zum Beispiel die Mär, wie Siegfried, der Recke, den furchtbaren Drachen Fafnir besiegte, der angeblich nur etwas weiter stromabwärts die Gegend um Königswinter unsicher gemacht hatte. Wo die Dichtung nur eine Strophe hatte, da kannte die mündliche Überlieferung viele Details, und Lorenz und Kamaria hörten voller Spannung die Legende, woher das Gold der Nibelungen stammte.

Dies ist die Geschichte, die Graf Friedhelm erzählte:

Der Riese Hreidmar war ein Zauberer, der drei Söhne hatte, Otur, Regin und Fafnir. Einst kamen die Götter Odin, Loki und Hönir, Vertreter der Asen, des gewaltigsten Göttergeschlechts, zu einem Wasserfall. Dieser gehörte dem König der Nibelungen, dem Zwerg Andwaris, Odins Sohn. Dort fing Otur in Ottergestalt Fische. Loki erkannte Otur nicht und tötete ihn mit einem Stein. Das Fell brachte Loki zu Hreidmar.

Der Riese erkannte voller Grauen seinen Sohn und verlangte als Wergeld, dass die abgezogene Otterhaut von den Asen mit rotem Gold gefüllt und auch von außen mit Gold bedeckt werden sollte. Loki, der Listenreiche, sollte das Gold beschaffen. Mit dem Zaubernetz der Meeresgöttin Ran fing Loki den Zwerg Andwari, der als Hecht in seinem Wasserfall schwamm.

Andwari besaß einen riesigen Goldschatz, und Loki zwang den Gnom, diesen Schatz herauszugeben. Nur einen einzigen Ring wollte der Zwergenkönig behalten, den Ring Andwaranaut. Aus gutem Grund, denn mit diesem Zauberring konnte der Nibelungenkönig jederzeit seinen Schatz erneuern. Doch Loki nötigte ihn, auch diesen Ring abzugeben. Andwari verfluchte den Ring daraufhin: Zwei Brüdern solle das Geschmeide das Ende bringen und acht Fürsten solle es verderben. Trotzdem nahm der Ase Loki den Ring an sich und brachte das Gold zu Hreidmar, um das Fell seines Otternsohnes Otur zu bedecken. Das Gold reichte – fast.

Ein einziges Haar blieb unbedeckt, sodass Loki schließlich auch den Ring abgeben musste. Hreidmar besaß nun also nicht nur den Hort der Nibelungen, sondern auch den Ring. Es dauerte nicht lange, und seine Söhne forderten ihren Anteil an dem Schatz. Hreidmar verweigerte dies, und so ermordete Fafnir seinen Vater im Schlaf.

Für diese Tat wurde Fafnir von den Göttern in einen Feuer speienden Lindwurm verwandelt, der seitdem das Gold der Nibelungen bewachte. Erst Siegfried, der Recke aus Xanten, besiegte den Drachen mit seinem Schwert Balmung und gelangte in den Besitz des Nibelungenhortes. Das hatte sich angeblich weiter unten am Rhein bei Königswinter abgespielt.

Siegfried wurde unverwundbar, weil er im Blut des Ungeheuers badete, worauf ihm eine Hornhaut wuchs. Der Hornpanzer bedeckte seinen ganzen Körper, bis auf eine Stelle zwischen den Schultern, auf die ein Lindenblatt gefallen war. Dort war er verwundbar, und später tötete der finstere Ritter Hagen von Tronje mit einem brutalen Speerwurf den Helden, als dieser aus einer Quelle trank.

»Die Götter müssen verrückt sein«, traute sich Kamaria einzuwerfen, »so ein heilloses Durcheinander zu veranstalten ...«

»Schsch«, machte Lorenz und knuffte sie in die Seite, »ruhig, ich höre ja nichts!«

Graf Schönburg setzte seine Erzählung fort und berichtete: »Der Sage nach soll dann Jahre später Hagen von Tronje von Worms aus den Rhein hinabgefahren sein, um den Hort der Nibelungen zu verstecken. Er soll hier unterhalb der Schönburg Rast gemacht haben, ehe er den Schatz weiter rheinabwärts bei Sankt Goar an dem großen schroffen Bergrücken, dem Leyfelsen, in den Fluten versenkte.«

Es gab ein großes Hallo, als Kamaria daraufhin begann, die Verse des Nibelungenliedes zu rezitieren, die sie von Anselm gelernt hatte. So saßen sie lange mit den Burgbewohnern im Palas, sangen Heldenlieder und erzählten alte Legenden.

Lorenz konnte es sich nicht verkneifen, von seiner Begegnung mit Kelpie, dem Nöck, zu erzählen. Als er geendet hatte, wurde er von allen Seiten mit Fragen bestürmt, wie sich die Schuppen des Wassermanns angefühlt und wie seine Haare ausgesehen hatten, ob es stimmte, dass die Wassergeister kleine Kinder fräßen. Lorenz wunderte sich, dass seine Zuhörer ihm die Geschichte offenbar ohne weiteres glaubten.

»Nun«, sagte Friedhelm von Schönburg, »Wassergeister sind ja keine Seltenheit. Es ist bekannt, dass sie vor allem hier am Rhein ihr Unwesen treiben. Es gibt Wassermänner, aber auch Flussnixen, Baumnymphen und Waldnymphen, die entlang des Rheines leben. Die Nixen und Wassermänner kann man übrigens nur besiegen, indem man ihnen ihre Purpurkappe wegnimmt, wie du ja gemerkt hast. Die Baumnymphen überwindet man hingegen, indem man ihren Lebensbaum fällt. Das sollte man tunlichst unterlassen, denn die Götter lieben die Nymphen und bestrafen jeden mit dem Tod, der sich am Lebensbaum einer Nymphe vergreift. Waldnymphen sind am gefährlichsten. Die besiegt man nur, indem man ihnen ihre Herkunft nennt. Und wer weiß schon, woher sie kommen? Es ist nur bekannt, dass sie von den Alfen abstammen sollen. Gott sei Dank bin ich noch nie einer begegnet. Du hast großes Glück gehabt, dass Kamaria dem Nöck die Kappe abgerissen hat. Sonst wärst du nämlich gar nicht erst bis zum Rhein gekommen, sondern lägst jetzt schon als bleiche Wasserleiche im tiefen Teiche des Finsterwaldes.«

Lorenz erschauerte im Nachhinein, als er sich dieses Bild vor Augen hielt.

Es war bereits Mitte Juni, als Kamaria Lorenz darauf aufmerksam machte, dass sie so langsam daran denken mussten, weiterzureisen, wenn sie Coellen vor dem Herbst erreichen wollten. Schweren Herzens packten sie ihre Siebensachen und verließen sie die gastfreundliche Familie derer von Schönburg.

Hein und Oss hatten den Müßiggang in der Burgstallung genossen und sich am Hafer satt gefressen, doch nun wieherten sie freudig, als sie merkten, dass Kamaria und Lorenz den Planwagen beluden und es wieder auf die Reise ging.

Sie fuhren den Berg hinunter durch die freie Reichsstadt Oberwesel und besichtigten die fast fertige Liebfrauenkirche am Ufer des Flusses, ehe sie sich von einem Fährboot auf die rechte Rheinseite übersetzen ließen. Nach einigen Tagen näherten sie sich Sankt Goar.

Lorenz musste unwillkürlich an Hagen von Tronje denken und ertappte sich dabei, wie er vom Rheinuferpfad unverwandt in den dunklen Strom starrte in der Erwartung, dort vielleicht etwas Rotgoldenes glitzern zu sehen.

»Vergiss es«, meinte Kamaria, als er wieder einmal ins Wasser schaute. »Ich weiß genau, was dir durch den Kopf geht. Aber ich sage dir: Erstens macht Gold allein nicht glücklich, und zweitens ist der Rhein viel zu tief, als dass man darin das Gold auf dem Grund sehen könnte. Selbst wenn die Sonne so hoch am Firmament steht wie heute und die Fluten so klar sind wie die des Rheins.«

Vor ihnen lag eine Flussschleife, an deren Ufer sich ein gewaltiger Felsen bedrohlich in den Himmel reckte.

Caput XVIII

Lure vom Ley

Schroff und abweisend ragte das Steinmassiv des Leys in den Himmel. Graf Schönburg hatte erwähnt, dass der Berg von den Leuten in der Gegend schon immer einfach nur »der Ley«, also »der Fels« genannt wurde. An seinem Fuße legte sich der mächtige Rhein in eine große Flussschleife. Lorenz und Kamaria waren sehr beeindruckt von der grandiosen Landschaft, aber auch ein wenig beängstigt, denn der Fluss bildete tückische Stromschnellen. Reißend kräuselten sich die Wellen um die Felsen, die in Ufernähe aus dem Wasser herausragten.

Die beiden saßen einträchtig nebeneinander auf dem Kutschbock. Kamaria lenkte die Pferde, während Lorenz auf seiner Drehleier spielte. Er schaute zum Berggipfel hinauf und musterte den Felsblock, der wie ein baumbewachsener Riesenbuckel emporragte. Der Berg schien ein Eigenleben zu besitzen. Lorenz fühlte sich ganz in seinen Bann gezogen und spürte das unbändige Verlangen, den schroffen Felsen hinaufzuklettern.

Das Rauschen der Strömung klang in seinen Ohren, verstärkte sich zu einem hypnotisierenden Grundgeräusch, das allmählich die Oberhand gewann und den Jungen regelrecht zwang, in die dunklen Tiefen des Stroms zu blicken. Lorenz wurde vom rinnenden, fließenden, kühlenden, heilenden, liebreizenden Wasser gelockt. »Kommzumirkommzumirkommzumirkommzumirkommzumir«, wisperte der Strom ihm zu. Gleichzeitig übte auch der Leyfels – wie eine Gegenkraft – einen magischen Einfluss auf den Jungen aus. Lorenz zwinkerte, kniff die Augen zusammen, hielt die Hand hoch und blickte gegen die Sonne. Dunkelgraue Wolkenfetzen zogen rasch über das blaue Firmament und verdeckten ihr gleißendes Strahlen immer wieder, während sie einen Schatten auf das Pferdefuhrwerk warfen.

»... ist ganz schön steil!«, drangen Wortfetzen in Lorenz' Bewusstsein. Unwillig löste er sich von den hypnotischen Lockrufen der Natur und fand nur schwer in die Wirklichkeit zurück. Langsam drehte er den Kopf und bemerkte, dass Kamaria schon seit geraumer Zeit auf ihn einzureden schien. Er schüttelte das Haupt und versuchte seine Gedanken wieder unter Kontrolle zu bekommen.

Kamaria sah ihn besorgt an. »Hej«, meinte sie, »was ist nur mit dir los? Ich hab gesagt, dass der Weg auf den Ley hinauf ganz schön steil ist. Redest du nicht mehr mit mir? Du warst ja völlig weggetreten!«

Lorenz gab keine Antwort.

»Und jetzt hör endlich auf, so belämmert in der Gegend rumzugucken. Man kriegt ja regelrecht Angst, dass du nicht mehr richtig im Kopf bist!«

»Merkwürdig«, erwiderte Lorenz zögernd, »mir war, als hätte mich der Fels gerufen und auch der Fluss ...«

»Quatsch nicht«, schnauzte Kamaria, »Flüsse haben keine Stimme und können nicht rufen und Berge erst recht nicht!«

Trotzdem, irgendetwas war anders. Lorenz legte den Finger auf die Lippen und hob lauschend das Haupt.

»Hör mal!«, meinte er. »Was ist das nur? Hörst du was oder hörst du nichts? Ich höre nichts – das ist ja gespenstisch!« Unbehaglich schaute er sich um. »Jetzt weiß ich es!«, flüsterte Lorenz. »Die Vögel! Sie singen nicht mehr!« Und tatsächlich, auch Kamaria bemerkte die Ruhe, die das Rauschen des Flusses nur noch deutlicher ins Bewusstsein rücken ließ.

Der Planwagen rollte langsam weiter und befand sich unmittelbar am Fuße des Felsens, der steil abfallend bis auf wenige Schritte ans Rheinufer reichte. Auf dem Weg war gerade Platz genug für den Wagen, dessen Holzräder sich nun mit in der Stille überlautem Quietschen drehten, während Hein und Oss sich auffallend nervös verhielten. Das Gespann umrundete das Felsmassiv, dann war der Blick auf die dahinter liegende Seite der Flusskehre frei.

In der Ferne sahen sie eine Holzbarkasse mit einem Segel, das allerdings gerefft war. Sie war in Ufernähe offenbar auf Grund gelaufen. Einer der Männer stand am Fuß einer großen Eiche und musterte sie, dieweil andere sich bemühten, den Kahn an den Bäumen zu vertäuen. Wieder andere liefen am Flussufer suchend hin und her.

Plötzlich vernahmen Lorenz und Kamaria einen unglaublich berückenden Klang, der die beiden in ihren Bann schlug. Es dauerte einen Moment, bis sie erkannten, woher das Geräusch stammte. Vom Gipfel des Berges erklang eine überirdisch schöne Stimme, die sich langsam näherte und lauter wurde. Hein und Oss blieben wie angewurzelt stehen und legten die Ohren zurück.

Lorenz ergriff Kamarias Hand, und dann saßen sie mit aufgerissenen Augen und Mündern auf dem Kutschbock, unfähig sich zu bewegen. Sie waren ihres freien Willens beraubt, der den Händen hätte sagen können: Haltet mir die Ohren zu!, oder die Beine hätte anweisen können: Schnell, bewegt euch, rennt davon!

Der Gesang wurde intensiver und bohrte sich in ihr Bewusstsein, allerdings ohne dabei Schmerzen zu verursachen. Etwas Süßeres, Wunderbareres und Entzückenderes hatten sie nie zuvor vernommen. Die Stimme sang keine artikulierten Worte, sondern A-, E-, I-, O- und U-Laute, anschwellend und versiegend, aufgellend und leise gurgelnd, heulend und säuselnd, flüsternd wie ein Frühjahrswind und laut brüllend wie ein Herbststurm, sanft wie ein Bächlein plätschernd und dann wieder ohrenbetäubend donnernd wie ein Wasserfall.

Unvermittelt riss der Gesang ab. Die einsetzende Stille traf Lorenz und Kamaria wie ein Hammerschlag und hinterließ eine schmerzhafte Leere in ihren Köpfen. Sie waren wie gelähmt.

Das ängstliche Wiehern der Pferde holte sie in die Wirklichkeit zurück.

»Mein Gott!«, stieß Lorenz atemlos hervor. »Ich will verdammt sein, wenn ich weiß, was das bedeuten soll!«

»Ich habe keine Ahnung,« entgegnete Kamaria, »doch es macht mir Angst, so süß es auch geklungen hat! Davon abgesehen sollst du nicht fluchen! Das hat Hannah dir schon immer gesagt: Wer flucht, kommt in die Hölle! Es reicht, dass Arnold von Schwarzeneck versucht hat, mich dorthin zu befördern. Da musst du jetzt nicht anfangen, freiwillig darauf hinzuarbeiten, den Beelzebub zu besuchen. Aber ich möchte auch gern wissen, was wir da gehört haben.«

»Weißt du«, meinte Lorenz nachdenklich, »das erinnert mich an die Geschichte, die mir der Lehrer erzählt hat, der mich vor zwei Jahren unterrichtete. Kennst du die Sage vom listigen Odysseus aus Griechenland? Der ist auf seinen Seefahrten eines Tages an einer Insel vorbeigekommen, wo die Sirenen lebten. Die haben mit ihrem Gesang Seefahrer angelockt und anschließend umgebracht. Das waren ziemlich eklige Weiber mit einem Frauenkopf und einem Vogelkörper.«

Wie zur Bestätigung des Gesagten löste sich mit lautem Flügelschlag ein Schwarm Krähen aus einem Baum am Rheinufer und schwang sich in den Himmel. Lorenz und Kamaria schauten ihnen nach, während eine schnell ziehende Wolke bedrohlich das Firmament verdunkelte. Dann setzte der Gesang wieder ein, diesmal mit einer Melodie. Lorenz war vorbereitet und etwas gefeiter gegen die verlockenden Klänge. Kamaria hielt sich die Ohren zu, aber Lorenz saugte die Töne förmlich in sich hinein und konnte sich nicht zurückhalten. Nachdem er eine Weile gelauscht und sich die Tonfolge gemerkt hatte, legte er den Kopf in den Nacken und sang mit.

Er entwickelte Harmonien zu der überirdischen Melodie und sang mit traumwandlerischer Sicherheit eine zweite Stimme dazu, die sich mit den Klängen zu einer Einheit von makelloser Schönheit verband. Kamaria lupfte vorsichtig die Hände von den Ohren, verdrehte verzückt die Augen und ließ sich von dem Gesang in einen rauschähnlichen Zustand versetzen. Sie saß wie gelähmt lauschend auf dem Kutschbock und verzog den Mund zu einem weltentrückten Grinsen. Auch die Schiffer weiter unten am Flussufer lauschten regungslos dem Gesang.

Plötzlich verstummte die erste Stimme so unvermittelt, dass Lorenz einen Moment lang gar nicht bemerkte, dass er allein sang. Verdutzt hielt er inne, und es setzte eine Stille ein, die ohrenbetäubend wirkte. Unversehens raschelte es im Gesträuch der dichten Büsche, die neben den alten Eichen das Rheinufer säumten. Eine kleine helle Gestalt brach durch das Unterholz. Ehe Lorenz reagieren konnte, war der Schemen auf den Kutschersitz gesprungen und hatte ihn vom Planwagen zu Boden gezerrt. Ihm verging Hören und Sehen, derweil die weißgekleidete Person wie von Sinnen auf ihn einprügelte. Er legte schützend die Arme vor sein Gesicht, während die glücklicherweise recht kraftlos geführten Hiebe auf ihn einprasselten.

Dann war es vorbei. Lorenz wagte, vorsichtig einen Arm zu heben und zu gucken, wer so wild darauf war, ihm eine Tracht Prügel zu verabreichen.

Er entdeckte, dass Kamaria eine sich katzengleich windende kleine Gestalt von hinten umklammert hielt. Sie trug eine Art wallend weißes Nachthemd und hatte lange Haare wie aus purem Gold, die ihr über die Schultern fielen und bis zur Hüfte reichten. Der Blondschopf schüttelte diese Mähne und versuchte sich aus Kamarias Umklammerung zu befreien, was ihm jedoch nicht gelang.

»Gibst du jetzt endlich Ruhe, du Furie?«, hörte Lorenz Kamaria außer Atem fauchen. »Was soll das denn, uns hier angreifen und verprügeln zu wollen? Bist du verrückt, oder was ist los?«

Langsam gab die kleine Gestalt ihren Widerstand auf, wurde jedoch von Kamaria weiterhin festhalten.

»Du bist mir ja auch nicht grade eine große Hilfe!«, raunzte das Mädchen in Lorenz' Richtung. »Nun hilf mir gefälligst, dieses wilde Biest zu bändigen!«

Ehe Lorenz reagieren konnte, brach die kleine Gestalt in Tränen aus. Ratlos schaute er Kamaria an, die ihren Griff lockerte und gleichzeitig mit den Schultern zuckte.

»Ich lass' dich jetzt los, du Heulsuse, aber nur, wenn du versprichst, dich zu benehmen!«

Die Gestalt nickte und schluchzte vor sich hin, während sie den Kopf gesenkt hielt. Ihr langes, blondes Haar hing ihr ins Gesicht. Kamaria ließ die Gestalt los, die daraufhin ihre Haarsträhnen zur Seite strich und dann nach dem Gürtel ihres langen weißen Gewandes griff. Lorenz erkannte das Antlitz einer jungen Maid.

»Wo ist mein Kamm? Ich hab meinen Kamm verloren!«, sagte die Kleine und schaute sich suchend um. Am Wegesrand glitzerte es. Das Mädchen lief sofort dorthin und kehrte gleich darauf mit einem großen, goldenen Kamm zurück. »Gut, dass ich ihn wiedergefunden habe, er ist ein Geschenk von meinem Papa!«

Lorenz musterte die Maid, die begonnen hatte, ihr goldenes Haar mit gedankenverlorenem Gesicht zu kämmen. Sie hatte reizende Grübchen in den Wangen, ein offenes Lächeln aus einem etwas zu breiten

Mund, das blitzweiße Zähne sehen ließ. Darüber hatte sie eine niedliche Stupsnase. Die abgrundtiefen wasserblauen Augen unter dichten langen Wimpern brachten ihr Antlitz zum Leuchten. Sie war sehr hübsch. Ihr Kleid aus weißblauem, wie dünne Seide schimmerndem Stoff umwallte ihre drahtige Gestalt.

Plötzlich zog sie die Stirn kraus, stampfte trotzig mit ihrem nackten Fuß auf und grollte mit Tränen in den Augen: »Warum hast du mein Lied so zerstört???«

»Was heißt hier zerstört?«, fragte Lorenz. »Und wer bist du überhaupt?«

»Ich bin Lure«, antwortete sie.

»Lure? Lure wie?«, hakte Lorenz nach.

»Na, einfach Lure. Lure vom Ley«, gab die Maid zurück.

»Vom Ley?«, echote Kamaria.

»Also Lure vom Fels«, ergänzte Lorenz, an das blonde Mädchen gewandt. »Was für ein merkwürdiger Name. Hast du keinen richtigen Familiennamen?«

»Nö«, schniefte die Kleine und wischte sich mit den Ärmeln ihres weißen Gewandes ein wenig Rotz von der Nase, »ich bin einfach nur Lure.«

Kamaria fragte: »Wie alt bist du eigentlich, dass du hier so allein rumlaufen darfst. Wo sind denn deine Eltern?«

»Ich bin viertausenddreihundertsiebenundsechzig Jahre alt. Mein Vater ist der Wind und meine Mutter ist ein Baum ... Warum hast du mein Lied so zerstört?«

»Also du hast so schön gesungen. Bist du etwa eine Sirene?«, fragte Lorenz.

»Iiieh – sehe ich wie eine Krähe aus?«, quiekte die Kleine. »Ich bin eine Baumnymphe, eine Dryade, und keine Sirene!« Dann zog sie die Augenbrauen hoch und fauchte Lorenz an: »Nochmals: Warum hast du meinen Gesang zerstört?«

»Ich hab deinen Gesang nicht zerstört«, verteidigte er sich. »Ich wollte nur mitmachen und deinen Gesang mit einer zweiten Stimme noch schöner klingen lassen.«

»Und wieso klang diese zweite Stimme dann wie das Quaken eines Ochsenfrosches?«, fragte Lure schnippisch.

Ehe der völlig verdatterte Lorenz antworten konnte, begann Kamaria zu wiehern. Sie lachte und lachte und lachte.

Die Baumnymphe schaute sie mit fragendem Gesicht an, während Lorenz leicht rot anlief.

»Aaaaaaaahahahaha! – Das ist guut!«, heulte Kamaria kichernd. »Das Mädel gefällt mir – hihihi – sie kennt ihn grade mal fünf Minuten und hat sofort seine wahren Qualitäten erkannt! Hihihihihiiii!« Sie prustete und wollte sich schier nicht mehr beruhigen.

»Achte nicht auf sie«, sagte Lorenz zu Lure. »Das mit dem Ochsenfrosch hat sie früher auch immer gesagt, um mich zu ärgern. Aber das war, bevor der Nöck Kelpie mir eine neue Stimme gegeben hat.«

»Du kennst Kelpie?«, fragte Lure aufgeregt. »Der ist mein Vetter fünfzehnten Grades. Wann warst du denn in Kaledonia?«

»Ich war nicht in Kaledonia«, gab Lorenz zurück. »Kelpie lebt jetzt in einem großen See im Finsterwald in Franken, da, wo ich herkomme.«

»Oh«, machte Lure, »das ist mir neu. Warum meldet er sich dann nicht einmal bei mir?«

»Keine Ahnung, ich weiß nur, dass er ziemlich deprimiert ist, weil er noch niemanden ins Wasser locken konnte. Vielleicht schämt er sich und meldet sich deshalb nicht ... Aber nun hat er ja auch versprochen, die Reisenden zu beschützen, statt sie ins Wasser zu locken. Aber erzähle, warum dich mein Gesang so gestört hat. Alle anderen Menschen finden meine neue Stimme toll.«

»Ja, Menschen!«, sagte Lure in verächtlichem Tonfall. »Das mag gut sein. In den Ohren einer Nymphe klingt dein Gejaule jedenfalls grauenhaft! Und wenn hier jemand singt, dann bin ich das.«

Während ihrer Unterhaltung hatte Lorenz die Schiffsleute beobachtet, die in etwa einer Meile Entfernung am Rheinufer damit beschäftigt waren, den Segler wieder flottzubekommen. Offenbar gab es etwas zu reparieren, denn der Mann, der die alte knorrige Eiche ganz in der Nähe des Ufers betrachtet hatte, näherte sich ihr mit einer Axt. Inzwischen war der Rest der Schiffsbesatzung in den nahen Wald ausgeschwärmt, vermutlich, um nach Essbarem Ausschau zu halten, vielleicht ein Kaninchen zu jagen oder Feuerholz zu sammeln.

»Woher kannst du so schön singen?«, fragte Lorenz das Mädchen.

»Das ist eine Gabe, die ich von meinem Vater, dem Sturmwind, bekommen habe«, antwortete Lure. »Das Schlimme daran ist, dass die Menschen immer nur auf meine Stimme hören und dann nicht mehr wissen, was sie tun. Du glaubst gar nicht, wie viele Fischer hier schon auf Grund gelaufen und abgesoffen sind, weil sie nur auf meinen Gesang und nicht auf den Fluss und die Felsen geachtet haben!«

»Das kann ich mir gut vorstellen«, sinnierte Lorenz. »Wenn ich bedenke, wie weggetreten ich war, als ich dich singen hörte ... Aber wenn dein Gesang so schreckliche Auswirkungen hat, warum hältst du dann nicht einfach die Klappe?«

»Das sagt ja gerade der Richtige!«, mischte sich Kamaria ein. »Du solltest doch am ehesten wissen, warum jemand gerne singt! Also verurteile jetzt mal die arme Lure nicht! Wenn die Schiffer so blöd sind hinzuhören ...«

In diesem Moment sah Lorenz, wie einer der Schiffer mit seiner Axt ausholte und einen kräftigen Schlag auf einen dicken Ast mit einer Astgabel ansetzte. Als sich die Klinge in die Rinde grub, schrie Lure gellend auf. Sie griff sich an den Hals und fiel wie vom Blitz getroffen zu Boden. An ihrer Kehle zeigte sich ein blutunterlaufener Streifen. Ihr Schrei gellte Lorenz und Kamaria derart schmerzhaft in den Gehörgängen, dass sie unwillkürlich in den Schrei einstimmten, während sie sich die Ohren zuhielten. Der Schiffer am Rheinufer hatte seine Axt fallen lassen und presste sich ebenfalls die Hände auf die Ohren.

Plötzlich kamen Lorenz die Worte des Grafen Friedhelm von Schönburg über die Nymphen wieder ins Gedächtnis, und ihm wurde klar, was gerade geschehen war.

»Kümmer dich um sie!«, rief er Kamaria zu, sprang auf den Wagen, gab Hein und Oss die Zügel und fuhr so schnell es ging auf den Schiffer zu. Der Mann mit der Axt hatte sich inzwischen von dem Schrei der Nymphe erholt und wollte sein begonnenes Werk fortsetzen. Er holte erneut mit der Axt aus, aber ehe er zum zweiten Mal zuschlagen konnte, war Lorenz vom Kutschbock des fahrenden Planwagens gehechtet und hatte den Schiffer zu Fall gebracht.

»Haltet ein!«, schrie er den Mann an. »Halt, ehe ein Unglück passiert!« Er rappelte sich auf und wollte zu einer Erklärung ansetzen, doch ehe er etwas sagen konnte, hatte der Schiffer ausgeholt und ihm eine kräftige Maulschelle versetzt.

»Wenn du glaubst, dass ich mich von einem hergelaufenen Rotzbalg davon abhalten lasse, eine neue Haltegabel für meine Ruderpinne zu schlagen, dann hast du dich getäuscht!«, dröhnte der Schiffer und wandte sich wieder dem Baum zu.

Lorenz blieb benommen liegen. Der Schiffer war ein sehr kräftiger Mann, seine Armmuskeln waren durch jahrelange Anstrengung beim Halten der Ruderpinne, dem Tauziehen beim Segelreffen und vom Ankereinholen gestählt worden. Lorenz brummte der Schädel. Ehe er seine Benommenheit abgeschüttelt hatte und etwas unternehmen konnte, sauste die Axt erneut auf die Astgabel nieder, und wiederum erscholl ein markerschütternder Schrei, der an ein waidwundes Tier im Todeskrampf erinnerte.

Um Gottes willen, dachte Lorenz, er kapiert nicht, was er da anrichtet! Wenn ich nichts unternehme, stirbt Lure!

Jetzt zählte jeder Augenblick. In seiner Verzweiflung wusste er sich nicht anders zu helfen: Während der Mann die Axt wieder aus der Rinde herauszog, griff Lorenz nach der Kurbel seiner Drehleier, die er hinter den Kutschbock ins Wageninnere gelegt hatte. Er holte aus und zertrümmerte das Instrument auf dem Schädel des Schiffers. Es gab ein lautes Krachen und Lorenz fragte sich, ob es vom Schädel des Mannes stammte, der bewusstlos zu Boden gegangen war, oder von seiner Drehleier.

Mit Tränen in den Augen schaute er auf das, was von seiner Sinfonia übrig geblieben war. Er hielt nur noch die Kurbel mit der Achse, dem Holzrad und mit einigen daran hängenden Holzresten in der Hand. Der Junge weinte, als er sah, dass sein wertvollster Besitz, auf den er so stolz gewesen war und den er gehütet hatte wie seinen Augapfel, unwiederbringlich zerstört war.

Caput XIX

Pech gehabt

Durch einen Tränenschleier sah Lorenz, wie Kamaria den reglosen Körper der Baumnymphe auf ihren Armen herantrug.

»Lebt sie noch?«, fragte der Junge ängstlich.

»Ja!«, antwortete sie.

»Im Gegensatz zu meiner Drehleier ...«, schniefte Lorenz und hielt die traurigen Überreste des Instrumentes hoch.

Kamaria nickte nur und sagte: »Ich sehe es, aber jetzt hilf mir erst mal mit Lure! Es sieht sehr, sehr schlimm aus. Sie hat einen dunkelroten, blutunterlaufenen Striemen am Hals, aber wenigstens atmet sie. Komm, fass mit an!«

Sie betteten Lure auf Kamarias Lager im Planwagen und deckten sie zu. Lorenz bemerkte, dass der Schiffer sich wieder zu rühren begann.

»Komm, hilf mir, den Kerl zu fesseln«, bat er die Mauretanierin, »bevor er wach wird!« Er holte ein Stück Seil aus dem Wagen, und gemeinsam banden sie ihm die Hände und die Füße zusammen. Gerade kam der Mann wieder zu sich und begann sofort, an den Stricken zu zerren. Als er merkte, dass dieses Unterfangen zwecklos war, stellte er den Befreiungsversuch ein und starrte Lorenz und Kamaria unverwandt an.

»Herr Schiffer«, sagte Lorenz, »wisst Ihr denn nicht, was Ihr angerichtet habt? Ihr hättet beinahe einen Ast vom Lebensbaum einer Waldnymphe abgeschlagen und damit die arme Lure vom Ley getötet! Wisst Ihr nicht, dass derjenige, der den Lebensbaum einer Nymphe fällt oder Holz davon schlägt, mit seinem Leben dafür bezahlen muss? Der Baum gehört Lure, und wenn sie stirbt, dann werden die Götter Euch dafür bestrafen! Zum Glück habe ich es noch rechtzeitig bemerkt und konnte das Schlimmste verhindern. Wir können nur hoffen, dass sie überlebt. Sonst sind wir dem Zorn der Götter ausgeliefert!«

Der Fischer war sehr still geworden und machte ein bedrücktes Gesicht.

»Woher sollte ich das denn wissen?«, fragte er bekümmert. »Was weiß ich denn von Lebensbäumen und Nymphen? Ich weiß nur, dass meine Mannschaft und ich von diesen wunderbaren Klängen derart abgelenkt waren, dass wir nicht merkten, wie mein Schiff auf das Ufer gelaufen ist. Beinahe wäre es leckgeschlagen. Das habe ich im letzten Moment noch verhindern können, als der Gesang abbrach. Aber ich konnte nicht vermeiden, dass meine Ruderpinne sich im Schlick verfing und die Halterung zerbrochen ist. Dafür brauche ich Ersatz, sonst lässt sich mein Schiff nicht mehr steuern. Die Astgabel von der Eiche hier ist gerade recht für diesen Zweck!«

»Und warum habt Ihr nicht auf mich gehört, als ich Euch davon abhalten wollte?«, fragte Lorenz.

»Ja, für wen hältst du dich denn?«, meinte der Schiffer. »Denkst du, dass ich mich von einem halbwüchsigen Knaben davon abhalten lasse, ein Stück Holz zu schlagen?«

»Ja, klar, verstehe«, versetzte Lorenz bitter, »und was haben wir jetzt davon? Das Leben der Nymphe und auch Eures ist in Gefahr, und meine schöne Drehleier ist zum Teufel!«

»Wo du gerade ›Teufel‹ sagst«, warf der Mann ein, »was ist das da für ein schwarzer Unhold? Bist du etwa mit dem Höllenfürsten im Bunde?«

Lorenz verdrehte die Augen. »Nein, zum Henker noch mal! Kamaria stammt aus Afrika. Sie ist Christin und hat einfach eine schwarze Hautfarbe. Sie ist genauso wenig ein Teufel wie Ihr oder ich.«

Aus dem Innern des Planwagens drang ein Stöhnen nach draußen. Kamaria kletterte in den Wagen, um nach Lure zu sehen. Als sie kurze Zeit später zurückkehrte, machte sie ein ernstes Gesicht.

»Die Wunde hat zu bluten begonnen«, sagte sie. »Ich fürchte, Lure ist sehr, sehr schwer verletzt. Ich werde mich aufmachen und Heilpflanzen suchen, damit wir ihr einen Kräuterverband anlegen können.« Sie warf dem Schiffer einen verächtlichen Blick zu.

»Das habt Ihr fein hingekriegt, Matrose! Wahrscheinlich habt Ihr mit nur zwei Schlägen eine mehr als viertausend Jahre alte Nymphe umgebracht!«

»Ach ja – und warum singt dieses Biest dermaßen, dass jeder Schiffer auf das Ufer aufläuft oder, schlimmer noch, sein Boot von den Felsen zerstört wird? Lure hier, Nymphe da – wer fragt nach den armen Schiffern?«

»Und wer fragt nach meiner Drehleier?« warf Lorenz ein.

Der Schiffer senkte die Augen. Er war im Grund ein anständiger Kerl und schämte sich inzwischen dafür, dass er Lorenz so hart geohrfeigt hatte.

»Hör mal, Junge«, sagte er, »ich bitte dich, mich loszubinden. Ich sehe ja ein, dass ich einen Fehler gemacht habe, auch wenn ich es nicht besser wusste. Ich bin dir dankbar, dass du mich abgehalten hast, den Baum zu fällen. Wenn das mit der Strafe der Götter stimmt, verdanke ich dir mein Leben. Aber jetzt binde mich besser los, denn meine Leute können jeden Moment von der Jagd und vom Einsammeln der Fracht zurückkehren. Als wir auf Grund gelaufen sind, sind einige Fässer über Bord gefallen. Die Mannschaft ist unterwegs, um nachzuschauen, ob sie weiter flussabwärts vielleicht an Land gespült wurden. Wenn sie zurückkehren und mich hier angebunden sehen, werden sie denken, dass ihr Räuber seid und auf euch losgehen! Am besten bindest du mich los, dann kann ich dir auch helfen, Lure zu pflegen. Vertrau mir.«

Lorenz schaute dem Schiffer ins Gesicht und sah ein paar offene, braune Augen in dem wettergegerbten, bärtigen Antlitz. Er beschloss, ihm zu glauben, und löste die Fesseln.

Der Schiffer erhob sich, streckte die Hand aus und reichte sie dem Jungen mit den Worten: »Ich möchte mich für die Ohrfeige entschuldigen. Aber du musst verstehen, dass ich mich angegriffen fühlte. Ich konnte ja auch nicht wissen, dass du mich vor einer Dummheit bewahren wolltest. Heutzutage ist so viel räuberisches Gesindel unterwegs, das es einem armen Lastschifffahrer schwer macht, einem ehrlichen Gewerbe nachzugehen. Wir transportieren Güter wie Getreide, Stoff und Tuch von Mainz nach Coellen und umgekehrt und versorgen die hohen Kirchenherren mit Weinen vom Rheine, mit Met und Bier in Holzfässern! Du kennst doch sicher das alte Lied: ...

Ave, Maria mundi spes,
Bewahr' uns armen Mönchen,
Du weißt es ja, wir brauchen es,
Den Wein in uns'ren Tönnchen.«

Lorenz nickte: »Na klar, ich kenne auch die zweite Strophe:

Der Saft, der aus der Traube quoll,
Kann heut ja wohl nicht schaden!
Juhe! Wir sind ja wieder voll,
Ja wieder voller Gnaden!«

»Genau«, nickte der Schiffer. »Und man mag es glauben oder nicht: Auch wenn die hohen Herren in Coellen eigene Winzereien haben und die Mainzer eigene Metbrauereien, gibt es lohnenden Warenverkehr zwischen den beiden Städten. Die Mainzer lieben das Bier aus Coellen, und die Coellschen trinken mit Vorliebe den Wein von den Rheinhängen. Außerdem betreiben die Patrizier regen Handel mit den Engländern. Die saufen auch gerne Rheinwein, und dafür bekommen die Coellner Wolle von ihnen, dazu Häute, Schaffelle und Rohmetall. Deshalb ist der Rebensaft vom Mittelrhein ein gefragtes Handelsgut in Coellen.«

Lorenz merkte, dass der Schiffer stolz auf seine Heimatstadt war. »Aus Coellen kommen viele gute Waren«, fuhr der Schiffer fort. »Der Zusatz ›coellnisch‹ ist ein Gütesiegel! Coellnisches Garn, coellnische Leinwand, coellnische Borten, coellnisches Eisen und Blei ... Ich heiße übrigens Franz, Franziskus Schmitz, und ich stamme auch aus Coellen.«

»Ich heiße Lorenz und komme aus Franken. Ich will Spielmann werden«, entgegnete der Junge. Er senkte das Haupt und meinte betrübt: »Aber daraus wird jetzt wohl nichts mehr, denn außer der Drehleier habe ich nur eine Laute, und die kann ich nicht so gut spielen.«

In diesem Moment drang ein Stöhnen aus dem Inneren des Planwagens. Flugs kletterte Lorenz auf den Kutschbock und schaute hinein. Lure lag immer noch bewusstlos auf dem Deckenlager. Sie bewegte unruhig den Kopf hin und her und griff nach der Wunde an ihrem Hals. Sie war schorfig und blutunterlaufen. Offenbar war der Schnitt sehr schmerzhaft. Ein gewöhnlicher Mensch wäre vermutlich bereits daran gestorben.

Lorenz überlegte, was er tun könnte, als Kamaria mit einer Hand voll Kräuter aus dem Wald kam.

»Wir brauchen ein Feuer!«, ordnete sie an und schien sich nicht darüber zu wundern, dass Lorenz den Schiffer losgebunden hatte. »Macht schon, wir bereiten einen Sud aus diesen Heilkräutern, damit wir Lure einen Verband anlegen können!«

Lorenz und Franziskus beeilten sich, trockenes Holz zu sammeln und ein Feuer zu entfachen. Franz hatte einen Flint, und nach nicht allzu langer Zeit loderten die Flammen. Kamaria hatte einen Topf über das Lagerfeuer gehängt und sich darangemacht, den Kräutersud zu kochen. Lorenz und Franz saßen währenddessen daneben. Der Junge war nachdenklich geworden und sinnierte vor sich hin. Dann erhellte sich plötzlich seine Miene.

»Habt Ihr vielleicht Pech dabei?«, fragte er den Schiffer. »Ihr habt doch sicher Pech, um die Ritzen zwischen den Bootsplanken abzudichten, wenn sie leck werden, oder?«

Franz nickte: »Klar habe ich einen Eimer Pech dabei. Warum?«

Lorenz war aufgesprungen: »Holt es, schnell! Ich glaube, ich weiß, wie wir Lure retten können.«

Franz erhob sich, lief zu seinem Schiff, balancierte über eine ausgelegte Planke an Bord und kam nach einigen Minuten mit einem Zuber voll Pech zurück.

»Los, wir müssen das Pech erhitzen und flüssig machen«, sagte Lorenz.

Sie hängten den Zuber über das Feuer und warteten, bis der Teer anfing, flüssig zu werden. Dann ergriff Lorenz den Eimer, nachdem er seine Hände zum Schutz gegen die Hitze mit einem dicken Lumpenstück umwickelt hatte. Er nahm den Pinsel, der in dem Pech steckte, und rannte damit zu Lures Lebensbaum. Der Junge suchte und fand die Stelle, an der Franz in den Ast der Eiche gehackt und große Stücke der Baumrinde herausgeschlagen hatte. Er strich das heiße, zähflüssige Pech auf die beschädigte Stelle.

Nach dem ersten Pinselstrich war ein gellender Schrei aus dem Planwagen zu hören. Lorenz erschrak. Hoffentlich verschlimmerte er nicht alles noch. Jedenfalls zeigte Lures Reaktion, dass sie auf seine Heilungsversuche reagierte. Er fasste sich ein Herz und machte weiter, bis sämtliche Verletzungen der Rinde dick mit Pech bestrichen waren.

»Lorenz!« – Kamarias Ruf kam aus dem Fuhrwerk. »Lorenz! Sie blutet nicht mehr. Meine Kräuter haben geholfen!« Kamaria steckte den Kopf aus dem Wagen und strahlte übers ganze Gesicht. »Stell dir vor, es wird besser! Die Wunde wurde plötzlich kleiner und kleiner! Sie ist fast weg! Sag schon, wie hab ich das hingekriegt?«

Lorenz und Franziskus sahen sich verdutzt an.

»Das hat wohl eher Lorenz hingekriegt«, meinte der Schiffer. »Er hat mit Pech die Wunde des Baums verschlossen. Vielleicht kommt es daher, dass die Wunde an Lures Hals verschwunden ist.«

Kamaria stutzte und sagte ungnädig: »So? Na, wie dem auch sei. Jedenfalls scheint es Lure besser zu gehen, und das ist die Hauptsache.«

Wie zur Bestätigung erklang ein neuerliches Stöhnen aus dem Planwagen, dann hörten sie die Stimme der Nymphe: »Oooooh, tut das weh ... ooooh, mein Hals!«

Kamaria verschwand wieder im Wageninneren, mit den Worten: »Macht ihr was zu essen, ich kümmere mich um das arme Mädel!«

Es war inzwischen Abend geworden, und die Besatzung des Frachtschiffes war zurückgekehrt. Franziskus erzählte den Matrosen, was vorgefallen war, und die Männer lobten Lorenz ob seiner tapferen Tat. Franz und seine Mannschaft versorgten die beiden Treidelpferde des Schiffes, die am Ufer angepflockt waren. Lorenz wollte wissen, wozu er Pferde an Bord mitführe.

»Ja, was glaubst du denn, wie wir rheinaufwärts fahren?«, fragte Franciscus. Wir haben zwar ein Großsegel, aber meistens steht der Wind so ungünstig, dass wir nicht gegen den Strom fahren können. Deshalb brauchen wir die Pferde, die am Rheinufer entlang geführt werden und mit Seilen das Boot stromaufwärts ziehen. Wenn wir dann wieder flussabwärts fahren wollen, nehmen wir Pferde an Bord und lassen uns von der Strömung treiben!«

»Ach, so funktioniert das!« Lorenz war beeindruckt. Die Besatzung des Rheinschiffs – sie waren insgesamt zu sechst – hatte inzwischen um das Feuer herum ihr Lager aufgeschlagen. Die Männer häuteten ihre Jagdbeute, zwei Kaninchen, und brieten sie über dem Feuer. Ein köstlicher Duft lag in der Luft und Lorenz merkte, dass ihm der Magen knurrte.

Nachdem sie gegessen und ein paar Humpen Bier aus einem der Holzfässchen getrunken hatten, holte Lorenz seine Laute aus dem Planwagen. Kamaria gesellte sich zu ihnen und beantwortete die üblichen Fragen nach ihrer Hautfarbe. Als das anfängliche Misstrauen der Matrosen ausgeräumt war, gab sie eine Kostprobe ihrer Jonglierkünste und begleitete dann Lorenz auf ihrer Harfe. Neben dem Dudelsack und der Laute war die Harfe das dritte verbliebene von fünf Instrumenten. Die Fidel hatten sie in Bamberg Mathes geschenkt und die Drehleier ... Kamaria mochte gar nicht daran denken. Der Verlust war schmerzlich, vor allem da Lorenz dieses Instrument so sehr geliebt hatte.

Es wurde spät. Die Sonne war längst hinter den Weinbergen am gegenüberliegenden Rheinufer zur Ruhe gegangen. Die Matrosen erzählten sich am Feuer unheimliche Geschichten, die immer fantastischer wurden, je öfter der Bierhumpen die Runde machte. Lorenz hätte gerne seine Canzone zum Besten gegeben, aber auf der Laute konnte er sie nicht spielen. Dafür intonierte Kamaria eine wunderschöne Melodie auf der Harfe.

Nach zwei Strophen erklang plötzlich Gesang aus dem Planwagen, und die Männer am Feuer erstarrten mit verzückten Gesichtern. Wie unter einem Zwang spielte Kamaria weiter und begleitete Lure, denn nur sie konnte es sein. Ihre unwirklich schöne Stimme klang eine Spur rauer – jedenfalls kam es Lorenz so vor. Begeistert stimmte der Junge ein, und diesmal hörte die Nymphe nicht auf zu singen, weil Lorenz mitsang. Als ihr Gesang schließlich verstummte, ließ Kamaria die Arme sinken, sodass auch die Harfe schwieg. Alle lauschten dem Nachhall des Nymphengesanges, der in jedem einzelnen Zuhörer eine Welle von Glücksgefühlen ausgelöst hatte.

Da öffnete sich die Plane des Wagens. Lure schaute heraus und schenkte Kamaria, Lorenz und den Männern ein gewinnendes Lächeln. Sie hatte Kamarias Kräuterverband von ihrem Hals gewickelt, und Lorenz bemerkte, dass die Haut völlig unversehrt war. Lure setzte sich zu ihnen ans Feuer, zog ihren goldenen Kamm aus dem Gürtel und begann, ausgiebig ihr langes Haar zu durchkämmen.

»Ich möchte euch danken«, sagte sie. »Ihr habt mir das Leben gerettet und auch das des Schiffers. Wäre ich gestorben, so hätte mein Vater sich bitter gerächt. Ohne meinen Lebensbaum kann ich nicht leben, und ohne mich können die Bäume, die Pflanzen und die Natur im ganzen Umkreis nicht leben. Ich bin ein Geist des Naturreiches und achte darauf, dass der ewige Kreislauf von Werden, Wachsen, Gedeihen, Verenden und Wiedergeburt bis ans Ende der Tage fortgesetzt wird. Wehe dem, der diesen Kreislauf stört.«

Die Männer schwiegen und starrten in die Flammen des Lagerfeuers.

»Lorenz, du hast mir das Leben gerettet«, fuhr Lure fort. »Ich werde dir auf ewig dankbar sein. Meine Verwandten sind die Berg- und Höhlennymphen, die Quell- und die Flussnymphen. Ich werde ihnen allen von deiner mutigen Tat erzählen und sie bitten, über deinen weiteren Weg zu wachen, wo auch immer du hingehen magst. Wann immer du einer meiner Verwandten begegnest, wird sie dir helfen.«

»Ich fände es viel schöner,« warf Lorenz ein, »wenn die Nymphen den Fluss am Fuß der Rabenhorstburg ansteigen ließen. Dann könnten wir endlich die Felder besser bewässern und auf eine Ernte hoffen, die uns ohne Hunger über den Winter bringt!«

Lure lächelte hintergründig und nickte unmerklich.

Sie sangen und erzählten bis zum frühen Morgen. Niemand schien in dieser warmen Frühsommernacht müde zu werden. Kamaria sagte wieder einmal Verse aus dem Nibelungenlied auf. Sie wählte die Strophen über das versunkene Rheingold: »Nachdem der finstere Ritter Hagen von Tronje Siegfried ermordet hatte, sprach dessen Witwe Kriemhild lange nicht mit ihrem Bruder, König Gunther, weil sie wusste, dass er den Mord an ihrem Mann geduldet hatte.« Sie fuhr fort:

»Sie saß in ihrem Leide, das alles ist wohl wahr,
Nach ihres Mannes Tode bis an das vierte Jahr
Und hatte nie zu Gunthern gesprochen einen Laut,
Auch Hagen, ihren Feind, in der Zeit nicht geschaut.

Da sprach zu Gunther Hagen: ›Könnt' es denn geschehn,
Dass Ihr die Schwester Euch gewogen möchtet sehn,
So käm' zu diesem Lande der Nibelungen Gold.
Des mögt Ihr viel gewinnen, wird uns die Herrin hold.‹

Nun währt' es nicht mehr lange, so stellte sie es an,
Dass Kriemhild, ihre Königin, den großen Hort gewann
Vom Nibelungenlande und bracht' ihn an den Rhein;
Ihre Morgengabe war es, musst ihr billig eigen sein.

Nun mögt Ihr von dem Horte wohl Wunder hören sagen:
Zwölf Doppelwagen konnten ihn kaum von dannen tragen.
In der Nächte vieren aus des Berges Schacht,
Hatten sie des Tags den Weg auch dreimal gemacht.

Es war auch nichts anderes als Edelstein und Gold,
Und hätte man die Welt erkauft mit eben diesem Gold,
Um keine Mark vermindert hätt' es des Hortes Wert.
Wohl hatte Hagen guten Grunds nach diesem Schatz begehrt.«

Kamaria erzählte, dass der Nibelungenhort nach Worms gebracht worden sei und Kriemhild viele Gaben aus dem unermesslich großen Schatz verteilt hatte. Das gefiel Hagen von Tronje natürlich nicht, weil er Angst hatte, dass sie zu großen Einfluss auf das Volk gewinnen könnte.

Eines Tages gingen König Gunther und seine Getreuen auf eine Fahrt, während Hagen in Worms blieb. Er nutzte die Gelegenheit, um Kriemhild mit Gewalt den Schlüssel zu der Schatzkammer wegzunehmen.

Die Mauretanierin rezitierte weiter:

»Eh der reiche König wieder war gekommen,
Derweilen hatte Hagen den ganzen Schatz genommen.
Er ließ ihn dort bei Lochheim versenken in den Rhein.
Er wähnt', er sollt' ihn nutzen; das aber konnte nicht sein.«

Kamaria hielt inne und fragte Lure: »Welche Version stimmt denn jetzt? Der Graf von Schönburg hat erzählt, dass Hagen von Tronje das Rheingold hier am Leyfelsen in den Rhein versenkt haben soll. In dem Lied heißt es aber, dass er das Gold bei Lochheim in den Fluss geworfen hat!«

»Beides ist Unsinn«, sagte Lure. »Derjenige, der die Verse geschrieben hat, hatte keine Ahnung, was wirklich passiert ist! Aber der Graf von Schönburg hat auch nicht Recht.«

»Ach ja?«, meinte Kamaria schnippisch, »Aber das gnädige Fräulein weiß, wie es sich abgespielt hat?«

»Natürlich«, entgegnete Lure gelassen. »Ich war schließlich dabei!«

»Wie bitte?«, staunte Lorenz. »Du warst dabei?«

»Jedenfalls kenne ich Hagen. Das war ein ziemliches Ekel, so ein richtiges Ar... », Lure hielt inne, schaute schuldbewusst in die Runde und verbesserte sich: »... so ein richtiger Idiot. Er ist wie ein Drecksack mit seinen Leuten umgesprungen. Ich habe auf meinem Felsen gesessen und gesungen, als Hagen in seinem Boot mit ein, zwei Rittern hier vorbeikam. Er hat meinem Gesang zugehört und natürlich nicht auf den Fluss geachtet. Sein Nachen war ziemlich groß und ist auf Grund gelaufen. Sie haben einige Zeit gebraucht, um ihn wieder flott zu bekommen. Dabei hat er seine Wut an seinen Männern ausgelassen. Ich habe ihn beobachtet, weil ich eigentlich ein schlechtes Gewissen hatte und ihm helfen wollte. Schließlich ist er meinetwegen auf Grund gelaufen.«

»Du hast das ganze Gold gesehen?«, fragte Kamaria mit funkelnden Augen.

»Natürlich nicht, er hatte ja Planen darüber gedeckt. Was glaubst du denn, wie weit selbst ein unbesiegbarer Recke wie Hagen von Tronje mit einem Boot von Worms aus käme, das offen bis zum Rand mit Gold beladen ist? Ich bitte dich. Nein, ich sah nur das eine oder andere Geschmeide durch die Lücken zwischen den Planen schimmern.

Als ich bemerkte, was für ein Aas dieser Hagen war, hielt ich mich verborgen. Ich belauschte die Ritter an ihrem Feuer, das ziemlich genau hier an dieser Stelle brannte, es mag vielleicht ein paar Schritte weiter flussaufwärts gewesen sein. Hagen erzählte seinen Männern, dass er in Worms das Gerücht verbreitet hat, er wolle das Gold bei Sankt Goar in den Fluten des Rheins versenken. Aber tatsächlich habe er vor, es in die niederen Lande gleich hinter Coellen zu bringen. Dorthin, wo in den großen Wäldern der dichte Nebel herrscht, nahe einem Ort, der Nebelheim genannt wird. ›Dort leben‹, so sagte er, ›die letzten Einhörner. Deshalb getraut sich niemand in diese tiefen Wälder. Genau da soll der Hort der Nibelungen auf ewig versteckt sein.‹«

Sie starrten noch lange schweigend ins Feuer und ließen die Erzählung der Nymphe auf sich wirken. Die Flammen brannten herab und es wurde dunkler. Die Männer zogen sich einer nach dem anderen auf das Schiff zurück, und schließlich wurden auch Lorenz und Kamaria müde.

Lure umarmte Kamaria und dankte ihr für den Kräuterverband und die Pflege. Sie hauchte Lorenz einen Kuss auf die Wange und flüsterte ihm Abschiedsworte ins Ohr. Dann erhob sie sich und machte ein, zwei Schritte aus dem spärlichen Schein des fast erloschenen Feuers hinaus in die Dunkelheit. Lorenz meinte, einen Lufthauch zu spüren. Dann war Lure vom Ley in der Finsternis verschwunden – verweht wie ein Hauch des warmen Sommerwinds.

Caput XX

Der schwimmende Planwagen

He, du Schlafmütze, aufgewacht!«

Lorenz wälzte sich mit einem dicken Brummschädel auf seinem Lager hin und her. Schließlich seufzte er und ergab sich in sein Schicksal, aufstehen zu müssen. Er hob den Kopf und ließ ihn sofort wieder sinken. Sein Schädel brummte wie ein Hornissenschwarm. Es fühlte sich an, als hätte jedes einzelne seiner Kopfhaare Nervenzellen am Ende, die nur dazu dienten, dem Haarbesitzer die schlimmsten Kopfschmerzen seines Lebens zu bereiten. Er stöhnte auf und griff sich an die Stirn. Da wurde plötzlich die Eingangsplane des Wagens zurückgeschlagen und greller Sonnenschein schmerzte in Lorenz' Augen, obwohl er die Lider geschlossen hielt.

»Na, du Siebenschläfer?«, schallte es fröhlich ins Wageninnere, und jede verdammte Silbe dieses Rufs dröhnte in seinem Haupt, als befände es sich direkt in einer gigantischen Kirchenglocke, die ein unbarmherziger Küster ohne Unterlass anschlug.

Lorenz schaute hinaus und blickte in Kamarias frohgemutes Gesicht.

»Tu mir einen Gefallen«, krächzte der Junge, sah Kamaria mit leidendem Blick in die Augen und fuhr fort: »Guck nicht so laut ... Au Mann, tut mir die Rübe weh.«

»Ach, ja«, tönte Kamaria mit unverminderter Lautstärke und grinste schadenfroh, »jetzt geruhen der Herr, Kopfschmerzen zu haben. Gestern konntest du die Finger nicht vom Bier lassen, und ich habe genau gesehen, dass du auch Wein getrunken, nein, regelrecht gesoffen hast. Schämst du dich nicht? Bier und Wein sind was für Erwachsene. Hast du nach dem Kater von Mathes' Branntewein nichts gelernt? Ich dachte, du wärst klüger geworden ...«

»Ja, ja, red du! Aber tu mir die Liebe und lass mich einfach in Ruhe sterben ... Oh, mein Kopf!«

»Nichts da!«, meinte Kamaria gnadenlos. »Jetzt wird aufgestanden. Die Sonne steht schon hoch, es gibt Morgenbrot, und die Schiffer wollen bald ablegen!«

»Verdammt, was habe ich mit den Schiffern zu tun?«, nörgelte Lorenz, der sich eine Decke über den Kopf zog und versuchte, auf diese Weise die Sonne von seinen Augen fernzuhalten.

»Du willst doch nach Coellen, oder? Und zwar so schnell wie möglich, nicht wahr?«, fragte sie. Er brummte zustimmend.

»Na, dann steh auf, in einer halben Stunde legen wir ab!«, kam die Antwort.

»Ablegen?« Sein Brummschädel brauchte einen Moment, um diese Botschaft zu verarbeiten.

»Na klar«, antwortete Kamaria. »Ich habe Franziskus erzählt, wohin wir wollen, und da hat er vorgeschlagen, dass wir den Planwagen auf das Schiff heben und mit ihm flussabwärts über den Rhein bis nach Coellen fahren. Da sparen wir mindestens eine Woche Reisezeit, wenn nicht sogar mehr.«

Lorenz erhob sich widerstrebend und kletterte über den Kutschbock. Als er auf den Boden sprang, wäre er beinahe in die Knie gegangen. Alles drehte sich in seinem Kopf, und seine Gedärme fühlten sich an, als müsse er jeden ...

»Moment!«, würgte der Junge nur noch hervor, ehe er ans Rheinufer stürzte und sich im hohen Bogen ins Wasser erbrach.

Schließlich beruhigte sich sein Magen wieder ein wenig. Kamaria näherte sich ihm, hielt ihm einen Topf mit Dörrpflaumen hin und meinte grinsend:

»Hier, von Franziskus. Magst du welche zum Frühstück?« Lorenz antwortete nicht.

In diesem Moment sprang Franz Schmitz von Bord seines Schiffes und gesellte sich zu ihnen.

»Nun, junger Herr«, fragte er, »hat deine Freundin dir von meinem Angebot erzählt? Ich hatte die Idee, dass wir euren Wagen auf die *Schmitze Billa* bugsieren könnten.«

»Schmitze Billa?«, fragte Lorenz mit gequälter Miene. »Wer ist Schmitze Billa?«

»Na, mein Schiff«, gab Franziskus fröhlich zurück. »Ich habe es nach meiner lieben Frau genannt. Die heißt Sybilla, aber in Coellen nennt sie jeder nur et Schmitze Billa.«

Lorenz hatte sich von Beginn an über den singenden Tonfall in Franziskus' Sprache gewundert.

»Das klingt komisch«, sagte er deshalb.

»Tja«, entgegnete Franziskus. »in Coellen spricht man die fränkische Sprache anders als sonst wo im Frankenland. Die Coellschen gehören zum Stamm der Ripuaren, und unsere Sprache wird von der Mosel bis zum Niederrhein verstanden, nur ihr Bajuwaren versteht sie natürlich nicht. Aber keine Sorge, ich kann ja für dich übersetzen.« Franziskus grinste Lorenz an.

»Aha«, gab Lorenz mit fragenden Augen zurück. »und was sind Bajuwaren?«

»Na, Leute aus Bavaria. Die nennen wir in Coellen eben Bajuwaren. Aber mach dir nix draus – das können ja auch ganz nette Menschen sein. Komm, lass uns jetzt mal schauen, dass wir den Wagen verladen. Er müsste eigentlich knapp zwischen Mast und Heck passen, wenn wir die Deichsel hochstellen. Die Pferde binden wir dann vorn im Schiff an.«

Lorenz sah ihn zweifelnd an: »Und warum wollt Ihr das für uns tun?«

»Na, du bist lustig!«, antwortete der Schiffer. »Ich stehe in deiner Schuld. Du hast mich vor dem Zorn der Götter bewahrt und außerdem mir zuliebe deine kostbare Drehleier zerstört. Da muss ich mich doch wohl erkenntlich zeigen, oder? Als Kamaria mir erzählt hat, dass ihr so schnell wie möglich nach Coellen wollt, bin ich auf die Idee gekommen. Es ist noch genug Platz auf der Ladefläche, und da dachte ich, wir könnten euren Wagen aufs Schiff laden. Dann spart ihr eine Menge Zeit, denn wir dürften mit etwas Glück morgen oder übermorgen Abend in Coellen sein, wenn wir uns ranhalten. Na, was sagst du?«

»Wirklich? Bis nach Coellen? So schnell?«, stammelte Lorenz.

»Na, sicher nehmen wir das Angebot an«, meinte Kamaria. »Vielen Dank, lieber Franziskus. Das ist wirklich nett von Euch!«

»Nun, dann wäre ja alles klar«, gab der Schiffer zurück. »Lasst uns versuchen, den Wagen an Deck zu schaffen!«

Er rief seine Männer herbei, und mit vereinten Kräften wuchteten sie den nicht gerade kleinen und auch nicht sehr leichten Planwagen auf das Schiff. Franziskus' Männer legten dazu zwei Planken vom Ufer an den Bootsrand. Dann zogen zwei an der Deichsel, während vier weitere Matrosen den Wagen über die Bretter schoben. Als sie die Vorderräder mit großer Mühe über den Bootsrand bugsiert hatten, galt es den Wagen anzuheben, um die hintere Hälfte an Bord zu schieben. Nach einiger Kraftanstrengung, vielen Flüchen und einem gequetschten Finger war die Arbeit endlich getan. Das Fuhrwerk stand quer auf dem Schiff, Vorder- und Hinterräder passten knapp zwischen die beiden Seitenwände.

Keuchend machten die Männer eine Pause. Franz japste: »Puh, war das eine Plackerei. Ich glaube kaum, dass es sich durchsetzen wird, auf den Lastschiffen Kutschen mitnehmen. Es ist ja viel zu schwierig, so einen Wagen an Bord zu hieven, wenn man nicht in einem Hafen liegt, wo es Kräne gibt, mit denen man ihn verladen kann. Aber gut ... Jetzt, wo wir ihn an Bord haben, müssen wir ihn so gut vertäuen, dass er sich nicht etwa löst. Wenn sich nämlich das Gewicht verlagert, kann das den Kahn zum Kentern bringen.«

Bei diesen Worten rutschte Lorenz das Herz in die Hose. »Kentern?«, fragte er misstrauisch.

»Na ja ...«, meinte Franziskus. »Das Boot ist für Transporte auf dem flachen oberen Rhein gebaut, ein sogenannter Oberländer. Man darf es also nicht so hoch beladen wie eine Kogge, die wegen ihres tieferen Rumpfes nur vom Niederrhein bis zur Nordsee fahren kann. Aber ich denke, wir sollten es bis nach Coellen schaffen, ohne umzukippen.«"

Zuletzt brachten sie die Pferde an Bord, und das erwies sich als nicht so unproblematisch, wie Franziskus gehofft hatte. Hein und Oss trauten dem Kahn offenbar nicht und weigerten sich zunächst, an Bord zu gehen. Es brauchte schon ein paar Klapse, um sie auf das Schiff zu bekommen. Mit den Treidelpferden verstanden sie sich auch nicht sonderlich gut, weil diese eifersüchtig auf die Konkurrenz waren und gelegentlich nach ihnen schnappten.

Dann war es jedoch geschafft. Der Planwagen stand sicher vertäut auf der Ladeplattform des Rheinschiffes. Franziskus ergriff das Ruder, das in einer provisorischen Halterung lag, die natürlich von einem anderen Baum als dem Lebensbaum der Nymphe Lure stammte. Der Anker wurde gelichtet und die Vertäuung von den Uferbäumen gelöst.

Langsam drehte sich der Bug zur Flussmitte, und die *Schmitze Billa* nahm gemächlich Fahrt auf. Sie neigte sich gefährlich zur rechten Seite, aber Franziskus steuerte gegen. Das Schiff legte sich in die Strömung, richtete sich wieder auf und wurde schneller und schneller. Schließlich erreichten sie die Mitte des majestätisch dahinfließenden Stromes.

Der Ausblick auf die Weinberge zu beiden Seiten war grandios. Nach einer Weile sahen sie am rechten Rheinufer hoch oben auf einem Bergfelsen eine trutzige Burg emporragen. Sie hatte einen viereckigen Bergfried und eine Mauer mit mächtigen Wehrtürmen, die darauf schließen ließen, dass ein Feind hier kein leichtes Spiel haben würde. Sie machte einen uneinnehmbaren Eindruck.

»Das ist Burg Liebenstein. Eigentlich sind es zwei Festungen, denn direkt daneben ist Burg Sterrenberg«, sagte Franziskus. »Die beiden sind nur durch eine große Mauer voneinander getrennt. Burg Liebenstein ist vor fünfzig Jahren von Albrecht von Lewenstein gegründet worden, dem Sohn König Rudolfs von Habsburg. Vor ein paar Jahren haben die Herren von Sterrenberg die Burgen gekauft. Sie werden jetzt von den Rittern Siegfried Schenk von Sterrenberg und Ludwig von Sterrenberg bewohnt.«

Plötzlich sprang Lorenz auf und hechtete an die Reling. Er beugte sich über den Bootsrand und Kamaria und Franz hörten würgende Geräusche.

»Es geht ihm wohl immer noch nicht sonderlich gut«, meinte Kamaria ungnädig. »Aber er ist selbst schuld! Wer sich abends betrinkt, muss am nächsten Tag die Folgen ertragen können.«

Lorenz kehrte mit blassgrünem Gesicht zurück und setzte sich auf eine Taurolle.

»Mensch, ist mir übel!«, klagte er, »Das Geschaukel macht mich ganz krank.«

»Mich nicht«, sagte Kamaria, »ich finde es großartig! Schau, wie die Weinberge an uns vorbeigleiten! Einfach wunderbar. Und es geht so schnell! Und wie herrlich es schaukelt.«

Lorenz würgte schon wieder und hielt sich die Hand vor den Mund. Das Mädchen grinste nur.

Weiter flussabwärts fuhren sie an der Baustelle der Burg Brubach vorbei. Franziskus erzählte, sie gehöre dem Grafen von Katzenelnbogen, der das alte Kastell gerade erweitern und zu einer uneinnehmbaren Festung ausbauen lasse. Es nahm kaum ein Ende mit den Festungen. Am Nachmittag zogen sie an Burg Loynecke vorüber, die auf einem Berg an der Loynmündung trutzig in den Himmel ragte, einst vom Mainzer Erzbischof, dem Kurfürsten Siegfried von Eppstein zum Schutz seiner Ländereien erbaut.

Als sie die Mündung der Loyn passierten, die von rechts auf den Rhein traf, kam die *Schmitze Billa* in tückische Gegenströmungen, und Franziskus und seine Matrosen hatten alle Mühe, das Schiff auf Kurs zu halten. Mehrere Male schwankte es gefährlich und neigte sich so zur Seite, dass Lorenz fürchtete, jeden Moment könne der Schiffsrand unter Wasser geraten. Er mochte sich gar nicht vorstellen, was dann geschähe – allein der Gedanke weckte wieder Übelkeit in ihm.

Am späten Nachmittag erreichten sie den Zufluss der Mosella. Die Wasserwirbel und Strömungen kamen diesmal von links und neigten das Schiff hin- und her. Lorenz ging es noch immer schlecht. Er hatte kaum Augen für den imposanten Anblick der gigantischen Festungen Ehrenbreitstein und Helfenstein, die über Coblenz thronten und die Stadt vor feindlichen Übergriffen schützten. Die Berge waren hier nicht mehr ganz so hoch, sie wirkten sanfter und weniger schroff als die Felsen stromaufwärts. Gegen Abend legten sie an und übernachteten in einer Rheinaue.

Am nächsten Tag ging es weiter, sie passierten Andernach und kamen nach Königswinter. Lorenz und Kamaria fühlten sich unbehaglich, als Franziskus erwähnte, dass auf einem Felsbrocken oberhalb des Ortes der Drache Fafnir gehaust habe, den der Recke Siegfried einst erschlug. Lorenz war froh, als sie den Drachenberg hinter sich ließen und an den sanften Hügeln des Siebengebirges vorbeifuhren, die, so fand der Junge, die Bezeichnung Gebirge eigentlich nicht so recht verdienten.

Weiter ging es an einem Örtchen namens Hunferoede vorbei, dann kam Bonn. Die Landschaft wurde flacher und flacher, der breiter werdende Strom floss träger, und Lorenz' Unwohlsein war erträglicher geworden. Er hatte sich inzwischen einigermaßen an die schwankenden Schiffsplanken gewöhnt.

Gegen Abend schließlich fuhren sie um eine Flusskehre und erblickten das grandiose Panorama einer Stadt – Coellen!

Lorenz stockte der Atem. Etwas Großartigeres hatte er nie zuvor gesehen. Bamberg war ihm riesig vorgekommen, aber verglichen mit der Silhouette, die sich seinen Blicken nun in der tief stehenden Sommersonne bot, erschien es ihm rückblickend wie ein kleines Dorf. So weit das Auge reichte, erstreckte sich die wehrhafte, etwa dreißig Fuß hohe Stadtmauer aus großen Wackersteinen und Tuffstein am Ufer des Flusses entlang. Zahlreiche befestigte Torburgen wachten über die Eingänge der Stadt. Lorenz erspähte Zugbrücken, Fallgitter und Schießscharten und stellte sich vor, dass dahinter Bogenschützen die Bewohner vor feindlichen Angriffen verteidigten. Eine regelrechte Flotte von Schiffen ankerte in den Gewässern vor der Befestigungsmauer.

»Willkommen im heiligen Coellen!«, sagte Franziskus und riss Lorenz aus seinen Gedanken. »Das ist unsere freie Stadt, in der seit der Schlacht von Worringen nicht mehr der Erzbischof, sondern nur noch die Bürger das Sagen haben!«

Kamaria und Lorenz schwiegen und nahmen ehrfurchtsvoll den Anblick in sich auf. Zahlreiche Kirchtürme ragten hinter der Stadtmauer empor, und die Dächer riesiger Patrizierhäuser waren ebenfalls zu sehen.

»Colonia Claudia Ara Agrippinensis«, erklärte Franziskus, »haben die Römer, als sie sich hier vor langer Zeit angesiedelt haben, ihr Lager genannt, nach Kaiserin Agrippina, der Frau vom Claudius, die hier geboren wurde. Sie hat die *colonia*, die Kolonie, zur Stadt erheben lassen, nur fünfzig Jahre nach der Geburt unseres Herrn. Und später ist aus *colonia* der Name Coellen geworden.«

Langsam näherte sich die *Schmitze Billa* der Stadt.

»Schaut!«, rief Franziskus plötzlich und deutete zum südlichen Ende der Stadtmauer. »Dort ist der Bayenturm, an der Ecke der Befestigung. Die Ufermauer geht am Rhein entlang, und landwärts zieht sich der Ringwall, der die komplette Stadt nach Westen halbkreisförmig umschließt. Wenn man dieser Ringwallmauer folgt, kommt man zuerst an das Severinstor, dann an die Ulrepforte und an das Hahnentor, das am westlichen Ende des Ringwalls liegt. Von dort erstreckt sie sich Richtung Osten bis zum Eigelsteintor. Dahinter geht der Wall weiter und erreicht am Kunibertsturm, also an seinem nördlichen Ende, wieder den Rhein.

Die Stadtmauer hat insgesamt zwölf Torburgen, genauso wie das heilige Jerusalem!«

Lorenz erkannte einen achteckigen, wuchtigen Turmbau mit Zinnen, über dem bunte Fahnen im Wind wehten. Sein Blick folgte der Ufermauer am Fluss entlang. Dahinter ragte ein großer Kirchturm mit spitzem Dach in den Himmel, dessen vier Ecken jeweils mit einem kleineren, ebenfalls spitzen Ecktürmchen versehen waren.

»Das ist die Kirche Groß Sankt Martin, die direkt am Hafen liegt«, sagte Franziskus, der Lorenz' Blicken gefolgt war. Ein Stück weiter rechts kam ein riesiger, massiver Rohbau ins Blickfeld, ein unvollendeter Kirchenbau, von dem erst das Mittelschiff fertig gestellt war. Hölzerne Kräne säumten die seitlichen Mauerwerke.

»Das wird der neue Dom. Ich war vor neun Jahren dabei«, sagte Franz, »als der Domchor eingeweiht wurde. Ihr müsst euch dieses Bauwerk unbedingt ansehen, mit seinem hochgespannten Gewölbe. Seit der Schrein der Heiligen Drei Könige hier in Coellen aufbewahrt wird, hat man den alten Dom abgerissen und begonnen, einen neuen nach französischem Vorbild zu bauen. Die Kathedrale von Reims ist das Vorbild dafür. Unzählige Strebpfeiler und Bögen sind um die Mauern gezogen worden, um sie abzustützen.«

Lorenz fühlte sich wie erschlagen von der Größe der Stadt und von den vielen Informationen, die Franziskus ihnen gab.

»Woher weißt du eigentlich so viel über die Stadt?«, fragte Lorenz den Schiffer.

»Du bist gut!«, gab Franz zurück. »Ich lebe schließlich schon vierzig Jahre hier! Ich bin im Severinsviertel groß geworden. Meine Familie lebt seit Generationen in Coellen und betreibt die Rheinschifffahrt.« In der coellnischen Sprache fügte er hinzu: »Ich ben ene coellsche Jung, wat willste maache?«

Die *Schmitze Billa* hatte sich dem Hafengelände genähert, wo sich ein einzigartiges Schauspiel bot: Ein Wald von Masten versperrte nahezu die Aussicht auf den Hafen, so viele Schiffe mit unterschiedlichsten Flaggen und Wappen waren am Ufer vor Groß Sankt Martin vertäut. Endlose Reihen von Fischernetzen säumten das Flussufer. Daran schlossen sich zahllose hölzerne Ladekräne an, auf denen Kranknechte damit beschäftigt waren, Fracht von den Lastschiffen zu löschen. Das Gleiche geschah aber auch mitten im Fluss. So etwas hatte Lorenz noch nie gesehen.

»Die Kranschiffe«, erklärte Franziskus, »sind eine coellnische Erfindung. Damit kann man mitten im Fluss die großen Schiffe mit hohem Tiefgang entladen, die nicht ganz bis ans Ufer fahren können. So riesige Kähne wie dieser dort drüben. Da sie auch nicht weiter den Rhein hinauf dürfen, werden ihre Waren direkt auf dem Strom umgeladen.«

»Warum dürfen die denn nicht weiter fahren?«, fragte Kamaria interessiert.

»Zum einen, weil das Wasser am Oberrhein niedriger ist als hier. Darum müssen Güter, die weiter nach Süden verschifft werden, auf flachere Boote umgeladen werden. Zum andern, weil die Coellschen ja auch Schlitzohren und gute Kaufleute sind. Schon vor vielen, vielen Jahren hat der damalige Erzbischof Konrad von Hochstaden ein Gesetz erlassen, das man Stapelrecht nennt. Dieses Gesetz bestimmt, dass alle Waren, die auf dem Landweg oder über den Strom nach Coellen kommen, erst mal entladen werden müssen. Das Gesetz musste ich als Rheinschiffer, der der Gilde angehört, auch mal auswendig lernen. Mal sehen, ob ich's noch zusammenkriege: ›Keiner der Kaufleute aus Ungarn, Böhmen, Polen, Bayern, Schwaben, Sachsen, Thüringen, Hessen und jedem möglichen anderen östlichen Gebiet, der mit irgendwelchen Waren an den Rhein kommt, darf über Coellen hinausziehen.‹ Der Erzbischof hat damit festgelegt, dass nicht ›irgendein Flame oder Brabanter oder irgendein anderer von jenseits der Maas oder anderem rheinabwärtigem Gebiete gemäß der alten und mit Recht zu befolgenden Gewohnheit, Handel zu treiben, weiter als nach Coellen vordringt‹.«

»Und was soll das Ganze?«, fragte die Mauretanierin.

»Damit wird erreicht, dass fremde Kaufleute ihre Ware in Coellen ausladen und zuerst dem hiesigen Handel anbieten müssen. Sie müssen die Güter stapeln und wenigstens drei Tage lang den Kölner Händlern anbieten. Da kommt der Name her. Auf diese Weise können unsere ortsansässigen Händler, die Patrizier, an den Handelswaren mitverdienen.«

»Und was sind das für Waren?«, fragte Lorenz.

»Pelze, maasländisches Tuch, Gewürze, aber auch sogenannte feuchte Güter wie Fisch, Öl, Wein, Speck, Käse. Oder auch Baumaterial, also Eisen, Blei, Holz. Am Alter Markt und am Heumarkt gibt es große Kaufhäuser, die solltet ihr euch unbedingt einmal ansehen.«

»He do, Scheffer!«, erscholl plötzlich ein Ruf. »Hat er jet zo laade? Och, bes du dat, Fränzche?« Ein Kranknecht hatte von der Kaimauer aus gerufen.

»Ija«, rief Franziskus zurück, »ich ben et. Un he dat Fuhrwerk muss vum Scheff eraff und an et Land jehovve wäde! Kutt erop und doht et schön vertäue!«

»Was ist los?«, fragte Lorenz, der keinen Ton verstanden hatte. Während Franziskus' Mannschaft dabei war, die *Schmitze Billa* am Ufer zu vertäuen, schwangen Hafenarbeiter den großen hölzernen Kranarm über das Schiff.

»Ich habe ihm gesagt, dass der Wagen vom Schiff gehoben und an Land gehievt werden muss, und den Kranknecht angewiesen, an Bord zu kommen und euren Planwagen zum Entladen am Kran zu vertäuen.«

Lorenz und Kamaria schauten misstrauisch zu, wie die Arbeiter sich daran machten, Seile um das Fuhrwerk zu schlingen und diese an einer Kette mit schwerem Eisenhaken zu verknoten.

»Treckt aan!«, schallte der Ruf des Krankarbeiters über Deck, und schon erhob sich der Planwagen unter lautem Ächzen des Holzes in die Lüfte. Einen bangen Moment lang schwebte er über der Reling, dann wurde er uferwärts geschwenkt. Schließlich wurde der Wagen sanft herabgelassen, bis er sicher am Ufer stand. In der Zwischenzeit hatte die Besatzung die Planken angelegt und die Pferde an Land geführt. Dann begann sie, die restliche Schiffsladung zu löschen.

»Ach, tut das gut, wieder zuhause zu sein«, meinte Franziskus. »Aber sagt mal, was wollt ihr eigentlich hier in Coellen?«

Lorenz schaute den Schiffer an und entgegnete: »Das ... das weiß ich auch nicht so genau. Ich weiß nur, dass ich hier einen Meister Volker finden muss.«

»Und wie heißt dieser Meister Volker mit Familiennamen?«, frage Franziskus.

»Keine Ahnung«, antwortete er, »ich weiß nur, dass er mir auf irgendeine Art dabei helfen kann, ein richtiger Spielmann zu werden.«

»Na dann viel Spaß beim Suchen«, sagte Franziskus, »denn Coellen hat im Moment etwas über dreißigtausend Einwohner!«

Caput XXI

Ubi bene, ibi colonia

Sie spannten Hein und Oss ein und verstauten ihre Siebensachen wieder im Planwagen. Die Stadtmauer ragte vor ihnen empor und wirkte fast ein wenig bedrohlich und abweisend auf Lorenz und Kamaria. Hinter der Mauer, zwischen den Dächern der Häuser, konnten sie die Vielzahl von Türmen in den Himmel ragen sehen. Lorenz fragte sich unwillkürlich, ob die Stadt schon allein deshalb das heilige Coellen genannt wurde, weil hier so viele Kirchen existierten. So weit das Auge reichte, überall prägten Türme und Türmchen, Zinnen und Erker die Silhouette der Stadt.

Vor der Befestigungsmauer schien es eine Stadt vor der Stadt zu geben: Unzählige Schiffe, groß und klein, mit und ohne Mast und Segel, Boote, Nachen und Flöße, lagen vertäut am Ufer und schaukelten auf den Wellen. Einige Schiffe hatte man zur Reparatur an Land gezogen.

An den Krandocks herrschte ein reges Treiben der Kran-, Ketten- und Räderknechte, die Schiffe be- und entluden. Amtsleute zählten Waren und erfassten die Bestände in ihren Büchern. Franziskus erklärte, dass die Kaufmannsgilde sehr genau die im Coellner Hafen umgeschlagenen Güter kontrollieren ließ, damit ihnen ja kein Zoll entging.

Jeder Gewerbezweig hatte seine eigenen Kontrolleure, die über die Einhaltung des Stapelrechtes wachten. Diese Spezialisten, die die verschiedenen Handelswaren zählten oder maßen, wurden Messer genannt, in der coellnischen Sprache Müdder. Es gab Holzmüdder, Kohlenmüdder oder Salzmüdder, und die Kornmüdder zählten Getreidesäcke und legten dem Rat der Stadt Rechenschaft darüber ab. Dieser konnte dann anhand der Zählungen die aktuellen Brotpreise bestimmen.

Ein anderer, sehr beschäftigter Handwerkszweig war der der Fischer, die mit Schleppnetzen hinter ihren Booten die Fischgründe des

Rheins abfuhren. Die Fische wurden gleich am Ufer ausgenommen und die Innereien und sonstige Abfälle – praktischerweise – direkt wieder zurück in den Fluss geworfen. Über allem lag ein unangenehmer Gestank. Scheinbar meilenweit reihten sich daneben die Netze aneinander, die die Fischer zum Trocknen auf Holzgestängen aufgehängt oder auf dem Boden ausgebreitet hatten.

Lorenz und Kamaria sahen ein riesiges flaches Fährschiff anlegen. Kamaria machte den Versuch, die Passagiere zu zählen. Als sie bei dreißig angelangt war, gab sie es auf. Außer den unzähligen Menschen waren noch mindestens sechs bis obenhin mit Waren bepackte Pferde- und Ochsenfuhrwerke an Bord.

»Schaut«, rief Franziskus, »da kommt die Fähre aus Düx op d'r Schääl Sick, die bringt Arbeiter, Händler und Reisende aus dem Bergischen Land.«

»Schääl Sick?«, fragte Kamaria. »Was ist das denn nun schon wieder?«

»Ach so«, lachte Franz, »ich vergesse immer, dass ihr die coellnische Sprache nicht versteht. Die Schääl Sick, das ist das rechte Rheinufer. Das nennen wir so, weil die Leute da drüben ein bisschen schäl sind, ein bisschen schräg gucken. Nä, Quatsch, das sind die üblichen Sticheleien zwischen den Stadtcoellnern auf der linken und den ländlichen Dorfbewohnern auf der rechten Stromseite. Seite heißt auf Coellnisch einfach Sick. Schäl Sick sagt man, weil wir unsere Lastkähne von den Treidelpferden rechtsrheinisch stromaufwärts ziehen lassen. Die Tiere müssen dabei unbedingt Scheuklappen tragen, damit sie nicht auf die Dauer von der Sonne geblendet werden. Denn sonst werden die armen Viecher blind, also schäl. So nennt man das bei uns, wenn jemand schlecht sehen kann.«

»Und was sind das da drüben für Schiffe mit den großen Rädern?«, fragte Lorenz. »Die sehen ja wie Häuser aus, die man in den Fluss gebaut hat! Eine solche Konstruktion habe ich noch nie zuvor gesehen.«

»Das sind Mühlenschiffe«, antwortete Franziskus. »Wir haben in der Stadt ja keinen größeren Bach, an dem wir unsere Wassermühlen betreiben könnten. Deshalb ist ein schlauer Ingenieur auf die Idee gekommen, diese Barken mit Hausaufbauten zu entwerfen. Die sind fest im Rhein verankert und machen sich mit ihren Schaufelrädern die

Kraft des Wassers zunutze. Das Rheinwasser treibt einen Mühlstein an, der das Korn mahlt. Sämtliches Getreide, das mit dem Schiff nach Coellen kommt, kann gleich in der Mühle weiterverarbeitet werden.«

Während Kamaria und Lorenz noch staunend das geschäftige Treiben am Rheinufer betrachteten, hatte Franz sich von seiner Mannschaft verabschiedet. Dann bot er den beiden an, ihn nach Haus zu begleiten und vorerst in seinem Haus zu logieren. Dankbar nahmen sie das Angebot an.

Franziskus lud sein Bündel in den Planwagen. Lorenz lenkte nach seiner Anweisung Hein und Oss zwischen den Ständen der Fischer und durch die aufgestapelten Waren hindurch. Es ging links auf den Hafenweg, dem sie stromaufwärts in südlicher Richtung folgten. Nun fuhren sie entlang der wuchtigen Wackersteinmauer und folgten ihr bis zu dem achteckigen Bayenturm am Ende der Ufermauer. Dann bogen sie rechts ab und folgten dem weiteren Verlauf der Ringwallmauer landeinwärts bis zum Severinstor.

»Wo kutt ehr her, und wo wellt ehr hin?«, rief der Torwächter ihnen zu.

»Ich ben et, dä Schmitze Franz us der Vringsstroß!«, entgegnete der Schiffer. »Ich habe zwei Spielleute aus Bamberg mitgebracht, die meine Gäste sind!«

»Ach, hallo Fränzche!« Der Torwächter hatte den Schiffer erkannt. »Bürgst du für die Musikanten? Du weißt, dass wir keine Hungerleider und Beutelschneider in Coellen dulden. Wenn sie nichts verdienen können, erwarte nicht, dass sie uns freien Bürgern auf der Tasche liegen dürfen. Du haftest mit deinem Privatvermögen für sie. Und sollten sie gegen die Gesetze der Ämter verstoßen, dann stehst du mit ihnen oder an ihrer Stelle am Pranger!«

»Das geht schon in Ordnung«, gab Franziskus zurück. »Hier der junge Herr hat mir sogar das Leben gerettet. Ich verbürge mich für sie!«

»Und wat es dat für ene schwatze Düvel?« Der Torwächter wies mit dem Kinn auf Kamaria, während er in die coellsche Sprache fiel.

»Ach komm schon, Bäätes!«, rief Franz. »Das ist kein schwarzer Teufel. Das Mädchen kommt aus dem Afrika, so wie der König Caspar, dessen Gebeine im Dom beigesetzt sind! Un dä wor och keine Düvel, dat wor ene Hillije. Komm, jetzt zeige meinen Gästen, dass die Menschen im Severinsviertel wirklich so tolerant sind, wie man sagt!«

Lorenz und Kamaria hatten wieder nur die Hälfte mitbekommen. Die Coellner sprachen wirklich eine seltsame singende Sprache. Franziskus hatte ihnen erklärt, dass sich die Sprache der niederrheinischen Franken selbstständig entwickelt hatte. Die Uferbewohner des Rheines nannte man Ripuaren, nach dem lateinischen Wort *ripa* für Ufer. Deren fränkische Mundart, die hinauf bis zur Mosel gesprochen wurde, unterschied sich deutlich von der mainfränkischen Sprache, die man in der Gegend von Bamberg sprach und die Lorenz gewohnt war. Aber im Notfall konnte man, zumindest wenn man gebildet war, auf die lateinische Sprache ausweichen. Franziskus übersetzte, wenn Kamaria und Lorenz etwas nicht verstanden.

Der Torwächter namens Bäätes – eigentlich hieß er Albert – schien's zufrieden, denn unter lautem Kettengeklirr begann sich das Fallgitter zu heben.

»Dann kutt eren und losst der leeven Jott ene jode Mann sin!«

Lorenz gab Hein und Oss die Zügel, das Fuhrwerk zog an, und schon rollten sie durch den mächtigen Torbogen, der sich trutzig über sie spannte. Am Torhaus entrichteten sie ihren Wegezoll und dann lenkte Lorenz den Planwagen endlich hinein in die Stadt ihrer Träume, ins heilige Coellen.

Das Erste, was sie erblickten, waren Gärten. Die Coellner Bürger hatten direkt hinter der Stadtbefestigungsmauer ihre Obst- und Gemüsegärten angelegt. Als das Ponygespann über die Severinstraße fuhr, sah Lorenz, dass prächtige Apfel-, Birnen- und Pflaumenbäume den Weg säumten. Franz erklärte, dass in den Stadtgärten auch Getreide, Wein, Gerste und Hopfen angebaut wurde.

Je weiter nördlich sie kamen, desto enger waren die Gassen. Dicht gedrängt standen die Häuser und Hütten der Stadtbewohner. In der Ferne sah Lorenz einen Kirchturm. Franziskus erklärte, dass die Kirche nach dem früheren Bischof von Coellen, dem heiligen Severinus, benannt worden war.

Franziskus war stolz auf seine Stadt und spielte den Fremdenführer: »Da, schaut«, sagte er und wies westwärts, »linker Hand könnt ihr den Turm der Abteikirche des Klosters Sankt Pantaleon erkennen. Dort verwahren sie einen Teil des Umstandskleides der Heiligen Jungfrau Maria als Reliquie!«

Während Kamaria ihn mit hochgezogenen Augenbrauen skeptisch anblickte, fuhr Franziskus fort: »Und wenn wir der Straße hier weiter nach Norden folgen, kommen wir nach Sankt Georg. Die Kirche hat noch der gute Erzbischof Anno selbst gegründet. Rechts davon liegt Sankt Maria Lyskirchen. Den Turm der Kirche haben wir vorhin von der anderen Seite der Stadtmauer aus gesehen. Ist das nicht eine herrliche Aussicht? Ich freue mich jedes Mal, wenn ich wieder heimkomme. *Ubi bene, ibi colonia.* Das haben schon die Römer gesagt: Hier ist es schön, hier muss Coellen sein!«

Franziskus zwinkerte ihnen zu und Lorenz überging die nicht ganz korrekte Übersetzung.

Sie folgten der Severinstraße vorbei an armseligen Häusern und strohgedeckten Hütten. Je weiter stadteinwärts sie fuhren, desto größer und luxuriöser wurden die Häuser. Mehrstöckige Patrizierhäuser und Villen mit Schindeldächern säumten ihren Weg.

Endlich wies Franziskus den Jungen an, den Planwagen durch einen Torbogen auf den Hof eines ansehnlichen, zweistöckigen Bürgerhauses zu lenken.

»Stell den Wagen dort drüben am Schuppen ab. Da kannst du die Pferde ausschirren und im Stall direkt daneben unterbringen!«

Kaum hatte Lorenz angehalten, ertönte es wie ein einziger gellender Schrei aus vielen Kehlen: »Vatter, Vatter! D'r Bap es widder do!«

Aus allen Ecken des Hauses und von allen Enden des Grundstückes wuselte eine Kinderschar herbei und umsprang aufgeregt und durcheinander schnatternd den Wagen.

Dann betrat eine Frau den Hof, gekleidet in ein schlichtes, blaues Tuchkleid. Sie trug eine weiße Haube und eine dazu passende Schürze. Auf ihrem Arm hielt sie ein Kleinkind, das munter in das allgemeine Stimmengewirr hineinkrähte. Franziskus stieg vom Kutschbock und kniete sich mit ausgebreiteten Armen hin. Lange konnte er sich so nicht halten, denn die Kinder stürmten sofort auf ihn zu, und jeder seiner Sprösslinge versuchte, ihm als Erster um den Hals zu fallen. Schließlich wälzte sich die ganze Kinder- und Franziskustraube im Staub.

»Ja, ja, ja, ist ja schon gut, ich bin wieder daheim!«, rief Franziskus, und herzte ein Kind nach dem anderen. Während sie Kamaria neugierig und auch ein wenig ängstlich begafften, schaffte Lorenz es, sie zu zählen. Es waren sechs Jungen und drei Mädchen, das Kleinkind auf dem Arm der Frau nicht mitgezählt. Franziskus umarmte seine Frau mitsamt dem Säugling und hielt sie lange Zeit umschlungen.

Dann löste er sich und stellte Kamaria und Lorenz vor: »Das ist meine Frau, die beste von allen, et Sybilla Schmitz, genannt Billa. Und das sind Kamaria aus dem fernen Afrika und Lorenz aus Bamberg. Sie sind Spielleute und können wunderbar musizieren. Wenn ihr ganz brav seid, Kinder, geben sie euch vielleicht eine Kostprobe ihres Könnens. Lorenz hier hat mir das Leben gerettet. Aber das erzähle ich euch später noch ausführlich.«

Dann stellte er Lorenz und Kamaria seine Kinder vor: »Das sind Pitter, Paul, Jupp, Schäng, Tünn und Fränzche junior. Also, für euch besser verständlich: Peter, Paul, Josef, Johann, Anton und Franz junior. Die Mädchen heißen Klaudia, Konstanze, Kunigunde. Und das Baby hier ist auch ein Mädel und heißt Sybilla wie meine Frau!«

Die Buben verbeugten sich brav, während Franziskus ihre Namen nannte, und die Mädchen produzierten einen mehr oder weniger gelungenen Knicks. Die kleinsten Kinder, Franz junior und Kunigunde, zogen es vor, sich hinter den sicheren Rockzipfeln ihrer Mutter zu verstecken.

»Ab jetzt!«, rief Franz, und die Horde machte sich aus dem Staube.

»Wie wäre es«, schlug Billa mit einem Lächeln vor, »wenn ihr erstmal reinkommt und euch stärkt? Ich habe leckere Ziegenmilch und auf der Feuerstelle steht eine frisch zubereitete Gemüsesuppe.«

Zu Lorenz und Kamaria gewandt fügte sie hinzu, während sie einladend auf die offen stehende Haustür wies: »Willkommen im Stammsitz der Familie Schmitz im Severinsviertel! Seid unsere Gäste und fühlt euch zu Hause, solange ihr mögt!«

Nach einem späten Abendessen saßen Lorenz und Kamaria mit der Familie Schmitz in der großen Wohnstube zusammen. Billa bat die beiden, für sie zu musizieren. Lorenz wurde schwermütig, als ihm wieder das traurige Ende seiner Drehleier ins Gedächtnis kam.

»Ach, liebe Frau Billa, wie gern würde ich Euch etwas auf der Leier vorspielen ...«, begann Lorenz und seufzte.

»... aber leider geht das nicht, weil er mir die auf den Kopf gehauen hat, um mir das Leben zu retten!«, ergänzte Franziskus.

Billa runzelte verständnislos die Stirn, und so erzählte Franziskus die Geschichte, wie Lorenz ihn davon abgehalten hatte, den Lebensbaum der Dryade Lure vom Ley zu zerstören.

»Das hast du wirklich für meinen Franz getan?«, fragte Billa. Spontan sprang sie auf, hob Lorenz mit ihren kräftigen Armen in die Höhe und drückte den Jungen inniglich an ihren umfangreichen Busen.

»Nä, nä, nä!« Billa fiel in die coellnische Mundart, »wat bes du för ene leeven Kääl! Doför kriss du jetzt ehts ens e öhntlich Bützje!«

Ehe Lorenz reagieren konnte und auch nur die ersten Worte verstanden hatte, bekam er von Frau Schmitz je einen dicken, feuchten Kuss auf beide Wangen geschmatzt.

»Jaja, so sind sie, die coellsche Mädcher – die künne bütze. Die können richtig küssen!«, meinte Franziskus trocken. »Meine Frau hat übrigens gesagt, dass du ein lieber Kerl bist und für die heldenhafte Errettung ihres werten Ehegatten eine Entschädigung in Form eines ordentlichen Küsschens verdient hast!«

Lorenz drehte sich zur Seite und wischte sich mit dem Handrücken verstohlen die Wangen ab. Er hatte es schon immer gehasst, von Weibsbildern insbesondere höheren Alters überfallartige Liebkosungen über sich ergehen lassen zu müssen. Lorenz musste an diverse ältere Tanten denken und an Hannah, die Magd, auf Burg Rabenhorst. Der Junge wurde wehmütig beim Gedanken an sein Zuhause.

Kamaria hatte inzwischen die Instrumente ausgepackt. Sie reichte ihm die Laute und griff selbst zur Harfe. Lorenz stimmte die Saiten und begann, einige Akkorde zu zupfen. Kamaria war noch mit der Harfe beschäftigt und warf ihm einen missbilligenden Blick zu. Sie mochte es nicht, wenn Lorenz zu spielen begann, während sie noch dabei war, die vielen Saiten der Harfe zu stimmen. Im Gegenzug beschwerte Lorenz sich allerdings auch jedes Mal, wenn er noch stimmte und Kamaria bereits zu spielen begann.

Kamaria ging mit der Harfe und dem Dudelsack vor die Tür, um sie in Ruhe stimmen zu können. Währenddessen versuchte Lorenz, seine Canzone auf der Laute mit dem Federkielplektrum zu zupfen. Nach einigen Läufen gelang es ihm leidlich, aber insgesamt war er nicht mit sich zufrieden. Wie sehr sehnte er sich nach seiner unwiederbringlichen Radleier ... Dann kehrte Kamaria mit den gestimmten Instrumenten zurück und schlug Lorenz vor, ein Minnelied anzustimmen. Ihm fiel ein Lied von Konrad von Würzburg ein, das gut zu seiner traurigen Gemütslage passte:

»Ach, es wird die Linde
Im Winde
Sich färben,
Und man singt im Walde
Schon balde
Vom Sterben.
Jetzt, wo selbst die Heide
Im Leide
Sich übet,
Hat mir auch die Minne
Die Sinne
Betrübet.«

Die ganze Familie Schmitz hatte hingerissen Lorenz' wunderbarer Stimme gelauscht.

»Hach, dat wor ävver schön!«, seufzte Billa. Ihre Kinder klatschten begeistert in die Hände und bettelten nach mehr.

Der Applaus hatte Lorenz' Stimmung schlagartig verbessert. Während er die treibenden Akkorde von »Douce Dame« anschlug, holte Kamaria ihre Jonglierkeulen hervor und begann, sie durch die Luft wirbeln zu lassen. Die Kinder bejubelten ihre Vorführung. Dann sang Lorenz jenes Lied, das er als Erstes von Anselm von Hagenau gehört hatte, damals an einem eiskalten Winterabend in der Caminata der Rabenhorstburg:

»Schöne, holde Dame,
Denkt um Himmels willen nicht,
Dass irgendeine andere Frau
Außer Euch allein Macht über mich habe ...«

Lorenz sang alle sieben Strophen und spielte danach einen Durchgang instrumental, während Kamaria die Jonglierkeulen einfing, zur Seite legte und den Dudelsack ergriff. Sie pustete in das Mundrohr und füllte den Luftsack. Das Mädchen klopfte kräftig darauf und der Dudelsack gab ein krächzendes Quieken von sich. Dann sprachen die Rohrblätter der Bordunpfeifen an und es ertönte ein Akkord, über den Kamaria die Melodie des Liedes mit der Spielpfeife erklingen ließ.

Sie musizierten sich fast durch ihr komplettes Repertoire, das allerdings aufgrund der fehlenden Drehleier merklich geschrumpft war. Lorenz hatte auf der Laute lange nicht so viel geübt wie auf der Radleier und entsprechend weniger Fortschritte gemacht. Aber allein die Stimme des Jungen reichte aus, um ein Lied auch ohne Instrumentenbegleitung zu tragen.

Es war spät geworden, und schließlich erfüllte nur noch andächtige Stille den Raum. Franziskus junior, Anton und Kunigunde waren auf der Ofenbank eingeschlummert, während die anderen Lorenz und Kamaria ehrfurchtsvoll staunend und erwartungsvoll anhimmelten.

»Jetzt ist Schluss!«, sagte Billa Schmitz zu ihren Kindern. »Ab ins Bett, morgen ist auch noch ein Tag! Habt Dank, Lorenz und Kamaria, für die wunderbare Vorstellung.«

»Und morgen«, versprach Franziskus, »gehe ich mit euch zum Amt ins Rathaus. Ich helfe euch, von den Stadtpfeifern die Genehmigung zu bekommen, dass ihr in der Stadt Musik machen dürft. Danach schauen wir uns den Dom an und Groß Sankt Martin.«

»Prima!«, erwiderte Lorenz, »Und dann suchen wir endlich, endlich den Meister Volker!«

Caput XXII

Die hohe Kunst zu Coellen

Am nächsten Tag ging Franziskus mit Lorenz ins Judenviertel, in dem sich das *domus civicum* befand, das Haus der Bürger. Dort versuchte der Junge mit wortreicher Unterstützung durch seinen Gönner Franz die Genehmigung zu erwirken, öffentlich musizieren zu dürfen. Der Gildemeister der Stadtpfeifer, der meist einfach nur Meester oder Baas genannt wurde, hieß Thomas Angelus und war um die fünfundvierzig Jahre alt, klein, untersetzt und pausbackig.

Das Ergebnis des Gesprächs war zunächst nicht gerade nach Kamarias und Lorenz' Geschmack. Die Spielleute, die in Coellen als angestellte Stadtpfeifer arbeiteten, waren der Gilde der Turmwächter angeschlossen. Der Baas zeigte sich wenig geneigt, fremden Spielleuten das Musizieren an publikumswirksamen Plätzen zu gestatten, weder vor dem Dom noch vor Groß Sankt Martin noch vor den anderen Kirchen. Heumarkt und Alter Markt und alle anderen erfolgversprechenden Orte, die Franziskus ihnen gezeigt oder empfohlen hatte, waren den städtischen Musikanten vorbehalten, zumindest zu allen attraktiven Tageszeiten.

»Aber so viele Musiker kann es doch in Coellen gar nicht geben!«, sagte Lorenz zum Gildemeister. »Und da macht es doch sicherlich gar nichts aus, wenn wir zwei zusätzlich musizieren, wir fallen doch weiter gar nicht ins Gewicht! Das spielt doch gar keine Rolle!«

»Werter junger Mann«, entgegnete der Baas mit zwar rheinisch-singendem, aber nichtsdestoweniger hochnäsigem Tonfall. »Wer hier für die Gilde weiter auffällt oder ins Gewicht fällt oder eine Rolle spielt oder nicht, das bestimme immer noch ich!«

»Jaja, schon gut, Baas!«, warf Franziskus hastig ein. »Das ist ja klar! Seid ein bisschen nachsichtig mit meinem Gast! Der junge Mann muss ja nun auch sehen, wie er finanziell klarkommt, und was anderes als singen und musizieren kann er halt nicht.«

»Das mag ja sein! Aber ich sehe es als meine Pflicht, die Plätze der Öffentlichkeit für die Stadtpfeifer zu reservieren. Stellt Euch vor, ein hergelaufener Vagant, der möglicherweise insgeheim ein Beutelschneider ist, musiziert vor dem Dom und erleichtert dem Herren Prälaten ganz en passant die Taschen! Dann kommen unsere Gildebrüder in Verruf. Außerdem geht es nicht an, dass einer von ihnen zu seinem gewohnten Musizierplatz kommt und ihn von dahergelaufenen Amateurmusikern besetzt vorfindet. Dat jeiht doch nit!«

»Ja gut«, lenkte Franziskus ein, »das verstehe ich. Doch erstens sind es keine hergelaufenen Musiker, sondern meine Gäste. Zweitens sind sie absolut ehrlich und würden niemals jemanden beklauen, und drittens spielen und singen sie vermutlich besser als die Hälfte der coellnischen Stadtpfeifer zusammen ...«

Das war ein Fehler, denn sofort fuhr der Baas in die Höhe: »Das ist eine Uuun-ver-schämtheit! Wie könnt Ihr so etwas behaupten! Umso mehr ein Grund, sie nicht einfach so in unserem Revier wildern zu lassen!«

Lorenz verdrehte die Augen, und Franz beeilte sich, den Baas zu beschwichtigen: »So war das doch gar nicht gemeint! Ich wollte nur sagen, dass die beiden eine Bereicherung der coellnischen Musiker sein können! Sagt einmal, Baas«, wechselte er unvermittelt das Thema, »bedriev ühre Schworer eijentlich noch dat Küfereihandwerk?« Schon war er wieder in die coellnische Mundart verfallen: »Betreibt Euer Schwager eigentlich noch das Küferhandwerk?«

»Ihr meint den Fassbinders Hannes? Ja, sicher! Der ist noch immer ein guter Küfer. Seine Fässer sind coellsche Qualitätsarbeit!«

»Schön, schön, gut zu hören«, entgegnete Franziskus. »Aber ich habe vernommen, dass Böttchers Fritz viel mehr Aufträge von den Bierbrauern bekommt, weil seine Fässer angeblich viel haltbarer und dichter sind als die vom Hannes!«

Dem Baas schwoll eine Zornesader auf der Stirn: »Esu ene Käuverzäll han ich jo noch nie jehoot!« Mit einem Seitenblick auf Lorenz wiederholte er: »So ein dummes Gerede habe ich ja noch nie gehört! Wer sagt denn so was? Der Hannes hat nur deshalb nicht so viele Bestellungen von den Brauern, weil Böttchers Fritz mit der Schwester vom Pitter von der Malzmüll verheiratet ist! Und der ist ja bekanntlich der Baas von der Bierbrauersgilde.«

»Ach, so ist das!«, meinte Franziskus spöttisch. »Wenn der einzige Grund ist, dass seine Schwester mit dem Baas der Bierbrauer verheiratet ist ... beklagenswert, wenn man solche Beziehungen nicht hat! Aber ich finde, dass Fassbinders Hannes viel zu gute Fässer macht. Die sind für Bier sowieso zu schade und viel eher für guten Rebensaft geeignet. Und wie es der Zufall will, hat mich mein Onkel, der Schmitze Leo, der an der Stadtmauer die großen Weinfelder hat und auch eine Apfelmosterei betreibt, händeringend gebeten, ihm einen guten Fassmacher zu empfehlen. Böttchers Fritz will ihm nämlich keine verkaufen, weil er mit der Arbeit für die Brauersgilde nicht nachkommt. Und da dachte ich: Eigentlich könnte doch der Hannes da in die Bresche springen.«

»Ja, Ihr seid gut«, antwortete der Baas der Turmwächtergilde. »Meint Ihr nicht, dass der Hannes das nicht längst schon versucht hat? Der Hannes hat mit Engelszungen geredet, aber Euer Oheim hat abgewinkt!«

»Tja«, meinte Franziskus, »dann hat der Hannes ihm einfach noch nicht richtig erklärt, wie gut seine Fässer sind! Aber ich könnte mir vorstellen, dass ich bei meinem Onkel ein gutes Wort für ihn einlegen könnte.«

»Dat es ävver ene feine Zoch vun üch!« Der Baas merkte, dass er unwillkürlich wieder ins Coellsche gewechselt hatte. »Das würdet Ihr wirklich für den Hannes tun?«, fragte er.

»Ach, sicher dat!«, gab Franziskus jovial zurück. »Ihr wisst doch: Der Ton macht die Musik, und mit Musik geht bekanntlich ja alles besser.«

Der Baas zögerte einen kurzen Moment, schaute Franziskus fragend an, aber dann ging ihm ein Seifensieder auf: »A – ach ja – de Musik! Jetz sin mer janz vom Zweck Eures werten Hierseins abjekommen! Also, jetzt, wo Ihr mir das alles so richtig erklärt habt, sehe ich natürlich ein, dass Eure Gäste hier in Coellen ein wenig arbeiten müssen. Damit sie Euch und Eurer Familie nicht allzu sehr auf der Tasche liegen! Also, loss ens luure – lass mal schauen ... Ich könnte mir jut vorstellen, dass der Herr Lorenz und et Kamaria vor den Kaufhäusern spielen und den Hut oder einen Schnappsack rundgehen lassen könnten. Aber niemals länger als eine halbe Stunde, damit sich die Patrizier und ihre Kundschaft nit belästigt fühlen. Des Weiteren wäre es denkbar, dass sie vor den Klostermauern am Haupteingang der Klöster spielen dürfen und an dä kleine Pootze en d'r Haafemuur. Ungen an Jroß Zint Määtes etwa. – Ähem, Verzeihung, junger Herr, ich verjesse immer, dass Ihr ja aus Oberfranken kommt. Ich meinte: dort, wo die kleinen Pforten in der Hafenmauer sind, unten an der Kirche Groß Sankt Martin zum Beispiel.«

»Ja, das ist doch ein Angebot!«, sagte Franziskus schnell. »Und ich könnte mir vorstellen, dass die beiden auch vor dem neuen Overstolzenhaus in der Rheingasse auftreten könnten. Da gibt es ebenfalls viel Laufkundschaft, genauso vor den Wirtschaften der Brauhäuser.«

Der Baas zögerte einen Moment, überlegte kurz und antwortete dann: »Es jut, Fränzche, ävver nur, weil ehr et sid – mer kennt sich und mer hilft sich! Kommt morgen wieder, bis dahin lasse ich Euch die notwendigen Papiere ausstellen.«

Als Lorenz und Franziskus die Ratsstube verließen, schwirrte Lorenz immer noch der Kopf von der Verhandlung mit dem Baas.

»Ohne dich hätte ich es sicher nicht geschafft, die Erlaubnis zum Musizieren zu bekommen«, sagte er zu seinem Freund. »Vielen Dank für deine Hilfe. Aber ich habe nicht so ganz kapiert, wie du den Baas so schnell rumgekriegt hast.«

»Das nennt sich Klüngel!«, gab Franziskus trocken zurück. »Das ist die höchste Kunst, die man hier in Coellen beherrschen muss.«

»Klüngel? Was heißt das denn?«, fragte Lorenz.

»Klüngel?«, lachte Franz. »Das kann man nicht übersetzen, das muss man können. Der Coellner Rat besteht ja eigentlich aus Patrizier- und Handwerkerfamilien, und da ist es immer gut, wenn man einen Vetter oder Onkel mit Beziehungen hat. So ist in Coellen schon so manches Pöstchen ausgeklüngelt worden. Weißt du, seit die Coellschen vor genau fünfundvierzig Jahren, Anno Domini 1288 am fünften Juni, in der Schlacht von Worringen dem Erzbischof Siegfried von Westerburg und seinen Soldaten ordentlich einen auf den Dätz gegeben haben,

haben in Coellen die freien Bürger das Sagen. Es gibt zwar ein Schöffenkolleg, das der Erzbischof bestellt hat, und es gibt daneben die sogenannte Richerzeche. Das ist die Genossenschaft der Reichen, die die *magistri civium*, die Bürgermeister, stellt. Aber so richtig mächtig ist der Rat der Stadt mit seinen Ämtern. Dem Rat gehören die vornehmsten Coellner Patrizierfamilien an. Es gibt fünfzehn Ratsherren, die selbst ihre Nachfolger bestimmen. Deshalb gibt es heute einen Kreis von fünfzehn ratsfähigen Familienverbänden, die die Politik der Stadt bestimmten. Und da ist es doch klar, dass die Familien dafür sorgen, dass die Verwandtschaft nicht zu kurz kommt. Das kann man zwar als Vetternwirtschaft oder unlautere Machenschaften bezeichnen, aber der Klüngel, der gehört in Coellen einfach zur Lebensart dazu. Jedenfalls habe ich mehr herausgehandelt, als ich gehofft hatte.«

Plötzlich weiteten sich Lorenz' Augen und er schlug sich mit der flachen Hand vor die Stirn. Er machte auf dem Absatz kehrt und stürzte zurück ins Rathaus. Franziskus guckte ihm verständnislos nach.

Atemlos klopfte Lorenz an die Tür der Ratsstube, die er vor ein paar Minuten erst verlassen hatte. Der Gildemeister schaute erstaunt von seinen Unterlagen auf, als Lorenz seine Stube erneut betrat und japsend rief: »Herr Angelus, Herr Angelus, ich hab' was vergessen!«

»Ja, junger Herr? Um was geht es denn noch?«, fragte er.

»Ich würde gerne wissen, ob Ihr vielleicht einen Meister Volker kennt?«, stieß Lorenz hervor.

»Und warum sollte ausgerechnet ich einen Meister Volker kennen?«, gab der Baas zurück.

»Na ja, Meister Volker muss irgendetwas mit Musik zu tun haben, und Ihr als Gildemeister der Stadtpfeifer müsstet ihn deshalb doch eigentlich kennen!«

»Lieber Herr Lorenz, ich bin zwar Gildemeister der Stadtpfeifer, aber ich bin ein Turmwächter und kein Musiker. Gut, man sagt, ich hätte eine wunderschöne Stimme und ich singe auch gern und oft, aber ein Instrument spiele ich nicht.«

Lorenz ließ enttäuscht den Kopf sinken und machte Anstalten, sich umzudrehen und die Stube wieder zu verlassen, als der Baas ihm nachrief: »Na, nun seid doch nicht so schnell! Ich kenne ihn zwar persönlich nicht, aber heute Abend ist die Gildeversammlung. Da sind viele Stadtpfeifer anwesend, und ich werde für Euch nachfragen, ob jemand einen Meister Volker kennt! Ist das ein Wort?«

»Vielen, vielen Dank, Herr Angelus!«, strahlte Lorenz. »Ich bin Euch wirklich sehr dankbar.«

»Wenn du dann morgen deine Musiziergenehmigung abholen kommst, kann ich dir vielleicht sagen, ob es in Coellen einen Meister Volker gibt!«, sagte der Baas.

Lorenz verabschiedete sich freudestrahlend, drehte sich um und fegte aus dem Rathaus. Vor der Tür rannte er beinahe Franziskus über den Haufen, der Lorenz gerade nachgehen wollte.

»Was war denn los?«, wollte Franziskus wissen.

»Ich habe den Baas gefragt, ob er den Meister Volker kennt!«, gab Lorenz zurück.

»Und«, meinte Franziskus. »kennt er ihn?«

»Nee, leider nicht, aber er will heute Abend auf der Gildeversammlung die Musiker fragen, ob einer von denen ihn kennt!«, entgegnete Lorenz, während sie gemächlich in Richtung Alter Markt spazierten.

»Na, das ist doch prima!«, sagte Franziskus. »Und jetzt gucken wir uns erst mal den Dom und dann das Martinsviertel an! Da kommen Billa und Kamaria!«

Frau Schmitz und Kamaria waren auf dem Alter Markt und dem Fischmarkt gewesen, um einzukaufen. Sie hatten sich mit Franziskus und Lorenz auf dem Alter Markt verabredet, und Kamaria lief nun aufgeregt winkend auf Lorenz zu: »Lorenz, schau mal, Sybilla hat mir diese wunderbaren gewebten Bänder gekauft und will mir die Borten auf die Ärmel und auf den Saum meines Kleides nähen ...«

»Prima«, sagte Lorenz, »und ich erfahre morgen vielleicht, wer Meister Volker ist und wo er wohnt!«

»... und dann kann ich noch eine Bluse bekommen, die Billa aussortiert hat, weil sie ihr nicht mehr passt und für Klaudia zu groß ist! Und sie schenkt mir diese Bluse, und ... was? Was hast du da eben gesagt?«

»Ja«, lachte Lorenz, »der Baas von den Stadtpfeifern hat mir versprochen, sich heute Abend bei den städtischen Musikern zu erkundigen, ob jemand Meister Volker kennt!«

»Na, nun sei mal nicht so zuversichtlich!«, warf Franziskus ein. »Es ist ja noch lange nicht sicher, dass wirklich irgendeiner diesen ominösen Meister Volker kennt! Aber jetzt gehen wir erst mal in den Dom!«

Gemeinsam besuchten sie die Kathedrale und wohnten einer feierlichen Messe bei. Lorenz und Kamaria waren beeindruckt von der majestätischen Schönheit des Domchores, von den wunderbaren Glasfenstern und dem Prunk des goldenen Dreikönigsschreins.

»Ist der Dom nicht großartig?«, flüsterte Franz ehrfurchtsvoll. »Der alte, weise Albertus Magnus hat den Altar geweiht, im Jahre des Herrn 1277, aber der Dom wird noch lange eine Baustelle bleiben. Wir sind froh, dass der Domchor mittlerweile ein Dach hat, sodass man überhaupt schon mal einen Gottesdienst halten kann!«

Lorenz schaute andächtig empor. Es schien ihm, als ragte das Gewölbedach fast bis ins Firmament hinein, so hoch und licht war der Bau, dessen Seitenwände von zahlreichen schlanken, hohen Fenstern durchbrochen waren. Lorenz und Kamaria fühlten sich in dieser wahrhaft geistlichen Umgebung ihrem Herrgott näher als je zuvor.

Nach der Messe spazierten die drei zur Kirche Groß Sankt Martin am Rheinufer und wanderten danach durch das Martins- und das Severinsviertel zurück zum Haus der Familie Schmitz.

Am nächsten Tag fanden sich Lorenz, Kamaria und Franziskus bereits früh am Morgen wieder im Rathaus ein, wo sie vom Baas Thomas Angelus empfangen wurden. Lorenz brannte darauf, endlich etwas über Meister Volker zu erfahren.

»Et tut mir leid, junger Herr Lorenz. Aber in ganz Coellen gibt es keinen Meister Volker!«

Lorenz atmete geräuschvoll aus und konnte seine Enttäuschung kaum verbergen. Er ließ den Kopf sinken. Kamaria griff nach seiner Hand und wollte den Jungen schon trösten, als der Gildemeister mit breitem Grinsen ergänzte: »Ävver op d'r Schäl Sick – do jit et ene Meester Volker! Dä wohnt janz einsam in einem Haus bei Poortz. Wenn man von Düx aus in Richtung Nordosten wandert, kommt man nach Oberzündorf, und dahinter, im Heidemoor, liegt Poortz. Dat ist ein alter Jerichtsort der Herzöge von Berg. Der dortige Amtmann ist oberster Richter vum Berjischen Land, weil Poortz direkt am Schnittpunkt wichtiger Handelswege liegt. Die Poortzer und Zündorfer und die Coellschen sind sich nit janz jrün, weil die da op d'r Schäl Sick das coellsche Stapelrecht unterlaufen. Aber das werden ihnen die Coellschen schon noch austreiben ... Wo war ich? Ach ja: Um Poortz herum liegt ein jroßes, unheimliches Moor- und Heideland, wo es spuken soll und nit janz jeheuer ist. Anjeblich geht da der Malkolpes um. Das ist ein jrässliches Unjeheuer, das hinter den Hecken sitzt, die Leute ins Moor lockt und auffrisst. Ävver – wo war ich? Ach ja: Da in der Heide, da wohnt ein Mann, der alljemein Meester Volker oder auch der Dudelskääl genannt wird. Dä Meester Volker ist ein Instrumentenbauer, und einer von den Musikern erzählte mir jestern Abend, dass er ausjezeichnete Dudelsäcke baut und wunderbare Streichpsalter. Doch de Lück, die Leute, saren, seine absolute Spezialität sin Ferkesfidele!«

Lorenz schaute ihn erwartungsvoll an: »Ja ...? – Und was ist das?«

Der Baas zwinkerte mit den Augen. »Kennst du kein Ferkesfidel? Man sagt auch Schweinsgeige dazu. So nennen sie in Coellen eine Rad- oder Drehleier!«

Ehe der Baas wusste, wie ihm geschah, war Lorenz ihm um den Hals gefallen und hatte ihm einen dicken, feuchten Kuss auf die linke Wange geschmatzt. Dann ließ der Junge von dem Gildemeister ab, fasste Kamaria an den Händen und vollführte einen Freudentanz, während er hysterisch kichernd immer wieder »Ferkesfidel – Ferkesfidel – Ferkesfidel!« skandierte und seine Freundin im Kreis herumwirbelte.

»Dä!«, meinte der Baas Thomas Angelus trocken zu Franziskus Schmitz. »Jetz es hä völlich durchjedrieht!«

Caput XXIII

Der Schrei der toten Ziege

Franziskus hatte ihnen den Weg ins rechtsrheinische Poortz beschrieben und außerdem Zaumzeug und Sättel geliehen. Hein und Oss sträubten sich zunächst gegen die Sättel, schüttelten unruhig die Köpfe und wollten die ungewohnte Last abstreifen. Doch nach kurzer Zeit merkten die gutmütigen Tiere, dass sie jetzt zwar eine Last auf ihren Rücken zu tragen hatten, dafür jedoch viel freier als an der Deichsel des Planwagens laufen konnten. Hein, mit Kamaria auf dem Rücken, setzte sogleich an loszutraben, aber die Mauretanierin zeigte ihm mit energischem Zügeln und geübtem Schenkeldruck, dass sie die Herrin im Sattel war. Nachdem sie eine Weile über die Severinstraße in Richtung Stadtmauer geritten waren, ließ sich Hein friedlich und anstandslos dirigieren.

Lorenz hatte mehr Probleme mit Oss, der einige Male bockte, um ihn abzuwerfen. Als der Junge für einen Moment die Zügel losließ, versuchte das Pferd sogar, nach seinen Füßen zu schnappen. Der Junge bemerkte seinen Fehler, beugte sich vor, angelte nach den Zügeln, zog sie straff und verschaffte sich so wieder Respekt. Als Retourkutsche stieg Oss erneut mit den Vorderhufen hoch, trabte schnell auf eine der großen Platanen zu, die die Severinstraße säumten, und versuchte, Lorenz am Stamm des Baumes abzustreifen.

Langsam begann der Junge sich zu fragen, ob es wirklich so eine gute Idee gewesen war, den Planwagen zurückzulassen. Der Weg nach Poortz dauere nur gut zwei Stunden, hatte Franziskus jedoch gemeint, und als Reiter sei man wesentlich unbehinderter. Außerdem koste die Überfahrt mit einem Wagen mehr als doppelt so viel. Nach einiger Zeit jedoch beruhigte sich auch Oss und erduldete Lorenz ohne weitere Mucken auf seinem Rücken.

Sie passierten das Severinstor, nicht ohne sich von Albert zu verabschieden mit dem Hinweis, dass sie abends oder spätestens am nächsten Tag wieder zurück zu sein gedachten. Außerhalb der Ringwallmauer wandten sie sich nach Osten und ritten an der Stadtmauer entlang bis zum Rhein, wo sie wiederum in nördlicher Richtung auf den Leinpfad einbogen und ihm bis zum Hafen folgten.

An der Anlegestelle der Rheinfähre bemerkte Lorenz zu seiner Enttäuschung, dass der große Lastkahn gerade abgelegt hatte. Es würde eine ganze Weile dauern, sicher bald eine Stunde, bis die Fähre wieder zurück im Coellner Hafen wäre.

Der Fährbetrieb lief über drei Landestege. Der, auf dem Kamaria und Lorenz warteten, befand sich linksrheinisch im Hafen. Die beiden anderen lagen gegenüber am rechten Flussufer, einer von ihnen ein gutes Stück stromabwärts unterhalb von Düx. Der andere lag eine ziemliche Strecke flussaufwärts, wo die Menschen, die nach Coellen wollten, an Bord gingen. Die Fähre legte also vom Coellener Hafen ab, fuhr mit der Strömung flussabwärts und landete bei Düx. Waren die Passagiere an Land gegangen, wurden Treidelpferde vorgespannt und der Kahn stromaufwärts zum oberen Landesteg gezogen. Dort kamen die neuen Fahrgäste aufs Schiff, und nachdem die Pferde ausgespannt worden waren, ging es mit der Strömung zurück auf die linke Rheinseite. An der Anlegestelle in Coellen hatte sich inzwischen eine erstaunliche Menge Menschen versammelt, die wie Kamaria und Lorenz darauf warteten, über den Fluss gebracht zu werden.

„Jetzt sei doch mal nicht so aufgeregt! Das ist ja kaum zum Aushalten mit dir!« Missbilligend wies Kamaria Lorenz zurecht, der schon eine ganze Weile nervös mit den Füßen im sandigen Rheinufer scharrte und es kaum abwarten konnte, dass der große Kahn der Düxer Fährleute endlich wieder im Coellner Hafen anlegte.

Schließlich machte die Fähre fest und wurde an dem breiten Holzsteg vertäut. Zunächst gingen die Pferde- und Ochsenfuhrwerke an Bord, dann folgten die Reiter. Erst zum Schluss durfte das Fußvolk auf den flachen Kahn, der mehr einem Floß als einem Schiff ähnelte. Emsige Fährknechte kassierten den Fährpfennig, der für die Überfahrt zu entrichten war. Franziskus hatte Lorenz und Kamaria etwas Geld geliehen, sodass sie den Fährlohn bezahlen konnten.

Es versprach ein glühend heißer Tag zu werden. Dennoch trugen die beiden leichte Umhängemäntel zum Schutz gegen den Staub der Straße und als Regenschutz. In den vergangenen Tagen hatte es vermehrt Sommergewitter gegeben, und auch jetzt war es schwül. Bereits am frühen Morgen hatten sich dräuende Wolken am Himmel gezeigt. Als Kamaria mit Hein am Zügel an Bord der Fähre gehen wollte, fiel ihr der Kapuzenrand des Umhanges vor die Augen und behinderte ihre Sicht.

Sie schob die Kapuze in den Nacken. Das war ein Fehler, wie sich herausstellte, denn sofort schreckten die Fährgäste in ihrer unmittelbaren Nähe zurück. Es entstand ein regelrechter Aufruhr, als die Bauern, Handwerker und Händler das ebenholzfarbene Antlitz des Mädchens bemerkten. Ein grobschlächtiger Fährenarbeiter verstellte ihr auf dem Steg den Weg:

»Nä, du nit!«, herrschte er das Mädchen an. »Halt aan! Du küss he nit op d'r Naache! Pack dich bloß flott, du Schwatzjeseech und luur, dat du Land jewinns!«

Kamaria hatte nicht genau verstanden, was der Fährmann von ihr wollte, aber es war anscheinend wieder das alte Lied: Er hatte in ihr eine vermeintliche Dämonin erkannt. Langsam war sie es wirklich leid. Und ehe Lorenz den Mund aufmachen konnte, legte sie sich, entgegen jeglicher Vernunft, mit dem Fährknecht an:

»Ihr geht mir sofort aus dem Weg und lasst mich und meinen Begleiter an Bord!«, fauchte sie den Mann mit zornesfunkelnden Augen an. »Hier habt Ihr den Fährpfennig für uns beide!« Sie schmiss dem Fährknecht die Münzen vor die Füße. Eine davon rollte über den Rand des Stegs und versank in den Fluten, was Kamaria in diesem Moment völlig egal war. Wutschnaubend warf sie ihren Mantelumhang zurück und stellte sich drohend in Positur.

»Ich habe zwar Euer coellnisches Kauderwelsch nicht verstanden, aber ich weiß genau, was Ihr denkt und wahrlich, ich sage Euch: Ich bin keine Dämonin, auch wenn ich eine schwarze Hautfarbe habe! Ich will nur mit meinem Weggefährten hier auf die andere Rheinseite übersetzen, um nach Poortz zu reiten. Also geht jetzt gefälligst sofort aus dem Weg und lasst uns an Bord!«

Als der Mann keinerlei Anstalten machte, zur Seite zu gehen, platzte dem Mädchen der Kragen:

»Wenn Ihr nicht unmittelbar den Weg auf die Fähre freigebt, werdet Ihr es bereuen! Dann werde ich Euch einen Eselskopf anhexen, Eure Frau und Eure Kinder in blökende Schafe verwandeln und allen coellnischen Feldern und Obstgärten eine zwanzigjährige Missernte bescheren. Außerdem werde ich die mächtigen Flussdämonen zur Hilfe rufen, die das Wasser teilen und den Rhein für alle Zeiten trockenlegen werden, sodass wir zu Fuß hinüberlaufen können und auf Euren erbärmlichen Nachen nicht weiter angewiesen sind. Und für Euch und alle hier auf der Fähre wird sich der Schlund der Hölle öffnen und Euch in die ewigen Flammen der Unterwelt hinabfahren lassen. Also, hebt jetzt endlich Euren Arsch zur Seite und lasst uns sofort an Bord! Wird's bald?«

Lorenz war erstarrt und hatte fassungslos zugehört. Er sah Kamaria und sich schon im Kerker der Inquisition auf den Scheiterhaufen warten. Auf dem Anlegesteg war es unruhig geworden, und vereinzelt wurden bereits Rufe nach einem Exorzisten laut. Manche Menschen schlugen Kreuzzeichen oder streckten Zeige- und kleinen Finger gegen den bösen Blick in Kamarias Richtung. Der Fährknecht war verunsichert und schaute das Mädchen mit entsetzten Augen an.

Wütend herrschte sie ihn an: »Also, was ist jetzt? Meine Geduld ist gleich zu Ende!« Nach einer kurzen Atempause fuhr sie in ruhigerem Ton fort: »Jetzt seid doch einfach mal vernünftig: Wenn ich wirklich hexen könnte, hätte ich es dann nötig, die Dienste eines Fährmannes anzunehmen? Wäre ich dann nicht – schwuppdiwupp – auf einem Besen nach Poortz geflogen, anstatt hier mit der Fähre überzusetzen? Natürlich bin ich keine Dämonin und auch keine Teufelin und auch keine Hexe! Ich stamme aus Afrika, und dort sehen alle Menschen so aus! Ich bin katholisch und getauft und genauso wenig eine Hexe, wie Ihr einen Eselskopf habt ... aaaah! Was ist denn das?«

Mit vor Schreck geweiteten Augen deutete Kamaria auf den Kopf des Fährknechtes und schlug sich theatralisch mit gespieltem Entsetzen die Hand vor den Mund. »Aber wo habt Ihr denn plötzlich die lange Schnauze und die langen grauen Ohren her? Oh nein, das hab ich nicht gewollt! Ich kann doch gar nicht zaubern! Ehrlich, glaubt mir, ich wollte Euch nicht in einen Esel verwandeln. Nein, bitte, bitte, nicht blöken!«

Der Fährmann schien keine besondere Leuchte zu sein, denn völlig verunsichert griff er sich ans Haupt, um zu überprüfen, ob sich sein Mund in eine Schnauze, seine Nase in Nüstern und seine Ohren in die eines Esels verwandelt hatten. Erst als die Fährgäste in schallendes Gelächter ausbrachen, bemerkte er, dass er auf die Schippe genommen worden war. Zumindest unter den Reisenden hatte sich die Situation entspannt.

Ein Mann in geistlichem Ornat mit südländischem Akzent mischte sich ein: »Lieber, guter Fährmann, ich glaube nicht, dass diese junge Maid Euch und uns ein Leid antun wird. Da, wo ich herkomme, habe ich schon öfter Menschen mit dunkler Hautfarbe gesehen!«

Der Priester war um die dreißig Jahre alt, von hünenhafter Gestalt und hatte schwarzgelockte Haare und dichte Augenbrauen. Er hatte eine bronzefarbene Haut und südländisch anmutende Gesichtszüge. Die hervorstechendsten Merkmale seines Antlitzes jedoch waren eine große Hakennase über einem offenen, gewinnenden Lächeln und fröhlich lachende Augen, mit denen er Kamaria und Lorenz zuzwinkerte. Er zog ein handtellergroßes Holzkreuz an einer Holzperlenkette aus seiner Kutte und hielt es Kamaria hin. An den Fährknecht gewandt sagte er: »Ich bin sicher, die junge Maid wird gern den Beweis ihrer christlichen Gesinnung ablegen!«

Kamaria beeilte sich, das Kreuz zu küssen, sich selbst zu bekreuzigen und das Vaterunser aufzusagen.

»Du siehst also«, fuhr der Geistliche fort, »es ist von dieser Maid nichts zu befürchten! Weißt du denn nicht, dass es Menschen mit unterschiedlicher Hautfarbe gibt?«

Der Fährmann schaute ihn ziemlich belämmert an und antwortete nicht.

»Nein, vermutlich weißt du es nicht«, antwortete der Priester an seiner Stelle. »Und sicher hast du noch nie von meinem großen italienischen Landsmann Marco Polo gehört, der über die Seidenstraße ins ferne Land der Mongolen gewandert ist und dort wundersame Abenteuer erlebt und Dinge gesehen hat, die Einfaltspinsel wie du für Lügenmärchen gehalten haben. Marco Polo hat im Lande der Mongolen sogar Menschen gesehen, die eine gelbe Hautfarbe haben. Und das alles ist mit Gottes Willen geschehen und dem Herrn wohlgefällig, sonst hätte unser Schöpfer die unterschiedlichen Farben nicht geschaffen. Ich würde mich im Übrigen nicht wundern, wenn es gar Menschen mit roter Haut gäbe! Aber genug geredet, nun lasst sie an Bord, auf dass wir hier nicht Wurzeln schlagen!«

Schließlich gab der Fährknecht den Weg frei. Auch die Fährgäste schienen beruhigt zu sein, obwohl der ein oder andere nicht an Bord ging und es vorzog, sich verstohlen davonzumachen und auf die nächste Überfahrt zu warten. Endlich legte die Fähre ab, und die Ruderknechte manövrierten das schwerfällige Schiff geschickt in die Fahrrinne, steuerten es mit der Strömung Richtung Flussmitte, wo es mehr Fahrt aufnahm und sich gemächlich auf das gegenüberliegende Ufer zubewegte. Der Priester stellte sich Lorenz und Kamaria als Francesco Petrarca vor: »Eigentlich ist mein Name Petracco, aber ich finde Petrarca klangvoller.«

Er sei der Sohn eines Notars und in Arezzo in Italien geboren worden, erzählte er, in jenem Ort also, aus dem auch Guido, der Erfinder der Notenschrift stammte, von dem Anselm von Hagenau erzählt hatte. Francesco hatte in Florenz gewohnt, bis man seinem Vater übel mitgespielt und ihn aus der Stadt verbannt hatte. Schließlich hatte Francesco als junger Mann zuerst in Pisa und dann in Avignon studiert, Grammatik, Rhetorik, Dialektik und anschließend Rechtswissenschaften.

Der Geistliche hatte offenbar ein unstetes Leben hinter sich, denn von Avignon aus war er erst nach Bologna und dann nach Montpellier gegangen und hatte sich dort wiederum mit römischen Dichtern und Literatur beschäftigt. Lorenz wurde ganz unruhig, als Francesco ihm von den wunderbaren Liedern der Troubadoure und Trouvères berichtete, deren Werke er in Montpellier studiert hatte.

»Ich will auch Troubadour werden, ein Minnesänger!«, erzählte Lorenz dem Geistlichen aufgeregt. »Könnt Ihr mir dabei vielleicht helfen?«

»Soso, ein Minnesänger wollt Ihr werden, junger Herr?«, antwortete Francesco. »Was versteht ein Bursche wie Ihr denn vom Minnesang?«

»Nun ja, ich kann immerhin recht gut Drehleier spielen, und auch die Laute schlage ich recht leidlich.« Kleinlaut fügte er hinzu: »Leider ist meine Leier zu Bruch gegangen, und nun muss ich mir erst einmal eine neue beschaffen, auch wenn ich noch nicht weiß, wovon ich sie bezahlen soll. Aber ich kann Lieder aus der Carmina Burana singen, kenne welche von Guillaume de Machaut, von Dietmar von Aist, von Neidhart von Reuenthal, von ...!«

»Haltet ein, haltet ein, junger Freund!«, lachte Petrarca. »Ich sehe, es ist Euch ernst mit dem, was Ihr sagt. Doch schaut, wir haben das rechte Rheinufer gleich erreicht!«

Die Fähre war in der Zwischenzeit ein gutes Stück stromabwärts gefahren und hatte den Rhein nahezu überquert. Die Fährleute manövrierten das Schiff so gekonnt, dass es sich um die eigene Längsachse drehte, ehe das Heck am unteren Landesteg andockte und von Helfern vertäut wurde.

Die Fährgäste drängten an Land, froh, die Fahrt ohne irgendwelche Zwischenfälle dämonischer Art wie sich öffnende Höllenschlunde oder ein trockengelegtes Flussbett sicher hinter sich gebracht zu haben.

Der Priester verabschiedete sich von Lorenz und Kamaria mit den Worten: »Heute bin ich auf der Reise zum Schloss Burg der Herzöge von Berg, um in deren Bibliothek einige Dokumente einzusehen. Aber in ein, zwei Wochen werde ich sicher wieder zurück in Coellen sein, wo ich den Rest des Sommers zu verbringen gedenke. Ich wohne dann bei den Benediktinern im Kloster zu Sankt Pantaleon. Kommt mich doch einfach einmal besuchen, dann erzähle ich Euch gern alles von den Troubadouren und Trouvères aus der Provence und Okzitanien, was ich zu berichten weiß.«

Der junge Geistliche segnete ihren weiteren Weg, ehe er die Handelsstraße ins Bergische Land einschlug. Lorenz und Kamaria bestiegen ihre Pferde und folgten dem Rheinufer flussaufwärts in südlicher Richtung.

Sie ließen Düx hinter sich und ritten durch eine karge Weide- und Heidelandschaft. Vor sich sahen sie in der Ferne den großen Forst liegen, von dem Franziskus erzählt hatte, dass er bereits zu den Ländereien der Herzöge von Berg gehöre. Er hatte ihnen geraten, einfach dem Flusslauf zu folgen bis zu der Ansiedlung Zündorf, die sie gar nicht verfehlen könnten, und sich dann gen Osten zu wenden.

Nach einer ganzen Weile erreichten sie die Ortschaft und baten eine Bäuerin, die vor ihrer Kate im Schatten saß und einen Reisigbesen band, ihnen den Weg zu weisen.

Kamaria hatte trotz der sengenden Hitze ihre Kapuze wieder über den Kopf gelegt und hielt sich im Hintergrund, während Lorenz sich den Weg erklären ließ. Sie hatten keinerlei Lust auf eine erneute Auseinandersetzung über Kamarias Hautfarbe.

Es musste um die Mittagszeit oder früher Nachmittag sein, denn die Sonne brannte fast senkrecht auf sie hinab. Die beiden bogen auf einen zwar recht breiten, aber sehr staubigen Weg ein, den die Bauersfrau etwas hochtrabend als Poortzer Hauptstraße bezeichnet hatte. Je weiter östlich sie kamen, desto karger und bizarrer wurde die Umgebung. Wohin auch das Auge blickte, waren Moor und Heide um sie herum, und der ferne Forst schien einfach nicht näher kommen zu wollen.

Trauerweiden mit herabhängenden Zweigen und Kopfweiden mit merkwürdig verdrehten, kahlen Ästen verliehen der Landschaft ein unheimliches Aussehen. Spärliche Flechten und Moose bedeckten den Boden, Brombeersträucher und andere dornige Büsche säumten die Felder und die Heide, die sich mit sandigen und offenkundig morastigen Flächen abwechselte. Franziskus hatte sie gewarnt, nicht die gesicherten Wege zu verlassen. Zu trügerisch sei der Grund. Schon mancher Reisende war in der Heide verschwunden und nie wieder aufgetaucht. Mit einem unbehaglichen Gefühl ritten sie weiter durch die flirrende Nachmittagshitze und erreichten den kleinen Ort Poortz. Lorenz fragte nach Meister Volker und tatsächlich, ein Köhler konnte ihnen weiterhelfen.

»Dä Meester Volker – ja, dä kenn ich. Dat es doch dä komische Kääl, de e Stöck wigger am Eng vun d'r Heid am Fooschrand wonnt.«

Lorenz gewöhnte sich zwar langsam an die singende Sprache der Rheinländer, aber er hatte immer noch Mühe, sie zu verstehen.

Der Köhler bemerkte, dass Lorenz ihm nicht ganz folgen konnte und versuchte, in einigermaßen verständlichem Fränkisch zu reden, was ihm nicht wirklich gelang: »Also, met dem wär ich vorsichtisch, junger Herr. Dä Meester Volker hat nicht viel Besuch und wenn, dann sin et merkwürdije Jestalten. Und hä läuft mit so lang Holzstücker durch de Jejend, die hä aufsammelt oder von de Bäume sägt. Dä sammelt Holz – bestemmt für sing komische Musikinstrumente. Und mer verzällt, dass hä abends op dem Dudelsack blös. Deshalb nennen ihn de Lück, die Leute, auch Dudelskääl. Aber esu richtisch wärm werden mer alle nit mit ihm. Dä holt auch Kräuter und Harz vun de Bäume und esu! Vielleicht is hä ja ene Zauberer!«

Langsam wurde Lorenz ungeduldig. »Ich habe keine Angst vor Zauberern, also sagt mir einfach nur, wie ich den Meister Volker finde«, entgegnete er leicht ungehalten.

»Is ja jut, junger Herr«, entgegnete der Mann etwas eingeschnappt. »Ävver wenn hä Euch erstmal in en Kröte verwandelt oder aufjefressen hat, dann sacht hinterher nit, ich hätt Euch nit jewarnt!«

Dann beschrieb er ihnen den Weg, und Lorenz und Kamaria machten sich auf in Richtung Waldrand. Sie folgten dem von dichten Brombeerbüschen gesäumten Hohlweg, während von Norden finstere Regenwolken aufzogen, die sich über ihnen zusammenballten und vor die eben noch flirrend herabbrennende Sonne schoben. Die Luft war wie elektrisiert und heißfeucht. Kamaria legte schützend die Hand über die Augen und schaute prüfend in den Himmel, der dunkler und dunkler geworden war.

»Das gibt gleich ein Unwetter«, meinte die Mauretanierin, »aber das wundert mich nicht. Bei der Hitze, die in den letzten Tagen herrschte, ist eine Abkühlung sehr willkommen!«

Sie hatte kaum zu Ende gesprochen, als ein blendend greller Blitz über das Firmament zuckte, unmittelbar gefolgt von einem ohrenbetäubenden Donner, während die ersten Regentropfen, fast so dick wie Taubeneier, auf sie herniederplatschten. Das Gewitter brach mit Macht los, und es entlud sich ein sintflutartiger Wolkenbruch, der Lorenz und Kamaria bis auf die Haut durchnässte. Der Himmel war inzwischen rabenschwarz geworden, so, als sei es bereits tiefe Nacht.

Plötzlich hörten sie merkwürdige, klagende Klänge, die sich, heulenden Tieren gleich, in das tosende Krachen des Donnerwetters mischten. Lorenz musste für einen kurzen, furchtvollen Moment an Wölfe denken. Dann erkannte er durch die Schleier des rauschenden Regens, dass sie den Wald beinahe erreicht hatten. Sie trieben die vom Donner und den Blitzen aufgeregten Pferde zu einem schärferen Trab an. Schließlich gelangten sie an eine Lichtung direkt am Waldrand, an der der Hohlweg vor einer großen, strohgedeckten Lehmhütte endete.

Unter dem Vordach stand ein hagerer Mann in der Eingangstür und quälte in aller Seelenruhe mit geschlossenen Augenlidern und einem breiten Lächeln eine kleine, jämmerlich schreiende Ziege, die er unter dem Arm hielt und offenbar mit Holzspießen gespickt hatte. Das arme Tier wehrte sich nicht, gab aber unerträglich quiekende, markerschütternde, lang gezogene Schreie von sich, während der Hagere es mit dem Ellenbogen traktierte.

Lorenz und Kamaria sprangen von ihren Pferden und blieben trotz des immer stärker werdenden Regens erst einmal in respektvollem Abstand stehen. Lorenz wischte sich die Regentropfen aus dem Gesicht. Als er durch den Regenschleier genauer hinsah, erkannte er, dass die Ziege merkwürdig leblos war und auch keinen richtigen, sondern einen aus Holz geschnitzten Kopf hatte. Die Stange, die ihr im Holzmaul steckte, war ein gedrechseltes Holzrohr, hatte Löcher und mündete in das dünne Ende eines Kuhhorns, das wie ein Trichter aufwärts zeigte. Aus dem Rücken des Geißbocks ragte ein anderes Rohr, das der dürre Mann im Mund hielt. Als er Kamaria und Lorenz bemerkte, hörte er auf, in das Rohr zu pusten.

»Es ist wirklich ein Kreuz mit diesen verdammten neuen Rohrblättern«, sagte der Hagere statt einer Begrüßung, während er auf das Fell der Ziege drückte, deren Körper mit langsam ersterbendem Dauerquäken schlaffer und schlaffer wurde. »Bei Feuchtigkeit reagieren sie aber auch dermaßen empfindlich, dass es rein zum Verzweifeln ist!«

»Das ist gar keine echte Ziege«, stellte Kamaria fest, »das ist ein Dudelsack, der noch nicht richtig eingespielt ist.«

»Ganz recht«, entgegnete der Mann, der mit keinem Wort auf Kamarias schwarze Hautfarbe einging, als sei es die natürlichste Sache auf der Welt. »Aber warum steht Ihr beide weiter in diesem Sauwetter herum und kommt nicht herein in meine bescheidene Hütte, ehe Ihr Euch eine Sommerinfluenza zuzieht. Ihr seid ja völlig durchnässt!«

Kamaria und Lorenz schauten sich an und kamen stumm überein, dass der hagere Mann ungefährlich war. Schnell traten sie näher und brachten sich unter dem Vordach vor dem Regen in Sicherheit.

Der Hagere trug wollene Hosen, die in Lederschuhen steckten, ein rehbraunes Tuchhemd und eine schwarze Lederschürze. Er hatte schüttere, dunkelblonde Haare, die er sich quer über den oben schon kahlen Kopf gekämmt hatte. Lorenz schätzte sein Alter auf Mitte fünfzig.

»Ihr scheint etwas von Dudelsäcken zu verstehen, junge Dame«, bemerkte der Mann und hielt die erschlaffte Ziege hoch. »Wie findet Ihr meinen Bock hier? Er ist zwar noch nicht fertig, und die Rohrblätter müssen erst eingespielt werden, aber er macht schon einen recht brauchbaren Eindruck. Den Luftsack habe ich in ein altes Ziegenfell genäht, und weil ich für mein Leben gern schnitze, bin ich auf die Idee mit dem geschnitzten Ziegenkopf gekommen, der die Spielpfeife im Maul hält. Die habe ich übrigens aus Birnbaum gedrechselt.«

Fasziniert bewunderten die beiden den sehr lebensecht wirkenden hölzernen Ziegenkopf. »Und warum habt Ihr diese Kuhhörner an der Spielpfeife und an den Bordunpfeifen angebracht?«, fragte Kamaria.

»Nun«, erklärte der Hagere, »das habe ich einem Kuhhirten abgeschaut, den ich einmal getroffen habe. Er hatte sich aus einem Kuhhorn ein Signalhorn angefertigt, weil der Ton durch den Trichter eines Horns gut verstärkt wird. und lauter klingt. Und was für ein Hirtensignalhorn gut ist, kann für meinen Dudelsack doch nicht schlecht sein, oder?«

Das Mädchen nickte zustimmend, während Lorenz mit offenem Mund und relativ dämlichem Gesichtsausdruck staunend zugehört hatte.

»Ach, wie unhöflich von mir«, fuhr der Mann fort, »ich habe mich gar nicht vorgestellt. Mein Name ist Volker auf der Heyde. Man nennt mich auch den Dudelskääl, weil ich Sackpfeife spiele. Fragt mich nicht, woher er kommt, aber irgendwie ist dieser Spitzname an mir hängen geblieben. Ich bin Instrumentenbauer, falls Ihr das noch nicht bemerkt haben solltet. So, jetzt erst mal rein in die gute Stube. Ihr, junge Dame, müsst Fräulein Kamaria Malaika sein«, stellte er an die Mauretanierin gewandt fest, »und Ihr, junger Herr, seid sicher Lorenz von Rabenhorst, der unbedingt ein Spielmann werden will. Seid mir von Herzen willkommen. Ich hatte Euch eigentlich schon viel früher erwartet und fast schon befürchtet, der Malkolpes hätte Euch erwischt!«

Caput XXIV

Des Instrumentenbauers Sohn

Staunend betraten Lorenz und Kamaria die Hütte des Instrumentenbauers. Hütte war im Grunde nicht der richtige Ausdruck für Meister Volkers Behausung. Von draußen sah sein Heim klein und ärmlich aus mit seinen Lehmwänden, den winzigen Fenstern und dem reetgedeckten Dach. Doch im Inneren wirkte die Behausung viel größer.

Es herrschte kreatives Chaos in der Stube, die Meister Volker wohl gleichzeitig als Wohnraum und Werkstatt diente. Die Wände waren – so etwas hatte Lorenz bis jetzt nur in der heimatlichen Rabenhorstburg gesehen – mit glatt gehobelten Holzbrettern verschalt. Der Gedanke an zuhause gab Lorenz einen Stich. Er dachte an seinen Vater, an die Magd Hannah, den Marschall Traugott von Trottlingen und spürte Heimweh in sich aufsteigen. Doch er schüttelte die trüben Gedanken ab und musterte weiter die Behausung des Meisters.

Die kleinen Fenster waren vom Erbauer des Hauses sehr geschickt verteilt worden, um den Raum so hell wie möglich zu gestalten. Auch in dem hohen Strohdach gab es einige Fenster, die sich in hölzernen Gauben befanden. An Sonnentagen musste die Wohnstube wahrlich lichtdurchflutet sein. Momentan jedoch erleuchteten nur gelegentlich Blitze die Stube, die ansonsten im Dämmerlicht lag und nur von dem flackernden Feuer erhellt wurde, das in einem großen Kamin brannte.

Einige Töpfe hingen über den Flammen, und ihr Inhalt köchelte vor sich hin. Dem Geruch nach handelte es sich nicht um etwas Essbares, denn es roch intensiv nach Harz und Leim.

Kamaria und Lorenz legten ihre durchnässten Umhänge ab und nahmen dankbar die Tücher entgegen, die Meister Volker ihnen anbot, damit sie sich die nassen Haare abtrocknen konnten. Sie wärmten sich am Feuer eine Weile auf und trockneten ihre nasse Kleidung, während sie weiterhin neugierig die Stube in Augenschein nahmen.

An den Wänden hingen allerlei hölzerne Masken und Skulpturen, skurrile Gesichter und Figuren, die Meister Volker vermutlich selbst geschnitzt hatte. Die Mitte des Raumes dominierte ein runder, massiver Eichentisch, und an der rückwärtigen, der Kaminwand gegenüberliegenden Wand, waren Holzregale angebracht.

Darauf reihten sich Flaschen und Behälter aneinander, viele aus kostbarem Glas, aber auch solche aus Ton, Messing und Keramik. Neben Regalen gab es Halterungen aus Holz, an denen eine schier unüberschaubare Anzahl von Werkzeugen aufgehängt war: große Hämmer, kleine Hämmer; lange Ahlen, kurze Ahlen, Kneifzangen und Flachzangen, schmale Scheren, breite Scheren, dicke Hobel, dünne Hobel und vor allem Sägen in jeglicher denkbaren Form. Die Gerätschaften mussten ein Vermögen wert sein.

»Schau dir das an«, flüsterte Lorenz, »es muss unendlich viel Zeit gekostet haben, diese Werkzeuge zu beschaffen – von ihrem Preis mal ganz abgesehen!«

Aber Kamaria hatte nur mit einem Ohr hingehört. »Ja, bestimmt ist das schön«, antwortete sie geistesabwesend, »aber guck dir nur das mal an!« Sie deutete auf einen Erker am Ende des Raumes, neben dem Kamin. Der Erker war mit Instrumenten vollgestopft. Kamaria war völlig fasziniert von diesem Sortiment an Dudelsäcken mit allen möglichen Arten von Spielpfeifen. Mit offenem Mund musterte die Mauretanierin die Musikinstrumente und konnte es sich kaum verkneifen, den Arm danach auszustrecken. Sie beherrschte sich jedoch, denn sie wollte Meister Volker nicht verärgern, indem sie ohne seine Erlaubnis ein Instrument in die Hand nahm.

Auf einem Regal lagen schmale, brettförmige Instrumente, die Bünde hatten und mit Saiten bespannt waren, sogenannte Scheitholte. Auch gab es ein paar größere und kleinere Harfen, einen dreieckigen Streichpsalter mit zahlreichen Saiten samt Bogen sowie diverse Holz- und Tongefäßflöten und ein Trumscheit, so eines, wie Kamaria und Lorenz es von Mathes in Bamberg kannten. Die Musikinstrumente waren meisterlich gefertigt, nicht grobschlächtig zusammengezimmerte Bauern- oder Bettlerinstrumente, sondern fein verarbeitete Kunstwerke, die obendrein mit geschmackvollen Schnitzereien, filigran verschnörkelten Ornamenten und kleinen Reliefs verziert waren.

»Das ist ja unglaublich!«, sagte Kamaria zu Lorenz angesichts dieser Augen- und vermutlich auch Ohrenweide. Doch nun hörte Lorenz nicht richtig zu. Er war abgelenkt von zwei Instrumenten im Rohbau, die auf einer Hobelbank lagen.

»Schau mal«, lenkte er Kamarias Aufmerksamkeit darauf, »was werden das denn für Instrumente, wenn sie fertig sind?«

»Das, mein lieber Lorenz von Rabenhorst«, sagte Meister Volker, der sich bisher still im Hintergrund gehalten und mit amüsiertem Lächeln die staunenden Gäste beobachtet hatte, »werden Drehleiern!«

»Drehleiern?«, fragte Lorenz verwundert. »Aber die sehen doch gar nicht aus wie Drehleiern, oder?«

Seine alte Sinfonia war ein einfacher Kasten gewesen, in dessen Innerem sich das Rad und die Tasten mit den Holzfähnchen befunden hatten, mit denen die Saiten abgegriffen wurden. Der Junge trat näher an die Werkbank heran. Die Instrumente, die nun vor ihm lagen, sahen ganz anders aus: Sie waren tropfenförmig gebaut, und das Holzrad ragte an einem Ende fast zur Hälfte aus der Korpusdecke heraus. Eines war bereits weiter gediehen, und Lorenz erkannte, dass hinter dem Rad auf der Decke ein länglicher, schmaler Kasten mit einem Deckel angebracht war, der eine Reihe von Tasten aufwies und in einen großen Wirbelkasten mündete.

»Schaut, hier an diesem Ende des Korpus wird ein Halter für die Melodiesaiten befestigt«, erklärte Meister Volker Lorenz, »und links und rechts davon sind spezielle Halter für die Bordunsaiten, die über das Rad und dann seitlich an dem Tastenkasten vorbeilaufen und in den Wirbelkasten münden. Die Korpusform habe ich selbst erfunden. Ich fand es sehr unhandlich, immer den ganzen Kasten der Sinfonia öffnen zu müssen, wenn ich das Rad wattieren oder ein Holzfähnchen nachstimmen wollte. Deshalb habe ich das Rad einfach nach draußen verlegt und die Tasten in den Tastenkasten.«

Ein markerschütternder Schrei unterbrach Meister Volkers Erklärungen. Zitternd war Kamaria vor dem Instrumentenbauer zurückgewichen und wies auf eine große Kiste, die neben dem Kamin stand. Weiß und fahl schimmerte der Inhalt des Behälters. »Da – da – da«, stammelte das Mädchen, »... Knochen! Schnell, Lorenz, lass uns abhauen, sonst bringt er uns auch noch um ...«

Lorenz und der Hagere waren zusammengezuckt, als Kamaria aufgeschrien hatte.

»He, halt, Kamaria«, beschwichtigte Meister Volker sie. »Jetzt mal halblang! Ja, das sind Gebeine, aber die stammen doch von Kühen und Schweinen, die Bauern aus der Umgebung geschlachtet haben!«

Das Mädchen sah ihn immer noch mit schreckgeweiteten Augen misstrauisch an.

»Daraus koche ich Leim für meine Instrumente!«, sagte Meister Volker. »Außerdem schnitze ich Saitensättel daraus und stelle die Tasten für meine Drehleiern daraus her!«

»Schweineknochen?«, fragte Kamaria zweifelnd. »Nur Schweineknochen?«

»Natürlich! Und Rinderknochen«, entgegnete Meister Volker. »Was dachtet Ihr denn?«

Verlegen blickte sie zu Boden. »Nun ja, ein Köhler, den wir nach dem Weg gefragt haben, hat uns gewarnt, dass Ihr ...« Kamaria schaute in Volkers freundliches Lächeln und verstummte. »Ach, nichts!«, sagte sie.

»Ihr braucht vor mir keine Angst zu haben«, sagte der Meister und lächelte amüsiert. »Ich versichere Euch, dass das nur Tierknochen sind. Außerdem esse ich gar kein Fleisch!«

Es entstand eine peinliche Stille, während der man von draußen das Rauschen des Regens hörte und das langsam leiser werdende Donnergrollen des Unwetters.

»Woher wisst Ihr eigentlich, wer wir sind und wo wir herkommen?«, fragte Lorenz unvermittelt. Von Anfang an hatte der Junge sich diese Frage gestellt.

»Nun, sagen wir: Ich habe meine Beziehungen!«, entgegnete Meister Volker vielsagend. »Ich lebe schon lange in der Heide und im Moor, und das Rieseln manchen Baches, das Flüstern des Sommerwinds, das Geräusch, wenn Regentropfen in den Pfützen aufspritzen, das Tosen des Sturms und selbst das sachte Niedersinken der Schneeflocken können eine Geschichte erzählen, wenn man nur weiß, wie man die Sprache der Natur zu deuten hat.«

Lorenz dachte noch über diese geheimnisvollen Worte nach, während Meister Volker fortfuhr:

»Und außerdem habe ich in den Jahren der Einsamkeit in der Heide so einiges erlebt und gesehen, was anderen Menschen verborgen bleibt. In Vollmondnächten saß ich oft im Sommer draußen und spielte Dudelsack, Drehleier oder Flöte, und wie Ihr wisst, lockt Musik die Naturgeister an. Es gibt im Moor manch düstere Kreatur, Werwölfe zum Beispiel oder blutsaugende Fledermäuse, die sich tief im Forst verkrochen haben. Es gibt schreckliche Ungeheuer und Scheusale wie den Malkolpes, von dem niemand weiß, was er ist, und Ghule, die nur aus Schlamm und Morast und lebendig gewordener Bosheit bestehen, und vor denen man sich hüten sollte. Sie können uns nicht sehen, doch der Geruch von Menschen zieht sie unwiderstehlich an. Zum Glück gibt es aber auch wohlmeinende Geister, Nymphen wie Lure vom Ley und Wassergeister wie den Nöck Kelpie. Seit Ihr diesen beiden geholfen habt, wachen die Fluss- und Quellnymphen, aber auch die Waldnymphen über Eure Wege. Sie passen auf Euch auf und halten Unheil von Euch fern, solange es in ihrer Macht steht.«

»Ihr kennt Kelpie und Lure?«, fragte Lorenz erstaunt.

»Es mag Euch genügen, dass ich weiß, wer Ihr seid, junge Maid, junger Herr«, gab Meister Volker zurück, »und ich habe Kenntnis, dass Ihr Euch nichts sehnlicher wünscht, Herr Lorenz, als eine neue Drehleier. Schaut einmal hier, junger Herr, was haltet Ihr von diesem Instrument?«

Er bückte sich, nahm eine große Radleier aus einem Kasten und reichte sie dem Jungen. »Da habt Ihr einen Gurt, probiert das Instrument ruhig einmal aus!«, setzte er hinzu.

Lorenz hatte das Gefühl, dass der Instrumentenbauer von seiner Bekanntschaft mit Kelpie und Lure ablenken wollte, sagte aber nichts. Er setzte sich auf einen Hocker, legte sich die Drehleier auf den Schoß und sicherte sie mit dem breiten Ledergurt.

Lorenz drehte die Kurbel und war erstaunt, wie leicht und sanft die Saiten ansprachen und sofort einen wohlklingenden Akkord erzeugten. Nur eine der Melodiesaiten klang ein wenig verstimmt. Meister Volker hatte das ebenfalls gehört und reichte Lorenz einen hölzernen Stimmschlüssel, mit dem er die großen Holzwirbel des Instrumentes mühelos drehen konnte.

Die Drehleier hatte einen vollen, sonoren Klang, und Lorenz bemerkte, dass sich die Tasten viel besser erreichen ließen, wenn er die linke Hand auf den Deckel des Tastenkastens legte. Zudem ließen sie sich auch wesentlich leichter und angenehmer drücken als die seiner alten Sinfonia.

Endlich, endlich konnte Lorenz wieder auf einer Drehleier spielen! Sein Herz hüpfte, und wie von selbst fanden seine Finger auf den Tasten die Melodie eines Minneliedes von Albrecht von Johannsdorf aus Passau, eines jener Lieder, die Lorenz nicht auf der Laute spielen konnte, dafür aber auf der Drehleier umso besser.

»Wie sich Minne hebt, das weiß ich wohl,
Wie sie Ende nimmt, erfuhr ich nie,
Und ist's, dass ich es innewerden soll,
Was das für Herzensfreude stets verlieh,
So bewahre mich vor dem Bescheide, Gott,
Denn bitter ist er: Solchen Kummer fürcht ich ohne Spott.

Wo zwei Geliebte lieblich sind gesellt,
Dass eine Treue beider Minne heißt,
Die soll niemand scheiden in der Welt,
Wenn sie der Tod nicht von einander reißt.
Wär ich in dem Falle, tät ich so:
Verlör ich meinen Freund, so würd ich nimmer wieder froh.«

Als er geendet hatte, ließ Lorenz die Saiten ein paar Takte lang ohne Melodie weiter erklingen, während Kamaria und Meister Volker seiner wunderbaren Stimme nachlauschten, mit der er das traurige Lied herzzerreißend gesungen hatte. Nach einem kleinen Moment mischte sich zu dem sonoren Brummen der gleich klingenden Bordune wieder der Klang der Melodiesaiten, denn Lorenz ließ das Minnelied in seine eigene, melancholische Canzone übergehen, die er an Kelpies See im Finsterwald komponiert hatte. Auf Meister Volkers Instrument klang die Weise süßer, trauriger und rührender als auf Lorenz' alter Leier.

Meister Volker seufzte und sagte dann: »Man hat mir nicht zu viel versprochen, Ihr seid wirklich ein Naturtalent, und mein Freund Anselm von Hagenau hat Euch einiges beigebracht. Es wäre mir eine Ehre, Euch ein Instrument zu bauen.«

Lorenz' Herz machte einen Freudensprung.

»Ach, lieber Meister Volker, das ist mein größter Herzenswunsch, denn dann werde ich vielleicht doch eines Tages noch ein großer Minnesänger!«, sagte er.

»Ihr erwähntet Anselm von Hagenau! Woher kennt Ihr meinen Ziehvater?«, warf Kamaria aufgeregt ein.

»Nun«, gab Volker zurück, »in meiner Jugend bin ich ein paar Jahre mit Anselm zusammen gewandert, ehe er sich auf den Jakobsweg nach Santiago de Compostela machte und ich beschloss, mich hier als Instrumentenbauer niederzulassen.«

Meister Volker hielt inne und sagte dann: »Die Nachricht von seinem Tod hat mich sehr traurig gemacht.«

Lorenz wunderte sich zwar, woher Meister Volker vom Tode seines Lehrmeisters wusste, aber er fragte nicht weiter. Der Instrumentenbauer wusste offenbar mehr Dinge als gewöhnliche Sterbliche, und es schien Lorenz ratsamer, nicht zu viel zu fragen.

»Lasst uns gemeinsam musizieren«, schlug Meister Volker vor, griff nach einem der länglichen Scheitholte und legte es sich über den Schoß. In der linken Hand hielt er einen fingerlangen, glatten dünnen Holzstab, mit dem er die Saiten des schmalen Instrumentes niederdrückte, während er mit einem Federkielplektrum in der rechten Hand schnell und rhythmisch die Saiten anschlug. Eine sirrende, mitreißend hypnotische Melodie erklang. Kamaria erkannte das Stück und rief: »He, das ist ein Tanz, den mir Anselm von Hagenau beigebracht hat! Den kann ich auf dem Dudelsack spielen!«

»Prima«, nickte Volker, »und wisst Ihr auch, wie der Tanz heißt?«
Kamaria nickte ebenfalls: »Natürlich, der Tanz heißt ›Düwelskermes‹, weil er so höllisch in die Beine geht, als würden alle Teufel der Hölle auf der Kirmes zum Tanz aufspielen!«

»Richtig«, gab der Meister zurück, »nimm dir doch einen Dudelsack dort vom Bord und spiele mit!« Das ließ sie sich nicht zweimal sagen. Flugs nahm sie eine der vielen Sackpfeifen unter den Arm, blies Luft in den Sack und stimmte in den Düwelskermestanz ein.

Lorenz hatte den Tanz ebenfalls schon einmal gehört, aber bisher noch nicht einstudiert. Deshalb lauschte er zunächst ein, zwei Durchgänge lang auf die Melodie und begann dann, auf der Drehleier eine zweite Stimme zu entwickeln. Ein Lächeln erschien auf seinem Gesicht, als Meister Volker ihm anerkennend zunickte. Immer schneller und schneller und mit jeder Runde wilder wurde der Tanz, bis Kamaria die Geschwindigkeit nicht mehr durchhalten konnte und sich nur noch verhaspelte. Auch Meister Volker hatte Mühe, den Rhythmus auf dem Scheitholt mitzuhalten, und das Stück endete in einer grandiosen Kakophonie.

»Das war erstklassig!«, sagte der Instrumentenbauer etwas atemlos. »Ich glaube, junger Herr, dass Ihr wirklich ein großer Spielmann werdet!«

»Na, davon bin ich nicht so recht überzeugt«, warf Kamaria spöttisch ein. »Lasst Euch mal von ihm sein erstes Lied vortragen, dann wisst Ihr, dass er zumindest als Liederschreiber eine einzige Katastrophe ist.«

Lorenz wollte schon auffahren, aber Volker meinte nur: »Ein großer Minnesänger muss nicht unbedingt ein großer Dichter sein, und ein großer Dichter muss nicht unbedingt auch singen können! Ich kenne einen singenden Zimmermann namens Robert, der auf der Laute nur drei Akkorde schlagen kann und eine Stimme hat wie ein rostiger Hufnagel. Doch seine Lieder sind einfach nur großartig, und er schlägt alle Zuhörer in seinen Bann. Also, Lorenz, lasst Euch nicht entmutigen! Ihr werdet Euren eigenen Weg finden.«

»Ja, wenn ich so ein Instrument hätte ...«, gab der Junge zurück und streichelte die Drehleier.

Dann sinnierte er einen Moment und sagte: »Aber ich hätte mir jetzt bei dem Düwelskermestanz gewünscht, noch etwas mehr Rhythmus dabei zu haben. So wie von einem Trumscheit vielleicht. In Bamberg haben wir zusammen mit einem Musiker gespielt, der eins hatte. Das Trumscheit hatte einen beweglichen Sattel, mit dem er einen tollen Rhythmus machen konnte, auch wenn das Instrument sonst nicht so viele Töne spielen konnte. Das wäre doch was, wenn die Drehleier so was auch könnte.«

Der Meister schaute ihn nachdenklich an und gab zurück: »Ein Trumscheit habe ich selber auch schon gebaut, und ich verstehe, was Ihr meint. So ein Schnarrsteg könnte auf einer Radleier einen hübschen Effekt geben, obwohl ich mir noch nicht so richtig vorstellen kann, wie das funktionieren soll. Darüber muss ich mir mal Gedanken machen ...!«

»Ja, und noch etwas ist mir aufgefallen«, sagte Lorenz. »Ich kann mit meiner Stimme mehr Töne singen, als ich auf der Drehleier spielen kann. Das hat mich schon bei meiner alten Leier geärgert.«

»Ihr meint, Ihr könnt noch höhere Töne singen, als die Drehleier spielen kann?«, fragte Meister Volker.

»Nein«, entgegnete Lorenz, »ich meine, dass ich zwischen den einzelnen Tonschritten noch Töne singen kann, für die es auf der Leier keine Tasten gibt. Hört mal!« Lorenz sang zunächst die normale Tonskala, und dann modulierte er zwischen den regulären Tonschritten weitere Zwischentöne.

Meister Volker machte ein nachdenkliches Gesicht. »Hm! Ihr stellt ganz schöne Ansprüche, junger Herr. Ich wüsste nicht, wie ich die zusätzlichen Tasten noch unterbringen soll – dafür ist ja gar kein Platz mehr. Es sei denn, ich würde vielleicht eine zweite Reihe über der regulären Tastenreihe – hm – ja, möglicherweise – und einen Schnarrsteg wie von einem Trumscheit – hm, hm, hm!«

»Na ja, aber das soll nicht heißen, dass Eure Drehleier nicht gut genug ist«, beeilte sich Lorenz hinzuzufügen. »Es sollte nur eine Anregung sein! Und außerdem«, so meinte er resignierend, »habe ich ja gar kein Geld, um Euch eine Drehleier bezahlen zu können. Ich habe nach Euch gesucht, weil Anselm von Hagenau mir gesagt hat, dass Ihr mir helfen könntet, ein Minnesänger zu werden. Deshalb bin ich hier. Dass Ihr Drehleiern baut, habe ich erst gestern in Coellen erfahren. Ich habe leider nichts, mit dem ich ein so kostbares Instrument bezahlen könnte. Ich kann Euch nur anbieten, mich Euch für ein paar Jahre als Knecht zu verdingen, um den Preis für eine Leier abzuarbeiten.«

»Nein, junger Herr«, entgegnete Meister Volker. »Ich brauche keinen Knecht und auch keinen Lehrjungen. Aber ich erkenne Euer Talent und weiß, dass Ihr es weit bringen könnt. Ich bin bereit, Euch eine Leier zu bauen. Diese dort, die noch keinen Tastenkasten hat, ist für Euch gedacht. Und sie wird magische Kräfte haben und kann Euch zum größten Spielmann aller Zeiten machen. Aber nur unter einer Bedingung ...«

Lorenz lief es kalt den Rücken hinunter, und er musste schlucken. Die Ankündigung des Instrumentenbauers beunruhigte ihn.

»Und was wäre die Bedingung?«, fragte er.

»Damit ich endlich wirklich magische Instrumente bauen kann, brauche ich ein ganz bestimmtes Material, aus dem die Tasten der Drehleier geschnitzt werden müssen«, sagte Meister Volker.

Lorenz und Kamaria lauschten gespannt seinen Worten, als er fortfuhr: »Es ist nicht irgendein Material, und es muss zu einer ganz bestimmten Zeit beschafft werden. In einer Vollmondnacht. Ich verlange für den Bau dieser Drehleier kein Gold, kein Geld und keine Fronarbeit ...«

Er machte eine bedeutungsvolle Pause.

»Sondern?«, fragte Lorenz.

»Ich verlange«, fuhr Meister Volker fort, »... das Horn eines Einhorns!«

Caput XXV

Der Weg ins Nebelheim

»Das Horn eines Einhorns?«, fragte Franziskus ungläubig. »Er will ein Einhornhorn als Lohn? Was will er denn damit?«

»Das weiß ich auch nicht«, antwortete Lorenz. »Er hat mir nur gesagt, dass er daraus die Tasten meiner neuen Drehleier schnitzen will. Diese Leier soll magische Kräfte haben und mich zum größten Spielmann aller Zeiten machen können. Aber wie das genau gehen soll, das hat mir Meister Volker nicht gesagt.«

Kamaria ergänzte: »Wir haben natürlich versucht, es ihm zu entlocken, aber er wollte nicht mit der Sprache rausrücken. Lorenz solle sich überraschen lassen und ihm erstmal das Horn bringen.«

Lorenz und Kamaria hatten die Nacht zuvor in Meister Volkers Haus verbracht, nachdem der Instrumentenbauer ihnen angeboten hatte, angesichts der vorgerückten Stunde bei ihm Quartier zu beziehen. Sie hätten die letzte Fähre von Düx nach Coellen mit etwas Glück noch erreicht, wenn sie im scharfen Galopp geritten wären, aber Hein und Oss waren zwar verlässliche Zugpferde, als Reittiere jedoch nicht unbedingt erste Wahl. Die anhaltenden Regenfälle hatten zudem die Wege in Schlammbahnen verwandelt, denn das Unwetter war nach einer Pause zurückgekehrt, und ein gestreckter Galopp über die rutschigen Straßen schien ihnen nicht ratsam. Nach kurzem Zögern nahmen sie Meister Volkers Vorschlag an. Im Pferdestall konnten sie sich aus frischem Stroh und zwei Säcken ein Schlaflager herrichteten.

Lorenz versuchte immer wieder, den Instrumentenbauer über die magischen Fähigkeiten der neuen Drehleier auszufragen und darüber, was es mit dem Einhornhorn auf sich hatte. Und natürlich wollte er wissen, wie die magischen Kräfte ihm dazu verhelfen könnten, ein großer Spielmann zu werden.

Es war zwecklos. Meister Volker lächelte nur geheimnisvoll und erklärte Lorenz und Kamaria kategorisch, dass er das Geheimnis der magischen Leier nicht verraten dürfe, ehe sie fertig gestellt sei. Basta! Dann servierte er ihnen einen köstlichen Gemüseauflauf, zusammen mit knusprigem Fladenbrot, das er über der offenen Kaminflamme geröstet hatte.

Sie musizierten bis tief in die Nacht hinein und tauschten Lieder, Tanzmusikstücke und Geschichten aus. Volker erwies sich als großartiger Drehleierspieler. Er brachte Lorenz Verzierungstechniken bei und lehrte ihn, wie man mit Trillern und Ornamenten einer Melodie immer neue Glanzlichter aufsetzte. Lorenz sog begierig alles Neue in sich auf, und als die Mitternacht nahte, war er todmüde und fühlte sich »leer gespielt«. Aber er hatte insgesamt acht neue Melodien gelernt und zwei neue Minnelieder.

Am nächsten Tag fanden die beiden Gefährten neben ihrem Lager im Pferdestall zwei große Schüsseln mit Haferbrei vor und einen Krug frischer Milch. Der Himmel mochte wissen, woher Meister Volker die hatte. Von ihm selbst war weit und breit keine Spur zu sehen.

Also sattelten sie Hein und Oss, ritten zurück nach Düx und nahmen die Fähre nach Coellen. Der Fährknecht erinnerte sich natürlich an Kamaria, wollte sich aber nicht noch einmal mit ihr anlegen. Also machte er keine Schwierigkeiten, blieb aber mürrisch distanziert.

Kamaria und Lorenz erreichten Franziskus' Haus am frühen Nachmittag und berichteten ihm und Billa von ihrer Begegnung mit dem Instrumentenmacher.

»Wie soll ich denn an das Horn eines Einhorns kommen?«, fragte Lorenz etwas weinerlich. »Ich weiß ja noch nicht mal, ob es überhaupt Einhörner gibt, und wenn doch, wo es welche gibt. Und erst recht nicht, wie ich an das Horn gelangen soll.«

»Das stimmt nicht ganz«, antwortete Franziskus. »Kannst du dich nicht an die Geschichte erinnern, die uns Lure vom Ley erzählt hat?«

»Welche Geschichte meinst du?«, fragte Lorenz.

»Na, die über Hagen von Tronje und das Nibelungengold!«

»Stimmt!«, sagte Kamaria. »Lure hat Hagen von Tronje belauscht, und der wollte den Schatz in einem Wald verstecken, wo immer dichter Nebel herrscht und sich keine Sau hintraut!«

Billa zuckte bei dem Wort »Sau« zusammen und schaute Kamaria mit missbilligend gerunzelter Stirn an.

Das Mädchen beeilte sich zu berichtigen: »Ich meine, wo Lorenz sich nicht hintraut.« Dann hielt sie einen Moment inne, als sie bemerkte, was sie gerade gesagt hatte. Sie beherrschte sich und ließ ihre Worte wirken, ehe sie in die Runde sah und vor Lachen losprustete.

Lorenz brauchte einen Augenblick, bis er die Bemerkung kapiert hatte, doch er beschloss, vornehm darüber hinwegzugehen.

Franziskus grinste und sagte: »Lure hat doch von einem sicheren Ort erzählt, den Hagen von Tronje gesucht hat.«

»Genau!«, bestätigte Kamaria. »Er wollte das Nibelungengold nicht im Rhein versenken, sondern in den niederen Landen hinter Coellen in einem Wald, weil dort ewiger Nebel herrscht, und weil dort außerdem die letzten Einhörner leben und sich deshalb niemand hineintraut.«

»Stimmt«, ergänzte Franz. »Und wenn ich das noch richtig im Kopf habe, war die Rede von einem Ort namens Nebelheim. Es gibt in der Nähe von Coellen den Nebelheimwald. Das ist ein großer Forst, den man erreicht, wenn man von hier rheinabwärts zieht, vorbei am Worringer Schlachtfeld bis kurz hinter die Ortschaft Zontze, und sich dann nach Westen wendet. Die Wälder dort sind berüchtigt und man sagt, dass mancher Wanderer darin verschollen ist!«

»Das muss es sein!«, rief Lorenz aufgeregt. »Dort muss der Wald sein, in dem die Einhörner leben. Ich muss sofort los und eines fangen!«

»Ach ja«, unterbrach Kamaria seinen Redefluss mit spöttischem Unterton, »das ist ja interessant, dann lass mal hören, wie du das anfangen willst.«

Lorenz schaute sie sprachlos an und wusste nicht, was er antworten sollte. Seine Gefährtin hatte die Schwierigkeit mal wieder auf den Punkt gebracht.

»Und du«, fuhr Kamaria an Franziskus gewandt fort, »könntest Lorenz ja vielleicht ein Fangnetz von den Fischern besorgen, Taue, mit denen man Fangschlingen binden kann, und vor allem: einen großen, rasiermesserscharfen Hirschfänger.«

Lorenz sah sie an und entgegnete: »Einen Hirschfänger? Was soll ich mit so einem Schlachtermesser?«

»Was dachtest du«, gab sie zurück, »wie du an das Horn kommen könntest? Meinst du, das Einhorn aus dem Nebelwald kommt zu dir und sagt: ›Hallo Lorenz, nett, dass du da bist, hier ist übrigens mein Horn, das kannst du mir gerne mal von der Stirn abschneiden, denn ich weiß ja, du brauchst es für deine neue Drehleier?‹ Wohl kaum. Wenn du sein Horn haben willst, dann musst du es schon fangen oder erlegen.«

Es herrschte Stille in der Wohnstube der Familie Schmitz in der Severinstraße zu Coellen. Lorenz ließ entmutigt den Kopf hängen und Billa begann, geschäftig mit ihren Kochtöpfen zu hantieren.

Nach einer Weile meinte Franziskus: »Kamaria hat Recht. Es wird gar nicht so einfach sein, ein Einhorn zu erjagen. Abgesehen davon, dass ich persönlich gar nicht glaube, dass es überhaupt welche gibt.«

»Aber meine Drehleier!«, rief Lorenz. »Warum sollte Meister Volker denn von mir verlangen, dass ich das Horn eines Einhorns bringe, wenn es die gar nicht gäbe?«

»Ich glaube an Einhörner«, ließ sich da Sybilla vernehmen. »Meine Muhme hat mir als Kind immer von diesen wunderbaren Tieren erzählt. Sie sehen jenauso aus wie Päädcher, ich mein: jenauso wie Pferdchen.«

Billa gab sich Mühe, ihren Dialekt zu unterdrücken, damit Lorenz und Kamaria sie besser verstanden. Heraus kam eine drollige Mischung aus coellscher und fränkischer Sprache:

»Aber – sie sind viel schneller und wendijer. Und ihr Horn ist spiralförmig jedreht und en tödliche Waffe. Die Einhörner setzen et nur jejen böse Jeschöpfe ein, weil se sanftmütig sind und en jutes Wesen han. Se sin scheu. Mer kann se nur fangen, wenn mer en Jungfrau als Köder einsetzt. Einhörner werden von Jungfraue unwidderstehlich aanjetrocke – ich mein: anjezogen. Se werden völlig willenlos und lassen sich von einer Jungfrau ohne Widerstand fangen.«

»Mir scheint«, warf Franziskus knurrend ein, »dass die Einhörner genauso bekloppt sind wie so ziemlich alle jungen Männer. Junggesellen werden auch völlig willenlos, wenn eine Jungfrau in der Nähe ist, und lassen sich ohne Widerstand einfangen. Hinterher ist man dann zwar immer schlauer, aber ...«

»Na, aber dann«, sagte Kamaria energisch und sprang auf, »dann ist es ja einfach! Ich bin noch nicht verheiratet und stelle mich als Köder zur Verfügung. Also los, auf geht's, lass uns Einhörner jagen!«

Am nächsten Morgen packten sie ihre Siebensachen in den Planwagen und schirrten Hein und Oss an. Die Pferde wieherten zustimmend, als wollten sie ihre Freude darüber ausdrücken, dass sie nicht erneut als Reittiere dienen mussten und es nun endlich wieder mit dem Wagen auf große Fahrt ging.

Franziskus stellte Lorenz und Kamaria eine Ausrüstung zur Verfügung, die aus einem alten Schleppnetz bestand, das er einem Fischer aus der Nachbarschaft abgeschwatzt hatte, aus einem scharfen Dolch und – tatsächlich – einem Hirschfänger. Franz war extra zu einem Jäger gegangen, der am *forum novum*, dem Neumarkt wohnte, und hatte ihm diese Jagdwaffe abgekauft, dazu einen Jagdspieß und Seile, aus denen man Schlingen knüpfen konnte.

Franziskus konnte nicht mitkommen, denn er hatte eine Fracht nach Mainz zu befördern und die *Schmitze Billa* sollte am übernächsten Tage stromaufwärts ablegen. Auch schien er nicht so recht an den Erfolg der Einhornjagd zu glauben. Lorenz hatte den Eindruck, dass der Schiffer ihm zwar half, um ihm die Hoffnung nicht zu nehmen, selbst aber keine Sekunde lang an das Gelingen eines solchen Unterfangens glaubte. Immerhin begleitete er sie durch die Stadt und zeigte ihnen den Weg zum Eigelsteintor am nördlichen Ende der Stadtmauer. Sie folgten der Severinstraße, bis diese in die Hohe Straße mündete, fuhren vorbei am Hohen Dom zu Coellen und gelangten über die Eigelsteinstraße bis zur gleichnamigen Torburg.

Dort verabschiedete sich Franziskus herzlich von beiden, wünschte ihnen Fortune bei der Jagd und erklärte ihnen den Weg am Flussufer entlang. In Worringen, empfahl er, sollten sie sich nach dem weiteren Weg erkundigen und sich noch vor der Vogtei Zontze in nordwestliche Richtung wenden. In einigen Wochen rechne er zurück in Coellen zu sein. Kamaria und Lorenz sollten sich nach der Einhornjagd unbedingt wieder in der Severinstraße bei der Familie Schmitz einfinden, egal ob sie Erfolg gehabt hätten oder nicht.

Dann rollte der Planwagen unaufhaltsam auf dem Weg, der durch die Rheinauen führte. Felder und Weiden bestimmten die Landschaft, und nur gelegentlich sahen sie Haine oder Wäldchen.

Auf vielen Ackerböden wurde Getreide angebaut, und in der Ferne waren vereinzelt Gehöfte zu erkennen, zu denen die Getreidefelder gehörten. Sie fuhren an Schäfern mit ihren Herden vorbei und folgten dem Rhein flussabwärts. Das Wetter hatte aufgeklart, und es versprach, ein schöner Tag zu werden.

Nach ein paar Stunden, die Sonne stand bereits recht hoch am Himmel, gelangten sie an einen Ort, der im Wesentlichen aus einer Kirche und einigen größeren Häusern bestand, die aus Ziegelsteinen gemauerte Wände und Schindeldächer hatten. Ein paar schäbige Lehmhütten duckten sich in den Schatten des Gotteshauses.

In der Mitte des Dorfplatzes stand eine große Linde. Um ihren Stamm herum hatte man eine kreisrunde, hölzerne Sitzbank angebracht. Ein Stück daneben befand sich ein Zugbrunnen. Dieser Anger war das Zentrum des dörflichen Lebens, und als der Planwagen auf den Platz rollte, strömte im Nu eine Horde Kinder herbei, von der bunt bemalten Plane magisch angezogen.

Vereinzelt wurden »Gaukler!«-Rufe laut, oder es hieß: »Musikanten!« – »Vaganten!« – »Liederjane!« Es schien Lorenz und Kamaria, als habe sich in wenigen Augenblicken das gesamte Dorf auf der Dorfwiese versammelt.

Lorenz hatte einen knurrenden Magen und überhaupt keine Lust zu musizieren. Aber da sie nur noch ein paar Notgroschen übrig hatten, hielten sie es für ratsam, einige Lieder zum Besten zu geben, um sich eine Mahlzeit zu verdienen.

Kamaria packte also ihre Instrumente aus, während Lorenz einen Hut aus dem Fuhrwerk holte und, zu Spenden einladend, vor sich auf den Boden legte. Dann stellte der Junge sich vor den Dorfbewohnern in Positur und probierte eine neue Strategie aus, die ihm plötzlich in den Sinn gekommen war.

»Liebe Bürger und Bürgerinnen!«, deklamierte er. »Kommt und höret meine Mär, die ich Euch will bringen von Ihro Eminenz, der dunkelhäutigen, dunkelhaarigen Prinzessin aus dem Lande Afrika, die zu Besuch kommt nach *colonia sancta*, dem heiligen Coellen, um den Gebeinen ihres Vor-vor-vor-vor-Vaters, dem heiligen Caspar, zu huldigen, die im Schrein im Hohen Dom zu Coellen aufbewahrt werden. Und höret, Ihro Exzellenz Kamaria Malaika, die schwarze Königstochter, wird Euch auf ihrer Sackpfeife eine wundersame Weise aus ihrem Heimatlande Mauretanien darbieten.«

Kamaria warf ihm ob dieser unverfrorenen Lügengeschichte einen strafenden Blick zu. Sie pustete ihren Dudelsack auf, den sie inzwischen zur Hand genommen hatte, und begann eine orientalisch klingende Melodie zu spielen. Der Klang des Instrumentes lockte noch mehr Menschen auf den Dorfplatz.

Als Lorenz mit seiner Laute eine Akkordbegleitung zu ihrem Instrumentalstück anstimmte, war fast das gesamte Dorf versammelt. Anfangs musterten die Leute Kamaria misstrauisch, aber nach ein, zwei Musikstücken legte sich das.

Lorenz dachte, dass eines der neuen Lieder, die er von Meister Volker gelernt hatte, bei der dörflichen Bevölkerung sicher gut ankäme. Er spielte zunächst ein Präludium auf der Laute, eher er mit seinem Gesang einsetzte:

»Grün gefärbt ist schon der Wald,
In der wonniglichen Zeit!
Meine Sorgen schwinden bald.
Segen sei dem besten Weib,
Dass es mich tröstet ohne Spott
Ich bin froh! Durch ihr Gebot!«

Sein Gesang endete nach drei Strophen, und die Dorfbewohner lauschten andächtig seiner Stimme und den letzten Tönen seiner Laute nach, ehe sie begeistert applaudierten. Danach spielten die schwarze Prinzessin und Lorenz noch einige Lieder und Tänze und die Mauretanierin führte ihre Jonglierkünste vor.

Anschließend ging Lorenz mit dem Hut herum, obwohl er sich denken konnte, dass wohl kaum ein Heller darin landen würde. Zu ärmlich war die Bevölkerung des Dorfes. Trotzdem, den Leuten gefiel die Vorführung. Dankbar für eine Abwechslung vom öden täglichen Einerlei wollten sie sich erkenntlich zeigen, wenn schon nicht in barer Münze, dann wenigstens in Naturalien. Am Ende fanden sich im Hut zwei Eier, eine dicke Zwiebel, mehrere Karotten und eine Steckrübe. Nicht gerade ein fürstlicher Lohn, aber er kam von Herzen. Während Kamaria und Lorenz ihre Instrumente wegpackten, zerstreuten sich die Dorfbewohner. Nur ein einzelner Mann blieb stehen und schien mit verklärter Miene immer noch der Musik nachzuhorchen.

Er war Mitte vierzig, trug eine erdfarbene, enge Tuchhose und einen beigebraunen Hemdrock, an dessen Schulterkragen ein sogenannter Gugel, eine Kapuze, befestigt war. Seine Füße steckten, und das zeigte, dass er nicht ganz unvermögend war, in geschnürten Lederhalbstiefeln. Das Gesicht des Mannes war bartlos, sein Haupthaar kurz geschoren.

»D-dat war w-wunderbar!«, sagte er vor Aufregung leicht stotternd zu Lorenz, der gerade seine Laute einpackte.

»Aber lasst hören: Seid ihr für den Erzbischof oder für die freien Coellschen?«, setzte er mit verhalten drohendem Unterton in der Stimme hinzu. Lorenz zögerte und fragte sich, was das bedeuten könnte. Dann erinnerte er, wie übel ihnen der Erzbischof von Bamberg mitgespielt hatte, und ihm fiel Franziskus' Bericht darüber ein, dass die Coellschen sich erbittert gegen die Herrschaft des Kirchenfürsten zur Wehr gesetzt hatten.

Was soll's, dachte Lorenz und antwortete: »Wir sind für die freien coellschen Bürger!«

»D-dat hab ich mir doch gedacht!«, strahlte der Mann ihn an. »Wenn das so ist, sollt Ihr herzlich willkommen sein in Worringen! Hier, wo die Coellschen dem Erzbischof eine jelappt han, ich meine: siegreich jeschlagen haben! Ich heiße übrigens Karl, nach dem großen Kaiser Charlemagne.« Er wechselte unvermittelt das Thema und meinte schwärmerisch: »Nä, wat wor dat für schöne Musik! »

Artig bedankte sich Lorenz für das Lob. Karl wies mit einer einladenden Gebärde auf die Tür eines der größeren Häuser, über der ein bunt bemaltes Schild hing und das Haus als Gastwirtschaft auswies. Ein pausbäckiger Zecher war auf der Tafel abgebildet, der mit offenbar großem Genuss an einem Stück Fleisch nagte. ›Zom Ferkese Wellem‹ stand darunter geschrieben.

»Immer herein in die gute Stube. Ich lade Euch herzlich zum Essen ein, als Dank für die schöne Musik! Hier in Worringen gibt es die besten Ferkesfößcher in ganz Coelle!«

»Wie meinen?«, wollte Kamaria wissen, die inzwischen zu ihnen getreten war, nachdem sie den Dudelsack im Planwagen untergebracht hatte. »Ferkelsfüßchen?? Iiih!« Sie verzog angewidert das Gesicht.

»Habt Ihr noch nie knackig gebratene Schweinshaxen jejessen, junge Prinzessin aus Afrika? Und dazu einen leckeren Humpen Bier jedrunke? Dat schmeckt, als ob e Engelche Euch op de Zung jepinkelt hätt!«, schwärmte der Mann.

»Also sind wir hier in Worringen?«, fragte Lorenz, während sie dem Mann in die Schänke folgten.

»Ja sicher dat«, sagte Karl und fügte mit stolzgeschwellter Brust hinzu: »Hier haben wir dem Erzbischof jezeigt, dass die Coellschen freie Bürger sind! Wenn mer auf et Schlachtfeld umjraben jeiht, kann mer heute noch ausjeschlagene Zähne finden und Knochen.« Mit einem Augenzwinkern fügte er hinzu: »Natürlich nur Zähne und Knochen von denne Luxemburjer ...!«

In der Gaststube nahmen sie an einem grob behauenen Tisch auf einer schlichten, hölzernen Eckbank Platz. Eine ältere Frau war gerade dabei, den Tisch mit Tonkrügen und Schüsseln einzudecken.

»Das ist meine Mutter!«, stellte Karl die gemütlich wirkende Frau vor, die ihnen zunickte und sich sogleich daran machte, Wurst, Käse und Brot aufzutischen, dazu Bier und Milch.

Dann holte sie einen Topf, der im offenen Kamin im Feuer hing. Über den Flammen drehten sich außerdem drei Spanferkel mit goldbraun gegrillter, appetitlich duftender Schwarte. Sie steckten auf einem eisernen Spieß, den ein halbwüchsiger Junge hingebungsvoll drehte.

Die Wirtin schöpfte Lorenz und Kamaria eine große Portion sämiger Suppe in ihre Schüsseln und reichte ihnen Holzlöffel.

»Dat es orijinal coellsche Ähzezupp!«, sagte sie stolz. »Ihr wisst ja: Ähze, Bunne, Linse, dat sin se!«

»Na, Ihr wisst schon – Erbsen, Bohnen Linsen ... jedes Böhnchen jibt ein Tönchen!« Karl machte mit den Lippen ein furzendes Geräusch und grinste. »Aber deshalb haben die Coellschen auch jet in de Maue – also ordentliche Muskeln! Und die haben sie jebraucht hier in der Schlacht von Wurringe!«

Während die beiden sich über die köstliche Erbsensuppe hermachten, erzählte Karl von dem legendären Scharmützel.

Vor genau fünfundvierzig Jahren, am 5. Juni 1288, hatte es sich zugetragen, dass sich die coellschen Bürger im limburgischen Erbfolgestreit auf die Seite des Herzogs Johann von Brabant stellten. Seine Gegenspieler waren die Luxemburger Grafen, die mit Unterstützung des Coellner Erzbischofs Siegfried von Westerburg gegen die Brabanter kämpften.

Johann von Brabant hatte Besitzansprüche geltend gemacht, nachdem der letzte Herzog von Limburg ohne männlichen Nachkommen gestorben war. Erbrechtlich gesehen war das Luxemburger Grafenhaus im Recht, denn Johann hatte seine Erbansprüche kurzerhand anderen Erben abgekauft. Das mochten die Luxemburger nicht hinnehmen.

Da es um nichts weniger ging als um die uneingeschränkte Vorherrschaft am Niederrhein, schlugen sich die coellschen Bürger auf Johanns Seite. Dabei hatten sie gerade ein Jahr zuvor dem Erzbischof die Treue geschworen. Aber sie waren es einfach satt, vom ihm bevormundet zu werden, und wollten sich erst recht nicht seine Alleinherrschaft am Rhein gefallen lassen.

Der Erzbischof und seine Verbündeten stießen auf erbitterten Widerstand der Coellschen und wurden bei Worringen vernichtend geschlagen. Von Westerburg floh nach Bonn, wo zwei Jahre später ein kirchlicher Ausschuss die Coellschen mit einer schweren Kirchenstrafe belegte. Fortan durften auf Coellner Stadtgebiet keinerlei kirchliche Handlungen mehr vorgenommen werden, keine Taufe, keine Beerdigung, kein Gottesdienst, keine Hochzeit. Erst zehn Jahre danach handelte der nächste Erzbischof, Wikbolt von Holte, mit der Stadt einen Vergleich aus und gab ihr die Privilegien zurück.

Im Gegenzug leisteten die Coellschen dem neuen Erzbischof den Treueeid, diesmal jedoch als freie Bürger. Seither waren natürlich insbesondere die Worringer sehr stolz auf ihren Sieg gegen den Erzbischof, denn nach dieser Schlacht waren es die Geschlechter der fünfzehn reichsten Coellner Familien, die in der Stadt den Ton angaben und die Stadtpolitik bestimmten.

Fasziniert lauschten Kamaria und Lorenz der Erzählung ihres Gastgebers, der mit farbigen Bildern die Belagerung der Worringer Burg und das Gemetzel auf dem Worringer Schlachtfeld schilderte, als sei er selbst dabei gewesen.

»Mein Vater, der hat als janz junger Bursche auf dem Blutberg mitjekämpft in der Schlacht. Und weil er janz besonders tapfer jewesen is und seinen Eichenschild über Johann von Brabant jehalten hat, als der ausgerutscht war und auf dem Boden lag und einer der erzbischöflichen Ritter ihm mit dem Schwert den Kopf abschlagen wollte – tja, deshalb hat der Johann meinem Vater das Haus hier jeschenkt!«

Währenddessen hatte Karls Mutter ein Spanferkel fachgerecht tranchiert und auf einer großen Schlachtplatte auf dem Eichentisch ausgebreitet. Der Braten mundete köstlich, und ein paar Haxen und einige Humpen Milch später waren Lorenz und Kamaria derart gesättigt, dass sie sich kaum noch bewegen konnten. Nachdem sie sich gebührend für dieses unverhoffte Festmahl bedankt hatten, fragte Lorenz nach dem Weg.

»Sagt an, Karl, wie kommen wir denn von hier nach einem Ort, der Nebelheim genannt wird?«

»Ihr wollt zum Nebelheimwald?«, fragte Karl ungläubig. »Aber da is et nit jeheuer!«

»Wir wollen auf die Jagd gehen, nach einem Einhorn!«, entgegnete Lorenz. Kaum hatte er das gesagt, drang ein lautes Scheppern aus dem Küchenbereich. Karls Mutter hatte eine Tonschüssel fallen lassen und schaute Kamaria und Lorenz mit schreckgeweiteten Augen an.

»Einhörner wollt Ihr jaren?«, stammelte sie. »Aber dat därf mer nit! Dat bringt jroßes Unjlück üvver alle Beteiligten!«

»Ach komm, Mutter«, sagte Karl, »jetzt übertreib mal nicht!« Und zu Lorenz gewandt: »Aber junger Herr, Ihr wisst doch, dass es Einhörner überhaupt jar nit jibt! Das sind doch nur Märchen!«

»Aber könnt Ihr uns nicht trotzdem sagen, wie wir nach Nebelheim kommen?«, hakte Kamaria nach.

»Ja, zum Nebelheimwald ... Natürlich, das kann ich Euch sagen. Aber ich würde Euch wirklich nicht empfehlen, dorthin zu fahren – aber jut, wenn Ihr unbedingt wollt ... Am besten nehmt Ihr den Weg über Land, die Handelsstraße nach *novesium*, wie die Römer sagten. Heute heißt der Ort Nüüß. Der Landweg ist besser als der Weg am Rhein entlang, weil Ihr dann nicht an der Vogtei Zontze vorbei kommt. Die Feste dort wurde zwar nach der Schlacht jeschleift, und das Patronat jehört dem Kloster Deutz, aber man weiß nie, was die Kirchenvögte Euch an Wegezoll abknöpfen, auch wenn Ihr jar keine Waren bei Euch habt. Wenn Ihr Euch stattdessen auf der Handelsstraße landeinwärts nach Nordwesten haltet, dann erreicht Ihr eine Kreuzung, die in Richtung Westen direkt in die jroßen Wälder führt. Da liegt der Busch, der von de Leute auch Nebelheim oder Heim der Nivven jenannt wird.«

»Ist denn dort immer Nebel?«, fragte Lorenz.

»Das nicht, aber vor allem im Herbst und lange bis ins Frühjahr hinein liegt morjens und abends richtig Nebel über der Landschaft, auch im Sommer. Man sagt, die Waldnymphen und die Kobolde haben den Forst verzaubert und den Nebel jerufen, damit keiner ihn betritt, der dadrin nix zu suchen hat.«

Sie bedankten sich bei nochmals bei Karl und machten sich auf den Weg. Kaum hatten sie Worringen hinter sich gelassen, wurde das Gelände unwirtlicher. Die Felder machten den Eindruck, als seien sie seit ewigen Zeiten nicht bebaut worden. Je weiter nordwestlich sie kamen, desto flacher wurde die karge Wiesen- und Weidelandschaft.

Am späten Nachmittag gelangten sie an den Kreuzweg und bogen in westlicher Richtung ab, dann lag der Wald des Nebelheims am Horizont vor ihnen. Mächtige Eichen, Buchen, Linden und Kastanien säumten seinen Rand. Es handelte sich um einen Mischforst, denn im

Zwielicht des Waldes schimmerten auch Tannen, Fichten und andere Nadelhölzer durch den dichten Baumbestand. Büsche und Unterholz machten einen undurchdringlichen Eindruck, und schon wie damals im Finsterwald fröstelte es Lorenz bei dem Gedanken, welche düsteren Geheimnisse hier wohl auf ihn warten mochten.

Schließlich erreichten sie den Wald, an dem der Weg regelrecht im Nichts endete. Der Hauptweg teilte sich in zwei schmalere Pfade, die links und rechts am Waldrand entlang führten, doch nicht in den Forst hinein. Sie beschlossen deshalb, erst am nächsten Morgen weiterzufahren, schlugen ihr Lager auf und entzündeten ein Feuer. Während es allmählich dämmerte, brieten sie ein paar Würste, die Karl ihnen mitgegeben hatte.

»Und was machen wir jetzt?«, fragte Kamaria. »In einer bis zwei Nächten haben wir Vollmond, wir sollten uns so langsam überlegen, wie wir das Einhorn fangen wollen.«

Es wurde immer dunkler, und aus den Wiesen vor dem Waldgebiet und aus dem Unterholz des Forstes stiegen gespenstische Nebelschwaden empor, obwohl es Sommer war. Unbehaglich schauten Lorenz und Kamaria ein ums andere Mal über die Schulter.

»Vielleicht kannst du dem Einhorn einfach Salz auf den Schwanz streuen! Das soll ja bei Karnickeln helfen«, schlug Kamaria vor.

»Salz!«, entgegnete Lorenz entrüstet. »Du spinnst ja! Woher soll ich denn so etwas Kostbares wie Salz nehmen? In den letzten fünf Jahren gab es auf der Rabenhorstburg nur zu Weihnachten und Ostern Salz, weil mein Vater sich das nicht leisten konnte. Woher soll ich jetzt also Salz nehmen?«

Dann hielt er inne, als er Kamarias breites Grinsen bemerkte und ihm klar wurde, dass sie ihn auf die Schippe genommen hatte.

»Ich fange ein Einhorn!«, sagte er zornig. »Du wirst es schon sehen – ich fange eins!«

Caput XXVI

Sternenglanz

Es wurde eine furchtbare Nacht. Die Geräusche des Waldes waren zutiefst beunruhigend. Überall knirschte, knackte und raschelte es, mal lauter und ganz in der Nähe, mal von fern und leise, kaum mehr als die Ahnung eines Geräusches. Immer jedoch beängstigend und unheimlich, wobei Lorenz nicht hätte sagen können, welche Geräusche furchterregender waren. Tiere schrien beunruhigend; vor allem der heisere, sich monoton wiederholende Schrei eines Käuzchens zerrte an den Nerven. Tröstlich hingegen war der sternenübersäte, samtschwarze Himmel, der sich über sie wölbte. Lorenz wünschte sich, irgendwo dort oben zu sein und im Wagen des Weltenlenkers mitfahren zu dürfen. Plötzlich zischte eine Sternschnuppe über das Firmament, leuchtend zog sie ihre Bahn über das Himmelsgewölbe. Lorenz hatte noch nie eine so helle Sternschnuppe gesehen und machte Kamaria mit einer Handbewegung darauf aufmerksam.

»Schnell, Lorenz«, wisperte sie, »wünsch dir was! Eine Sternschnuppe ist ein Zeichen des Himmels, und wer sie als Erster sieht, darf sich etwas wünschen. Aber verrate nicht, was du dir gewünscht hast, sonst geht es nicht in Erfüllung!«

Die beiden legten sich eine Decke um die Schultern und starrten schweigend in die herabbrennende Glut des Lagerfeuers.

»Ich wünschte, Kelpie wäre bei uns«, äußerte der Junge nach einer Weile einen anderen Wunsch.

»Oder besser noch Lure, dann erhöht sich die Zahl der Nicht-Hosenschisser schlagartig um einhundert Prozent«, sagte Kamaria.

Rechnen war keine Disziplin, in der Lorenz geglänzt hatte, aber nach kurzem Nachdenken wurde ihm klar, dass seine Reisegefährtin ihn wieder einmal foppte. Er zog einen Flunsch und sagte nichts. So saßen sie, bis die Asche nur noch schwach glühte. Schließlich legten sie sich im Planwagen zur Ruhe.

Sie erwachten mit den ersten Strahlen der Sonne. Lorenz rekelte sich und schlug die Eingangsplane des Wagens zurück. Er hatte zwar befürchtet, dass es neblig sein würde, aber im Grunde seines Herzens gehofft, dass sich der Dunst im Sommer in Grenzen hielte.

Doch ein weißgrauer Schleier aus dichtem Bodennebel verdeckte die Wiesen und Felder, so weit das Auge blickte. Er reichte bis an den unteren Rand des Fuhrwerks, von dessen Rädern nur die oberen Krümmungen aus den Nebelschwaden herausragten. Der Dunstteppich erstreckte sich wabernd bis in den Wald, der deshalb noch unheimlicher und abweisender wirkte als tags zuvor.

»Ui, das ist ja eine schöne Suppe!«, erklang Kamarias Stimme hinter ihm. Lorenz zuckte zusammen. Er hatte nicht bemerkt, dass das Mädchen wach geworden war.

»Und was machen wir jetzt, Herr Einhornjäger«, meinte sie süffisant, »abgesehen davon, dass wir erst mal frühstücken? Obwohl ich eigentlich immer noch keinen Hunger habe nach der Fresserei gestern.«

Als die Sonne ein Stück höher gestiegen war und sie etwas von ihren Brotvorräten gegessen hatten, beschlossen sie, zunächst einmal den Waldrand zu erkunden. Hein und Oss grasten, vom Nebel scheinbar unbeeindruckt, auf der Weide. Lorenz und Kamaria beluden sich mit ihrer Jagdausrüstung. Der Junge ergriff den Hirschfänger, während Kamaria den Jagdspieß schulterte und sich das zusammengerollte Fischernetz auf den Rücken band. Im letzten Moment dachte Lorenz daran, den Beutel mit ihren Mundvorräten umzuhängen. Dann marschierten sie los und folgten dem Pfad entlang des Waldrandes nach Norden. Sie wanderten fast zwei Stunden, und noch immer war nirgendwo ein Weg erkennbar, der in den Wald hineinführte. Dichtes Unterholz und dornige Büsche verwehrten überall den Zugang. Wenigstens hatten sich inzwischen die Nebelfelder verflüchtigt. Die Sonne brannte senkrecht auf sie herab.

Dann vernahmen sie ein Geräusch. Das war doch ... ja, es hörte sich wie ein Glucksen und Plätschern an. Und tatsächlich, nach einer weiteren Strecke gelangten sie an einen kleinen Bach, der in den Nebelheimwald hineinfloss.

»Na prima«, jubelte Kamaria und lief los, als sie das Rinnsal erblickte. Am Ufer angekommen, warf sie Jagdspieß und Netz ins Gras, legte ihren Umhang ab und kniete nieder, um sich mit dem klaren, kalten Wasser zu waschen.

»Aach, ist das herrlich«, rief sie Lorenz fröhlich zu, der etwas unschlüssig herumstand. »Jetzt komm und erfrische dich! Du hast dich doch auch schon seit Tagen – ach, was sag' ich – seit Wochen nicht mehr richtig gewaschen!«

Als der Junge keine Anstalten machen, der Aufforderung nachzukommen, sagte Kamaria im Befehlston: »Herr von Rabenhorst! Sofort legt Ihr das Hemde ab und betreibt Körperpflege! Wird's bald? Ihr stinkt ja schon wie der alte Ziegenbock von Meister Volker!«

Zögernd zog Lorenz sein Hemd aus und kniete sich am Uferrand hin. Ein kleiner, elektrisierender Kälteschock durchzuckte seinen Körper, als er sich mit dem eiskalten Wasser benetzte. Doch dann war es herrlich und erfrischend.

Das Bächlein gluckerte und plätscherte munter vor sich hin. Während er sich wusch, lauschte Lorenz gedankenversunken seinem Rauschen. Aber war das wirklich nur ein Rauschen oder nicht doch eher – ein Flüstern? Er hörte genauer hin – eindeutig, der Bach wisperte, als wolle er dem Jungen etwas sagen"

»Psst – psst – psst – folgolgolglr – mirst – psst – psst – psst – folgolgolglr – mirst – psst – psst ...«

Lorenz runzelte die Stirn und hielt den Atem an. Der Bach versuchte tatsächlich, ihm etwas mitzuteilen. Es konnte gar nicht anders sein. Oder bildete er sich das nur ein? Angestrengt lauschte der Junge weiter.

»Grgll – grgll – psst – psst – folgolgolge – miririr – grgll – grgll – folgolge – mirir ...«, plätscherte es.

»Du, Kamaria«, flüsterte Lorenz der Mauretanierin zu, die inzwischen ihre Oberbekleidung wieder angelegt hatte, »hörst du das auch?«

»Was soll ich hören?«, fragte sie.

»Na, der Bach ... », entgegnete Lorenz.

»Der rauscht, wie jeder anständige Bach das zu tun pflegt«, sagte Kamaria.

»Aber verstehst du denn nicht? Der Bach sagt, wir sollen ihm folgen!« Lorenz war ganz aufgeregt.

»Quatsch!«, raunzte Kamaria ungnädig. »Ein Bach kann gar nichts sagen. Der hat doch keinen Mund!« Sie hielt inne und dachte kurz nach. »Andererseits – wenn wir in den Wald hinein wollen und sonst keinen Weg finden, dann ist es vielleicht gar keine so dumme Idee, dem Wasserlauf zu folgen. Er führt direkt in den Busch, und er ist recht flach und nicht steinig. Ja, das ist wirklich kein so schlechter Gedanke! Komm schon!«

Sie zog ihre Schuhe aus und krempelte die Hosenbeine hoch. Nachdem sie sich den Jagdspieß und das Netz wieder übergehängt hatte, stieg sie in das niedrige Bachbett. Sie fröstelte, als sie ihre nackten Füße in das kalte Wasser setzte. Erwartungsvoll schaute sie Lorenz an: »Na was jetzt, Herr Hosenschisser? Wollen wir Einhörner jagen oder nicht? Also, auf geht's!«

Lorenz seufzte und ergab sich in sein Schicksal. Er zog ebenfalls die Schuhe aus, rollte seine Hosenbeine hoch und stelzte in das Flüsschen. Die Sonne setzte irisierende Lichtreflexe auf die Wasseroberfläche, die Lorenz blendeten. Er kniff die Augen zusammen und musterte den Bach. Es war ihm, als könne er das Gesicht eines Mädchens im Wasser erkennen.

Blödsinn, dachte er bei sich und mahnte sich innerlich zur Ordnung, das bilde ich mir nur ein! Andererseits – das Antlitz des Mädchens weckte seine Erinnerung an jemanden. Lorenz blickte erneut ins Wasser. Wieder meinte er die zerfließenden Gesichtszüge eines Mädchens zu sehen, das ihn entfernt an Lure vom Ley erinnerte.

»He, Lorenz, willst du im Wasser Wurzeln schlagen?«, rief ihm Kamaria zu.

Der Junge setzte sich in Bewegung, und langsam wateten sie hinein ins Zwielicht des dichten Gehölzes. Geäst und Blattwerk der uralten Bäume wölbten sich wie der Dom einer Kathedrale über den Bach. Lorenz und Kamaria drangen tiefer in den Nebelheimwald ein.

Das Flüsslein gurgelte und rauschte, und je länger sie seinem Lauf folgten, desto mehr hatte auch Kamaria den Eindruck, dass der Bach ihnen aufmunternd zuflüsterte, sie sollten ihm folgen. Plötzlich erinnerte sich Lorenz an das, was Lure vom Ley ihm gesagt hatte: »Ich werde all meinen Verwandten von deiner mutigen Tat erzählen und sie bitten, über deine weiteren Wege zu wachen, wo du auch hingehen magst. Wann immer du einem meiner Familienmitglieder begegnest, werden sie dir helfen!«

Das musste es sein! Lures Verwandte waren die Berg- und Höhlennymphen, die Quell- und Flussnymphen. Wenn in diesem Bach eine Flussnymphe lebte ...

»Lorenz, schau!«, Kamarias Ruf riss ihn aus seinen Gedanken.

»Da drüben!«, rief sie und wies auf eine Öffnung im Dickicht, die sich am Rand des Baches zeigte und den Blick auf eine große Waldwiese freigab. Die beiden stiegen aus dem Bach und ließen sich auf den Moosboden fallen.

Es war schattig und dämmrig auf der Lichtung, obwohl sich über ihnen ein kleines Stück tiefblauen Himmels zeigte. Die Sonne war offenbar schon so weit gewandert, dass sie zu niedrig stand, um die Waldschneise durch die Baumkronen noch beleuchten zu können. Nach einer Pause, in der sie ihre Füße und Waden trocknen ließen, zogen sie ihre Schuhe wieder an.

»Na, was ist?« Kamaria deutete auf einen Hohlweg, der sich am Ende der Schneise auftat. »Sollen wir dem Weg folgen?«

»Wenn wir uns nicht Kleider und Haut am dichten Dornengestrüpp zerfetzen wollen, bleibt uns wohl keine andere Wahl!«, entgegnete Lorenz ergeben, obwohl ihm der Gedanke, weiter in den Nebelheimwald einzudringen, unangenehm war.

»Irgendwann muss der Wald doch mal lichter werden. Hier kommt ja kaum ein Wanderer durch, geschweige denn ein Pferd oder ein Einhorn«, sagte der Junge.

Sie beschritten also den Hohlweg, bis dieser schließlich in eine Wegkreuzung mündete. Was nun? Lorenz und Kamaria waren unentschlossen. Den Pfaden nach links oder rechts zu folgen schien ihnen nicht sinnvoll, immerhin wollten sie tiefer in das Waldgebiet hinein. Sie zögerten nur kurz und gingen dann geradeaus. Nach einiger Zeit gabelte sich der Weg. Wiederum mussten sie eine Entscheidung treffen. Sie wählen den Weg, der nach rechts führte, ohne genau sagen zu können warum. Es wurde dunkler, sie wanderten und wanderten und verloren dabei völlig das Zeitgefühl. Immer weniger Sonnenstrahlen fanden den Weg durch das dichte Blätterdach. Mehrfach gelangten sie an Wegkreuzungen oder Gabelungen, an denen sie sich für eine Richtung entscheiden mussten.

Plötzlich blieb Kamaria abrupt stehen.

»Lorenz«, flüsterte sie unsicher, und der Junge bemerkte so etwas wie Panik in ihrer sonst so selbstsicheren Stimme. »Hast du dir eigentlich gemerkt, wie wir abgebogen sind?«

»Ich?«, gab Lorenz zurück. »Ich dachte, du ...«. Schuldbewusst schauten sich die beiden an, und es wurde ihnen schlagartig klar, dass sie einen Fehler begangen hatten.

»Wir Tölpel!«, zischte Kamaria. »Wir haben vergessen, einen Pfeil in die Baumrinde zu ritzen, wenn wir abgebogen sind.«

Lorenz war blass geworden, als ihm klar wurde, dass sie sich hoffnungslos in dem großen Forst verirrt hatten.

»Jetzt weiß ich auch«, sage Kamaria bitter, »warum man so viele Wanderer nie wieder gesehen hat, nachdem sie in den Nebelheimwald gegangen sind!«

In der Zwischenzeit war es recht finster geworden. Die Gefährten waren froh, als sich der Hohlweg weitete und eine kleine Lichtung freigab. Sie beschlossen, dort zu übernachten. Lorenz bereute, dass sie keine Decken mitgenommen hatten und nichts, mit dem sie ein Lager hätten bereiten können.

Wenigstens hatten sie daran gedacht, einige Mundvorräte mitzunehmen, etwas Fladenbrot, die zwei Eier, die Zwiebel, Karotten und die Steckrübe, die ihnen nach ihrem Auftritt von den Worringern geschenkt worden waren.

Während sie aßen, wurde es noch dunkler. Sie lehnten an einem umgekippten, morschen Baumstamm und warteten schweigend auf die Nacht. An die gedämpfte Geräuschkulisse des Waldes hatten sie sich mittlerweile gewöhnt. Doch plötzlich überlagerte ein lang anhaltendes, markerschütterndes Heulen dieses Hintergrundrauschen. Kamaria sprang auf, und auch Lorenz war sofort auf den Beinen.

»Dort!«, sagte das Mädchen tonlos und wies in die Dunkelheit. Lorenz schaute angestrengt in diese Richtung, und nach einer kurzen Weile meinte er, zwei Lichtpunkte in der Finsternis glitzern zu sehen, dann ein weiteres Lichterpaar und noch eines.

»Wölfe!«, flüsterte Kamaria entsetzt, während aus dem Unterholz ein gefährlich drohendes Knurren zu vernehmen war.

»Lauf um dein Leben«, gellte Kamaria. Die beiden rannten völlig kopflos in die fast vollständige Schwärze und sausten in halsbrecherischem Tempo über den Weg, dessen Verlauf sie mehr erahnen als sehen konnten.

Zweige und Äste peitschen ihnen ins Gesicht und Lorenz spürte, wie etwas an seinem Ärmel riss. Er achtete nicht darauf und stürmte weiter. Plötzlich hatte er Kamaria aus den Augen verloren. Hinter ihm kamen das Heulen und das aufgeregte Knurren näher.

Lorenz zerrte den Dolch aus seinem Gürtel, entschlossen, seine Haut so teuer wie möglich zu verkaufen. Dann verhakte sein Fuß sich in einer Wurzel, und er fiel aus vollem Lauf auf den weichen Waldboden. Er überschlug sich und blieb benommen liegen. Ein stechender Schmerz brannte wie Feuer in seinem linken Arm. Sein Kopf dröhnte.

»Kamaria!«, schrie Lorenz in Panik. »Kamaria, wo bist du?« Doch sie gab keine Antwort. Der Junge bemerkte, dass sein linker Arm feucht war. Er hatte sich beim Fallen mit dem Messer den Unterarm aufgeschnitten. Er stöhnte und betastete die Wunde. Es schien zum Glück nur eine oberflächliche Schramme zu sein, die ihn nicht umbringen würde. Dann wurde ihm bewusst, dass dafür die drei Lichterpaare sorgen würden, die sich ihm aus der Dunkelheit heraus mit quälender Langsamkeit näherten, besser gesagt, die Wölfe, zu denen die gelb funkelnden Augenlichter gehörten.

Lorenz nahm den Dolch in die linke Hand und zückte den Hirschfänger mit der anderen. »So leicht kriegt ihr mich nicht!«, schrie er in die Finsternis. Wie zur Erwiderung kam höhnisches, lang anhaltendes Knurren aus drei verschiedenen Richtungen zurück. Lorenz war umzingelt, und er wusste, dass er trotz seiner Bewaffnung keine Chance hatte.

Alles ging rasend schnell. Das mittlere der Lichterpaare machte einen Satz auf den Jungen zu. Lorenz schützte reflexartig seinen Hals mit dem Arm, ehe der stinkende Atem des riesigen Wolfes sein Gesicht erreichte. Er stach mit dem Messer zu, während sich das Ungeheuer in seinen linken Arm verbiss. Von links und rechts hetzten die beiden anderen Wölfe auf Lorenz zu, der vor Schmerz beinahe die Besinnung verlor.

Sein Dolch hatte den Wolf getroffen und ihm einen tiefen Schnitt im Halsfell zugefügt. Aber das schien das Ungetüm nicht weiter zu stören. Im Gegenteil, seine Bösartigkeit wurde offenbar durch Lorenz' verzweifelte Gegenwehr noch angestachelt. Dann meinte der Junge, von fern das Hufgetrappel eines Pferdes zu vernehmen, ohne allerdings zuordnen zu können, woher es kam.

Ehe sich die beiden anderen Wölfe in ihn verbeißen konnten, ließ plötzlich der Leitwolf, dem er den Dolchstich verpasst hatte, unverhofft mit einem Aufjaulen locker. Lorenz bekam etwas Bewegungsraum und stieß erneut mit dem Dolch zu. Ein schmerzerfülltes Heulen sagte ihm, dass er eines der Mistviecher erwischt hatte.

Aus dem Augenwinkel sah er im spärlichen Licht eines Mondstrahls, der den Weg durch das Blätterdach gefunden hatte, einen großen, silbrig weißen Schatten. In das Jaulen der Wölfe mischten sich ein wütendes Wiehern und das heftige Scharren und Trappeln von Hufen. Lorenz bemerkte, dass einer der Wölfe im hohen Bogen durch die Luft gewirbelt wurde. Schnaubendes Wiehern war das Letzte, was er vernahm, ehe ihm schwarz vor Augen wurde.

Lorenz! Lorenz! Lorenz von Rabenhorst!« Langsam kehrten seine Sinne zurück. Sein rechter Arm brannte wie Feuer, und nur mühsam schüttelte er die düsteren Träume ab, die sich um Wolfsrachen und messerscharfe Reißzähne drehten. Er öffnete mit Anstrengung die Augen, denn es war sehr hell, und seine Pupillen mussten sich erst an das Licht gewöhnen. Vor sich erblickte er das Gesicht eines fremden Mädchens.

Kamaria?, dachte er mühevoll. Wieso ist ihre Haut jetzt plötzlich weiß geworden?

»Lorenz, komm endlich zu dir!« Das war eindeutig Kamarias Stimme. Dann bewegte sich das Gesicht des weißhäutigen Mädchens zur Seite, und Kamarias ebenholzfarbiges Antlitz schob sich mit einem strahlenden Grinsen in sein Blickfeld.

Lorenz lag auf einer Waldlichtung, den Kopf auf ein Kissen aus Moos gebettet. Er hob versuchsweise den rechten Arm, auf dem ein Verband aus Baumrinde lag, ließ es aber sofort wieder bleiben, als er den stechenden Schmerz spürte. Gleichzeitig kam die Erinnerung zurück.

»Wo sind die Wölfe?«, flüsterte er, und eine Spur von Furcht schwang in seiner Stimme mit.

»Bleib ruhig«, beschwichtigte ihn Kamaria. »Sie sind weg.«

»Und was ist mit dir? Wo warst du? Warum ist dir nichts geschehen? Ich hatte solche Angst um dich!«

»Typisch der alte Hosenschisser!«, gab Kamaria spöttisch zurück. »Sei beruhigt, ich war so schlau, auf den nächstbesten Baum zu klettern. Die Bestien haben sich die Lefzen zerrissen und sind wie die Teufel am Baumstamm hochgesprungen, aber ich saß viel zu weit oben für die Viecher. Sie konnten mich nicht erreichen und haben es nach einiger Zeit aufgegeben. Und dann kam Sophie und hat mich zu dir gebracht!«

»Sophie? Wer ist Sophie?«, fragte Lorenz.

»Ich bin Sophie«, sagte das Mädchen, dessen Gesicht der Junge erblickt hatte, als er aus seiner Ohnmacht erwacht war.

Lorenz meinte, Lure vom Leys größere Schwester vor sich zu sehen: Eine bildhübsche Maid mit blonden Haaren, gekleidet in ein langes Kleid, das in allen denkbaren Grünvariationen schimmerte, angereichert mit borkenfarbenen Tupfern, von Erdbraun bis Rindenfarben.

»Sophie vom Nebelheim ist mein Name«, stellte das Mädchen sich lächelnd vor. »Ich bin eine Waldnymphe«, ergänzte sie, als sei dies das Selbstverständlichste auf der Welt. »Lure vom Ley hat uns von dir erzählt und von deinem Heldenmut, als du ihr das Leben gerettet hast. Zum Dank habe ich über euren Weg gewacht, nachdem meine Schwester, die Bachnymphe Lilofee vom Nebelheim, euch den Pfad in mein Reich gewiesen hat.«

»Also doch!«, sagte Lorenz triumphierend. »Ich wusste doch, dass der Bach zu mir geredet hat!«

»So war es auch«, gab Sophie zurück, »aber dann haben wir euch dummerweise aus den Augen verloren. Zum Glück war Sternenglanz in der Nähe, ehe die Wölfe dich zerfetzen konnten!«

»Sternenglanz?«, fragte er. »Was für ein Sternenglanz?«

»Sternenglanz ist der Herrscher des Waldes«, antwortete die Baumnymphe. »Er ist das letzte Einhorn, das hier im Nebelheimwald lebt. Du hast Glück gehabt, dass er in der Nähe war. Einen der Wölfe hat er mit seinem Horn aufgespießt, die anderen sind seinen Hufen zum Opfer gefallen. Sternenglanz hasst alles Böse, und die Wölfe hüten sich normalerweise, ihm zu begegnen.«

»Aber, aber, aber«, stammelte der Junge verwirrt, »ich will ein Einhorn jagen, weil ich sein Horn für meine Drehleier brauche – und jetzt hilft es mir. Wie kann das sein?«

Ein eisiges Schweigen setzte ein, und die Nymphe schaute Lorenz mit fassungslos aufgerissenen Augen an. Er merkte, dass er einen Fehler begangen hatte.

»Was willst du?«, herrschte ihn die Nymphe fassungslos an. »Du willst ein Einhorn töten? Ich kann es nicht glauben.« Entsetzt war das Mädchen zurückgewichen. »Aber das kann nicht sein! Sternenglanz hätte dir niemals geholfen, wenn er diese Boshaftigkeit gespürt hätte. Niemals!«

»Aber ich brauche das Einhornhorn!«, stammelte Lorenz. »Sonst bekomme ich niemals eine neue Drehleier!«

Die Waldnymphe wirbelte herum und vor Lorenz' Augen verschwamm ihre Gestalt. Sie schien sich gleichsam in Luft aufzulösen, während ihr Schrei als leises Echo zwischen den Bäumen widerhallte.

»Lorenz von Rabenhorst«, raunte es in dem Wind, der sich plötzlich erhob und in den Baumkronen rauschte, »lass ab von deinem Vorhaben, oder die Naturgeister werden dir nie wieder gewogen sein. Nie wieder, Lorenz von Rabenhorst, hörst du, nie wieder! Nie wieder! Nie wieder! Nie wieder! Nie wieder!«

Lorenz war zunächst wie versteinert und zuckte erst erschrocken zusammen, als sich eine Hand auf seine Schulter legte.

»Du bist ein ganz schöner Einfaltspinsel!«, meinte Kamaria kurz angebunden. »Jetzt hast du es geschafft, dir die Naturgeister zu Feinden zu machen, und das nur wegen einer blöden Drehleier. Mensch, lern doch lieber Tamburin. Das ist einfach zu beschaffen und leichter zu spielen. Ich hab's langsam auch satt, mit dir in diesem Mistwald herumzulaufen. Abgesehen davon, dass wir hier sowieso nicht mehr lebend rausfinden!«

Entmutigt ließ ihr Gefährte den Kopf hängen. Sie verzehrten den Rest des Brotes, der ihnen geblieben war, und saßen lange Zeit schweigend nebeneinander auf der Lichtung. Sie waren ratlos, orientierungslos und ohne die geringste Vorstellung, wie sie wieder aus dem Wald herauskommen sollten. Schließlich beschlossen sie, weiterzugehen. Das war jedenfalls besser, als tatenlos herumzusitzen.

Lorenz spürte die Bisswunde an seinem Arm noch, aber der Borkenverband schien magische Heilkräfte zu haben, denn sie verursachte am Nachmittag kaum noch Schmerzen. Endlos wanderten sie durch Hohlwege und auf moosbedeckten Pfaden, stolperten über Wurzeln und rissen sich die Hosen an Dornen auf. Zudem schienen sich sämtliche Insekten des Forstes gegen Kamaria und Lorenz verschworen zu haben, denn eine Wolke bösartiger Stechmücken verfolgte sie seit dem Vormittag.

Endlich erreichten sie eine Lichtung und ließen sich erschöpft ins Gras fallen. Lorenz versank sofort in tiefen Schlummer und erwachte erst, als es bereits dunkel geworden war. Kamaria saß neben ihm und machte ein bedrücktes Gesicht.

»Lorenz«, flüsterte sie, »ich habe Angst. Ich will aus diesem Wald raus.«

Lorenz setzte sich auf und nahm das Mädchen in den Arm.

»Ich auch, Kamaria, ich auch!«, sagte er und streichelte ihr über das Haar.

Er wiegte sie im Arm und begann ein Lied zu summen, das aus dem Innersten seiner Seele kam. Es war eine zauberhafte Melodie, ohne Text, ohne Worte. Schließlich beruhigte sie sich, richtete sich auf und lehnte sich mit dem Rücken an den Stamm einer alten, knorrigen Eiche.

Lorenz sang mit geschlossenen Augen weiter, völlig verloren in seinem Lied, das ihn Zeit und Raum vergessen ließ. Der Vollmond sandte ein fahles Schimmern durch das Loch im Blätterdach auf die Waldwiese und tauchte das Gras in einen bleichen, matten Schein.

Das Licht veränderte sich, je länger Lorenz sang, es wurde silbern und glitzerte geheimnisvoll. Kamaria hatte ebenfalls die Augen geschlossen, während sie Lorenz' Gesang lauschte, bis ein Geräusch in ihr Bewusstsein drang. Die Mauretanierin öffnete ihre Lider und erblickte im Mondlicht die schönste Kreatur, die sie jemals gesehen hatte.

Am Rande der Lichtung stand regungslos mit hoch erhobenem Haupt ein wunderschönes Tier. Es hatte völlig ebenmäßige Gliedmaßen. Kraftvolle Muskeln zeichneten sich unter seinem geschmeidigen Fell ab, das im silbrigen Mondschein leuchtete und vom Schimmern der Sterne gesprenkelt schien. Die Fransen seiner dichten Mähne fielen ihm bis über die Augen. Aus der Stirn ragte ein elfenbeinweißes, spiralförmig gedrehtes Horn hervor.

Das Einhorn verweilte ohne Bewegung am Waldrand und blickte mit großen, wachen Augen auf Kamaria, die ihrerseits reglos unter dem Baum saß. Endlos lange stand das fabelhafte Tier so im Mondenschein. Schließlich wedelte es mit dem Schweif, warf den Kopf zurück und ließ ein Schnauben vernehmen.

Es setzte sehr langsam einen Huf vor den anderen und näherte sich scheu. Kamaria hielt den Atem an. Nach jedem Schritt hielt das Einhorn inne und witterte. Dann hatte es Kamaria erreicht und blickte das Mädchen aus tiefschwarzen, großen Augen fragend an. Kamaria meinte, in den Pupillen die Tiefen des Universums erblicken zu können.

Das Einhorn knickte zuerst den linken Vorderlauf ein, dann den rechten und schließlich die Hinterläufe und ließ sich nieder. Ein leichtes Zittern durchlief sein Fell, während es seinen Kopf auf ihren Schoß bettete. Sie streichelte seinen Hals und die Nüstern.

Lorenz hatte weiter und weiter gesungen. Er fühlte sich eins mit der Natur um ihn herum, mit der Dunkelheit der Nacht, mit den gleißenden Sternen und dem Licht des Mondes. Er öffnete die Augen und sah seine Gefährtin mit dem Kopf des Einhorns auf ihren Beinen, dessen

Mähne sie hingebungsvoll streichelte. Es war ein Bild von solcher Schönheit, dass es Lorenz Tränen der Rührung in die Augen trieb.

Gleichzeitig drängte sich ein anderer Gedanke in seinen Kopf: Da ist das Einhorn, da ist es! Ich muss ihm nur noch das Horn abschneiden! Jetzt muss ich den Hirschfänger ziehen!

Er bemerkte, wie das Tier unruhig zuckte. Es schien seine Gedanken zu spüren, denn es blickte angstvoll in seine Richtung. Gleichzeitig schien es unfähig, sich von Kamaria zu lösen.

»Sternenglanz!« echote es in Lorenz Kopf. »Sternenglanz!« Das war der Name des Einhorns, so hatte Sophie das Tier genannt.

»Sternenglanz, Sternenglanz, Sternenglanz!« Lorenz schlug sich mit den geballten Fäusten gegen die Schläfen. Er war hin- und hergerissen zwischen seiner Bewunderung für die überirdische Schönheit des Tieres einerseits und seiner Gier nach dessen Horn andererseits.

Schließlich riss er den Hirschfänger zur Hälfte aus der Scheide und sprang auf, den Griff der gefährlichen Jagdwaffe krampfhaft mit der rechten Faust umklammernd. Mit der anderen Hand hielt er das Ende der Scheide fest. Das Einhorn schaute ihn mit schreckensgeweiteten Augen an, während er heranstürmte. Direkt neben ihm holte der Junge mit beiden Armen aus und – zerbrach mit einem Schrei die Jagdwaffe am Stamm der Eiche. Er zerrte den Dolch aus seinem Gürtel und schleuderte ihn im hohen Bogen in das dichte Gebüsch. Dann sank er weinend neben dem Einhorn auf die Knie und umfing dessen Hals mit seinen Armen.

»Niemals, Sternenglanz«, flüsterte Lorenz, »könnte ich einem so wunderbaren Geschöpf wie dir etwas zuleide tun. Niemals, hörst du?«

Das Einhorn blähte die Nüstern, warf den Kopf zurück und schnaubte.

»Niemals!«, echote es in Lorenz Gedanken. »Niemals! Ich weiß, Lorenz von Rabenhorst, dass du nichts Unrechtes tun würdest!«

Das Einhorn schüttelte die Mähne und wieherte fröhlich.

»Wenn ich das nicht wüsste«, hörte Lorenz es in seinen Gedanken wispern, »hätte ich dir dann geholfen, als die Wölfe dich angegriffen haben?«

Caput XXVII

Im Dornwald

»Das Einhorn möchte, dass du auf ihm reitest!«, sagte Lorenz zu Kamaria. Auf eine seltsame Art und Weise verstand der Junge, was das fabelhafte Tier ihm mitteilen wollte, als könne er die Gedanken des Einhorns lesen.

Sternenglanz ließ es zu, dass Lorenz seinen Kopf streichelte. Sein Fell fühlte sich sanfter an als die kostbarste Seide aus dem Orient. Als der Junge Sternenglanz berührte, durchrieselte seinen Körper ein wunderbares Gefühl. Nie hatte er sich glücklicher gefühlt als in diesem Moment.

»Ich soll auf ihm reiten?«, fragte Kamaria zweifelnd.

Sternenglanz schüttelte die Mähne und wieherte freudig. Er hatte sich erhoben und beugte nun erneut die Vorderläufe, sodass das Mädchen aufsitzen konnte.

»Halt dich an seiner Mähne fest«, sagte Lorenz.

»Woher weißt du, was das Einhorn will?«, fragte Kamaria.

»Ich weiß es eben! Es spricht zu mir«, gab Lorenz zurück.

»Es spricht mit dir? Warum höre ich nichts davon, und warum redet es nicht mit mir?«, entgegnete Kamaria eifersüchtig.

»Na ja, es spricht nicht richtig zu mir, aber ich höre in meinen Gedanken, was das Einhorn mir sagen will!«

Sternenglanz gab ein zustimmendes Wiehern von sich.

Kamaria griff in die Mähne und schwang sich auf den Rücken des Tieres. Wie eine Königin aus einer anderen Welt wirkte sie auf Lorenz.

»Auch du, Lorenz – steig auf!«, klang es in seinem Kopf. Zweifelnd schaute er Sternenglanz an. Das Einhorn legte erwartungsvoll und aufmunternd den Kopf schief. Kaum war der Junge aufgesessen, als Sternenglanz aus dem Stand heraus losgaloppierte. Lorenz schaffte es gerade noch, sich an Kamaria festzuhalten, um nicht hinunterzufallen. Sternenglanz schien die ungewohnte Last kaum zu spüren. Es schien

Lorenz, als hielte das Einhorn ihn und Kamaria auf wundersame Weise auf seinem Rücken in der Balance.

Endlos galoppierten sie durch den düsteren, dichten Nebelheimwald. Nach einer Weile war es Lorenz, als ob es außer ihm, Kamaria, dem Rücken des Einhorns und dem Donnern der Hufe nichts anderes mehr gebe auf dieser Welt. Um ihn herum verschwamm die Umgebung zu einem einzigen bunten Nebel, einem Rausch aus Farben. Das Universum umwirbelte sie, und er hatte das Gefühl, sich nicht mehr im Diesseits zu befinden. Es war, als vergingen Jahre, ehe das Hufgetrappel verstummte und Sternenglanz am Rande einer großen Lichtung zur Ruhe kam.

Der morastige Waldboden war von pelzigem Moos bewachsen, das alles zu bedecken schien. Verfaulte Baumstämme lagen kreuz und quer auf der Waldwiese, überwuchert von Flechten und bedeckt mit Pilzen. Es roch nach Moder und verfaulendem Laub. Witternd hob Sternenglanz den Kopf und fixierte einen Punkt am Ende der Lichtung.

»Steig ab, Lorenz von Rabenhorst, und du wirst finden, was dein Herz so sehnlich begehrt«, hörte Lorenz das Einhorn in seinen Gedanken.

»Was ist los?«, wisperte Kamaria, die noch immer atemlos von dem wilden Ritt war.

»Sternenglanz sagt, ich solle absteigen«, entgegnete Lorenz und schwang sich vom Rücken des Einhorns.

Das Mädchen ließ sich ebenfalls zu Boden gleiten und trat an seine Seite. Er kniff die Augen zusammen und versuchte zunächst einmal, Einzelheiten in der Dunkelheit auszumachen. Kamaria jedoch ging mutig voraus, und Lorenz folgte ihr. Sie stiegen über uralte Baumstämme und stiefelten durch dichte, kniehoch gewachsene Farne. Und plötzlich schien es dem Jungen, als könne er am Ende der Lichtung ein helles Schimmern erkennen.

Über dem Boden bildete sich langsam leichter Nebel, während die dunkle Wolkendecke über ihnen gelegentlich für kurze Momente aufriss. Dann reflektierte die dichter werdende Nebelbank das bleiche Mondlicht.

Eine Öffnung in einer undurchdringlich wirkenden Hecke aus Dornenbüschen zog Lorenz unwiderstehlich an. Er vermochte nicht zu sagen, warum, er wusste einfach, dass dort sein Ziel lag.

»Lass dich nicht entmutigen, Lorenz von Rabenhorst«, klang es in seinem Kopf, »bleib fest auf deinem Weg, und du wirst erlangen, was du begehrst! Jedoch achte darauf, die Würde des Ortes zu wahren!«

Je weiter die Gefährten dem engen Hohlweg durch die Büsche folgten, desto höher reichte das stachelbewehrte Gestrüpp. Lorenz zog sich die Ärmel so weit über die Hände, wie es ging. Trotzdem rissen die Dornen blutige Schrammen in seine Finger, weil er Zweige zur Seite drücken musste, die sich quer über den Weg gelegt hatten. Schließlich öffneten sich die Dornenbüsche und gaben eine weitere Lichtung frei. Kamaria und Lorenz bot sich ein beunruhigender Anblick: Der Boden war bedeckt mit Knochen, die gespenstisch aus dem Bodennebel herausragten. Kamaria lief ein kalter Schauer über den Rücken, als sie eine Reihe von Gebeinen erblickte, die lang und gebogen wie Sarazenensäbel waren.

»Schau«, wisperte die Mauretanierin Lorenz zu, »was ist das?«

Der Junge trat auf die Knochen zu und zuckte zusammen, als unter seinem Fuß ein lautes, trockenes Knacken ertönte. Es klang, als sei er auf einen morschen Ast getreten. Doch er wusste instinktiv, dass er auf einen Knochen getreten war. Nun musterte er den Boden vor sich genauer und tastete sich vorsichtig einen Schritt weiter.

»Ich glaube«, sagte er langsam, »wir sind auf einem Friedhof.«

Kamaria sah ihn fragend an.

Lorenz deutete auf die Knochen: »Das dort ist eindeutig ein Skelett. Von einem Pferd, oder ...«.

Er zögerte und sah genauer hin.

»... nein!«, berichtigte er sich. »Sternenglanz hat doch gesagt, dass ich hier finde, wonach ich suche! Das ist kein Pferdeskelett, das sind die Gebeine von einem Einhorn, ach was, von einer ganzen Einhornherde. Dies muss die Stätte sein, an die sich die Tiere zurückziehen, wenn sie ihr Lebensende nahen fühlen.«

Kamaria wollte einen Schritt nach vorne machen, aber Lorenz griff nach ihrem Arm und hielt sie zurück.

»Nein«, sagte er bestimmt, »wir dürfen die Würde dieses Ortes nicht stören! Sternenglanz hat uns hierher geführt, weil er uns vertraut und weiß, dass wir den Platz nicht entweihen werden.«

Plötzlich hob Lorenz schweigend die Hand und deutete auf eine Stelle vor ihnen. Kamaria folgte seinem Blick und sah den Knochenschädel eines Einhorns, der aus den Nebelschwaden herausragte und sie aus leeren Augenhöhlen blicklos zu mustern schien. Dem Mädchen lief es eiskalt den Rücken hinab.

»Schau«, flüsterte sie, »der Schädel hat ein großes Loch mitten auf der Stirn!«

Der Junge nickte. »Ich hoffe nur, es ist noch da«, antwortete er nachdenklich.

»Was soll noch da sein?«, entgegnete Kamaria. »Ach so! Du meinst das Horn.«

Währenddessen war Lorenz vorsichtig einen Schritt auf den Schädel zugegangen, sorgsam darauf bedacht, nicht auf einen der vielen am Boden liegenden Knochen zu treten. Er versuchte angestrengt, in dem spärlichen Licht mehr zu erkennen. Schließlich sah er ein ungewöhnlich geformtes Knochenende aus dem modrigen Unterholz neben dem Schädel herausragen.

Er ließ sich auf die Knie niedersinken, ergriff den Knochen und zog ihn heraus. Mit einem mühsam unterdrückten Jubelruf reckte er die Faust mit dem wunderbar gedrechselten Horn in den Nachthimmel.

»Ja! Ja! Ja!«, rief er begeistert, und mit jedem ja stieß er das Horn in die Höhe.

Kamaria war hinter ihn getreten und sagte leise: »Ich finde das eher traurig!«

Lorenz schaute sie an: »Was ist traurig?«

»Na, ich frage mich, wie das arme Einhorn sein Horn wohl verloren haben mag. Schau, die Stelle, an der es lag, ist mindestens fünf bis sechs Schritte vom Schädel entfernt. Ich frage mich, wie das kommt.« Sie sank auf die Knie und streichelte versonnen die Stirn des toten Tieres, als könne sie es wieder zum Leben erwecken. »Armes, armes Einhorn, wie magst du zu Tode gekommen sein? Wer mag dir dein Leben genommen haben?«

Ein fernes Wiehern klang durch die Nacht und erinnerte daran, dass jenseits des Dornenfeldes ein lebendes Einhorn auf sie wartete.

»Komm, Lorenz, wir gehen«, sagte die Kamaria leise. »Sternenglanz ruft uns. Wir wollen die armen Einhörner nicht länger in ihrem ewigen Schlaf stören. Lass uns weggehen!«

Der Junge nickte. In diesem Moment riss die Wolkendecke wieder auf, und plötzlich nahm Lorenz aus den Augenwinkeln ein Funkeln wahr. Irritiert drehte er den Kopf und schaute noch einmal hin. Ja, es funkelte erneut, das Mondlicht brach sich an irgendetwas, das einen kaum wahrnehmbaren Schimmer abgab.

Er trat auf das Glitzern zu und bückte sich. Das konnte doch nicht sein! Das Glimmern stammte von einem metallischen Knauf mit wunderbar ziselierten Ornamenten, der am Ende eines Holzgriffs saß. Lorenz steckte das Horn unter den Gürtel, kniete hin und schob die vermoderten Blätter zur Seite. Er grub weiter und legte den kompletten Griff frei, der bis kurz vor die leicht gebogene Parierstange mit Lederriemen umwickelt war.

Die Parierstange war schlammbedeckt, doch Lorenz konnte trotzdem sehen, dass sie unter der Schmutzkruste unglaublich prachtvoll war. Sie bestand aus kunstfertig geschmiedeten Schuppenhälsen, die in ebenso wundervoll gearbeitete Drachenköpfe mündeten. Eindeutig – Lorenz hatte ein Schwert gefunden!

Aufgeregt packte der Junge den Griff und zog kraftvoll daran. Die Waffe ließ sich nicht ohne weiteres heben, und Lorenz verstärkte seine Bemühungen. Er hebelte kräftiger, und schließlich kam das Schwert samt Scheide mit einem lauten Schmatzen frei, während Lorenz Schlamm ins Gesicht spritzte. Er verlor um ein Haar das Gleichgewicht, als die Waffe plötzlich seinem Zug nachgab. Dann aber stand er aufrecht im Mondschein, die linke Hand am Horn, während er mit der rechten das Schwert samt Scheide hoch über dem Kopf schwang.

»Großer Gott!«, hörte er Kamaria rufen. »Was ist das denn?« Sie deutete fassungslos auf das Fundstück. Lorenz senkte den Arm, schaute nun ebenfalls und sah eine riesige Lücke zwischen Schwertgriff und -spitze. Er kniff die Augen zusammen und riss sie sofort wieder auf – unglaublich, was er da vor sich sah: Zwischen Griff und Spitze war buchstäblich nichts! Er wollte seinen Augen nicht trauen. Das konnte doch nicht sein! Er griff an die leere Stelle, sie fühlte sich hart an. Er spürte die Schwertscheide, nur sehen konnte er sie nicht ...

Kamaria hatte sich ihm genähert und beobachtete fasziniert, wie er die unsichtbare Stelle abtastete. Eindeutig – da war etwas. Es fühlte sich an wie Stoff, der um die Scheide herumgewickelt war. Nein, eher wie ein Netz. Lorenz nestelte daran herum und merkte, dass er etwas zwischen den Fingern spürte. Es war ein merkwürdiges Gefühl. Er drehte das Schwert mehrmals um seine Längsachse und griff erneut nach der leeren Stelle. Plötzlich spürte er, wie sich das Geflecht um seine Hand wickelte, und im selben Augenblick sah er das vollständige Schwert, während seine linke Hand verschwand. Er hatte offenbar, so unglaublich das auch schien, ein Stück unsichtbaren Stoff in der Hand.

Kamaria trat zu Lorenz und hielt ihm ihren geöffneten Vorratsbeutel hin: »Was immer es auch ist, was du da hast, gib es hier in den Beutel. Dann haben wir es sicher, selbst wenn wir es nicht sehen können.«

Lorenz streifte das Gewebe von seiner Linken und stopfte es mit spitzen Fingern hinein. Dann zog er das Schwert aus der Lederscheide und betrachtete die Klinge. Obwohl die Waffe anscheinend lange Zeit im Schlamm und unter modrigem Laub gelegen hatte, war sie nur wenig angerostet. In der Nähe der Parierstange waren Runen in das Blatt der Klinge eingraviert.

Der Junge prüfte mit dem Daumen vorsichtig die Schneide und schnitt sich sofort. »Autsch!« Er zog den Daumen zurück, steckte ihn in den Mund und saugte daran, um die Blutung zu stillen. Das Schwert war höllisch scharf und eine tödliche Waffe. Schnell schob er es wieder in die Lederscheide zurück und blickte die Mauretanierin an.

Sie machte ein nachdenkliches Gesicht. »Ein Schwert, das zwei Drachenhälse als Parierstange hat, und ein Stück Stoff, das unsichtbar macht?«, sagte sie gedehnt. Sie zögerte und fuhr dann fort: »Lorenz, ich glaube – ich glaube, du hast das Nibelungenschwert gefunden!«

Der Junge schaute sie fragend an.

»Ich will damit sagen«, erklärte Kamaria feierlich, »dass du Balmung gefunden hast, das Schwert des Recken Siegfried von Xanten! Und das unsichtbare Stück Stoff, das wir jetzt im Brotbeutel haben, ist garantiert die Tarnkappe, die Siegfried dem Albenkönig Alberich abgenommen hat. Es kann nicht anders sein!«

Dann stutzte sie, hielt inne und sagte nachdenklich: »Aber nein, das ist unmöglich. Ich erinnere mich an das Ende des Nibelungenliedes. Anselm hat es ja komplett aufsagen können, und ich habe es oft von ihm gehört. Zum Schluss wurden der König Gunther von Burgund und seine Brüder Giselher und Gernot, sein ganzer Hofstaat und auch Hagen von Tronje von Siegfrieds Witwe Kriemhild an den Hof des Hunnenkönigs Etzel eingeladen, den Kriemhild geheiratet hatte. Und dort hat man die Burgunder um die Ecke gebracht, als Rache dafür, dass Hagen von Tronje Kriemhilds ersten Gatten Siegfried erschlagen hatte. Und das Lied erzählt, dass Kriemhild Hagen von Tronje eigenhändig mit Siegfrieds Schwert Balmung den Kopf abgeschlagen hat.«

»Aber das kann nicht sein«, entgegnete Lorenz. »Dann könnte das Schwert ja nicht hier im Nebelheimwald sein. Oder die Waffe ist eine Fälschung!«

»Nein, du kannst Gift darauf nehmen, dass dieses Schwert das echte ist. Wenn die Tarnkappe nicht wäre, hätte ich auch an eine Fälschung geglaubt. Aber eine Tarnkappe kann man nicht fälschen. Ich wette, dass Hagen von Tronje eine Kopie anfertigen ließ, um das echte Balmung für sich selbst auf die Seite zu bringen. Sicher wollte er es hier verstecken, bis Gras über den Mord an Siegfried gewachsen wäre. Aber dazu ist es ja dann nicht mehr gekommen, weil Kriemhild ihn vorher einen Kopf kürzer gemacht hat ...«

Lorenz war nachdenklich geworden. »Aber, das bedeutet«, meinte er schließlich, »dass ...«

Kamaria unterbrach ihn aufgeregt und fuhr an seiner Stelle fort: »... das bedeutet, dass auch das Nibelungengold hier irgendwo versteckt sein könnte!«

Lorenz unterdrückte seinen Drang, sofort den Waldboden aufzuwühlen und nach dem Schatz zu suchen. »Langsam!«, sagte er zu der ihr, aber mehr noch zu sich selbst. »Langsam! Es muss ja gar nicht sein, dass der Goldschatz hier verborgen liegt. Wer weiß denn, was damit passiert ist. Und es ist einfach zu dunkel, um ohne Fackel auf Schatzsuche zu gehen und ...«

In diesem Moment ertönte von fern ein Wiehern, und Lorenz hörte in seinen Gedanken eine Botschaft von Sternenglanz: »Lorenz von Rabenhorst – eile dich! Zögere nicht zu lange, denn der Morgen naht! Niemals darf ein sterbliches Wesen die letzte Ruhestätte meiner Familie bei Tageslicht sehen. Eile dich, ehe es zu spät ist!«

Beunruhigt hob der Junge den Kopf und schaute in den Himmel. Es war immer noch finster und bewölkt, und der Mond ließ sich nur gelegentlich blicken, aber sicher war die Morgendämmerung nicht fern.

»Was ist?«, fragte Kamaria, als Lorenz mitten im Satz abbrach und plötzlich wie geistesabwesend in sich hineinzulauschen schien.

»Sternenglanz ruft uns«, entgegnete der Junge. »Wir haben nicht mehr viel Zeit.«

»Na, dann los!«, rief sie mit fiebrigem Eifer. »Worauf warten wir, lass uns graben!« Sie ließ sich dort, wo Lorenz das Schwert gefunden hatte, auf die Knie fallen und begann, den modrigen Waldboden mit den bloßen Händen zur Seite zu fegen. Lorenz kniete neben ihr nieder und schob ebenfalls Matsch und verfaulte Blätter zur Seite.

Nach einer Weile beruhigte das Mädchen sich. Kamaria gab ihre Anstrengungen auf, hielt ihre völlig verdreckten, geschundenen Hände in die Höhe und betrachtete sie. Lorenz hielt ebenfalls inne, dachte kurz nach und ergriff einen dicken Knüppel, mit dem er auf den Boden schlug. Die Hiebe machten schmatzende, klatschende Geräusche, doch dann, plötzlich, klang es dumpf und hohl.

»Hier, Kamaria!«, rief der Junge aufgeregt. »Hier muss etwas sein!« Er kniete erneut nieder und begann diesmal gezielt mit den Händen im Waldboden zu graben. Schließlich legte er den Deckel einer Kiste frei. Die Truhe war etwa eine Elle breit, eine halbe tief und eine halbe hoch. Lorenz zog Balmung aus der Scheide und benutzte das Schwert als Schaufelersatz, um die Kassette freizulegen. Nachdem er an einer der beiden Seitenwände des Kastens tiefer gegraben hatte, stieß er auf einen metallischen Widerstand. Ein Handgriff! Sofort begann er, die gegenüberliegende Truhenseite frei zu graben, denn wenn es auf der einen Seite einen Haltegriff gab, dann musste es auf der anderen Seite ebenfalls einen geben. Genauso war es. Als er den zweiten Griff freigelegt hatte, machten sie sich mit vereinten Kräften daran, die Holztruhe aus dem Schlick zu zerren. Lorenz meinte schon, sein Rückgrat müsste jeden Moment zerbrechen, als die Truhe schließlich nachgab und sich langsam, Stück für Stück aus der Erde löste.

Der Junge hatte einen hochroten Kopf und ließ sich keuchend ins Laub sinken. Kamaria setzte sich schwer atmend neben ihn und gemeinsam erholten sie sich von der Kraftanstrengung. Lorenz blickte zum Himmel und entdeckte einen silbergrauen Streifen. Die Dämmerung kündigte sich an.

»Los«, keuchte er, »wir können uns nicht länger hier aufhalten. Wir müssen zurück, ehe es hell wird.« Der Junge zwang sich aufzustehen, reichte der Mauretanierin die Hand und zog sie hoch. Mit vereinten Kräften trugen sie die bleischwere Truhe durch das Dornengestrüpp.

Sternenglanz erwartete sie mit scharrenden Hufen. Als Kamaria und Lorenz mit der Truhe beladen aus der Dornenhecke kamen, wieherte das Einhorn freudig auf und warf die Mähne zurück.

»Ich sehe«, klang es in Lorenz Gedanken, »dass du gefunden hast, was du erstrebst und noch viel mehr. Glücklicher Lorenz von Rabenhorst! Doch sei gewarnt und mache mit Sinn und Verstand Gebrauch von dem, was du erlangt, auf dass es kein Ungemach über dich bringen möge! Nun eilt, es wird Zeit für euch, den Nebelheimwald zu verlassen.«

Das Einhorn ließ sich nieder. Kamaria schwang sich auf seinen Rücken und half Lorenz, die schwere Truhe hinaufzuheben. Dann saß auch der Junge auf und schon sprengte das edle Tier wie der Sturmwind davon. Wieder verging ihnen Hören und Sehen. Wiederum versank die Welt in einen Rausch aus Farben und in sich verschmelzende Formen.

In endlosem Ritt ging es durch den allmählich heller werdenden Forst. Schließlich lichtete sich der Wald und Sternenglanz trabte eine Zeit lang durch den Bach, dessen Lauf Lorenz und Kamaria gefolgt waren, als sie ihren Weg in den Nebelheimwald hinein gesucht hatten.

Der Junge bemerkte noch, dass das Einhorn kurz die Schnauze in das kühle Nass senkte und trank, ehe es weitergaloppierte, über die Wiesen und Felder entlang des Waldrandes. Dann glitt sein und Kamarias Bewusstsein sanft, aber unaufhaltsam in die Anderwelt der Träume hinüber.

Caput XXVIII

Unter der alten Trauerweide

Kamaria wurde durch die ersten Sonnenstrahlen des Tages wach gekitzelt. Im Halbschlaf bemerkte sie, dass ihre Kleidung feucht und klamm war. Sie fühlte sich wie gerädert und weigerte sich, die Augen aufzuschlagen und richtig wach zu werden. Sie drehte sich auf die andere Seite und versuchte weiterzuschlafen. Doch daraus wurde nichts, denn unvermittelt spürte sie einen nassen, warmen Hauch an ihren Wangen. Ein freudiges Wiehern ertönte und eine riesige, feuchte und raue Zunge leckte ihr quer über das Gesicht. Nochmals erklang ein Schnauben und ein Pferdemaul stupste an Kamarias Stirn.

Widerwillig schlug sie die Augen auf und blickte in Heins treuherzige, große braune Augen. Das Pferd schien sich zu freuen, dass Kamaria wieder aus dem Nebelheimwald zurück war.

»Hallo Hein!«, sagte Kamaria und richtete sich auf. »Alles klar bei dir?«

Während das Zugpferd zustimmend schnaubte, schaute das Mädchen sich um und versuchte, sich an die Geschehnisse der vergangenen Nacht zu erinnern. Das Letzte, dessen sie sich zu entsinnen vermochte, war der Ritt auf Sternenglanz. Verschwommen kamen die Bilder nach und nach in ihr Gedächtnis zurück. Richtig, sie hatte Lorenz geholfen, die Holztruhe auf den Rücken des Einhorns zu ziehen. Dann war der Junge hinter ihr aufgesessen, und Sternenglanz war trotz der schweren Last wie ein Sturmwind losgaloppiert. Dann hatte Kamaria das Bewusstsein verloren.

Wenige Schritte entfernt graste auch Oss. Die Weide war an diesem Morgen wiederum von dichten Nebelschwaden bedeckt, deshalb war Kamarias Kleidung so klamm. Kamaria schüttelte den Kopf, weil sie immer noch nicht so recht begriff, wie es trotz des sommerlichen Wetters zu einer solchen Dunstbildung kommen konnte. Schon jetzt versprach es wieder ein heißer Tag zu werden, und Nebel im Sommer hatte sie noch nie erlebt. Doch dieser Wald barg viele Geheimnisse, wie sie am vergangenen Tag und in der letzten Nacht erfahren hatten. Vielleicht waren es die Wald- und Flussnymphen, die den Nebel herbeiriefen, um unerwünschte Eindringlinge vom Betreten des Forstes abzuhalten. Trotzdem hatten sie es geschafft. Lorenz! Das Mädchen schaute sich suchend um. Wo war Lorenz?

Weit und breit war nichts von ihm zu sehen. Kamaria sprang auf und lief zu ihrem Planwagen, der genau dort stand, wo sie ihn am Tag zuvor abgestellt hatten. Sie kletterte auf den Kutschbock und schlug die Plane zurück. Nichts. Wo mochte der Junge bloß stecken? Das Wageninnere war unverändert, mit einer Ausnahme: Da stand die schlammbedeckte Holztruhe, die sie und Lorenz in der vergangenen Nacht auf dem Einhornfriedhof ausgegraben hatten. Sie hatte also nicht nur davon geträumt. Der Ritt auf dem Einhorn und die nächtliche Schatzsuche hatten tatsächlich stattgefunden. Aber wo war Lorenz?

Kamaria sprang vom Kutschersitz ins feuchte Gras und sah sich erneut suchend um. Sie legte die Hand an die Stirn, um ihre Augen vor der Sonne zu schützen, kniff die Lider zusammen und spähte zum Waldrand. Dann suchte sie den Horizont ab. Nichts. Kein Lorenz.

»Mensch, Bursche, mach keinen Scheiß!«, stieß sie durch die zusammengebissenen Zähne hervor. »Du kannst mich doch hier nicht alleine lassen und einfach weg sein!« Verzweiflung machte sich in ihr breit. »Lorenz!«, schrie sie hinaus. »Lorenz von Rabenhorst! Du darfst nicht weg sein oder tot sein! Ich hab doch nur dich! Jetzt, wo ich langsam angefangen hab, dich Hosenschisser so richtig lieb zu gewinnen, jetzt kannst du doch nicht einfach so verschwinden! Was soll ich denn ohne dich anfangen!«

Das Mädchen hatte sich auf die Knie niedergelassen. Alle Kraft schien von ihr gewichen. Ihre Einsamkeit fühlte sich grenzenlos an, und dann konnte sie sich nicht mehr zusammenreißen. Heiße Tränen rannen über ihre Wangen, und wie gelähmt hockte sie im feuchten Gras.

Plötzlich stieß ihr etwas in die rechte Seite. Kamaria zuckte zusammen und schaute sich um. Nichts. Dann piekste es sie in die linken Rippen. Und schließlich wurde sie von irgendetwas derart durchgekitzelt, dass ihr Hören und Sehen verging. Sie begann, wie wild um sich zu schlagen, und plötzlich schien es ihr, als verfingen sich ihre Finger in einer Art Stoff. Jetzt begriff sie, was mit ihr geschah und riss heftig an dem Gewebe.

Mit einem Ruck kamen ein völlig verwuschelter Kopf zum Vorschein und ein Oberkörper, der kurz unterhalb der Brust im Nichts endete und ein Stück über dem Boden zu schweben schien. Lorenz grinste breit von einem Ohr zum anderen.

»Oh, du verfluchter Schuft! Du Nichtsnutz! Du räudiger Schlossköter! Du undankbarer, niederträchtiger, gemeiner Kerl! Wie kannst du es wagen, mich derart zu erschrecken. Ich hab Gott weiß was gedacht und mir furchtbare Sorgen gemacht! Und du Hornochse musst mich mit der Tarnkappe derart ins Bockshorn jagen! Aber das ist ja noch gar nicht mal das Schlimmste! Belauscht hast du mich, du Mistkerl!«

Vor lauter Wut hatte sich ihr ebenholzfarbenes Antlitz fast purpurn verfärbt. Lorenz machte ein betroffenes Gesicht. Dann griff er sozusagen ins Leere und schließlich materialisierte der komplette Junge vor Kamaria. Nur sein rechter Arm endete in einem Stumpf. Zumindest sah es so aus, bis er die Tarnkappe – es war wohl eher ein regelrechter Tarnumhang – wieder in dem Brotbeutel verstaut hatte, in den Kamaria ihn in der vergangenen Nacht gepackt hatte. Lorenz' unversehrte Hand kam wieder zum Vorschein.

»Tut mir Leid, Kamaria!«, sagte Lorenz. »Aber ich konnte einfach nicht widerstehen und musste die Tarnkappe unbedingt ausprobieren. Und sie funktioniert ja offenbar ganz ausgezeichnet.«

Mit einem Grinsen fuhr er fort: »So eine Tarnkappe kann man gut gebrauchen. Sie hilft einem, Dinge zu erfahren, die man sonst nie herausfinden würde.«

Mit unschuldigem Gesichtsausdruck fügte er hinzu: »Zum Beispiel, dass ein gewisses schwarzgesichtiges Mädel einen noch gewisseren Hosenschisser ziemlich lieb gewonnen hat, auch wenn sie ihn Mistkerl nennt! Dabei hat schon Hannah gesagt, dass man nicht fluchen darf!«

Lorenz hatte die Arme kaum schützend vor das Gesicht gehalten, als Kamarias Hiebe auf ihn niederprasselten.

»Stinkstiefel! Schweinebacke! Schlammdackel! Rotzlöffel!«, rief sie wütend, während ihre geballten Fäuste auf Lorenz' Rücken trommelten. »Wie kannst du es wagen, mich so hinters Licht zu führen und auch noch meine geheimsten Gedanken zu belauschen. Na warte, Herr von Rabenhorst! So eine Tracht Prügel hast du dein Lebtag noch nicht bekommen.«

Lorenz war zwar der Stärkere, aber er hatte deutlich Mühe, sich das Mädchen vom Leib zu halten, das sich unvermittelt in eine Furie zu verwandeln schien und wie von Sinnen auf ihn eindrosch. Endlich erlahmten ihre Kräfte. Die beiden rollten kichernd durch das feuchte Gras, bis sie auf dem Rücken liegen blieben und außer Atem in den blauen Himmel schauten.

»Du, Kamaria ...«, begann Lorenz schließlich.

»Ja?«, entgegnete sie.

»Ich hab dich auch lieb gewonnen!«, sagte der Junge. Dann sprang er auf, lief zum Planwagen und kletterte hinein.

Wenig später hatten sie Hein und Oss eingespannt, das Horn, Balmung und den Brotbeutel mit der Tarnkappe sicher unter den Decken ihrer Schlafplätze versteckt. Die Truhe verbargen sie unter Kleidungsstücken und Tüchern. Lorenz ärgerte sich, dass sich der Deckel nicht öffnen ließ. Die Verschlusslasche hatte einen Schlitz, aus dem eine Öse herausragte. Jemand hatte einen dicken Eisennagel hindurchgesteckt und derart zusammengedreht, dass man ihn nicht mehr mit bloßen Händen entfernen konnte. Dazu brauchte man Schmiedewerkzeuge. Also mussten sich Lorenz und Kamaria gedulden und konnten höchstens mutmaßen, was sich in der Truhe befinden mochte.

Sie machten sich auf den Rückweg nach Coellen und folgten dem Weg, den sie gekommen waren, durch die Wiesen und Auen in südöstlicher Richtung. Sie kamen gerade recht zur Mittagszeit in Worringen an und rasteten im Ferkese Wellem, wo sie von Karl freudig begrüßt wurden. Er und seine Mutter hatten einen Hirsebrei auf dem Feuer, von dem sie Kamaria und Lorenz eine Portion auftischten, dazu gab es Kirschen. Es schmeckte einfach nur köstlich. Sie bezahlten das Mahl mit einem Auftritt in der gut besuchten Gaststube. Die Gäste waren, genauso wie Karl und seine Mutter, dankbar für die Unterhaltung.

Am frühen Nachmittag konnten sie sich endlich loseisen mit dem Hinweis, dass sie möglichst vor Einbruch der Dunkelheit wieder in Coellen sein wollten. Karl ließ sie ungern ziehen, aber er sah ein, dass sie keine Zeit verlieren durften, wenn sie ihr Ziel bis zum Abend erreichen wollten. Er steckte ihnen zum Abschied ein Stück Pökelfleisch und einen Laib Brot zu und verabschiedete die beiden mit den Worten, dass sein Haus das ihre und sie ihm jederzeit willkommen seien. Karl schien zu spüren, dass Lorenz nicht über die Erlebnisse im Nebelheimwald reden mochte, und fragte nicht nach der Einhornjagd. Lorenz seinerseits war froh, dass er nicht von ihrem nächtlichen Abenteuer, dem Horn und vor allem von der Holztruhe und dem Schwert berichten musste.

Der Planwagen rollte durch die Felder in Richtung Coellen. Am Nachmittag erreichten sie den Rhein und folgten ihm flussaufwärts, bis das nördliche Ende der Stadtmauer in Sicht kam. Lorenz ließ Kamaria die Zügel nehmen und begann, in seinem Geldbeutel zu kramen.

»Was ist los?«, wollte das Mädchen wissen. »Glaubst du, über Nacht reich geworden zu sein? Du weißt doch, dass du arm wie eine Kirchenmaus bist, warum wühlst du in der Geldkatze herum?«

»Wir müssten eigentlich gerade noch genug Geld haben für die Überfahrt nach Düx und wieder zurück«, entgegnete Lorenz.

»Ach, daher weht der Wind!«, grinste Kamaria spöttisch. »Hab' ich's mir doch gedacht, dass der Herr es nicht abwarten kann, Meister Volker das Horn zu bringen! Dir kann's wohl gar nicht schnell genug gehen, was?«

»Na ja«, druckste Lorenz, »ich will eben so bald wie möglich meine neue Leier haben. Außerdem – warum sollen wir denn vorher zu Franziskus fahren, der ist ja inzwischen sicher auf dem Weg nach Mainz. Also können wir genauso gut jetzt übersetzen und auf der anderen Rheinseite übernachten. Dann sind wir morgen Vormittag bei Meister Volker.«

Das klang vernünftig, und so lenkten sie den Planwagen bis zur Anlegestelle der Düxer Fähre. Sie erwischten knapp die letzte Fahrt.

Kamarias spezieller Freund unter den Fährknechten kassierte den Fährpfennig. Er tat so, als habe er das Mädchen nie zuvor zu Gesicht bekommen und ignorierte sie völlig.

Die Überfahrt verlief also ohne Zwischenfälle. Es dämmerte bereits, als sie sich dem kargen Heide- und Sumpfland näherten.

»Ich glaube, wir sollten ein Lager aufschlagen«, meinte Kamaria.

Lorenz richtete sich auf dem Kutschbock auf, legte die Hand über die Augen und spähte in die Dämmerung. »Du hast Recht«, sagte er, »da drüben ist ein kleiner Weiher. Lass uns die Pferde ausspannen und ein Lagerfeuer machen.«

Sie hielten an dem Tümpel, und während der Junge die Ponys ausschirrte, rief Kamaria: »Ich sammle schon mal Holz für das Feuer!« Er nickte ihr zu, dann war die Mauretanierin hinter einer Brombeerhecke verschwunden.

Lorenz ließ Hein und Oss grasen, holte die Vorräte aus dem Fuhrwerk, warf dabei einen Blick unter die Decken seiner Schlafstelle und vergewisserte sich, dass Balmung noch dort lag, wo er das Schwert verstaut hatte. Dann ließ er sich vor dem Planwagen am Ufer des Teiches nieder und wartete darauf, dass Kamaria zurückkehrte. Nach einer halben Stunde wurde Lorenz unruhig. Es konnte doch nicht so lange dauern, etwas Feuerholz zu sammeln. Wo Kamaria bloß blieb? Nach einer weiteren Weile begann er, nervös zu werden. Diesmal war es an ihm, Angst zu bekommen.

Es wurde dunkler und dunkler. Der Horizont strahlte dunkelblau, und im Westen verfärbte die untergehende Sonne die Zirruswolkenstreifen rotorange, gelb und golden, während im Osten bereits erste Sterne funkelten und der Mond fahl leuchtete.

Schließlich hielt es Lorenz nicht mehr aus. Er holte Balmung aus dem Planwagen und band sich das schwere, lange Schwert auf den Rücken, damit es ihn nicht beim Laufen behinderte. Später vermochte Lorenz nicht mehr zu sagen, ob es eine Eingebung war, doch er nahm auch das Horn, das er in ein Stück Leinen eingewickelt hatte, aus dem Fuhrwerk und steckte es sich in den Gürtel. Vielleicht war es besser, das kostbare Horn nicht unbeaufsichtigt im Wagen zurückzulassen. Er ging in die Richtung, in die Kamaria losgelaufen war. Gespenstisch und drohend ragten die kahlen Äste der verkrüppelten Bäume im Mondlicht zum Himmel. Lorenz lief entlang der endlosen Hecke aus Brombeer- und anderen Sträuchern.

Da, an einem Busch waren Zweige umgeknickt und dort, ein Stück weiter, die Riedgräser niedergetreten worden. Kamaria musste hier entlang gekommen sein. Doch von der Mauretanierin war nichts zu sehen. Lorenz' Sorge wuchs.

Dann bemerkte er ein schmatzendes Geräusch, das hinter der Hecke zu vernehmen war.

Schmatz – gurgel – schmatz – gurgel – schmatz ...

Lorenz runzelte die Stirn. Was mochte das sein? Und wieder erklang das Geräusch:

Schmatz – gurgel – schmatz – gurgel – schmatz ...

Es folgte ein ausgedehnter, herzhafter Rülpser, der dem Reichskaiser zur Ehre gereicht hätte. Und wieder hörte er:

Schmatz – gurgel – schmatz – gurgel – schmatz ...

Lorenz wusste, dass er der Sache auf den Grund gehen musste. Er beschleunigte seine Schritte. Schließlich langte er am Ende der Hecke an. Der Anblick, der sich ihm auf dem morastigen Erdboden hinter der Beerenhecke bot, ließ das Blut in seinen Adern gefrieren. Ein solches Monster war ihm noch nicht einmal in seinen schlimmsten Alpträumen erschienen. Es war dreimal so groß wie Lorenz.

Das Monstrum bestand fast vollständig aus dickem, torfigem, dunkelbraunem Schlamm, der ständig in fließender Bewegung war. Sein überdimensionierter Modderkopf hatte Augen aus noch dunkleren, mit grünen Moosflecken durchsetzten festen Dreckklumpen. Darunter klaffte ein riesiges Maul, aus dem Morastrinnsale wie Geifer herausliefen. Die Schnauze war mit Zähnen aus spitz geschliffenen Kieselsteinen bestückt, aus dem Körper ragten Zweige und halb verrottete Aststücke hervor. Das Scheusal hatte Kamaria in seiner Gewalt.

Das Mädchen war am ganzen Leib gefesselt und hing an einem Ast in einer alten Trauerweide. Die Fesselung sah merkwürdig aus, denn sie bestand nicht aus Seilen, sondern aus dünnen Weideruten.

Kamaria war bewusstlos, und das Ungeheuer vollführte einen grotesken Tanz um den Weidenbaum herum.

Schmatz – gurgel – schmatz – gurgel – schmatz ... So klang es, wenn das Ungeheuer einen seiner Schlammfüße aus dem schlickigen Grund hochhob und wieder senkte. Lorenz duckte sich, ging hinter der Hecke in Deckung und beobachtete durch die Zweige die Furcht erregende Szene. Er kniff die Augen zusammen – nicht nur Kamaria baumelte in der Weide. Eine zweite Gestalt, genauso eingewickelt wie das Mädchen, hing ebenfalls im Baum.

Das Ungetüm bewegte sich extrem langsam in einem – von den Schmatz- und Gurgellauten einmal abgesehen – lautlosen, gespenstischen und äußerst beängstigenden Tanz. Dabei floss der Schlamm in ständiger Bewegung über seine Gliedmaßen und den Körper, wurde aber durch irgendeine Hexerei davon abgehalten, auf den Boden zu fließen.

Kamaria und das zweite Opfer des Monsters hingen in völliger Bewegungslosigkeit kopfüber in dem Weidenbaum. Lorenz hatte nicht den Eindruck, dass noch Leben in den gefesselten Gestalten war. Schnelles Handeln war angesagt. Er nahm das Schwert vom Rücken, packte den Griff und zog es aus der Scheide. Mit einem mächtigen Satz und einem gellenden Kampfschrei, der mehr Verzweiflung als Streitlust ausdrückte, sprang er auf das Monstrum zu und schwang dabei Balmung über seinem Kopf.

Die Bestie hielt in ihrem Tanz inne und erwartete mit erhobenen Schlammarmen die Attacke des Angreifers. Da sie zweimal so groß wie Lorenz war, traf der Angriff das Ungeheuer etwa in der Körpermitte. Lorenz ließ das Nibelungenschwert mit voller Wucht kreisen und mit einem Zischen und Schmatzen durchtrennte es das Schlammungeheuer etwa auf Hüfthöhe.

Lorenz jubelte innerlich, doch er hatte sich zu früh gefreut. Balmung hatte den Körper zwar sauber durchtrennt, aber diese Tatsache schien das Ungetüm wenig zu beeindrucken. Sein Schlammkörper floss einfach wieder zusammen. Balmung hatte ihn wie Butter zerschnitten, dem Monster dabei jedoch offenbar keinerlei Schaden zugefügt.

Lorenz holte ein weiteres Mal aus und trennte das linke Bein des Ungeheuers vom Körper ab. Der Junge versetzte dem Stumpf einen Tritt, sodass er zur Seite flog und mit einem hässlichen Klatschen zu Boden fiel. Das Monster verzog ungerührt sein Schlammmaul zu einem teuflischen, lautlosen Grinsen, während sich an der Schnittstelle eine Schlammsäule formte, die aus seinem Körper herausfloss, größer wurde und schließlich ein neues, matschig glibberiges Bein bildete.

Mit schreckgeweiteten Augen beobachtete Lorenz diesen entsetzlichen Vorgang, und das Herz rutschte ihm in die Hose. Die Schlammbestie war unverwundbar!

Voller Panik schaute er sich um, ob vielleicht irgendwo ein alter, umgefallener Baumstamm lag, auf den er springen konnte, um an den Kopf des riesigen Ungetüms heranzureichen. Nichts. Währenddessen hatte das Ungeheuer sich in aller Seelenruhe abgewandt und stapfte auf die beiden gebundenen Gestalten in der Krone der Trauerweide zu.

Es hob seine lehmige Pfote und legte sie Kamaria über Mund und Nase. Ein Schütteln und Aufbäumen lief durch ihren Leib. Gott sei Dank, sie lebt, dachte Lorenz. Gleichzeitig erkannte er, dass dies nicht mehr sonderlich lange so bleiben würde, wenn ihm nicht sofort eine Möglichkeit einfiel, wie er die Kreatur davon abhalten konnte, seine Freundin zu ersticken.

Schon wieder zuckte ihr gefesselter Körper, als das Ungetüm sie mit einer dicken Schlammschicht zu überziehen begann.

Lorenz begriff die Ausweglosigkeit der Situation. Wie sollte er dem Monster beikommen, wenn selbst Balmung dagegen nichts auszurichten vermochte? Plötzlich röchelte Kamaria, spuckte und würgte Schlammbrühe heraus. Gleichzeitig versuchte sie verzweifelt Luft zu holen, aber das Monstrum verstärkte nur seinen Griff.

Lorenz dachte fieberhaft nach, wie er Kamaria helfen könne, ehe es zu spät war, dann stieß er einen gellenden Schrei aus. Für einen Moment ließ das Schlammungeheuer von Kamaria ab. Es wendete den Kopf und schaute in die Richtung, aus der das Geräusch gekommen war. Gleichzeitig musste der Junge wie in einer Vision an Sternenglanz denken und sah ihn im Geiste über eine weitläufige Ebene galoppieren.

Es konnte kein Zufall sein, dass er vorhin fast zwanghaft das Einhornhorn hinter seinen Gürtel geschoben hatte. Ohne weiter nachzudenken, schob er das Schwert zurück in die Scheide, zog stattdessen das Horn hervor und wickelte es mit fliegenden Fingern aus dem Leinentuch. Einen kurzen Augenblick lang durchzuckte ihn der Gedanke, dass er zu viele Mühen auf sich genommen hatte, an das Horn zu gelangen, um es jetzt leichtfertig aufs Spiel zu setzen. Doch dann schüttelte er die Vorstellung ab.

Entschlossen fasste er das wertvolle Horn wie ein Wurfmesser an der Spitze, holte aus und schleuderte es auf das Schlammungeheuer. Es drehte sich um seine Längsachse und zischte wie ein Speer durch die Luft. Er hatte Glück, denn gezielt hatte er bei diesem Verzweiflungsakt nicht. Das Horn bohrte sich wie die präzise geworfene Waffe eines trainierten Lanzenwerfers mitten in die Schlammbrust des Monsters, dort wo man bei einem Menschen das Herz vermutet hätte.

Es gab ein furzendes Schmatzknallgeräusch, als das Morastmonster wie eine Seifenblase zerplatzte und der Schlamm in alle Himmelrichtungen spritzte. Dicke Matschbatzen platschten in Lorenz' Gesicht und auf sein Hemd, eine eklige Angelegenheit. Lorenz machte sich nicht die Mühe, den Morasthaufen zu inspizieren, der von dem Ungeheuer übrig war.

Das Horn hatte die Bestie auseinander bersten lassen, war einfach hindurchgeflogen und hatte sich in den Stamm der Trauerweide gebohrt, wo es zitternd stecken geblieben war. Lorenz lief in Windeseile zu dem Baum. Da er vom Boden aus nicht an die Füße seiner Gefährtin heranreichte, machte er sich zunächst daran, ihr Mund und Nase vom Modder zu befreien. Dann klopfte er ihr auf den Rücken, wieder und wieder und mit wachsender Verzweiflung. Erst mit der flachen Hand, dann mit geballter Faust, weil das arme Mädchen sich nicht rührte und einfach nicht mehr atmen wollte.

Tränen traten Lorenz in die Augen, während er ihr immer heftiger auf den Rücken trommelte. Nach langen, bangen Momenten, durchlief endlich ein Schauer ihren Körper. Sie öffnete den Mund, erbrach mit röchelndem Würgen einen Schwall schlammdurchsetzten Speichels auf Lorenz' Hemd und sog dann pfeifend frische Luft in ihre

Lungen. Lorenz reinigte derweil ihr Gesicht mit dem Leinentuch, in das vorher das Horn eingeschlagen gewesen war.

Kamaria war noch immer nicht bei Bewusstsein, doch wenigstens atmete sie gleichmäßig. Lorenz wollte sich gerade daran machen, sie aus ihrer misslichen Lage zu befreien, als er bemerkte, dass er beobachtet wurde. Es war nur ein Gefühl, keine Gewissheit. Trotzdem fuhr er herum und zog mit einer gleitenden Bewegung Balmung aus der Scheide. Er ging in die Verteidigungsstellung, die er in den langen, verhassten Trainingsstunden bei Arnold von Schwarzeneck derart verinnerlicht hatte, dass er sofort die korrekte Kampfhaltung annahm.

Doch da war – nichts! Zumindest auf den ersten Blick. Aber halt, was funkelte dort in dem von dem Monster übrig gebliebenen Schlamm? Wie helle Lichter leuchteten Lorenz zwei kleine Äuglein aus dem Matschhaufen entgegen und musterten ihn furchtsam. Er trat näher, griff beherzt zu und zog im nächsten Moment eine sich windende und wehrende Kreatur aus dem Modder. So etwas hatte Lorenz noch nie gesehen.

Er hielt einen Gnom beim Genick, der ein hässliches, ledriges Gesicht hatte mit einem buschigen Haarschopf, aus dem zwei Hörner herausragten. Die lange Hakennase war von drei dicken Warzen verunziert, auf einer sprossen sogar ein paar dünne Haare. Am Kinn trug er einen handlangen Ziegenbart. Der Oberkörper war der eines kleinen, aber muskulösen Menschen und mündete in dem bepelzten Hinterteil eines Ziegenbocks. Statt Füßen hatte das Wesen gespaltene Hufe. Um die Hüften des Gnoms war ein Gürtel aus Weidenzweigen geschlungen. Daran hing ein merkwürdiges Gerät, das aus etwa zehn nebeneinander befestigten Schilfrohren bestand, von denen eines jeweils kürzer als das benachbarte war. Während Lorenz überlegte, was das sein mochte, richtete der Gnom das Wort an ihn:

»Verschont mich, Herr, lasst mich leben!«, fistelte die Kreatur mit einer piepsiger Stimme.

»Wer und was seid Ihr?«, donnerte Lorenz ihn an, der immer noch wütend war über das Schlammungeheuer und das, was es Kamaria angetan hatte.

»Ich bin der Malkolpes«, entgegnete das Wesen.

»Und was seid Ihr für ein Malkolpes?«, ätzte Lorenz, verstärkte den Griff um das Genick des Wesens und schüttelte es ein wenig.

»Ich bin ein Faun«, antwortete Malkolpes. »Ich bin für das Wohl und das Gedeihen des Getreides im coellschen Land verantwortlich. Ich sorge dafür, dass die Felder fruchtbar sind und die Ernte reich und gut ausfällt.«

»Pah! Das kann jeder sagen!«, blaffte Lorenz ihn an. »Und warum, Herr Malkolpes, treibt Ihr Euch dann hier mit ungemein schmutzigen und angriffslustigen Schlammungeheuern herum und hängt unschuldige Wanderer in der Trauerweide auf? He?« Währenddessen hatte Lorenz das Horn aus dem Baumstamm gezogen, wieder in das inzwischen reichlich schmuddelige Leinentuch eingewickelt und zurück in seinen Gürtel gesteckt.

Malkolpes schnüffelte und greinte: »Ich erschuf mit Zauberkraft das Ungetüm, weil ich mich an den verfluchten Coellschen rächen wollte. Die haben mich verjagt. Bloß weil ich Hörner trage, glauben sie, ich sei ein Teufel. Vor vielen Jahren trieben sie mich mit brennenden Fackeln von ihren Feldern. Jedes Jahr haben sie im Herbst das Getreide reich geerntet, das ich ihnen schenkte. Doch dann hat einer sie angestiftet, die Stoppelfelder in Brand zu setzen, nur weil ich mich in seine Tochter verliebt und den Mann gefragt habe, ob er sie mir zur Braut gäbe!«

Lorenz hatte Mitleid mit dem Gnom und lockerte seinen Griff.

»Wenn ich Euch loslasse, versprecht Ihr mir, nicht abzuhauen und keine Dummheiten zu machen und weder mich noch Kamaria anzugreifen?«

»Wer ist Kamaria?«, fragte der Faun.

»Das Mädchen dort im Baum. Sie ist meine Freundin, und es darf ihr kein Leid geschehen!«

»Gut, gut«, gab Malkolpes zurück, »ich verspreche es beim Bart der großen Ziege!«

Lorenz ließ den Faun los. Dieser rieb sich den Nacken, denn der Junge hatte ordentlich zugepackt und der Gnom schien durchaus Schmerz zu kennen. Lorenz zog sicherheitshalber das Schwert aus der

Scheide und hielt es zwar lässig, aber dennoch als klare Drohung in der rechten Hand. Eine nie gekannte Kraft und Zuversicht durchströmte seinen Körper, als Balmung im Mondlicht funkelte. Malkolpes' Augen weiteten sich, und staunend sprach er mit ehrfurchtsvollem Unterton in der Stimme:

»Ich erkenne diese Klinge! Das ist das Schwert der Nibelungen. Ich kann es nicht glauben, Balmung ist zurückgekehrt und stark und unbesiegbar mag sein Träger sein!« Voller Furcht fragte er: »Seid Ihr etwa ein Nibelung?«

»Nein, ich gehöre nicht zum Volk der Nibelungen, ich bin ein Mensch, und ich bin ein großer Minnesänger.« Die zweite Hälfte des Satzes war zumindest teilweise geflunkert. Der Faun schien Lorenz zu durchschauen, denn er brach in keckerndes Gelächter aus.

»Das hat jener dort im Baum auch von sich behauptet! Und das hat er jetzt davon. Ich habe ihm befohlen, um sein Leben zu singen, und es war schrecklich!«

»Du willst damit doch nicht sagen, dass er tot ist ...«, sagte Lorenz.

»Nein, nein – er schläft nur. Ich habe ihn und die vorwitzige schwarze Göre mit meiner Panflöte in Tiefschlaf versetzt«, grinste der Faun. Schaut her, ich zeig's Euch. Er griff nach dem seltsamen Instrument, löste es von seinem Gürtel, hob es an die Lippen und begann, über die Öffnungen der Schilfrohre zu pusten. Es erklangen wunderschöne, rau klingende Töne. Eine betörende, melancholische Melodie entwickelte sich, während der Faun die Flötenrohre vor den Lippen hin und her bewegte.

Lorenz lauschte hingerissen und musste an die Rabenhorstburg und an seinen Vater denken. Seine Augenlider wurden schwer, und seine Gedanken drifteten in weite Ferne und der Faun ... der Faun ... müde ... schlafen ... schlummern ... ausruhen ... träumen ...

Der schrille Schrei einer Krähe mischte sich in die Flötenmelodie und drang in Lorenz' Bewusstsein. Er schüttelte den Kopf und vertrieb die Schläfrigkeit. Er hatte durch den Klang der Flöte eine tiefe Traurigkeit verspürt, und nun merkte er, dass Tränen über seine Wangen liefen. Plötzlich wurde ihm klar, dass der Faun versucht hatte, auch ihn zu hypnotisieren. Mit einer fließenden Bewegung schlug er ihm die Flöte aus den Händen. Sie flog im hohen Bogen auf den Boden. Malkolpes heulte auf und hielt sich die Hand vor dem Mund. Lorenz hatte heftig zugeschlagen und der Faun blutete im Mundwinkel.

»Warum schlagt Ihr mich, Herr?«, greinte der Gnom. »Ihr habt mich gefragt, und ich wollte Euch zeigen, wie ich die Maid und den Mann zum Schlafen gebracht habe!«

»Ich habe Euch gewarnt, und Ihr habt versprochen, Euch zu benehmen!«, fuhr Lorenz ihn an.

»Ich habe versprochen, dass dem Mädchen kein Leid geschieht«, entgegnete Malkolpes doppeldeutig. Lorenz erkannte, dass er ihm nicht über den Weg trauen durfte. Ehe er reagieren konnte, schnellte Lorenz' linke Hand nach vorn und ergriff den Ziegenbart der Kreatur. Der Junge legte ihr das Schwert an den Hals, wobei er darauf achtete, die Klinge nicht zu fest gegen die Kehle zu drücken, denn wie er selbst schmerzlich erfahren hatte, war die Schneide immer noch äußerst scharf.

»So, und nun, Herr Malkolpes, schwört, bei allem, was Euch heilig ist, dass Ihr weder mir noch meiner Begleiterin noch irgendwem sonst ein Leid zufügen werdet! Schwört, oder Euer Kopf landet bei dem Matschungeheuer im Dreck!« Lorenz versuchte, bei dieser Drohung ein möglichst grimmiges Gesicht zu machen.

»Gut, gut, ich schwöre es«, jammerte der Gnom. »Beim Bart der großen Ziege ... aber ...«

»Was aber?« hakte Lorenz mit drohendem Unterton nach, während er ihm Balmung etwas fester an den Hals drückte.

»Nur, wenn Ihr mit mir um die Wette singt!«, wisperte der Faun.

Caput XXIX

Zwei Schwüre in der Nacht

Angenommen!«

Lorenz erschrak über sich selbst, als er sich diese Zustimmung aussprechen hörte.

»Hähähähähähähä!«, keckerte der Faun, »aaaaahahahahaangenommen! Hähähähähähähä! Er hat zugestimmt! Hihihihihihihi!« Er kobolzte wie ein Irrwisch um die Weide herum, schlug Purzelbäume und vollführte Hüpfer, bei denen er wie ein Springbock mit allen Vieren aus dem Stand in die Höhe schnellte, während er um Lorenz herumtanzte.

Schließlich wurde es dem Jungen zu bunt, und als der Gnom das nächste Mal an ihm vorbeitänzelte, griff er zu. Diesmal erwischte er ihn bei seinem rechten Ziegenhorn und beförderte ihn unsanft zu Boden.

»Schluss jetzt!«, schnauzte er. »Ihr scheint Euch Eurer Sache ja sehr sicher zu sein! Wie soll denn dieser Gesangswettbewerb aussehen, he?«

»Na, wir singen, und wer schöner singt, hat gewonnen. Singe ich schöner, gehören das Mädchen, der Mann und Ihr mir, und ich bestimme, was mit Euch geschieht. Wenn Ihr gewinnt, bin ich Euer Sklave und Ihr habt das Sagen!«

»Ach, ja«, gab Lorenz ätzend zurück. »und wer entscheidet, wer von uns beiden schöner gesungen hat? Und vor allem: Ehe ich auch nur eine Silbe singe, muss Kamaria befreit sein und wieder wach und bei Verstand. Der Mann ebenfalls!«

Der Faun legte seinen Kopf schief und überlegte.

»Wenn Ihr noch lange zögert, habt Ihr nicht einmal die Chance, einen einzigen Ton zu singen, geschweige denn, ein Wettsingen zu gewinnen, weil Ihr vorher tot seid!«, drohte Lorenz und hob Balmung.

»Gut, gut!«, lenkte der Faun unterwürfig ein. Er bückte sich und ergriff die Panflöte, die unbeachtet im Gras gelegen hatte, seit Lorenz sie ihm aus der Hand geschlagen hatte. Er hob sie an die Lippen, und ehe der Junge reagieren konnte, hatte Malkolpes der Flöte zwei schrille Töne entlockt. Auf dieses Signal hin begannen sich die Weidenruten, mit denen das Mädchen und der Minnesänger gefesselt waren, langsam zu lösen.

Lorenz trat gerade rechtzeitig hinzu und fing Kamaria auf, ehe sie auf den Boden fiel. Während er sie sanft auf die Wiese bettete, bemerkte er aus dem Augenwinkel, wie auch der Barde fiel. Der dicht bemooste Grund milderte zwar den Sturz, trotzdem fürchtete Lorenz, der Mann habe sich das Genick gebrochen, denn er war unsanft auf eine Baumwurzel geprallt.

Dann erklang ein weiterer greller Pfiff aus Malkolpes' Flöte, woraufhin sich die beiden Befreiten zu regen begannen. Kamaria rieb sich die Augenlider, rekelte sich, gähnte und schlug die Augen auf.

»He, Lorenz, warum weckst du mich? Es ist doch schon dunkel und Zeit zu schlafen!«, sagte sie. Gleichzeitig ertönte ein lang gezogenes Stöhnen, das der Minnesänger von sich gab. Der Mann fasste sich an die Schulter und begann, sie zu massieren.

»Oooh, tut das weh! So ein verdammter Mist!«, stöhnte er. Lorenz musterte ihn. Der Mann musste Mitte bis Ende dreißig sein und war wie ein Edelmann gekleidet. Allerdings waren seine Strumpfhose, sein gestreiftes Hemd und das mit einem Fellkragen besetzte Wams fadenscheinig und an einigen Stellen bereits geflickt. Er trug Schnabelschuhe aus Leder, sogar solche mit Trippen darunter, jenen kleinen Holzgestellen, die verhindern sollten, dass man sich die Schuhe mit Matsch oder Unrat versaute.

Das musste ein eitler Geck sein, wenn er dieses für eine Reise unzweckmäßige Schuhwerk festen Wanderstiefeln vorzog. Lorenz dachte flüchtig daran, dass er diese Schnabelschuhe schon immer albern fand. Er hatte noch nie nachvollziehen können, warum die Adligen sie so schick fanden. Die Mode war entstanden, als einst der Graf Fulko von Anjou die Spitzen seiner Schuhe mit Werg auspolsterte, weil er verkrüppelte Füße mit sehr empfindlichen Zehen hatte. Irgendwann war die Modetorheit derart ausgeartet, dass die Länge des Schnabels den gesellschaftlichen Stand widerspiegelte. Je länger der Schnabel, desto reicher sein Besitzer. Lorenz musste grinsend daran denken, dass es einmal bei einer Schlacht ein völliges Durcheinander gegeben hatte, weil sich die Kontrahenten gegenseitig auf die Schnäbel getreten waren und nach kurzer Zeit beide Heere am Boden lagen.

Lorenz betrachtete das Gesicht des Minnesängers. Es wies aristokratische Züge auf und wurde von einer kräftigen Nase dominiert. Der Mann hatte einen vollen, blonden Haarschopf und trug einen dichten Vollbart, beide waren gepflegt geschnitten, im Moment aber ungekämmt und dreckig. Er schaute orientierungslos um sich und versuchte, sich darüber klar zu werden, wo er war und was ihm widerfahren war. Als er den Faun erblickte, zuckte er zusammen, rappelte sich auf und wich angstvoll rückwärts. Dann sah er die Dunkelhäutige und schreckte auch vor ihr zurück.

»Nur keine Angst, der Herr!«, rief Lorenz. »Kamaria stammt aus Afrika, wo alle Menschen schwarzhäutig sind. Sie gehört zu mir. Und Malkolpes hier hat versprochen, uns kein Leid zu tun!«

Er warf der kleinen Kreatur einen düsteren, drohenden Blick zu und setzte hinzu: »Falls er es trotzdem versuchen sollte, wird er der Erste sein, dem ein Leid geschieht!« Lorenz hob Balmung ein wenig, um seinen Worten Nachdruck zu verleihen.

»Wie ist Euer Name?«, fragte er.

»Ich bin Günter vom Ossenberg«, entgegnete der Mann mit einer leichten Verneigung und ergänzte: »Liederdichter und Minnesänger vom Niederrhein, zu euren Diensten. Und mit wem habe ich die Ehre?«

»Ich heiße Lorenz von Rabenhorst«, antwortete der Junge, »Spielmann und angehender Minnesänger.«

»Oh, ein Kollege!«, sagte Günter vom Ossenberg, »Ich freue mich, Ihro Bekanntschaft zu machen! Vor allen Dingen, da Ihr mich offensichtlich aus einer misslichen Lage befreit habt. Ich kann mich an nichts erinnern, außer daran, dass ich meinen Weg verloren habe. Ich bin der Reisestraße zur Burg derer von Berg an der Wupper gefolgt und muss irgendwie in dieser unwegsamen Heide von der Straße abgeraten sein. Dann kam ertönte eine wunderbare Flötenmelodie, der ich lauschte. Danach weiß ich nichts mehr.«

»Mir ist es genauso ergangen«, warf Kamaria ein, »ich hatte gerade einen Arm voll Reisig gesammelt, als die Matschbestie hinter dem Gestrüpp hervorkam. Ich habe auch diese seltsamen Flötentöne gehört und bin schläfrig geworden. Ich konnte nicht anders und habe mich unter die Weide zum Ausruhen hingelegt. Ich kann mich auch an nichts weiter erinnern!«

Lorenz erzählte ihnen, wie er die Bestie besiegt hatte. Er verschwieg, dass er sie nur mithilfe des Einhornhorns überwältigt hatte, und behauptete, dass er sie mit Balmungs Hilfe bezwungen hatte. Er hatte das Gefühl, es sei besser, das kostbare Horn einem Fremden gegenüber nicht zu erwähnen. Sicher war sicher.

Inzwischen war es Nacht, aber es war immer noch sommerlich warm. Sie gingen zum Planwagen und schlugen ein Lager auf. Als das Feuer brannte, verhandelte Lorenz weiter mit dem Gnom über den Gesangswettbewerb und fragte, wie er im Einzelnen ablaufen solle.

»Ganz einfach«, antwortete Malkolpes, »jeder von uns singt ein selbst verfasstes Lied, und wer am besten zwitschert und das schönste Lied hat, ist der Sieger. Und ich weiß auch, wer darüber richten wird!«

»Lass uns beraten, ob ich diese Bedingungen annehmen kann«, sagte Lorenz, als er sah, wie Kamaria bestürzt die Augen verdrehte. Der Faun stimmte zu und schlug vor, in der Zwischenzeit die Schiedsrichter herbeizuholen.

Lorenz fragte sich, wie er mitten in der Nacht Preisrichter mobilisieren wollte, aber er war froh, als Malkolpes verschwunden war, denn so konnte er sich ungestört mit Kamaria und Günter vom Ossenberg beratschlagen.

»Sag mal, spinnst du eigentlich?«, meinte Kamaria, »Wie kannst du dich auf einen Gesangswettbewerb mit einem Naturgeist einlassen? Gut, du hast zwar eine wunderschöne Stimme, aber deine Lieder ... Ich sage nur: ›Du bist mein, ich bin dein‹ ... Wenn du damit antrittst, können wir den Wettbewerb gleich verloren geben!«

»Vielleicht kann Lorenz ja eines meiner Lieder singen«, schlug Günter vor. »Ich habe viele Minnelieder geschrieben, und wenn wir ein, zwei Stunden Zeit hätten, könnte ich Lorenz eines davon beibringen. Aber das muss natürlich nicht heißen, dass er es auch schön singt.«

»Das lass' mal meine Sorge sein«, entgegnete der Junge. »Aber das wäre eine Möglichkeit. Ich weiß selbst, dass ich keine Lieder schreiben kann. Das will ich ja noch lernen. Aber wenn der Faun sich darauf einlässt, könnte es vielleicht klappen.«

»Na, worauf warten wir dann noch?«, meinte Kamaria.

»Also gut, lass mich überlegen«, sagte Günter. »Wie wäre es denn damit ...?« Und schon begann er, eines seiner Lieder zu singen. Kamaria zog unwillig die Augenbrauen zusammen. Günter vom Ossenberg mochte ein begnadeter Liederschreiber sein, als Sänger war er ein völliger Versager. Seine Stimme war quäkend und rau, einen sauberen Ton traf er nur gelegentlich, und es schien ihm nicht vergönnt zu sein, einen Ton länger ohne Schwankungen halten zu können. Mit anderen Worten: Es klang schauderhaft.

Als Günter geendet hatte, schaute er Kamaria und Lorenz Beifall heischend an und fragte: »Na, wie war ich, hat es Euch gefallen?«

Kamaria räusperte sich verlegen und entgegnete diplomatisch: »Ahem, an der Interpretation könntet Ihr noch arbeiten. Aber womöglich sollte Lorenz dazu auf seiner Laute spielen, dann gelingt es Euch vielleicht besser, die richtigen Töne zu ...« Das Mädchen hielt inne, als sie den beleidigten Ausdruck auf Günters Gesicht bemerkte. Schnell verbesserte sie sich: »... ich meine, es ist ja nun mal nicht leicht, ohne Instrument die rechte Melodie zu treffen, auch wenn man sie selbst geschrieben hat!«

»Also, ich fand's schön«, meinte Lorenz. Er holte die Laute aus dem Planwagen, wickelte sie aus ihrer Hülle, stimmte sie und versuchte, die Melodietöne darauf zu spielen, die Günter ihm vorgesungen hatte. Nach ein paar Durchläufen klappte es flüssig, und dann begann Lorenz, mehrere Saiten gleichzeitig zu greifen und Akkordfolgen zu entwickeln. Als er dazu schließlich die Verse sang, war Günter vom Ossenberg von Lorenz' Stimme völlig hingerissen. Er mochte kaum glauben, dass ein menschliches Wesen in der Lage war, solche Wohlklänge zu erzeugen.

Lorenz studierte das Lied ein und später zur Sicherheit noch ein weiteres, eine Ballade, die Kamaria mit der Harfe untermalte. Die Nacht neigte sich dem Ende zu, und als der Morgen graute, kehrte Malkolpes zurück. Er wurde von drei Personen begleitet. Die Erste hatte hüftlange, blonde Haare und trug ein langes, wallendes, blütenweißes Kleid. Die Bekleidung der zweiten, etwas größeren Gestalt schimmerte in Grünvariationen und war durchsetzt mit mit borkenfarbenen Tupfern in unterschiedlichen Brauntönen. Die dritte Figur war in ein von Weiß über Meergrün bis lLchtblau in den Farben des Wassers schimmerndes Gewand gehüllt.

»Darf ich vorstellen«, sagte Malkolpes, während er einen Kratzfuß machte und mit einer galanten Handbewegung auf die drei Mädchen wies: »Das sind Lure vom Ley und ihre Cousinen Sophie und Lilofee vom Nebelheim. Wie Ihr vielleicht wisst, lieben Baum-, Wald- und Bachnymphen die Musik über alles und sind in ihrem Urteil unbestechlich. Werdet Ihr Euch ihrem Richtspruch beugen?«

Lorenz war blass geworden, als er Sophie vor sich erblickte, die im Nebelheimwald im Zorn von ihm geschieden war, weil er ein Einhorn fangen wollte. Lure vom Ley stand ein wenig hinter Malkolpes, und als Lorenz sich anschickte, sie zu begrüßen, legte sie zu seiner Verblüffung den Zeigefinger auf die Lippen, schüttelte den Kopf und hob beschwörend die Hände. Offenbar sollte Lorenz nicht zu erkennen geben, dass sie sich kannten.

Also sagte er erstmal gar nichts und überlegte stattdessen, wie die Nymphen so schnell hierher gekommen sein mochten. Unbegreiflich, wie Lure vom Ley die Strecke von Sankt Goar bis in die Heide zu Coellen in so kurzer Zeit hatte zurücklegen können. Dann fiel ihm ein, dass Lures Vater der Wind war, und wer wusste schon, auf welch geheimnisvolle Weise sich die Naturgeister fortbewegen.

»Ihr seid also der Herausgeforderte!«, wandte Lure sich an den Jungen und ließ sich nicht anmerken, dass sie ihn kannte. »Ich bin ganz Ohr, ob Ihr es mit der gepriesenen Sangeskunst des Malkolpes aufnehmen könnt!« Sie zwinkerte Lorenz vielsagend zu. Sophie vom Nebelheim hingegen machte ein völlig undurchdringliches, strenges Gesicht, und Lorenz vermochte beim besten Willen nicht zu deuten, ob sie ihm noch immer gram war.

Der Junge fühlte sich sehr unwohl in seiner Haut. »Ist es gestattet, dass ich ein Lied des Herrn Günter vom Ossenberg vortrage? Ich selbst konnte bisher kein Lied der Minne schreiben, da ich ein bescheidener Eleve bin und diese Kunst noch nicht erlernt habe.«

»Hähähähäh!«, keckerte Malkolpes siegessicher. »Natürlich ist mir das Recht! Sogar wenn Ihr ein Lied des Walther von der Vogelweide sänget, so könntet Ihr damit nicht bestehen. Noch niemand hat jemals schöner gesungen als Malkolpes, der gar die Nachtigallen einst zu singen lehrte!«

Die Preisrichterinnen ließen sich im Gras am Lagerfeuer nieder und schauten die Kontrahenten erwartungsvoll an. Malkolpes begann. Er stellte sich in Positur und hob die Panflöte an die Lippen.

»Ich versichere Euch, dass ich Euch nicht in Schlaf versetzen werde«, sagte er. Lorenz wollte protestieren, aber Lure hob die Hand und hielt ihn zurück. Sie legte den Zeigefinger auf den Mund und nickte ihm beruhigend zu. Der Gnom spielte eine traurige Weise, eine langsame Melodie mit wunderbar perlenden Tönen. Allmählich steigerte sich die Geschwindigkeit, und auch der Charakter der melancholischen Musik änderte sich, bis sie in eine fröhliche Tanzmelodie überging.

Dann warf der Faun den behornten Kopf zurück und sang in einer Mischung aus Latein und Fränkisch:

»Stetit puella rufa tunica;
Si quis eam tetigit, tunica crepuit. Eia!
Stetit puella tamquam rosula;
Facie splenduit et os eius floruit. Eia!

Stetit puella bi einem boume,
Scripsit amorem an eime loube.
Dar chom Venus also fram
Caritatem magnam, hohe minne bot si ir manne.«

Als der Faun geendet hatte, lauschten die Zuhörer noch eine Weile andächtig seinem Liede nach.

Dann ergriff Sophie vom Nebelheim das Wort: »Wohl gesungen, werter Malkolpes, sehr wohl! Doch auch, wenn von hoher Minne die

Rede ist, zeugen die Verse Eures Gesangs ganz im Gegenteil von niederer Gesinnung. Ist es nicht etwas frivol zu singen:

Es stand ein Mägdelein im roten Hemdelein;
Wenn man's berührte, raschelte das Hemde fein. Eia!
Es stand ein Mägdelein, das einer roten Rose glich,
Blühend ihre Lippen und leuchtend ihr Gesicht. Eia!

Es stand ein Mägdelein unter des Baumes Dach,
Und seine Liebe schrieb es auf ein Laubesblatt. Eia!
Flugs kam Frau Venus schnell herbei und dann
Große Liebe, hohe Minne schenkt' sie ihrem Mann. Eia!

Also, ich persönlich bevorzuge eher die wahren Lieder der hohen Minne.«

»Ach komm«, meinte Lure, »wir tragen im Grunde genommen ja auch nur Hemdchen, und du findest nichts dabei. Gut, unsere Gewänder sind schön und nicht in dieser frivolen Farbe Rot, aber insgesamt war es doch ein betörendes Lied, das Malkolpes uns gesungen hat!«

»Nun denn«, ergänzte Lilofee, »so lasst uns hören, was Lorenz von Rabenhorst uns zu bieten hat.«

Lorenz spielte ein langes Präludium auf der Laute und zupfte dazu die Basssaiten mit dem Daumen, während er mit Zeige-, Mittel- und Ringfinger die mittleren und die Diskantsaiten anschlug.

Er deklamierte: »Ich singe Euch ein Lied des edlen Sängerdichters Günter vom Ossenberg, das dieser über die wahre Minne geschrieben hat.«

Dann hob er an und sang das Lied, das er vor kurzem erst gelernt hatte:

»Verschwiegene Minne - die ist gut;
Sie verleiht dir hohen Mut;
Ihr soll man sich befleißen.
Wer mit Treue sie nicht pfleget rein,
Der soll dafür getadelt sein!«

Nach der zweiten Strophe spielte Lorenz ein Zwischenspiel und wiederholte dann die erste. Der Junge fühlte sich eins mit der Musik und ging völlig in dem Lied auf. Während er selig lächelnd weitersang, bemerkte er, dass sein Gesang und die Lautenklänge durch eine weitere harmonische Ebene ergänzt wurden. Lure vom Ley hatte die Melodie aufgenommen und mitgesungen. So, wie Lorenz einst ihren Gesang mit einer zweiten Stimme bereichert hatte, revanchierte sich die Nymphe nun und unterstützte Lorenz' Lied.

Als die letzten Töne der Laute verklungen waren, applaudierten Kamaria, Günter und die drei Naturgeister. Selbst Malkolpes brachte es nicht fertig, nicht in die Hände zu klatschen.

Es entstand eine lange Stille. Nur das Prasseln des Lagerfeuers und das Zirpen der Grillen durchbrachen die Ruhe, die fast körperlich spürbar war. Dann erhoben sich die drei Nymphen und verschwanden wortlos wie Schemen in der Dunkelheit.

»Wohin gehen sie?«, fragte Kamaria.

»Ich nehme an«, entgegnete Günter, »sie ziehen sich zur Beratung zurück. Es bleibt uns nur abzuwarten.«

Schweigend saßen sie am Lagerfeuer und starrten in die Flammen. Dann schließlich, nach einer kleinen Ewigkeit, kehrten die Nymphen zurück. Sophie vom Nebelheim trug einen Kranz aus grünen Eichenblättern in der Hand.

»So lasst uns den Sieger ehren!«, sagte die Waldnymphe. »Malkolpes, Ihr habt wunderbar gesungen. »Aber auch Ihr, Lorenz von Rabenhorst«, fuhr sie an den Jungen gewandt fort, »konntet uns bezaubern mit famosem Lautenspiel.«

Lorenz richtete sich auf und war stolz über dieses Lob, denn er selbst war immer noch voller Selbstzweifel über seine Künste auf diesem Instrument.

Dann ergriff Lilofee vom Nebelheim das Wort. Sie wandte sich an Malkolpes:

»An Eurem Vortrag haben uns vor allem Eure Flötentöne verzaubert. Beinahe! Denn obwohl Ihr versichert habt, uns nicht mit Eurer Flöte in Schlaf versetzen zu wollen, so wart Ihr doch nicht ohne Heimtücke! Eure Melodie war darauf ausgerichtet, unsere Sinne zu betören, und sollte unseren Willen dahingehend beeinflussen, Euch den Sieg zu gewähren.«

Beschämt schlug der Faun die Augen nieder und musste eingestehen, dass die Nymphen ihn durchschaut hatten.

Schließlich gab Lure vom Ley ihr Urteil ab: »Vorhin schon, Malkolpes, hat Sophie festgestellt, dass Euer Lied eher frivol war und der niederen Minne zuzurechnen ist. Lorenz hingegen hat die Tugenden der feinen, der hohen Minne besungen und die Treue sowie die Verehrung der geliebten Person in den Vordergrund seines Liedes gestellt. Deshalb küren wir Lorenz von Rabenhorst zum Sieger des Wettstreites!«

Sophie trat auf den Jungen zu und drückte ihm den Blätterkranz aufs Haupt. Alle drei Nymphen verneigten sich vor ihm, lächelten ihn an und winkten ihm zu. Dann verflüchtigten sich ihre Konturen, und die drei Mädchen verschmolzen wie ein Nebelhauch mit der Dämmerung des nahenden Morgens. Malkolpes saß wie ein Häuflein Elend am Feuer und hatte den Kopf zwischen die Knie genommen. Er weinte. Kamaria trat zu ihm und legte ihm die Hand tröstend auf die Schulter.

»Na, komm«, sagte die Mauretanierin. »das ist doch kein Weltuntergang. Es hätte genauso gut anders ausgehen können. Aber habt Ihr wirklich geglaubt, Ihr könntet die Nymphen mit Eurer magischen Flöte bezaubern?«

Der Faun nickte und schniefte.

»Na, das ist Euch ja nun nicht gelungen!«, stellte Lorenz fest und fuhr fort: »Also los, löst Euren Wetteinsatz ein!«

»Nun gut«, entgegnete der Faun, erhob sich, und deutete eine Verneigung an: »Ich bin Euer Sklave. Befehlt mir und Euer Wunsch wird erfüllt!«

»Als Erstes möchte ich das Versprechen, dass Ihr Eure Flöte nie wieder zum Schaden anderer einsetzt!«, sagte Lorenz. »Und dann befehle ich, dass Ihr Euch unverzüglich aufmacht und nach meiner Heimat wandert. Schwört, dass Ihr fortan dafür sorgen werdet, dass die Felder der Rabenhorstburg immer im vollen Korn stehen und eine gute Ernte einbringen, egal, welches Getreide angebaut wird. Ansonsten seid Ihr frei, dort so zu leben, wie Ihr es wünscht. Nur sollt Ihr denen von Rabenhorst und all ihren Nachkommen auf der Burg stets ergeben zu Diensten sein!«

Der Faun schaute ihn verblüfft an: »Mehr fordert Ihr nicht, edler Herr? Das soll alles sein? Das schwöre ich leichten Herzens!« Der Faun warf sich unterwürfig auf die Knie, ergriff die Hand des Jungen und küsste sie wieder und wieder. So lange, bis dieser sie ihm schließlich entzog.

»Nun gut, so sei es!«, sagte er. »Aber nun besorgt Ihr uns erst mal etwas Ordentliches zu beißen! Wie wäre es mit einem Schweinebraten am Spieß, den wir über dem Feuer rösten können?«

»Oh ja«, ließ sich Günter vom Ossenberg vernehmen, »das ist eine ganz hervorragende Idee – meine Gedärme fühlen sich an, als wären sie seit Jahren nicht mehr gefüllt worden! Was Anständiges zu fressen und zu saufen, das würd mir nun zupasskommen!«

Lorenz wunderte sich, dass der feingeistige Poet, mit dessen Minnelied er das Wettsingen gewonnen hatte, solch derbe Ausdrücke verwendete.

»Euer Wunsch sei mir Befehl!«, sagte Malkolpes, und ehe irgendjemand noch etwas sagen konnte, war er in der Dunkelheit verschwunden.

»Da haben wir ja wirklich den Bock zum Gärtner gemacht.«, meinte Kamaria spöttisch. »Ich vermute, den sehen wir nie wieder!«

»Das glaube ich nicht.«, erwiderte Günter. »Wenn ein Naturgeist einmal sein Wort gegeben hat, kann er nicht dagegen verstoßen!«

Und richtig, nach einer kurzen Weile kam der Faun mit einem Schweinebraten am Spieß zurück. Außerdem schleppte er einen Krug Rotwein und einen prall gefüllten Leinensack an, aus dem er zahlreiche Leckereien zum Vorschein brachte: zarte Wachteln, Eier, Speck, Roggen- und Weizenbrot, gepökelte Wurst, getrocknete Trauben und Äpfel sowie einen großen Topf voller Grießpudding. Es wurde eine regelrechte Fresserei, und Lorenz kam zu dem Schluss, dass dieser Begriff durchaus angemessen sei und auch eine ganz eigene Poesie aufwies. Obwohl, die Poesie des Gelages passte eher zu den Versen der niederen Minne.

Während sich Lorenz, Kamaria und Günter der Völlerei hingaben, nagte in einer weit entfernten Stadt der Hunger an den Gedärmen eines Mannes, der in einem nasskalten, stockfinsteren, dreckigen und stinkenden Verlies gefangen war. Der Mann richtete sich auf und erhob sich von seinem kargen Strohlager. Von Lager im Sinne des Wortes konnte keine Rede sein. Die wenigen, angeschimmelten, von Ratten angefressenen Strohhalme verdienten diese Bezeichnung nicht.

Der Mann hatte entzündete, rotgeränderte Augen, und sein einst gestählter Körper war ausgemergelt, wenn auch immer noch drahtig. Er stank erbärmlich nach Dreck, Schweiß und anderen Ausdünstungen, und sein einst gepflegtes schwarzes Haar war lang und verfilzt. Immer wieder musste er sich kratzen, aber er vermochte nicht zu sagen, ob das Jucken von Flöhen oder Läusen verursacht war. Wahrscheinlich stimmte beides.

Im Moment jedoch war er völlig geschwächt. Ein Tonhumpen Wasser am Tag und ein verschimmelter Brotkanten, mehr gönnten ihm die Kerkerknechte nicht, wenn er überhaupt etwas bekam. Die letzten beiden Tage waren vergangen, ohne dass sich irgendjemand hatte blicken lassen. Vielleicht waren es auch zwanzig gewesen. Er hatte in der Finsternis jegliches Zeitgefühl verloren.

In seinem rasenden Zorn war er wie ein waidwundes Tier in der winzigen Zelle hin und her gewandert. Drei Schritte hin, drei Schritte zurück, in fast vollständiger Dunkelheit. Seine Nerven waren überreizt. Er setzte seine Wanderung stundenlang fort, ehe er schließlich begann, regungslos und apathisch vor sich hin in die Düsternis zu starren, offenen Auges, aber blicklos.

Sein Magen meldete sich mit unüberhörbarem Knurren. Er dachte flüchtig daran, einige der schimmeligen Strohhalme zu fressen, um überhaupt etwas in den Bauch zu bekommen. Wenn es ihm nur gelänge, eine der gelegentlich durch seine Zelle huschenden Ratten zu fangen. Er stellte sich genüsslich vor, wie er die Zähne in den Nacken eines solchen Leckerbissens schlagen würde ... Ein Rascheln am anderen Ende des Verlieses riss ihn aus seiner Lethargie. Er hob sein Haupt, versuchte mit seinem Blick die Dunkelheit zu durchdringen und lauschte – Nichts.

Er verfluchte wie schon so oft denjenigen, der ihn in dieses Bredouille gebracht hatte. Obwohl er wusste, dass er sich seine missliche Lage im Grunde selbst zuzuschreiben hatte. Er hatte einen Fehler gemacht, aber das konnte er sich nicht eingestehen. Schließlich hatte er nur seine Pflicht tun wollen, und dieser verdammte ...

Da! Wieder ein Geräusch! Diesmal schien es von der schweren, grob behauenen Eichentür zu kommen. Der Mann drehte den Kopf zur Seite und horchte. Nichts. Oder doch? Ja, doch! Schritte. Jemand näherte sich.

Er hörte ein metallisches Klirren, als mit einem Ruck die Riegel vor der Tür zurückgeschoben wurden. Die eisernen Scharniere quietschten fast schmerzhaft in seinen nach der tagelangen Stille überempfindlichen Ohren. Dann wurde die Tür aufgerissen und die grelle Flamme einer Pechfackel blendete ihn. Unwillkürlich hob er die Hand und hielt sie schützend vor seine Augen, die sich nur langsam an das Licht gewöhnten.

Der Bucklige war zurück.

»Da!«, raunzte der Wächter. Keine Begrüßung, nur diese eine, schroffe Silbe, während er in die enge Zelle trat und dem Gefangenen einen Laib Brot reichte. Brot! Frisches Brot! Kein verschimmelter, trockener Kanten, sondern duftendes, weiches Brot. Kein zäher Roggenfladen, nein, kostbares, weißes Weizenbrot.

Er schlug gierig seine Zähne hinein und riss ungeduldig einen Fetzen nach dem anderen aus dem Laib. Er gab sich kaum die Mühe, ordentlich zu kauen. Er ignorierte die Schmerzen in der Kehle, als er die Brocken hinunterschlang, statt sie zu essen. Langsam fühlte er seine Lebensgeister zurückkehrten.

Der schwarz gekleidete Bucklige verzog angewidert das Gesicht, als er den Kopf zurückwarf und aus den tiefsten Abgründen seiner Eingeweide einen rollenden, lauten Rülpser von sich gab.

»Gemach, Herr!«, warnte der Wächter. »Wollt Ihr denn gleich alles wieder von Euch geben? Schlingt doch nicht so. Es ist genug da.« Er trug Bruch und Beinlinge und hatte sich in einen Umhang gehüllt, aus dem er nun einen Bocksbeutel hervorzog. Er reichte ihn dem Gefangenen: »Hier, ich habe Euch einen fränkischen Roten mitgebracht!«

Gierig nestelte der Mann die Kordel vom Verschluss und trank, nein, soff in tiefen Zügen. Der herbe Wein schmeckte wie ein Göttertrank. Gleichzeitig dachte er: Warum kredenzt mein Bewacher mir plötzlich solche Köstlichkeiten? Das konnte doch nur bedeuten, dass die Bemühungen der letzten Wochen Früchte trugen, schon mehrfach hatte er versucht, die Gier des Wächters zu wecken. Sollte es ihm schließlich doch gelungen sein?

»Wenn Ihr satt seid, Herr«, hob der Bucklige an, »dann verratet mir, wo Ihr das Geld versteckt habt, und ich bringe Euch mehr Nahrung! Wie wäre es mit einem Schweinebraten oder einem gerösteten Goldfasan? He?«

Er schwieg. Man musste den Gegner kommen lassen.

»Was sagt Ihr dazu?«, raunzte der Wächter ungeduldig.

»Nichts«, erwiderte er. Nur jetzt keinen Fehler machen!

»Ihr könnt froh sein, wenn ich Euch nicht verhungern lasse«, stellte der Wächter fest. »Hier kräht kein Hahn nach Euch, Ihr seid in jenem Trakt des bischöflichen Kerkers, den man Verlies des Vergessens nennt. Und wisst Ihr auch, warum?«

»Ich will es nicht wissen«, entgegnete der Häftling. »Ich weiß aber, dass Ihr das Gold und die Gulden, die ich außerhalb der Stadt versteckte habe, niemals ohne meine Hilfe finden werdet. Ihr müsst mich schon mitnehmen, wenn Ihr darankommen wollt.«

Diesmal schwieg der Kerkerknecht erwartungsvoll.

»Was kann Euch schon passieren? Wenn dies das Verlies des Vergessens ist, wer sollte dann nach mir fragen? Und wen sollte es scheren, ob ich hier verrecke oder nicht? Helft mir hinaus, und ich werde es Euch gut entlohnen. Mein Auftraggeber hat mich mit mehr Geld ausgestattet, als Ihr in Eurem Leben jemals ausgeben könnt.« Die Stimme des Mannes war lockend geworden, eindringlich und verführerisch.

»Aber Ihr seid mit dem Teufel im Bunde!«, warf der Bucklige ein.

»Dummes Zeug!«, herrschte ihn der Gefangene an und seine Stimme klang dabei wie gehärtetes Eisen. »Hätte ich solcherlei Beziehungen, schmorte Euer glorreicher Bischof schon längst im Höllenfeuer und Ihr mit ihm! Glaubt Ihr, dann würde ich noch hier schmachten? Holt mich hier raus, und ich führe Euch zum Geldversteck!«

Er wusste, dass er gewonnen hatte, als der Wächter ihn zustimmend ansah: »Also gut, und Ihr schwört bei allem, was Euch heilig ist, dass Ihr mich zu dem Geld bringen werdet?«

»Ich schwöre es«, entgegnete er mit maliziösem Grinsen, »bei allem, was mir heilig ist!« Und das ist nicht viel, setzte er in Gedanken hinzu. »Aber nur, wenn Ihr mich zu meinem Pferd bringt und ich meine Ausrüstung zurückbekomme!«

»So sei es«, flüsterte der Aufseher. »Folgt mir, aber macht keinen Lärm, sonst sind wir verloren!«

Sie hasteten durch scheinbar endlose, finstere Gänge. Nur gelegentlich spendeten Pechfackeln etwas Licht, die in eisernen Haltern an den groben Basaltwänden befestigt waren. Schließlich gelangten sie an eine Treppe.

Oben angekommen, schloss der Bucklige die Tür zu einem Wachraum auf und legte gleichzeitig warnend den Zeigefinger an die Lippen. Mann, das versteht sich doch von selbst, dachte der Gefangene und wollte schon ungeduldig auffahren. Er ließ es jedoch, als er einige Soldaten erblickte, die auf Strohsäcken lagen und laut schnarchten. Sie stahlen sich lautlos an den schlummernden Männern vorbei und erreichten schließlich einen gepflasterten Hof, der wie ausgestorben vor ihnen lag.

Der Mann sog die köstliche, frische Nachtluft tief in seine Lungen. Welch ein Genuss nach dem widerwärtigen Gestank in dem stickigen, dreckigen Verlies.

Sie schlichen zu einem Stall und dort zielstrebig zu einem stolzen Rappen, der freudig wiehernd seinen Herrn begrüßte. Der Mann tätschelte ihm den Hals und wisperte ihm kaum vernehmbare, fast zärtliche Worte ins Ohr, während der Gefängniswächter den Sattel herbeischleppte.

»Und meine Rüstung?«, herrschte der Mann ihn an.

»Dort drüben, Herr!« Der Bucklige wies mit dem Kinn auf eine Ecke des Stalls. »Ich habe sie heute aus dem Zeughaus hergebracht, samt Euren Waffen!«

»Das ist gut. Sehr gut!«, flüsterte der ehemalige Gefangene gefährlich leise. »Und wie kommen wir aus der Stadt?«

»Ich habe den Torwächter bestochen«, kicherte der Aufseher stolz. »Wir sagen nur das Kennwort ›Teufelsbraten‹, und schon sind wir draußen. Und dann könnt Ihr mich zu dem Geldversteck geleiten.«

»Soso, Teufelsbraten ...«, sagte der Mann mit sanftem Tonfall, während er sein Kettenhemd anlegte. »Hilf mir mal mit dem Brustpanzer und den Beinschienen!«

Diensteifrig half ihm der Wächter, seine Rüstung anzulegen. Zuletzt hielt er ihm die Panzerhandschuhe hin. Der Ritter schlüpfte hinein und öffnete und schloss die Fäuste einmal, zweimal, wie zur Probe. Als der Bucklige sich abwandte, um den Helm zu holen, schoss die rechte Hand des Gefangenen blitzschnell vor und ergriff das Genick des Wächters. Im nächsten Augenblick umschlang er den Unglücklichen von hinten mit dem linken Arm. Die rechte Hand wanderte zur Kehle und drückte zu wie ein Schraubstock, fest und gnadenlos. Der Bucklige wurde von diesem Angriff völlig überrascht. Widerstand war kaum möglich, und seine Kräfte erloschen schnell. Seine Arme zuckten noch einen Moment im aussichtslosen Kampf, dann verlor er das Bewusstsein und atmete nur noch schwach.

»Ich will nicht undankbar sein«, sagte der Ritter mehr zu sich als dem Ohnmächtigen. »Ich könnte Euch mühelos töten, aber ich will mein Versprechen halten. Ihr erhaltet einen wahrlich großen Schatz – kein Gold und Geld, sondern Euer Leben! Mag der Erzbischof es Euch nehmen, wenn er erfährt, wie gierig und leichtgläubig Ihr mir zur Flucht verholfen habt. Adieu!«

Er band seinem Pferd einige Lumpen um die Hufe und führte es aus dem Hof. Dann verschwand er in der Dunkelheit der engen Gassen, die bereits der einsetzenden Dämmerung zu weichen begann. Als er weit genug von der bischöflichen Residenz entfernt war, saß er auf und ritt den Fluss entlang zum Stadttor. Stieße er auf Schwierigkeiten, würde er ohne Zögern Gewalt anwenden, obwohl zu Friedenszeiten nicht damit zu rechnen war, dass das Stadttor über Gebühr bewacht wurde. Als er ans Tor kam, forderte ihn der Torwächter auf, das Losungswort zu sagen.

»Teufelsbraten«, knurrte er, und sogleich wurde das Tor geöffnet. Niemand fragte nach dem Woher oder Wohin. Er gab seinem Ross die

Sporen und verließ Bamberg. Mit einem letzten Blick auf die Stadt seiner größten Schmach reckte er die geballte Faust wie zum Schwur in den dämmrigen Nachthimmel.

»Ich werde mich grausam rächen für das, was du mir angetan hast, Lorenz von Rabenhorst! Auch wenn ich deiner selbst nicht habhaft werden kann, wird meine Rache doch fürchterlich sein! Das schwöre ich bei allen heulenden Höllenhunden!«

Mit diesen Worten galoppierte Arnold von Schwarzeneck in südöstlicher Richtung dem Sonnenaufgang entgegen."

Caput XXX

Meister Volker zieht sich zurück

Es war heller Tag, als Lorenz erwachte. Die Sonne brannte senkrecht herab und er schätzte, dass es fast Mittag war. So langsam, dachte er, muss jetzt mal Schluss sein mit den durchwachten Nächten. Lorenz sah sich um und bemerkte, dass er allein war. Die anderen waren offenbar schon auf den Beinen. Er spürte ein leichtes Hungergefühl und schaute nach, ob von dem nächtlichen Festmahl noch etwas übrig geblieben war. Er fand ein Stück Käse, das er genüsslich verzehrte. Da noch mehr übrig war, packte er die Reste in den Leinensack, den Malkolpes in der Nacht angeschleppt hatte.

»He, Lorenz!« Kamarias Stimme hinter der Hecke klang zu ihm durch, dann hörte er das Knarren der Wagenräder und das fröhliche Wiehern von Hein. Oder Oss. Oder beiden. Und richtig, der Planwagen bog um die Ecke. Kamaria und Günter saßen auf dem Kutschbock und winkten gut gelaunt. Das Mädchen zügelte die Pferde, und das Gespann kam zum stehen.

»Also, was ist, Hosenschisser?«, rief sie ihm zu. »Wollen wir jetzt zu Meister Volker fahren oder nicht?«

Lorenz nickte und fühlte einen Stich Eifersucht, weil sein Platz auf dem Kutschersitz von Günter besetzt war. Aber er sagte nichts, setzte einen Fuß auf die Nabe des rechten Vorderrads und schwang sich an Günter vorbei ins Innere des Fuhrwerks. Er ließ sich auf seinem Lager nieder, während Kamaria den Ponys die Zügel gab und der Wagen anruckte.

»Den Weg kennst du ja, nehme ich an?«, fragte Lorenz spitz.

»Vielleicht. Aber auf deine Fähigkeiten als Spurenleser möchte ich mich seit unserer Reise durch den Nebelheimwald nicht mehr verlassen!«, gab sie schlagfertig zurück.

Lorenz war verblüfft. Wer war denn vorausgelaufen und hatte den Weg ins Dickicht eingeschlagen, nachdem sie aus dem Bach gestiegen waren? Er erinnerte sich beim besten Willen nicht daran, ob er es gewesen war oder Kamaria. Ehe er noch weiter darüber nachdenken konnte, meinte Günter vom Ossenberg, der interessiert aufgehorcht hatte: »Ihr wart im Nebelheimwald? Aber man sagt, dass noch niemals jemand lebend wieder herausgekommen sein soll.«

Bevor Kamaria etwas sagen konnte, entgegnete Lorenz schnell:

»Ach, wir waren nicht wirklich im Nebelheimwald. Wir sind vom Waldrand aus ein paar Ellen weit ins Gebüsch gestromert, aber dann wurde es uns zu unheimlich. Es war nebelig, obwohl es Sommer ist, und wir haben plötzlich Angst bekommen. Außerdem wollten wir ja weiterfahren und hatten nicht genug Zeit, den Wald zu erkunden. Obendrein hatte man uns gewarnt, es sei nicht ganz geheuer dort.«

Kamaria hob die Augenbrauen. Ihr samtschwarzes Antlitz verdüsterte sich ob dieser Lüge, dennoch sagte sie nichts. Lorenz hatte wohl seine Gründe, dem Minnesänger keinen reinen Wein einzuschenken. Also schwieg sie.

Günter vom Ossenberg schien mit der Erklärung zufrieden zu sein, er fragte nicht weiter nach. Sie waren inzwischen am Hohlweg angelangt, und Kamaria lenkte den Wagen an den Brombeerbüschen vorbei, bis sie die Hütte des Instrumentenbauers erreichten.

Volker auf der Heyde hatte sie offenbar gehört, denn kaum hatten sie das Fuhrwerk angehalten, trat er aus der Kate und begrüßte sie freudestrahlend:

»Kamaria aus Mauretanien und Lorenz von Rabenhorst! Welche Freude, Euch zu sehen! Und Ihr habt noch jemanden mitgebracht! Wollt Ihr mich nicht vorstellen?«

Sie stiegen vom Planwagen.

»Dieser Herr hier«, bekundete Kamaria und setzte dabei ihr berüchtigtes spöttisches Grinsen auf, »ist der im ganzen Land gerühmte Günter vom Ossenberg am niederen Rhein, der Dichter mit der rauen Stimme, der wunderschöne Lieder zu schreiben vermag.«

Meister Volker entging die feine Ironie natürlich nicht, aber er ließ sich nichts anmerken: »Ah, so seid Ihr ein Kollege von Robert, dem Zimmermann?«, fragte er und hieß den Niederrheiner mit einem freundlichen Handschlag willkommen.

Kamaria musste schmunzeln, als sie sich erinnerte, dass Meister Volker bei ihrem ersten Besuch von einem singenden Schreiner namens Robert erzählt hatte, der auf der Laute nur drei Akkorde zu schlagen vermochte und eine Stimme wie ein rostiger Hufnagel hatte.

Dann wandte sich Volker an Lorenz: »Und Ihr, Junker Lorenz«, stellte er vielsagend fest, »seid erfolgreich gewesen, wie ich höre.«

»Wie könnt Ihr nur wissen, dass ich den Malkolpes besiegt habe?«, entgegnete Lorenz perplex. Ihm fiel ein, dass Meister Volker stets sehr viel mehr wusste als Normalsterbliche, doch wiederum verblüffte der Instrumentenbauer ihn.

»Davon rede ich nicht«, sagte Volker, »das habe ich in der Tat noch nicht gehört. Ich spreche von Eurem Erfolg als Jäger – oder sollte ich eher sagen als Sammler?«

Er schaute Lorenz durchdringend an, und der Junge bemerkte, dass er nicht weiter mit der Sprache rauswollte. Stattdessen wechselte er das Thema: »Ihr habt also den Malkolpes nicht nur mit eigenen Augen gesehen, junger Herr, sondern dieses Ungeheuer auch noch bezwungen? Wie habt Ihr das angestellt?«

Sie setzten sich an Meister Volkers großen, runden Tisch, und Lorenz erzählte die Geschichte in allen Einzelheiten und in den buntesten Farben. Der Hausherr tischte ihnen frische Ziegenmilch auf, und Kamaria holte Reste ihres nächtlichen Festgelages aus dem Wagen.

Volker wandte sich an das Mädchen: »Wollt Ihr nicht Meister Günter die Musikinstrumente zeigen? Bestimmt wird er als Minnesänger daran interessiert sein. Lorenz und ich wollen Euch ja nicht mit Details über seine neue Leier langweilen.«

Ehe sie Einspruch erheben konnte, traf sie der zwingende Blick des Instrumentenbauers. Meister Volker versuchte, sie loszuwerden. Oder nein, er war darauf aus, Günter vom Ossenberg aus dem Weg zu bekommen, und Kamaria sollte ihm dabei helfen.

Sie seufzte leicht und ergab sich in ihr Schicksal, zeigte Günter den mit Instrumenten gefüllten Erker und griff sich dort den Dudelsack, auf dem sie bereits bei ihrem letzten Besuch gespielt hatte. Sie begann, eine fröhliche Reigenmelodie zu intonieren. Günter setzte sich und lauschte der Musik.

Volker auf der Heyde führte derweil Lorenz zu seiner Werkbank. Er stellte sich so, dass er den beiden anderen den Blick auf Lorenz verdeckte.

»Ihr wart also erfolgreich, Lorenz von Rabenhorst?« Es war mehr eine Feststellung als eine Frage. Lorenz sagte nichts und nickte nur zustimmend.

Ein Glitzern trat in Meister Volkers Augen, und er streckte eine Hand aus. »Wo ist es?«, fragte er und seine Stimme klang eine Spur heiserer. »Gebt es mir, gebt es! Wo habt Ihr es? Ich warte schon so lange darauf!«

Lorenz war einen Schritt zurückgewichen, denn plötzlich war ihm der sonst so freundliche Meister Volker unheimlich. Der Instrumentenbauer bemerkte Lorenz' betroffenen Gesichtsausdruck und hatte sich sofort wieder im Griff.

»Ich wollte Euch nicht erschrecken, Lorenz«, flüsterte er. »Keine Angst! Es ist nur, weil ich so ewig diese Gelegenheit ersehnt habe, und nun ist die perfekte Drehleier in greifbare Nähe gerückt. Ich kann es einfach nicht abwarten!«

»Es ist draußen im Planwagen«, entgegnete Lorenz.

»So lasst es uns holen. Es trifft sich gut, dass das Horn im Wagen ist, dann sieht Günter vom Ossenberg es nicht ...«, sagte Meister Volker.

»Habt Ihr etwas gegen Günter vom Ossenberg?«, fragte der Junge, während sie die Hütte verließen.

»Ich weiß nicht«, meinte Volker, »ich kann den Finger nicht drauflegen, wie man so schön sagt. Irgendetwas ist mir an diesem Dichtersänger nicht geheuer. Vielleicht irre ich mich, aber sicher ist sicher, und was der Minnesänger nicht weiß, macht ihn nicht heiß.«

Lorenz holte das Horn, das wieder gut in dem Leinentuch verpackt war, aus dem Fuhrwerk. Sie gingen hinter die Hütte und Lorenz überreichte dem Meister seine Trophäe aus dem Nebelheimwald.

Der Instrumentenbauer wickelte sie behutsam aus dem Stoffstück. Mit ehrfurchtsvollem Schweigen musterte er das ebenmäßig gedrehte, elfenbeinweiße Horn und wischte vorsichtig einige Matschreste ab, die noch von dem Kampf mit dem Schlammungeheuer daran klebten.

»Wunderschön«, sagte er, »einfach wundervoll ...«

»Und«, fragte Lorenz ungeduldig, »könnt Ihr damit etwas anfangen? Ist es so, wie Ihr es wolltet?«

»Viel besser«, gab Volker auf der Heyde zurück, »sehr viel besser, denn seine Zauberkraft ist wesentlich stärker, weil es nicht mit Gewalt errungen wurde, sondern mit Liebe. Allein mit Eurer Großherzigkeit ist Euch gelungen, was kein Sterblicher vorher je geschafft hat. Durch die Gier der Menschen nach dem kostbaren Horn«, fuhr er fort, »haben fast alle Einhörner dieser Welt ihr Leben gelassen. Und jedes Mal, wenn wieder eines mit leerem Blick und einer klaffenden Wunde auf seinem edlen Haupte elendig verendete, kam es zu einer verheerenden Krankheitswelle in der Umgebung. Erinnert Ihr Euch an die letzte Pestepidemie? Ach, nein, Ihr wart ja damals noch gar nicht geboren. Aber die Weisen wissen, dass kurz zuvor in den Wäldern von Wales an der Küste Britannias ein Einhorn ermordet wurde. Nicht lange darauf kam der schwarze Tod und wütete mit gnadenloser Härte. Diese Zusammenhänge hat der große Arzt und Magier Meister Arnold von Villanova beobachtet und in seinen Schriften deutlich klargemacht. Leider wurde er von Papst Clemens gezwungen, seinen Lehren abzuschwören, und so sind viele seiner Erkenntnisse heute vergessen.«

Meister Volker schaute Lorenz tief in die Augen, und ein eiskalter Schauer lief dem Jungen über den Rücken. Er war entsetzt, dass der Instrumentenbauer ihn ohne mit der Wimper zu zucken einer solchen Gefahr ausgesetzt hatte, nur um das Horn zu erlangen. Ehe er etwas sagen konnte, fuhr Meister Volker fort:

»Es gibt viele Beispiele dafür. Als man wieder einmal ein Einhorn abgeschlachtet hatte, kam es zu einer sprunghaften Verbreitung der Lepra. Man hatte es perfiderweise mit einer Jungfrau angelockt. Als es sein Haupt vertrauensvoll auf ihren Schoß legte, schlug man dem edlen Tier nicht nur das Horn, sondern gleich den ganzen Kopf ab. Barbarisch! Doch ich war mir sicher, dass Ihr der Auserwählte seid, der das Horn auf die einzig richtige Art und Weise erlangen und mir bringen würde. Denn nur, wenn man es mit Güte, Selbstaufgabe und Liebe in seinen Besitz bringt, ist es für die Weiße Magie brauchbar, die ich anwende. Ein Horn, an dem Blut klebt, ist nur der furchtbaren, zerstörerischen Schwarzen Magie nütze, die jeden, der sie ausübt, direkt in die Arme des Teufels führt.«

»Aber woher wusstet Ihr, dass ich das Einhorn nicht töten würde? Ich war doch fest dazu entschlossen!«, rief Lorenz erstaunt.

»Nachdem ich mit den Geistern der Natur, mit Kelpie und Lure vom Ley, gesprochen und von Eurer Selbstlosigkeit und von Eurem Mut gehört hatte, wusste ich es einfach. Lure hat mir erzählt, dass Ihr Euren kostbarsten Besitz ohne Zögern geopfert habt, um ihr Leben zu retten. Als ich das hörte, war mir klar, dass Ihr der Auserwählte sein müsst.«

Lorenz holte tief Luft.

»Und ich bin sicher«, fuhr der Meister fort, »Ihr seid der Einzige, bei dem ein Instrument mit derartigen Fähigkeiten, eine magische Drehleier, in guten Händen ist. Ihr werdet die Macht, die ihr die Tasten aus diesem Horn verleihen, nicht missbrauchen.«

Inzwischen waren sie in Meister Volkers Hütte zurückgekehrt. Der Hausherr hatte das Horn wieder in das Leinentuch eingeschlagen und unauffällig in einer Schublade verstaut. Kamaria und Günter vom Ossenberg schienen sich währenddessen mit seinen Instrumenten königlich zu amüsieren. Die Mauretanierin dudelte eine Melodie mit völlig vertracktem Rhythmus, während der Dichtersänger, der sich eine Handtrommel geschnappt hatte, meist vergebens versuchte, dazu den richtigen Takt zu schlagen.

Meister Volker führte Lorenz zu seiner Werkbank und deutete auf jene tropfenförmige Radleier, die der Junge bereits bei seinem ersten Besuch im Rohbau gesehen hatte. Nun war sie fast fertiggestellt, die Bordunsaiten waren schon aufgezogen, nur die Tastenschieber fehlten noch und die Melodiesaiten. In dem auf der Decke stehenden Kasten – Lorenz erinnerte sich, dass Volker ihn Tangentenkasten genannt hatte – wartete eine Reihe rechteckiger Öffnungen darauf, die Tasten mit den Fähnchen aufzunehmen, die der Meister aus dem Horn anfertigen wollte.

Doch etwas war anders, als der Junge es von seiner alten Sinfonia kannte: Der Tangentenkasten wies nicht nur eine Lochreihe für die

Tasten auf, sondern zwei. Die obere hatte nicht so viele Öffnungen wie die untere, doch es schien, als sollte über der üblichen Tastenreihe eine weitere eingebaut werden. Er erinnerte sich, dass er Meister Volker gefragt hatte, ob es möglich sei, Tasten für die Zwischentöne einzubauen. Ob dies der Grund für die zusätzliche Reihe war?

»Das, mein lieber Lorenz, wird Eure Drehleier. Ihr seht, sie ist fast vollendet. Es fehlen nur noch die Tasten und Fähnchen sowie der Deckel für Tangentenkasten und Saiten. Aber der ist schon fertig, er muss nur noch angebracht werden, sobald die Tasten eingebaut sind. Die Saiten habe ich nur provisorisch aufgezogen, damit sich die Radleier schon einmal an den Saitenzug gewöhnen kann.«

»Oh, ist die schön!«, sagte Lorenz ehrfurchtsvoll. »Und was ist das hier?« Er deutete auf ein etwa eineinhalb Finger langes, schmales Brettchen auf der Decke des Instrumentes. Es war nahe dem Rad auf der dem Spieler zugewandten Seite angebracht und hatte je eine kleine und eine größere Öffnung.

»Das ist meine neueste Erfindung,« entgegnete Meister Volker mit vielsagendem Lächeln, »aber ich verrate Euch noch nicht, wozu sie gut ist. Lasst Euch überraschen! Sobald die Drehleier vollendet ist, werdet Ihr es erleben.«

»Aber wann ist es denn endlich soweit?«, wollte Lorenz voll kaum zügelbarer Ungeduld wissen.

»Ich gebe mir Mühe, dass Ihr nicht mehr allzu lange warten müsst«, antwortete der Instrumentenbauer. »Doch dazu brauche ich absolute Abgeschiedenheit, deshalb möchte ich Euch und Eure Begleiter bitten, draußen zu warten. Ihr könnt wieder in meinem Stall schlafen und im Hof ein Lagerfeuer entfachen, wenn Ihr möchtet. Ich leihe Euch auch gern ein paar Instrumente, mit denen Ihr Euch die Zeit vertreiben könnt.«

»Darf ich mir Eure eigene Leier ausleihen«, bat Lorenz zögernd, »die, auf der ich bei meinem letzten Besuch spielen durfte?«

»Aber sicher, warum nicht?« lachte Meister Volker. »Ich kann gut verstehen, dass Ihr großen Nachholbedarf habt!«

Sie traten zu Kamaria und Günter, die im Instrumentenerker offenbar viel Spaß hatten.

»He, Lorenz«, rief das Mädchen, »Günter hat mir ein neues Lied aus seiner niederrheinischen Heimat beigebracht! Kein Minnelied, sondern ein Spaßlied, das seine Muhme in Ossenberg immer gesungen hat!«

Sie pustete in das Mundrohr, blies den Dudelsack auf, klopfte auf den Balg, um die Rohrblätter anschlagen zu lassen und spielte eine lustige Weise. Nach einigen Durchgängen ließ sie die Melodie abrupt abreißen und sang:

»Moder, komm heraff, dat Kind mott kacken,
Moder, komm heraff, dat Kind, dat schreit,
De Tröndjes loopen öm öwer de Backen,
et häd all drimol pup geseit!«

Sie drückte wiederum auf den Dudelsackbalg, der zunächst ein furzendes Geräusch von sich gab, ehe die Melodiepfeife wieder einsetzte und Kamaria mit breitestem Grinsen noch einmal die Melodie wiederholte. Dann sang sie das Lied erneut. Nach der ersten Zeile setzte Günter vom Ossenberg mit seiner knarzenden Stimme ein, und sie sangen im Kanon. Meister Volker hatte sich köstlich amüsiert und applaudierte, als sie zu Ende gespielt hatte.

»Das war ja eine regelrechte Kakophonie«, sagte er mit spitzbübischem Schmunzeln. »Mir war gar nicht bekannt, dass man am Niederrhein solch lustige Lieder singt, und vor allem wusste ich nicht, dass Fräulein Kamaria in der nordripuarischen Mundart zu singen weiß!«

»Das wusste ich bis eben selbst noch nicht, aber Günter hat es mir beigebracht, es sind ja nur vier Textzeilen«, antwortete Kamaria bescheiden.

»Ich glaube, Herr Günter, ich habe das richtige Instrument für Euch. Wenn ihr schon nicht singen und Dudelsack spielen könnt, dann gelingt Euch vielleicht hiermit eine passende Begleitung.«

Der vom Ossenberg runzelte die Stirn: »Es ist ja nicht so, dass ich gar kein Instrument spielen kann. Ich kann zumindest ein bisschen Drehleier spielen – aber was ist das?« Er sah misstrauisch auf das merkwürdige Gerät, das Meister Volker aus dem Regal genommen hatte und ihm nun reichte. Es handelte sich um einen Tontopf, über dessen Öffnung eine Schweinsblase straff wie ein Trommelfell gespannt war. In der Mitte war ein etwa eine Elle langer, dünner Holzstab eingebunden.

»Das sieht mir doch eher nach einem Heringstopf aus als nach einem Musikinstrument«, stellte vom Ossenberg fest.

»Das ist ein Rummelpott, auch Fukkepott genannt«, entgegnete Meister Volker. »Schaut her!« Er nahm einen kleinen Stofflappen, den er in einem Wassereimer anfeuchtete. Dann klemmte er sich den Topf unter den linken Arm und forderte Kamaria auf, erneut die Melodie des Liedes zu spielen.

Während die Mauretanierin die fröhliche Weise spielte, ergriff Meister Volker mit der rechten Hand, in der er den Stofflappen hielt, den Stock, der in der Schweinblase festgebunden war, und rieb daran. Es ertönten unanständig klingende Furzgeräusche, und Kamaria konnte sich kaum halten. Mit breitem Grienen sang sie die Verse noch einmal, und die Töne des Rummelpottes passten perfekt dazu.

Als sie geendet hatten, applaudierten Günter und Lorenz begeistert, aber trotzdem meinte der Minnesänger: »Na ja, so was kann man zur Volksbelustigung bei Bauern auf dem Jahrmarkt spielen. Für höhere, adlige Herrschaften ist dieses Instrument natürlich viel zu derb!«

»Wer behauptet das?«, fragte der Junge. »Also mein Vater ...« Dann biss er sich auf die Zunge. Er mochte seine Herkunft nicht preisgeben, schließlich hatte er sein altes Leben aufgegeben, um Spielmann zu werden.

»Ich darf Euch nun bitten«, warf Meister Volker ein, »mich allein zu lassen. Ich muss arbeiten! Dabei kann ich keine Gesellschaft brauchen!«

Kamaria zog missbilligend die Augenbrauen hoch, aber Lorenz warf ihr einen beruhigenden Blick zu. Sie verließen die Hütte und zogen zunächst den Planwagen direkt neben den Stall, in dem sie Hein und Oss bereits nach ihrer Ankunft untergebracht hatten.

»Warum ist er denn plötzlich so abweisend?«, wollte Günter vom Ossenberg wissen.

»Ach, er muss meine Drehleier fertigbauen«, entgegnete Lorenz. »Er ist wohl ein wenig biestig, weil ich schon hier bin und er meine neue Leier noch nicht fertig hat.«

Kamaria hatte hinter Meister Volkers Haus einen Brunnen bemerkt und schlug vor, die Gelegenheit zum Waschen zu nutzen.

»Ich habe mich erst im Nebelheimwald gewaschen«, maulte Lorenz, als das Mädchen das Thema anschnitt.

»Ja, du dich schon«, stellte sie ungnädig fest, »aber dein Hemd und deine Beinlinge starren vor Dreck.« Sie näherte sich dem Jungen und schnupperte. »Von deinem Umhang ganz zu schweigen. Ihr seid ein Ferkel, Herr Lorenz, und Ihr stinkt, dass selbst ein Auerochse vor Euch die Flucht ergreifen würde! Wenn es dem gnädigen Herrn beliebt, auch fürderhin in meinem Planwagen mitzufahren, so möge er tunlichst dafür sorgen, dass seine Garderobe meine feinen Geruchsnerven nicht weiterhin beleidigt.«

Da sie nicht mit sich handeln ließ, machte er sich murrend daran, seine Kleidungsstücke auszuziehen. Kamaria hatte im Stall einen Holzbottich gesehen, und als Meister Volker noch einmal nach draußen kam, um einige Holzscheite für die Feuerstelle zu holen, bat sie ihn, seinen großen Kupferkessel benutzen zu dürfen, um Wasser heißzumachen.

»Du hast Glück«, knurrte der Instrumentenbauer, »denn ich habe noch nicht richtig angefangen. Also los, in der Zwischenzeit schließe ich meine Vorbereitungen ab. Und danach wünsche ich, auf keinen Fall, hörst du, auf gar keinen Fall, gestört zu werden!«

Er bot ihr außerdem Pottasche und Soda an sowie Seife, die er aus Fett, Aschenlauge und Kalk hergestellt hatte. Dazu eine Wurzelbürste, mit der sie nach dem Stampfen und Waschen ihre Kleider reinigen konnten.

Lorenz war für diese Aktion gar nicht zu begeistern. Stundenlang musste man, die Männer nur in Unterhose, die Frauen im Unterkleid, mit nackten Beinen auf der Wäsche im Zuber herumtrampeln, bis sie ausreichend eingeweicht war. Dann musste man die Wäschestücke endlos lange mit einer Wurzelbürste im mittlerweile erkalteten

Wasser schrubben. Man holte sich also erst Schrumpelhaut an den Füßen und dann raue, rote Hände, und das alles für ein zweifelhaftes Ergebnis. Lorenz hatte nämlich stets den Eindruck, dass seine Kleider vom Waschen nicht ansehnlicher wurden. Sie sahen eher schäbiger aus als zuvor, weil die Farbe ausblich. Wozu also überhaupt waschen?

Kamaria reinigte ihre gesamte Garderobe, und Günter bewunderte ihr venezianisches Kostüm, das sie besonders vorsichtig im klaren Wasser auswusch.

»Wozu braucht Ihr denn dieses Kostüm?«, fragte er.

»Ach, das«, entgegnete das Mädchen, »das ist lange her. Ich bin nicht nur Musikerin, sondern auch Artistin und trete in diesem Kostüm auf. Ich spiele dann Harfe und Dudelsack und jongliere zwischendurch mit Keulen.«

»Wenn ich es mir so recht überlege«, sinnierte Günter, »wärt Ihr und Lorenz die Richtigen, um mir zu helfen, den Sängerwettstreit zu gewinnen. Mit Euch zusammen hätte ich wesentlich größere Chancen!«

Lorenz war aufmerksam geworden: »Von welchem Sängerwettstreit redet Ihr?«, fragte er neugierig.

»Sagt bloß, Ihr habt nichts von dem Sängerkrieg auf der Burg Eltz gehört«, entgegnete Günter. »Hinter welchem Mond lebt Ihr denn? Zum kommenden Osterfest hat Balduin, Erzbischof und Kurfürst von Trier, einen Wettbewerb der Sänger ausgerufen. Er soll nach dem Vorbild des Sängerwettstreits auf der Wartburg bei Eisenach ausgetragen werden. Dort stritten schon viele um die Krone der Sänger, wie Wolfram von Eschenbach, Walther von der Vogelweide oder Reinmar der Alte. Mit dem Fest auf Burg Eltz wird nun der Waffenstillstand mit den Herren von Eltz sowie den Herren von Schöneck, Ehrenburg und Waldeck samt ihrer jeweiligen Verbündeten gefeiert.«

»Ach, und warum stritten sie?«, fragte Kamaria.

»Die Sänger?«, meinte Günter verdutzt.

»Nein, die Herren von Eltz und der Erzbischof!«, entgegnete das Mädchen.

»Na ja, der Erzbischof ist ja gleichzeitig auch der Kurfürst. Balduin konnte nicht verknusen, dass er keine Gewalt über das Gebiet der Eltzer Herren hatte. Die fühlen sich als freie Reichsritter und unterwerfen sich nur dem Kaiser direkt, nicht aber dem Erzbischof. Also hatte er keine Macht über den Hunsrück rechts der Mosel und über das fruchtbare Land um das Maifeld in der Eifel. Burg Eltz liegt an einer strategisch wichtigen Verbindungsstraße, und die will Balduin kontrollieren. Deshalb ist er mit seinen Rittern immer weiter vorgerückt und hat erst den Hunsrück unter seine Kontrolle gebracht. Dann ist er von der Mosel nordwärts in die Eifel gezogen. Die Eltzer Herren wollten sich das natürlich nicht gefallen lassen und haben sich mit ihren Nachbarn zusammengetan, um ihre Ländereien zu verteidigen. Prompt hat der Erzbischof Burg Eltz belagert, indem er auf einer Anhöhe gegenüber seinerseits eine Trutzburg erbaute.«

»Er hat eine Burg gebaut, nur zur Belagerung?«, fragte Lorenz.

»Genau«, bestätigte Günter, »und dafür hat er von den Münstermaifelder Bürgern Mann und Maus rekrutiert und seine Burg, Baldeneltz genannt, in Rekordzeit hochgezogen. Damit waren den Eltzern die Versorgungswege abgeschnitten, und obendrein hat Balduin auch noch deren Burg mit Wurfmaschinen beschossen, sogenannten Katapulten und Bliden. Die Steinkugeln haben den Eltzern ziemlich zugesetzt und so baten die Ritter des Eltzer Fehdebundes vor einigen Wochen um einen Waffenstillstand bis zum kommenden Osterfeste. Seitdem verhandeln sie die Bedingungen für einen Frieden. Aber auf jeden Fall herrscht jetzt erst mal Ruhe, und das soll zu Ostern mit einem Turnier und einem Sängerwettstreit gefeiert werden.«

»Da kann man es mal wieder sehen – Pack schlägt sich, Pack verträgt sich«, meinte Kamaria. »Ich verstehe beim besten Willen nicht, warum Menschen sich gegenseitig totschlagen. Und kaum ruhen die Waffen, streiten auch schon die Sänger. Und warum?«

»Warum steigen Menschen auf hohe Berge?«, entgegnete Günter. »Weil sie da sind! Warum wollte Malkolpes gegen Lorenz singen? Weil er wissen wollte, wer der Bessere sei! Und der Graf derer von Eltz hat dem Sieger die Hand seiner Tochter Trauthilde in Aussicht gestellt und damit ein Lehen mit einer Burg und ausgedehnten Ländereien!«

»Wenn er die denn noch hat«, konterte das Mädchen. »Wenn er schon mit dem Erzbischof von Trier um Frieden verhandeln muss, bleibt von seinem Besitztum wahrscheinlich recht wenig übrig.«

»Aber erzählt doch von der Komtess!«, sagte Lorenz. »Wie sieht sie denn aus? Ist sie hübsch?«

»Oh, sie soll das schönste aller Mädchen an der ganzen Mosel sein. Sie hat eine Haut wie gerahmte Milch, so rühmt man. Ihre Augen sind azurblau wie der Himmel und goldgelbe, dichte Haarflechten reichen bis zu ihrer Taille. Sie ist eine Verehrerin der hohen Minne und hat geschworen, nur einen Mann zu ehelichen, der mindestens so wunderbar zu singen vermag wie der berühmte Tannhäuser und Lieder zu schreiben so schön wie der große Walther von der Vogelweide.«

»Na, das schränkt die Auswahl ja ein. Die Gute wird vermutlich als alte Jungfer sterben«, stellte Kamaria trocken fest.

»Ich könnte es ja immerhin versuchen«, warf Lorenz zaghaft ein, »vielleicht kann ich ja ihr Herz erlangen!«

Günter runzelte die Stirn: »Dummes Zeug! Ihr seid noch viel zu jung. Trauthilde wird eher einem gestandenen Manne, einem Minnesänger wie mir ihre Hand reichen!« Er machte eine wegwerfende Handbewegung: »Was will sie denn mit einem Knaben anfangen ... Aber Ihr beide könntet mir helfen. Wenn Ihr mich auf Euren Instrumenten begleitet, mit Laute, Harfe und Drehleier, dann vermag ich mich auf den Gesang zu konzentrieren und werde sicher gewinnen.«

»Pfff!« Kamaria setzte ihr breitestes Grinsen auf und kicherte: »Ich bin dabei! Ein knabenhafter Minnesänger, der nicht dichten, und ein alter Liederschreiber, der nicht singen kann, wollen den Sängerwettstreit um die Hand der Grafentochter gewinnen, deren Vater in Kürze voraussichtlich arm wie eine Kirchenmaus sein wird – das kann ich mir um nichts auf der Welt entgehen lassen!«

Caput XXXI

Die Magie der Musik

Die Stunden dehnten sich zäh wie Runkelrübensirup. Es wurde Abend, es wurde Nacht. Meister Volkers Hütte lag wie ausgestorben. Nichts rührte sich, kein Geräusch war zu hören. Es zuckten keine Blitze und kein Donner erklang. Nichts ließ darauf schließen, dass jemand daheim war, geschweige denn, dass sich im Innern ein zaubernder Instrumentenbauer daran gemacht hätte, eine magische Leier herzustellen.

So sehr Lorenz auch verstohlen in Richtung der Eingangstür lugte, die Fenster im Blick hatte oder das reetgedeckte Dach musterte – nichts. Das Haus wirkte wie verlassen. Die Stille und Ereignislosigkeit zerrten an Lorenz' Nerven. Wenn doch endlich irgendetwas passierte und Meister Volker sich wieder blicken ließe.

»Wie lange mag er wohl noch brauchen?«, sagte er mehr zu sich selbst.

Seine Gefährtin verdrehte die Augen: »Er hat gerade mal angefangen«, entgegnete sie, »wie soll er da jetzt schon fertig sein?«

»Och Mensch – du weißt doch, wie lange ich schon auf meine neue Drehleier warte. Meister Volker ist schon seit Stunden an der Arbeit und nichts tut sich. Das kann doch nicht so lange dauern, ein paar Tasten in die Leier einzubauen!« Lorenz schnitt ein genervtes Gesicht.

»Oh, doch. Jede Taste muss präzise eingepasst werden, damit sie nicht wackelt, und auf jeder Taste müssen die Holzfähnchen ganz akkurat sitzen, damit keine unsauberen Töne entstehen. Das ist eine Heidenarbeit!«, meinte Kamaria und setzte spitzbübisch hinzu: »Das kann noch Wochen dauern!«

»Mach mich nicht wahnsinnig!«, sagte der Junge aufgebracht. »Wie soll ich das denn aushalten?«

»Geduld ist eben die Tugend der Könige«, stellte Kamaria philosophisch fest.

Lorenz verdrehte die Augen und ergab sich in sein Schicksal. Er griff nach seiner Laute, setzte sich unter die große Linde und übte Tonfolgen. Günter vom Ossenberg leistete ihm Gesellschaft. Während er zuhörte, sinnierte er vor sich hin und grübelte vermutlich über den Text für ein neues Minnelied. Spät in der Nacht legten sie sich schlafen.

Es wurde Morgen, es wurde Mittag und Nachmittag – kein Laut drang aus der Hütte. Selbst die Langeweile wusste nichts mit sich anzufangen, und auch das Spiel »Ich sehe was, was du nicht siehst« konnte nach der zwanzigsten Runde niemanden mehr fesseln. Günter vom Ossenberg hatte Kamaria und Lorenz seine komplette Familiengeschichte und Verwandtschaftsverhältnisse seit 1136 aufgesagt und ihnen nahezu alle Lieder vorgesungen, die er jemals geschrieben hatte.

Schließlich gingen sie sich gegenseitig dermaßen auf die Nerven, dass sie beschlossen, sich getrennt aufzumachen und die Gegend um Meister Volkers Häuschen zu erkunden. Als Lorenz am Abend zurückkehrte, hielt er triumphierend seinen Jagdbeutel hoch. Er hatte Schlingen gelegt und tatsächlich einen Feldhasen damit gefangen. Das arme Tier zappelte völlig verängstigt im Schnappsack.

Kamaria war kurze Zeit vorher aus Volkers Garten mit einer reichen Gemüseernte in einem Korb zurückgekehrt und musterte den Beutel misstrauisch. »Was hast du denn da erwischt?«, fragte das Mädchen.

Lorenz griff hinein und musste mehrfach nachfassen, ehe er den strampelnden Hasen an den Ohren herausholte.

»Das Tierchen wird uns lecker schmecken!«, prophezeite er. »Komm, lass uns das Feuer entfachen und sehen, dass wir ihn so schnell wie möglich auf den Spieß kriegen!«

»Bist du wahnsinnig?«, gellte seine Freundin. »Du erwartest doch nicht allen Ernstes von mir, dass ich so ein süßes, kleines Häschen fressen könnte! Schau ihm doch mal in die Augen! So niedlich, so süß!« Sie runzelte die Stirn und herrschte ihn an: »Du bist ein Barbar, Lorenz von Rabenhorst! Wie kannst du es wagen, mir einen armen Mümmelmann als Abendessen anzubieten!«

Lorenz öffnete verdutzt den Mund und setzte zu einer Entgegnung an, aber Kamaria würdigte ihn keines weiteren Blickes. Sie drehte sich brüsk um und zeigte Lorenz die kalte Schulter. Der Junge blieb verdattert stehen und blickte ratlos auf den Hasen, der ihn aus verängstigten Augen musterte und versuchte, sich dem Griff des Jungen zu entwinden. Lorenz seufzte, zuckte mit den Achseln und ließ den Hasen los. Der sprang zu Boden, blieb einen Moment verblüfft über die unverhoffte Freiheit reglos sitzen und rannte dann Haken schlagend davon. Lorenz wanderte erst einmal um Meister Volkers Hütte herum, bis sein unterdrückter Zorn verraucht war.

Der Rest des Abends verlief in gedrückter Stimmung. Sie saßen am Feuer und schwiegen sich an, während sie ihren Gedanken nachhingen und wortlos die Gemüsesuppe löffelten, die Kamaria aus ihrer Gartenernte gekocht hatte. Lorenz fragte sich, ob sie wohl an ihre Eltern im fernen Mauretanien dachte. Er jedenfalls musste an zuhause denken, und ein heftiges Heimweh überkam ihn wieder einmal. Es war zwar erst einige Wochen her, seit er den Sitz derer von Rabenhorst verlassen hatte, doch schon begann das Bild der Burg zu verblassen. Entsetzt merkte Lorenz, dass es ihm sogar schon schwerfiel, sich das Gesicht seines Vaters vorzustellen. Wie lange mochte es dauern, bis er dem Grafen wieder unter die Augen treten konnte? Aber zunächst musste er ja erstmal ein großer Minnesänger werden. Nur dann würde Roland von Rabenhorst nicht mehr mit aller Gewalt einen Ritter aus ihm machen wollen.

Lorenz hätte nicht gedacht, dass es so schwer sein würde, sein Ziel zu erreichen. Bekümmert rollte er sich auf seiner Bettstatt zusammen. Er lauschte noch eine geraume Zeit auf die verschiedenen Geräusche aus der Dunkelheit, ehe er endlich in einen unruhigen Schlaf fiel, aus dem er häufig aufschreckte. Doch letztlich verlief die Nacht, die die Hitze des Tages kaum abgekühlt hatte, friedlich und ohne besondere Vorkommnisse.

Endlich öffnete sich am frühen Nachmittag des dritten Tages die Haustür und Meister Volker trat vor die Hütte. Ein feines Lächeln umspielte seine Lippen. Er sah entspannt aus, als er auf Lorenz zuschritt. Er deutete schweigend mit einer einladenden Gebärde auf die Eingangstür seiner Klause. Der Junge erhob sich und folgte ihm zögernd und voller Spannung in die Werkstatt. Kamaria und der Minnesänger schickten sich an, ihnen zu folgen, doch Lorenz drehte sich zu ihnen um und schüttelte stumm den Kopf.

Seine Gefährtin zog eine missbilligende Schnute. Sie war mindestens genauso neugierig wie Lorenz. Aber sie sagte nichts und ließ sich am Feuer nieder. Sie verstand, dass Lorenz sein neues Instrument erst einmal in Ruhe alleine ausprobieren wollte.

Lorenz und Volker durchquerten die große Stube und näherten sich der Werkbank. Dort lagen zwei Drehleiern, vollendet und makellos. Lorenz hielt unwillkürlich den Atem an. Endlich war sein neues Instrument fertig. Er konnte es kaum abwarten, sich die Radleier auf den Schoß legen, den Gurt befestigen und wieder spielen zu können. Aber welche der beiden Radleiern war seine?

Er trat an die Werkbank heran und betrachtete die Instrumente von Nahem. Was für ein Unterschied zu dem einfachen Kasten seiner alten Sinfonia, die er bisher gespielt hatte! Die Leiern sahen ganz anders aus. Lorenz bewunderte die elegant geschwungenen, tropfenförmigen Korpusse. Beide Leiern hatte einen Tangentenkasten mit einer Tastatur und ein aus der Decke herausragendes Holzrad. Die Räder waren jeweils durch ein dünnes, handbreites, halbrund gebogenes Brettchen verdeckt, das in zwei Halterungen auf der Instrumentendecke festgeklemmt war.

Auf dem Tangentenkastendeckel einer der Drehleiern hatte Meister Volker in wunderbar filigraner Detailarbeit in einem Oval das Relief eines Drehleierspielers eingeschnitzt. Die Arbeit war so fein, dass Lorenz seine eigenen Gesichtszüge erkennen konnte – ein Miniaturporträt. Der Halter der Melodiesaiten war ebenfalls mit einer kunstvollen Reliefschnitzerei verziert. Ehrfürchtig musterte Lorenz das stolz auf seinen Hinterhufen tänzelnde Einhorn. Er konnte sein Glück kaum fassen. Dieses großartige Instrument sollte sein Eigentum sein? Fragend schaute er Meister Volker an. Der nickte nur.

Dann sah der Junge, dass die merkwürdige Konstruktion fertig gestellt war, die Meister Volker neben dem Rad auf der Instrumentendecke angebracht hatte. Die aufgeleimten Brettchen hatten zwei Öffnungen. In einer davon steckte ein kleiner Steg, über den eine Bordunsaite lief. Daneben, in einer breiteren Aussparung, steckte ein dünnes, keilförmiges Holzbrettchen, das die Saite in einem stumpfen Winkel nach unten drückte.

Lorenz runzelte die Stirn. Wozu diese Vorrichtung wohl dienen mochte? Meister Volker bemerkte die Nachdenklichkeit des Jungen und lächelte, sagte aber nichts. Vorsichtig streichelte der Junge über die feine Mechanik der Tasten. Die aus dem Horn geschnitzten Tasten waren perfekt in den Tangentenkasten eingepasst und makellos gleichmäßig. Ihre Elfenbeinfärbung verlieh ihnen ein edles, aber auch geheimnisvolles Aussehen. Lorenz stellte fest, dass beide Drehleiern über der gewohnten einfachen Tastenreihe vereinzelte zusätzliche Tasten aufwiesen.

Er setzte sich auf einen Hocker, und Meister Volker legte ihm das kostbare Instrument auf den Schoß. Behutsam schlang er sich den Gurt um die Hüften und befestigte ihn sorgfältig an dem dafür vorgesehenen Holzknopf am Zargenrand der Leier. Dann legte er nacheinander die Saiten aufs Rad. Sie sprachen sofort an und klangen ansatzlos sauber gestimmt.

Ein sonorer Bass erklang von den tiefen Bordunsaiten, darüber sangen die Melodiesaiten hell und klar. Lorenz drückte spielerisch die Taste des tiefen C. Sie wackelte kein bisschen in den Führungslöchern, und die Holzfähnchen auf den Schiebern brachten einen sauberen Ton hervor. Langsam und prüfend drückte Lorenz weitere Tasten. Ohne dass es ihm bewusst wurde, erklang die Melodie seiner Canzone, die er so lange nicht hatte spielen können.

Lorenz probierte die zusätzlichen Tasten aus und war begeistert. Genau das hatte er bei seiner ersten Begegnung mit Meister Volker gemeint, als er ihn gefragt hatte, ob man nicht weitere Töne einbauen könnte, die in ihrer Tonhöhe zwischen zweien der gewohnten Töne lägen. Die Zwischentöne klangen wunderbar, und Lorenz war begeistert. »Ach, ist das ein schönes Instrument«, flüsterte er, während er Meister Volker einen seligen Blick zuwarf. »Und es kann sogar halbe Töne spielen! Wie Magie! Ich bin Euch ja so dankbar!«

Meister Volkers Lächeln wurde immer breiter. Lorenz' Lob erfüllte ihn mit Stolz und Genugtuung.

»Aber die halben Töne machen nicht die Magie aus! Schaut mal, was ich da noch angebracht habe«, sagte er und deutete auf das kleine flache Brettchen neben dem Rad.

»Wozu ist das gut?«, fragte der Junge.

»Das ist meine Erfindung – ich bin eben ein passionierter Tüftler«, entgegnete Volker. »Ich nenne sie Hündchen!«

»Ein Hündchen?«, fragte Lorenz verständnislos. »Was soll denn daran ein Hund sein?«

»Ja, wartet nur ab, bis der Köter erstmal zu bellen anfängt!«, schmunzelte der Meister. »Schaut, hier dieser Steg, der die Bordunsaite hält, ist beweglich in dem Brettchen befestigt. Der flache Holzkeil setzt die Saite unter Spannung. Wenn Ihr beim Kurbeln einen ruckartigen Schlag auf den Kurbelknauf gebt, hebt der Steg ab und schlägt kurz auf die Decke auf. Dabei macht der Steg dieses schnarrende Geräusch.« Meister Volker lachte: »Es ist also quasi ein Schnarrsteg! Oder ein Hündchen, so wie ich es nenne.«

Lorenz' Gesicht erhellte sich. Er hatte das Prinzip wiedererkannt: »So ähnlich wie bei einem Trumscheit!«, rief er begeistert.

»Genau«, bestätigte Meister Volker. »Ich habe lange herumexperimentiert, bis der Mechanismus funktionierte. Hat man den Dreh erst mal raus, dann kann man damit einen prima Rhythmus machen!«

Er hatte sich hingesetzt, die zweite Drehleier auf den Schoß gelegt und festgeschnallt, dann zeigte er Lorenz, wie man das Hündchen zum Bellen brachte.

»Schaut her! Ich drehe langsam und im gemächlichen Tempo die Kurbel«, erklärte er. »Jetzt ist der Knauf oben angekommen, und ich gebe mit dem Daumenballen einen kurzen, ganz leichten Schlag darauf. Passt auf!«

Er ließ mit diesem Daumenimpuls ein knappes, trockenes Schnarren erklingen, kurbelte aber munter weiter. Jedes Mal, wenn der Knauf den Scheitelpunkt der Drehung erreichte, gab er erneut einen Daumenschlag darauf.

»Das klingt ja wirklich höllisch gut!«, meinte Lorenz enthusiastisch und probierte sofort aus, der Kurbel einen Impuls mit dem Daumenballen zu geben. Es schnarrte lang und ausdauernd.

»Das war zu heftig«, sagte Volker. »Versucht doch einmal, den Schlagimpuls ganz kurz und knackig zu setzen!«

Der Junge versuchte es, und nach ein wenig Übung gelang es ihm besser und besser, die Schnarrgeräusche zu dosieren.

»Und nun«, sagte Meister Volker, »spielt mit den Tasten eine Melodie dazu!«

Lorenz schaute den Instrumentenbauer zweifelnd an: »Wie soll ich das denn übereinander bekommen?«

»Na, los, macht schon, Ihr werdet sehen, es geht!«, ermunterte ihn Meister Volker.

Und richtig – nach kurzer Zeit gelang es dem Jungen, mit der linken Hand die Melodie zu spielen und gleichzeitig mit der Kurbel das rhythmische Schnarren zu erzeugen, das den ersten Ton eines jeden Taktes betonte.

»Das ist ja fantastisch!«, jubelte er. »Jetzt habe ich ein Trumscheit und eine Drehleier in einem! Wenn das der Mathes aus Bamberg hören könnte!«

»Na, Ihr seid aber schnell zufriedenzustellen«, sagte Meister Volker.

»Wieso?«, fragte Lorenz.

»Na, der Einerschlag ist doch erst der Anfang«, erklärte er.

»Einerschlag? Soll das heißen, es gibt auch noch einen Zweierschlag?«, argwöhnte Lorenz.

»Natürlich«, bestätigte der Instrumentenbauer, »und einen Dreier- und einen Viererschlag. Passt auf! Ihr habt gelernt, von oben einen leichten Schlag auf den Kurbelknauf zu geben. Nun versucht einmal, mit dem angewinkelten Ringfinger und dem kleinen Finger der Kurbel einen Ruck zu geben, wenn der Knauf ganz unten steht.«

Lorenz probierte es aus, und nach einiger Zeit bekam er es hin. Dann meinte Volker, er solle versuchen die beiden Techniken zu kombinieren, auf den ersten und dritten Ton eines Taktes.

»Und eins – und – drei – und – eins – und – drei – und ...«, zählte er vor, und zu jeder Zahl ließ er die Schnarre seiner Drehleier erklingen.

Es klang großartig und Lorenz eiferte ihm nach. Schon bald hatte der Junge den Dreh raus und konnte einfach nicht genug davon bekommen. Dann lehrte der Meister ihn, sogar vier Schläge pro Drehung zu spielen. Sie vergaßen völlig die Zeit und waren so sehr in ihr Leierspiel versunken, dass sie eine Weile brauchten, bis sie das heftige Klopfen an der Haustür bewusst wahrnahmen.

»Heda!«, erklang Kamarias ungeduldige Stimme. »Wenn wir nicht bald reinkommen dürfen, brechen wir die Tür auf! Es ist eine regelrechte Gemeinheit, uns hier draußen schmoren zu lassen, während es sich so anhört, als ob da drinnen zwei wild gewordene Bienenvölker ausgeschwärmt wären! Jetzt macht endlich die Tür auf, wir wollen auch die neue Drehleier sehen! Und hören!«

Wie zur Unterstreichung ihrer Drohung klopfte sie erneut fordernd und nachdrücklich.

Meister Volker schaute Lorenz mit verschwörerischer Miene an und flüsterte: »Nun, mein Junge, werdet Ihr die wahre Magie dieser Leier kennen lernen!« Er spielte eine langsame, hypnotisierende Melodiefolge, die eine seltsame Wirkung hatte. In Lorenz' Kopf begann es zu rauschen. Seine Augenlider wurden schwer, und eine wohlige Müdigkeit, nein, eine müde Gleichgültigkeit übermannte ihn. Er registrierte, dass Meister Volker sanft die Töne der Melodie mitsang.

Das Klopfen hatte aufgehört, und er bemerkte nicht, dass der Gesang des Instrumentenbauers tiefer und tiefer in sein Bewusstsein drang, sich wie ein süßer Traum in seine Gedanken einschlich und die Befehlsgewalt über seinen Willen einnahm. Er merkte nicht mehr, was um ihn herum geschah und verlor völlig den Bezug zur Gegenwart. Das Einzige, was er wahrnahm, war die leise Stimme Meister Volkers, der ein Lied sang, so schön, wie er es niemals zuvor gehört hatte.

»Seid ganz ruhig und hört auf mich«, sang Meister Volker, »hört mein Lied und inniglich, lasst mein Denken Eures sein, geht auf meinen Willen ein!«

Lorenz bemerkte nicht, wie eine innere, unwiderstehliche Stimme ihm befahl, seine neue Drehleier vorsichtig abzuschnallen, sie auf den Tisch zu legen und sich dann im Takt der Musik zu wiegen. Er nahm nur noch die melancholische, betörende Melodie wahr, die alle anderen Gedanken überlagerte und verdrängte. Er stand auf, öffnete die Haustür und tanzte auf die beiden dort Wartenden zu, die sich an den

Händen gefasst hatten und in stummer Verzückung mit langsamen, weit ausladenden Bewegungen ebenfalls zum Klang der Musik drehten. Er löste Kamarias linke Hand aus Günters rechter und bildete mit den beiden einen Kreis. Sie bemerkten nicht, dass Meister Volker Drehleier spielend in der Tür erschienen war.

Plötzlich machte sich in Lorenz der unbändige Wunsch breit, Holz zu hacken. Er löste sich aus dem Reigen und tanzte auf den großen Hackklotz zu, der neben dem Stall stand. Ein unordentlicher Stapel verschieden langer und dicker Äste wartete dort darauf, zerkleinert zu werden. Lorenz griff nach einer Axt und begann wie ein Berserker mit der Arbeit.

Er merkte nicht, wie seine überstrapazierten Muskeln schmerzten, er spürte nicht die Verkrampfung in seinen Händen, er hörte nur die überirdische, ständig wiederkehrende Melodiefolge, einlullend, hypnotisierend, zwingend. Erst als der gesamte Holzvorrat gespalten und auf gleiche Länge gekürzt fein säuberlich draußen an der Stallwand aufgestapelt war, ließ der Druck in seinem Kopf nach.

Die Melodie hatte aufgehört und Meister Volker setzte sich mit einem unschuldigen Lächeln auf den Holzstapel. Erwartungsvoll schaute er den Jungen an, der mehrmals seinen Kopf schüttelte, um die Benommenheit los zu werden.

Die beiden anderen drehten nach wie vor ihre Kreise, gespenstisch zu einer Weise tanzend, die längst verklungen war, Tönen nachlauschend, die der Wind schon davongetragen hatte.

Lorenz war zu sich gekommen und blickte Meister Volker fragend an. Er rieb sich die Finger und überlegte, warum sie so summten und schmerzten. Das Letzte, woran er sich erinnerte, war die Übungsstunde auf seiner neuen Drehleier. Aber davon konnten seine Hände nicht so weh tun, und auch nicht seine Schultern und Arme, die sich anfühlten, als habe er ein ganzes Feld umgegraben.

»Danke fürs Holzhacken!«, riss ihn Volkers Stimme aus seinen Gedanken.

»Holzhacken? Wieso Holzhacken?«, entgegnete Lorenz.

»Nun, Ihr habt freundlicherweise meinen kompletten Feuerholzvorrat gespalten und schön zurechtgehackt«, antwortete er.

»Ich?«, zweifelte Lorenz. »Davon weiß ich nichts!«

»Das ist mir klar«, sagte Meister Volker, »ich wollte ja auch nicht, dass Ihr es wisst!«

Als Lorenz verständnislos den Kopf schüttelte, ergänzte er: »Ich befahl es Euch. Oder besser, die Drehleier hat es Euch befohlen!«

»Wie kann mir eine Leier etwas befehlen?«, fragte Lorenz. »Das ist doch nur ein Musikinstrument!«

»Nicht ganz«, erklärte der Meister, »es ist ein magisches Instrument. Die Tasten aus dem Horn des Einhorns bewirken, dass man damit jedem Zuhörer seinen Willen aufzwingen kann.«

Verblüfft schaute der Junge ihn an. Er konnte das Gehörte nicht glauben. Volker zeigte auf Kamaria und Günter, die immer noch völlig apathisch und willenlos ihre Kreise drehten.

»Sie stehen noch immer unter dem Einfluss. Ich habe ihnen befohlen, nicht eher zu ruhen, bis ich es erlaube. Sie werden sich hinterher an nichts mehr erinnern.«

»Und wie geht das?«, wollte Lorenz wissen.

»Nun, Ihr müsst Euch sehr auf Eure Musik konzentrieren und eine ganz bestimmte Melodiefolge immer wieder spielen. Es sind die magischen Töne, die man erst einmal finden muss. Es dauert eine Zeit, und für jede magische Drehleier ist es eine andere Melodie, die der Besitzer des Instrumentes entdecken muss. Nicht eine Weise gleicht der anderen, und so wie die magische Melodie meiner Radleier nicht auf Eurem Instrument wirkt, so würde die Melodie Eurer Leier keinerlei Wirkung zeigen, wenn ich sie auf meinem Instrument spielte.«

»Und woher weiß ich, welches meine magische Weise ist?«, fragte Lorenz.

»Ihr werdet sie finden«, sagte Meister Volker. »Ihr müsst es Euch nur von ganzem Herzen wünschen. Ihr müsst tief in Eurem Innersten brennen, um die Melodie zu finden. Nur wenn Ihr voller Leidenschaft seid, wird es Euch gelingen. Aber wenn Ihr es schafft, wird Eure Drehleier Eure stärkste Waffe sein, stärker als jedes Schwert und jede Lanze.«

Er musterte den Jungen mit ernstem Gesichtsausdruck. »Und denkt daran, dass Ihr die Fähigkeiten der Leier nie zu niederträchtigen Zwecken einsetzen dürft! In ihr wirkt die Weiße Magie, aber wenn Ihr sie verwendet, um Böses zu tun, wird daraus Schwarze Magie, die Euch ins Verderben stürzen würde.«

Während Lorenz darüber sinnierte, ob es auch niederträchtig gewesen sei, ihn dazu gebracht zu haben, einen kompletten Vorrat Winterholz zu hacken, legte Meister Volker seine Drehleier zur Seite, trat auf das noch immer tanzende Paar zu und schnippte dreimal mit den Fingern. Unvermittelt hörten die beiden auf mit dem Reigen. Das Mädchen schlug die Augen auf und blickte völlig verwirrt um sich. Günter vom Ossenberg ging es nicht besser.

»Puh, tun mir die Beine weh. Und mein Schädel brummt«, sagte Kamaria, während sie sich mit den Handflächen über die Stirn rieb. Günter rieb sich das andere Ende seines Körpers, denn er hatte sich unsanft auf den Allerwertesten gesetzt und versuchte nun, den Schmerz durch Reiben gleichmäßig zu verteilen.

»Was ist passiert?«, fragte er verwirrt. »Ich muss auf den Kopf gefallen sein, ich erinnere mich gar nicht mehr, warum ich plötzlich auf dem Boden sitze!«

»Oh, nichts weiter«, entgegnete Meister Volker und machte ein harmloses Gesicht. »Ihr habt nur so begeistert zu Lorenz' neuer Radleier getanzt, dass Ihr mit den Köpfen zusammengestoßen und bewusstlos zu Boden gestürzt seid! Vielleicht solltet Ihr das nächste Mal nicht ganz so wild herumwirbeln!«

»He, Kamaria«, rief Lorenz mit frisch aufflammender Begeisterung. »Hast du meine neue Leier schon gesehen? Sie hat einen Schnarrsteg wie ein Trumscheit und kann halbe Töne spielen!«

»Halbe Töne?«, zweifelte die Mauretanierin. »Was soll das denn sein?«

Lorenz ergriff ihre Hand und zog sie in die Hütte. »Komm mit, ich zeige es dir!«

Der Junge schnallte sich die Drehleier auf den Schoß und spielte den Düwelskermestanz, während Kamaria in stummer Ehrfurcht das wunderbar verzierte und handwerklich perfekte Instrument bewunderte. Lorenz führte ihr die halben Töne vor und demonstrierte den Schnarrsteg. Sie war begeistert, auch wenn es ihm nicht immer gelang, ein sauberes Schnarren hervorzubringen. Es hielt sie nicht lange auf ihrem Platz. Nachdem Meister Volker auf ihren fragenden Blick zustimmend genickt hatte, holte sie sich den Dudelsack, pustete den Balg auf, und schon erklang ein fröhliches Duett. Meister Volker nahm ein Scheitholt, legte es sich auf die Knie und begann, einen sirrenden Rhythmus darauf anzuschlagen. Sie blieben jedoch nicht lange ein Trio, denn Günter vom Ossenberg hatte den Rummelpott ergriffen, und so musizierten sie bald ausgelassen zu viert.

Es wurde Abend und es wurde Nacht, doch verstummten die Instrumente der frohgemuten Musiker kaum länger als ein paar Augenblicke. Sie wurden nicht müde, sich gegenseitig Melodien und Lieder vorzuspielen, und es war vor allem Meister Volker, der sie neue, wunderbare Tanzmelodien lehrte. Doch auch Günter vom Ossenberg ließ sich nicht lumpen und brachte ihnen neue Minnelieder bei, Lieder der hohen Minne, aber auch derbe, zotige Gesänge, die Lorenz die Schamesröte ins Gesicht trieben. Der Minnesänger gebrauchte in seinen Texten Ausdrücke, für die ihn die Magd Hannah auf der Rabenhorstburg nicht nur mit Worten gescholten, sondern mit dem Ochsenziemer gezüchtigt hätte.

Der Gedanke an die Magd versetzte Lorenz einen Stich, und er verfiel in eine melancholische Stimmung. Unwillkürlich intonierte er seine traurige, wehmütige Canzone und dachte daran, wie es jetzt wohl zuhause wäre. Er stellte sich vor, dass er von seinem Ausguck vom Söller des Burgfrieds über die Fränkische Alb schaute und sehnte sich einmal mehr nach seinem Zuhause.

Doch der Moment ging vorüber. Sie spielten weiter und weiter, und nachdem sie sich endlich satt musiziert hatten, fiel Lorenz auf seinem Lager in einen tiefen Schlaf voller dunkler, unheilvoller Traumbilder. Schimären jagten Kamaria und ihn durch finstere Forste und über hohe Berge, vorbei an düsteren Trutzburgen. Schwarze Ritter und Feuer speiende Drachen verfolgten die beiden. Sie fielen von steilen Klippen und flogen auf einem geisterhaften Pferd durch dichte Wälder und über weite Felder. Und jedes Mal spielte Lorenz' neue Drehleier eine Rolle, spielte der Junge darauf die gleiche Melodie. Doch immer, wenn er schon meinte, die Weise zu erhaschen, entglitt sie ihm wieder und verwehte in den endlosen, dunklen Traumtiefen.

Caput XXXII

Franziskus und Francesco

Am nächsten Morgen brachen sie im ersten Licht der Dämmerung auf. Meister Volker hatte Lorenz eine feste Tasche aus Rindsleder für seine Drehleier geschenkt. In diesem Futteral lag das neue Instrument sicher im Planwagen, zwischen Decken und Kleidungsstücken verstaut. Unter die nach und nach erwachenden Vogelstimmen mischte sich das Knarren der Holzräder des Wagens. Kamaria lenkte Hein und Oss, und Günter vom Ossenberg marschierte stramm vorweg. Der Junge hatte es sich im Innern des Fuhrwerks gemütlich gemacht. Er lag auf dem Rücken, hatte die Hände hinter dem Kopf verschränkt und hing seinen Gedanken nach.

»Nutzet die Macht der Leier gut!«, hatte Meister Volker ihm zum Abschied noch einmal eingeschärft. »Seid auf der Hut und missbraucht sie nicht!« Lorenz hatte es versprochen, aber im Moment fürchtete er, niemals in der Lage zu sein, die Magie seiner Radleier überhaupt hervorzurufen. Er hatte nicht den leisesten Schimmer, wie er seine persönliche Melodie finden könnte.

Die Ponys schnaubten lustig, es schien, als freuten sich die beiden wackeren Gäule darüber, dass sie sich wieder der Zivilisation näherten. Ob die Tiere merkten, dass Kamaria sie in Richtung Coellen lenkte? Das Trio wollte Franziskus Schmitz und seine Familie besuchen, ehe sie zur Burg Eltz aufbrachen. Lorenz hatte Günter vom Ossenberg erzählt, wie er Franz kennen gelernt hatte, und sie hatten beschlossen, zunächst im Haus des Flussfahrers in Coellen Station zu machen und dort ihre weitere Reise zu planen.

Tief sog Lorenz die würzige Luft des warmen Sommertags ein. Bald, so sagte er sich, geht der Hochsommer zu Ende und weicht dem nahenden Herbst. Lorenz liebte den Altweibersommer ab Mitte September, wenn hauchdünne Fäden vom Wind davongetragen und durch die Lüfte geweht wurden, den silbergrauen Haaren alter Frauen oder weißhaariger Waldfeen gleich. Lorenz dachte an Hannah, die Magd, die ihm gruselige Geschichten von verwunschenen Weißen Damen und Hexen aus dem finsteren Wald erzählt hatte. Der Junge musste lächeln und an seine eigenen Abenteuer denken – ob Lilofee oder Lure es sich so einfach gefallen ließen, dass der Wind ihre Haare davontrüge? Bestimmt nicht.

Lorenz wusste, dass die Herbstfäden in der Luft von kunstvoll gewebten Spinnennetzen herrührten. Er hatte auf Burg Rabenhorst an sonnigen Septembertagen oft beobachtet, dass nach einer kühlen, klaren Nacht in den Morgenstunden taubenetzte Spinnweben deutlich zu erkennen waren, die zwischen Blumen, Büschen und Zweigen hingen. Auch im Fensterausschnitt seines Ausgucks im Bergfried der Burg konnte man sie sehen, eben überall dort, wo der Wind sie hintrug.

Noch waren die Tage warm und sonnig, und Lorenz fragte sich, wo der Wind ihn hintragen mochte. Ob sie es vor dem Winter zur Burg Eltz schaffen würden? Vielleicht wäre es sicherer, in Coellen zu überwintern und erst im kommenden Frühjahr weiterzureisen. Er malte sich die in prächtige Gewänder gekleidete Komtess Trauthilde von Eltz aus und versuchte sich ihr Antlitz vorzustellen. Sie schien ihm eine unerreichbare Lichtgestalt zu sein. Günter hatte die Grafentochter in den schönsten Farben beschrieben, und Lorenz wünschte sich nichts mehr, als ihre Gunst zu gewinnen. Aber ging es ihm nicht eher darum, ein berühmter Sänger zu werden? Als der Junge daran dachte, verblasste das Bild der Komtess vor seinem geistigen Auge, und er sah sich als umjubelter Meistersänger, dem die Großen und Mächtigen huldigten.

»He, Träumer! Du bist nichts als ein Träumer!« Kamarias Stimme drang vom Kutschbock in sein Bewusstsein. »Wach auf, wir nähern uns langsam der Fährstation!«, rief sie und riss Lorenz endgültig aus seinen Gedanken. Tatsächlich, die Anlegestelle der Fähre war bereits in Sicht.

»Du machst ein Gesicht, als hättest du die ganze Zeit die Hände im Kopf und den Kopf in den Händen gehabt! Du bist wirklich nichts als ein Träumer!«, stichelte sie noch einmal. Er beschloss, sie zu ignorieren und rappelte sich von seinem Lager hoch, während das Fuhrwerk mit lautem Poltern auf den Landesteg fuhr. Kamaria ließ ihren Gefährten auf den Kutschersitz und verzog sich ins Innere des Wagens. Man musste sein Glück ja nicht überstrapazieren, und sie hatte keinerlei Lust auf eine neuerliche Auseinandersetzung mit den Fährknechten wegen ihrer Hautfarbe. Die Überfahrt verlief jedoch ohne Probleme. Zur Mittagszeit gelangten sie an die Stadtmauer von Coellen und folgten ihr bis zum Severinstor. Als die Sonne weiter westlich am Himmel stand, erreichten sie das Haus der Familie Schmitz an der Severinstraße.

Es gab ein großes Hallo, als der Planwagen in den Hof rollte. Pitter, Paul, Jupp, Schäng, Tünn, Fränzche junior, Klaudia, Konstanze und Kunigunde wuselten aus allen Ecken des Bürgerhauses herbei und begrüßten die Neuankömmlinge. Durch den Radau herbeigelockt erschien Sybilla Schmitz in der Haustür und empfing Lorenz und Kamaria mit ausgebreiteten Armen: »Nä, nä, do seid ihr jo widder! – Kommt erein und losst üch bütze, ich mein, küssen!«

Lorenz entsann sich, dass Billa Schmitz gern jeden an ihre Brust drückte und herzte, und blieb vorsichtshalber auf dem Kutschbock hocken. Kamaria war aus dem Wagen gesprungen, um die Kinder zu begrüßen, und sie entging der Liebkosung nicht. Sybilla Schmitz schmatzte ihr einen dicken Knutscher auf die Stirn. Kamaria zog die Augenbrauen zusammen, drehte sich Lorenz und dem Minnesänger zu und wischte sich verstohlen mit dem Ärmel ihres Obergewandes ab.

»Habt ihr dat Einhoon jefange?«, wollte Billa wissen. »Ich jlaub janz bestimmt, dat ehr dat geschaff hat!«

Günter vom Ossenberg schaute Lorenz fragend an: »Wenn ich die Sprache dieser Dame richtig verstehe, dann wolltet Ihr ein Einhorn fangen? Und habt Ihr das wirklich geschafft, wie Frau Schmitz meint?«

»Och, nee«, winkte Lorenz mit geheuchelt verlegenem Gesichtsausdruck ab, »das war nur so ein Spiel ... Wir haben gespielt, dass wir auf einem Einhorn reiten. Aber Einhörner gibt es ja gar nicht ...«

Sybilla Schmitz hatte ihm aufmerksam zugehört und musterte ihn eindringlich, sagte aber nichts. Kamaria holte Luft, um etwas zu entgegnen, als sie den warnenden Blick des Jungen auffing. Die Mauretanierin klappte den Mund zu und sagte ebenfalls nichts. Offenbar wollte Lorenz dem Minnesänger ihr Abenteuer im Nebelheimwald vorenthalten. Es war vielleicht besser so, denn gut versteckt unter Decken und Kleidern lag immer noch ungeöffnet die alte Holztruhe der Nibelungen und wartete darauf, ihren Inhalt preiszugeben. Aber das musste nicht unbedingt jeder mitbekommen.

Günter vom Ossenberg ging zum Glück nicht weiter darauf ein, stieg vom Kutschbock und stellte sich Billa Schmitz vor, und auch Lorenz hüpfte nun vom Wagen und ließ sich von der Schiffersfrau umarmen.

»Wo ist Franziskus?«, fragte Lorenz.

»Och dä«, sagte Sybilla, »dä es immer noch met singer Scheffsladung ungerwächs d'r Rhing erop, d'r Rhing eraff – bei Rähn und bei Sunnesching!« Sie sah die fragenden Blicke ihrer Gäste und wiederholte, während sie sich bemühte, in verständlichem Fränkisch zu reden: »Der ist immer noch mit seiner Schiffsladung unterwegs und fährt den Rhein hinauf und den Rhein hinab – bei Rejen und Sonnenschein! Herein in die jute Stube, es jibt Steckrüben! Ich habe vom Mittagessen welche übrig.«

Lorenz war enttäuscht darüber, dass Franz nicht zuhause war. Er hatte gehofft, dass der Schiffer seine Fuhre nach Mainz bereits abgeliefert hätte und in der Zwischenzeit wieder heimgekehrt sei.

»Dat jibt et doch janit!«, ertönte plötzlich eine sonore Stimme vom Hofeingang her. »Da kommt man heim und wer ist schon da? Lorenz und Kamaria!«

Unverkennbar – es war Franziskus Schmitz, der dort im Hoftor stand und zwar müde aussah, aber trotzdem übers ganze Gesicht strahlte. Die Kinder stürzten sich mit einem vielstimmigen Aufschrei auf ihren Vater und warfen sich ihm in die Arme. Franz stand grinsend wie ein Fels in der Brandung und ließ sich die Liebkosungen seiner Sprösslinge gefallen.

»He, wieso haben wir dich nicht gesehen, als wir vom Stadttor aus über die Severinstraße gefahren sind?«, staunte Kamaria.

»Na ja, ganz einfach. Ihr habt mit dem Wagen den Weg über den Leinpfad außen an der Stadtmauer entlang genommen und seid im

Süden durch die Severinstorburg gefahren, das war die einzige Möglichkeit für euch. Ich bin zu Fuß gegangen und habe vom Rheinufer aus schon gleich bei Groß Sankt Martin die kleine Fußgängerpforte in der Ufermauer benutzt. Dann bin ich in der Stadt von Norden aus vorbei an Sankt Maria im Kapitol über den Waidmarkt auf die Severinstraße gewandert. Und da bin ich nun!«

Franziskus hatte seine Fracht abgeliefert, eine Fuhre feinster Stoffe, die er im Auftrag der Tuchhändlerfamilie Weinsberg nach Mainz befördert hatte, und war froh, endlich wieder daheim zu sein. Billa fachte die Flammen in der Ofenfeuerstelle an. Als die Pänz – die Kinder – für die Besucher und ihren Vater die Bänke am Küchentisch freiräumten, rührte Billa schon in einem immensen Kessel, dem der Duft gekochter Steckrüben entströmte. Franz erzählte, dass die Fahrt ohne besondere Vorkommnisse und Zwischenfälle verlaufen sei.

»Ich soll euch viele Grüße von einer gemeinsamen Bekannten aus Sankt Goar ausrichten!«, sagte der Schiffer und zwinkerte Lorenz zu.

»Sag bloß, du hast Lure getroffen?«, fragte der Junge.

»Genau die! Ich habe eigens angelegt und geschaut, ob das Pech auf Lures Baum unversehrt ist. Ich will auch künftig jedes Mal, wenn ich mit meinem Schiff an Sankt Goar vorbeifahre, nach Lures Baum sehen. Sie hat mir von einem merkwürdigen Sängerduell berichtet und von ihrer Cousine Sophie, die im Nebelheimwald einem gewissen jungen Herrn begegnet ist!«

»Ach, das!«, entgegnete Lorenz hastig. »Das war nicht der Rede wert ...« Er bemühte sich, Franziskus vom Thema abzulenken, aber es war zu spät.

»Na, und du hast also dein Einhorn gefunden!«, stellte der Flussfahrer fest.

»Ach nee, nee! Du weißt doch, Einhörner gibt es gar nicht. Das war doch nur so ne fixe Idee.«

Kamaria hob die Augenbrauen, sagte jedoch nichts, denn ihr war inzwischen klar, dass Lorenz offenbar partout nicht mit der Sprache herausrücken wollte. Günter vom Ossenberg runzelte ebenfalls die Stirn, sagte aber auch nichts, und es entstand eine betretene Stille. Doch dieser Moment war rasch verflogen. Die allgemeine Aufmerksamkeit wurde abgelenkt, als Billa Schmitz mit dicken Topflappen in den Händen den Kessel vom Feuer nahm und auf die schwere Eichentischplatte stellte.

»Jetz wird erst ens ordentlich jejessen!«, rief sie energisch. Franz wedelte die Dampfschwaden zur Seite und langte mit seinem Löffel in den Topf. Auch die Gäste aßen genüsslich das duftende Rübengemüse. Nach dieser verspäteten Mittagsmahlzeit bot Franz dem Minnesänger eine Bettstatt im Obergeschoss an. Er zeigte ihm sein Nachtlager, während Lorenz und Kamaria vorzogen, wie gewohnt im Stall in ihrem Wagen zu übernachten. Das passte dem Jungen ganz gut in den Kram, denn er wollte auf gar keinen Fall seine Schätze unbeaufsichtigt lassen.

Am Abend wurde natürlich musiziert, und Lorenz präsentierte voller Stolz seine neue Leier. Franziskus musterte sie mit nachdenklichem Blick und nickte wissend, als er die elfenbeinfarbenen Tasten begutachtete. Nach und nach versammelten sich nun alle Schmitzens in der guten Stube und bestaunten ehrfürchtig das prächtige Instrument.

Danach gab Lorenz sämtliche neuen Lieder zum Besten, die er erlernt hatte. Kamaria begleitete den Jungen auf der Harfe, der Sackpfeife und auf der Laute. Je besser der Junge auf der Drehleier wurde, desto einfallsreicher wurde sie, wenn es um eine zweite Stimme auf dem Dudelsack oder besonders schöne rhythmische Akkorde auf der Laute ging.

Doch den Vogel schoss Lorenz ab, als er erstmalig die Schnarre seiner Radleier erschallen und sein Konzert mit einem flotten Instrumentalstück ausklingen ließ.

Kamaria schaute ihn von der Seite an und fragte: »He, Lorenz, das war ja großartig! Hast du den Tanz von Meister Volker gelernt? Ich habe ihn noch nie vorher gehört! Wie heißt das Stück?«

»Es heißt ›Die Schöne Unbekannte‹«, gab Lorenz verlegen zurück, »und ich habe es selbst komponiert.«

»Wirklich?«, meinte sie zweifelnd und pfiff dann bewundernd durch die Zähne, als sie Lorenz' vorwurfsvolle Miene sah. »Jaja, ist ja schon gut – ich glaube es dir.«

Sie legte den Dudelsack beiseite und ergänzte – Lorenz hatte es fast kommen sehen – mit ihrem spöttischen Grinsen: »Nachtigall, ich hör dich laufen! Oder sollte ich besser sagen: Trauthilde, ich hör dich trapsen? Aber gut, für irgendetwas müssen die Hosenschisser dieser Welt ja gut sein! Und bekanntlich findet auch ein blinder Hahn mal ein Korn ...«

Ehe Lorenz etwas antworten konnte, war sie mit ihren Instrumenten durch die Türe geschlüpft. »Gute Nacht, Lorenz und Günter, gute Nacht Billa und Franz! Ich bin müde und lege mich aufs Ohr!«

Günter, der den ganzen Abend über merkwürdig still gewesen war, wünschte ebenfalls allseits eine gute Nacht und begab sich zu Bett. Endlich waren Lorenz und Franziskus allein.

»Also nun erzähl aber mal, Lorenz!«, begann der Schiffer. »Heute Nachmittag wolltest Du ja nicht so richtig mit der Sprache rausrücken. Doch jetzt lass hören, wie es euch im Nebelheimwald ergangen ist. Lure hat mir verraten, dass du ein Einhornhorn erlangt hast, nur Einzelheiten hat sie nicht preisgegeben. Sie deutete an, dass du mir das selbst berichten würdest. Die Tasten deiner neuen Leier sind so wundervoll weiß, dass sie ja eigentlich nur von einem Einhorn stammen können, und ich sterbe vor Neugierde, zu erfahren, wie du das Einhorn erlegt hast.«

Und Lorenz erzählte und erzählte – davon, wie Kamaria und er auf Sternenglanz geritten waren und wie sie das Nibelungenschwert, die Tarnkappe und eine geheimnisvolle Kiste gefunden hatten. Gespannt wie eine Armbrust hörte Franziskus zu, als er von seinem Sängerduell mit Malkolpes berichtete und darüber, wie er sein neues Instrument erhalten hatte.

»Und jetzt«, schloss der Junge, »will ich mit Günter vom Ossenberg zur Burg Eltz und den Sängerwettstreit gewinnen!«

»Ach, du dickes Ei!«, stöhnte Franz auf. »Bist du des Wahnsinns? Weißt du nicht, dass der Erzbischof von Trier seit drei Jahren die Burg Eltz belagert? Wie soll denn da ein Sängerwettkampf stattfinden?«

»Günter sagt, dass die Herren von Eltz, ihre Nachbarn von Schöneck und der Erzbischof einen Waffenstillstand geschlossen haben. Deshalb gibt es zu Ostern ein großes Turnier und den Gesangswettbewerb um die Hand der Grafentochter Trauthilde. Sie hat azurblaue Augen und Haare dicht und schön wie Gold.« Seine Stimme klang dabei so weich und schwärmerisch, dass Franziskus unwillkürlich die Augen verdrehte.

»Ach du leeven Jott! Höre ich da die hohe Minne aus dir sprechen, mein lieber Lorenz, oder die niederen Triebe? Du klingst wie ein verliebter Kater! Woher willst du denn wissen, dass die schöne Maid nicht aus den azurblauen Äugelein derart über Kreuz schielt, dass man nicht weiß, ob sie dich oder deinen Nachbarn anhimmelt?«

»Du bist ungerecht!«, fuhr Lorenz hoch. »Trauthilde ist das bildhübscheste Mädel in ganz Franken!«

»Ach, und woher weißt du das?«, meinte Franziskus.

»Na ja«, gab Lorenz kleinlaut zurück, »das hat mir Günter gesagt.«

»Und von wo weiß der das?«, warf Franz ein.

»Hrm – nun – er hat mir erzählt, dass man davon erzählt, dass ...«, stammelte Lorenz verlegen.

»Aha!«, unterbrach Franziskus ungnädig. »Aber wie dem auch sei – du willst dich also zwischen die Fronten einer kriegerischen Auseinandersetzung, mit anderen Worten zwischen zwei Mahlsteine begeben, nur weil der Herr vom Ossenberg dir von einer angeblich schönen jungen Fraue vorgeschwärmt hat, deren Hand du möglicherweise – ich betone: möglicherweise! – durch deine Musik gewinnen könntest?«

Lorenz nickte wortlos und machte ein bekümmertes Gesicht.

Franziskus lachte laut auf und prustete: »Du bist ganz schön bekloppt! Doch wenn ich bedenke, was du bisher schon zuwege gebracht hast – tja, ich schätze, dir ist wirklich alles zuzutrauen. Also werde ich versuchen, dir zu helfen.«

Lorenz sprang auf und umarmte seinen Freund. »Danke, Fränzchen! Ich bin übrigens sicher, dass ich einen Sieg erringen kann, denn meine Drehleier ist magisch!«

»Ja, nun, Lorenz, aber hat Meister Volker dir denn auch verraten, worin die Magie der Leier besteht?«, wollte Franziskus wissen.

»Ja, das hat er«, antwortete der Junge feierlich. »aber das habe ich noch nicht mal Kamaria erzählt. Wir waren ja bis jetzt nie allein, und ich wollte es nicht hinausposaunen, während Günter dabei ist, vor allem nicht, ehe ich meine magische Melodie herausgefunden habe.«

»Deine magische Melodie?«, echote Franziskus.

»Jawohl. Ich muss meine eigene, magische Weise finden, dann kann ich mit der Radleier jedem, der zuhört, meinen Willen aufzwingen«, entgegnete er.

Franz pfiff durch die Zähne. »Das ist fürwahr ein mächtiges Zauberwerk«, sagte er schließlich nachdenklich, »und ich frage mich, ob es eine Gottesgabe oder ein Teufelsgeschenk ist.«

»Meister Volker hat mich ausdrücklich davor gewarnt, die Macht der Drehleier zu missbrauchen«, erwiderte er und fügte ernst hinzu: »Und daran werde ich mich halten!«

»Du kannst den Leuten ja auf der Leier vorspielen und in ihnen das dringende Bedürfnis wecken, dir Münzen und Geschenke in den Hut zu werfen ...«

»Ach nein, Franziskus«, meinte er, »erstens habe ich ja meine magische Weise noch nicht herausgefunden, und außerdem«, Lorenz senkte die Stimme, »außerdem bin ich vielleicht sowieso schon reich!«

Franziskus sagte nichts und schaute ihn fragend an.

»Na ja«, fuhr er fort, »ich habe im Nebelheimwald auch noch eine Holztruhe gefunden ...«

»Eine Holztruhe?«, unterbrach ihn Franz. »Und was war drin?«

»Ich weiß es nicht«, entgegnete er, »ich konnte sie im Wald nicht öffnen, und später habe ich sie dann über der neuen Drehleier völlig vergessen. Vielleicht ist ja das Nibelungengold darin – oder wenigstens ein Teil davon.«

Franz sprang auf. »Na los, worauf wartest du, lass uns nachsehen!«

Er griff eine Fackel, fasste Lorenz an der Schulter und schob ihn zur Tür hinaus. Als sie die Diele durchquerten, hörten sie ein Rascheln und ein schlurfendes Geräusch, das aus Richtung der hölzernen Stiege kam, die ins Obergeschoss führte. Franziskus blieb wie angewurzelt stehen und lauschte in die Dunkelheit. Es raschelte erneut, gefolgt von einem aufgebrachten Fauchen. Franziskus und Lorenz schauten sich an, und dann ertönte plötzlich ein klägliches Miauen.

Franz lachte: »De Katz es op Jöck – ääh: Die Katze streunt herum.« Sie gingen dem Laut nicht weiter nach, verließen die Wohnstube und überquerten den Hof. Am Planwagen angelangt, weckte Lorenz Kamaria, die überhaupt nicht begeistert darüber war, aus ihren Träumen gerissen zu werden. Sie hatte von ihren Eltern geträumt. Die Erinnerungen an Vater und Mutter waren längst verblasst, genauso wie die an den Ort und die Umstände ihres damaligen Lebens. Doch in dieser Nacht waren bruchstückhafte Bilder durch Kamarias Schlummer geweht und immer deutlicher geworden, so als stünden ihre Eltern direkt vor ihr. Auch die Umgebung eines Gefängnisses und die Gesichter der Sklavenhalter tauchten auf, ungewöhnlich klar erkennbar.

»Kamaria!« Lorenz war ins Innere des Wagen gestiegen und rüttelte sie vollends aus dem Schlaf. »Kamaria, wach auf. Wir wollen versuchen, die Truhe aufzubekommen!« Er schreckte zurück, als er im Schein der Fackel Kamarias zornig funkelnde Augen aufblitzen sah. Die ebenholzfarbene Haut des Mädchens verschmolz mit der Dunkelheit und machte ihr Antlitz nahezu unsichtbar, während das Weiße in ihren Augen funkelte.

»Lorenz von Rabenhorst!«, zischte sie ärgerlich. »Langsam beginne ich, an deinem Verstand zu zweifeln! Ich war gerade eingeschlafen, und du weckst mich, weil du mitten in der Nacht die blöde Kiste aufbrechen willst!«

»Beruhige dich«, flüsterte Lorenz, »und weck nicht das ganze Haus auf! Franz und ich wollen die Gelegenheit nutzen, jetzt wo alle schlummern. Es muss ja nicht unbedingt jeder mitbekommen!«

Kamaria ergab sich in ihr Schicksal, und gemeinsam zogen sie die schwere Kiste unter den Kleidungsstücken und Fellen hervor. Franziskus musterte die dicken Eisenbeschläge und den verdrehten massiven Eisennagel, der den Zugriff auf den Inhalt der Truhe verwehrte.

»Dazu braucht man Schmiedewerkzeuge«, sagte er und schüttelte den Kopf. »Ich glaube nicht, dass ich den Verschluss aufbekommen kann. Ich werde morgen wohl erst mal in die Urlogisgasse zu den Harnischmachern gehen müssen, um mir passendes Werkzeug auszuleihen. Einen Hammer besitze ich, aber einen Meißel oder einen Stößel habe ich nicht«

So beschlossen sie, sich erst einmal schlafen zu legen. Franziskus wünschte ihnen eine gute Nachtruhe und verschwand in der Dunkelheit. Kamaria murmelte mürrisch etwas von schwachsinniger Ruhestörung und legte sich wieder hin. Lorenz rollte sich in seine Schlafdecke ein und versuchte, die wirren Gedanken, die ihm durch den Kopf wirbelten, zu verdrängen, um endlich Ruhe zu finden.

In seiner Kammer im Obergeschoss des Schmitzhauses jedoch lag Günter vom Ossenberg noch lange wach und sann über die Dinge nach, die er im Dunkeln auf der Stiege erlauscht hatte. »Miau«, machte er leise, grinste, wickelte sich in seine Decke ein, drehte sich auf die Seite und fiel in einen tiefen Schlaf voller süßer Träume, die sich um holde Jungfrauen und gewonnene Sängerwettstreite drehten.

Am nächsten Tag schlug Lorenz seiner Freundin vor, mit ihr in die Stadt zu wandern und dort Musik zu machen, um ein Zubrot zu verdienen. Ihm widerstrebte, es sich auf Kosten der Familie Schmitz gut gehen zu lassen, ohne etwas zum Lebensunterhalt beizutragen. Einen Freibrief der Stadtpfeifergilde besaßen sie ja, und so sollte eigentlich nichts dagegen sprechen, für die coellschen Bürger zu musizieren.

Die Bewilligung, die der Baas der Stadtpfeifer ihnen erteilt hatte, erlaubte es, jeweils für eine halbe Stunde vor den Kaufhäusern aufzuspielen, vor dem Haupteingang der Klöster und nahe den kleinen Fußgängerpforten an der Stadtmauer, wie die an Groß Sankt Martin, die Franziskus am Vortag bei seiner Rückkehr nach Coellen benutzt hatte.

Auch durften sie vor den Patrizierhäusern spielen, also vor dem Haus der mächtigen Händlerfamilie Overstolz in der Rheingasse, vor den Häusern – man konnte fast schon sagen: den Schlössern – der Familien Gyr, Hirzelin, Kleingedank, Scherfgin und Raitze. Dort gab es stets jede Menge Publikumsverkehr.

Aber auch vor den Brauhäusern durften sie aufspielen. Es war ein genialer Schachzug gewesen, dass Franziskus dem Baas der Spielmannsgilde dieses Zugeständnis abgeschwatzt hatte. Bierbrauereien mit Ausschank gab es viele in der Innenstadt, und wer ließ sich nicht gern von Musik und Gesang unterhalten, während er sein Gruitbier aus Gerste und Kräuterwürzsud süffelte.

Eines der bekanntesten Brauhäuser befand sich in der Bechergasse, und Franziskus meinte, dass die beiden vor dieser Anno Domini 1285 von Hendrikus Medebruwer gegründeten Traditionsgaststätte spielen könnten.

Er schlug vor, dass sie am *forum feni*, dem Heumarkt, oder vielleicht auch auf dem Alter Markt nahe dem Pranger anfangen sollten. Er würde sie begleiten und ihnen die Plätze zeigen, für die sie eine Auftrittsgenehmigung hatten. Dann würde er sich von ihnen trennen, um bei einem Harnischmacher, Goldschmied oder Kesselschläger nach Werkzeug zu suchen, mit dem sie die schwere Truhe der Nibelungen öffnen könnten.

Also brachen sie früh am Morgen auf und wanderten über die Severinstraße, bogen dann am Blaubach rechts in Richtung Rheinufer ab. Günter vom Ossenberg hatte keine Lust mitzugehen. Er fühlte sich von der Muse geküsst und wollte den Tag damit verbringen, neue Lieder zu schreiben.

So marschierten sie zu dritt durch Straßen und Gässlein, vorbei an prachtvollen Bauten, deren Prunk den Reichtum ihrer Besitzer ahnen ließ. Aber es gab auch Gassen, in denen nur elende Hütten zu sehen waren, die die Bezeichnung Haus kaum verdienten und einen krassen Kontrast zu den schönen Fachwerkhäusern bildeten, die ansonsten das Bild der Innenstadt beherrschten.

Franziskus umging diese Straßen der Bettler und Bedürftigen, vor deren faulenden Verschlägen sich Kot und Unrat auftürmten und kleine Kinder, Frauen und Männer, gekleidet in Lumpen, die Straßenränder säumten und dem Passanten mit stummer Bitte die offene Hand entgegenstreckten.

»Meidet diese Straßen!«, warnte Franz, als sie im Vorbeigehen in die Einmündung eines schmalen, finsteren Gässleins hineinspähten. »Es sei denn, ihr wollt von den Schmarotzern und ihrer Brut ausgeraubt werden. Das sind die ärmsten Schweine der Stadt, die müssen stehlen, um überhaupt was zu fressen zu kriegen. Die meisten sind krank und machen es nicht mehr lange. Deshalb sind sie nicht zimperlich und haben keinerlei Problem damit, euch unversehens einen Dolch zwischen die Rippen zu stoßen, nur für einen Kanten Brot. Sie stecken euch mit Lepra an, wenn ihr ihnen zu nahe kommt, und seid ihr dann erstmal in der Leprakolonie Melaten angekommen, ist es bald vorbei mit dem großen Minnesänger und der begabten Akrobatin. Also Vorsicht!«

Sie wanderten weiter, bogen am Filzengraben nach links ab und marschierten nordwärts Richtung Overstolzenhaus. Die Bauten wurden größer und prächtiger – ein krasser Gegensatz zu den elenden Hütten der Bettler.

»Mein Gott, müssen die reich sein«, sagte Lorenz ehrfurchtsvoll, als er die überaus prunkvolle Fassade des Patrizierhauses bewunderte. Das Heim der Familie Overstolz war, als es Anno Domini 1230 erbaut wurde, das modernste vom Modernen, erzählte Franziskus. »Es hat einen Keller, zwei Wohn- und gleich vier Speichergeschosse hinter diesem mächtigen Stufengiebel! Schau dir nur die vielen Arkadenfenster mit ihren schlanken Säulen und Blattkapitellen an. Ja, ja, die Overstolzen, die hatten schon immer jet an de Fööss!« Er erklärte den beiden, dass die Coellschen die Redensart »etwas an den Füßen haben« verwendeten, wenn jemand Geld genug hatte, um sich Schuhe leisten zu können.

»Das Haus wurde vor über hundert Jahren von der Tochter vom Gottschalk Overstolz gebaut, das Mädchen hieß Blithildis. Die hat einen Mann geheiratet, den Werner, der sogar ihren Namen angenommen hat, bloß um zu den Reichen zu gehören. Der konnte bestimmt auch gut klüngeln, denn er wurde glatt ins Schöffenkollegium gewählt. Und dann haben die zwei das Haus hier gebaut.«

Die Overstolzens, berichtete er weiter, hätten ihr Geld stets mit aller Macht verteidigt. »Besonders Mathias Overstolz, der war seinerzeit Stadtvogt, hat gekämpft wie ein Löwe. Da gibt es eine wunderschöne Geschichte: Die coellschen Patrizier haben damals den Erzbischof Engelbert II. von Falkenburg aus der Stadt geworfen. Der wollte sich das aber nicht gefallen lassen und seinen Herrschaftsanspruch nicht aufgeben. Er wollte mit Gewalt die Macht in Coellen wieder an sich reißen. 1268 hat er den Schuster und Kerzenmacher Havenith bestochen, und der Drecksack hat von seinem Haus aus, das lag direkt am Töpfertor, der Ülepootz, einen unterirdischen Gang unter der Stadtmauer hindurch gegraben. So konnten die Feinde durch dieses Schlupfloch in die Stadt eindringen und sich in den Häusern, Scheunen und in den Gärten der Coellschen verstecken.

Aber zum Glück hat das ein Freund vom Mathias Overstolz, der Hermann Finkelbart, spitzgekriegt. Der lief schnurstracks hier in die Rheingasse, hat den Mathias aus dem Bett geworfen, und die zwei haben dann vierzig Mann zusammengetrommelt, die gegen eine Übermacht von dreihundert Feinden standen, und das innerhalb der Stadtbefestigung.

Der Mathias hat noch Schwein gehabt. Er, der Johann von Frechen und Heinemann und der Peter Juden haben überlebt. Alle anderen haben gekämpft wie die Berserker und sind doch abgestochen worden. Die Patrizier haben nur deshalb gewonnen, weil ihnen die Bürger von Coellen zu Hilfe kamen. Der Gottfried Hagen, unser Stadtschreiber, hat das sogar in die Stadtchronik aufgenommen und geschrieben: ›Der Sieg hängt nicht von der großen Zahl ab; er wird denen zuteil, denen Gott vom Himmel ihn gibt.‹«

»Und der Schuster Havenith?«, frage Kamaria.

»Aufgehängt«, gab Franziskus trocken zurück. Das Trio wanderte weiter, bis es schließlich am Heumarkt ankam. Schon im frühen Morgengrauen um die vierte Stunde war der Markt eröffnet worden. Es herrschte hektische Betriebsamkeit, seit die Marktweiber und Händler ihre Stände aufgebaut hatten. Sie verkauften Käse, Salz, Gewürze, Altkleider, Tuch und andere Waren.

Der Markt war umgeben von Kaufhäusern wie dem Leinwandkaufhaus, doch auch von Bürgerhäusern und Gaststätten mit Garküchen und Weinzapfern, die auf ihre Kunden warteten. Franziskus begleitete Lorenz und Kamaria zum westlichen Schmalende des Heumarktes, wo das Seidenmacherinnengässchen und die Hühnergasse Durchgänge zum Alter Markt darstellten.

Dort kam eine Menge Leute vorbei: Bauarbeiter von der Dombaustelle, Geistliche und Geschäftsmänner, Marktfrauen, Ritter, Patrizier und Leibeigene, freie Bürger und Gemeine. Franziskus meinte, dies sei ein guter Ort zum Musizieren.

Sie suchten sich einen freien Platz neben einem Hauseingang und packten ihre Instrumente aus. Lorenz hatte seine Leier und die Laute mitgebracht, Kamaria die Harfe und den Dudelsack, außerdem ihre Keulen und Stoffbälle, denn sie wollte endlich wieder ihre Jonglierkunst vorführen.

Lorenz legte seinen Schnappsack vor sich in den Straßenstaub. Er band sich seine Drehleier um und sicherte sie mit einem zweiten Gurt, sodass er im Stehen spielen konnte. Kamaria stellte sich in Positur und wägte die schweren Holzkeulen prüfend in den Händen, um sich wieder an das Gewicht, die Form und die polierte Glätte der Oberfläche zu gewöhnen.

Währenddessen stimmte Lorenz die Saiten der Radleier und spielte dann einen lebhaften Tanz, den Meister Volker ihm beigebracht hatte. Kamaria machte noch einige Dehnübungen zur Lockerung der Muskeln. Dann begann sie ihre Vorstellung mit ein paar Saltos, Flickflacks und Purzelbäumen, ergriff anschließend die vorher auf die Seite gelegten Keulen und wirbelte sie kunstvoll durch die Luft. Schneller und rasanter wurde ihre Darbietung, während der Junge die Tanzmelodie mit inzwischen gekonntem Schnarren akzentuierte. Schließlich legte Kamaria die Jonglierkeulen wieder weg, griff sich den Dudelsack und spielte eine zweite Stimme zu Lorenz' Leierspiel.

Franziskus verabschiedete sich zwischen zwei Liedern, um sich auf die Suche nach geeignetem Werkzeug zum Öffnen der geheimnisvollen Truhe zu begeben. Er versprach, spätestens gegen Mittag zurück zu sein. Inzwischen waren mehr und mehr Menschen stehen geblieben, um den beiden Vaganten zu lauschen, und applaudierten nach jedem Lied begeistert. Lorenz bemerkte, wie ein dicker, kurzatmiger Bürger, der in überaus reich verziertes Tuch gekleidet war, eine Münze in den Schnappsack warf und ihnen über das ganze pausbackige, rote Gesicht grinsend zunickte.

Dann legte Lorenz die Leier zur Seite, nahm seine Laute, spielte ein paar Läufe und begann zu singen:

»Grün gefärbt ist schon der Wald,
In der wonniglichen Zeit! ...«

Als er sein Lied beendet hatte, brandete heftiger Applaus auf, und die Menge verlangte begeistert mehr. Lorenz' Stimme hatte die Zuhörer betört, und fast ein jeder wollte ihm wenigstens einen kleinen Lohn zustecken und gab, was er entbehren konnte. Schon flogen ein paar halbe und Viertelpfennige in den Schnappsack. Eine junge Frau legte einen Kopf Salat dazu, eine andere gab einen Kohlrabi. Ein Mann warf einen Leinenschal hinein, ein weiterer spendete einen fangfrischen Rheinsalm, den er wohl eben erst auf dem Fischmarkt am Rheinufer erworben hatte. Im Nu waren Kamaria und Lorenz mit Lebensmitteln für eine ganze Woche versorgt. Eine Händlerin hatte direkt nebenan einen Stand, an dem sie gerupfte Hühner feilbot. Während die beiden musizierten, verkaufte sie doppelt so viel wie zu normalen Zeiten, und dankbar schenkte sie ihnen später ein besonders fettes Huhn.

Sie bedankten sich artig bei ihrer Zuhörerschaft und verneigten sich, um anzudeuten, dass die Vorstellung vorüber sei. Das Publikum verlief sich und die Zuhörer gingen ihren Besorgungen nach.

Sieh an, sieh an«, ertönte plötzlich eine Stimme mit südländischem Akzent. »Der Herr Lorenz, der Gesänge aus der Carmina Burana kennt und die Lieder des Guillaume de Machaut, die von Dietmar von Aist und von Neidhart von Reuenthal!«

Es war der junge Geistliche, den Lorenz auf der Rheinfähre nach Düx kennen gelernt hatte. Die bronzene Hautfarbe, seine große Hakennase und die dichten Augenbrauen sowie seine schwarz gelockten Haare waren unverkennbar.

»Vater Francesco!«, rief Lorenz erfreut, »Francesco Petrarca! Wie schön, Euch zu sehen! Ich dachte, Ihr seid in Schloss Burg bei den Herren von Berg!«

»Das war ich«, entgegnete der Priester. »Ich komme gerade von dort, und wen erblicke ich bei meinem ersten Gang durch Coellen? Lorenz, den Minnesänger! Und welch fabelhafte Leier Ihr habt. Ich merke, Lorenz von Rabenhorst, Ihr wart erfolgreicher mit Eurer Mission als ich!«

»Warum hattet Ihr denn keinen Erfolg?«, mischte sich das Mädchen in das Gespräch, nur um klarzumachen, dass sie auch noch da war.

»Nun, Fräulein Kamaria Malaika«, antwortete Petrarca, der offenbar über ein äußerst gutes Namensgedächtnis verfügte, »ich habe in der Bibliothek der Herren von Berg nicht das gefunden, wonach ich suchte. Es war reine Zeitverschwendung, und so bin ich recht bald ohne Ergebnis wieder abgereist. Ich werde mich wohl besser im Skriptorium der Benediktiner zu Sankt Pantaleon umsehen und in der Büchersammlung der gelehrten Brüder.«

Zu Lorenz gewandt sprach er: »Ich höre, dass Ihr wirklich auf dem besten Wege seid, ein Minnesänger zu werden. Aber das Lied, das Ihr gesungen habt, kannte ich bereits. Warum verfasst Ihr nicht selbst ein Liebeslied?«

Kamaria kicherte: »Oh, Vater Francesco, verlangt alles, nur das nicht! Dabei kommen dann nur so geniale Werke heraus wie: ›Du bist mein, ich bin dein: Dessen sollst du ganz sicher sein. Du bist verschlossen in meinem Herzen ...‹.«

Lorenz unterbrach sie hastig: »Schon gut, schon gut, ich glaube nicht, dass Vater Francesco an meinen ersten Versuchen interessiert ist!«

»Aber wieso denn nicht?«, wollte der Geistliche wissen. »Ich finde, das klang gar nicht mal so schlecht, daraus könnte man sogar noch etwas machen. Es entspricht nicht gerade den Regeln und dem Versmaß der Troubadoure und Trouvères, aber immerhin sind wichtige Elemente der Minne erkennbar, die Treue, die Sehnsucht ...«

Kamaria verdrehte die Augen und wandte sich ab, während Lorenz zweifelnd fragte: »Meint Ihr ehrlich, Vater Francesco, dass ich lernen könnte, wie man richtige Minnelieder schreibt?«

Der Priester sah ihn lange und durchdringend an und sagte schließlich: »Ja, vielleicht – warum eigentlich nicht! Ich sehe zumindest, dass das Feuer in Euch brennt, Herr Lorenz. Ihr solltet mich wirklich besuchen kommen im Benediktinerkloster zu Sankt Pantaleon. Ich könnte Euch in der Tat das ein oder andere beibringen!«

Caput XXXIII

Ein Lied für Laura

Lorenz und Kamaria beschlossen auf dem Rückweg, den Spätsommer, Herbst und Winter in Coellen zu verbringen. So lange es die Temperaturen zuließen, wollten sie als Spielleute arbeiten. Die Aussicht, Bruder Francesco zu treffen und von ihm die Kunst der Troubadoure zu erlernen, war für Lorenz verlockend und Grund genug, in der Stadt zu bleiben. Franziskus hatte ihnen angeboten, so lange in seinem Haus zu wohnen, wie sie wollten.

Als sie am späten Nachmittag zu Franziskus' Heim an der Severinstraße zurückgekehrt waren, konnte Lorenz seine Ungeduld kaum beherrschen. Aber sie hatten verabredet, bis Mitternacht zu warten, um unbeobachtet die Nibelungentruhe öffnen zu können, wenn alle anderen Hausbewohner schliefen.

Billa hatte aus den Lebensmitteln, die Lorenz und Kamaria als Lohn für ihre Musik erhalten hatten, ein leckeres Gericht zubereitet, nach dem der Junge, betont gähnend, Müdigkeit vorschützte, um sich zeitig in sein Lager im Planwagen zurückziehen zu können. Auch Kamaria gab vor, müde zu sein, und deshalb beschlossen schließlich alle, früh zu Bett zu gehen. So lag alsbald das ganze Haus in tiefem Schlaf – so schien es zumindest.

Am Abend war ein schweres Unwetter von Westen her über die Stadt gezogen, und der ausdauernd rauschende Regen war kalt und ungemütlich. Der Wind pfiff schneidend durch die Ritzen der Bretterwand und zerrte an dem Strohdach des großen Stalles, in dem das Fuhrwerk abgestellt war. Auf dem Hof hatten sich tiefe Schlammpfützen gebildet, und wer nicht unbedingt draußen etwas erledigen musste, blieb im Warmen und Trockenen. Lorenz dachte an die Bettler und Obdachlosen. Er stellte sich vor, wie sie sich an die Lehmwand eines Bürgerhauses kauerten und wahrscheinlich vergebens Schutz vor dem Wetter suchten. Ein gleißender Blitz durchzuckte die Finsternis, gefolgt von einem krachenden Donner, der das gleichmäßige Rauschen des Regens durchbrach und die Trommelfelle des Jungen betäubte. Kamaria hatte sich an die seitliche Holzplanke des Planwagens gelehnt und eine Felldecke um die Schultern geschlungen. Sie starrte vor sich hin in die Dunkelheit und hing ihren Gedanken nach. Ein Windstoß wirbelte die Eingangsplanen auseinander und wehte ein paar Blätter ins Innere. In ein paar Wochen würde der Herbst Einzug halten und in nicht zu ferner Zukunft dem eisigen Winter weichen.

Endlich hörten sie ein Geräusch vom Stalleingang her. Es war Franziskus mit den Werkzeugen, die er sich von einem Harnischmacher ausgeliehen hatte.

»So, ihr zwei, dann wollen wir mal!«, sagte er. Sie holten die Truhe hervor und beförderten sie auf eine Werkbank am Ende des Stalls. Franz hatte eine Pechfackel mitgebracht, die er in eine dafür vorgesehene Halterung steckte, und betrachtete den Verschluss des Kastens. Er griff zu einem Hammer und einem Meißel, dessen keilförmige Schneide er zwischen die Enden des zusammengedrehten Eisennagels zwängte. Franziskus wies Lorenz an, die Kiste gut festzuhalten. Dann holte er mit dem schweren Hammer aus, der auf dem Meißel einen metallischen Klang hervorrief, dicht gefolgt von einem Schmerzensschrei und einem derben Fluch in coellnisch-ripuarischer Mundart.

»Dräckelije Dress!«, entfuhr es Franziskus. Er sah die beiden Gefährten schuldbewusst an, während er die linke Hand unter der rechten Achselhöhle barg, um den Schmerz zu lindern. »Das übersetzte ich nicht!«, knurrte er wütend. Dem breiten Grinsen seiner beiden Schützlinge konnte er jedoch entnehmen, dass das gar nicht notwendig war. Sie hatten es auch so verstanden. Schließlich betrachtete er seine Hand. Beim Schlag des Hammers war der Meißel abgerutscht, und er war mit seiner Linken böse über den Rand der Eisenlasche gerutscht. Eine blutige Schramme zog sich über die Knöchel aller vier Finger. Franz wedelte mit der blessierten Hand durch die Luft, als könne dies die Pein abmildern. Der Nagel in der Truhenschließe schien unverändert. Er runzelte die Augenbrauen und meinte grimmig: »Das wollen wir doch mal sehen, ob so ein alter Eisennagel einen Franziskus Schmitz davon abhält, in die blöde Kiste reinzuschauen!«

Er setzte erneut an und schlug diesmal vorsichtiger und gezielter auf den Meißel. Nach einigen Schlägen hatte sich der Nagel etwas geöffnet. Wenige Hiebe später hatte er es geschafft, den Stift so aufzuweiten, dass er sich aus der Öse des Truhenverschlusses schieben ließ. Endlich war es soweit. Die Truhe der Nibelungen würde ihr Geheimnis preisgeben.

Franziskus trat zurück, nickte dem Jungen zu und sagte mit einer einladenden Handbewegung: »Nur zu, Lorenz! Du hast die Truhe gefunden – du bist der rechtmäßige Eigentümer. Dir gebührt die Ehre, sie zu öffnen!«

Lorenz trat zögernd vor und versuchte zunächst mit der Hand, die Verschlusslasche hoch zu biegen. Als das trotz aller Kraft nicht gelang, trieb er den Meißel hinter die rostige Lasche und hebelte sie soweit nach vorne, bis er mit den Fingern dahinter greifen und sie nach oben ziehen konnte. Auch jetzt ging es noch schwer, doch sie bewegte sich, und mit einem hässlichen Quietschen gab sie schließlich nach. Franz und Kamaria beobachteten erwartungsvoll, wie Lorenz langsam und andächtig den Deckel anhob.

Die Fackel warf nur spärliches Licht, aber dennoch schien sich ihr Leuchten zu verdreifachen, als der Kasten endlich offen stand. Silberne Münzen, goldene Taler, bronzene Medaillen, edles Geschmeide, prachtvolle Bijouterien, funkelnde Steine und Gold, Gold, Gold. Ehrfurchtsvoll staunend vergaßen sie beinahe Luft zu holen. Niemand von ihnen hatte je zuvor einen solchen Reichtum erblickt. Schweigend leerten sie die Truhe und breiteten den Schatz auf der Werkbank aus.

»Lorenz von Rabenhorst!«, flüsterte Kamaria leise, »du bist ein beneidenswerter Glückspilz! Du bist reich, du brauchst gar kein Minnesänger zu werden. Das sind so viele Reichtümer, dass du bis an dein Lebensende fett und feist davon leben kannst.«

Sie hielt einen Moment inne und fuhr dann mit tonloser Stimme fort: »... und dann willst du sicher nichts mehr mit einer Vagantin und einem Flussschiffer zu tun haben ...«

»Quatschkopf!«, erwiderte er heftig, während er sich ein paar Hände voll Münzen in die Hosentaschen schaufelte. »Wie kannst du so etwas von mir denken! Ich pfeife darauf! Ich will trotzdem Minnesänger werden. Jetzt habe ich so viele Mühen auf mich genommen, und dann soll ich so einfach aufhören und so was wie ein reicher Pfeffersack werden? Nichts da!«

Er nahm sie in den Arm und streichelte ihr übers Haar. »Und das, was du für mich getan hast, vergesse ich dir niemals!«

»Lorenz«, sagte Franziskus ernst, »der Schatz ist so gewaltig, dass er für mehr als eine Person ein Leben lang ausreicht, und wenn man bedenkt, dass es aber wohl nur ein winziger Teil des Nibelungengoldes ist ...« Franz verstummte plötzlich, nahm die Fackel aus der Halterung und leuchtete direkt in die Truhe hinein.

»Da soll mich doch ...«, begann er, reichte Kamaria die Fackel und zog eine zusammengefaltete Tierhaut aus der Kiste.

In den Innenboden des Behälters war von kunstvoller Hand ein Relief geschnitzt worden, ein traditionelles Schutzsymbol. Es war ein alter Brauch, einen Hund auf dem Boden einer Geldtruhe abzubilden, der das Vermögen des Besitzers schützen sollte, auf dass ihm nie das Geld ausgehe.

Die früheren Eigentümer dieses Schatzes sind auf andere Art und Weise auf den Hund gekommen, dachte Lorenz eingedenk des Schicksals, das die Burgunderkönige im fernen Hunnenlande ereilt hatte.

»Los, jetzt helft mir erst mal, die Preziosen wieder in dem Kasten zu verstauen, bevor noch jemand hereinkommt«, mahnte Franz. So schnell es ging, füllten sie die Truhe wieder und schlossen den Deckel. Dann räumten sie die Werkbank frei, und Franziskus breitet die fein gegerbte Tierhaut darauf aus. Sie war mit Runen beschriftet und mit Zeichen bemalt. Quer über das Pergament schlängelte sich eine dicke Linie in blauer Farbe, von der an einigen Stellen links und rechts dünnere blaue Linien abzweigten.

Franz pfiff durch die Zähne. »Schaut euch das an«, sagte er und fuhr mit dem Finger über die Zeichnung. »Hier, diese Dreiecke und diese federartigen Gebilde. Das sieht aus, wie ... ja, wartet! Die Dreiecke sehen aus wie Berge und das hier, das könnten Bäume sein. Und diese Symbole hier sind Häuser! Und dort eine Burg. Kinder, das ist eine Landkarte. Ja, klar, ohne Zweifel, die blaue Linie muss der Rhein sein. Man sieht genau, wo seine Nebenflüsse einmünden. Das hier ist der Main, das die Mosella, und dann sind diese Häuser – natürlich, das muss Worms sein! So ein Mist, dass ich die Schriftzeichen nicht entziffern kann.«

»Und was, bitteschön, soll diese Landkarte bezwecken?«, fragte Kamaria schnippisch. »Jetzt sag bloß noch, weil die Karte in einer Truhe mit Gold aus dem Nibelungenschatz lag, steht darauf vermerkt, wo der Rest des Goldhortes zu finden ist!«

Franziskus starrte sie mit offenem Mund an. »Mensch, Mädchen, du hast es erfasst! So muss es einfach sein! Das ist der Plan, wo das Rheingold verborgen ist!«

Lorenz hatte währenddessen das Pergament aufmerksam gemustert und schüttelte langsam den Kopf. »Nö, das kann nicht sein«, stellte er fest.

»Und wieso nicht?«, giftete Kamaria.

»Na, es gibt nirgendwo ein Kreuz oder ein Zeichen, das anzeigt, wo das Rheingold versteckt sein soll.«

Die beiden anderen schauten sich an, musterten die Tierhaut und sahen, dass er Recht hatte.

»Es bleibt uns nichts anderes übrig«, meinte Franziskus schließlich, »als herauszufinden, was die Runen besagen. Wenn es stimmt, was Lorenz sagt, ist es nur eine Landkarte, auf der die Ländereien der Burgunder verzeichnet sind. Vielleicht hat es ja gar nichts zu bedeuten, dass sie bei dem Gold lag.

Übrigens, Lorenz, was hast du mit den Münzen vor, die du eben in deine Taschen geschoben hast? Es ist gefährlich, mit so viel Geld herumzulaufen! Ich meine, es ist dein Schatz, doch ich rate dir gut, vorsichtig zu sein und es auf gar keinen Fall ruchbar werden zu lassen, dass hier eine Menge Gold zu holen ist. Ich mag gar nicht daran denken, was passieren wird, wenn die coellschen Ganoven davon Wind bekommen!«

»Ich will nur ein wenig von dem Schatz bei mir tragen, damit ich wenigstens einmal in meinem Leben das Gefühl habe, reich zu sein«, schwindelte Lorenz, der einen ganz bestimmten Verwendungszweck für das unverhofft erlangte Geld im Sinn hatte. »Außerdem habe ich nur kleine Münzen genommen, so viel ist es also gar nicht. Aber du hast Recht, der Schatz muss in Sicherheit gebracht werden!«

»Als erste Maßnahme sollten wir das Schloss sicher verriegeln!«, meinte Franziskus. Er klappte die Lasche über die Öse, schob dann den aufgebogenen Nagel wieder hindurch und hämmerte so lange darauf, bis er die Truhe erneut verschloss.

»Weißt du was, Lorenz? Wir vergraben die Truhe hier im Stall und wenn im Frühjahr Reisezeit ist, bringen wir sie deinem Vater!«

Lorenz hatte nicht vor, so schnell zur Rabenhorstburg zurückzukehren, willigte jedoch ein, die Truhe zunächst einmal sicher zu verstecken.

Franz brachte aus seinem Garten Spaten herbei, und gemeinsam schachteten sie eine Grube in das festgestampfte Erdreich im Stall. Der Boden war steinhart, und Franz war heilfroh, dass das Geräusch des immer noch wie aus Kübeln vom Himmel herabströmenden Regens das Schaben, Kratzen und Scharren der Schaufeln übertönte. Um die vierte Stunde hatten sie es geschafft.

Der Lehmboden war wieder festgetreten, und die Stelle, wo die Truhe lag, hatte Franz mit einem alten Hufnagel gekennzeichnet. Kaum zu sehen, doch für die Eingeweihten ein zweifelsfreies Zeichen. Die geheimnisvolle Karte verstaute Lorenz in der Dokumententasche aus Ochsenleder, in der er die Pergamente und Notenhandschriften aufbewahrte, die er von Anselm von Hagenau geerbt hatte. Kein sonderlich sicheres Versteck, aber unter den restlichen Papieren mochte die Tierhaut als einfache Landkarte durchgehen.

Sie beschlossen, das Geheimnis der Truhe für sich zu behalten, sicherheitshalber, und sich von dem unermesslichen Reichtum erst einmal nichts anmerken zu lassen.

Einige Tage später, als der Regen sich gelegt hatte, die Pfützen verschwunden und der Schlamm auf den Wegen und Straßen getrocknet waren, wanderten sie in die Innenstadt, diesmal begleitet von Günter vom Ossenberg, der darauf brannte, seine neuen Lieder vor Publikum auszuprobieren. Sie postierten sich vor dem Brauhaus Em Golde Kappes in der Bechergasse. Nach zwei Liedern bat sie der Baas der Bierbrauerei in die Schankstube, um vor seinen Gästen zu spielen. Es wurde ein Riesenerfolg.

Lorenz hätte nicht damit gerechnet, dass man ihm derart zujubelte. Günters Lieder nahmen die Zuhörer respektvoll auf, doch wenn Lorenz seine Stimme erhob, brachen die Besucher der Gaststube in regelrechte Begeisterungsstürme aus. Die drei Musiker sangen Lied um Lied und spielten sich die Finger wund. Am Abend war ihr Schnappsack reich gefüllt mit Lebensmitteln aller Art; auch ein paar Münzen befanden sich darin. Der Baas spendierte ihnen einen großen Tonkrug mit Deckel, voll des duftenden Bieres, worüber sich später Billa Schmitz noch mehr freuen sollte als ihr Gatte Franz.

Als sie erschöpft und leergespielt, aber gut gelaunt den Heimweg ins Severinsviertel antraten, bat Lorenz Günter vom Ossenberg, seine Leier und die Laute für eine Weile zu tragen. »Ich habe etwas zu erledigen, geht schon mal vor, ich komme gleich nach!«

»Das gefällt mir nicht, Lorenz«, meinte Kamaria, »das gefällt mir nicht. Du weißt, dass es hier Straßen gibt, in die man sich nicht alleine wagen sollte!«

»Jetzt sei du mal keine Hosenschisserin!«, gab er zurück. »Ich weiß genau, was ich tue, und ich komme auch gleich nach!«

Sie sah ein, dass er nicht mit sich reden lassen würde, und so trollte sie sich zusammen mit Günter in Richtung Severinsviertel. Lorenz wartete, bis die beiden um die Ecke gebogen waren, dann lief er los. Drei Querstraßen weiter hatte er sein Ziel erreicht: die Gasse der Obdachlosen und Bettler. Einige Kinder lungerten am Gasseneingang herum und stürzten sogleich auf ihn zu, als sie Lorenz erblickten.

»Gebt, gebt, edler Herr!«, bettelten sie. »Gebt uns zu essen, gebt, sonst verhungern wir!«

»Bringt mir euren Vater herbei«, sagte Lorenz. Es dauerte nicht lange, bis ein hagerer Mann, der nur zerschlissene Beinlinge trug und einen Fetzen Tuch, den er sich statt eines Hemdes um den Oberkörper gewickelt hatte. Er hatte kaum noch Zähne, einen verwahrlosten, struppigen Bart und ebensolches Haupthaar. An der linken Hand fehlten ihm drei Finger. Ein Bauarbeiter oder Zimmermann, dachte Lorenz, der bei der Arbeit seine Finger verloren hat und nicht mehr malochen kann.

»Was wollt Ihr von mir, feiner Pinkel?«, wollte der Mann mürrisch wissen.

»Wie heißt Ihr?«, fragte Lorenz.

»Was tut das zur Sache?«, gab der Habenichts zurück. »Ich bin der Palmse Drickes oder besser: Heinrich Palm, ehemals Mulenstößer. Ich habe mir den ganzen lieben langen Tag die Knochen in den großen Antriebsrädern der Kräne auf der Dombaustelle geschunden, bis ich durch einen Unfall meine Finger verloren habe. Seitdem weiß ich nicht, wo ich was zu fressen für mich und meine Kinder herkriegen soll!«

»Heinrich, ich will, dass Ihr etwas für mich tut«, sagte Lorenz.

»Und was soll das sein, das ich für einen feinen Pinkel wie Euch tun könnte?«, entgegnete der Bettler.

»Ich will, dass Ihr das hier für Euch behaltet«, sage Lorenz und drückte ihm einige Münzen in die unversehrte Hand, »und dass Ihr das hier an die anderen Bettler in dieser Straße verteilt!«

Schnell reichte er ihm einen kleinen Stoffbeutel, in den er eine Handvoll Münzgeld aus dem Nibelungenschatz gefüllt hatte. Der Bettler starrte ihn an wie einen Wahnsinnigen. Drickes Palm mochte nicht glauben, was ihm gerade geschah. Dass jemand ihm einfach so Geld gab! Er glotzte Lorenz mit offenem Munde an.

»Herr, das kann ich nicht annehmen«, meinte er ohne rechte Überzeugung, »das ist zu viel! Was verlangt Ihr als Gegenleistung von mir?«

»Nehmt«, sagte Lorenz, »und sorgt dafür, dass vor allem die Kinder etwas zu beißen bekommen! Vielleicht kommt irgendwann der Tag, an dem Ihr es mir wieder gutmachen könnt!«

Der Junge wandte sich ab, und ehe der Bettler noch etwas sagen konnte, war Lorenz um die Ecke gebogen. Er verfiel in leichten Trab, und nach einer guten Weile hatte er Kamaria und Günter eingeholt. Das Mädchen sah ihn erwartungsvoll an, aber als Lorenz nur den Kopf schüttelte, schwieg sie und fragte nicht weiter nach.

Einige Tage später erkundigte sich Lorenz bei Franziskus, wie der Weg nach Sankt Pantaleon sei. Da das Wetter herbstlich kühl, regnerisch grau und wenig geeignet war, um im Freien zu musizieren, hatte der Junge beschlossen, endlich Francesco Petrarca zu besuchen. Franz beschrieb ihm den Weg zum nahe gelegenen Benediktinerkloster, der westwärts durch das Töpferviertel führte.

Der Junge hatte sich die Ledertasche mit seiner Drehleier umgehängt und wanderte an Obst- und Gemüsegärten vorbei und an vereinzelten Häusern und Gehöften. Er ging über laubbedeckte Wege und Alleen, auf denen sich der Herbst immer mehr bemerkbar machte. Die großen, alten Eichen und Kastanienbäume, die den Wegesrand säumten, hatten sich in den bunten Farben des Altweibersommers rot, gelb, braun und ocker verfärbt.

Der Herbst war eine wunderbare Jahreszeit, die jedoch den Nachteil hatte, dass sie den Winter ankündigte, die Zeit der Kälte, des Sterbens und Vergehens. Jener Teil des Jahres, in dem das gesellschaftliche Leben nahezu zum Erliegen kam. Vorerst war es noch nicht so weit, doch Lorenz dachte daran, dass er sich glücklich schätzen durfte, bei Franziskus eine Unterkunft gefunden zu haben.

Während er noch seinen Gedanken nachhing, hatte er das Ende der Felder erreicht und kam zu einer Querstraße. Nachdem er zunächst die Ulrichgasse gekreuzt hatte, kam er zur Schnurgasse und durchwanderte das Töpferviertel westwärts.

Franziskus hatte ihm beschrieben, dass man die Kirche des auf einer Anhöhe gelegenen Klosters schon von Weitem erkennen konnte. Und wirklich, nach einer Weile sah Lorenz die prägnanten Türme von Sankt Pantaleon durch das gelichtete Blattwerk der Bäume schimmern. Kurz darauf kam er an die hohe Mauer, die das weitläufige Klosteranwesen vollständig umgab.

Lorenz ging so lange an der Steinwand entlang, bis er zu einer der Pforten gelangte. Er grüßte den Bruder Pförtner höflich und erkundigte sich nach Bruder Francesco, dem Gast der Benediktiner aus Arezzo. Der Türhüter rief einen jungen Pater herbei, der so wie er selbst in die schwarze, gegurtete Tunika der Benediktinermönche gekleidet war. Sie bestand aus zwei über den Schultern getragenen, fast bis zum Boden reichenden Tüchern auf Rücken und Brust, die mit Bändern verbunden waren. Lorenz musterte die beiden Patres verstohlen. Ihre Ordenskleidung, dachte er, dürfte nicht gerade bequem sein – vor allem im Sommer ...

Der junge Mönch – er stellte sich als Pater Ludovicus vor – begleitete Lorenz durch die Klosteranlage. In den großen Gärten wurden

Wein, Obst, Gemüse und Kräuter angebaut, eine Spezialität des Benediktinerordens.

Pater Ludovic gefiel sich in seiner Rolle als Fremdenführer und erklärte Lorenz, dass die Abtei von Erzbischof Brun gegründet worden sei. Die Kirche, erzählte er, sei von der Gemahlin Kaiser Ottos II., Theophanu aus Byzanz, ausgebaut worden. Sie sei so erfreut darüber gewesen, dass die Kirche dem heiligen Sankt Pantaleon gewidmet sei, dass sie das Kloster förderte und das Westwerk der Kirche errichten ließ.

»Wer war denn Sankt Pantaleon?«, erkundigte sich Lorenz.

»Er war ein berühmter Arzt, Leibarzt des römischen Kaisers Marcus Aurelius Valerius Maximianus. Später bekehrte Pantaleon sich zu unserem Herrn Christus. Sein Pech war, dass er versucht hat, die Frau des Kaisers ebenfalls zum Christentum zu bekehren, was dem Kaiser nicht so recht gefallen mochte. Er ließ Pantaleon verhaften und foltern. Als die Henker ihn enthaupten wollten, spaltete das Schwert den Schädel, und man erzählt, dass aus der Wunde kein Blut, sondern Milch geflossen sei. Der heilige Sankt Pantaleon ist heute der Schutzpatron der Ärzte und Hebammen. Er wird gern gegen Kopfweh angerufen.«

»Ach ja«, fragte der Junge ironisch, »und das hilft wirklich? Das kann ich mir bei der Vorgeschichte kaum vorstellen.«

»Mein Sohn«, antwortete Pater Ludovicus mit gespielt strengem Gesichtsausdruck, aber deutlichem Zucken der Mundwinkel, »es ist immer eine Frage des Glaubens, denn der versetzt bekanntlich Berge. Man muss eben nur dran glauben!«

Lorenz verkniff sich die Bemerkung, dass auch der heilige Sankt Pantaleon hatte dran glauben müssen. Sie erreichten das wuchtige Westportal der Kirche. Über dem großen Rundtor erhob sich ein massiver, rechteckiger Mittelturm mit einer schönen Fassade. Er war von zwei schlanken Seitentürmen flankiert, die unten über dem Boden quadratisch waren, sich dann achteckig fortsetzten und schließlich rund endeten.

Der junge Pater erklärte, dass die Türme und Dächer an das himmlische Jerusalem erinnern sollten. Lorenz war beeindruckt von der Schönheit des Bauwerkes und von der hohen Kunst der Baumeister, die es erschaffen hatten. Sie wanderten vorbei an der Basilika, kamen zu den Wirtschaftsgebäuden des Klosters und betraten das Wohnhaus. Pater Ludovicus geleitete Lorenz zu der Zelle, die man Francesco Petrarca zugewiesen hatte.

Francesco war hocherfreut, als er Lorenz sah. Der Pater verabschiedete sich, und Francesco bot Lorenz erst mal einen Platz an – wenn man denn von Platz reden konnte. Die Zelle war nicht sehr wohnlich. Es gab keinerlei Bequemlichkeit, die die Bewohner von ihrer inneren Einkehr und dem stillen Dialog mit Gott ablenken konnte. Das Mobiliar bestand lediglich aus einer Truhe, in der der Zellenbewohner seine Kleidung aufbewahrte, einem kleinen Eichenhocker und einer Pritsche, die nicht gerade zum Schlafen einlud. Die Seitenwand dominierte ein großes Kreuz, das von einem schmalen Lichtstrahl beleuchtet wurde, den die Sonne durch das winzige Zellenfenster schickte.

»Ich nehme an«, sagte Francesco, »Ihr seid erschienen, um mehr über die Kunst des Minnesangs zu erfahren.« Es war mehr eine Feststellung als eine Frage. Lorenz nickte: »Ich habe extra meine Drehleier mitgebracht. Wenn Ihr mir Minnelieder beibringt, kann ich sie gleich darauf spielen!«

Lorenz packte sein Instrument aus, schnallte die Leier sorgfältig fest und begann, die Saiten einzustimmen. Er hatte sich im Laufe der Wochen angewöhnt, als Erstes seine Canzone zu spielen, die er mittlerweile so gut beherrschte, dass er seine Radleier nach den langsam gespielten Tönen stimmen konnte.

Die hypnotische, meditative Melodie ließ Francesco aufhorchen. Der Priester schloss die Augen und lauschte den wundervollen Klängen. Als die Melodie verklungen war, seufzte er tief und traurig. Lorenz bemerkte es und überlegte, was sein Lied wohl in Petrarca ausgelöst haben mochte.

»Was habt Ihr?«, fragte er vorsichtig.

»Ach, Eure Melodie gemahnt mich an eine holde Fraue, die ich vor Zeiten an einem Karfreitag kennen lernte ...« Francesco verstummte.

»Und weiter?«, hakte er behutsam nach, »Wie ist ihr Name?«

»Sie heißt Laura, und ich liebe sie zutiefst«, entgegnete Francesco. »Sie erschien meinen Augen zum ersten Mal in meiner ersten Jünglingszeit, im Jahre des Herrn 1327, am sechsten Tag des Monats April, in der Kirche der heiligen Klara zu Avignon.«

Lorenz schaute ihn irritiert an: »Aber – Ihr seid doch ein Geistlicher!«

Francesco schaute mit leidender Miene zurück und sagte: »Aaah, wie recht Ihr habt, Lorenz, doch ich habe nur die niederen Weihen. Und meine Liebe zu Frau Laura ist tief und innig, wiewohl doch nur von Ferne und nach den Lehren des Platon. Auch ist sie verheiratet, und so ist es mir wohl ewig bestimmt, sie nur von Ferne zu verehren.«

Der Junge hatte begonnen, seine Canzone erneut zu spielen, als Francesco unversehens rief: »Mein Gott, das klingt so schön, es ließe sich zu der Melodie bestimmt auch ein Verslein finden. Die Weise passt zur Versform eines Sonetts, zwei Mal vier, zwei Mal drei Verse.« Er wanderte in der Zelle hin und her, während er die Melodie mitsummte.

Dann begann er, zunächst zögerlich und suchend, dann sicherer werdend, zu singen:

»Und plötzlich werden meine Seufzer laut
Und rufen dich und rufen deinen Namen,
Der meinem Herzen längst von wundersamen
Gewalten eingegossen und vertraut.

Ich trinke deinen Namen Laut um Laut:
›Lob, Anmut, Unschuld, Ruhm ...‹ Weh! Was vernahmen
Die nur zu wachen Sinne? Weh! Erlahmen
Fühl ich den Flug, dem vor dem Abgrund graut.

Denn warnend webt sich aus dem letzten Klange
Ein heiliges Ahnen: ›Andacht‹ tönt's empor
Und macht vor meiner Niedrigkeit mir bange,

Bis sich in Ehrfurcht mein Begehr verlor.
Was kann ich, Laura, tun zu deiner Feier?
Nichts! Dich besingt nur eines Gottes Leier.«

Als das Lied verklungen war, lauschte Lorenz lange den Versen nach.

»Das war wunderbar, Francesco!«, sagte er schließlich.

»Habt Ihr's gemerkt, Lorenz? Ich habe die Anfangsbuchstaben ihres Namens verwendet: Lob, Anmut, Unschuld, Ruhm, Andacht ... Ich glaube, ich sollte ihr viel mehr Sonette und Canzonen widmen. Darf ich Eure Melodie verwenden, Lorenz?«

Der Junge war rot geworden ob dieser Anerkennung. »Natürlich«, flüsterte er, »wenn ich Eure Worte singen darf?«

Francesco strahlte über das ganze Gesicht: »Na bitte, da habt Ihr ja schon die erste Lehrstunde des Minneliedes erhalten!«

Er erzählte seinem neuen Lehrling, dass sich das Wort Troubadour aus dem provenzalischen *trobar* ableitet, das bedeutet: Erfinder von Versen. Lorenz erfuhr, dass die Troubadoure vor allem in der Provence in Südfrankreich beheimatet waren. Ihre Lieder waren in der südfranzösischen Sprache *langue d'oc* geschrieben, und die Dichter sangen Kunstlieder erstmals nicht in Latein, sondern in der Sprache des Volkes. Die meisten dieser Sänger waren adlig, so wie Wilhelm IX., der Herzog von Aquitanien, der einer der ersten Troubadoure war.

»Das ritterliche Leben mit Politik und Krieg war ein zentrales Element der Troubadourlieder«, dozierte Francesco, »aber sie sangen auch über Minnekunst, über Religion und über die Natur. Die Troubadoure trugen ihre Lieder bei Hofe vor und nahmen Musikanten zur Unterstützung, die sie auf der Fidel oder auf der Leier begleiteten. Es gibt verschiedene Liedgattungen. Die Canzone zum Beispiel ist ein mehrstrophiges Lied, so eines, wie ich es vorhin gesungen habe. Außerdem kennt man den Tenzone genannten Wett- oder Streitgesang, es gibt die Sirvente, ein politisches, moralisierendes Rügelied, das Planh, ein Trauer- oder Klagelied, das Alba, ein Tagelied, und schließlich die Serenas genannten Abendlieder.«

Lorenz schwirrte der Kopf. Es beschlich ihn der Verdacht, dass er sich eine Suppe eingebrockt hatte, die auszulöffeln er lange Zeit benötigen würde.

Sein Lehrmeister erklärte ihm noch den Unterschied zwischen den Troubadouren aus Südfrankreich und den sogenannten *trouvères*. Deren Bezeichnung leitete sich aus dem nordfranzösischen Wort *trouver* ab, was soviel wie finden oder erfinden bedeutet, ähnlich wie das provenzalische Wort *trobar*, das den Troubadouren ihren Namen gegeben hatte.

»Die Trouvères«, sagte er, »waren Dichterkomponisten, die an den nordfranzösischen Höfen tätig waren und sogenannte Chansons de Gestes schrieben, Heldenlieder und Geschichten über das Leben bei Hofe.

Die Trouvères gab es, seit Herzogin Eleonore von Aquitanien aus der Provence eine Gruppe Troubadoure mit nach Nordfrankreich brachte, wo sie die dortigen Dichter schwer beeindruckten. Seitdem kopierten die Trouvères aus dem Norden die Lieder der Troubadoure aus dem Süden und entwickelten daraus dann ihre eigene Gattung, wobei sie sich mehr auf die heroischen, epischen Geschichten konzentrierten. Auch sangen sie ihre Lieder in ihrer eigenen Sprache, der *langue d'oïl*.«

Francesco erzählte und erzählte, nur unterbrochen von den Stundengebeten und Lorenz versuchte, sich so viele Einzelheiten wie möglich einzuprägen. Als der Tag sich dem Abend zuneigte, war der Junge erschöpft, aber glücklich über die Lehrstunden, die Francesco ihm erteilt hatte.

Auf dem Heimweg zur Severinstraße wirbelten seine Gedanken durcheinander vor lauter Eindrücken, Namen, Liedgattungen und Versformen. Doch Lorenz war entschlossen, mehr zu lernen. Francesco hatte ihm angekündigt, dass er im Frühjahr Coellen zu verlassen plane, dass er jedoch Lorenz in der Zeit bis dahin gerne mit den Regeln der Versmetrik bekannt machen und ihm so viel wie möglich über die Kunst der Troubadoure und Trouvères beibringen wolle. Zum Abschied hatte Francesco ihn gebeten, erst in der kommenden Woche wieder zu erscheinen, damit er genügend Zeit hätte, die Verse zu Papier zu bringen, welche er zum Lobe seiner angebeteten Laura erdichtet hatte, und noch viele mehr, die er zu schreiben gedachte.

Caput XXXIV

Ein Bärendienst

In den folgenden Wochen wurde Lorenz zu einer Berühmtheit in Coellen. Solange das Wetter es zuließ, trat er mit Kamaria und Günter vom Ossenberg überall dort in der Coellner Innenstadt auf, wo es ihm der Erlaubnisschein der Stadtpfeifergilde gestattete. Nach kurzer Zeit hatte es sich bei den Bürgern und Patriziern herumgesprochen, dass in der Stadt ein junger Spielmann mit seiner Compagnie auftrat, der über eine unvergleichlich schöne Stimme verfügte und meisterhaft die Leier zu spielen wusste.

Bald mehrten sich die Einladungen, in den großen Häusern der Reichen und Wohlhabenden aufzutreten. Lorenz war, selbst als Grafensohn, beeindruckt von dem Prunk, der dort herrschte. Andererseits fühlte er sich davon abgestoßen, doch war der Spielmannslohn, den die Patrizierfamilien zahlten, nicht zu verachten.

Er spielte für die Hirzelins, für die Familie Gyr und für die Kleingedanks. Er vermisste jedoch den ausgelassenen Applaus und die Begeisterung des einfachen Volkes auf der Straße, und so begann er, sich bei der Coellner Oberschicht rarzumachen. Stattdessen verbrachte er die Tage bei Francesco Petrarca und lernte von ihm die Geheimnisse des Minnegesangs.

Nicht nur die französischen Vorbilder lehrte ihn der Minnesänger, nein, auch über den in Franken üblichen Neuen Sang brachte er Lorenz alles Wissenswerte bei. Dabei vergaß er aber nie, den Jungen auch über die alten Meister der Antike zu unterrichten, denen seine besondere Liebe galt.

Er erzählte ihm, dass er nach ihrem ersten Zusammentreffen auf der Fähre zu den Grafen von Berg gereist war, weil er sich erhofft hatte, in deren Bibliothek verschollene Handschriften eines griechischen Philosophen zu finden – vergebens. Er war einer Fehlinformation aufgesessen.

Lorenz lernte die unterschiedlichen Versformen kennen, lernte einen Halbreim von einem Vollreim und vollständige von unvollständigen Versen zu unterscheiden.

Doch Francesco dozierte nicht nur über die Techniken des Versbaus, sondern auch über Gedicht- und Liedformen. Er lehrte Lorenz etwa, den Unterschied zwischen einem Sonett und einer Canzone zu erkennen und den zwischen der hohen und der niederen Minne. Lorenz lernte, wie man ein dreistrophiges Lied aufbaute und dass man auf gar keinen Fall die Melodien anderer Dichter stehlen durfte.

Weiter erfuhr er, dass nach einem Reigenlied die Tänze Hoppaldei, Troialdei oder Ridewanz getanzt wurden – und dass die Dichter nach einem Refrain gerne lautmalerisch jauchzten, damit die Zuhörer mitmachen konnten. Deshalb gab es in den Liedern häufig Zeilen, die »Tandarabei«, »Faladaritturei«, »Harba harba lorifa« oder »Datenderlenderlenderlin« lauteten. Oft rauchte Lorenz der Kopf von den vielen Einzelheiten, und er hatte er das Gefühl, dass er nie lernen würde, ein Minnelied zu schreiben.

Nach und nach fand er auch Geschmack an den Spottliedern, die die Obrigkeit oder den Klerus zur Zielscheibe hatten. Francesco kannte jede Menge solcher Gesänge und schien seinen Spaß daran zu haben.

Der Junge lernte mehr und mehr von Petrarca, der ihn seinerseits oft bat, ihm jene Canzone vorzuspielen, deren Grundmelodie Lorenz einst am Waldsee des Nöcken Kelpie komponiert und seitdem immer weiter verfeinert hatte. Er brannte darauf, Lieder über seine angebetete Laura zu verfassen, und Lorenz' Canzone regte ihn stets aufs Neue zu wundervollen Versen an.

Der Junge war ebenso begierig zu lernen und hatte, als sich das Jahr dem Ende zuneigte, sein Repertoire an Liedern nahezu verdreifacht. Kurz vor Weihnachten wiederholte sein Lehrmeister seine Ankündigung, dass er im Frühjahr, nach der ersten Schneeschmelze, abzureisen gedachte.

»Ich habe dir in den vergangenen Wochen so viel von den provenzalischen Sängern erzählt, dass mein Herz sich nach dieser Landschaft verzehrt. Ich will wandern und endlich wieder den freien Ausblick von den Gipfeln der Berge genießen. Seit Langem schon bin ich vom

Drang beseelt, diesen außerordentlich hohen Ort zu sehen, den Mont Ventoux, den König der Provence, den man auch Berg des Windes nennt. Ich will hinaufsteigen, einfach um auf die grandiosen Alpengipfel schauen zu können!«

Die Aussicht, den gerade erst gefundenen Freund und Lehrer zu verlieren, schmerzte Lorenz. Tief in seinem Innersten hoffte er, ihn von seinem Vorhaben abbringen und stattdessen bewegen zu können, ihn zur Burg Eltz zu begleiten, doch Francesco hatte bereits abgewunken.

Er fühle sich in der Gegenwart des selbst ernannten Minnesängers Günter vom Ossenberg nicht so recht wohl, sagte er, der die Fähigkeiten und eher bäuerlichen Verse des niederrheinischen Sängers nicht schätzte. Lorenz bedauerte dies, er selbst fand die Gesänge Günters gar nicht so übel, und je nach Anlass gefielen die derben Lieder dem Publikum sehr. Sie waren nicht unbedingt geeignet, eine vornehme Dame zu betören, doch die Schenkmägde in den Brauhäusern waren stets geneigt, den Humpen des Sängers extra voll zu schenken, wenn er eine seiner Schnurren oder ein zotiges Trinklied zum Besten gab.

Es wurde kälter im Lande; der Winter kam unaufhaltsam. Ende Oktober gab es den ersten Schnee und klirrende Kälte, zu Allerheiligen und Allerseelen waren Duffesbach, Blaubach und Mühlenbach zugefroren. Deshalb hatten die Färber, die darin ihre Stoffe spülten, schon seit einigen Wochen die Arbeit einstellen müssen. An ihrer Stelle nutzten vor allem die Coellner Kinder die Bäche für ein winterliches Vergnügen, das sie Schlittschuhlaufen nannten. Sie banden sich Schweine- oder Pferdebeinknochen unter die Schuhe und schlitterten vorwärts, indem sie lange Stöcke verwendeten, mit denen sie ins Eis stakten und sich so in Schwung versetzten, bis sie je nach Geschicklichkeit mehr oder weniger elegant über die vereisten Flüsschen glitten.

Auf den Märkten brannten große Feuer, sodass der Handel fortgesetzt werden konnte. Sie wurden von den Marktwächtern und Feuerknechten beaufsichtigt, die mit Argusaugen darauf achteten, dass die Flammen nicht zu hoch schlugen. Undenkbar, was ein Funkenflug bewirken könnte – einmal nicht aufgepasst und die Häuser der Coellner Innenstadt würden ein Raub der Flammen werden.

Zum Musizieren im Freien war es allerdings trotz der Feuerstellen, an denen man sich aufwärmen konnte, viel zu kalt. Die Saiten der Instrumente und die Rohrblätter des Dudelsacks reagierten zu empfindlich auf Feuchtigkeit und Kälte. Kamaria, Lorenz und Günter hatten es versucht, aber sehr schnell gemerkt, dass die Coellner Bevölkerung zwar kunstvolle Darbietungen großzügig zu belohnen, auf verstimmte Instrumente jedoch auch mindestens genauso verstimmt zu reagieren wusste.

Also spielte das Trio lieber in geschlossenen Räumen. Sie waren froh, zu Abendveranstaltungen der Patrizier oder zu Versammlungen der Zünfte eingeladen zu werden, wo sie etwas Geld verdienen konnten, auch wenn Lorenz für das herablassende Gehabe der Reichen immer weniger Geduld aufbrachte. Gelegentlich stellten sie sich einfach auf die Straße und sangen zu dritt, ganz ohne Instrumente. Kamaria fand mit ihrem glockenklaren Sopran eine zweite Stimme zu Lorenz' Gesang und Günter legte eine tiefe Bassstimme darunter.

Der Dezember brachte dauerhafte und ausgiebige Schneefälle, und nur wer Wichtiges zu erledigen hatte, machte sich auf den Weg. Wer konnte, blieb zuhause und wärmte sich am Feuer. Lorenz dachte oft an die Bettler und Obdachlosen. Er hatte Mitleid mit diesen Ärmsten der Armen. Günter vom Ossenberg teilte dieses Mitempfinden nicht. Seiner Ansicht nach waren die Habenichtse kriminelles Pack, und er meinte, dass der Winter gar nicht kalt genug sein könne, auf dass möglichst viele dieser »Tiere« verreckten und Coellen über Winter von dieser »Landplage« gereinigt werde.

Lorenz stritt sich heftig mit ihm, weil er dessen rigorose und herzlose Haltung überhaupt nicht verstand. Kamaria hielt sich aus diesem Disput heraus – ganz entgegen ihrer sonstigen Art, aber Lorenz merkte, dass ihre Augen zornig funkelten, wenn Günter wieder einmal über den »Abschaum der Gesellschaft« herzog.

Der Junge nutzte jede sich bietende Gelegenheit, den frierenden und ausgemergelten Straßenkindern und Bettlern Almosen zukommen zu lassen. Es wurde ihm zur Gewohnheit, sich nach Auftritten abzusondern, um sich, wie er es ausdrückte, mal alleine auszutoben und den Kopf freizubekommen. Regelmäßig stromerte er dann durch die engen Winkel und Gassen der Innenstadt und hatte nach nicht allzu langer Zeit herausbekommen, in welchen Straßen er die Bettler antreffen konnte. Jedes Mal gab er den Kindern ein paar Münzen oder Lebensmittel, je nachdem, was gerade verfügbar war. Heinrich Palm begegnete ihm weiterhin reserviert, doch jedes Mal, wenn Lorenz ihm ohne große Worte Gaben zusteckte, war ihm die Dankbarkeit ins Gesicht geschrieben.

Das Weihnachtsfest verbrachten sie besinnlich im Kreis der Familie Schmitz, und sie besuchten ein feierliches Hochamt im Dom. Diese besondere Ehre, den inneren Teil des Domchores betreten zu dürfen, verdankten sie einer Einladung, die das Domkapitel ausgesprochen hatte, um Lorenz in der Kathedrale singen zu hören.

Im Januar feierte Lorenz an einem Sonntag sein Geburtstagsfest. An diesem Tag setzte ein großer Regen ein, der die weiße Schneedecke wegwusch und viele Straßen als dreckige Schlammkloaken zurückließ. Der Unrat und die Fäkalien des Herbstes, die die Drießjesfäjer, die Straßenfeger, noch nicht beseitigt hatten, waren im Winter gefroren und tauten nun langsam auf – der damit verbundene Gestank war an einigen Stellen in der Stadt unerträglich.

Es nahte die Fastenzeit vor Ostern, die, wie Franziskus berichtete, in Coellen durch den *vastavent*, den Abend vor dem Fasten eingeläutet wurde. Dieser »Abend« währte eine ganze Woche. Schon die Römer hatten in ihrer *colonia agrippina* traditionelle Feste gefeiert. Die Saturnalien zu Ehren ihres Gottes Saturn hatten dazugehört und ein Umzug, bei dem ein prunkvoll gezimmertes Schiff mit den Figuren der Göttinnen Isis und Nerthus auf einem Wagen, dem *carrus navalis*, mitgeführt wurde. Lärmende und verkleidete Menschen begleiteten dieses Gefährt, sie führten Zimbeln, Flöten, Rasseln und Handpauken mit sich.

Lorenz erfuhr von Franziskus, dass zwar am Aschermittwoch alles vorbei, aber bis dahin das Stadtleben nicht ungefährlich sei. Die Karnevalszeit begann am Donnerstag mit dem Fest der Weiber. An diesem Tag regierten die Ehefrauen der Ratsfamilien, aber auch die Witwen und Jungfrauen wurden zu einem Festessen und zum Tanz eingeladen und durften an diesem einen Tage einmal den Männern befehlen. Kamaria gefiel der Gedanke, und mit Billa schmiedete sie Pläne, was sie den Herren der Schöpfung an diesem Tag aufzuerlegen gedachten.

Der Donnerstag vor dem Fastenabend hieß in Coellen auch Pfaffenfastnacht, denn am gleichen Tag wurde in den Stiften und Klöstern von Nonnen und Mönchen ein Narrenbischof gewählt oder ein Narrenpapst, der auf einem Esel in die Kirche reiten durfte. Dort sang man ein Loblied auf das Grautier und hielt danach einen Gottesdienst wie üblich ab. Die religiösen Bruderschaften veranstalteten Prozessionen in unterschiedlicher Verkleidung. Aber es war eben auch eine gefährliche Zeit, wie Franziskus berichtete – oft versuchten Gauner und Halsabschneider sich, unter einer Karnevalsmaske zur Unkenntlichkeit vermummt, Zugang in die Stadt zu verschaffen.

Das Wetter war milder geworden, und am Karnevalssamstag sollte der Narrenpapst über den Alter Markt geführt werden. Kamaria wollte sich dieses Ereignis auf keinen Fall entgehen lassen, außerdem reizte es Lorenz und Günter, endlich einmal wieder vor einem großen Publikum zu musizieren. So beschlossen sie, als es im Laufe des Vormittags ungewöhnlich warm wurde, dorthin zu wandern.

Ganz Coellen schien auf den Beinen zu sein und nahezu jede Frau, jeder Mann und jedes Kind hatte sich herausgeputzt. Ob farbige Bänder, die man an die Schultern des Wamses genäht oder um den Gürtel der Beinkleider gewickelt hatte, ob Narrenkappen und mit Farben angemalte Gesichter, es war ein buntes Treiben und es schien, als wolle jeder mit viel Farbe die triste Stimmung des grauen Winters austreiben.

Kamaria hatte zur Feier des Tages ihr venezianisches Kostüm mit der wunderschönen Maske angelegt und den Dudelsack geschultert. Lorenz trug über dem Wams eine bestickte Weste, die er von Franziskus ausgeliehen hatte. Günter vom Ossenberg ging in seinen üblichen

Kleidern. Er rümpfte die Nase ob des Vermummungsbrauchs, der unter seiner Würde sei.

Am Alter Markt brannten große Feuer, an denen sich das Volk aufwärmen konnte. Lorenz packte seine Drehleier aus und hängte sie sich um. Seine Gefährtin klemmte sich die Sackpfeife unter den Arm. Günter hatte den Rummelpott mitgebracht. Er gab drei furzende Rhythmusgeräusche vor, Kamaria klopfte währenddessen auf das Luftreservoir des Dudelsacks, Lorenz setzte die Kurbel seiner Leier in Bewegung, und schon begannen sie das Lied, das Günter vom Ossenberg ihnen beigebracht hatte:

»Moder, komm heraff, dat Kind mott kacken,
Moder, komm heraff, dat Kind, dat schreit,
De Tröndjes loopen öm öwer de Backen,
et häd all drimol pup geseit!«

»He, Ihr da, haltet sofort die Fresse, das ist unser Revier hier!«, schallte es ihnen plötzlich entgegen. Lorenz hörte auf zu spielen und schaute sich um. Jenseits des großen Freudenfeuers hatten sich zwei Vaganten aufgebaut.

»Ach blöd, da sind schon andere Spielleute – die habe ich gar nicht gesehen«, sagte er. »Lasst uns besser aufhören und einen anderen Platz suchen, ehe wir uns womöglich Ärger mit der Stadtpfeifergilde einhandeln.« Kamaria nickte nur kurz, aber Günter schlug vor, sich die Musik der Konkurrenz anzuhören. Die fremden Vaganten waren von einer dichten Menschenmenge umgeben. Anscheinend konnten sie etwas besonders Sehenswertes bieten. Die drei bahnten sich einen Weg durch die Menge.

»Mal sehen, was die anderen können«, meinte Lorenz und musterte die unbekannten Schausteller. Der eine war in eine Strumpfhose mit schwarzen und roten Rauten gekleidet, über der er ein safrangelbes Wams mit silberfarbenen Stickereien trug. Auf dem Kopf trug er eine große Fellmütze zum Schutz gegen die Kälte. Seine Füße steckten in Schnabelschuhen. Einst war seine Kleidung sicherlich elegant gewesen, doch nun sah man viele fadenscheinige Stellen, Flecken und

Schmutzränder. Lorenz schloss daraus, dass für den Besitzer die Redensart »mehr Schein als Sein« zutraf.

Die Garderobe seines Kumpans war ärmlicher: abgerissene Beinlinge, ein verschlissenes Hemd und eine Überwurfweste aus Pelz. Dazu trug er einen mächtigen, ungepflegten Vollbart, der sein Gesicht nicht zierte, sondern eher verunstaltete und ihm ein verwegenes Aussehen verlieh.

Aber nicht die beiden Gestalten fesselten Lorenz' Aufmerksamkeit, sondern vielmehr der Dritte im Bunde. Die Schausteller hatten einen Bären bei sich. Er hatte Eisenschellen mit Ketten an den Füßen, die an einem in den Boden getriebenen Eisenpflock befestigt waren. Um den Hals trug er ein Stachelband, an das ein Seil gebunden war, und durch die Nasenlöcher hatte man dem armen Geschöpf einen Eisenring gestochen, an dem eine schwere Kette hing. Die Nüstern waren voll mit blutigem Schorf.

Das Tier war unruhig und reagierte gereizt auf den Lärm des Publikums. Plötzlich stieß es einen markerschütternden Ton aus, der sich wie das Jaulen eines riesigen Hundes anhörte. Der Mann mit der Felljacke riss sofort an der Nasenkette und hieb ihm gleichzeitig mit einem Eichenknüppel auf den Schädel. Erneut jaulte die geschundene Kreatur auf.

Lorenz spürte das Blut in seinen Schläfen rauschen. Er war entsetzt, wie brutal der Mann mit dem Bären umging. Aber es sollte noch schlimmer kommen. Der Bärtige ergriff eine eiserne Zange und näherte sich dem Feuer. Er holte ein große Eisenplatte aus der Glut, die er bis vor den Bären zog. Das Tier wimmerte sofort angstvoll, als es dies sah.

Unter dem begeisterten Johlen der Zuschauer begann der bunt gekleidete Schausteller, eine schnelle, treibende Tanzweise auf der Garkleinflöte zu spielen, während der Bärtige den Bären mit brutalem Zug an der Nasenkette und einigen gezielten Knüppelschlägen gegen die Beine auf die heiße Platte bugsierte. Das gepeinigte Tier schrie vor Schmerzen, richtete sich auf den Hinterläufen zu einem grotesken Tanz auf, während ein brenzliger, stinkender Geruch von seinen versengten Tatzen aufstieg.

Kamaria hatte sich weinend abgewendet, als sie sah, mit welch gnadenloser Grausamkeit das Tier behandelt wurde. Günter vom Ossenberg stand zunächst reglos und beobachtete mit einer Mischung aus Fassungslosigkeit und Faszination, wie die sadistischen Schausteller den Bären zum Tanzen brachten. Dann schüttelte er langsam den Kopf.

In dieser Sekunde reagierte Lorenz. Wie unter Zwang begann er seine Drehleier zu spielen. Ihm war, als bündelten sich all seine Empfindungen in seiner linken Hand. Die Empörung über den unfassbaren Vorgang, das Mitleid mit der geschundenen Kreatur, die kalte Wut auf die grausamen Bärenführer – all dies brach sich Bahn in einer Melodie, die wie von selbst aus seinem Inneren erwuchs. Es war seine Canzone, die jedoch diesmal viel hypnotisierender und meditativer klang als je zuvor. Im Weiterspielen registrierte er, wie sich wieder ein, zwei Töne änderten. Sie schien ein Eigenleben entwickelt zu haben, sich von allein zu komponieren und zu verändern, bis sie ihre endgültige Form annahm – und ihm schlagartig klar wurde, dass es die Melodie war, die er von Beginn an gesucht hatte.

Die Welt um ihn herum verblasste, die Geräusche wurden leiser und leiser, und er sah die Menschen, seine Freunde, die verkleideten Coellner, die Häuser rund um den Alter Markt, die Marktstände und die großen Feuer wie durch einen Nebel. Alles verschwamm, nur die zwei Tierschänder und der gepeinigte Bär waren klar erkennbar.

Lorenz sang, und die Worte kamen wie von selbst:

»Tierequäler, Bärenschinder, höret jetzo den Gesang,
Lauscht genau auf meine Worte, höret auf der Leier Zwang!
Lasset ab von Qual und Schlägen, lasset ab von Grausamkeit!
Sollt den Lohn Ihr jetzt erwägen, mit drei Hellern kommt Ihr weit.
Will von Euch den Bären kaufen, will ihn jetzt von Euch befrei'n:
Lasst sofort den Bären laufen, denn der Bär sei nunmehr mein!
Kamaria wird Euch zahlen, gibt drei Heller Euch als Lohn.
Lasst den Bären aus den Qualen, höret auf der Leier Ton!
Hört, ihr wack'ren Coellner Bürger, Ihr sollt meine Zeugen sein:
Soll'n die grimmen Bärenwürger nie mehr Bärenführer sein.«

Immer wieder sang Lorenz diese Worte und wusste nun mit Bestimmtheit, dass er seine magische Melodie gefunden hatte, genau im richtigen Moment.

Aus den Augenwinkeln bemerkte er, dass Kamaria völlig weggetreten war und mit ausdruckslosem Blick drei Münzen aus dem Hut zog, in dem sie ihren Spielmannslohn einzusammeln pflegten. Sie ging auf den bärtigen Bärenführer zu und reichte ihm das Geld. Der Vagant legte den Knüppel zur Seite und nahm die Geldstücke in Empfang. Dann griff er wie unter einem Zwang nach einem Hammer und hieb so lange von links und rechts gegen den Eisenpflock mit den Fußketten des Bären, bis er sich aus dem Erdreich löste.

Auch auf Meister Petz schien die hypnotisierende Musik einzuwirken, denn er wurde sehr ruhig, hob den Kopf in die Höhe und sog durch witternd bebende Nüstern die Luft ein. Dann blickte er unverwandt in Lorenz' Richtung, sprang schließlich von der langsam erkaltenden Eisenplatte und ließ sich auf seine vier Pfoten sinken. Abwechselnd hob er die verbrannten Hintertatzen hoch, als wolle er sie so wenig wie möglich belasten.

Der Bärenführer öffnete die Eisenschellen an den Hinterpfoten und klinkte den Haken der Kette aus dem Nasenring. Die Menge war verstummt und beobachtete gespannt die Geschehnisse. Niemand rührte sich, nicht einer bewegte sich, alle waren wie hypnotisiert.

Lorenz schnallte seine Drehleier ab, schob sie in ihr Lederfutteral, das er sich an dem dafür vorgesehenen Gurt über die Schulter hängte. Er trat vor und ergriff das Seil des Stachelhalsbandes, vorsichtig, um dem Zottel zu zeigen: Schau her, ich will dir nicht wehtun. Der Bär maunzte leise und hob leicht den Kopf. Lorenz hatte keinerlei Angst, auch nicht, als er dem Tier so nahe kam, dass er den üblen Atem des Bären riechen konnte.

»Bär, lauf!«, flüsterte der Junge ihm zu, während er gleichzeitig Kamaria und Günter ein Handzeichen machte. Dann setzte er sich in Trab, den Bären im Schlepptau, der ihm lammfromm wie ein Schoßhündchen auf dem Fuß folgte. Die beiden wuselten, gefolgt von ihren Freunden, im Zickzack zwischen Marktständen und Verkleideten hindurch, so schnell es die Menschenmenge zuließ.

Am Ende des Alter Markts bog Lorenz in eine enge Gasse, Kamaria und Günter dicht hinter ihm. Ehe sie um die Ecke bogen, bemerkte er, wie plötzlich Bewegung in die Menge kam und vom anderen Ende des Marktes ein gellender Ruf ertönte:

»Haltet die Verbrecher! Räuber, Ganoven, Betrüger! Sie haben unseren Bären gestohlen! Haltet sie!«

Der Bann war gebrochen, und die beiden Schausteller sowie etliche Passanten machten sich hinter ihnen her. Der Bärtige hetzte die Meute auf und schrie: »Einen Silbertaler demjenigen, der die Räuber fasst und mir den Bären zurückbringt! Haltet sie! Lasst ihnen vom Henker die Hände abschlagen, wie es sich für dreckige Diebe gehört!«

Es war unerheblich, ob die Anschuldigung stimmte. Das Volk, eben noch wie hypnotisiert im Zauberbann der Drehleier, war nun vom Ruf des Bärenführers aufgestachelt. Viele hatte schon dem Bier und gutem Wein zugesprochen und waren entsprechend sensationslüstern und nur allzu gerne bereit, sich auf eine kleine Hetzjagd einzulassen. Vor allem, da Aussicht auf einen Lohn bestand und auf ein unterhaltsames Spektakel, wenn der Scharfrichter die Räuber ein für alle Mal von ihren Diebeswerkzeugen befreien würde.

Immer mehr Menschen beteiligten sich an der Hatz, und sie kamen näher. Lorenz spürte schmerzhafte Seitenstiche und bemerkte, dass Kamaria und Günter zurückblieben. Allein dem Bären schien trotz seiner versengten Tatzen ein verschärfter Trab nicht das Geringste auszumachen.

Sie rannten über den Heumarkt und versuchten, um möglichst viele Ecken zu biegen und so aus dem Gesichtsfeld der Verfolger zu geraten. Doch die Meute ließ sich so leicht nicht abschütteln. Lorenz vernahm von ferne sich schnell näherndes Hundegebell.

Als sie am Ende des Heumarktes abbogen, merkte der Junge mit Entsetzen, dass sie in eine Sackgasse gelaufen waren, denn das schmale Sträßchen mündete in eine Querstraße, deren Rand eine jauchzende und singende Menschenmasse säumte.

Auch das noch, vor ihnen zog gerade das Ende des Narrenpapstumzuges vorbei. Lorenz konnte hinter den winkenden Händen der jubelnden Coellner deutlich den Narren erkennen, der seiner Gemeinde im Vorbeireiten huldvoll zuwinkte. Aber es gab für sie kein Zurück, sie mussten durch die Menge.

»Achtung! Aufgepasst! Ein wilder Bär!«, schrie Lorenz lauthals, erntete aber zunächst nur mäßiges Augenmerk.

Der Bär trabte neben ihm und ließ ein tiefes, durchdringendes Knurren vernehmen. Endlich wurden die ersten Bürger aufmerksam, und schrille Angstschreie erschallten. In der Querstraße kam es zu einem Tumult. Es dauerte nur einen Wimpernschlag, bis sich die fröhlich feiernde Menschenmenge in einen angstgepeitschten Mob verwandelt hatte, der ohne Rücksicht auf Verluste um sich trat, schlug und biss, nur um sich einen Fluchtweg zu bahnen.

»Wir trennen uns am besten«, rief Günter Lorenz zu, »dann haben wir bessere Chancen! Wir sehen uns bei Franziskus!«

Ohne eine Antwort abzuwarten, mischte sich der Minnesänger unter die Menge. Lorenz verlor ihn schnell aus den Augen. Kamaria blieb bei ihm, während sie sich mit dem Bären einen Weg durch die Menge bahnten.

Das Tier richtete sich auf seinen Hinterpfoten auf und ließ ein durchdringendes Brüllen hören. Sofort wichen die Menschen zurück. Plötzlich sah Lorenz an der Einmündung einer Gasse einen kleinen, in Lumpen gekleideten Jungen, der ihm zuwinkte.

Sie bogen in das Sträßchen ein und Lorenz erkannte, dass sie sich in der Gasse der Bettler befanden. Von einem Moment zum anderen schienen überall nur noch verlumpte Gestalten zu sein. Sie blockierten hinter ihnen den Gassenzugang, und dann tauchte mit einem Mal Drickes Palm auf und grinste Lorenz aufmunternd zu:

»Lauft, junger Herr Lorenz, lauft! Folgt meinem Sohn und blickt nicht zurück. Vertraut uns, wir bringen Euch hier raus! Wir halten die Leute auf! Und lasst Euch bloß nicht einfallen, diese Bestie zurückzulassen. Ene Bär em Veedel! Dä fählt he noch!«

Drickes winkte zum Abschied und dirigierte die Bettler in Richtung des Gasseneingangs. Dort waren die Rufe »Diebe! Ganoven! Halunken! Verbrecher!« und das Hundegebell lauter geworden. Doch die Verfolger hatten keine Chance gegen die Bettler.

»Kommt schnell, Herr!«, sagte der kleine Junge zu Lorenz. Sie folgten ihm zwischen zwei eng beieinanderstehenden Hütten in einen öden Hinterhof, der wohl im Sommer als Gemüsegarten genutzt wurde, nun aber eher einer Schlammkloake glich.

Die Hütten der Bettler verdienten ihren Namen eigentlich kaum, sie waren aus allen möglichen Werkstoffen zusammengestückelt worden. Teilweise bestanden sie lediglich aus ein paar alten Decken oder Kuhfellen, die wie Zeltbahnen über in den Lehmboden gerammte Stöcke gespannt waren. Glücklich konnte sich schätzen, wer ein paar Bretter oder Planken zum Errichten einer festen Hüttenwand gefunden hatte.

Durch dieses Gewirr von heruntergekommenen alten Fachwerkhäusern, Hütten und Unterständen lotste der Bettlerjunge Kamaria, Lorenz und den Bären. Die Mauretanierin mochte gar nicht richtig hinsehen, zu sehr ging ihr das unermessliche Elend nahe, das sich ihren Augen bot. Schließlich erreichten sie das jenseitige Ende der Bettlersiedlung, und vor ihnen öffnete sich eine Straße. Der Knabe wies in südwestliche Richtung.

»Folgt der Straße, und nach zwei Quergassen gelangt Ihr zur Sternengasse. Haltet Euch da südlich, bis zum Blaubach. Und von dort müsst Ihr sehen, wie Ihr weiter kommt!« Sprach's und war verschwunden. Lorenz konnte ihm gerade noch ein schnelles »Dankeschön!« zurufen.

»Los! Komm, vom Blaubach aus kenne ich den Weg zurück zu Franziskus' Haus«, sagte Lorenz und setzte sich in Trab. Trotz seiner Seitenstiche und des Gewichtes der Leier auf seiner Schulter rannte er, so schnell er konnte.

Seiner Gefährtin machte der Dauerlauf offenbar nichts aus, auch wenn sie den Dudelsack unterm Arm trug. Jedenfalls ließ sie keine Ermüdungserscheinungen erkennen. Meister Petz trottete neben ihnen her und gab nur gelegentlich ein behagliches Grunzen von sich. Gottlob waren die Straßen wie leer gefegt, je näher sie den Randbezirken kamen. Nur manchmal sahen sie verkleidete Passanten, die aber fluchtartig zur Seite sprangen oder sich in Hauseingängen in Sicherheit brachten, sobald sie den Bären erblickten.

Endlich schien es Lorenz, dass sie es wagen konnten, gemächlicher zu laufen. Er verlangsamte seine Schritte, blieb schließlich stehen, beugte sich hinunter und stützte sich, nach Atem ringend, mit den Händen auf die Knie. Sein Herz raste und das Blut pochte in seinen Schläfen. Lorenz meinte, sich nie zuvor in seinem Leben dermaßen angestrengt zu haben.

Etwas Feuchtes berührte seine Wange, begleitet von einem zarten Brummen. Der Bär blickte dem Jungen aus unergründlichen, braunen Augen an, rümpfte ein-, zweimal die Nase und legte die Ohren nach hinten, während er seine ledrigen Lefzen zurückzog und zwei Reihen gefährlich spitzer Zähne aufblitzen ließ. Dann leckte er Lorenz mit seiner rauen Zunge quer übers Gesicht.

»Da hört sich doch alles auf«, sagte Kamaria schnaufend. »Lorenz von Rabenhorst, ich wusste ja, dass du verrückt bist. Dass du deshalb eines Tages auf den Hund kommen würdest, war mir schon immer klar. Aber dass du so weit gehst, auf den Bären zu kommen! Was hast du dir nur dabei gedacht? Was willst du denn mit einem Bären? Wie willst du ihn ernähren? Wo willst du ihn halten? Wie willst du verhindern, dass er dir eines Tages ganz einfach so mal das Genick zerbeißt?«

Lorenz hatte bekümmert den Kopf gesenkt und gab kleinlaut zurück: »Ich habe keine Ahnung. Aber ich konnte nicht anders, als ich sah, wie diese Schweine das arme Tier gequält haben. Da habe ich einfach nicht nachgedacht.«

Die Mauretanierin schüttelte den Kopf: »Du bist dir darüber im Klaren, dass wir jetzt jede Menge Ärger am Hals haben? Glaubst du, dass die uns so einfach davonkommen lassen werden? Morgen weiß ganz Coellen, dass der berühmte Sänger Lorenz seinen Konkurrenten einen Bären geklaut hat!«

Sie trabten weiter, bis sie schließlich am Haus der Familie Schmitz anlangten. Als sie durch den Torbogen in den Hof einbogen, war Billa Schmitz dabei, Feuerholz zu holen. Sie bückte sich gerade zu dem Stapel Holzscheite, die Franziskus im Herbst gehackt und säuberlich aufgestapelt hatte, und lud sich vier ordentliche Stücke auf den Arm. Billa richtete sich auf, während sie sich herumdrehte, und blickte geradewegs in die Augen eines gefährlichen Monsters. Sie stieß einen markerschütternden Schrei aus und ließ die Scheite fallen.

»Wir sind's nur, Billa, wir sind es!«, sagte Lorenz beruhigend. »Keine Angst, der Bär tut nix! Der will nur spielen.«

Währenddessen hatte sich fast die komplette Familie Schmitz auf dem Hof eingefunden, um nachzusehen, warum Billa so geschrien hatte. Franz war als erster draußen gewesen und hatte einen schweren Knüppel gepackt, um nötigenfalls seine Familie bis aufs Blut zu verteidigen. Er ließ den Prügel sinken, als er Lorenz und Kamaria erblickte.

»Lorenz, Kamaria, schnell auf Seite, das ist ein Bär! Rettet euch, ehe er euch zerfleischt!«, schrie er.

»Nein, nein«, beschwichtigte ihn Lorenz. »Der Bär tut wirklich nichts. Ehrlich, der gehört zu uns!«

»Der gehört ... was? Was hast du gesagt? Der gehört zu euch?«

»Ja«, warf Kamaria trocken ein, »wir haben ihn gegen den Minnesänger eingetauscht. Er schreibt einfach bessere Lieder als Günter!«

Billa hatte sich schützend vor ihre Kinder gestellt und schaute weiterhin entsetzt auf den Bären.

»Dat es mer ejal!«, rief sie, »und wenn hä besser bedde künnt als der Erzbischof! Nit in mingem Huus!«.

»Aber ich konnte nicht anders. Ich musste den Bären befreien!«, verteidigte Lorenz sich. »Ihr könnt euch gar nicht vorstellen, wie sie ihn gequält haben. Ich musste ihn einfach retten!«

»Und wie hast du das angestellt?«, wolle Franziskus wissen.

Da der Bär sich nicht muckste und keinerlei Anstalten machte, Billa oder eines der Kinder zu verspeisen, beruhigte sich die Familie Schmitz allmählich, aber alle hielten respektvoll Abstand von dem Bären, während Lorenz das Tau seines Stachelhalsbands an einen Pfosten band. Dann berichtete er von den Ereignissen auf dem Alter Markt und schilderte ihre Flucht. Als er fertig war, schüttelte Franziskus langsam den Kopf und sagte nachdenklich:

»Ich fürchte, ihr könnt nicht länger bleiben. Lorenz ist zu bekannt in Coellen, und die Leute wissen auch, wo er zu finden ist. Es wird nicht lange dauern, bis sie ihn hier bei uns suchen werden. Es hilft alles nichts, ihr müsst fliehen.«

»Aber wie?«, fragte Kamaria stirnrunzelnd. »Wenn die Häscher Pferde haben, holen sie unseren Planwagen doch in Windeseile ein.«

Er nickte zustimmend und entgegnete: »Es gibt nur einen Weg, auf dem sie euch nicht so ohne weiteres folgen können! Packt eure Sachen, so schnell es geht!«

Dann rief er seinen ältesten Sohn: »Pitter, lauf los und alarmiere die Mannschaft! Wir treffen uns in zwei Stunden. Sie sollen so schnell wie möglich die *Schmitze Billa* zum Auslaufen fertigmachen!«

Caput XXXV

Stromaufwärts

Es musste alles in Windeseile geschehen. In fieberhafter Hast gruben Lorenz und Franziskus die Schatztruhe der Nibelungen aus. Sie hatten das Erdreich darüber zwar gut festgestampft, aber es fiel dennoch leichter, den Lehm erneut wegzuschaufeln als beim ersten Mal, als sie die Grube ausgehoben hatten. Sie verstauten die Kiste unter Decken und Kleidungsstücken im Planwagen.

Lorenz achtete darauf, Balmung und den Brotbeutel mit der Tarnkappe besonders gut zu verbergen. Die Außenseiten des Fuhrwerks bestanden aus doppelten Bretterverschalungen, die beidseitig an den Vierkanthölzern festgenagelt waren, die die Eisenringe für die Plane des Wagens trugen. Lorenz hatte festgestellt, dass eines der inneren Bretter locker war. Er löste es und legte Balmung und den Brotbeutel mit der Tarnkappe hinein. Dann befestige er das Brett, indem er kleine Holzkeile zwischen die Ritzen trieb. Probeweise rüttelte der Junge an der Seitenwand und an der Planke – sie saß fest genug, dass sie sich durch die Erschütterungen während der Fahrt nicht lösen konnte.

Dann rief er Kamaria, die in der Zwischenzeit Hein und Oss eingespannt hatte, und zeigte ihr das Versteck. Sie nickte anerkennend und sagte: »Ganz schön gescheit. Das findet niemand, der es nicht weiß!«

Kaum waren Schatztruhe, Schwert und Tarnkappe verstaut, traf Günter vom Ossenberg ein. Der Minnesänger war völlig außer Atem und erzählte, dass die Häscher ihn bis zum *forum novum*, dem Neumarkt, verfolgt hatten und weiter bis zur westlichen Stadtmauer, wo sie in der Nähe des Hahnentors endlich seine Spur verloren hatten. Günter war dem Ring des Stadtwalls nach Süden gefolgt, bis er schließlich Sankt Pantaleon gefunden hatte und von da ostwärts zur Severinstraße gewandert war. Unterwegs hatte er von Passanten aufgeschnappt, dass sich die Schausteller massiv bei der Obrigkeit beschwert und Anzeige erstattet hatten.

»Der Bär ist übrigens eine Bärin«, sagte Günter vom Ossenberg, »und hört auf den Namen Ursula. Und nun ist ganz Coellen hinter uns her, denn die Bärenführer haben eine ordentliche Belohnung auf uns ausgesetzt. Der Scharfrichter wetzt jetzt schon seine Axt! Glaubt mir, wenn sie uns erwischen, ist es mit dem gnädigen Abhacken eines Fingers oder mit dem harmlosen Verlust eines Ohrs nicht getan. Dann werden Köpfe rollen! Mensch Lorenz, wie konntest du nur so etwas Dämliches tun?«

»Das habe ich schon mit ihm geklärt«, blaffte Kamaria ärgerlich, »aber dämlich oder nicht, zumindest war es menschlich! Aber Ihr, Günter vom Ossenberg, solltet Euch auch schämen! Ich kann überhaupt nicht verstehen, wie man so eine grausame Tierquälerei hinnehmen kann, ohne einzugreifen – ja, sogar ohne mit der Wimper zu zucken!«

Doch Günter wollte sich kaum beruhigen. Er war wütend, weil der Junge ihn in diese Geschichte hineingezogen hatte. Denn mitgefangen hieß mitgehangen, und auf den Galgen hatte der Minnesänger nicht die geringste Lust, geschweige denn auf das Entfernen wichtiger Körperteile. Erst nachdem er sich einigermaßen abgeregt hatte, war er bereit, sich den Vorschlag anzuhören, den Franziskus ihnen unterbreitete.

»Während wir mit dem Schiff fahren, nehmt Ihr am besten eines meiner Pferde. Damit könnt Ihr Euch schneller durchschlagen, und außerdem verwirren wir dadurch unsere Verfolger. Reitet in Richtung Bonn und dann in die Eifel bis zum Laacher See. Von dort aus fragt Euch zur Burg Eltz durch!

Ich werde in der Zwischenzeit Lorenz und Kamaria auf der *Schmitze Billa* den Fluss hinauf bis zur Moselmündung bringen. Von Coblenz aus können sie mit dem Planwagen der Mosel bis Hatzenport folgen und von dort aus zur Burg Eltz gelangen. Zum Glück hat der Rhein heuer nicht so viel Winterwasser wie sonst, die Pfade für die Treidelpferde müssten also schon gangbar sein.«

Günter stimmte dem Plan zu. Er begab sich in seine Kammer, um seine Kleidung und Habseligkeiten zusammenzuschnüren, während Kamaria und Lorenz ihre Siebensachen und die Instrumente vom Haus in den Wagen trugen. Sie stapelten alles höher als sonst, um im hinteren Teil des Fuhrwerks Platz für die Bärin zu schaffen. Gleichzeitig mussten sie ihre gesammelte Habe, vor allem die wertvollen Instrumente, so sicher verstauen, dass Ursula sie nicht aus Versehen mit ihren Tatzen beschädigen konnte.

»Immerhin wissen wir jetzt, dass der Bär ein Mädchen ist und Ursula heißt«, murmelte Lorenz.

»Sehr einfallsreich!«, ätzte Kamaria, die offenbar ihren bissigen Tag hatte. »Ursula ist lateinisch und heißt ›Kleine Bärin‹. Obwohl sie so klein ja nun nicht mehr ist, aber was will man von solchen Schurken schon erwarten?«

Sie zog einen Flunsch und machte sich daran, den Rest ihrer Habseligkeiten in das Fuhrwerk zu räumen. Dann warf sie einen kritischen Blick hinein und sagte nachdenklich: »Hoffentlich bekommen wir Ursula so untergebracht, dass niemand sie bemerkt, vor allem wenn wir durch das Stadttor wollen.«

Sybilla Schmitz rannte währenddessen aufgeregt zwischen Haus und Stall hin und her und versuchte, einigermaßen Ordnung in das hektische Treiben zu bringen. Unter ständigem Seufzen und vielfachen »Nä, nä, nä«-Rufen scheuchte sie ihre neugierigen Nachkömmlinge aus dem Weg und schaffte Wegzehrung herbei.

Sie lud fladenweise Roggenbrot und ein paar Weinschläuche in den Planwagen, versorgte ihren Franz mit warmen Socken und Kleidung zum Wechseln und brachte schließlich weitere Decken, mit denen sie die Öffnung der Plane am hinteren Ende des Wagens blickdicht verhängten.

Billa machte jedes Mal einen großen Bogen um die Bärin, die sich nahe dem Stalltor niedergelassen und zusammengerollt hatte. Sie sah beinahe aus wie ein riesiger Hofhund. Ihre Schnauze ruhte zwischen ihren Vorderpfoten, und aus aufmerksamen Augen musterte sie das Gewusel um sich herum, muckste sich aber nicht. Nur gelegentlich leckte sie ihre wunden Hinterpfoten, und manchmal gab sie ein leises, friedfertiges Brummen von sich. Trotzdem hatte Sybilla Angst vor dem Tier; sie argwöhnte, dass die Bärin jeden Moment aufspringen und eines der Schmitzkinder zerfleischen würde.

»Wehe, ihr jebt dem Vieh jet vun der jode Flönz!«, mahnte sie und reckte einen Ring Flönz, Blutwurst, in die Höhe. »Die ist viel zu schade für einen Bär! Und viel zu teuer!«

Endlich war alles verstaut, gepackt, geladen und geschnürt. Nun mussten sie nur noch die Bärin in den Wagen bugsieren. Lorenz kletterte hinauf, während Kamaria das Seil am Halsband des Tiers ergriff und daran zog. Ursula musterte das Mädchen träge, doch mit einem Mal sprang sie behände auf und trabte auf den Planwagen zu, als habe sie genau verstanden, worum es ging.

Die erschrockene Schmitzfamilie schrie wie aus einer Kehle auf und wich zurück. Doch die Bärin ignorierte sie völlig und folgte dem Mädchen mit einem tiefen Grunzen zum Wagen. Kamaria reichte Lorenz den Strick, aber Ursula sträubte sich zunächst und setzte sich störrisch wie ein Esel, als der Junge daran zog.

Doch als Lorenz rief: »He, kleine Bärin, hopp! Hinauf mit dir!«, blinzelte sie und betrachtete den Jungen, als wolle sie sagen: »Na dann Platz da!« Tatsächlich maunzte sie nur kurz und sprang aus dem Stand auf das Fuhrwerk. Lorenz sah nur noch einen dunkelbraunen, haarigen Schatten auf sich zukommen, spürte ihren übelriechenden Atem im Gesicht und ihre Vordertatzen auf seinen Schultern, und schon hatte sie ihn hinterrücks in den Wagen geschubst. Zum Glück landete er weich auf den Kleiderbündeln und nicht auf einem der Instrumente.

»Himmelherrgottnochmal!«, schimpfte Lorenz und kämpfte sich unter dem schweren Bärenkörper hervor. Ursula schaute ihn aus tiefgründigen, traurigen Augen an, brummte tief und leckte ihm mit ihrer sehr rauen, sehr nassen und sehr großen Bärenzunge quer durchs Gesicht. Anschließend rollte sie sich zusammen, barg ihren Kopf zwischen den Pfoten und schloss die Augen, als wolle sie sagen, dass sie nunmehr ein Mittagsschläfchen zu halten gedenke und keine weitere Störung wünsche.

Schließlich war alles gepackt, und es hieß Abschied nehmen. Billa nahm zuerst ihren Franz lange in die Arme, dann drückte sie Kamaria und zum Schluss Lorenz. Dem Minnesänger Günter vom Ossenberg reichte sie lediglich die Hand. Franziskus' zweitältester Sohn hatte ihm mittlerweile ein Reitpferd gesattelt und Günter befestigte sein Reisebündel hinter dem Sattel.

»He, Moment mal«, sagte Kamaria plötzlich, »das geht so nicht!«

»Was geht so nicht?«, fragte Franziskus.

»Wir können nicht einfach so abhauen. Lorenz ist in Coellen inzwischen durch unsere vielen Auftritte sehr bekannt. Jeder weiß, dass wir hier bei Franz wohnen. Wir sind uns darüber im Klaren, dass sie uns sehr bald hier suchen werden, deshalb machen wir uns ja auch so schnell auf die Socken.«

»Ja, und?«, gab Lorenz zurück.

»Na, denk doch mal nach!«, fuhr sie ungeduldig fort. »Wenn die Schergen hier ankommen und uns nicht finden, werden sie Billa und die Kinder als Mittäter verhaften und möglicherweise foltern und ...«

Weiter kam sie nicht, denn Sybilla hatte aufgeschrien und erschrocken die Hand vor den Mund geschlagen.

»Na ja, vielleicht nicht gleich foltern«, fügte Kamaria hastig hinzu, aber das Unglück war bereits geschehen und Billa kaum zu beruhigen.

»Foltern?«, stammelte sie entsetzt. »Du meinst Folter, richtig mit Daumenschrauben und jlühenden Eisen? Nä, nä, nä, leev Herrjöttche hölp!«

Franziskus runzelte die Stirn: »Da ist was dran. Verflucht, was können wir nur unternehmen, damit meine Familie sicher ist, während ich mit euch unterwegs bin?«

»Es gibt nur eine Möglichkeit«, meinte Kamaria nachdenklich.

»Und die wäre?«, drängelte Franz ungeduldig.

»Wir müssend die ganze Familie fesseln und knebeln!«, entgegnete das Mädchen.

»Fesseln? Knebeln?« Sybillas Stimme klang vor Aufregung eine gute Terz höher als normal.

»Ich glaube, ich weiß, worauf Kamaria hinaus will«, sagte Franz. »Wenn die Häscher euch gefesselt und geknebelt vorfinden, denken sie, dass die beiden euch überwältigt haben, damit ihr ihre Flucht nicht verhindern könnt. Das ist eine sehr gute Idee, Kamaria! Schnell, ab ins Haus mit euch! Billa – jede Minute zählt, wir müssen fertig sein, ehe die Schergen ankommen. Kinder, holt alle Stricke, die wir haben, und bringt sie ins Haus!«

Die Kinder merkten am strengen Tonfall ihres Vaters, dass sie keine Widerworte geben durften, und parierten ausnahmsweise aufs Wort. In der Küche ließ sich Billa von ihrem Mann nur widerstrebend binden, ergab sich aber schließlich seufzend in ihr Schicksal. Lorenz und Kamaria verschnürten in der Zwischenzeit die Schmitzkinder.

»Ich werde mich dann schon mal aufmachen«, sagte Günter vom Ossenberg. »Mein Bündel ist geschnürt, das Pferd ist gesattelt und wartet, und hier kann ich nicht mehr helfen. Je eher ich loskomme, desto besser. Also, viel Glück, Lorenz, alles Gute, Kamaria! Wir sehen uns dann bald auf der Burg Eltz!«

Während er den Raum verließ, warf das Mädchen ihm einen Blick nach, der Bände sprach.

»Feiger Hund!«, zischte sie so leise, dass nur ihr Gefährte sie hören konnte. »Der hat bloß Schiss, dass er nicht rechtzeitig das Hasenpanier ergreifen kann, ehe die Häscher hier sind!«

»Und wenn die Häscher doch nicht kommen?«, fragte Billa plötzlich mit leicht panischem Unterton in der Stimme. »Dann kommst du irjendwann nach Haus und findest nur noch ein paar verschnürte Jerippe vor!«

Franziskus verdrehte die Augen, gab seiner Liebsten ein letztes Bützchen und stopfte ihr mit geschicktem Griff ein Knebeltuch zwischen die Zähne.

»Es wird schon nicht so schlimm werden. Sobald das Schiff beladen ist, sende ich einen von der Kranmannschaft, der euch befreien wird, falls die Schergen euch nicht in der Zwischenzeit schon losgebunden haben.«

»Und jetzt still, Liebelein«, fügte er mit einem feinen Lächeln hinzu, weil Billa dumpf in den Knebel knurrte. »Ich bin ja bald wieder bei dir! Pass' jut auf dich und die Kinder auf!«

Schließlich saßen sie zu dritt auf dem Kutschbock des randvoll beladenen Planwagens, der sich unter der Last zu biegen schien. Lorenz gab Hein und Oss die Zügel, schnalzte mit der Zunge und lenkte die Ponys durch das Hoftor hinaus. Sie bogen links in die Severinstraße ein und fuhren Richtung Süden. Weit vor sich sahen sie Günter vom Ossenberg reiten. Er machte auf dem geliehenen Pferd keine sonderlich gute Figur. Man sah, dass er das Reiten nicht gewohnt war. Vielleicht lag es an dem großen Gepäckbündel, das er hinter den Sattel gebunden hatte. Lorenz dachte bei sich, dass der Arme am Abend wohl einen wunden Hintern haben würde, vorausgesetzt, es gelänge ihm, vorher nicht vom Gaul zu fallen und sich das Genick zu brechen.

Lorenz meinte, in der Ferne das Gebell einer sich nähernden Hundemeute zu hören, aber er war nicht sicher, ob es nicht doch nur Einbildung war. Während sie vorbei an den Häusern der Coellner Südstadt rollten, wurde Lorenz wehmütig und traurig.

»Da habe ich mal endlich ein neues Zuhause gefunden, wo die Leute mich als Minnesänger hören wollen und meine Lieder schätzen, schon muss ich wieder fliehen und alle Brücken hinter mir abreißen!«, sagte er mit erstickter Stimme. Kamaria wollte zu einer spitzen Bemerkung ansetzen, aber sie bemerkte, wie sehr Lorenz der Abschied von Coellen berührte. Deshalb beherrschte sie sich und entgegnete: »Ich kann verstehen, wie dir zumute ist, Lorenz. Mir ging es viele Jahre genauso, als ich mit Anselm herumvagabundiert bin und nirgends zuhause war. Im Gegensatz zu dir hatte ich ja auch nie eine richtige Heimat. Aber ich glaube, an die Heimatlosigkeit wirst du dich als fahrender Troubadour gewöhnen müssen.«

Langsam näherten sie sich der Severinstorburg. Stadtauswärts Reisende wurden nicht so streng kontrolliert wie Fremde, die Einlass in die Stadt begehrten. Trotzdem hatte Lorenz ein mulmiges Gefühl, als der Planwagen durch das Stadttor rollte. Sie waren gerade unter dem hohen steinernen Bogen, als die Bärin, die bisher nicht den geringsten Mucks von sich gegeben hatte, plötzlich ein tiefes, lang gezogenes Brummen hören ließ. Ausgerechnet jetzt!

»He, wat es dann do loss?«, rief der Torwächter, dem das Geräusch nicht entgangen war.

»Och nix, Bäätes!«, gab Franziskus zurück und setzte geistesgegenwärtig hinzu: »Meine Billa hat heute Erbsensuppe jekocht, und du weiß doch: Ähze, Bunne, Linse, dat sin se! Ich habe bloß einen fliejen lassen.«

Der Wächter lachte und winkte sie weiter. Der Planwagen bog auf den Leinpfad ein, umrundete den Bayenturm und rollte an der Stadtmauer entlang Richtung Hafen. Der Himmel war bleigrau, und ein eiskalter Nieselregen hatte eingesetzt, als sie endlich den Liegeplatz der *Schmitze Billa* erreichten.

Franziskus' Mannschaft war bereits an Bord und hatte das Schiff schon auslaufbereit gemacht. Die Besatzung stellte keinerlei Fragen und wartete schweigend auf Anweisungen. Sie vertrauten ihrem Baas, obwohl es nicht nur ungewöhnlich war, dass sich ein Schiff so früh im Jahr überhaupt den Rhein hinaufwagte, sondern auch, dass es am späten Nachmittag ablegte und nicht wie üblich im frühen Morgengrauen.

Die Kranknechte nahmen den Planwagen an den Haken, ohne Fragen zu stellen. Sie wussten, dass später dafür ein guter Lohn winkte. Lorenz war im Wagen sitzen geblieben, um die Bärin am Halsband ruhig zu halten. Sie reckte zwar aufmerksam den Kopf empor und wiegte ihn unruhig hin und her, gab aber keinen Laut von sich. Er nahm seinen ganzen Mut zusammen und kraulte Ursula vorsichtig zwischen den Ohren. Er war aber die ganze Zeit bereit, sofort seine Hand zurückzuziehen, sollte das Tier danach schnappen, denn seine Hände brauchte er zum Drehleier- und Lautespielen.

Einer der Matrosen hatte Hein und Oss vorn im Bug neben zwei Treidelpferden angebunden, und nun wurde der Anker gelichtet. Lorenz und Kamaria standen bei Franziskus am Ruder, als die Besatzung die *Schmitze Billa* mit langen Holzstangen vom Ufer abstießen.

Der kalte Winterwind griff in die Segel, und langsam neigte sich der Bug zur Flussmitte, und der Oberländer nahm gemächlich Fahrt auf. Der Nieselregen war in leichten Schneefall übergegangen und der Junge hing schwermütig seinen Gedanken nach, bis sie das rechte Rheinufer und die Treidelstation am Düxer Ufer erreichten.

»Wir übernachten hier«, ordnete Franz an, nachdem der Kahn angelegt hatte. Lorenz bemerkte, dass sein Freund einen ziemlich bestimmenden Tonfall anschlug. Aber als Kapitän war Franziskus es gewohnt, Befehle zu erteilen, schließlich musste er sich vor seiner Mannschaft Respekt verschaffen.

»Wir fahren nicht weiter?«, fragte Kamaria ängstlich. »Was ist, wenn sie uns über den Fluss folgen?«

»Das Risiko müssen wir eingehen«, sagte Franziskus. »Es hat keinen Zweck, jetzt noch die Treidelpferde einzuspannen. In einer halben Stunde kann man die Hand nicht mehr vor den Augen sehen. Da ist es besser, hier in der Herberge zu bleiben. Und außerdem: Woher sollten die Verfolger wissen, dass wir mit der *Schmitze Billa* über den Strom abgehauen sind?«

Er hielt inne, wie vom Donner gerührt.

»Die Torwache!«, rief Kamaria, die auf den gleichen Gedanken gekommen war wie Franziskus. »So ein Mist! Franz wäre besser gar nicht mit uns im Planwagen gefahren, sondern hätte den Weg durch die Stadt und durch die Pforte an Groß Sankt Martin nehmen sollen. Der Wächter wird sich todsicher an die Erbsensuppe erinnern, wenn man ihn befragt.«

Franziskus nickte: »Genau, und dann können sie sich denken, dass wir mit der *Schmitze Billa* geflohen sind. Aber das ist jetzt auch nicht mehr zu ändern. Wir können nur darauf vertrauen, dass in der Dunkelheit niemand über den Fluss fahren wird. Die Fähre jedenfalls geht heute nicht mehr. Lasst uns hoffen, dass sie die Verfolgung aufgegeben haben. Wir stehen bei Morgengrauen auf und machen uns auf den Weg.«

Sie bezogen ihr Gastzimmer, das im Grunde nicht mehr als ein Stall mit vier Lehmwänden und einem Reetdach war. Das einzige Licht fiel durch die Eingangstür und beleuchtete einen kleinen Haufen verschimmeltes Stroh, das wohl als Nachtlager dienen sollte. Nicht gerade eine noble Herberge! Franziskus meinte nur lakonisch, dass alle Stationen entlang des Flusses ähnlich luxuriös ausgestattet seien.

Es war eisig kalt, und durch die Tür kroch die Feuchtigkeit vom Fluss herein. Kamaria holte Decken und Felle aus dem Wagen. Sie hoffte, dass sie nicht nur ausreichend wärmen, sondern auch Flöhen, Kakerlaken und anderem Getier den Weg auf ihre Haut versperren würden, zumindest den direkten.

»Und was ist mit dem Nibel..., ähem, mit der Kiste?«, fragte Lorenz. Er hatte gerade noch die Kurve bekommen. Auch wenn die

Besatzung bereits in der anderen Ecke des Raums im Tiefschlaf zu liegen schien und Franziskus jedem einzelnen seiner Männer ohne Zögern sein Leben anvertraut hätte, schien es ihm dennoch besser, den Nibelungenschatz nicht zu erwähnen.

»Sollen unsere Sachen einfach so ohne Bewachung auf dem Planwagen bleiben? Wäre es nicht sicherer, Wache zu halten?«, fuhr er fort.

»Nein, ich glaube nicht, dass wir eine Extrawache aufstellen müssen. Du weißt doch noch von deiner ersten Fahrt auf der *Schmitze Billa*, dass zwei Mann von der Besatzung nachts immer an Bord bleiben. Davon abgesehen, dass niemand etwas von dem – hrm, du weißt schon – weiß, möchte ich mal das Gesicht von dem Räuber sehen, der in der Nacht den Kopf durch die Planen steckt und auf Ursula trifft!«

Lorenz war einigermaßen beruhigt und rollte sich auf seinem Lager zusammen. Die Nacht wurde ungemütlich kalt. Vor allem schien sie kurz: Lorenz meinte, kaum in einen leichten Schlaf gefallen zu sein, als er auch schon an der Schulter gerüttelt wurde.

»He, Schlafmütze, aufwachen!« Lorenz schrak hoch, schüttelte das Haupt, um die Schläfrigkeit zu vertreiben und sah sich mit müden Augen im Dämmerlicht um.

»Was ist?«, flüsterte er ängstlich. »Sind die Häscher hinter uns her?«

»Nein, nein«, entgegnete Franziskus, denn der war es, der Lorenz geweckt hatte, »aber es wird Zeit, aufzubrechen, damit sie uns nicht doch noch erwischen. Es wird hell und wir sollten schnellstens losfahren. Der Treidelführer hat unsere Pferde eingespannt und wir können sofort ablegen. Am anderen Flussufer sind Fackeln und Feuer zu sehen. Ich weiß nicht, warum, aber es kann sein, dass sie uns suchen und sich darauf vorbereiten, den Rhein zu überqueren. Also schnell jetzt.«

Im Nu waren Lorenz und Kamaria auf den Beinen. Die Mauretanierin strich sich die Kleider glatt und zupfte sich einige Strohhalme aus den Haaren. Dann schlüpften sie durch die Tür und kletterten an Bord der *Schmitze Billa*. Eine fahle Mondsichel gab nur spärliches Licht, wenn sie gelegentlich hinter tief hängenden dunklen Wolken sichtbar wurde. Gott sei Dank hatte der Schneeregen aufgehört und der schneidend kalte Wind nachgelassen. Trotzdem froren sie und zogen die Decken eng über Kopf und Schultern zum Schutz gegen die

Eiseskälte. Der Treidelknecht hatte die schwerste und unangenehmste Arbeit: Er musste neben den Gäulen hergehen und die Tiere über den Treidelpfad dirigieren, der sich nach den Niederschlägen der letzten Wochen in eine Schlammrutschbahn verwandelt hatte. Normalerweise liefen die Pferde bei gutem Wetter allein an den Treidelstricken, aber bei diesem Zustand des Wegs war es besser, sie zu führen. Alle zwei, drei Stunden wurde der Treidelknecht abgelöst.

Die Zeit dehnte sich öde und abwechslungslos in die Länge. Kamaria und Lorenz hockten in ihre Decken gehüllt mit Franziskus in der Kajüte und starrten Löcher in die Luft. Sie langweilten sich zu Tode und spielten bereits zum hundertvierunddreißigsten Mal »Ich sehe was, was du nicht siehst«. Mittlerweile saßen sie wie gelähmt und völlig antriebslos. Es hatte auch überhaupt keinen Zweck, die Instrumente auszupacken und zu üben, denn die Saiten würden sich in der feuchten Kälte sofort verstimmten. Davon abgesehen waren ihre Finger viel zu klamm, um Lautensaiten zu greifen, Dudelsackspielpfeifenlöcher zu schließen oder Drehleiertasten zu drücken. Sie fuhren vom ersten Dämmerlicht des Morgengrauens bis zur Abenddunkelheit und waren froh, als sie die nächste Treidelstation erreichten, wo sie schlafen und die Pferde wechseln konnten.

Am zweiten Tag ihrer Flucht bekamen sie ein Problem. Ursula begann, ganz erbärmlich zu heulen. Es klang entsetzlich. Sie schien sich gar nicht mehr beruhigen zu wollen. Es dauerte eine Weile, bis Kamaria dämmerte, dass die Bärin Hunger und Durst hatte. Wasser gab es ja zur Genüge im Fluss, aber was sollten sie der Bärin zu fressen geben? Lorenz hielt ihr versuchsweise ein Stück gepökelten Schinkens hin, doch sie schnupperte nur daran, verschmähte das Fleisch und stieß erneut ihre klagenden Schreie aus. Pökelfleisch war offenbar nicht so recht nach ihrem Geschmack.

Schließlich hatte Kamaria die erlösende Idee. Die Besatzung der *Schmitze Billa* warf doch während der Fahrt immer ein Schleppnetz ins Wasser, das nach einigen Stunden meist voller Fische war. Sie zog also einen fetten Salm aus dem Netz und bot ihn Ursula an. Außerdem holte sie mit einem Holzeimer Flusswasser herauf.

Es zeigte sich, dass der Durst das größere Problem gewesen war, denn Ursula leckte und leckte und schlappte und schlappte und schlappte ... sie war wohl kurz vor dem Verdursten gewesen. Dann vertilgte sie unter lautem Grunzen den Salm mit nur wenigen kräftig krachenden Bewegungen ihres Kiefers. Lorenz und Kamaria waren froh, dass sie für die Bärin die richtige Nahrung gefunden hatten, zumindest vorerst.

Sie erreichten Bonn, jenen Ort am Rhein, der den Coellner Erzbischöfen als Fluchtburg diente, seit Engelbert II. von Falkenburg sich mit seinen Getreuen nach der Niederlage gegen die Patrizier dorthin zurückgezogen und von dort aus versuchte hatte, wieder Einfluss auf die freie Reichsstadt zu nehmen. Immer weiter zogen die Pferde, die an jeder Treidelstation ausgetauscht wurden, die *Schmitze Billa* den Fluss hinauf. Nachdem sie Bonn und die Godesburg passiert hatten, ließ die Anspannung der Flüchtlinge nach.

In den letzten Stunden war das flache Land des Niederrheins ganz allmählich in das hügelige Siebengebirge übergegangen. Bisher hatte sich kein Verfolger blicken lassen, und Franz hielt es für unwahrscheinlich, dass ihnen noch jemand folgte. So groß konnte die Belohnung gar nicht sein, dass die Häscher sich tagelang auf die Spur zweier halbwüchsiger Bärendiebe begäben.

Sie fuhren an Gehöften und Ansiedlungen vorbei und waren froh, dass sich das Wetter langsam besserte. Seit einiger Zeit hatte es bereits nicht mehr geregnet, und es schien Lorenz, dass es wärmer wurde, je weiter sie nach Süden kamen. Einige Tage darauf erreichten sie am späten Nachmittag Coblenz, und nun wurde das rechtsrheinische Ufer von einem Bergzug gesäumt, auf dessen Gipfel die stolze Festung Ehrenbreitstein thronte.

»He, Lorenz, Kamaria, seht!«, rief Franziskus, der am Bug stand und Ausschau hielt. »Dort drüben – die Mündung der Mosella!«

Die beiden liefen nach vorn und schauten in die Richtung, in die Franz deutete. Die Abendsonne sandte ihre letzten Strahlen auf die dunklen Fluten und setzte glitzernde Lichtreflexe auf das Wasser. Am linksrheinischen Flussufer – von ihnen aus gesehen also rechts – floss der Moselstrom in den Rhein. Franziskus ließ die *Schmitze Billa* noch ein gutes Stück weiter stromaufwärts ziehen, dann steuerte er das Schiff an Land, und sie nahmen die Treidelpferde an Bord.

»Jetzt lasst uns ans jenseitige Ufer übersetzen«, rief er, während er das Steuerruder herumschwenkte. Der Oberländer drehte nach Steuerbord, und sein Bug driftete gemächlich zur Flussmitte, ehe die Strömung das Schiff ergriff und es erst langsam, dann immer schneller werdend stromabwärts trieb. Das Schiff schwankte bedrohlich, denn die Strömungsverhältnisse waren im Mündungsbereich der Mosel besonders tückisch und verlangten das ganze Können eines erfahrenen Kapitäns. Doch Franz und seine Mannschaft hatten ihr Schiff zu jeder Zeit unter Kontrolle und legten schließlich sicher am linken Ufer an, direkt unterhalb jener Stelle, wo sich die beiden Flüsse vereinten.

In der Ferne waren ein paar Häuser zu sehen, die Ansiedlung des kleinen Städtchens Coblenz lag nicht weit davon am rechten Moselufer. Am ihnen näheren linken Ufer sahen sie in einiger Entfernung einen hellen Schein mit einer Rauchsäule davor. Offenbar hatten Fischer oder Schäfer ein Feuer entzündet.

Franziskus befahl, den Planwagen von Bord zu laden. Doch vorher mussten sie Ursula von Bord schaffen, die sich allerdings sträubte und überhaupt nicht von ihrer gemütlichen, windgeschützten Ecke neben der Kajüte trennen wollte. Nur mit Mühe und mithilfe eines Salms, den Kamaria der Bärin lockend vor die Schnauze hielt, gelang es schließlich, Ursula zum Verlassen des Schiffes zu bewegen.

Da sie keine Kräne hatten, musste die Schiffsbesatzung den Wagen mithilfe von Körperkraft, dicken Tauen und zwei stabilen Planken ans Ufer bekommen. Zunächst befestigten sie die Taue an der Deichsel sowie rechts und links an der Vorderachse. Dann wuchteten sie von Hand das Fuhrwerk mit den Hinterrädern auf die Bretter, die von der Reling steil zum Ufer führten. Nun konnten sie es an den Tauen langsam ablassen.

Der Wagen stand mitten auf den Planken, als das Unglück geschah. Lorenz vermochte später nicht mehr zu sagen, woran es gelegen hatte, aber mit einem Mal begann die *Schmitze Billa* zu krängen. Die beiden

Planken rutschten von der Reling, und der Planwagen krachte aus mindestens fünf Fuß Höhe aufs Ufer.

Lorenz und Kamaria zuckten zusammen und starrten wie gelähmt auf die Reste dessen, was einmal zwei intakte Hinterräder gewesen waren. Die Lauffläche des rechten war angeknackst, drei Speichen gebrochen. Das linke hatte es noch übler erwischt, es war bei dem Aufprall vollends zertrümmert worden.

»So eine Schei...« – Lorenz hielt inne, als er Kamarias strafenden Blicks gewahr wurde und korrigierte sich hastig: »So ein Scheibenhonig! Jetzt kommen wir niemals rechtzeitig zur Burg Eltz! Es sind nur noch zwei Wochen bis Ostern, und zu Fuß, bepackt mit den Instrumenten, ohne den genauen Weg zu kennen ...«

»Nun mach mal halblang«, sagte seine Gefährtin besonnen. »Wir haben immer noch Hein und Oss. Dann müssen die beiden eben wieder als Reitpferde herhalten. Es wäre ja nicht das erste Mal, dass sie uns tragen.«

»Aber die Instrumente«, gab er zu bedenken, »willst du meine Drehleier, den Dudelsack, die Laute und die Harfe an die Sättel binden? Und dazu Kleider zum Wechseln?«

Sie kräuselte witternd zwei, dreimal die Nase und entgegnete bissig: »Es riecht jedenfalls nicht, als ob dir jemals großartig etwas an frischer Wäsche liegen würde. Aber du hast natürlich Recht«, lenkte sie gnädig ein, »ohne die Instrumente könnten wir die Teilnahme am Wettstreit gleich vergessen.«

Der Junge legte die Stirn in sorgenvolle Falten und sagte: »Und außerdem – was machen wir mit der Kiste?«

Inzwischen hatten die Männer der *Schmitze Billa* den Planwagen so gut es ging ans Ufer geschoben, sodass der Wagen nicht vom Fluss durchnässt werden konnte.

»So ein Pech!«, schimpfte Franziskus. »Jetzt haben wir es von Coellen bis hierher ohne Zwischenfall geschafft und dann so was!« Ratlos schüttelte er den Kopf.

»Wisst ihr was«, schlug Kamaria vor, »warum schauen wir nicht mal, wer dort drüben am Feuer sitzt? Wenn es Leute aus der Gegend sind, können sie uns vielleicht sagen, wo wir einen Stellmacher finden, der die Räder wieder instand setzen kann. Obwohl ich«, setzte sie mit einem zweifelnden Blick auf die Radtrümmer hinzu, »nicht so recht glauben kann, dass es da irgendetwas zu reparieren gibt. Ich fürchte, wir brauchen nagelneue Räder. Und so was dauert!«

»Kamaria hat Recht«, sagte Franz, »lasst uns erstmal sehen, ob uns die Leute am Feuer weiterhelfen können.«

Zu dritt machten sie sich auf den Weg in Richtung der Rauchsäule, während die Mannschaft zurückblieb und Wache hielt. Es war inzwischen dunkel geworden. Je näher Lorenz, Kamaria und Franziskus dem Feuer kamen, desto heller wurde der Lichtschein vor dem sternenklaren Nachthimmel. Es stellte sich heraus, dass er von einem großen Lagerfeuer inmitten einer Wagenburg aus mindestens acht oder neun Fuhrwerken stammte. Als die drei sich dem Feuer näherten, erhoben sich mehrere dunkle Gestalten und traten ihnen entgegen.

»Halt, wer da?«, ertönte eine Stimme. »Offenbart Euch! Wer seid Ihr, was ist Euer Begehr? Was sind Eure Absichten?«

»Wir sind drei Reisende auf dem Weg zur Burg Eltz!«, rief Lorenz, »Nein, eigentlich nur zwei und ein Bär, aber wir hatten einen Unfall mit unserem Planwagen, als der vom Schiff fiel und ...«

Die größere Gestalt war aus dem hellen Feuerschein vorgetreten, und aus der dunklen Silhouette wurde ein erkennbares Gesicht. Der Mann war jung, drahtig und hatte ein hageres Antlitz mit wachen, dunklen Augen. Er trug einen Ohrring, einen Dreitage- na, eher einen Dreißigtagebart. Er setzte ein breites Grinsen auf und zeigte dabei eine blitzblanke, weiße Zahnreihe mit einem leicht schief sitzenden Vorderzahn, dem eine kleine Ecke fehlte. Als er die Ankömmlinge erblickte, lachte er freudig und breitete die Arme aus.

»Lorenz von Rabenhorst und Fräulein Kamaria Malaika! Willkommen bei den Gauklern der Compagnie Beau Temps!« Mit diesen Worten schloss Mathes der Fidler seine beiden sprachlosen Freunde in die Arme.

Caput XXXVI

Die Compagnie Beau Temps

»Mathes!«, schrie Lorenz aufgeregt, »Mathes aus Bamberg! Menschenskind, was machst du denn hier? Und was ist die Compagnie Beau Temps? Und wo willst du hin? Und wie ist es dir ergangen?«

»Halt, halt, halt«, wehrte Mathes der Fidler lachend ab, »so viele Fragen auf einmal! Kommt erst mal und setzt euch zu uns. Wir kochen gerade einen Gemüsetopf, und es gibt einen guten roten Wein und Bier für den, der's mag.«

Er führte die Neuankömmlinge zum Lagerfeuer, wo sich eine bunte Schar mehr oder weniger merkwürdig gekleideter Menschen versammelt hatte. Mathes warf sich in Positur und rief mit lauter Stimme:

»Hört, hört, und merket auf, Ihr fahrenden Gaukler, Ihr Vagabunden, Spielleute und Akrobaten, Ihr Narren und Beutelschneider, Ihr Begnadeten und Beschadeten, Ihr Gesegneten und Verdammten!«

Zustimmendes Lachen, aber auch protestierendes Gemurmel erklang. Beschwichtigend streckte Mathes die Arme aus.

»Haltet ein, Ihr umherziehenden Brüder und Schwestern, denn hier bringe ich Euch Lorenz, den Minnesänger, der – hm – ganz leidlich die Leier dreht, die Laute schlägt und gar wunderhübsch zu singen weiß. Begleitet wird er von einer samthäutigen mauretanischen Prinzessin namens Kamaria Malaika, die eine grandiose Akrobatin und Jongleurin ist und obendrein großartig den Dudelsack spielt. Auch die Harfe vermag sie sehr kunstfertig zu zupfen! Sie hat zwar eine Haut, die samtschwarz ist wie die Nacht, doch ihre Seele ist rein wie die Sonne!«

Lorenz und Kamaria waren verlegen ob solchen Lobes. Kamarias ebenholzfarbenes Gesicht wurde noch dunkler, ihre Augen jedoch blitzten.

Ein hagerer Mann mit langen dunklen Haaren trat vor. Sein südländisch anmutendes Gesicht wurde beherrscht von seinen pechschwarzen, hellwachen Augen und einer veritablen Hakennase. Er trug ein grasgrünes, mit Goldfäden besticktes Wams über einem weißen Hemd mit Spitzenborten an Hals und Ärmeln und dazu eine rotweiß gestreifte Hose.

»Bon soir, Mademoiselle Kamaria«, sagte er mit grauenhaftem französischem Akzent. »Ooh, mon Dieu, isch bin so erfräut, Ihro Bekonnschafft su machän,« säuselte er, »Wir 'abän seltän eine so scharmohnte Besuch 'ier und nie einä so 'übsche un so talontierte Müsikärin!«

Peinlich berührt zog das Mädchen ihre Hand weg, während eine sehr gut aussehende, schlanke Frau mit feuerroten Haaren hinzutrat und dem Dürren mit der flachen Hand einen ordentlichen Hieb über den Hinterkopf verpasste.

»Pierre, du alter Charmeur!«, fauchte sie, »du kannst es wohl einfach nicht lassen, jedem Rockzipfel Komplimente zu machen!«

An Kamaria gewandt fuhr sie fort: »Das ist Pierre de Perpignan, seines Zeichens ein angeblich ausgezeichneter Troubadour und ein« – sie rümpfte die Nase – »genauso unverschämt guter Frauenbetörer. Das heißt, solange ich es zulasse! Pierre, du kannst froh sein, dass ich auf die Schnelle nur die flache Hand und keinen Holzkochlöffel zur Verfügung hatte!«

Pierre zog den Kopf zwischen die Schultern und murmelte: »Parbleu! Abär Ämma, isch wollte doch nur fräuntlisch sein su die neu angekommene Frollein un die kleinä 'ärrlein!«

Mathes lachte und stellte die junge Frau vor: »Kamaria, Lorenz, das ist Emma. Emma Myldenberger, um genau zu sein. Sie ist Pierres Verlobte. Obwohl«, fügte er mit einem Augenzwinkern hinzu, »ich weiß nicht, ob sie es noch lange bleiben wird, wenn Pierre so weiter flirtet! Jedenfalls ist Emma eine ausgezeichnete Tänzerin – eine ganz besondere, denkt an meine Worte! – und obendrein kann sie fantastisch die große Handtrommel rühren. Nebenbei – sie kocht auch wunderbar!«

Emma knuffte Mathes energisch in die Seite und fauchte: »Kochen! Als ob ihr Männer an nichts anderes denken könnt als an das Wohlergehen eures feisten Wanstes. Und ihr besitzt auch noch die Frechheit, davon auszugehen, dass wir Frauen dafür zu sorgen haben!« Sie zog einen Flunsch, hakte sich bei ihrem Pierre ein, und schmollte.

Ach du liebe Güte, hat die Haare auf den Zähnen, dachte Lorenz. Mit der ist bestimmt nicht gut Kirschen essen. Er warf Kamaria einen Seitenblick zu und las aus ihrem breiten, vielsagenden Grinsen, dass sie sich blendend mit Emma Myldenberger verstehen würde.

»Pierre und Emma gehören zur Compagnie«, erklärte Mathes, »wie alle hier am Feuer. Die Compagnie Beau Temps ist eine lose Verbindung von Schaustellern und Musikern.«

»Und wie kommst du dazu?«, fragte Lorenz.

»Kommt, setzt euch erst mal ans Lagerfeuer«, sagte Mathes, »dann erzähle ich euch, wie es mir ergangen ist!« Sie ließen sich auf einer der improvisierten Bänke aus Holzplanken nieder, die rund um das Feuer standen. Ein paar freundliche Hände reichten ihnen Fladenbrot und Rotwein. Die Vaganten merkten, dass Mathes und die Neuankömmlinge sich viel zu erzählen hatten, und hielten diskret Abstand, sodass die vier unter sich waren.

»Als ich nach eurer Flucht aus Bamberg in die Stadt zurückkehrte, habe ich wochenlang wie verrückt auf der Fidel geübt«, erzählte Mathes. »Stunde um Stunde, bis meine Finger blutig und die Rosshaare des Bogens beinahe heruntergespielt waren. Aber ich wurde und wurde einfach nicht besser. In der Stadt gab es niemanden, der mir das Fidelspiel so richtig beibringen konnte. Ja, klar, ich fand einen Fidler aus der Stadtpfeifergilde, doch was der konnte, hatte ich mir inzwischen schon selbst beigebracht. Im Sommer kamen dann fahrende Spielleute nach Bamberg. Sie boten von allem etwas, Musik, Minnesang, Artistik, und es war ein fantastischer Fidler bei ihnen, Angelo aus Neapel. Na ja, genau genommen stammt er aus Branduardi, einem winzigen Ort in der Nähe von Neapel, aber er nennt sich lieber Angelo di Napoli, er meint, das klinge viel eleganter. Ihr werdet ihn noch kennen lernen. Den habe ich gefragt, ob er mir etwas auf der Fidel beibringen könne. Er hat zugestimmt und mir Lektionen erteilt, die mich sehr weitergebracht haben. Kennt ihr übrigens die Notenschrift von diesem andern Italiener? Guido von ...«, Mathes legte den linken Zeigefinger nachdenklich auf die Lippen. »Na ... Guido von ...«

»... von Arezzo«, half Lorenz aus. »Ja, ich kenne seine Notenschreibweise, ich habe von meinem Lehrer Anselm von Hagenau sogar einige alte Pergamente mit Musiknoten in seinem System. Die kannst du gern einmal anschauen!«

»Na ja, egal«, fuhr Mathes fort, »jedenfalls wollte ich unbedingt weiter von Angelo lernen. Leider zog die Compagnie Beau Temps, so nennt sich die Spielleute- und Gauklertruppe, nach ein paar Wochen weiter, um an anderen Orten aufzutreten. Was blieb mir übrig, als mit ihnen zu fahren. Ich erbat mir von meinem Vater meinen Erbteil. Meine Mutter ist fast wahnsinnig geworden, als sie erfuhr, dass ich nicht das elterliche Geschäft übernehmen würde. Mein Vater verstand, dass ich auf eigenen Füßen stehen wollte, und überließ mir unser Pferdefuhrwerk.

Ich durfte aber bis jetzt bei den Spielleuten der Compagnie Beau Temps noch nicht mitspielen, weil meine Fähigkeiten noch nicht vorzeigbar sind. Außer vielleicht auf dem Trumscheit und deshalb bin ich hier momentan das Mädchen für alles. Ich helfe beim Zeltaufbau, beim Kochen und Spülen und versorge die Tiere. Jetzt sind wir auf dem Weg zur Burg Eltz, wo über Ostern der Sängerwettstreit und ein Turnier stattfinden. Da erhoffen wir uns ein großes Publikum und gute Verdienstmöglichkeiten.«

»Du hast einen Wagen?«, rief Lorenz aufgeregt, »und du willst zur Burg Eltz? Das ist ja ein Zufall! Wir wollen auch dorthin. Und ich werde den Sängerwettbewerb gewinnen!«

»Er meint, sofern er der einzige Teilnehmer ist«, warf Kamaria spöttisch ein.

»Aber was ist so Besonderes daran, dass ich einen Wagen habe?«, fragte Mathes. »Ihr habt doch auch einen!«

»... gehabt«, ergänzte sie trocken. »Mein treues Fuhrwerk hat eben das Verladen vom Schiff nicht so richtig verkraftet. Zwei Räder sind zu Bruch gegangen, und die Achse hat möglicherweise einen Knacks, und jetzt fragen wir uns, wie wir uns und unsere Instrumente zur Burg Eltz transportieren können, von der Bärin ganz zu schweigen.«

Mathes schaute sie zweifelnd an: »Von welcher Bärin redest du?«

»Na, von Ursula, unserer Tanzbärin!«, sagte Kamaria lässig, als sei es die selbstverständlichste Sache von der Welt, mit einer Tanzbärin durch die Gegend zu ziehen.

»Vielleicht sollten wir Mathes unsere Erlebnisse der Reihe nach erzählen«, meinte Lorenz, »denn zuerst haben wir ja unseren Freund Franziskus hier kennen gelernt. Er kommt aus Coellen.«

»Ich dachte, du wolltest in Coellen einen Meister Volker suchen?«, fragte Mathes irritiert.

»Den habe ich auch gefunden, und er hat mir eine neue Drehleier gebaut, mit allen Finessen, sogar mit einer Schnarrsaite, wie du sie auf deinem Trumscheit hast!«

Und Lorenz berichtete von ihren Abenteuern. Er erzählte und erzählte. Was er ausließ, war die Geschichte mit dem Nibelungenschatz, und außerdem verheimlichte er die magischen Kräfte seiner Drehleier. Als er geendet hatte, herrschte zunächst einmal nachdenkliche Stille.

Dann sagte Mathes: »Na ja, so, wie die Dinge liegen, gibt es da doch keine langen Überlegungen! Ihr kommt einfach mit mir. Ich habe genug Platz in meinem Wagen für euch und die Instrumente. Aber die Bärin – hrm – nun, ich fürchte, für die Bärin habe ich keinen Platz. Davon mal abgesehen sind Spielleute, die einen Tanzbären halten, das allerletzte Pack. Kein Spielmann von Ehre hat so eine Tierquälerei nötig. Wenn ich bedenke, auf welche Art und Weise die armen Viecher gefügig gemacht werden ... Sicher ist die Bärin auch gefährlich und hat einem, ehe man sich's versieht, eine Hand abgebissen.«

»Ach, komm, hab dich nicht so«, meinte Kamaria, »du brauchst vor der Bärin keine Angst zu haben. Sie braucht ja nicht im Wagen zu fahren. Wir binden sie an, dann kann sie hinterherlaufen.«

»Und tanzen soll sie ja gar nicht. Ich habe sie ja gerade deshalb befreit, damit sie von diesen gemeinen Schweinen nicht weiter geschlagen und auf die heiße Eisenplatte gezwungen werden kann. Und Ursula ist ganz zahm und lieb!«

Lorenz hielt unvermittelt inne, weil Franziskus schon eine Weile merkwürdig ruhig war. Dann fiel ihm auf, warum sich der Rheinschiffer nicht gemuckst hatte.

»Ach je, das geht ja alles gar nicht«, sagte Lorenz. »Was soll denn in der Zwischenzeit mit unserem Gespann passieren, und vor allem« – er warf einen Seitenblick auf Franziskus – »was geschieht mit ...«

Lorenz verstummte. Er traute sich nicht, das Wort »Kiste« auszusprechen und erst recht nicht, von einem »Schatz« zu reden. Er war unsicher, ob er den Gauklern der Compagnie vertrauen konnte. Bei Mathes war das was anderes, aber bevor der Fidler sich vielleicht versehentlich verplapperte, erwähnte er seinen Schatz lieber nicht.

»Nun«, entgegnete Franziskus gedehnt und nachdenklich, »wie wäre es, wenn ihr mit Mathes und den Vaganten zur Burg Eltz fahrt und ich euren Wagen und eure – ahem – Siebensachen zur Rabenhorstburg bringe?«

Lorenz sprang freudig erregt auf: »Das würdest du für mich tun? Franziskus, du bist der Beste!« Er umarmte seinen Freund stürmisch, doch dann hielt er inne. »Aber nein, das kann ich nicht von dir verlangen!«

»Doch, doch«, meinte Franz sanft, »das kannst du! Du hast immerhin noch etwas gut bei mir. Erinnere dich! Ohne dich wäre ich gar nicht mehr hier, sondern bereits bei meinen Vorvätern. Ich wollte außerdem immer schon einmal den Main hinauffahren, um die Verdienstmöglichkeiten auszukundschaften und neue Geschäftsverbindungen zu knüpfen. Da trifft es sich doch ganz gut: Ich lasse Kamarias Planwagen von einem Stellmacher reparieren – für mich kommt es ja auf einen Tag nicht an –, fahre damit an Main und Regnitz entlang bis Bamberg und von dort zur Rabenhorstburg.

Die Mannschaft kann von hier aus auch ohne mich die *Schmitze Billa* zurück nach Coellen segeln. So könnt ihr ohne Zeitverlust mit Mathes zur Burg Eltz fahren. Na, wie hört sich das an?«

»Wunderbar, Fränzchen«, rief Kamaria entzückt, sprang ebenfalls auf und drückte dem Rheinschiffer einen dicken, feuchten Kuss auf die Wange.

»Na, na«, mahnte Franziskus verlegen und wischte sich verstohlen mit dem Hemdsärmel über das Antlitz, »jetzt übertreib mal nicht! Ich mache das ja im Grunde ganz und gar eigennützig. Ich wollte mein Geschäft ja schon lange weiter ausdehnen.«

Lorenz war klar, dass das nicht stimmte und Franz den Weg sehr wohl nur für ihn in Kauf nahm. Er gedachte, ihm diesen Dienst später wieder gut zu machen.

»Nun denn, so ist es also beschlossen!«, sagte er. »Wir ziehen mit der Compagnie Beau Temps.«

In diesem Moment erhob sich Applaus, und in die Gruppe der Spielleute jenseits des Feuers kam Bewegung. Ein kleiner, drahtiger Bursche mit einer spitzen Nase und einem unglaublichen Wuschelkopf war vorgetreten. Er war vollständig in Schwarz gekleidet und trug eng anliegende Beinlinge zu einem schmucklosen Hemd, sodass ihn seine Kleidung nicht beim Fidelspiel behinderte. Er sprang auf eine der Bänke, damit er von allen gut gesehen werden konnte, setzte den Fidelbogen an sein Instrument und intonierte eine langsame, klagende Melodie.

Es klang, als träufle ihm jemand flüssigen Honig in die Gehörgänge, fand Lorenz. Die Weise war sehr schlicht und gerade deshalb überwältigend schön. Er wurde von den betörenden Tönen eingehüllt und ließ sich quasi hineinfallen in den Wohlklang. Ohne es zu merken, begann er zu der Melodie die Worte eines Gedichtes zu singen, das Francesco Petrarca ihn in Coellen gelehrt hatte. Versmaß und Melodie passten auf wunderbare Weise zusammen.

»Zerstreut im Wind die gold'nen Locken waren,
Zu tausend süßen Knoten aufgewunden,
Und mildes Licht ward ohne Maß entbunden
In Augen, die damit so karg nun sparen.

Und Mitleid schien ihr Blick zu offenbaren;
Ich weiß nicht, ob ich's wahr, ob falsch erfunden.
Den Liebeszunder drinnen ich empfunden.
Was Wunder, wenn ich schnelle Glut erfahren?

Ihr Gang war nicht wie andre Erdensache,
Sondern von Engelart, und ihrem Munde
Entstiegen Worte, nicht wie Menschensprache.

Ein Himmelsgeist, ein Bild lebend'ger Sonnen
War, was ich sah. Und war es auch zerronnen,
Ob schwächer'n Bogens heilet keine Wunde.«

Als Lorenz geendet hatte, herrschte für einen Moment ehrfurchtsvolle Stille, wie so oft, wenn ein Publikum seinen Gesang zum ersten Mal hörte. Dann gab es frenetischen Applaus. Die Gaukler und Spielleute konnten sich schier gar nicht beruhigen. Angelo trat auf ihn zu und verbeugte sich vor ihm.

»Welch ein großartiges Lied, und so ergreifend gesungen! Lorenz der Minnesänger, so nannte Euch Mathes der Fidler. Er hat nicht zu viel versprochen, und ich verneige mich vor Eurer Kunst. Ich bin Angelo di Napoli, und es wäre mir eine große Ehre, mit Euch zusammen für die Fürsten der Burg Eltz spielen zu dürfen!«

Angelo sprach im Gegensatz zu Pierre de Perpignan Fränkisch fast akzentfrei, da seine Mutter, so erklärte er, als Lorenz ihn darauf ansprach, aus Bajuwaria stammte.

»Es ist ein Lied von Eurem Landsmann Francesco Petrarca. Ich habe ihn in Coellen kennen gelernt, und er brachte mir viele seiner Lieder bei. Er bat mich, sie zu singen, auf dass sie nicht so schnell in Vergessenheit geraten«, antwortete Lorenz höflich.

»Oooh, la chanson – très, très jolie!«, ließ sich die Stimme Pierres vernehmen, »'ärr Laurence, Ihr 'abt sso wundärrschön gäsungän. Ahh!« Er rollte verzückt mit den Augen, »Oooh, bittä, 'ärr Laurence, Ihr müsst mir diese Chanson beibringän! Wänn isch diese wundärbar Lied singä auf die Burg Eltz, dann isch totsischärr gewinnä die Wettbewerb un die 'ärtz von die schöne Demoiselle!«

»Ach, ja, und was machst du, als versprochener Ehemann, mit diesem Herz? Und vor allem: Was wird deine Emma dazu sagen?«, schmunzelte Lorenz.

»Oh, parbleu!«, antwortete Pierre eingeschnappt, »mon 'at mir nischt gäsagt, dass Ihr einä Spielverdärbär sseid, Monsieur Laurence!«

In der Zwischenzeit hatte Angelo begonnen, einen schnellen Tanz auf der Fidel zu spielen. Dazu gesellte sich plötzlich der treibende Rhythmus einer Rahmentrommel, deren Klang merkwürdigerweise von oben zu kommen schien.

Lorenz schaute sich um und bemerkte, dass zwei der Planwagen mit einem Tau verbunden waren, das man bis zum Zerreißen gespannt hatte. Mit offenem Mund verfolgte er, wie Emma Myldenberger leichtfüßig auf dem etwa zweieinhalb Ellen hohen Seil balancierte. Das also hatte Mathes gemeint, als er sagte, sie sei eine ganz besondere Tänzerin. Sie war eine Seiltänzerin.

Als die Fidel verstummte, sprang sie vom Seil, landete vor Lorenz und verneigte sich mit einem Hofknicks. »Und nun, Minnesänger Lorenz, lasst uns hören, ob Ihr auf der Radleier und auf der Laute auch so gut spielen könnt, wie Ihr zu singen wisst! Wenn Ihr mit uns ziehen wollt, dann müsst Ihr beweisen, dass Ihr der Compagnie Beau Temps würdig seid!«

Doch inzwischen war es schon spät geworden und Franziskus meinte, dass es sinnvoller sei, zunächst einmal zum Schiff zurückzugehen, damit die Mannschaft sich keine Sorgen machte. Also musste das Vorspielen entfallen. Stattdessen begleitete Mathes sie zurück ans Rheinufer.

Dort hatte die Besatzung ein Feuer entfacht, um sich daran zu wärmen. Man hatte sich in der Tat bereits um sie gesorgt und überlegt, welcher der Matrosen ihnen nachgehen sollte. Den Wagen hatten sie weiter an Land gezogen und so gut es ging in waagerechter Position auf gestapelten Flusssteinen aufgebockt.

Während Kamaria nach der Bärin sah, war Lorenz in den Planwagen gestiegen, um die Sachen auszuladen, die er mitzunehmen gedachte. Zuerst reichte er Franziskus sein Kleiderbündel hinab, dann seine Laute, dann – gab es eine Pause, gefolgt von einem markerschütternden Schrei. Franz zuckte erschrocken zusammen und Ursula hätte um ein Haar in Kamarias Hand gebissen, die ihr gerade einen Salm hinhielt.

Die ganze Mannschaft der *Schmitze Billa* war vom Feuer aufgesprungen und zum Fuhrwerk gerannt.

»Um Gottes Willen, was ist geschehen?«, rief Franziskus, als Lorenz mit kreidebleichem Gesicht zwischen den Planen des Wagens auftauchte.

»Meine Drehleier ...«, flüsterte der Junge mit erstickter Stimme.

»Was ist mit deiner Drehleier?«, fragte die herbeigeeilte Kamaria, »sag bloß, es ist eine Saite gerissen?«

»Diese dreckige Sau!«, krächzte Lorenz gepresst. »Dieses gemeine Schwein!« Er war puterrot angelaufen, an seiner Schläfe war die Zornesader angeschwollen.

»Lorenz, was ist denn los?«, fragte Kamaria angstvoll. So erregt und voller Hass hatte sie den Jungen nie zuvor erlebt, und sein Verhalten entsprach in keiner Weise seiner sonst so friedfertigen und gutmütigen Natur.

»Lorenz, was ist?«, wiederholte sie. »Was ist mit deiner Leier?«

»Sie ist weg«, schluchzte Lorenz, dem Tränen der Wut in die Augen getreten waren. »sie ist weg, verschwunden, futsch!!! Und ich weiß auch ganz genau, wer sie genommen hat!«

»Günter vom Ossenberg!«, zischte Kamaria. »Deshalb hat der Halunke sich in Coellen so stiekum davongemacht. Das hätte ich ihm nun wirklich nicht zugetraut. Aber Moment mal, der kann doch gar nicht darauf spielen.«

»Oh, doch, kann er wohl!«, antwortete Lorenz. »Er hat mir erzählt, dass er leidlich Drehleier spielen kann. Er hat mich aber nie gefragt, ob er auf meiner Leier spielen darf. Ich hätte sie ihm aber auch nicht gegeben!«

Franziskus legte tröstend seinen Arm um Lorenz' Schulter. »Glaubst du, dass er von den magischen Eigenschaften der Leier weiß?«, fragte er so leise, dass keiner der Umstehenden es mitbekam.

»Keine Ahnung«, entgegnete der Junge niedergeschlagen. »Ich weiß nur, dass er mir oft zugehört hat, wenn ich meine Canzone geübt habe, und dass er oft mitgesummt hat, wie um sich die Melodie einzuprägen.«

»Ist denn die Canzone die magische Melodie?«, fragte Franziskus neugierig und biss sich sogleich auf die Lippen. Er spürte, dass Lorenz innerlich abblockte und keinen Ton mehr sagen würde.

»Schon gut, mein Junge«, sagte der Rheinschiffer, »ich wollte es so genau gar nicht wissen. Schade, es war so ein schönes Instrument«, ergänzte er und merkte sofort, dass er wiederum ins Fettnäpfchen getreten war.

»Schönes Instrument? Schönes Instrument???«, ereiferte sich Lorenz. »Hast du schönes Instrument gesagt? Es ist eine Zauberleier, das beste Instrument auf der ganzen Welt! Es ist ein unersetzliches Instrument! Und du sagst einfach nur schönes Instrument dazu!«

»Halt, halt! Beruhige dich, Junge, ich habe es doch gar nicht so gemeint! Natürlich war es das schönste Instrument auf der Welt, aber weg ist weg und nicht zu ändern!«, versuchte Franziskus ihn zu beschwichtigen.

»Von wegen weg ist weg!«, zischte Lorenz gefährlich leise. »Ich werde diesen Dreckskerl so lange verfolgen, bis ich ihn erwische, und wenn ich ihm bis zum Ende der Welt nachjagen muss. Und dann Gnade ihm Gott, wenn ich ihn kriege! Oder von mir aus auch der Teufel, aber ich werde ihn stellen und mir mein Eigentum zurückholen! Ich bringe den Mistkerl um! Ich breche sofort auf!«

»Ach, und wohin, wenn ich fragen darf?«, meldete sich Kamaria zu Wort.

»Na, nach ...«, Lorenz stockte.

»Aha!«, gab sie zurück. »Ich schlage vor, du kriegst dich jetzt erst mal ein und schläfst eine Nacht darüber. Morgen überlegen wir weiter. Aber wenn du meine unmaßgebliche Meinung jetzt schon hören willst: Ich glaube, dass der Schurke zur Burg Eltz kommen wird. Was sonst sollte er mit dem Instrument vorhaben, als damit beim Tanz um das Goldene Kalb zu gewinnen!«

»Welches Kalb?«, fragte Lorenz irritiert.

»Na, du kennst doch die Redensart. Wie würdest du es denn nennen, wenn ein Schwarm aufgeplusterter Gockel um die Wette kräht, weil sie die Hand einer Grafentochter gewinnen wollen? Bis jetzt hat es mir ja noch diebischen Spaß gemacht, und ich war gespannt darauf, mir dieses Schmierentheater bis zum letzten Akt anzusehen, aber wenn der Wettbewerb dazu führt, dass die Menschen sich gegenseitig bestehlen oder einen Mord androhen, dann finde ich das überhaupt nicht mehr lustig, Laurentius von Rabenhorst. Du solltest dich schämen!«

Lorenz senkte das Haupt. Kamaria hatte Recht. Im Moment konnte er rein gar nichts unternehmen.

Es wurde eine unruhige letzte Nacht, die sie in ihrem Planwagen verbrachten, der ihnen so lange eine Heimat gewesen war. Lorenz wälzte sich auf seinem Nachtlager hin und her und träumte von goldenen

Kälbern, die seine Drehleier auffraßen, und dass zwei Henkersknechte seinen Kopf auf einen blutdurchtränkten Hauklotz hinabdrückten, während der Scharfrichter mit einem Mordsbeil ausholte, um ihn sauber vom Halse zu trennen.

Obwohl es immer noch bitterkalt draußen war, wachte der Junge schweißgebadet auf, als Kamaria ihn an den Schultern wachrüttelte. Er habe im Schlaf von Minne singenden Schweinehunden geredet und dabei mit den Armen wild um sich geschlagen, sagte sie. Lorenz lag noch lange wach, starrte Löcher in die Dunkelheit und malte sich aus, was er mit Günter vom Ossenberg anzustellen gedachte, wenn er seiner habhaft werde.

Am frühen Morgen war Lorenz, der kaum noch Schlaf gefunden hatte, als Erster auf den Beinen und trug sein Bündel und seine Laute von der *Schmitze Billa* zu Mathes' Wagen hinüber. Als er zum Schiff zurückkehrte, war auch Kamaria munter, und er half ihr, die Harfe und den Dudelsack umzuladen. Als sie danach zum Feuerplatz gingen, erhob sich eine dürre Gestalt. Sie war in eine Decke gehüllt und hatte die Nacht offenbar hinter einem der Wagen verbracht. Ein riesiges Veilchen, das am vergangenen Abend noch nicht da gewesen war, zierte sein zerknittertes, übernächtigtes Gesicht. Es war Pierre de Perpignan.

»'allo, 'ärr Laurence! Guttän Morgän, wenn man die Morgän nach so einä Nacht im Freiän als ›bien‹ bezeischnän möschtä!«

Lorenz musste trotz seines Kummers lächeln. »Wo habt Ihr denn das Veilchen her?«

»Ooh, mon Dieu! Angelo, diessär Värrätär 'att meinä Värlobte ärsählt, dass isch Euch 'abe gefrogt, mir die jolie Chanson für die Wättbewärb um die 'and von die Grafäntochter beisubringän. Da 'att Emma einfach so sugeschlogän!«, berichtete Pierre.

»Na, ich hätte Euch noch ganz anders heimgeleuchtet, wenn Ihr mein Verlobter wärt«, grinste Kamaria. »Ihr habt aber auch Nerven! Seid verlobt und wollt einer anderen Liebeslieder singen!«

»Abär, Mademoiselle! Was will isch machän? Schließlich bin isch Minnäsängär von Beruf! Mon Dieu, das is einä Verflischtung, einä

Berufung sosusogän. Abär doch alles ist nur platonisch! Ihr kennt die alte Philosoph Plato?«

»Na, wenn ich mir Euch so ansehe, Euch würde ich eher als Filousoff bezeichnen«, sagte sie trocken.

Inzwischen war Leben in das Lager gekommen. Überall kletterten Männer und Frauen aus den Planwagen und bereiteten sich auf den neuen Tag vor, den Tag der Weiterreise. Mathes wusch sich am Ufer der Mosel. Angelo der Fidler war dabei, die Glut des herabgebrannten Lagerfeuers mit frischem Feuerholz zu nähren, damit sich die Spielleute ein Morgenbrot zubereiten konnten.

Lorenz holte die Bärin Ursula herbei, und es gab einen kleinen Auflauf. Unmutsäußerungen wurden laut, und der eilig herbeigelaufene Mathes musste die Mitglieder der Compagnie erst einmal beruhigen und klarstellen, dass Lorenz kein brutaler Dompteur war. Während sie noch zusammenstanden und über die Verwerflichkeit der Bärendressur redeten, hatte am anderen Ende des Lagers ein Spielmann begonnen, auf einer Holzflöte eine melancholische Melodie zu üben.

Ursula hob witternd den Kopf, legte die Ohren zurück und lauschte, dann begann sie zu tanzen, aber nicht so, wie man es vielleicht erwartet hätte. Als gäbe es nichts Einfacheres auf der Welt, neigte sie ihren mächtigen Schädel, knickte mit den Vorderpfoten leicht ein und lupfte mit elegantem Schwung die Hinterpfoten in die Luft. Sie tanzte im Handstand!

Verblüffte Beifallsrufe erklangen. Der Flötenspieler hatte inzwischen mitbekommen, was los war, und näherte sich dem Schauplatz, ohne in seinem Spiel innezuhalten. Erst als er seine Melodie beendete, ließ sich Ursula wieder auf die Hinterpfoten hinab, brummte kurz, leckte dem Flötenspieler einmal mit ihrer rauen Zunge über die Hände und rollte sich auf dem Boden zusammen.

Endlich war der Gauklertreck bereit zum Aufbruch. Kamaria und Lorenz verabschiedeten sich von Franziskus. Der Junge versprach, ihm so bald wie möglich eine Nachricht zukommen zu lassen oder nach Coellen zurückzukehren, sobald etwas Gras über den Bärenraub gewachsen sei.

Kamaria fiel der Abschied von Franziskus schwer, doch sie versuchte, sich ihren Kummer nicht anmerken zu lassen. Dann gab Pierre de Perpignan, der vorneweg fuhr, das Aufbruchsignal. Einer nach dem anderen setzten sich die Planwagen der Compagnie Beau Temps in Bewegung und bogen auf den Uferpfad der Mosel ein. Mathes' Karren war der letzte.

Mathes hatte sich breitschlagen lassen und Ursula einen Platz im Wagen freigeräumt, obwohl es dadurch sehr eng wurde. Ursprünglich war geplant gewesen, dass sie an einem Seil hinterhertrotten sollte. Allerdings hatte er zur Bedingung gemacht, dass sie nachts draußen bliebe.

Der Himmel war fast wolkenlos, und es versprach ein schöner Vorfrühlingstag zu werden. Es war nicht mehr so kalt wie in den vergangenen Tagen, man merkte, dass es auf das Osterfest zuging und das Frühjahr mit Macht den Winter verdrängte. Franziskus winkte dem Treck nach, bis auch das letzte Gefährt um die Kehre des Uferpfades gebogen und hinter der Böschung aus seinem Blickfeld verschwunden war.

Caput XXXVII

Im Lager der silbernen Löwen

Wie ein Lindwurm bewegte sich der Treck auf dem Moseluferpfad flussaufwärts. In den vergangenen Tagen hatten sie in einigen Ortschaften und auf den Burgen Bischofstein und Ober- und Niederburg »Gastspiele« gegeben, wie Pierre de Perpignan es auszudrücken pflegte.

Sie hatten großen Erfolg, vor allem weil Kamaria mit ihren Jonglier- und Artistikkünsten und Lorenz mit seinem Gesang und Drehleierspiel die Vagantengruppe bereicherten. Ja, Lorenz konnte wieder Drehleier spielen. Als sie am ersten Abend ihr Lager aufgeschlagen hatten, war Pierre de Perpignan zu Mathes' Wagen gekommen, um Lorenz zu sprechen.

»Liebär Laurence«, hatte er gesagt, »isch 'abä von Ihrä großä Verlust ge'ört. Emma 'at ersält, dass man Ihrä Vielle à Roue 'at genommen forte – äh – wie man sagt? Geschtollen?«

Lorenz hatte nur traurig genickt.

»Ooh, Mon Dieu!«, hatte Pierre erwidert, »Mögä die geschwänsälte Bäälzebub diesän fiesän Filou an seinä 'ammälbeine packän! Soll diesä Schuft in die 'eisseste Feuär där 'ölle 'eulen und schmorän für allä Seitän!«

»Pierre, worauf wollt Ihr hinaus?«, hatte Lorenz voller Ungeduld den Redeschwall unterbrochen.

»Oh, parbleu! Ich möschtä Ihnän anbietän, dass Sie auf meine Vielle à Roue können spielän!«, hatte er ein wenig eingeschnappt zurückgegeben, »Abär wenn Ihr nischt wollt suhörän, junges 'ärrlein, donn ebän nischt!«

»Ihr habt eine Vielle à Roue, eine Radleier?« Lorenz war ob dieser Neuigkeit ganz aufgeregt geworden.

»Sischär! Abär, Monsieur Laurence, es ist nur einä altä Instrumänt und es ist auch nur einä kleinä Sinfonia. Doch vielleischt konn sie Ihnän ja etwas nützän! Emma 'at gesagt, dass isch nur schröcklisch darauf spielä, abär vielleischt, 'at Emma gesogt, kann die kleine 'ärrlein Laurence darauf rischtische Musique machen!«

Der Junge hatte das Angebot dankbar angenommen, obwohl ihn die Leihgabe natürlich nicht über den Verlust seiner eigenen Drehleier hinwegtrösten konnte. Pierres Sinfonia war ein altersschwaches Instrument, eine Kastenleier wie jene, auf der Anselm von Hagenau ihm die ersten Drehleiertöne beigebracht hatte. Sie klang schauerlich und er hatte sie zunächst einmal richtig einrichten, den Saitenandruck regulieren, die Tangenten nachstimmen und das Holzrad polieren müssen, bis sie einigermaßen gut klang. Sie hatte zwar keine Schnarrsaite und auch keine Extratöne, aber wenigstens hatte er überhaupt eine Drehleier!

Den ersten Auftritt damit hatte er zwei Tage später gehabt, als die Compagnie Beau Temps in einem kleinen Moselort ihre Bühne aufbaut hatte. Er war sehr beeindruckt von dem zerlegbaren Podium gewesen, das die Gaukler mit sich führten.

Die Glanzstücke der Bühne waren die Holzrahmen am vorderen und hinteren Ende. Der vordere hielt einen purpurroten Bühnenvorhang, am rückwärtigen wurden mit verschiedenen Hintergrundmotiven bemalte Leinwände aufgehängt. Am besten gefiel Lorenz das Sonne- und Mondmotiv. Sein Hintergrund zeigte einen sternenübersäten dunklen Nachthimmel. Auf der linken Seite war eine Mondsichel mit Augen, Nase und Mund abgebildet, auf der rechten eine jovial grinsende Sonne, die von abwechselnd kurzen und langen geschlängelten Strahlen umkränzt war. Lorenz liebte diese Bühne von Anfang an. Sie gab ihm das Gefühl, dass seine Musik angemessen präsentiert wurde.

Die Zuschauer waren überall begeistert vom Programm der Compagnie Beau Temps, doch es gab Lorenz einen kleinen Stich, dass sie eher von Kamarias Auftritt als Jongleurin, von Emma Myldenbergers Seiltanzkünsten, von den Feuerspeiern und dem Auftritt des Narren angetan waren. Die Sensationslust der Leute ließ in erster Linie Begeisterung für die artistischen Vorführungen aufkommen. Die Musik der Spielleute wurde zwar freundlich begrüßt, erntete aber nur mäßigen Beifall. Richtig begeistert waren sie erst, als Mathes die Bärin auf die Bühne geleitete, die zu einer schnellen Estampie auf den Vorderpfoten tanzte. Ihrer Sensationslust entsprach eher die reißerische Artistik.

Lorenz war nicht gut bei Stimme. Er hatte sich während der Fahrt auf der zugigen, kalten *Schmitze Billa* eine Erkältung zugezogen. Kamaria und Emma Myldenberger verstanden zwar etwas von Kräuterkunde und bereiteten ihm aus Heilpflanzen einen übel schmeckenden Tee, aber seine Stimme blieb belegt, rau und kratzig, und das sollte sich in den kommenden Tagen eher noch verschlimmern.

Lorenz bekam vom Publikum zwar immer Applaus, doch war sein Gesang nur ein Abklatsch seiner selbst, wie ein fernes Echo besserer Zeiten. Er sorgte sich sehr um seine Stimme. Je weiter sie moselaufwärts zogen, desto näher rückte ihr Ziel und damit der Sängerwettstreit – was, wenn er gar nicht um die Gunst der schönen Komtess singen könnte?

Am nächsten Tag kam das Fieber und Lorenz rollte sich von morgens bis abends im Wagen in seine Decken ein, schwitzend, frierend, zähneklappernd, hustend und rotzend. Er hatte keinen Blick für die wunderschöne Mosellandschaft, obwohl zu beiden Seiten des Flusses die schroffen Felsen des Hunsrücks himmelwärts strebten, bebaut mit endlosen Reihen von Weinrebstöcken, aus denen die Moselwinzer im Herbst jenen goldenen Wein kelterten, für den der Strom so gerühmt wurde.

Die fahrenden Spielleute erreichten die Ortschaft Hatzenport, wo sie den Fluss verließen und sich nach Norden wandten, bis sie zu dem Dorf Moselkern gelangten. Der Weg zur Burg Eltz führte über bergige Höhen und durch immer dunkler werdende Mischwälder, deren Laubbäume erstes, frisches Frühlingsgrün trugen. Schließlich folgten sie einem engen Tal mit zerklüfteten Abhängen. Dort strömte das kleine Flüsschen Elz und wies der Compagnie den weiteren Weg. Als sie sich der Burg näherten, lag der Junge geschwächt im Wagen. Doch das Ziel war schon greifbar nahe, und er wollte sich den Anblick nicht entgehen lassen. Also krabbelte er mit seiner Decke zu Mathes und Kamaria auf den Kutschbock.

Dann lichtete sich der bis dahin dunkle, unheimliche Wald und gab den Blick auf ein weites Tal frei. Vor den Gauklern lag trutzig und wehrhaft abweisend Burg Eltz. Kamaria war sofort klar, warum diese Festung als uneinnehmbar galt. Sie wirkte wie verschmolzen mit dem Felsen, auf den sie gebaut war. Er ragte massiv aus den weitläufigen Wiesen des Tales empor, nahezu vollständig vom Flüsschen Elz wie von einem Wassergraben umschlossen. Der wuchtige, aus grauen Wackersteinen erbaute viereckige Burgfried überragte an der höchsten Stelle im Südwesten den Palas und die Wohn- und Wirtschaftsgebäude. Die gesamte Anlage war von einer unbezwingbaren dicken Mauer mit zahlreichen Schießscharten eingefasst. Sie endete, das sollten sie später sehen, auf der Westseite an zwei großen Rundtürmen. Der einzige Zugangsweg befand sich auf der Ostseite. Er verlief über einen sehr schmalen Felsgrat und wurde von einem Torbogen geschützt, der problemlos von wenigen Kriegern gegen jegliche Art von Angriff verteidigt werden konnte.

Kein Wunder, dass sich selbst der kriegserfahrene Balduin, Erzbischof von Trier und Kurfürst von Luxemburg, daran die Zähne ausgebissen hatte. Dabei wusste er, wie man eine Feste belagert. Immerhin hatte er an der Seite Kaiser Heinrichs, der sein Bruder war, bei dessen Italienfeldzügen gekämpft.

Lorenz erblickte auf dem der Festung gegenüber liegenden, steilen Felshang eine kleinere, bedrohlich aussehende Trutzburg. Das musste die Baldeneltz sein, auch Trutzeltz genannt, die Balduin in so kurzer Zeit hatte errichten lassen. Von diesem strategisch günstigen erhöhten Standort aus konnte man mit Katapulten schwere Felsbrocken auf Burg Eltz schießen. Der Junge sah jene mächtigen, gefährlichen Kriegsmaschinen über die Mauern hinausragen, unheimlichen, übergroßen Insekten gleichend, darauf lauernd, jederzeit tödlich zuzuschlagen.

Das ganze Elztal glich einem Heerlager. Am Fuße des Felsplateaus bildeten unzählige bunte Zelte eine eigene kleine Stadt. Mitten hindurch floss in mäandernden Bögen die Elz. Man hatte an mehreren Stellen provisorische Brückenstege aus Holz darüber gelegt. Am westlichen Ende gab es eine Koppel voller Pferde, die sicher den angereisten Turnierteilnehmern gehörten. So weit das Auge reichte, flatterten

Fahnen und Wimpel im Wind. Überall brannten Lagerfeuer, und es herrschte rege Betriebsamkeit. Alles in allem war es ein beeindruckendes Bild.

Der Planwagentreck der Compagnie Beau Temps kam zum Halten, weil unvermutet eine Reiterschar im scharfen Galopp heransprengte und ihn umzingelte. Die Reiter trugen nur leichte Kettenhemden, Brustharnische und Beinschützer. Ihre Schilde zeigten das Wappen eines Zweiges der Familie von Eltz, nämlich Kopf und den halben Rumpf eines silberfarbenen Löwen. Dass sie nicht in voller Rüstung unterwegs waren wies darauf hin, dass derzeit Waffenruhe herrschte. Der Anführer, ein stattlicher Recke mit einem enormen Vollbart und Büffelhörnern am Helm, preschte nach vorn und rief zu Pierre de Perpignan hinüber:

»Haltet ein, Reisende, gebt Euch zu erkennen! Wer seid Ihr und was ist Euer Begehr? Zu wem wollt Ihr? Seid Ihr freie Bürger oder Vasallen des Erzbischofs?«

Pierre richtete sich auf dem Kutschbock auf und entgegnete: »Gott zum Grußä, wärtär 'err Rittär. Die Compagnie Beau Temps bietät den 'erràn von der Burg Ältz Ihrän ergebänstän Gruß und ihre Dienstä an! Nie 'abt Ihr so wundärgleische, kunstfärtige Attrakzionän gebotän bekommän. Wir sind die Crème de la Crème der Musikontän, Artistän, Possänreißär, Tierbändigär, und nischt su vergässän, die fontastischstän Minnesängär auf die gonse, europäische, abändländische Wält ...«

Der Anführer der Reitertruppe schnitt ihm mit einer unwilligen Handbewegung das Wort ab:

»Schon recht, schon gut, erspart uns Euer hochnotpeinliches Geschwafel! Was glaubt Ihr, wie oft ich solches Eigenlob in den vergangenen Wochen bereits gehört habe? Von den zahlreichen Schreihälsen, die sich hier als Minnesänger bezeichnet haben, sollte die Hälfte allein für diese Anmaßung hingerichtet werden – erst recht beschleicht mich dieser Wunsch, wenn ich die Herren üben höre. Das Lager klingt oft, als würde man einer ganzen Horde räudiger Katzen bei lebendigem Leibe das Fell über die Ohren ziehen!«

»Herr, wir sind gekommen, um das Osterturnier und den Sängerwettstreit mit unseren bescheidenen Darbietungen zu bereichern«, meldete sich Emma Myldenberger mit demütig gesenktem Kopf zu Worte. »Es wäre den Spielleuten der Compagnie Beau Temps eine große Ehre, den noblen Herren und ihren Damen mit Ihro hochwohllöblicher Erlaubnis ihre kleine Kunst vorführen zu dürfen.«

»Das hört sich schon wesentlich besser an!«, schnauzte der Reiterführer. An Pierre gewandt ergänzte er: »Allerdings solltet Ihr Eurem Weib verbieten, ungefragt die Schnauze aufzureißen, wenn Männer sich unterhalten! Habt Ihr hinreichend zu fressen und zu saufen bei Euch? Ihr könnt Euch denken, dass wir nach drei Jahren Belagerung allein für die Beköstigung der Burgbewohner kaum genug herbeischaffen können. Und jetzt kommen auch noch alle möglichen Schmarotzer, die den Singewettstreit für eine gute Gelegenheit halten, sich auf lau durchzufressen.«

»Nein, nein, wir 'abän selbst ausreischänd Vorräte mitgebracht«, beeilte sich Pierre zu versichern.

»Gut, so mögt Ihr Quartier beziehen. Seid willkommen im Lager der silbernen Löwen derer zu Eltz. Fahrt ans Ende der Zeltreihe, dann in westlicher Richtung auf den Hauptzufahrtsweg, bis es nicht mehr weitergeht! Dort fragt nach Dietrich zu Eltz, er ist mein Cousin und wird Euch einen Platz zuweisen! Sagt ihm, Lancelot zu Eltz schickt Euch!« Damit wendete er sein Pferd und trat mitsamt seiner Reiterschar den Rückweg zur Torburg an.

»Oh, là là«, meinte Pierre zu Emma, nachdem sie außer Hörweite waren, »die 'aben 'ier abär auch nischt die Fräuntlischkeit mit die Löffel gefrässän! Obgleisch isch besweifeln möschte, dass dieser edle 'ärr überhaupt jemals in seine Lebän etwas 'at ge'ört von die kültürelle Segnungän der Sivilisation und weiß, was eine Löffel ist!«

Wütend gab Pierre seinen Zugpferden die Zügel. Der Treck setzte sich langsam in Bewegung und schlug den Weg ein, den Lancelot ihnen gewiesen hatte. Überall sah man Recken, die sich in voller Rüstung ihren Waffenübungen widmeten und wie die Berserker mit gefährlichen Beidhandschwertern aufeinander eindroschen. Andere schwangen schwere, stachelbewehrte Morgensterne über ihren Köpfen, übten Lanzenstechen oder hackten mit Hellebarden um sich. Dazwischen sah man die Knappen oder eigens mitgebrachte Waffenschmiede der Ritter zu Werke gehen, die zu Bruch gegangene Rüstungsteile reparierten. Vor den bunt gestreiften Zelten waren rot- oder blauweiß geringelte Stangen aufgestellt, an denen die Wappenschilde der Zeltbewohner hingen. Man sah auch Feldküchen und Stände fahrender Händler. Allerdings gab es hier keine solche Warenvielfalt und auch kein solches Gedränge wie auf dem *forum feni* zu Coellen.

Sie erreichten das nördliche Ende des Tals, wo vor der Pferdekoppel noch eine große Fläche frei war. Pierre stoppte den Wagenzug, richtete sich auf dem Kutschbock auf, schaute sich suchend um, und sah am Rand der Koppel einige wichtig aussehende Männer, die miteinander diskutierten. Einer von ihnen löste sich aus der Gruppe und stapfte auf sie zu.

Emma kam ihrem Pierre zuvor und rief dem Mann zu: »Seid gegrüßt, wir sind die Compagnie Beau Temps. Herr Lancelot schickt uns, wir sollen nach Dietrich zu Eltz fragen, der uns ein Quartier zuweisen soll. Wisst Ihr vielleicht, gnädiger Herr, wo wir Herrn Dietrich finden können?«

»Ihr habt ihn bereits gefunden. Ich bin es selbst«, antwortete er.

»Oh, das ist vortrefflich«, flötete Emma. »Wären Euer Hochwohlgeboren so freundlich, uns einen Stellplatz zuzuweisen? Wir sind Spielleute und haben eine eigene Bühne, die wir gern im Rund unserer Wagen aufbauen möchten. Ein wenig Raum davor für Zuhörer wäre auch nicht schlecht!«

»Warum beansprucht Ihr nicht gleich den Platz des Sängerwettstreits?«, knurrte er griesgrämig.

»Wisset denn, edler Herr«, entgegnete Emma, der dieser abgelegene Lagerplatz überhaupt nicht gefiel, »wir haben eine dressierte Bärin dabei, und es wäre nicht gut, wenn wir hier so nahe bei den Pferden lagerten. Sie könnten die Anwesenheit der Bärin wittern und davon nervös werden, und die Herren Ritter wären sicher böse, wenn ihre Turnierpferde im Kampf gereizt wären.«

Emma hoffte, dass man ihnen ein Areal näher am Turnierplatz und der Hauptbühne zuwiese.

»Da habt Ihr allerdings Recht, Weib!«, antwortete Dietrich nachdenklich und pfiff schließlich schrill auf zwei Fingern. Im Nu kam eine Zofe herbeigeeilt, die etwa in Lorenz' und Kamarias Alter war.

»Traut, geleite die Gaukler bitte auf die Westweide, sie sollen dort ihr Lager aufschlagen!«, ordnete Lancelot an.

»Gern«, gab die Zofe nur knapp zurück und winkte ihnen, ihr zu folgen. Der Treck umrundete die Burg und als sie endlich am Ende der westlichen Weide angelangt waren, formierten sie eine Wagenburg. Das Kammermädchen wartete, bis das letzte Fuhrwerk seine Position erreicht hatte, und wollte sich bereits wieder entfernen, als Mathes ihr nachrief: »Hallo, schöne Maid! Könnt Ihr uns sagen, wo wir vielleicht Kamillenpflanzen und etwas Honig herbekommen können? Unsere Heilkundige hat keinerlei Vorräte an Heilpflanzen mehr, und wir haben einen Kranken im Wagen. Er leidet an einer furchtbaren Erkältung. Dabei will er zu Ostern unbedingt den Sängerwettstreit und damit die Hand der Komtess gewinnen. Im Moment klingt er aber eher wie ein Maulesel mit Halskatarrh.«

Traut ließ ein interessiertes Lächeln aufblitzen, wobei sich ein Paar reizende Grübchen in ihren Wangen zeigten, die wunderbar zu ihren blauen Augen passten. Sie hatte ihr Haar unter einer Leinenhaube verborgen, die ihr hübsches Gesicht umrahmte, und trug ein schlichtes, schwarzes Kleid mit einer weißen Schürze.

»Da wird sich meine Herrin aber freuen, dass Euer Freund selbst angesichts seiner Krankheit nicht den Weg gescheut hat, um sie zu gewinnen!«, meinte sie ironisch.

»Sagt einmal,« mischte sich Kamaria in das Gespräch ein, »was herrschen denn hier eigentlich für barbarische Sitten, dass eine Grafentochter einfach so an den vergeben wird, der am besten singen kann?«

»Und wer seid Ihr, dunkelhäutiges Fräulein, dass Ihr Euch anmaßt, ein solches Urteil fällen zu können?«, fragte die Zofe freundlich. Sie schien sich über Kamarias Hautfarbe nicht im Geringsten zu wundern, zumindest ließ sie sich nichts anmerken.

»Ich bin die Begleitmusikerin des Minnesängers, und ich weiß wovon ich rede. Ich bin als Kind von einem Sklavenhändler verkauft worden. Hier jedoch behandelt man selbst eine Grafentochter fast noch schlimmer als eine Sklavin!«, ereiferte das Mädchen sich.

»Na ja, ganz so schrecklich ist es ja nun nicht«, lachte die Zofe. »Meine Herrin hat schon einen sehr eigenen Kopf, was ihre Freier anbelangt. Ihr Vater, Graf Johann, ist völlig verzweifelt, dass sie mit ihren bald fünfzehn Jahren immer noch nicht unter der Haube ist. Sie war ja als kleines Kind bereits einem der Söhne des Grafen von Schöneck versprochen, doch der ist sehr jung gestorben. Seither hat sie sich standhaft geweigert, auch nur einen der Kandidaten überhaupt anzuschauen, die der Graf ihr in den letzten Monaten vorgeschlagen hat. Nun also soll ihre Hand dem siegreichen Sänger gehören, aber doch nur platonisch! Dachtet Ihr im Ernst, die Grafen zu Eltz würden ihre Töchter einem hergelaufenen Vaganten geben – und sänge er noch so göttlich? Sicher nicht! Er wird aber eine andere Belohnung erhalten, eine sehr große sogar. Neben dem Siegespfand, einem Lorbeerkranz aus gehämmertem Gold, wird ihm noch ein Sack voll Florentiner Gulden überreicht werden, und er darf abends beim Festmahl am Tisch der Eltzer Familien in der Platt-Eltz sitzen und symbolisch die Hand der Komtess halten.«

»Ach, das ist ja Besch... «, Kamaria beherrschte sich im letzten Augenblick und schlug sich die Hand vor den Mund.

»Wieso?«, fragte das Kammermädchen, »So und nicht anders ist es stets von den Herolden verkündet worden. Wenn man Eurem Freund nicht überbracht hat, dass die Hand der Komtess nur als Symbol gereicht wird, dann kann meine Herrin auch nichts dafür. Aber wer weiß, vielleicht findet sich ja jemand von gleichem Stande unter den Bewerbern, der tatsächlich das Herz der jungen Dame gewinnen kann.«

»Sie soll ja sehr, sehr schön sein, die Komtess«, sagte Mathes.

»Oh ja, das kann man sagen!« Traut verdrehte ihre Augen, »Aber sie ist gelegentlich eine richtige Zimtzicke und treibt ihre Mitmenschen zur Weißglut. Aber hübsch ist sie, doch, doch, das kann man wirklich so sagen! Aber ich muss mich jetzt sputen! Ich habe heute Vormittag Lagerdienst und muss Herrn Dietrich helfen, die Neuankömmlinge einzuweisen. Danach werde ich nachschauen, ob ich eine Medizin für Euren Freund besorgen kann. Sonst geht es ihm noch so wie dem

Verlobten meiner Herrin! Es wäre ja schade, wenn er ins Gras beißt, noch ehe der Wettstreit beginnt.«

Ehe Mathes oder Kamaria noch etwas sagen konnten, war sie zwischen den Zelten verschwunden. Mathes schaute ihr mit offenem Munde nach und machte keinerlei Anstalten, sich zu bewegen. Schließlich knuffte Kamaria ihn in die Seite und tippte ihn mit dem Zeigefinger an die Stirn: »Hallo, Mathes! Wohnt da wer? Ist jemand zuhause? Hallo! Wach werden!«

Mathes schien wie aus einer Trance zu erwachen und fragte mit verklärten Augen: »Hmmm? Was ist los?«

»Was ist los?«, echote Kamaria »Das frage ich dich, mein Lieber. Du hast ein Grinsen im Gesicht wie ein besoffenes Honigkuchenpferd. Kann es sein, dass du soeben von einer viel schlimmeren Krankheit befallen wurdest als Lorenz?«

Als Mathes keine Antwort gab, verdrehte sie die Augen und murmelte zu sich selbst: »Du meine Güte, ich bin dazu verdammt, den Wagen mit zwei verliebten Katern und einer Bärin zu teilen. Das kann ja heiter werden! Vielleicht sollte ich eine Menagerie aufmachen, anstatt mein Brot als Musikerin zu verdienen.«

Nach zwei Stunden tauchte die Zofe wieder auf und brachte eine Frau von großer, schlanker Gestalt und unbestimmbarem Alter mit. Es schien sich um eine Gesellschaftsdame zu handeln. Sie war in der entsprechenden Mode gekleidet und hatte einen Kruseler lose über ihr Haupt gelegt, ein halbkreisförmig zugeschnittenes Kopftuch, dessen Rand mit mehreren dichten Rüschen besetzt war und ihr feingeschnittenes Antlitz umrahmte. Ihr dunkelblaues Oberkleid wies vorne einen modernen Knopfverschluss auf. Ein schmaler Gürtel lag lose auf ihren Hüften, daran hingen ein Rosenkranz und ein Lederbeutel.

»Darf ich vorstellen«, sagte Traut, »das ist Hadewijch vom Gelderland. Sie ist eine entfernte Verwandte derer zu Eltz und ist die Vertraute und Gesellschaftsdame der Komtess. Außerdem ist sie eine Sprachkundige, sie spricht alle fränkischen Dialekte, außerdem Angelsächsisch, Okzitanisch und Lateinisch.

Sie kennt zudem die Gesänge der Troubadoure und Trouvères und hat deshalb die Ehre, den Sieger des Sängerwettstreites mitbestimmen zu dürfen! Doch das Wichtigste ist: Frau Hadewijch kennt sich mit den Kräutern der Naturheilkunde aus. Sie weiß, welche Wurzeln Schmerzen lindern, welche Heilpflanzen die üblen Darmwinde vertreiben und welche Alraunen man auf die Zähne legt, um das Zahnweh zu kurieren. Wenn man sie ganz höflich bittet, wird sie sicher auch einen Trank zusammenzubrauen wissen, der, bei Vollmond genossen, dem Verschmähten die Gunst der vergeblich Angebeteten zu erringen vermag!«

Die Zofe lachte glockenhell auf, aber die Dame schien überhaupt nicht darüber lachen zu können und schalt: »Unterlasse gefälligst die dummen Scherze. Wie oft soll ich dir noch sagen, dass schon manche unschuldige Kräuterheilerin wegen nichtigeren Geredes auf dem Scheiterhaufen gelandet oder gevierteilt worden ist? Ich bitte Euch inständig«, sagte sie zu Kamaria und Mathes gewandt, »nehmt kein Wort von diesem Geschwätz für bare Münze. Manchmal ist Jungfer Traut ein rechtes Schandmaul!« Sie schaute die Zofe mit strafendem Blick an und fuhr fort: »Ich bin nur ein wenig mit den Heilkräutern vertraut, nichts Besonderes, nichts, was nicht auch ein Bader wüsste! Aber lasst sehen, wo ist der Kranke?«

Mathes schlug die Plane zurück, und sie stieg in den Wagen, wo Lorenz apathisch unter mehreren Deckenschichten schlief. Sie legte ihre Hand auf die glühend heiße Stirn des Jungen, der aufstöhnte und sofort einen bellend röchelnden, tief sitzenden Husten hören ließ. Sie legte ihr Ohr auf seine Brust und lauschte den rasselnden Geräuschen, die seinen Atem begleiteten. Ihre Stirn legte sich in Falten, und kopfschüttelnd flüsterte sie:

»Der junge Mann ist sehr krank. Wir dürfen ihn auf keinen Fall hier im Planwagen liegen lassen, selbst wenn er Decken und ein Fell zum Einwickeln hat. Die Nächte sind noch eisig und wir müssen vermeiden, dass sich seine Influenza verschlimmert«. Sie schaute die Zofe fragend an: »Ob wir es verantworten können, ihn in die Platt-Eltz zu bringen, was meint Ihr? Schließlich ist er ein Fremder ...«

»Was ist denn die Platt-Eltz?«, wollte Kamaria wissen.

»So nennen die Leute den Burgfried. Wahrscheinlich, weil er von Rudolf von Eltz anno dunnemals direkt auf dem platten Felsplateau erbaut wurde«, entgegnete Traut und sagte dann leichthin zu Hadewijch: »Ach, ich glaube, dass das in Ordnung ist. Ich werde Graf Johann und Gräfin Jolante schon davon überzeugen, dass wir dem Jungen ein Bett gewähren sollten, vielleicht sogar im Palas, oder im Gesindehaus. Wenn ich mich recht erinnere, ist bei den Knechten noch Platz.«

»So sei es denn. Aber er muss beim Feuer liegen, damit ihm die Kälte aus den Füßen und aus den Händen vertrieben wird«, sagte die Gesellschaftsdame. »Und es ist Eile angesagt! So lasst uns nicht länger zögern.«

»Aber wie bekommen wir ihn in die Burg?«, fragte Kamaria. »Laufen kann er jedenfalls nicht.«

»Ich könnte ihn tragen«, bot Mathes an. »Wenn es gestattet ist, dass ich die Burg betrete«, ergänzte er zweifelnd.

»Das kriegen wir schon hin«, entgegnete Traut, und Kamaria wunderte sich, woher dieses Mädchen ihr Selbstbewusstsein nahm. Doch die Hauptsache war, dass Lorenz versorgt wurde.

Mathes stieg auf den Planwagen und lud sich den Jungen mitsamt seinen Decken auf die Schultern. Kamaria war erstaunt, wie kräftig der drahtige Fidler war. Sie beschattete ihr Gesicht durch ein Tuch über dem Kopf, um weniger aufzufallen, und dann führte die Zofe sie durch das Lager. Dabei vermied sie die Hauptwege, nicht wegen Kamaria, sondern um keine unnötige Angst vor einer möglichen Influenzaepidemie aufkommen zu lassen. Das wäre eine Katastrophe für die anstehenden Feierlichkeiten.

Es war bereits recht dunkel, als sie den schmalen Zugang zur Burg entlang gingen. Die Torwächter ließen sie passieren, nachdem sie Traut und Hadewijch erkannt hatten, und bald standen sie am Eingang zum Palas. Mathes mit seiner Last atmete schwer, denn es war ein steiler und anstrengender Aufstieg gewesen.

Eine edel gekleidete Dame kam ihnen entgegen. Sie trug ein cremefarbenes Damastkleid, das mit wunderbaren Stickereien besetzt war, und eine farblich dazu passende Schleppe. Ihre feingliedrigen Hände ragten aus überlangen, bauschigen Ärmeln heraus. Sie trug ihre Haare seitlich am Haupt in kunstvoll schneckenförmig geflochtenen Haarmuscheln. Dazwischen wurde ihre Frisur von einem Gefrens, einer Fransenborte, bedeckt. Kleidung und Kopfbedeckung wiesen sie als Dame von Stand aus.

»Haltet ein!«, rief sie scharf, »Wo soll es hingehen mit diesen Fremden, und was macht die Mohrin hier?«

»Oh, werte Gräfin«, antwortete Hadewijch, »wir bringen einen kranken Jungen. Er hat die Influenza und braucht dringend Versorgung. Er ist, so erzählt man, ein begnadeter Minnesänger und Musiker und hat gute Aussicht, sogar den Wettstreit zu gewinnen, sofern er uns nicht wegstirbt. Das dunkelhäutige Fräulein ist seine Begleitmusikerin. Sie stammt aus Mauretanien.«

Das Gesicht der Gräfin Jolante – um niemand anderen handelte es sich – wurde für einen kurzen Augenblick weich vor Mitleid. Als sie jedoch den fiebernden, zähneklappernden Lorenz ansah, verhärtete es sich sofort wieder.

»Und da wagt Ihr es, diesen Bedauernswerten in die Burg zu bringen, auf dass er alle anstecke? Seid Ihr verrückt geworden?«

»Oh bitte, Euer Gnaden, habt Erbarmen«, meldete sich die Zofe zu Wort. »Wo bleibt Euer sprichwörtliches Mitgefühl, das Ihr sonst immer für die Euch Anbefohlenen aufbringt? Wir können den Jungen doch von den Burgbewohnern fern halten.«

»Und was, kleines Fräulein, wenn er Euch bereits angesteckt hat?«, schnauzte die Gräfin.

»Dann ist es sowieso zu spät. Die Gaukler, mit denen er kam, sind schon im Zeltlager«, entgegnete sie.

»Aber Mathes der Fidler und ich sind seit Wochen mit ihm zusammen, und wir haben beide keine Anzeichen der Influenza«, beeilte sich Kamaria zu ergänzen.

»Ich bin sicher, dass ich mit Kräutern und kalten Wadenwickeln seine Krankheit in den Griff bekommen werde«, log Hadewijch mit undurchdringlichem Gesicht und hoffte, dass sie überzeugend klang. »Bitte, Gräfin, versagt diesem armen Jungen Eure Hilfe nicht!«

Die Gräfin seufzte und stimmte zu, dass Lorenz in eine Kammer im Palas gebracht wurde, mehr eine Zelle als ein Zimmer. Später stellte sich heraus, dass es Hadewijchs eigene Stube war, die die Gesellschaftsdame für Lorenz räumte. Sie überließ ihm sogar ihr Bett.

Mathes und Kamaria verabschiedeten sich ungern, doch sie hatten das Gefühl, dass Lorenz in guten Händen war. Mathes bedankte sich überschwänglich bei der jungen Zofe. Kamaria merkte, dass Mathes das Mädchen anhimmelte und versuchte, den Abschied möglichst lange hinauszuzögern.

Immerhin war sie froh, als Mathes fragte, ob sie am nächsten Tag wiederkommen dürften, denn die Mauretanierin war in großer Sorge um Lorenz. Es sah ganz danach aus, als sei der Sängerwettstreit für ihn schon vor Beginn verloren. Wie sollte es ihm gelingen, gesund zu werden, geschweige denn im Laufe einer knappen Woche seine Stimme zurückzugewinnen? In gedrückter Stimmung trottete sie neben Mathes zurück ins Lager der Compagnie Beau Temps.

Caput XXXVIII

Bittere Medizin

Stunde um Stunde saß Hadewijch vom Gelderland am Bett des kranken Jungen. Siebrachte all ihr Können auf, all ihr geheimes Wissen um die Wirkung von Kräutern und Heilwurzeln, um ihn ins Reich der Lebenden zurückzuholen. Es war tief in der Nacht und sie hatte schon mehrfach die kalten Wickel um seine Beine erneuert. Lorenz warf sich auf seinem Lager hin und her, und lang anhaltende Hustenkrämpfe quälten seine Lungen. Er fantasierte im Fieber, und Hadewijch wunderte sich, was der Junge alles erlebt haben mochte.

»Lasst mich ... ooh ..., will nicht Ritter werden ... Schlagt mich nicht ... ooh ... Kelpie ... Stimme ... Wölfe hinter uns ... Malkolpes ... Sternenglanz ... das Einhorn ... die Bärenquäler ... Günter vom Ossenberg!«

Wieder schüttelte ein Hustenanfall seinen geschwächten Körper, noch schlimmer als jener zuvor. Schweißperlen standen auf seiner Stirn, und seiner Pflegerin wurde es angst und bange. Sie roch an seiner Brust und befand, dass es Zeit sei, die Paste aus Kräutern und Gänsefett zu erneuern, die sie ihm darauf geschmiert hatte. Plötzlich hörte sie ein Geräusch. Es waren Schritte auf dem Flur, sachte wie ein Windhauch. Die Tür zu ihrer Kammer öffnete sich langsam, und der Schein einer Pechfackel fiel durch die Öffnung.

»Schschscht, leise, Traut!«, flüsterte sie der Gestalt zu, die zur Stubentür hineinschlüpfte, denn sie glaubte, die Zofe sei zurückgekehrt. Dann sah sie auf und erblickte vor sich ein junges Mädchen, das sie nie zuvor gesehen hatte.

Die Maid hatte eine durchscheinende Haut und lange, erdfarbene Haare, die ihr bis zur Hüfte fielen. Sie trug ein Gewand, das eher einem Nachthemd als einem Kleid glich. Es schillerte in verschiedenen Farben und war schlicht, doch unvergleichlich schön. Die Blau- und Grüntöne wirkten je nach Lichtschein, der darauf fiel, azurblau wie das tiefste Meer, smaragdgrün wie ein Gebirgssee, glänzend wie das hellgrüne Weidegras nach einem sanften Frühlingsregen oder dunkelgrün wie das Blätterkleid des Waldes nach einem Sommergewitter.

»Wer seid Ihr?«, zischte Hadewijch leise, um den Jungen nicht zu wecken.

»Es soll Euch genügen zu wissen, dass mein Name Maria vom Maifeld ist. Sagt dem Herrn Lorenz, wenn er wieder genesen ist, dass eine gemeinsame Freundin mich gesendet hat, Sophie vom Nebelheim! Sie ist wie ich eine – ja – eine Freundin des Waldes. Sophie und meine Verwandten sind dem jungen Herrn zu Dank verpflichtet, und wir haben geschworen, ihm behilflich zu sein, sollte er in Not geraten.«

»Wie kommt Ihr hier rein?«, raunte Hadewijch, die immer noch aufgebracht war. »Wie seid Ihr an den Wächtern vorbeigekommen?«

»Sagen wir, die Meinen wissen Wege, die Normalsterbliche nicht kennen«, entgegnete das Mädchen, »und wir kennen Heilmittel, die andere nicht kennen. Ich habe solche Medizin für Lorenz mitgebracht.« Sie löste einen Lederbeutel von ihrem Gürtel und reichte ihn Hadewijch.

»Stampft diese Kräuter und braut sie in heißem Wasser zu einem Tee! Gebt ihn dem Kranken alle vier Stunden! Er wird ihn nicht mögen, denn er ist sehr bitter. Sorgt also verlässlich dafür, dass er ihn trinkt! Dadurch wird sein Fieber zunächst steigen, aber das muss Euch nicht sorgen. Seid trotzdem bedacht, dass er warm bedeckt ist! Doch macht ihm kalte Wickel um die Waden und legt ihm diese Blätter auf die Brust! Sie mögen faulig sein und stinken, aber sie werden ihre Wirkung tun, und er wird sich langsam erholen.« Und dann fügte sie noch hinzu: »Sagt ihm aber auf jeden Fall, dass wir weiterhin mit ihm sind!«

Mit dieser geheimnisvollen Bemerkung verneigte sich das Mädchen. In diesem Moment brachen am nächtlichen Himmel einige helle Mondstrahlen durch die Wolkendecke. Ihre silbrigen Reflexe verstärkten den Schein der Talglichter, als die Geheimnisvolle unvermittelt mit dem Zwielicht verschmolz und sich auflöste.

Hadewijch befolgte die Anweisungen, flößte Lorenz den Tee aus den duftenden Kräutern ein und legte ihm die halb verrotteten Blätter auf die Brust. Sie wechselte sich mit der Zofe darin ab, an Lorenz' Bett zu wachen und ihm regelmäßig neue, in kaltes Wasser getauchte Leinentücher um die Waden zu wickeln.

Nach ein paar Stunden kam die Krise. Die Temperatur des Jungen stieg bedrohlich an, seine Wangen, seine Stirn, sein Nacken, ja, sein ganzer, zitternder Körper schien regelrecht zu glühen. Das Klappern seiner Zähne bildete eine unheilvolle Geräuschkulisse in dem sonst totenstillen Zimmer. Hadewijch, die sich für eine Weile aufs Ohr gelegt hatte und gerade zurückkehrte, um Traut abzulösen, fand sie in aufgelöster Stimmung vor.

»Ich glaube, wir werden ihn verlieren«, flüsterte die Zofe verzweifelt. »Was sollen wir denn bloß machen?«

Hadewijch, die ihr nichts von dem nächtlichen Besuch erzählt hatte, tröstete sie, aber erst nach gutem Zureden war die Zofe bereit, in ihr Zimmer zurückzukehren, um bis zu ihrer nächsten Krankenwache ein wenig Schlaf zu bekommen. Die Gesellschaftsdame erneuerte die Moderblätter auf der Brust des Jungen. Langsam, sehr langsam, ließ das Fieber in den nächsten Stunden nach, und auch die Hustenanfälle kamen seltener.

Am nächsten Morgen gegen sechs Uhr erschien Gräfin Jolante persönlich und brachte einen Krug mit heißer Hühnerbrühe. Als der Duft durch die Schlafstube zog, gab Lorenz ein Stöhnen von sich. Er schlug kurz die Augen auf, fiel aber sogleich wieder in den Schlaf zurück.

»Gott sei Dank!«, flüsterte Hadewijch, »ich hatte die Hoffnung schon beinahe aufgegeben!«

Sie rüttelte sanft an seiner Schulter, bis er die Augen erneut aufschlug. Er wirkte völlig apathisch, doch immerhin nahm er mit fragendem Blick die ihm fremde Frau wahr. Hadewijch steckte ihm zwei Kissen hinter den Rücken und half ihm, sich aufzurichten. Dann reichte die Gräfin ihr die Hühnersuppe und sie flößte Lorenz die wohltuende, heiße Flüssigkeit ein. Er verschluckte sich und hustete, doch an seinem dankbaren Blick erkannte sie, dass die Brühe ihm gut bekam. Er hatte Hunger. Das war ein erster Schritt zur Heilung. So hoffte Hadewijch vom Gelderland.

Sie und Traut wachten den ganzen Tag ununterbrochen an Lorenz' Bett. Gegen Abend schickte die Gesellschaftsdame einen Bediensteten ins Lager, um Mathes den Fidler zu holen, denn sie wusste, dass man sich Sorgen um den Jungen machte. Kamaria war kaum davon abzuhalten, ihn zu begleiten, doch die Anweisung lautete unmissverständlich, dass nur Mathes den Kranken besuchen dürfe. Hadewijch hielt es nämlich wegen Kamarias Hautfarbe für ratsam, dass sich das Mädchen möglichst wenig im Lager und auf der Burg sehen ließ

Als Mathes an das Krankenlager kam, saß Lorenz, auf Kissen gestützt, aufrecht im Bett. Sein Kopf war zur Seite gesunken, und er schlief.

»Psst, leise!«, raunte Hadewijch dem Fidler zu, als er die Stube betrat. »Er ist gerade wieder eingeschlafen. Ich habe ihm eben erst neue Blätter auf die Brust gelegt.«

Als spürte Lorenz die Anwesenheit seines Freundes, schlug er die fiebrig glänzenden Augen auf.

»Mathes ...«, flüsterte er, »Mathes, wie spät ist es?«

Dem Fidler fiel ein Stein vom Herzen, als er sah, dass sein Freund wach war und ihn erkannte.

Er ergriff dessen heiße Hand. »Wie spät es ist? Nun, Lorenz, es ist Abend. Ich soll dich übrigens grüßen von Emma und Pierre, von Angelo ... und natürlich von Kamaria«, setzte er hastig hinzu, als er den fragenden Blick des Jungen sah.

»Nein, ich meine, welcher Tag ist es?«, fragte Lorenz mit kraftloser, krächzender Stimme. »Ist der Wettstreit schon vorbei?«

»Nein, nein«, entgegnete Mathes, »es ist erst der Dienstag vor Ostern.«

Beruhigt ließ der Junge sich in die Kissen sinken. »Gott sei Dank!«, hauchte er. »Dann habe ich noch Hoffnung!«

Mathes und Hadewijch tauschten mitleidige Blicke aus. Der Fidler brachte es nicht übers Herz, ihm zu sagen, dass er seine Teilnahme am Sängerwettstreit für ausgeschlossen hielt. Er war überzeugt, dass Lorenz bis dahin nicht wieder genesen sei. Auch die Gesellschaftsdame sah die Möglichkeit nicht, dass er würde mitsingen können.

Plötzlich richtete Lorenz sich auf und winkte Mathes näher zu sich heran. Dieser näherte sich seinen Lippen, und der Junge wisperte ihm zu: »Günter vom Ossenberg! Ich muss Günter vom Ossenberg finden! Er hat meine magische Leier!«

Mathes runzelte die Stirn und fragte sich, was an einer Drehleier magisch sei, aber er konnte verstehen, dass Lorenz unbedingt sein Instrument zurückerlangen wollte. Deshalb antwortete er ihm, genauso leise: »Bleib ruhig, Lorenz, wir suchen nach ihm, und wenn er sich wirklich im Lager aufhalten sollte, dann werden wir ihn finden und ihn stellen!«

Lorenz ließ sich erschöpft zurücksinken und fiel sofort wieder in tiefen Schlaf. Der Kräutertee und die Blätter auf seiner Brust taten ihre Wirkung, dennoch brauchte er seine ganze Kraft, um gegen die Krankheit anzukommen.

Hadewijch vom Gelderland hatte den Namen Günter vom Ossenberg mitbekommen, obwohl Lorenz sehr leise gesprochen hatte.

»Ich kenne diesen Möchtegernminnesänger«, flüsterte sie. »Das muss ein ganz übler Bursche sein. Er stammt aus unserer Gegend und ist dort an den Höfen nicht beliebt. Im Gegenteil, am Niederrhein darf er sich so schnell nicht mehr blicken lassen. Auf Burg Moyland hat er angeblich dem Burgherrn Jakob van den Eger eine kostbare Notenhandschrift und eine Abschrift der Carmina Burana geklaut, und außerdem soll er die Tochter des Grafen Manfred vom Kleinenstein ... hrm ... in Verlegenheit gebracht haben.«

»Das passt zu dem, was Lorenz uns berichtet hat.« Mathes nickte nachdenklich. »Der Minnesänger hat ihm ein nagelneues Instrument gestohlen, und der Junge ist auf Vergeltung aus. Wir müssen sehen, dass es nicht zu einem Unglück kommt, sollten die beiden aufeinandertreffen. Aber wenn ich ehrlich bin, halte ich es für nicht sehr wahrscheinlich, dass der vom Ossenberg hierher kommt. Er kann sich denken, dass Lorenz ihn am ehesten hier suchen wird, nachdem er den Verlust der Leier bemerkt hat. Also, ich würde an seiner Stelle versuchen, möglichst viel Land zwischen mich und Lorenz zu bringen.«

In diesem Moment ging die Türe auf, und Traut brachte eine Schüssel mit frischem Wasser und saubere Leinentücher für neue Wadenwickel. Als Mathes sie sah, strahlte er übers ganze Gesicht. Sie sah den Glanz in seinen Augen und lächelte freundlich zurück. Sie mochte den Fidler.

Der wiederum fragte sich, welche Laus der Zofe über die Leber gelaufen sei, als das Lächeln und diese so verteufelt hübschen Grübchen unvermittelt aus dem Antlitz des Mädchens verschwanden. Ihr Blickverschleierte sich, als sei ihr soeben etwas sehr Unangenehmes eingefallen.

»Was ist mit Euch?«, fragte er besorgt.

»Ach nichts ...«, entgegnete sie mit bedrückter Stimme, »ich musste nur gerade an meine Familie denken. Fragt mich bitte nicht weiter.«

Mathes hätte sie am liebsten in den Arm genommen und tröstend an sich gedrückt, wenngleich er nicht wusste, was es zu trösten gab, doch er beherrschte sich, als er Hadewijchs warnendem Blick begegnete.

Währenddessen lief Kamaria wie eine Tigerin vor dem Planwagen hin und her und konnte die Rückkehr des Fidlers kaum abwarten. Es war zum Auswachsen, dass er sich so viel Zeit ließ. Eine Unverschämtheit eigentlich. Erst verbot man ihr, Lorenz zu besuchen, und dann ließ man sie auch noch im Unklaren über seinen Gesundheitszustand!

Ruhig, Kamaria Malaika! Ganz entspannt bleiben! Werd' mal nicht ungerecht!, rief sie sich selbst zur Vernunft. Es gelang ihr nicht wirklich. Insgeheim schalt sie sich eine Närrin, doch sie konnte ihre Nervosität nicht zügeln.

Ihre Unruhe übertrug sich auf Ursula, die hinter dem Fuhrwerk an einem Baum angebunden war. Jedes Mal, wenn Kamaria kurz vor der Stelle, an der sich die Bärin zusammengerollt hatte, eine scharfe Kehre machte, hob das Tier zunächst interessiert, dann aber immer irritierter den Kopf und ließ ein unwilliges Knurren ertönen. Schließlich platze Ursula der Kragen und beim nächsten Mal richtete sie sich auf ihren Hinterpfoten auf und stieß einen durchdringenden Schrei aus. Kamaria blieb wie angewurzelt stehen und kam zur Besinnung.

Die arme Bärin hatte seit geraumer Zeit nichts zu fressen bekommen. Das Blattwerk der Sträucher in der näheren Umgebung hatte sie schon abgeäst, und Kamaria fühlte sich schuldig, dass sie das Tier so lange vernachlässigt hatte. Sie lief zu den Marktständen und fand einen Händler, der frisch aus der Elz gefangene Fische anbot. Kamaria opferte ein paar der Münzen, die sie in Coellen bei der Straßenmusik erspielt hatte, und kaufte Fischabfälle.

Ursula dankte es ihr mit einem zufriedenen Grunzen, während sie mit gierigem Schmatzen die Fischteile verschlang. Danach rollte sie sich brummend zusammen, schloss die Augen und schlief ein. Erstaunt stellte Kamaria fest, dass Ursula, die Bärin, schnarchte.

Dann endlich tauchte Mathes an der Seite von Traut auf. Kamaria entgingen seine schmachtenden Blicke nicht.

»Also daher weht der Wind!«, begrüßte sie den Fidler. »Deshalb durfte ich nicht mitkommen, damit der Herr in aller Ruhe mit fremden Zofen turteln kann!«

»Kamaria, bitte!«, setzte Mathes schwach zu einer Entgegnung an. »Frag mich doch lieber einmal, wie es Lorenz geht!«

Sie biss sich auf die Lippen. Kamaria Malaika, sagte sie zu sich, du musst verdammt noch mal lernen, dein Temperament im Zaum zu halten!

»Und wie geht es unserem lieben Kranken?«, flötete sie trotz aller Selbstkritik in gespielt übertriebener Anteilnahme, die ihr aber im selben Augenblick schon wieder leidtat, als ihr die Frage rausgerutscht war. Die Antwort kam sofort:

»Besch...eiden!«, antwortete Mathes mit bedrückter Stimme. »Genauer gesagt geht es ihm richtig dreckig. Er war zwar zwischendurch bei Bewusstsein, aber er ist sehr schwach. Wenn ich ehrlich sein soll: Ich weiß beim besten Willen nicht, ob er das Osterfest erleben wird.«

»Aber Hadewijch tut für ihn alles, was sie kann«, beeilte sich Traut zu versicherten, »und ich helfe ihr dabei!«

»Lorenz hat uns gebeten, nach Günter vom Ossenberg zu suchen«, schloss Mathes, »und das sollten wir wirklich tun. Ich weiß zwar nicht, wie er aussieht, doch wir können uns ja durchfragen.« Sie riefen die Musiker und Artisten der Compagnie Beau Temps zusammen und hielten Kriegsrat.

»Oh, parbleu!«, sagte Pierre de Perpignan, »Laurence meint, dass die fiese Ferbrächer, die 'at gestollen seinä Vielle à Roue, kommt 'ier auf die Sängärwättbäwärb? Wenn das stimmt, dann wir müssän diese Schweinä'und findän!«

»Und dann gnade ihm Gott!«, ergänzte Angelo di Napoli. »Wir werden ihn auseinandernehmen und ihm alle Knochen im Leib brechen!«

Kamaria war befremdet, dass der feingeistige Angelo, der so süße und sanfte Melodien zu spielen wusste, solch gewalttätige Gelüste entwickeln konnte.

»Nein, Angelo, das geht auf keinen Fall. Wenn wir ihn wirklich finden, dann darf er unter keinen Umständen merken, dass wir ihn suchen, sonst macht er sich davon, ehe wir die Drehleier zurückbekommen. Wir müssen also sehr vorsichtig sein und uns nur ganz im Verborgenen nach ihm erkundigen.«

»Und wenn wir ihn gefunden haben, was machen wir dann?«, fragte Emma Myldenberger.

»Das überlegen wir uns, wenn es so weit ist«, meinte Mathes der Fidler.

Während die Karwoche verging, durchkämmten die Gaukler der Compagnie Beau Temps systematisch das Lager auf beiden Seiten des Elztals und erkundigten sich unauffällig nach dem Minnesänger. Niemand hatte je von ihm gehört, niemand hatte ihn gesehen, niemand kannte ihn.

Wenn sie nicht unterwegs waren, um nach Günter zu suchen, übte Kamaria mit Mathes die Melodien der Lieder und Tänze ein, die sie mit Lorenz gespielt hatte. Mathes komponierte mit Kamaria eine wundervoll melancholische, schlichte zweite Stimme zu Lorenz' Canzone, und er spielte den Düwelskermestanz nach einigen Stunden fehlerfrei. Er schien ganz gierig darauf zu sein, neue Melodien zu erlernen.

»Mathes der Musikvampir!«, spöttelte sie, weil er die Stücke förmlich in sich aufsog. Ihre Stimmung war ein wenig aufgehellt, denn die Zofe hatte berichtet, dass Lorenz zwar immer noch sehr schwach, aber doch auf dem Weg der Besserung sei.

»Lorenz hat sich von Hadewijch die Melodie eines flämischen Volkstanzes vorsingen lassen«, berichtete sie, »und er wollte unbedingt die Geschichte der Eltzer Löwen hören.«

»Dann muss es ihm besser gehen!«, meinte Kamaria. »Was sind die Eltzer Löwen?«

»Die Wappentiere derer zu Eltz«, sagte die Zofe.

»Ach so?« Kamaria schaute sie erwartungsvoll an. »Seit wann?«

»Nun, die Familien derer zu Eltz leben seit etwa zweihundert Jahren hier. Die Burg wurde durch Rudolf von Eltz im Jahre Zwölfhundertirgendwas erbaut, so genau weiß man es heute nicht mehr. Hier haben immer mehrere Familien zusammengelebt, seit die Urenkel Rudolfs eine Stammesteilung vorgenommen haben. Die Brüder Elias, Wilhelm und Theoderich zu Eltz haben aus der Burg die Ganerbenburg gemacht, die sie heute noch ist.«

»Und was ist eine Ganerbenburg?«, fragte Kamaria.

»Die Ganerbenschaft ist eine Erbengemeinschaft und bedeutet, dass die Familien die Besitztümer unter sich aufteilen, um die Einheit des Familienbesitzes zu wahren. Auf der Burg war stets genug Platz, und so haben sich die Familien mit einem Burgfriedensbrief zu der heutigen Wohngemeinschaft verpflichtet. Jeder Familienzweig bewohnt einen abgegrenzten Teil der Burg und besitzt Land, das genau bezeichnet ist. Die Familien haben sich auch verpflichtet, sich gegenseitig zu respektieren und zu helfen.«

»Und was hat das mit den Löwen zu tun?«, wollte Kamaria wissen.

»Nun, heute gibt es drei Familienzweige, die den Löwen als Wappentier gewählt haben. Es gibt die Familie Eltz vom goldenen Löwen, die Familie Eltz vom silbernen Löwen und die Familie Eltz von den Büffelhörnern.«

Traut grinste, weil sie genau wusste, was Kamaria als Nächstes fragen würde.

»Aber wieso haben zwei Familien den edlen Löwen im Wappen ...«

Traut ergänzte lächelnd: »... und die dritte nur einen Auerochsen?«

»Genau«, nickte Kamaria.

»Es heißt«, fuhr die Zofe fort, »dass einer der Brüder irgendwann mal einen wilden Auerochsen nur mit einem Kurzschwert erlegt und sich dessen Hörner nach dem Vorbild der wilden Wikingerhorden an seinem Helm befestigt hat. Aber die Familie nennt sich nur Eltz vom Büffelhorn. Im Schilde führen sie trotzdem einen goldenen Löwen.«

»Und welche Familien leben heute auf der Burg?«, wollte die Mauretanierin wissen.

»Nun, die drei Linien bestehen aus den Brüdern Johann und Dietrich zu Eltz, dann gibt es Werner und Heinrich, und das dritte Brüderpaar sind Lancelot und Perceval!«, sagte die Zofe.

»Ach je, das sind aber sehr französische Namen für zwei fränkische Ritter«, meinte Kamaria. »Der Vater der Unglücklichen war wohl ein großer Bewunderer von König Artus und seiner Tafelrunde?«

»So ist es«, bestätigte Traut mit einem Lächeln, »er liebte die Werke des Hartmann von Aue und die Romane des Wolfram von Eschenbach über Lancelot und Perceval. Und auch die Bücher des Chrétien de Troyes hat er geradezu verschlungen.«

»Woher kennst du die Familiengeschichte derer zu Eltz eigentlich so gut?«, wollte das Mädchen wissen.

»Na ja, wenn man das Glück hat, hier Zofe sein zu dürfen, dann muss man schnell lernen, mit wem man es zu tun hat und wer etwas zu sagen hat auf der Burg!«

»Und wer ist das?«, fragte Kamaria.

»Nun, man sagt, jeweils der ältere der beiden Brüder. Doch in Wirklichkeit sind es Jolante, Lieselotte und Friedlinde«, meinte sie verschmitzt.

»Wer bitte?« Kamaria schaute sie verständnislos an.

»Na, die Ehefrauen der drei!«, gab Traut noch breiter grinsend zurück und zeigte dabei wieder ihre bezaubernden Grübchen. »Aber das dürft Ihr natürlich niemals laut sagen. Die Grafen wären tödlich beleidigt. Ich glaube, sie würden Euch vierteilen lassen, ohne mit der Wimper zu zucken. Also hütet Eure Zunge!«

Am Gründonnerstag begannen auf der Burg und im Elztallager die Osterfeierlichkeiten, die Erzbischof Balduin von Luxemburg persönlich mit einem feierlichen Hochamt auf dem Turnierplatz einleitete. Von Gründonnerstag über Karfreitag bis einschließlich Karsamstag war jegliche Art des öffentlichen Lebens untersagt. Die Tage dienten ausschließlich dem Gebet und der Besinnung.

Es wurde strikt gefastet, und die Ritter, die an dem Turnier teilzunehmen gedachten, beteten zu Gott und zu ihrem jeweiligen Schutzheiligen. Sie erbaten einen glorreichen Sieg und dass sie keinen Schaden an Leib und Leben nehmen würden. Am Abend des Karsamstags hatten die Spielleute der Compagnie Beau Temps noch immer keine Spur von Günter vom Ossenberg gefunden. Nach dem Abendgottesdienst trafen sie sich und beratschlagten, was sie machen sollten.

»Es sieht nicht danach aus, dass Günter hier im Lager oder auf Burg Eltz ist«, meinte Mathes. »Ich fürchte, dass Lorenz sich damit abfinden muss, dass seine Drehleier weg ist!«

»Ooh, die arme Laurence! Die junge 'ärrlein tut mir so leid«, sagte Pierre de Perpignan. »Und auch konn er nischt mitmochän bei die große Sängärwättstreit! Isch bin so froh, dass Laurence mir wenigstäns die jolie chanson von Francesco Petrarca 'at beigebracht! Isch wärde damit großartisch gewinnen die Wettstreit und dann wärde isch diese Sieg 'ärrn Laurence widmen und isch wärde ...«

Weiter kam Pierre nicht, denn Emma Myldenberger hatte ihm einen unsanften Rippenstoß versetzt.

»Wage es nicht, Pierre de Perpignan«, drohte sie, »dich mit der Grafentochter ans Bankett zu setzen, denn dann setzt es etwas!«

Sie wandte sich an Kamaria. »Wie geht es Lorenz denn? Wird seine Influenza nun endlich besser?«

»Frag doch Mathes«, gab das Mädchen schnippisch zurück. »Er ist ja derjenige, der sich mit den Damen des Hofes so gut versteht und als Einziger zu Lorenz vorgelassen wird. Obgleich – ich habe eher den Verdacht, seine Krankenbesuche sind lediglich ein Vorwand, um der schönen Zofe den Hof zu machen.«

Mathes lief rot an.

»Das stimmt doch gar nicht«, sagte er entrüstet. Seine Entgegnung klang ziemlich lahm.

»Oooh, là, là! Cherchez la femme!«, meinte Pierre süffisant und Angelo di Napoli begann, einen bekannten Hochzeitsmarsch zu pfeifen.

»Jetzt lasst gefälligst den Jungen in Ruhe!«, schnauzte Emma Myldenberger sie an, grinste dann jedoch ihrerseits und meinte: »Junge Liebe duldet keinen Spott! Also Schluss jetzt! Gute Nacht zusammen.«

Es war noch recht früh, doch heute begaben sich die Mitglieder der Compagnie Beau Temps zeitig zu Bett, um für den kommenden Tag gut ausgeruht zu sein.

In den Tagen vor Gründonnerstag hatte sich der günstige Stellplatz für sie ausgezahlt. Sie hatten seither bereits viele Münzen und Naturalien eingenommen, denn viele Leute waren im Vorbeigehen auf ihre Musik aufmerksam geworden. Sie waren stehengeblieben, hatten zugehört, und schnell hatte sich herumgesprochen, dass eine Gruppe ausgesucht guter Spielleute mehrere Vorstellungen pro Tag gab. Das hatte letztlich dazu geführt, dass sie von den Burgherren gebeten worden waren, in den Pausen zwischen den Turniergängen für Unterhaltung zu sorgen. Außerdem sollten sie das Publikum vor Beginn des Sängerwettstreits mit Musik und artistischen Einlagen in Stimmung bringen.

Lorenz hatte jegliches Zeitgefühl verloren. Zwischen Hustenanfällen und neuerlichen Fieberschüben nahm er seine Umgebung wie durch einen Schleier wahr. Vergangenheit und Gegenwart vermischten sich vor seinem geistigen Auge, aber allgegenwärtig schien die Anwesenheit jener Frauen zu sein, die Lorenz ohne Pause versorgten.

Da war die Ältere, die ihm den übel schmeckenden Tee einflößte, erdig-schmutzige Blätter auf die Brust legte und sicherstellte, dass er ständig kalte Wickel um die Waden hatte. Dann war da noch ein bezauberndes junges Mädchen, das Lorenz bekannt vorkam. Er meinte sich dunkel zu erinnern, dass sie eine Zofe sei. Sie brachte ihm zu essen. Der Junge erinnerte sich an eine heiße Hühnerbrühe, aber auch an Gemüse, Hühnerfleisch und weißes Brot, an Mandelmilch mit Grieß und Gerstenbrei.

Als er an diesem Morgen erwachte, war irgendetwas anders. Es fiel wenig Licht durch den winzigen Fensterausschnitt in seine kleine Kammer, und das Stückchen Himmel, das er erblickte, war dunkelgrau. Doch der rote Schimmer der aufgehenden Sonne verriet, dass der Tag nahte. In der Ferne ertönte leise Musik. Lorenz glaubte, Fanfaren zu hören und Trommeln. Er lauschte eine Weile und dachte darüber nach, was die Musik bedeuten mochte.

In der Ecke der Stube schlief die ältere Frau in einem Sessel. Als Lorenz sich neuerlich bewegte und die Musik lauter wurde, schreckte die Frau hoch. Sie rekelte sich, gähnte hinter dezent vor den Mund gehaltener Hand, erhob sich und trat an sein Bett.

»Guten Morgen, Lorenz«, sagte sie, »willkommen unter den Lebenden!«

»Was ist los, Frau Hadewijch?«, fragte er. »Was hat die Musik zu bedeuten?« Er musste husten.

»Guten Morgen, Lorenz, und frohe Ostern!«, antwortete sie. »Gottlob geht es Euch endlich besser. Ich bin so glücklich, dass Ihr wieder bei Euch seid, denn ich muss Euch heute alleine lassen und kann nicht an Eurem Bette wachen. «

»Warum müsst Ihr mich alleine lassen?«, wollte er wissen.

»Nun, es ist Ostersonntag, und die ferne Musik bedeutet, dass sich die Kämpfer gerade zum Turnierplatz begeben, denn beim ersten Tageslicht beginnt die Waffenweihe. Dann folgt das Tjosten und am späten Vormittag finden die Einzelkämpfe statt. Ich aber muss nach dem Mittagsmahl als Preisrichterin dem großen Sängerwettstreit beiwohnen.«

Lorenz fuhr im Bett hoch. »Sängerwettstreit? Der Sängerwettstreit!« Schlagartig kamen ihm die Geschehnisse der vergangenen Wochen ins Gedächtnis. Er schlug die Decke auf und wollte aus dem Bett springen, doch Hadewijch hielt ihn zurück und drückte ihn sanft, aber bestimmt wieder auf sein Lager.

»Junger Herr, Ihr dürft noch nicht aufstehen«, sagte sie und sah ihm mit festem Blick in die Augen, »Ihr wart sehr krank, und Ihr könnt von Glück reden, dass Ihr noch unter den Lebenden weilt. Doch eine ganz besondere Medizin hat Euch geheilt. Ach, übrigens, ich soll Euch grüßen, von Maria vom Maifeld.«

Lorenz runzelte fragend die Stirn.

»Sie ist eine Freundin von Sophie vom Nebelheim«, erklärte Hadewijch, »und ich muss sagen, dass Ihr offenbar sehr mächtige Freunde habt, denn ohne die Medizin ...« Sie ließ offen, was ohne die Medizin geschehen wäre. »Jedenfalls seid Ihr noch lange nicht wiederhergestellt, und Ihr werdet unter gar keinen Umständen – ich wiederhole – unter gar keinen Umständen an dem Sängerwettstreit teilnehmen!«

Caput XXXIX

Unverhoffte Begegnungen

Die Tribüne des Turnierplatzes war am frühen Morgen noch verwaist, aber spätestens nach dem feierlichen Hochamt, das Erzbischof Balduin von Luxemburg auf dem Turnierfeld zelebrieren wollte, würden sich die Sitzreihen füllen. Bunte Bänder und die Wappen der Familien zu Eltz schmückten den Rand des Baldachins, der die Adligen vor heißer Sonne, die allerdings nicht zu erwarten war, oder vor einem kalten Frühjahrsregen schützen würde.

Im Morgengrauen waren die Ritter und ihre Knappen mit großem Gepränge und in Begleitung von Fanfarenbläsern auf den Kampfplatz gezogen, um ihre Wappen offiziell in den Wettkampf einzubringen, ihre Waffen vom Erzbischof segnen zu lassen und in einem gemeinsamen Feldgebet um den Beistand des Allmächtigen zu bitten.

Dann riefen Herolde die Turnierteilnehmer aus. Die Schildknechte befestigten die Wappenbilder der Ritter an den blauweiß oder rotweiß geringelten Stangen, die man entlang des Tjostplatzes zu einem Spalier aufrichtete. Im Verlaufe der Kämpfe würden die Pfosten mit dem Abzeichen des jeweiligen Verlierers umgelegt werden. Auf diese Weise konnten die Zuschauer verfolgen, welcher der Recken noch im Wettstreit war.

»Ihro Hochwohlgeboren, Ritter Aegidius, Herr von Rodenmachern!«, schmetterte ein Herold. Ein Knappe hielt das Wappen des Recken hoch über den Kopf und überreichte es zwei Schildknechten, die es an der Stange anbrachten und diese in einer dafür vorgesehenen Holzhalterung aufstellten.

Applaus und Hurrarufe brandeten im Publikum auf, das bereits die Wiese gegenüber der Adelstribüne jenseits des Turnierplatzes bevölkerte. Niemand mochte sich das Spektakulum entgehen lassen, und jeder wollte sich so früh wie möglich einen Platz sichern, um nur ja keine Einzelheit zu verpassen.

»Herr Bertram von Wadenau!«, proklamierte der Herold. Trommeln und Fanfaren erschallten, und das Wappen wurde aufgerichtet, während Applaus für Herrn Bertram aufbrandete.

»Seine Durchlaucht, Ritter Billung von Ingelheim!«

Applaus, Hurrarufe, Fanfaren, Trommelwirbel.

Cuno von Montfort, Dieter von Katzenelnbogen, Engelbert von den Arken, Heinrich von Treis, Hermann von Kastellaun, Ludolf von Schmidtburg, Nikolaus von Neuerburg, Rüdiger von Monsheim, Truschel von Wachenheim, und so weiter und so fort. Jedes Mal, wenn der Herold einen weiteren Namen aufrief, gab es Händeklatschen für den Turnierteilnehmer, seine Waffen wurden gesegnet. Nachdem alle Teilnehmer des Wettkampfes bekannt gegeben waren, begaben sie sich in die feierliche Ostermesse.

Auch die Gaukler und Musiker waren bereits früh auf den Beinen. Die Compagnie Beau Temps hatte ihre Bühne auf Wunsch des Grafen Johann zu Eltz zerlegt und die Einzelteile hinter der Adelstribüne deponiert. Nach dem Ende des Turniers sollten die Gaukler sie auf dem Turnierplatz vor der Tribüne aufbauen – ohne Hintergrundleinwand, sodass das gemeine Volk zumindest die Rücken der Minnesänger sehen konnte.

Kamaria hatte ihr venezianisches Kostüm angelegt und außer ihrem Dudelsack noch die Jonglierkeulen mitgebracht.

Pierre de Perpignan hatte vorgeschlagen, dass sie sich mit Tilman Beutelschneider, einem Possenreißer, und Ubald dem Starken, seines Zeichens Feuerschlucker, zusammentun und unters Volk mischen sollte. Seit dem ersten Tageslicht war dieses Trio schon mit der Bärin im Schlepptau unterwegs und hatte überall im Lager mit großem Erfolg seine Kunststücke gezeigt. Vor allem, wenn Ursula zu Kamarias Dudelsackklängen auf den Vordertatzen tanzte, klingelten die Münzen in Tilmans Hut. Sie hatten schon recht ordentlich verdient.

Im Laufe des Vormittags, etwa eine Stunde nach der Terz, näherten sich Fanfaren- und Trommelklänge aus Richtung der Burg Eltz. Kamaria brach ihr Dudelsackspiel ab, mit dem sie gerade eine rasante Vorführung Ubalds musikalisch untermalte. Das Trio begab sich samt Bärin zur Tribüne. Dort beobachteten die drei gemeinsam mit den

Kollegen den Aufmarsch der Adligen. Selten hatte Kamaria so viel Prunk versammelt gesehen.

Zunächst betrat der Erzbischof die Tribüne. Er war unschwer an seinem vollen Ornat zu erkennen, der aus der weißen Albe, der kürzeren roten Dalmatika und der goldenen Casula bestand. Außerdem trug er die Mitra und hielt seinen Bischofsstab in der Hand. Es bereitete ihm sichtliche Genugtuung, dass er als Erster seinen Platz einnehmen konnte. Nach drei Jahren Belagerung seiner Widersacher fühlte er sich als der moralische Sieger. Immerhin waren es die Burgherren zu Eltz und ihre Verbündeten gewesen, die um den Waffenstillstand gebeten hatten.

Balduin von Luxemburg schritt erhobenen Hauptes auf die Tribüne und ließ sich auf einem großen, thronartigen Sessel nieder, der mit reichen Schnitzereien und einem eigenen Baldachin versehen war. Er blieb mit gebieterischer Miene eine Weile allein sitzen, damit auch ja jeder mitbekam, dass er derjenige war, der das Sagen hatte. Schließlich erhob er sich wieder, winkte zunächst huldvoll ins Publikum und gab dann erst mit einer beiläufigen und gnädig wirkenden Gebärde die Tribüne frei.

»So ein Kotzbrocken!«, zischte Kamaria unter ihrer venezianischen Maske Mathes dem Fidler zu. »Der tut grade so, als wäre er der Heiland persönlich!«

»Mensch, Kamaria!«, fuhr ihr Mathes über den Mund. »Bist du des Wahnsinns? Das ist Gotteslästerung! Wenn dich jemand hört und anscheißt, wirst du garantiert als Ketzerin verbrannt! Und diesmal würde es kein Entrinnen geben wie in Bamberg!«

»Schon gut, schon gut«, lenkte die Mauretanierin kleinlaut ein. »ich halt ja die Klappe.«

Sie beobachteten, wie die Familien zu Eltz vor dem Gottesmann defilierten und seine Hand mit dem Bischofsring küssten, ehe sie auf der Tribüne Platz nahmen. Die Herren waren in hermelinbesetzte, farbenfrohe Jacken oder Mäntel gekleidet, die Damen in lange Atlaskleider und brokatüberzogene, kegelförmige Burgunderhauben, Hennins genannt, an denen lange Schleier befestigt waren. Neben Graf

Johann zu Eltz und Gräfin Jolante nahm eine ganz in Weiß gewandete schlanke Dame Platz. Ihr Antlitz war vollständig verschleiert. Das musste die Komtess zu Eltz sein, deren Hand heute symbolisch an den Sieger des Sängerwettstreites vergeben werden sollte.

Dann erklang eine Fanfare, Graf Johann erhob sich und bedeutete dem Publikum mit ausgebreiteten Händen, dass er um Ruhe bat. Das Stimmengewirr erstarb nach und nach, bis man schließlich nur noch das gelegentliche Schnauben eines Turnierpferdes hörte.

»Erlauchte Eminenz, Ihro Hochwohlgeboren Balduin von Luxemburg, Erzbischof zu Trier, Freunde und Verbündete ...«, begann Graf Johann mit lauter Stimme. Hochrufe aus dem Lager derer von Waldeck, Schöneck und Ehrenburg wurden laut, während der Erzbischof dem Grafen einen missbilligenden Blick zuwarf.

»... Männer und Frauen«, fuhr der Graf fort, »Ihr edlen Ritter, die Ihr angetreten seid zum friedlichen Tort, Ihr Troubadoure und Trouvères, Ihr Spielleute und Vaganten – Euch alle grüße ich! Doch auch euch Knechte und Mägde, Leibeigene und freie Bürger und nicht zu vergessen, die wie immer so zahlreich erschienenen Würdenträger des Klerus unserer heiligen katholischen Mutter Kirche.«

Vereinzeltes Gelächter quittierte den letzten Satz dieser Ansprache. Es war ziemlich gewagt, die kirchlichen Würdenträger in Anwesenheit des Erzbischofs in dieser herabwürdigenden Weise zuletzt zu nennen. Doch der Stachel, dass das Schutzbündnis der Hunsrücker Burgen den Erzbischof um einen Waffenstillstand hatte bitten müssen, saß zu tief. Der vorläufige Frieden stand noch auf wackligen Füßen, und es würde bis zu einem endgültigen Friedensvertrag vermutlich zäher Verhandlungen bedürfen. Der Graf wollte mit seinem Grußwort zeigen, dass er und seine Verbündeten sich nicht als Unterlegene fühlten – selbst wenn sie um die Einstellung der Kämpfe gebeten hatten.

»Heute ist ein glücklicher Tag«, fuhr Graf Johann fort, »denn wir feiern gemeinsam mit unserem ehrenwerten Widersacher einen Waffenstillstand – nach drei Jahren der Belagerung.« Die Menge brach in Jubel aus und er hielt einen Moment inne, bis sich der Beifall einigermaßen gelegt hatte.

»Ich eröffne hiermit das sportliche Osterturnier zu Burg Eltz im Jahre des Herrn 1334, um diesen Waffenstillstand zu feiern. Nachdem die anwesenden Recken, deren stolze Schilde hier zum Zeichen ihrer ritterlichen Ehre aufgereiht sind, den Sieger aus Tjost und Einzelkampf ermittelt haben, werden wir uns am Nachmittag der Kunst des Minnegesanges erfreuen. Der Sieger des Turniers wird einen Ehrenschild und ein wunderbares Schwert als Siegeszeichen erhalten. Der Gewinner des Sängerwettstreits erlangt einen güldenen Lorbeerkranz, einen Sack mit Florentiner Goldgulden und die Hand meiner Tochter ...«

Der Graf wartete ab, bis der aufbrausende Jubel verklungen war, und fuhr fort: »Aber diese Hand erhält der Sieger natürlich nur symbolisch. So wie die hohe Minne dem Lob einer für den Sänger unerreichbaren Fraue dient, so wird die Hand der Komtess nur für diesen einen Tag dem Ersten des Sängerwettkampfs gereicht! So mögen die Spiele beginnen!«

Es war ein erhebender Anblick, die kampfbereiten Ritter in voller Rüstung und mit erhobenen Lanzen auf ihren Streitrössern mit den bunt verzierten Schabracken einreiten zu sehen. Sie zogen unter großem Jubel und Fanfarenklängen an der Ehrentribüne vorbei und grüßten die Eltzer Familien und den Erzbischof, indem sie kurz ihre Speere senkten. Dann trabten sie auf den Turnierplatz, jeweils einer zur linken, der andere zur rechten Seite. Die Kontrahenten waren vorher ausgelost worden und warteten dort auf die Anweisungen der Sekundanten. Schließlich war das erste Paar bereit zum Lanzengang.

Die Lanzen hatten keine scharfen Spitzen, sondern aufgebogene stumpfe Enden, die den Gegner nicht tödlich verletzen sollten, denn es handelte sich um ein sportliches Turnier. Doch auch bei solch freundschaftlichen Kämpfen kam es mitunter zu bösen, ja sogar lebensgefährlichen Wunden. Die entschärften Lanzen konnten beispielsweise nicht verhindern, dass ein Kämpfer sich beim Sturz vom Pferd das Genick brach.

Kamaria beobachtete von ihrem Platz aus, wie die Komtess sich erhob. Sie löste den Schleier von ihrem Gesicht, hob ihn hoch über den Kopf und ließ ihn nach einer Kunstpause plötzlich los, sodass er im

Wind davonflatterte. Mit diesem Zeichen war der Wettkampf eröffnet. Die ersten beiden Kontrahenten gaben ihren Rössern die Sporen und donnerten mit eingelegter Lanze aufeinander zu.

Kamaria bemerkte, wie Mathes plötzlich zur Tribüne hinüber starrte, als sei er vom Blitz getroffen worden. Sie kniff die Augen zusammen, und dann erkannte sie den Grund für sein Entsetzen: Die junge Maid, die soeben ihr Antlitz enthüllt hatte, war niemand anderes als Traut, die angebliche Zofe!

Natürlich, dämmerte es Kamaria, die Grafentochter hatte sich als Kammermädchen gekleidet, um unerkannt und unbehelligt im Lager auf den Elzwiesen umhergehen zu können. Ihr Name war Trauthilde, jetzt fiel es Kamaria wieder ein. Ihre langen, flachsfarbenen Haare, an denen man sie hätte erkennen können, hatte sie stets unter der Haube verborgen, und ihre Zofenkleidung hatte die Täuschung perfekt gemacht.

So ein gerissenes Luder, dachte Kamaria, hält uns doch allesamt zum Narren. Kein Wunder, dass sie Lorenz so problemlos in die Burg schaffen konnte.

Lorenz – der Gedanke an den Jungen gab Kamaria einen Stich. Wie sehr hatte er sich auf den Sängerwettstreit gefreut, und nun lag er krank im Bett und konnte nicht daran teilnehmen. Und noch jemand tat Kamaria leid. Mit einem Seitenblick musterte sie Mathes, der ein Gesicht machte, als habe er gerade sein Todesurteil vernommen.

Und während auf der Tjostbahn unter dem tobendem Jubel des Publikums die ersten Lanzen zersplitterten, pfiff Pierre de Perpignan durch die Zähne und meinte zu Mathes: »Ooh, mon pauvre ami Mathias! So eine grande merde! Da ’ast du die gonse Seit eine Grafäntochtär die ’of gemacht, du arme Diable! So viel verschwändete Enerschie – und nun das!«

Mathes warf ihm verzweifelt einen wütenden Blick zu. Emma Myldenberger verpasste Pierre eine Kopfnuss und schnauzte ihn an: »Jetzt halt gefälligst deine Schnauze und lass Mathes in Ruhe!«

Für den Fidler war eine Welt zusammengebrochen. Er konnte es einfach nicht fassen, dass das Mädchen, in das er sich unsterblich verliebt hatte, auf ewig für ihn unerreichbar bleiben sollte. Er setzte sich abseits des Publikums auf die Wiese, barg sein Antlitz in den Händen und war nicht mehr ansprechbar.

Auf der Turnierbahn traf inzwischen das zweite Ritterpaar aufeinander und kreuzte die Lanzen. Herr Ludolf von Schmidtburg wurde von Ritter Nikolaus von Neuerburg mit gekonntem Lanzenstoß aus dem Sattel gehoben, unter tosendem Applaus für den siegreichen Recken.

Als in den späten Mittagsstunden die Tjoste beendet wurden, waren nur noch vier Kämpfer übrig. Sie traten nun zum Kampf Mann gegen Mann an, mit Morgenstern und Langschwert. Schließlich gelang es im letzten Kampf dem ehrenwerten Herrn Truschel von Wachenheim, seinem Gegner Dieter von Katzenelnbogen mit mehreren Morgensternattacken den Schild zu zertrümmern. Ritter Dieter kniete vor ihm nieder und ergab sich seiner Gnade, die Herr Truschel auch großzügig gewährte, nicht ohne Herrn Dieter allerdings Pferd und Rüstung als Siegespfand abzunehmen.

Ritter Truschel wurde unter dem endlosen Beifall des Publikums von den Herolden zur Tribüne geleitet, wo er aus den Händen der Komtess seinen Siegeslohn im Empfang nahm. Stolz reckte er das neue Schwert und den besonders schön bemalten Siegesschild in die Höhe, in dessen Mitte man Platz für sein Wappen gelassen hatte, das noch im Laufe des Nachmittages von den Schildermachern der Burg Eltz aufgemalt werden würde.

Während die Zeremonie fortgesetzt wurde, zupfte plötzlich ein Junge an Kamarias Ärmel.

»Seid Ihr Kamaria Malaika?«, fragte der Bursche.

»Warum willst du das wissen?«, raunzte Kamaria ihn an.

»Ihr müsst unbedingt mit mir kommen«, sagte er.

»Ach, und weshalb, bitte schön, sollte ich das tun?«, entgegnete sie.

»Bitte, vertraut mir einfach und begleitet mich!«, sagte der Knabe, drehte sich um und verschwand in der Menge, ohne eine Antwort abzuwarten.

»He, warte!«, rief Kamaria überrumpelt und folgte ihm. Sie erntete Knuffe, als sie sich unsanft einen Weg durch das Publikum bahnte und versuchte, den Knaben nicht aus den Augen zu verlieren. Er bewegte sich in Richtung Tribüne, und dann schlug er einen Weg zwischen den zahlreichen Zelten ein, nicht ohne sich vorher zu vergewissern, dass die Mauretanierin hinter ihm war.

Schließlich gelangten sie zum Lagerplatz der Compagnie, wo der Junge urplötzlich wie vom Erdboden verschwunden war.

Kamaria schaute sich suchend um, aber es war vergebens, der Knabe hatte ein paar geschickte Haken geschlagen und war vermutlich in eines der zahlreichen Zelte geschlüpft.

»So ein ...«, setzte Kamaria an, da legte sich plötzlich von hinten eine Hand auf ihre Schulter und versetzte ihr einen Mordsschrecken. Sie fuhr herum wie von der Tarantel gestochen.

»Gott, bin ich froh, dich zu sehen!«, sagte Lorenz und schloss seine entgeisterte Freundin in die Arme. Sie schmiegte sich zunächst an ihn, aber dann stieß sie ihn grob zurück.

»Sag mal, hast du sie noch alle? Was fällt dir ein, mir so einen Schrecken einzujagen? Was soll die Heimlichtuerei? Du bist krank und gehörst ins Bett. Wenn du dich sehen könntest, dein blasses Gesicht und die Ringe unter den Augen – du würdest freiwillig zum nächsten Bader gehen und um einen Aderlass betteln!«

Kamaria war aufgebracht und glücklich zugleich. Aber eher aufgebracht – nein, glücklich – nein, aufgebracht ...

»Was hast du hier zu suchen, Laurentius von Rabenhorst? Willst du deine Genesung aufs Spiel setzen und morgen mit einem Rückfall wieder flachliegen? Was denkst du dir eigentlich?«

Sie mochte sich nicht beruhigen. Doch als sie bemerkte, dass der Junge seine Laute über die Schulter gehängt hatte und sie Pierres Sinfonia im Gras liegen sah, dämmerte ihr, was er sich bei seiner Flucht aus dem Krankenzimmer gedacht hatte.

»Oh nein, Lorenz! So haben wir nicht gewettet. Du wirst auf gar keinen Fall an dem Sängerwettbewerb teilnehmen! Erstens bist du noch viel zu geschwächt, zweitens klingt deine Stimme wie ein Reibeisen ...«

»... und drittens werde ich an dem Wettstreit teilhaben, und es gibt niemanden auf der Welt, der mich davon abhalten könnte«, unterbrach Lorenz ihren Redeschwall. »Und du, Kamaria, wirst mir dabei helfen!«

Während der Bischof und die Adligen ein kleines Mittagsmahl zu sich nahmen, hatten die Gaukler der Compagnie ihre Bühne auf der sonnenüberfluteten Wiese vor der Tribüne aufgebaut. Am frühen Nachmittag war es dann endlich so weit. Der Sängerwettstreit begann mit einem Fanfarenstoß und der Ankündigung des ersten Troubadours durch den Herold:

»Edle und Hochwohlgeborene, Mesdames et Messieurs, empfangt mit einem donnernden Applaus einen weit gereisten Sänger aus dem fernen Lande Kaledonia. Begrüßt Seandi Mac a'Bhéil, der Euch nun die Ballade singen wird, wie ein fahrender Ritter im fernliegenden Loch Ness eine furchtbare Seeschlange sucht und wie er dieses Ungetüm findet. Höret, warum seither nie wieder ein Mensch den tapferen Recken und das Monstrum gesehen oder etwas von ihnen vernommen hat.«

Neben der Tribüne diente ein Zelt als Sammelpunkt für die Sänger. Dort konnten sie vor dem Auftritt ihre Instrumente stimmen und noch einmal in Ruhe die Texte ihrer Lieder durchgehen. Aus diesem Zelt trat nun der hünenhafte kaledonische Sänger hervor und schritt Richtung Bühne. Ein Raunen ging durch die Zuschauer, aber nicht weil er so groß war, sondern weil er anstelle von Hosen einen sonderbaren, mit großen Karos gemusterten Rock trug. Zudem hatte er statt eines Hemdes eine breite Schärpe wie eine Toga um Hüften und Oberkörper geschlungen. Er betrat das Podium ohne Instrument.

»Gott sei Dank hat er keinen kaledonischen Dudelsack mitgebracht!«, flüsterte im Publikum Emma Myldenberger Angelo di Napoli zu.

»Das wäre in der Tat kaum auszuhalten!«, entgegnete dieser und wandte sich dann an Pierre de Perpignan: »Los komm, wir sind bald dran, lass uns zum Sängerzelt gehen und schon die Instrumente stimmen.«

Während Pierre und Angelo sich aufmachten, erwies sich der Vortrag des Kaledoniers als eine endlose Tortur. Er verfügte zwar über einen anhörbaren Bariton, jedoch sang er sein Lied, eine schier endlose Ballade mit wunderschöner Melodie, ohne jegliche Instrumentalbegleitung in einer Sprache, die niemand verstand. Einzig Hadewijch vom Gelderland, die an der Seite der Komtess Platz genommen hatte, schien der Gesang zu gefallen. Aufmerksam lauschte sie den Worten und wisperte Trauthilde gelegentlich etwas ins Ohr. Das Publikum war nicht so geduldig, denn hin und wieder wurden Pfiffe laut.

Schließlich endete Seandi Mac a'Bhéils Ballade, und es gab höflichen Beifall, der vermutlich weniger dem Lied des Kaledoniers galt als der Tatsache, dass es nun beendet war. Mit hängendem Kopf verließ der Sänger das Podium. Er setzte sich auf einen der vor der Tribüne aufgestellten Stühle, von denen aus die Wettbewerbsteilnehmer den weiteren Verlauf der Veranstaltung verfolgen konnten.

Der Herold kündigte Hellmuth vom Weserstrand an, einen Minnesänger aus dem Norden, der mit einer Laute die Spielfläche betrat. Er hatte einen nahezu kahl rasierten Schädel und war von hagerer Gestalt, die er vollständig in schwarze Kleidung gehüllt hatte, um seine Präsenz auf der Bühne zu verstärken. Zudem trug er schwarze Schnabelschuhe und einen ebensolchen Ledergürtel. Er begrüßte die Gäste und verkündete: »Einst wanderte ich vom Weserstrand über die Bernsteinstraße in ferne Lande, um an die Adria zu gelangen. Ich zog über die mächtigen Alpen und gelangte über die Brennerstrecke an das Ufer des Oenus, wo einst Graf Berchtold V. eine Brücke errichten ließ.

Dort in Oenipontum, das wir in Franken Innsbruck nennen, traf ich die schönste aller Frauen, doch musste ich von ihr lassen und weiß nicht, ob ich sie jemals wieder sehen werde. So hört denn mein Lied zu Ehren der Hohen Fraue.«

Hellmuth hatte die Saiten seiner Laute so gestimmt, dass er gar nicht mit der linken Hand greifen musste, um einen Wohlklang zu erzeugen. Ohne großen Aufwand brachte er auf diese Weise eine wunderbare Begleitung zuwege, und nach einem kleinen Vorspiel sang er mit wunderschönem Bariton:

»Innsbruck, ich muss dich lassen,
Ich fahr dahin mein Straßen
In fremde Land' dahin.
Mein Freud' ist mir genommen,
Die ich nit weiß bekommen,
Wo ich im Elend bin.«

Nach drei weiteren Strophen war großer Jubel sein Lohn, lauter, länger anhaltend und ehrlicher gemeint als nach der Darbietung Seandi Mac a'Bhéils. Hellmuth vom Weserstrand verbeugte sich artig, schulterte seine Laute und machte die Bühne frei für den nächsten Bewerber.

»Begrüßen Sie nun den Minnesänger Rainald vom Uedemer Bruch«, kündigte der Herold ihn an. Es erschien ein wohlbeleibter Herr im mittleren Alter, der volles, blondes Haupthaar und einen dichten Bart trug. Er war dezent gekleidet und ein hintergründiges Lächeln umspielte ständig seine Lippen. Rainald verließ sich ganz auf seinen volltönenden Bariton und sang ohne Instrumentenbegleitung. Er verneigte sich zunächst in Richtung Tribüne und kündigte dann an:

»Mesdames et Messieurs, zur besonderen Ehre der hier anwesenden Herren Lancelot und Perceval zu Eltz singe ich Euch ein Chanson über den hochwohledlen britannischen König der Könige und seine treuen, edlen Ritter.«

Dann warf er sich in Positur und begann:

»Chevaliers de la table ronde,
Goûtons voir si le vin est bon;
Goûtons voir, oui oui oui,
Goûtons voir, non non non,
Goûtons voir si le vin est bon ...«

Das Lied handelte von einem Ritter der Tafelrunde, der die anderen Recken auffordert, den ihnen kredenzten Wein zu verkosten und fünf bis sechs Flaschen davon zu trinken, wenn er denn gut sei. Anstelle eines Grabes wünschte er sich, in einem Weinkeller beigesetzt zu werden. Die Moral des Liedes war, dass man den Wein trinken und genießen solle, ehe man stirbt.

Es erklang freundlicher, aber verhaltener Beifall. Dem Publikum schien es nicht sonderlich zu gefallen, dass ihre Helden aus der Artusgeschichte als hemmungslose Säufer dargestellt wurden. Mit hängendem Kopf räumte Rainald vom Uedemer Bruch das Feld.

»Und nun, sehr geehrte Damen und Herren«, kündigte der Herold an, »begrüßen Sie aus den fernen Pyrenäen und aus dem schönen Land

Italien zwei Künstler, die uns mit einem Lied aus dem Languedoc erfreuen werden.«

Pierre und Angelo betraten die Bühne und ernteten gleich zu Beginn den donnernden Applaus derer, die in den vergangenen Tagen den Konzerten der Compagnie Beau Temps gelauscht hatten und wussten, was nun folgen würde.

»Mesdames et Messieurs«, hob Pierre de Perpignan an, »Damen und 'ärren! Isch singä für Sie die Chanson von die Königin, die in die frü'e Jahr sehr verliebt ist. Lassen wir 'offen, dass der Könisch nischt da'inter kommt!«

Mit diesen Worten nickte er Angelo zu. Dieser setzte seine Fidel an und spielte ein fabelhaftes Vorspiel, ehe Pierre seine Stimme erhob und begann:

»A l'entrada del temps clar, eya,
Per jòia recomençar eya,
E per jelòs irritar, eya,
Vòl la regina mostrar
Qu'el es si amorosa ...«

Pierre war völlig irritiert, als unvermittelt eine zweite Stimme die »Eyas« nach jeder Zeile mitsang, genauso wie er es in den vergangenen Wochen mit Lorenz einstudiert hatte. Aus dem Augenwinkel konnte er sehen, dass es nicht Angelo war, der da mitsang. Als dann der Refrain kam, setzte auch noch eine Laute ein, und die Begleitstimme – Pierre hatte den Eindruck, dass sie von links neben der Bühne kam – unterstützte gefühlvoll den Text des Kehrreims:

»A la vi', a la via, jelòs,
Laissatz nos, laissatz nos
Balar entre nos, entre nos.«

Als schließlich noch der Dudelsack einsetzte, war ihm endlich klar, was los war, und er war glücklich. Während der zweiten Strophe kamen Lorenz und Kamaria Laute und Sackpfeife spielend auf das Podium und begleiteten das Stück bis zum Ende.

»Kommt der Frühling warm und klar, eya,
Weckt er Freude immerdar, eya.
Eifersüchtigem zur Pein, eya,
Zeigt die Königin heut fein
Amouröse Tändelei'n.
Eifersüchtiger, hinweg!
Lass uns doch, lass uns noch
Tanzen vor Freude - es ist Frühling!

Eine Nachricht sandte sie, eya,
Durch das Land bis an die See, eya,
Jeder Bursch' und junge Maid, eya,
Sei zum Tanzen heut bereit,
Zum Tanz der Freude!

Selbst der König eilt herbei, eya,
Ist voll Eifersucht dabei, eya,
Fürchtet dass man ihm galant, eya,
Seine Königin ausspannt,
Seine schöne Königin im Frühling.

Sie war jung und er so alt, eya,
Er ließ sie schon lange kalt, eya,
Denn ihr Herz allein bezwang, eya,
Nur ein Knappe jung und schlank,
Tanzt mit seiner Königin im Frühling.

Wenn man sie so tanzen sieht, eya,
Sich graziös ihr Körper wiegt, eya,
Weiß man, auf der ganzen Welt, eya,
Ist ihr niemand gleichgestellt,
Uns'rer schönen Königin im Frühling.«

Als sie geendet hatten, brandete tosender, nicht enden wollender Applaus auf, und selbst der Erzbischof erhob sich von seinem Tribünensitz und schlug bedächtig mehrmals die Hände ineinander – ein zwar gekünsteltes, aber deutliches Zeichen hoher Anerkennung.

Es wurden vereinzelte Rufe nach einer Zugabe laut, doch der Herold, der die Rolle des Zeremonienmeisters übernommen hatte, war gnadenlos. Keine Zugaben, es galt gleiches Recht für alle Sänger.

Pierre und Angelo verließen die Bühne, während Lorenz und Kamaria sich in Positur stellten. Lorenz flüsterte kurz mit dem Herold, dieser nickte und wandte sich anschließend an das Publikum:

»Verehrte Kunstfreunde, nunmehr gibt es noch einen Bewerber, mit dem niemand mehr gerechnet hatte, denn er war schwer krank. Begrüßet mit mir den Minnesänger Lorenz von Rabenhorst, den jüngsten Bewerber um die Siegesehre! Begleitet wird er von Fräulein Kamaria Malaika, einer bezaubernden Musikerin aus dem fernen Mauretanien.«

Kamaria hatte sich auf einen Schemel gesetzt und die Harfe zwischen ihre Knie genommen. Lorenz spielte im Stehen auf der Sinfonia, die er sich mit zwei Gurten umgebunden hatte. Nach dem Vorspiel zeigte sich, dass er gut daran getan hatte, eine zweite Stimme zu Pierres Beitrag zu singen, vorsichtig erst mit den »Eyas« und kräftiger beim Refrain. Lorenz war zuerst entsetzt gewesen, wie krächzend seine Stimme klang, aber dann hatte er gemerkt, dass seine vom Husten malträtierten Stimmbänder geschmeidiger wurden. Dann war ihm Kelpie eingefallen, der Nöck, dem er seine wunderbare Stimme zu verdanken hatte, und je intensiver er an ihn gedacht hatte, desto volltönender und schöner war der Klang seiner Stimme geworden – wie auch immer das geschah.

Nun sang er, passend zur Jahreszeit und direkt an Komtess Trauthild zu Eltz gewandt:

»Grün gefärbt ist schon der Wald,
In der wonniglichen Zeit!
Meine Sorgen schwinden bald.
Segen sei dem besten Weib,
Dass es mich tröstet ohne Spott
Ich bin froh! Durch ihr Gebot!

Ein Winken und ein stilles Seh'n
Galt mir, als ich sie kürzlich traf.
Da konnt' es anders nicht gescheh'n,
Als dass sie voller Liebe sprach:
›Mein Freund, nun sei recht frohgemut!‹
Wie wohl das meinem Herzen tut!

›Ich will Tränen nach dir weinen!‹
Sprach die beste aller Frauen.
›Bald schon lass mich bei dir sein,
Dir mein Glück anzuvertrauen!‹
›So wie du willst, so soll es sein,
Lache, liebstes Mägdelein!‹«

Lorenz hatte voller Hingabe gesungen, und Kamaria hatte ihr Bestes auf der Harfe gegeben, um sein Drehleierspiel zu unterstützen. Am Ende des Liedes hatte er die Melodie noch einmal ohne Gesang gespielt und dahinter nahtlos eine heitere Tanzmelodie angefügt. Das war geschickt, denn mit diesem Potpourri hatte er seine Vortragszeit verlängert. Gegenüber den anderen Sängern war das allerdings nicht ganz fair, weil jeder ja nur ein Stück vortragen durfte.

Die Eltzer Grafen und ihre Familien erhoben sich von ihren Plätzen und applaudierten stehend. Aber auch die Herzen des gemeinen Volkes hatten die beiden im Sturm erobert. Sie wurden mit Applaus überschüttet, die Hurra-, Bravo- und Da-capo-Rufe wollten gar nicht mehr aufhören. Schließlich wusste der Herold sich nicht anders zu helfen, als die Fanfaren so lange schmettern zu lassen, bis sich der Beifall legte. Lorenz und Kamaria verneigten sich ein letztes Mal und nahmen dann neben Pierre und Angelo in der Stuhlreihe für die Sänger Platz.

»So höret nun, Damen und Herren, dies war der letzte Teilnehmer des Sängerwettstreits zum Osterfest im Jahre des Herrn 1334! Die Preisrichter werden sich nun ...« Weiter kam er nicht, denn Erzbischof Balduin von Luxemburg hatte sich erhoben und gebot dem Herold mit einer herrischen Geste zu schweigen.

»Ihr Edlen zu Eltz, vernehmt mein Begehr!«, hob er mit lauter Stimme an, die selbst im hintersten Winkel des Geländes noch zu vernehmen war: »Ich bitte Euch, meinen kleinen bescheidenen Beitrag zur Feier des Waffenstillstandes anzunehmen.« Er machte eine Kunstpause, um seine Worte wirken zu lassen.

Dann fuhr er fort: »Ich habe die Patenschaft übernommen für einen ganz großen Künstler, der es sowohl mit der Sprache der Poesie als auch mit der Stimme der Musik vermag, zu Gottes Ehre und unserer Erbauung die löblichsten Lieder darzubringen. Als er vor einigen Wochen an meine Tür klopfte und um Aufnahme bat, lauschte ich seinem Gesang und gewährte diesem gottgesandten Künstler Herberge in der Baldeneltz, wo ich seither jeden Tag mit Wohlgefallen zuhörte, wie sich dieser Troubadour der Troubadoure auf seinen heutigen Wettbewerbsbeitrag vorbereitete. Schöner und begnadeter kann kaum ein Vortrag sein. Begrüßen Sie mit einem besonderen Applaus den Minnesänger ...«

Er machte eine Kunstpause, in der sein Protegé aus dem Schatten des Sängerzeltes vortrat und auf die Bühne stieg, und beendete dann seine Ansprache mit erhobener Stimme:

»... Günter vom Ossenberg!«

Caput XL

Ein Ritt durch die Nacht

Lorenz schaute wie versteinert auf die Bühne, wo sich groß und feist Günter vom Ossenberg in Pose warf. Der Minnesänger schlug seinen Umhang zurück, den er schützend über das Instrument gebreitet hatte, das er vor dem Bauch trug.

»Meine Leier!«, flüsterte Lorenz Kamaria zu, während er sich aus seiner Erstarrung löste. »Meine Leier! Der Drecksack hat meine Drehleier!«

Seine Gefährtin sah ihn besorgt und mit wachsendem Unbehagen an. »Lorenz, mach jetzt keinen Fehler ...«, hob sie an.

»Na warte, du Dieb!«, presste Lorenz hervor. Sein Gesicht hatte sich rot verfärbt, und sie bemerkte seine zornig zusammengezogenen Augenbrauen. Der Junge reichte ihr Pierres Sinfonia, erhob sich von seinem Stuhl und trat einen Schritt vor.

Währenddessen hatte Günter eine Bordunsaite aufs Rad gelegt und begonnen, langsam die Kurbel zu drehen. Doch als er gerade beginnen wollte, eine Melodie zu spielen, ertönte ein gellender Schrei.

Alle Augen richteten sich auf Lorenz, der nach vorne vor die Bühne gerannt war, ehe Kamaria ihn festhalten konnte. Das Publikum verfolgte den Vorgang mit interessiertem Raunen. Der Erzbischof runzelte die Stirn, ungehalten über die Störung des Auftritts, und auch Graf Johann schien ob des Zwischenfalls nicht erfreut zu sein.

»Du dreckiger Strauchdieb!«, gellte Lorenz so laut, dass es weit über den Turnierplatz schallte, während er versuchte, die Bühne zu erklimmen. Günter trat vorsichtshalber einen Schritt zurück, aber der Junge schaffte es nicht hinauf, denn zwei Wachsoldaten hatten ihn ergriffen. Sie zerrten den wie wild strampelnden Lorenz vom Podium weg, schleiften ihn zur Tribüne und warfen ihn zu Füßen der Eltzer Grafen und des Erzbischofs bäuchlings in den Dreck. Sie bogen seine Arme nach hinten und fixierten ihn mit festem Griff.

»Was fällt Euch ein, Spielmann?«, schnauzte Graf Johann den Jungen an. »Was soll dieses ungebührliche Benehmen?«

»Und wie könnt Ihr es wagen, den edlen Günter vom Ossenberg, meinen Schützling, als Dieb zu verleumden?«, ergänzte Balduin von Luxemburg wütend.

Lorenz versuchte sich aus dem Griff der Soldaten zu lösen. Sie hatten ihn inzwischen auf die Beine gestellt, hielten aber nach wie vor seine Arme hinter seinem Rücken fest. Es gelang ihm jedoch nicht, sich aus seiner misslichen Lage zu befreien. Schließlich hatte der Graf ein Einsehen.

»Lasst ihn los!«, wies er seine Männer an. »Aber wenn er sich auch nur muckst oder Anstalten macht zu fliehen, zieht Eure Schwerter und schlagt ihm den Kopf ab!«

Er wandte sich wieder dem Jungen zu: »Nun sagt, was Ihr zu sagen habt, aber hütet dabei Eure Zunge. Sollte ich Euch bei einer Lüge ertappen, so werdet Ihr es bereuen. Ihr habt doch vorhin so wunderbar gesungen und unsere Herzen im Sturm erobert. Jeder dürstete danach, mehr von Eurem Gesang zu hören. Habt Ihr es da nötig, andere Sänger zu beschimpfen, die noch gar keinen Ton von sich gegeben haben? Äußert Euch! Warum beschimpft Ihr einen Konkurrenten als Strauchdieb?«

»Weil er einer ist!«, rief Lorenz wutschnaubend. »So glaubt mir doch!«

»Ich höre mir das nicht länger an!«, brüllte Balduin von Luxemburg. »Wache! Werft ihn in den Kerker!«

»Aber es stimmt, Euer hochwürdigste Exzellenz!«, entgegnete Lorenz schnell, während Graf Johann den Soldaten, die sich nach der Anweisung des Bischofs in Bewegung gesetzt hatten, mit einer Handbewegung bedeutete, stehen zu bleiben.

»So redet schon endlich!«, forderte er. »Meine Geduld ist gleich erschöpft!«

»Diese Drehleier ist mein Eigentum«, sagte der Junge betont und mit Nachdruck und deutete auf das Instrument, das Günter vom Ossenberg immer noch umgeschnallt hatte.

»Es gehört mir, ich habe es im vergangenen Jahr zu Coellen von einem Instrumentenbauer erhalten.«

»Pah, das kann ja jeder behaupten«, warf Günter ein, der inzwischen die Bühne verlassen und sich der Tribüne genähert hatte, um besser mitzubekommen, was Lorenz dem Grafen und dem Erzbischof mitteilte.

»Und woher, Günter vom Ossenberg, wenn ich das Instrument noch nie gesehen habe, sollte ich dann wissen, dass es von Meister Volker auf der Heyde aus Coellen stammt?«, fragte Lorenz.

»Ganz einfach! Das habe ich Euch erzählt, als wir uns in der Heide bei Poortz trafen, wo ich Euch aus den Fängen des Ungeheuers Malkolpes befreite!«, gab Günter vom Ossenberg gelassen zurück.

»Ihr habt mich befreit?« Lorenz war fassungslos über diese Unverfrorenheit. »Dabei war im Gegenteil ich es, der Euch vor dem Monstrum bewahrte!«

»Eurer hochwürdigste Exzellenz, Graf Johann ...«, Günter hatte ein schmieriges Grinsen aufgesetzt, ehe er mit einem Augenzwinkern ironisch fortfuhr: »Es ist uns ja völlig klar, dass ein kleiner, schmächtiger Knabe wie dieser hier einen Faun – denn um einen solchen handelte es sich bei dem Ungeheuer zu Coellen – an jeglichem Tag als Morgenbrot zu verspeisen pflegt.«

Der Erzbischof grinste breit, und auch von der gräflichen Familie war vereinzeltes Auflachen zu vernehmen. Lorenz merkte, dass er etwas tun musste, sonst hatte er verloren.

»Herr Graf«, beeilte er sich hinzuzufügen, »schaut Euch die Drehleier genau an. Hinten unter dem Wirbelkasten ist der Name des Instrumentenbauers eingraviert: *Volker auf der Heyde* steht dort.«

Graf Johann winkte Günter heran und forderte ihn auf, die Radleier vorzuzeigen. Der Minnesänger reichte ihm das Instrument, der es inspizierte und feststellte: »Richtig, Günter vom Ossenberg, es stimmt, was Herr Lorenz behauptet. Der Name ist hier eingraviert.«

Der Graf gab dem Minnesänger das Instrument zurück. Während sich Günter die Leier wieder umhängte, fragte ihn der Graf: »Was habt Ihr dazu zu sagen, Herr vom Ossenberg?«

Ehe der Minnesänger antworten konnte, mischte sich der Erzbischof ein: »Ach, kommt schon, Graf Johann, wenn die zwei sich kennen, ist es auch gut möglich, dass der Junge die Gravur kennt!«

»Natürlich!«, warf Günter vom Ossenberg eifrig ein. »Ich habe sie ihm ja selbst gezeigt, weil ich so stolz war, dass der berühmte Meister auf der Heyde mir eine Radleier gebaut hat!«

»Na seht Ihr«, sagte der Bischof aufgeräumt, »das ist die Erklärung.« Er deutete auf Lorenz und rief den Wachen herrisch zu: »Abführen!«

Die Soldaten traten vor und ergriffen Lorenz, der sich aufbäumte und dem Grafen Johann zurief: »Bitte, Euer Ehren! Es stimmt nicht, was Günter behauptet! Ich kann es nachweisen, richtig beweisen!«

Auf der Tribüne war in der Zwischenzeit Unruhe entstanden. Die Grafentochter Trauthilde hatte sich nach vorn bewegt und redete aufgeregt hinter vorgehaltener Hand auf ihren Vater ein. Schließlich gebot der Graf den Soldaten Einhalt und winkte sie samt Lorenz zurück.

»Wie, Spielmann Lorenz?«, zischte er den Jungen mit zusammengekniffenen Augen an. »Wie wollt Ihr es richtig beweisen, dass dieses Instrument Euch gehört? Überlegt Euch Eure Worte gut, denn wenn ich eine weitere Lüge zu hören bekomme, lasse ich Euch die Zunge herausreißen, auf dass Ihr in Zukunft nie wieder falsches Zeugnis ablegen könnt, und das wäre bei einer solchen Nachtigallenzunge wie der Euren jammerschade. Also los, redet, aber schnell!«

Lorenz war verzweifelt und hoffte, dass sein letzter Trumpf stäche.

»Graf Johann«, sagte der Junge, »bitte seht Euch genau die Reliefschnitzerei auf dem Tangentenkastendeckel an. Ihr müsst gut hinschauen, denn sie ist sehr fein ausgeführt, aber wenn Ihr genau hinseht, werdet Ihr erkennen, dass ich es bin, der darauf abgebildet ist!«

»Tatsächlich?« Der Graf pfiff durch die Zähne. »Na, das will ich sehen! Dann zeigt mir Instrument noch einmal, Günter vom Ossenberg!«

Günter hatte währenddessen wie vom Donner gerührt dagestanden und auf die Schnitzerei gestarrt. In all den vergangenen Wochen, in denen er wie verrückt auf der Drehleier geübt hatte, war ihm nicht einmal in den Sinn gekommen, die Schnitzerei genauer anzuschauen. Für ihn war es immer nur irgendein Drehleierspieler gewesen, der auf dem Deckel zu sehen war.

Nun sah er genauer hin und erkannte, dass er verloren hätte, wenn der Graf sich das Relief näher betrachten würde. Ihm blieb nur noch eine Chance. Er griff zur Kurbel und setzte gemächlich das Rad in Bewegung, während er Schritt für Schritt weiter auf die Tribüne zutrat. Er begann, eine langsame, melancholische Melodie zu spielen.

Auf der Tribüne breitete sich bleierne Stille aus. Die gräfliche Familie erstarrte. Aber die Lähmung befiel nicht nur sie, sondern auch die Soldaten und Ritter, die Gaukler und Vaganten sowie das Publikum, das hinter den Absperrungen zunächst unruhig geworden war. Sogar die Pferde wurden von ihr erfasst, und selbst das gelegentliche Klacken der Schilde an ihren Stangen schien zu verstummen.

Ein kalter Schauer lief Lorenz den Rücken hinunter, als er die Melodie vernahm, die er so gut kannte. Es war seine Canzone, und der Zauber der Drehleier zeigte seine Wirkung, als Günter mit spöttischem Grinsen die geheime Weise spielte – Lorenz' ureigene Melodie. Die Zeit schien langsamer zu laufen, die Menschen und Tiere, ja, die gesamte Natur schienen sich mit nur halber Geschwindigkeit zu bewegen.

Auch Lorenz war erstarrt, doch im Gegensatz zu allen anderen Zuhörern stand er nicht unter dem hypnotischen Einfluss der Drehleier. Warum bloß nicht?, dachte er, aber dann fiel ihm ein: Natürlich, es ist meine eigene Melodie, der Bann wirkt bei mir nicht!

Dann begann Günter vom Ossenberg, zu der Melodie der Canzone zu singen:

»Leute kommt und hört mein Singen, ich verkünde Euch die Tat.
Möchte zu Gehör Euch bringen, was sich zugetragen hat!
Seht, ein Sänger, jung an Jahren, steht mit Beelzebub im Bund,
Soll zum Satan heute fahren, in der Höllen tiefsten Schlund.
Hat dem Scheitan sich verschrieben, seine Seel' gehört ihm schon!
Seine engelsgleiche Stimme war des Bösen teurer Lohn!
Reist mit einer jungen Teuflin, die hat rabenschwarze Haut.
Kamaria ist ihr Name, vor dem jedem Christen graut!
Jetzt ergreift sie, brave Bürger, schlagt die Satansbrut zu Brei!
Lodern soll der Scheiterhaufen, brave Bürger, eilt herbei!«

Als Günter vom Ossenberg seinen Gesang beendet hatte, löste sich langsam die bleierne Stille und das Publikum, das eben noch willenlos zugehört hatte, kam in Bewegung. Es erhob sich ein lauter werdendes Gemurmel, das sich zu einem bedrohlich klingenden Brausen verstärkte. Verzweifelt versuchte Lorenz, sich dem harten Griff der Wachen zu entwinden. Es nutzte nichts. Währenddessen wiederholte Günter sein verleumderisches Lied mit der betörenden Melodie, und die Leute wurden immer unruhiger. Einige begannen schon, über die Absperrungen zu klettern.

Plötzlich huschte eine Gestalt vorüber. Der Junge nahm aus den Augenwinkeln nur ihre schnelle Bewegung wahr. Dann brach unvermittelt die Musik ab, denn Kamaria – um niemand anderes handelte es sich nämlich – war blitzschnell hinter Günter aufgetaucht und hatte ihm eine ihrer hölzernen Jonglierkeulen über den Schädel gezogen. Geistesgegenwärtig ergriff sie ebenso schnell das Wams des Schurken und riss ihn zurück, sodass sein massiger Körper nicht nach vorne auf die kostbare Drehleier fallen konnte.

Als die Musik abbrach, war auch der Zauberbann gebrochen, der die Zuhörer hypnotisiert hatte, wenngleich er nur langsam von ihnen abfiel. Doch trotzdem wirkte die Beeinflussung nach. Lorenz schoss kurz der Gedanke durch den Kopf, warum der Zauber auf Kamaria keinerlei Wirkung zeigte. Außerdem wunderte er sich, dass die Magie der Drehleier offenbar zu Gunsten des bösartigen Minnesängers wirkte statt gegen ihn. Aber er hatte keine Zeit, weiter darüber nachzudenken. Die Mauretanierin bohrte sich indes mit den Zeigefingern in den Ohren, um die Lehmklumpen herauszubekommen, die sie sich reaktionsschnell in die Gehörgänge gestopft hatte, als sie die ersten Töne der Canzone vernahm. Sie hatte die Melodie erkannt, und ihr war sofort klar geworden, was Günter vorhatte. Sie konnte sich noch gut an die verheerende Wirkung erinnern, die die Zaubermelodie in Coellen auf die Zuhörer gehabt hatte. Die Herolde, Soldaten des Erzbischofs und die Turnierteilnehmer vom Tjostplatz kamen rasch näher, und ihr blieb wenig Zeit zu handeln.

Statt Günter die Drehleier abzunehmen, was sie eigentlich vorgehabt hatte, eilte sie Lorenz zu Hilfe. Kamaria sprang mit einem Satz auf den Rücken eines Wächters, der den Jungen noch immer festhielt. Mit dem Mut der Verzweiflung legte sie ihm einen Arm um den Hals und drückte ihm die Luft ab. Gleichzeitig biss sie ihm herzhaft ins rechte Ohr. Ganz schön unfair!, schoss es ihr durch den Kopf, doch dann sagte sie sich: Not kennt kein Gebot!

Der Wächter heulte laut auf und lockerte seinen Griff, sodass Lorenz sich losreißen konnte. Sofort hieb er dem anderen Wachmann mit voller Wucht seine Faust ins Gesicht. Gleichzeitig schlug Kamaria dem Mann von hinten ihre Jonglierkeule in die Kniekehlen. Er sank mit einem Aufschrei zu Boden. Kaum hatte der Junge seinen Arm frei, stürzte er sich auf Günter, um ihm die Leier zu entreißen. Das klappte allerdings nicht, denn der Minnesänger hatte sie immer noch fest um seine Hüfte geschnallt.

»Los, du dämlicher Idiot!«, fauchte Kamaria ihren Gefährten an. »Lauf um dein Leben!«

Als Lorenz zögerte und erneut nach seiner Drehleier greifen wollte, versetzte Kamaria ihm einen Stoß und deutete auf die Menschenmenge, die unaufhaltsam näher kam.

»Lass die verfluchte Leier! Wir haben keine Zeit, uns darum zu kümmern!«, rief sie und riss den Jungen unsanft von dem noch immer ohnmächtigen Günter weg.

Doch es war zu spät. Die Ritter Bertram von Wadenau, Aegidius von Rodenmachern und der Turniersieger Truschel von Wachenheim galoppierten mit gezogenen Schwertern auf ihren Schlachtrössern herbei. Die Recken hatten zwar nach dem Tjost ihre Rüstungen abgelegt, aber sie trugen immer noch leichte Waffenröcke und Kettenhemden. Ohne die schwere Panzerung waren sie wesentlich behänder, also auch gefährlicher für den unbewaffneten Lorenz und seine Freundin. Herr Truschel erreichte sie als Erster.

»Bleibt, wo Ihr seid, verdammte Teufelsbrut!«, donnerte er und glitt geschmeidig wie eine Katze von seinem Ross. Es war offensichtlich, dass er genauso unter dem nachwirkenden Einfluss der Zauberleier stand wie alle anderen.

Dann hatten auch Aegidius und Bertram die beiden erreicht und sprangen von ihren Streitrössern. Bertram zog sein langes Schwert aus der Scheide und baute sich vor ihnen auf. Es gab kein Entrinnen: Hinter ihnen versperrte die Tribüne den Weg, vor ihnen die drei Ritter.

Die Wachen, die Kamaria zu Boden geschlagen hatte, rappelten sich langsam wieder auf und stapften zornentbrannt auf sie zu. Gleichzeitig kletterten hinter der Turnierbahn mehr und mehr Zuschauer über die Barriere und näherten sich dem Geschehen. Lorenz und Kamaria sahen einander an. Sie hatten verloren. Während die erzürnte Menschenmenge sich der Tribüne näherte und »Scheiterhaufen! Scheiterhaufen!«-Rufe laut wurden, erhoben sich die Grafen zu Eltz von der Tribüne und schickten sich an, die Gefährten zu stellen.

Plötzlich ertönte ein durchdringendes Brüllen. Auf der Tribüne fuhren der Erzbischof, die gräfliche Familie und die Soldaten erschrocken herum und erblickten eine Kreatur, die offenbar nicht unter dem unheilvollen Einfluss der Drehleier stand. Wie ein haariger Riese hatte sich die Bärin aufgerichtet, als die Ritter Lorenz bedrohten.

Ubald der Starke hatte sie neben der Tribüne mit dem Seil angepflockt, das an ihren Nasenring gebunden war. Doch davon ließ sich das aufgebrachte Tier nicht zurückhalten. Es heulte vor Schmerz laut auf, als es sich losriss und das Seil mit dem blutigen Nasenring zurückließ. Seine Schnauze war rot von Blut, und mit schmerzverzerrten Lefzen zeigte das sonst so sanftmütige Tier seine gefährlichen Zähne. Dann ließ es sich auf alle vier Tatzen nieder und erreichte mit wenigen Schritten die Ritter, die Lorenz und Kamaria eingekesselt hatten. Laut wiehernd wichen die Pferde vor dem brüllenden Ungetüm zurück, das wie eine Naturgewalt auf sie zupreschte.

Als Ursula die erschreckten Ritter erreicht hatte, richtete sie sich wieder zu ihrer vollen Größe auf. Dabei brüllte sie markerschütternd und hieb dann mit einem einzigen Prankenschlag Bertram von Wadenau das Schwert aus den Händen. Bertram heulte auf, als die scharfen Krallen seinen linken Oberarm zerfetzten. Im selben Augenblick sprangen von der anderen Seite Aegidius von Rodenmachern und Truschel von Wachenheim hinzu. Aegidius stach der Bärin sein Schwert zwischen die Schultern. Sie warf grollend den Kopf in den Nacken und fuhr herum. Wie eine Furie sprang sie ihn an und riss ihn von den

Beinen. Verzweifelt versuchte er, mit bloßen Händen die wütend zuschlagenden Pranken abzuwehren und sich gleichzeitig vor Bissen zu schützen. Währenddessen preschten vom Turnierplatz zwei weitere Ritter herbei. Einer hatte eine scharfe Lanze eingelegt, der andere hatte sich eine Hellebarde über die Schulter gelegt.

Kamaria löste sich aus ihrer Erstarrung, versetzte Lorenz einen Stoß und schrie: »Los, auf das Pferd!«

Der Junge schaute in die Richtung, in die sie deutete. Natürlich, die Pferde! Truschels Schlachtross stand am nächsten, und während die Bärin wutschnaubend nach Truschel und Aegidius biss und mit mächtigen Prankenhieben die Schwerthiebe der Ritter abwehrte, stürzten Lorenz und Kamaria davon.

Der Junge erreichte das Pferd als Erster und kletterte hastig in den Sattel. Dann griff er nach Kamarias Hand, die mit elegantem Schwung hinter ihm auf den Pferderücken sprang. Ihre Jonglierkeule hielt sie immer noch als Waffe in der Hand.

Sofort hieb Lorenz dem Gaul mit voller Kraft die Hacken in die Flanken. Das verängstigte Tier scheute und erhob sich auf die Hinterhand. Kamaria wäre beinahe hinuntergerutscht und klammerte sich verzweifelt an Lorenz, der ebenso verzweifelt versuchte, den verschreckten Gaul unter Kontrolle zu bekommen.

Inzwischen hatten die restlichen Ritter sie erreicht. Einer von ihnen, Dieter von Katzenelnbogen, legte die Lanze ein und schickte sich an, sie dem Jungen in die Seite zu spießen, als Ursula mit einem Prankenhieb Truschel von Wachenheim beiseite fegte und sich mit einem wilden Satz auf ihn stürzte. Die Wucht des Aufpralls riss ihn aus dem Sattel, doch bevor Ursula ihm die Gurgel zerfetzen konnte, rammte ein anderer Ritter, Ludolf von Schmidtburg, der Bärin mit aller Macht seine schwere Hellebarde zwischen die Rippen.

Mit Tränen der Wut und Trauer in den Augen trieb Lorenz Truschels Pferd an in Richtung Lager. Kamaria blickte über die Schulter zurück und sah, wie sich weitere Turnierteilnehmer und das Publikum, das sich inzwischen in einen blutrünstigen Mob verwandelt hatte, auf die arme Bärin stürzten. Sie verteidigte sich zwar wie eine

Furie, doch sie blutete inzwischen aus zahlreichen Wunden und ihre Kräfte begannen zu schwinden.

Am Ende des Turnierplatzes wurde der Hauptweg des Lagers von aufgebrachten Menschen versperrt, aber Lorenz ließ sich nicht verunsichern. Er ritt mit dem Mut der Verzweiflung auf sie zu, entschlossen, sie notfalls auch niederzureiten, wenn es nicht anders gehen sollte.

Zum Glück gab die Menge den Weg frei. Kamaria klammerte sich an ihrem Vordermann fest. Sie hoffte inständig, dass sie nicht hinunterfiele, während das Pferd mit donnernden Hufen auf einem der hölzernen Stege die Elz überquerte.

»Schneller, sonst kriegen sie uns!«, schrie sie ihm ins Ohr, als er hinter dem Steg auf den Uferweg einschwenkte. Über dem Fluss warf die mächtige Eltzer Burg in der untergehenden Sonne ihren Schatten über das Tal. Hinter sich konnten sie hören, wie die Gäule der Verfolger näher kamen. Wildes Gebell deutete zudem darauf hin, dass man die Bluthunde losgelassen hatte.

Nach einem erneuten Richtungswechsel jagten sie nun auf den Waldrand zu. Lorenz sandte ein Stoßgebet gen Himmel, denn nie war ihm eine Situation bedrohlicher und aussichtsloser vorgekommen. Gleich wären sie im Wald, wo in der anbrechenden Dunkelheit gefährliche Wurzeln oder herabhängende Äste einem ungeübten Reiter leicht zum Verhängnis werden konnten. Er fühlte sich erschöpft und verfluchte sich jetzt dafür, dass er am Morgen von seinem warmen Krankenlager aufgestanden war.

Als sie schließlich am Wald ankamen, öffnete sich vor ihnen ein Hohlweg. Die Verfolger hatten ihren Rückstand schon deutlich verringert, aber Lorenz blieb keine andere Wahl, als sein Pferd vom gestreckten Galopp in einen gemäßigten Trab zurückfallen zu lassen. Als nach einer Kurve eine längere gerade Strecke folgte, trieb er es sofort wieder an.

»Achtung, Lorenz, pass auf!«

Kamarias Warnung war überflüssig, denn der Junge hatte das aufgeregte Geifern und Knurren der Bluthunde schon vernommen, die die Fliehenden erreicht hatten. Mit wütendem Gebell sprang einer hoch und versuchte, Lorenz' Fuß zu schnappen. Er trat nach ihm und erwischte ihn am Kopf. Mit einem Aufjaulen ließ das Tier von ihm ab, nur um im nächsten Augenblick auf der anderen Seite Kamarias Fuß zu attackieren. Von hinten wurden das scharfe Hufgetrappel und die Anfeuerungsrufe der Verfolger lauter.

Als einer der Bluthunde nochmals nach Kamaria schnappte, schlug sie mit der Jonglierkeule zu und traf den Kläffer auf seine empfindliche Schnauzenspitze. Mit lautem Geheul und eingezogenem Schwanz trollte sich das Tier und verschwand in der Dunkelheit.

Doch dieser kleine Sieg half ihnen nicht wirklich weiter, die Häscher waren weiterhin dicht auf ihren Fersen.

»Verdammt, sie kommen näher!«, rief Lorenz verzweifelt. Kamaria blickte über ihre Schulter und sagte nichts. Plötzlich zischte etwas an ihrem Ohr vorbei und hinterließ einen heißen Schmerz.

Pfeile! Unter den Verfolgern waren berittene Bogenschützen! Kamaria hoffte, dass sie nicht von einem Zufallstreffer erwischt wurde. Eigentlich war es unwahrscheinlich, dass ein freihändig galoppierender Schütze sie in der Dämmerung treffen konnte, aber vor dem Zufall waren sie natürlich nicht gefeit. Die Gedanken rasten durch ihren Kopf. Was konnten sie nur tun, um die Jäger abzuschütteln? Der Weg vor ihnen wurde immer dunkler, die Situation war aussichtslos – es war nur noch eine Frage der Zeit, wann die Ritter sie erreichten.

Dann kam eine Weggabelung, an der ein zweiter Waldweg auf den Hauptweg in Richtung Mosel mündete. Die Bäume standen etwas weniger dicht beisammen, und Lorenz sah durch eine Lücke in der finsteren Wolkendecke den Nachthimmel, die Sichel des Mondes und erste Sterne glänzten.

Sterne ... Sternenglanz!, schoss es dem Jungen durch den Kopf. Im selben Moment aber sah er, wie ein silbrig heller Schatten mit einer fließenden Bewegung auf sie zu glitt. Das kann doch nicht wahr sein!, dachte er und war überzeugt, dass seine gemarterten Nerven ihm einen Streich spielten.

Doch dann vernahm er ein schnaubendes, aufmunterndes Wiehern, und plötzlich lief Sternenglanz neben ihnen her. Wirklich und wahrhaftig! Kamaria konnte es beinahe nicht glauben und stieß einen Freudenschrei aus, als sie die wehende Mähne und das gedrehte Horn erblickte.

Dann vernahm Lorenz, wie das Einhorn ihm zurief: »Lorenz von Rabenhorst, ich habe deine Not vernommen und komme, dir zu helfen!«

Wie schon im Nebelheimwald hörte Lorenz das Einhorn nicht wirklich. Die Stimme war in seinem Kopf, in seinen Gedanken.

»Springt auf meinen Rücken, schnell!«, rief Sternenglanz, während er sich dicht neben ihrem Pferd hielt.

»Sternenglanz will, dass wir auf seinen Rücken springen!«, rief Lorenz Kamaria zu.

»Bist du verrückt?«, gab die Mauretanierin zurück. »Willst du, dass ich runterfalle und mir das Genick breche?«

»Bist du Artistin oder nicht?«, schnauzte Lorenz. »Mach schon, das ist unsere einzige Chance!«

»Hab' keine Furcht, kleine Freundin!«

Kamaria war völlig verblüfft, als auch sie plötzlich die beruhigende Stimme des Einhorns in ihrem Kopf vernahm. Ihre Angst verflog, und sie ließ ihre Keule fallen, die sie immer noch mit der Rechten umklammert hielt. Stattdessen krallte sie sich mit beiden Händen in Lorenz' Wams und zog ihre Beine so weit hoch, dass sie auf dem Pferderücken knien konnte. Dann richtete sich mit einer großen Kraftanstrengung noch weiter auf, bis sie schließlich wie eine Kunstreiterin auf dem galoppierenden Pferd balancierte.

»Jetzt!«, hallte der Befehl des Einhorns durch Kamarias Kopf. Sternenglanz hatte sich ganz nahe an ihr Pferd gedrängt. Ohne weiter nachzudenken, stieß sich das Mädchen sich ab und sprang auf den Rücken des Einhorns. Reflexartig griff sie seine wehende Mähne und verhinderte damit in letzter Sekunde, dass sie wieder herunterfiel. Fast gleichzeitig bemerkte sie aus dem Augenwinkel einen huschenden Schatten, und dann bekam sie einen heftigen Stoß in den Rücken. Lorenz hatte ebenfalls den Sprung gewagt und war hinter ihr gelandet. Instinktiv griff sie mit der linken Hand hinter sich und stützte Lorenz ab, der mit den Armen ruderte, um das Gleichgewicht nicht zu verlieren.

Dann wurde es ruhig um sie beide. Erneut überkam sie das wunderbare Glücksgefühl, das sie zum ersten Mal verspürt hatten, als sie im Nebelheimwald auf dem Rücken des Einhorns reiten durften. Die Welt schien sich aufzulösen, während sie durch den Eltzer Wald galoppierten, der inzwischen in vollständiger Dunkelheit lag. Die Umgebung verschwamm zu einem Rausch aus Farben. Das Universum wirbelte um sie herum und Lorenz glaubte, sich nicht mehr im Diesseits zu befinden. Sternenwolken und Mondenschein umfingen sie, glitzernde Lichtpunkte in einem schwarzblauen Himmel. Es schien, als ritten sie geradewegs in das Firmament hinein, durch das Sternenmeer der Milchstraße. Wo waren die dichten Nadelbäume geblieben und die Baumkronen der Laubbäume? Lorenz dachte nicht weiter darüber nach, denn wie schon beim ersten Ritt auf Sternenglanz erfüllte ihn ein friedliches Glücksgefühl, und er ließ sich treiben in diesem endlos scheinenden Traum von einem Ritt durch die Anderwelt. Das einschläfernde Hufgetrappel des Einhorns umgab sie, und sie wünschten sich, diese Reise würde niemals ein Ende nehmen.

Wohin bringst du mich, Sternenglanz?, dachte Lorenz.

Dorthin, wo deine Bestimmung ist, wisperte es zurück. Dorthin, wo du gebraucht wirst. Dorthin, wo eine große Aufgabe vor dir liegt!

Das Einhorn verstummte, und es schien Lorenz und Kamaria, als seien Jahre endlosen Galoppierens vergangen, bevor es auf einem weiten Feld zur Ruhe kam und schließlich stehen blieb. Es warf seine edles Haupt zurück, reckte sein gedrehtes Horn stolz gen Himmel und wieherte laut und freudig. Dann beugte das fabelhafte Wesen die Vorderläufe und ließ die jungen Freunde, die in einen tiefen Schlaf gefallen waren, sanft und sicher ins dichte Gras gleiten.

Caput XLI

Sechs Scheiterhaufen

Metallene Schläge dröhnten schmerzhaft in Lorenz' Ohren. Sein Kopf fühlte sich an, als befände er sich mitten in einer vibrierenden Glocke. Jeder Schlag hallte mit einem enormen Echo durch sein Gehirn. Langsam kehrte sein Bewusstsein zurück und verdrängte die Erinnerung an den traumhaften Ritt auf dem Einhorn.

Er schlug die Augen auf, die sich nur allmählich an die grelle Helligkeit gewöhnten. Sein Schädel brummte, als müsse er jeden Moment zerspringen. Außerdem war ihm eiskalt. Er richtete sich auf und schlug fröstelnd die Arme unter die Achseln, um die Schauer abzuschütteln, die ihm durch den ganzen Körper liefen

Kamaria lag neben ihm im Gras und schlief tief und fest. Nichts deutete darauf hin, dass sie die Kälte ebenso empfand wie er. Der Junge streckte sich und rieb sich die Schläfen. Trotzdem wurde er das dumpfe Pochen nicht los, und auch das bronzene Schlagen wollte und wollte einfach nicht aufhören. Der Klang war fremd und doch vertraut.

Lorenz schaute sich um. Er lag auf einer taufeuchten Wiese. Der Morgen dämmerte und allmählich erkannte Lorenz, dass das Dröhnen in seinem Gehirn tatsächlich vom Läuten einer Glocke stammte. Er kannte den Klang. Je länger er darüber nachdachte ... Schlagartig wurde ihm klar, dass er wirklich hörte, was er zu hören geglaubt hatte. Er sprang auf und blickte sich um. Das konnte doch nicht wahr sein! Schnell rüttelte er seine Gefährtin wach: »Kamaria, wach auf! Los, wach werden! Es ist nicht zu glauben!«

Sie wehrte sich und schob die Hand des Jungen von ihrer Schulter fort.

»Hmmrmhm. Lass mich!«, knurrte sie im Halbschlaf.

»Kamaria Malaika! Wach auf! Du wirst es nicht glauben!«, rief Lorenz aufgeregt weiter und ließ nicht nach in seinen Bemühungen, die Mauretanierin wachzurütteln.

»Wir sind daheim«, rief Lorenz aufgeregt, »daheim!«

»Red nich'!«, murrte Kamaria und versuchte, sich auf die andere Seite zu drehen. Nach den Anstrengungen des vergangenen Tages fühlte sie sich wie zerschlagen und wollte nichts als schlafen.

»Von mir aus bleib doch liegen! Ich jedenfalls lasse mir von Hannah eine warme Hühnersuppe servieren. Mir ist eiskalt, und ich habe keine Lust darauf, mir wieder eine Influenza zu holen!«, rief Lorenz.

Unwillig öffnete die Mauretanierin die Augenlider zu schmalen Schlitzen, als sie den Namen Hannah vernahm.

»Hör auf, mich an der Nase herumzuführen!«, sagte sie, rekelte sich und schlug endgültig die Augen auf. Dann setzte sie sich mit einem Ruck hoch und spähte in die Umgebung. Sie lagen am Rande eines Feldes, nahe eines Weges, der auf einen Berg hinaufführte. Kamarias Blick folgte seinem Lauf und sie schaute auf eine Burg, die sich stolz und trutzig auf dem Bergrücken in den Himmel erhob.

»Begreifst du denn nicht?«, rief Lorenz. »Wir sind im Rabenthal, und da oben, das ist die Rabenhorstburg. Mensch, Kamaria, Sternenglanz hat uns nach Hause gebracht!«

Im Osten ging gerade die Sonne auf, und das Glockenläuten aus der Burgkapelle, das Lorenz geweckt hatte, verstummte plötzlich. Das Mädchen kniff die Augen zusammen, blinzelte und blickte in die Richtung, in die Lorenz wies. Sie erkannte den großen Bergfried, den Palas, den Torweg, und vor allem erkannte sie die Stelle der Burgmauer, an der sie sich in letzter Sekunde an einer Pechnase hatte festklammern können, als sie von den bösen Attentätern nachts über die Mauer geworfen worden war.

»Habe ich das nur geträumt«, sinnierte Lorenz, »oder hat Sternenglanz wirklich gesagt, dass er mich an den Ort bringt, an dem ich eine Aufgabe zu erfüllen habe? Was mag er nur damit gemeint haben?«

Sie zuckte nur die Schultern und dachte an eine Obliegenheit, die sie auf der Rabenhorstburg noch zu erledigen hatte.

»Na, dann lass uns mal hinaufsteigen und deinen Vater begrüßen!«, sagte sie.

Der Weg kam Lorenz länger und steiler vor als früher. Je höher sie kamen, desto tiefer sank seine Stimmung. Was würde sein Vater sagen? Würde Graf Roland ihn für seinen Ungehorsam strafen und für seine Flucht vor der Ausbildung zum Ritter? Und was mochte Hannah sagen, die gute alte Dienstmagd? Dann fiel ihm plötzlich Franziskus Schmitz ein, und er fragte sich, ob es dem Rheinschiffer schon gelungen war, den Nibelungenschatz zur Rabenhorstburg zu bringen.

Schließlich schritten sie über die Zugbrücke und langten vor der Torburg an. Das Fallgitter war natürlich herabgelassen.

»Heda, Wachen, öffnet das Tor und lasst uns herein!«, rief Lorenz.

Hinter dem Gitter erschien eine massige Gestalt. Der Torwächter schaute Kamaria und Lorenz an und stutzte. Ein breites, schmieriges Grinsen zeigte sich auf seinem feisten Gesicht.

»Das darf ja wohl nicht wahr sein!«, sagte Bernward vom Bärenfels, denn niemand anderes als Bärbeiß war es, der heute Frühwache hatte.

»Das kleine Herrlein Lorenz von Rabenhorst!«, spöttelte er. »Der Möchtegerntroubadour! Der feige Waffenflüchtling! Das Weichei! Der Hexenfreund mit seiner schwarzen Teufelin! Ich glaube es ja nicht!«

»Lass das, Bärbeiß!«, zischte Lorenz scharf. »Deine Sudelschnauze kannst du dir sparen! Öffne sofort das Gitter und lass uns hinein!«

»Oho, zum Maulhelden hat er sich entwickelt! Hinein willst du, kleines Herrlein?«, erkundigte sich Bärbeiß mit verschlagenem Gesichtsausdruck. »Und das, obwohl du mit deiner Flucht jeglichen Anspruch und jedes Heimrecht verwirkt hast?«

»Ob ich ein Heimrecht habe oder nicht, das soll gefälligst der oberste Befehlshaber der Burg Rabenhorst entscheiden. Lass mich jetzt sofort ein und bringt mich zu ihm!« Der Junge richtete sich auf und hoffte, dadurch größer zu wirken. Langsam steigerte sich sein Unmut.

»Du willst also zum obersten Befehlshaber der Rabenhorstburg?«, fragte Bärbeiß schleimig. »Aber sicher doch, junges Herrlein, selbstverständlich! Dein Wunsch sei mir Befehl!«, säuselte er noch honigsüß, und dann verschwand er auf der anderen Seite hinter der Mauer der Torburg. Kurz darauf erklangen das Knarren des großen Holzrades und das Rasseln der Kette, mit der das Fallgitter hochgezogen wurde. Gemächlich hob es sich und gab den Weg in die Rabenhorstburg frei.

Zögernd und mit gemischten Gefühlen schritt Lorenz durch das Tor seiner Heimatburg. Kamaria folgte ihm auf dem Fuß. Plötzlich erscholl von Bärbeiß der barsche Befehl: »Ergreift sie und legt sie in Ketten!« Sofort warfen sich vier kräftige Soldaten auf sie. Lorenz hatte keine Chance, als sie ihn mit eisernen Fäusten packten.

Kamaria hatte mehr Glück. Eine der Wachen fasste nicht richtig zu und erwischte nur den Ärmel ihres Gewandes. Sie ließ sich fallen und versuchte sich dabei so schwer wie möglich zu machen. Es klappte, der Soldat ließ ihren Ärmel los. Sie schlug eine Rolle rückwärts und kam mit einer fließenden Bewegung wieder in die Hocke. Fünf bis sechs Handstandüberschläge reichten, um aus der Reichweite der Soldaten zu gelangen. Im Nu war sie an der hölzernen Treppe, die zum Wehrgang hinaufführte.

Hinter ihr fluchten die Soldaten und setzten zur Verfolgung an, und dann zeigte sich, dass die Mauretanierin eine wahre Akrobatin war. Behände schwang sie sich auf die Brüstung des Wehrgangs und kletterte flink wie ein Eichkätzchen an einem der senkrechten Holzbalken hoch, die die Überdachung des Ganges trugen. Von dort kletterte sie auf das Dach, balancierte in halsbrecherischem Tempo über die Schindeln und war im nächsten Augenblick aus dem Blickfeld verschwunden.

»Los, ihr verdammten Versager«, brüllte Bärbeiß. »fasst sie! Und wagt es nicht, mir ohne die schwarze Teufelin unter die Augen zu treten. Bringt sie mir, tot oder lebendig! Am liebsten tot!«

Er wandte sich Lorenz zu, und es dauerte keine fünf Minuten, bis der Junge mit Hand- und Fußschellen versehen war, die jeweils durch eine kurze Kette miteinander verbunden waren. An Flucht war nicht zu denken, denn die Länge der Fußketten war so knapp bemessen, dass man damit nur kleine Trippelschritte machen konnte. Die Eisenschellen wurden von kräftigen Schrauben eng um Hand- und Fußgelenke zusammengehalten. Ohne entsprechendes Werkzeug war es unmöglich, sich von diesen Fesseln zu befreien.

Bärbeiß näherte sich grinsend seinem Gesicht. »So, mein lieber Lorenz«, ranzte der Torwächter, »jetzt habe ich dich endlich da, wo ich dich schon immer haben wollte – in Eisen! Endlich bekommt das verwöhnte Grafensöhnchen, was es verdient! Und deine schwarze Hexe ebenfalls! Sie mag zwar gut klettern können, aber raus aus der Burg kann sie nicht. Das Tor wird schärfer bewacht als je zuvor, und an den Felswänden kommt sie ohne Hilfsmittel auch nicht runter, mag sie so gut turnen können, wie sie will. Das schafft keiner. Und wenn sie's versucht, bricht sie sich garantiert das Genick. Es ist also nur eine Frage der Zeit, bis wir diese Teufelsbrut erwischen.«

»Ich rate dir gut«, entgegnete Lorenz mit vor Wut bebender Stimme, »lass mich sofort frei, oder der Zorn meines Vaters wird dich treffen!«

»Och nö, Lorenz«, gab Bärbeiß honigsüß zurück. »Genau das glaube ich eher nicht!«

Was mochte Bärbeiß damit meinen?, fragte sich Lorenz verunsichert. Er sagte sich, dass der Torwächter ihn sicherlich nur narrte. Doch warum dann die Ketten? Ob sein Vater noch immer so wütend auf ihn war, dass er seinen eigenen Sohn in Eisen legen ließ? Er versuchte seine Unsicherheit zu verbergen und seine Stimme so fest wie möglich klingen zu lassen, als er verlangte, zum Befehlshaber der Burg gebracht zu werden.

»Aber sicher, sicher!«, flötete Bärbeiß. »Sofort, der Herr. Dein Wunsch sei mir Befehl!«

Er wandte sich an die Soldaten und befahl schroff: »Los, bringt ihn zum Burgherrn!«

Lorenz bekam einen heftigen Stoß in den Rücken und stolperte vorwärts. Bärbeiß und die Wachen geleiteten ihn mit gezogenen Schwertern zum Palas. Er bemerkte, dass überall auf dem Burghof verfaulte Gemüseabfälle und Knochen herumlagen, die eigentlich in die Kompostgrube gehörten. Überhaupt kam ihm die ganze Festung irgendwie ungepflegt vor – oder bildete er sich das nur ein?

Dann dachte er an Hannah. Wo war sie eigentlich? Und wo war Traugott von Trottlingen, der Marschall? Wo waren all die Pferdeknechte und Mägde, die er gekannt hatte? Plötzlich kam er sich wie ein Fremder in seiner Heimatburg vor.

»Los jetzt, in den Rittersaal, bringt ihn vor den Thron des Herrschers!«, ordnete Bärbeiß an. Lorenz fragte sich, seit wann sein Vater einen Thron hatte. Normalerweise zog der Graf einen schlichten Scherenstuhl mit Kissen in seinem Jagdzimmer als Ruheplatz vor.

Die Soldaten geleiteten ihn durch den breiten Haupteingang, dann stiegen sie die Treppen hinauf zum Rittersaal. Die Eingangstür wurde zu beiden Seiten bewacht. Soldaten in Kettenhemden und Lederpanzern, die schwere Streitschwerter gegürtet hatten, versperrten sie mit gekreuzten Hellebarden.

»Lasst uns ein!«, befahl Bärbeiß mit schneidender Stimme. »Mein Gast wünscht den Befehlshaber zu sprechen.«

Die Soldaten zogen die Hellebarden zurück und gaben den Weg frei. Bärbeiß trat vor, ergriff die beiden Eisenringe und zog die Flügel der Eingangstür auf. Am gegenüberliegenden Ende des Rittersaales stand ein prachtvoll mit Holzschnitzereien und Intarsien versehener Thron. Der blutrote Baldachin über diesem monströsen Möbelstück, das Lorenz nie zuvor gesehen hatte, warf einen Schatten auf die große, kräftige Gestalt, die sich nun aus dem Thronsessel erhob und sich Lorenz mit offenen Armen näherte.

»Willkommen daheim, Lorenz von Rabenhorst!«, sagte Arnold von Schwarzeneck. »Noch nie habe ich mich derart gefreut, einen Gast in meiner Burg willkommen zu heißen!« In der nächsten Sekunde zuckte die wie zur Begrüßung ausgestreckte Hand mit elegantem Schwung nach vorn und schlug dem Jungen mit aller Gewalt ins Gesicht. Es knackte und ein glühender Schmerz durchzuckte Lorenz. Sein Mund schmeckte nach Eisen, und er wusste sofort, dass er aus dem Mundwinkel blutete. Unwillkürlich tastete er mit der Zunge nach seinen Zähnen und bemerkte, dass links oben ein Stück von seinem Backenzahn abgebrochen war.

»Und dies, werter Lorenz«, flüsterte Arnold von Schwarzeneck, »war nur ein kleiner, bescheidener Vorgeschmack auf die Begrüßungsfeierlichkeiten, die wir dir noch bieten werden!« Falls er über das unverhoffte Erscheinen des Jungen erstaunt gewesen sein sollte, so ließ er sich seine Überraschung mit keiner Miene anmerken.

»Und wo, bitte schön«, fuhr er fort, »hast du die kleine schwarze Teufelin gelassen, die schon längst verbrannt oder wenigstens ersäuft gehört? Du weißt bestimmt nicht, dass ich es diesem Täubchen – oder sollte ich besser sagen: dieser schwarze Krähe – verdanke, dass ich wochenlang in Bamberg im Kerker saß? Nein? Natürlich nicht, woher sollst du es auch wissen? Ihr seid ja geflohen, sicherlich mit Beelzebubs Hilfe!«

Lorenz war wie betäubt. Er schloss die Augen und presste die Lippen zusammen. Jegliche Äußerung wäre jetzt gefährlich. Arnold von Schwarzeneck würde sie so verdrehen, wie es ihm passte, und garantiert nicht zu Lorenz' Gunsten.

»Nun, das schwarze Mädchen war auch hier!«, warf Bärbeiß ein.

Von Schwarzeneck fuhr herum und fixierte den Torwächter aus seinen eisgrauen Augen. »Was heißt ›war‹?«, fragte er drohend.

»Sie ist uns entwischt. Diese Teufelin ist geschmeidig wie eine Katze. Aber es kann sich nur um kurze Zeit handeln, bis wir sie ergriffen haben.«

»Das hoffe ich für Euch, Bernward«, entgegnete Arnold leise. »Bringt mir das Balg oder macht Euch darauf gefasst, an ihrer statt zu brennen!«

»Was habt Ihr mit meinem Vater gemacht?«, presste Lorenz hervor. Er war dem Heulen nahe. So viele Abenteuer hatte er überstanden, nur um jetzt mit leeren Händen dazustehen und festzustellen zu müssen, dass er nicht nur in der Fremde nichts erreicht, sondern auch noch hier in der Heimat alles verloren hatte.

»Nun ja, lass es mich so ausdrücken: Ich habe mich entschlossen, der Familie Rabenhorst ein wenig – sagen wir – unter die Arme zu greifen«, entgegnete von Schwarzeneck selbstgefällig. »Deshalb habe ich hier das Kommando übernommen und sorge nun dafür, dass auf Burg Rabenhorst endlich wieder Zucht und Ordnung herrschen.«

Lorenz warf sich hin und her und versuchte vergebens, sich aus dem Griff seiner Bewacher zu befreien. »Elender Unhold!«, rief er aufgebracht. »Was habt Ihr mit meinem Vater angestellt?«

Mit hochgezogenen Augenbrauen betrachtete Arnold von Schwarzeneck die Fingernägel seiner linken Hand, hauchte darauf und polierte sie am Stoff seiner Samtweste.

»Ach, wisst Ihr, Herr Lorenz, er war des Herrschens müde. Deshalb habe ich ihm die notwendige Ruhe verschafft ...« Von Schwarzeneck legte den Kopf in den Nacken, stieß ein grimmiges Hohngelächter aus und ließ absichtlich das Schicksal des Grafen offen, aus reiner Bösartigkeit, um Lorenz zu verunsichern.

»Ach übrigens – ich habe mich ja noch gar nicht bedankt. Ich fand es äußerst entgegenkommend, dass du mir diesen leichtgläubigen Coellner Schiffer hergeschickt hast, der dem Herrn der Rabenhorstburg in deinem Auftrag eine Kiste voller Gold überbracht hat.«

»Franziskus!«, rief Lorenz aufgebracht. »Was habt Ihr mit ihm angestellt? Wo ist er?«

Arnold von Schwarzeneck setzte ein grausames Grinsen auf. »Ich will mal so sagen: Wir haben ihn trockengelegt.« Er kicherte und fuhr fort: »Nun denn, werter Gast. Man wird dich in dein Gemach bringen. Genieße deinen Aufenthalt, so gut du kannst und lasse dich von den Annehmlichkeiten einer Luxuskammer verwöhnen!« Dann fügte er mit donnernder Stimme hinzu: »Denn wir werden uns erst an deinem Todestag wiedersehen! Abführen!«

Die Soldaten ergriffen Lorenz und schleiften ihn aus dem Rittersaal. Als sie zur Treppe kamen, machte Bärbeiß sich einen Spaß daraus, dem Jungen »versehentlich« einen derart festen Stoß zu versetzen, dass er stolperte und kopfüber die Stufen hinunterstürzte. Mit seinen gefesselten Händen hatte er keine Möglichkeit, den harten Fall abzufangen. Er meinte, sämtliche Knochen im Leib gebrochen zu haben, so weh tat ihm nach diesem Treppensturz jeder Körperteil.

Er versuchte sich aufzurappeln, doch schon waren die Soldaten wieder bei ihm. Als sie ihn zur Kellertür schleppten, wusste er, was die Stunde geschlagen hatte. Man brachte ihn ins Verlies!

Die Erbauer der Rabenhorstburg hatten dort eine ganze Anzahl winziger Zellen in den felsigen Untergrund gehauen. Sie waren feucht, und es gab weder Fenster noch Bett oder Stroh, nur den kalten Erdboden. Licht gab es nur für die Wächter, in Form von Talgkerzen oder Pechfackeln. Von diesem grausamen, lichtlosen Raum gab es kein Entrinnen.

Lorenz' Zelle lag am hintersten Ende des Ganges, der unterhalb der grob behauenen Steintreppe begann. Einer der Soldaten hatte ein kleines Talglicht entzündet, das auf einem Eichentischchen flackerte. Daneben stand ein einfacher Schemel. Doch der Junge hatte kaum die Zeit, Einzelheiten in sich aufzunehmen. Schon hatten die Wachen ihm die Fesseln abgenommen und die Zelle geöffnet. Sie packten ihn bei den Schultern und stießen ihn unsanft in die Kammer. Dann fiel mit dröhnendem Krachen die schwere Eichentür ins Schloss, und tiefste Finsternis umfing ihn.

Lorenz hatte jegliches Zeitgefühl verloren und vermochte nicht zu sagen, ob mittlerweile Tage, Wochen oder gar Monate vergangen waren. Ab und zu öffnete sich unten in der Zellentür eine Klappe, und man schob ihm einen schimmligen Brotkanten oder eine Holzkelle mit faulig riechendem, schmutzigem Wasser in die Kammer. Oft schien es ihm, als geschähe dies gerade in den Momenten, wenn das bohrende Gefühl seines Hungers nicht mehr auszuhalten war, oder wenn es seiner Zunge nicht mehr gelang, gegen den quälenden Durst noch ein Tröpfchen Feuchtigkeit aus seinem Gaumen zu kitzeln.

Die meiste Zeit lag Lorenz in einer Ecke, zusammengerollt so gut es ging, und versuchte, nicht wahnsinnig zu werden. Er sagte in Gedanken immer wieder die Texte aller Lieder auf, die er jemals gelernt hatte: die Kinderlieder, die die Magd Hannah ihn gelehrt hatte; die Heldenlieder, die er von Anselm von Hagenau kannte; die Verse, die Kamaria ihm auf ihrer langen Reise beigebracht hatte, und schließlich die poetischen Sonette und Canzonen, die er von Francesco Petrarca erlernt hatte. Wo der wohl inzwischen sein mochte? Ob er schon seinen Berg bezwungen hatte, den er ersteigen wollte? Und wie mochte es Mathes dem Fidler gehen, wie den Musikern und Gauklern von der Compagnie Beau Temps? Wo waren Emma Myldenberger und Pierre de Perpignan und wo Angelo di Napoli? Vor allem aber – wo war Kamaria? Er stand tausend Ängste um seine Gefährtin aus. Am meisten quälte ihn die Ungewissheit. War sie gefangen worden? War sie vielleicht sogar schon tot? Dieser Gedanke ließ ihn erschauern. Aber vielleicht hatte sie ja auch entkommen können, machte er sich schnell wieder Hoffnung, doch wo war sie dann? Alle sorgenvollen Gedanken mündeten jedoch stets in die bange Frage, ob er seine Freundin überhaupt jemals wiedersehen würde.

Zwischendurch zermarterte er sein Hirn mit Selbstvorwürfen. Er allein war schuld an dieser ausweglosen Situation. Wäre er doch nie auf die blödsinnige Idee gekommen, Troubadour und Spielmann werden zu wollen. Sicher, er hätte den unmenschlichen Drill der Ausbildung zum Ritter ertragen müssen, aber zumindest hätte er gewusst, wo sein Platz wäre. Hier auf Burg Rabenhorst nämlich, an der Seite seines Vaters, als Knappe und angehender Edelmann und Ritter. Vielleicht hätte er dann verhindern können, dass von Schwarzeneck die Herrschaft über die Burg erlangte.

Lorenz machte es sich zur Gewohnheit, in seiner Zelle hin und her zu wandern, drei Schritte hin, drei Schritte zurück – mehr Raum war in seinem winzigen Verschlag nicht. Wenigstens rosteten seine Gelenke auf diese Art und Weise nicht ein und seine Gedanken auch nicht. Wenn er im Geist keine Liedtexte aufsagte, summe er alle Melodien, die er in den vergangenen Monaten gelernt hatte, und wenn er sie alle durchhatte, erfand er neue.

Irgendwann hörte er das geräuschvolle Öffnen des schweren, eisernen Zellenschlosses. Mit einem grässlichen Quietschen schwang die Tür auf, und der grelle Schein einer Pechfackel schmerzte in seinen Augen. Er setzte sich auf und hob schützend die Hand vor sein Gesicht. Als sich seine Augen auf das ungewohnte Licht eingestellt hatten, erkannte er Bernward vom Bärenfels, und ehe er sich versah, beugte sich der Torwächter zu ihm herab, riss ihn am Kragen grob auf die Beine und blaffte: »Mitkommen!«

»Was ist los?«, fragte Lorenz verängstigt.

»Du wirst den Befehlshaber wiedersehen!«, entgegnete Bärbeiß, während er dem Jungen Hand- und Fußschellen anlegte. »Du weißt, was das bedeutet!« Lorenz schluckte und erinnerte sich an die Worte Arnold von Schwarzenecks. Sie würden sich an seinem Todestag wiedersehen, hatte der Ritter ihm gedroht.

Bärbeiß hatte zwei Soldaten mitgebracht, die den Jungen aus dem Verlies hinausführten.

Es mochte um die Mittagszeit sein. Die Sonne schickte ihre hellen, wärmenden Strahlen auf den Burghof, und es war Lorenz, als habe ihr Licht nie schöner geschienen. Der Himmel war blau, kaum eine Wolke stand am Firmament und die Luft war würzig, es roch nach Frühling. Lorenz vernahm Vogelgezwitscher von überall her und dachte, dass es ein perfekter Tag hätte sein können, wenn nicht ...

Ja, wenn nicht die Scheiterhaufen gewesen wären, die man über den ganzen Burghof verteilt hatte. Aus den Holzstapeln ragte jeweils ein besonders dicker Pfahl in die Höhe. Als Erste erblickte Lorenz die Magd Hannah – ein niederschmetternder Anblick. Die einst so lebenslustige Frau hatte deutlich abgenommen, ihre vormals rosigen Apfelwangen waren eingefallen, ihr Gesicht grau. Die Kleidung war ihr zu weit geworden und hätte sicher um sie herumgeschlottert, wäre sie nicht stramm an den Pfahl auf einem der Holzstapel gebunden gewesen.

Direkt daneben hatte man Traugott von Trottlingen angebunden und auf dem dritten Scheiterhaufen ... Lorenz' Herz machte einen Sprung und er schloss die Augenlider. Tatsächlich, es war Franziskus. Fränzchen lebte! Doch dieser Zustand, erkannte Lorenz, würde wohl nicht mehr lange vorhalten, so wie die Dinge standen. Der Schiffer sah mitgenommen aus, seine Haare waren verfilzt, und er hatte einen struppigen Bart bekommen. Seine Augen lagen tief in ihren Höhlen und schauten den Jungen mit fiebrigem Blick an.

Dann sah Lorenz seinen Vater, Graf Roland von Rabenhorst. Der Anblick ließ Tränen der Wut in seine Augen schießen. Der Graf war krank, das sah man auf den ersten Blick. Der einst so stolze Ritter war völlig ausgemergelt. Sein Gesicht war eingefallen, die Wangenknochen stachen scharf daraus hervor, Haar und Bart waren dreckig und verfilzt. Um ihn zu demütigen, hatte man ihm seine herrschaftliche Kleidung weggenommen. Nun hing er in Lumpen gehüllt wie ein Bettler am Pfahl und schien weder seine Fesseln zu bemerken noch das, was um ihn herum geschah. Der Junge konnte nicht länger hinsehen.

Stattdessen blickte er auf zwei weitere Scheiterhaufen. Allerdings ragten daraus leere Pfähle empor. Gott sei Dank, Kamaria war nicht zu sehen. Wo sie wohl sein mochte, fragte er sich. Und für wen war der zweite Holzstapel?

Vor der Haupttreppe zum Palas hatte man den Thron Arnold von Schwarzenecks aufgestellt, in seiner ganzen Pracht. Links und rechts davon standen einfache Stühle. Das Ganze hatte man mit Zeltplanen überdacht, der Tribüne des Turniers auf Burg Eltz nicht unähnlich, nur viel kleiner.

Von Schwarzeneck hatte ein leichtes Waffengewand aus schwarzem Leder angelegt und saß mit herrischem Blick auf seinem Thron. Auf den Stühlen hatten sich eine ganze Reihe finster aussehender Gestalten niedergelassen, die Lorenz vorher nie auf der Burg gesehen hatte. Offenbar hatte Arnold einige Getreue um sich gesammelt, die ihm dabei geholfen hatten, die Herrschaft über Burg Rabenhorst zu übernehmen.

Bärbeiß führte Lorenz vor den Thron des neuen Machthabers. Dieser erhob sich, zog seinen federgeschmückten Hut und verneigte sich mit ironisch-elegantem Schwung vor dem Jungen.

»Nun denn, willkommen, Lorenz von Rabenhorst, zu deinem letzten Stündlein, das nun endlich angebrochen ist«, sagte Arnold von Schwarzeneck. »Leider, leider ist es meinen Soldaten nicht gelungen, die schwarze Teufelin zu ergreifen, obwohl mittlerweile bereits Pfingsten ist. Natürlich, das beweist wieder einmal, dass dieses Rabenaas eine Hexe ist und die schwarze Magie beherrscht. Anders ist es nicht zu erklären, dass sie sich schon so lange vor uns zu verstecken vermag.«

Lorenz schwieg. Wo mochte Kamaria sein? Wie war es ihr gelungen, sich so lange zu verbergen? War sie gar von der Burg entkommen? Doch nein, es konnte nicht sein, dass sie ihn einfach im Stich gelassen hatte. Ob sie Hilfe holte? Aber die Hilfe wäre niemals rechtzeitig hier, und vor allem: Wer sollte ihnen helfen?

Seine kreisenden Gedanken wurden unterbrochen, als Arnold von Schwarzeneck unter zustimmendem Gemurmel seiner Gesellen fortfuhr: »Ich habe mich also dazu entschlossen, auch ohne die Hexe reinen Tisch zu machen. Zu Pfingsten bietet es sich ja an, ein paar Freudenfeuer zu entfachen, und da bin ich auf die schöne Idee gekommen, dich als Pfingstochsen zu schmücken und auf kleiner Flamme zu rösten, gemeinsam mit deiner Sippe und deinen Freunden. Was hältst du davon?«

Lorenz presste wütend die Lippen zusammen. Von Schwarzeneck kicherte und fuhr fort: »Allerdings könnte ich mich dazu erweichen lassen, dir und den Deinen einen schnellen Tod zu verschaffen, wenn, ja, wenn ...«

Er erhob die Stimme und rief so laut, dass es jeder auf dem Gelände der Burg deutlich vernehmen konnte:

»Wenn sich die schwarze Teufelin, die sich Kamaria Malaika nennt, freiwillig stellt, so bin ich bereit, der Familie von Rabenhorst und ihrer Gefolgschaft zu einem raschen, gnädigen Tod zu verhelfen. Ein kurzer Schnitt durch die Kehle, und schon ist es vollbracht.«

Er machte eine Kunstpause, ehe er donnernd fortfuhr: »Doch wenn sich die Hexe nicht sofort stellt, so werden zwar nur fünf Scheiterhaufen brennen, dafür aber so langsam und schmerzhaft wie möglich. Das ist mein letztes Wort!«

»Niemals!«, schrie Lorenz. »Niemals! Kamaria, wenn du das hörst, bleib, wo du bist! Ich werde es diesem Unhold zeigen!«

Von Schwarzeneck hob erstaunt die Augenbrauen: »Wie bitte? Was meinst du?«

Lorenz schaute ihm fest in die Augen und entgegnete: »Ich, Lorenz von Rabenhorst, behaupte: Ihr, Arnold von Schwarzeneck, seid ein dreckiger, feiger Verräter, ein Hund, unwürdig, auch nur den Speichel eines Ritters aufzulecken. Ihr seid eine Ratte, ein widerliches Geschwür an der Ehre eines jeden rechtschaffenen Edelmanns!«

Von Schwarzeneck war wütend aufgesprungen und holte bereits zum Schlag aus, doch dann besann er sich, hielt inne und sagte verschlagen: »So, eine Ratte bin ich? Ein Verräter? Was willst du damit sagen, du Nichts, du Ungeziefer? Zweifelst du an meiner ritterlichen Ehre?«

Lorenz hatte sich in Rage geredet. »Ehre?«, schnappte er. »Ihr wagt es, dieses Wort in den Mund zu nehmen? Jeder Strauchdieb hat mehr Ehre im Leib als Ihr, Arnold von Schwarzeneck. Ich fordere Euch hiermit zum Duell. Ich verlange Genugtuung für das, was Ihr meinem Vater und den Bewohnern der Rabenhorstburg angetan habt! Und dafür, dass Ihr in Bamberg falsches Zeugnis abgelegt und die Mauretanierin Kamaria Malaika als Hexe beschuldigt habt!«

Arnold von Schwarzeneck brach in wieherndes, fast hysterisches Gelächter aus, in das auch seine Spießgesellen einfielen. Es dauerte eine ganze Weile, bis er sich beruhigt hatte.

»Du kleiner Hasenfurz forderst mich zum Duell heraus?«, gluckste er. »Das ist ja köstlich! Also, auf die Idee wäre ich ja im Leben nicht gekommen! Hihi! Das ist ja noch besser als ein Freudenfeuer! Ha! Ein Zweikampf!«

Dann wurde er plötzlich ernst, näherte sich mit zu Schlitzen verengten Augen Lorenz' Gesicht und fauchte ihn an: »Und womit willst du dich mit mir duellieren? Hast du überhaupt Waffen für ein Duell? Du hast ja noch nicht einmal ein halbes Jahr der ritterlichen Ausbildung hinter dich gebracht.«

Lorenz sagte nichts.

»Ach ja«, fuhr von Schwarzeneck fort, »als der Herausgeforderte habe ja ich die Wahl der Waffen. Also gut, Lorenz von Rabenhorst. Ich wähle das Schwert. Und sag mir hinterher nicht, ich hätte dich nicht gewarnt, nachdem ich dich erst mal gevierteilt habe! Hahahahaha! Aber sag, woher nimmst du ein Schwert? Denn solltest du keines besitzen, wird es ein sehr, sehr kurzer Kampf – oder vielleicht doch nicht, wenn ich es mir recht überlege. Also, was ist?«

»Ich habe eine Waffe«, entgegnete Lorenz stolz. »Sie ist versteckt in dem Planwagen, den Franziskus aus Coellen hergebracht hat. Bindet mich los, damit ich mein Schwert holen kann. Ich verspreche bei meiner Ehre, dass ich nicht fliehen werde!«

Arnold von Schwarzeneck dachte kurz nach, dann nickte er. Sofort befahl Bärbeiß zwei Soldaten, den Jungen von seinen Ketten zu befreien.

»Geleitet ihn zu dem Fuhrwerk«, ordnete von Schwarzeneck an. »Sollte er eine falsche Bewegung machen, stecht ihn ohne Federlesens nieder! Und bringt mir derweil meinen Schild und mein Schwert!«

Die Soldaten führten Lorenz hinter die Stallungen. Dort hatte man den Wagen beinahe an der gleichen Stelle abgestellt, an der er vor fast anderthalb Jahren zum ersten Mal gestanden hatte, als Anselm von Hagenau und Kamaria Malaika damit zur Rabenhorstburg gekommen waren. Hoffentlich befand sich das Schwert noch in seinem Versteck unter den Holzplanken. Mit zitternden Fingern löste er die Bretter und seufzte vor Erleichterung auf, als er es in seiner Scheide genau dort fand, wo er es in Coellen versteckt hatte.

Er spürte sofort, wie ihn Zuversicht durchströmte, als er Balmung in den Händen hielt. Er sprang vom Wagen, und die Soldaten geleiteten ihn zurück zum Burghof. Als er das Schwert gürtete, stellte er fest, dass die lange Scheide immer noch auf dem Boden schleifte. Das konnte hinderlich werden.

»Gestattet, Herr von Schwarzeneck, dass ich die Scheide des Schwertes ablege. Sie behindert mich beim Gefecht.«, sagte Lorenz.

Er versuchte, seine Angst zu unterdrücken. Er wusste, dass er gegen von Schwarzeneck, diese gestählte Kampfmaschine, keinerlei Chance hatte. Doch wenn ich schon sterben muss, dachte er, dann wenigstens erhobenen Hauptes und mit einem Schwert in der Hand. Er wunderte sich über sich selbst. Er, der niemals Ritter hatte werden wollen, forderte nun einen kampferprobten Krieger zum Duell heraus.

»Gewährt!«, gab von Schwarzeneck zurück. »Und als Zeichen meiner Großmut schenke ich dir einen Eichenschild ...« Er reckte sich zu voller Größe auf und fuhr fort: »... damit gleiche Verhältnisse herrschen! Hihi!«

Dann wandte er sich an Bärbeiß: »Ihr seid Duellrichter und gebt acht, dass der Kampf nach den Regeln der Ritterlichkeit abläuft! Es wird kein Pardon gegeben, es geht bis aufs Blut! Der Waffengang wird nicht eher abgebrochen, bis Lorenz ... ähem ... verzeiht, ich meinte, bis einer der beiden Kontrahenten tot im Staub liegt!«

Lorenz schluckte und sagte: »Ich stelle folgende Bedingung: Wenn ich siege, werden alle Gefangenen freigelassen und mein Vater erhält die Herrschaft über Burg Rabenhorst und all seine Ländereien zurück!«

»Du wirst niemals gewinnen«, entgegnete von Schwarzeneck überheblich. »Deshalb will ich nicht so sein – ich nehme an!«

Der schwarze Ritter stolzierte auf den freien Platz zwischen den Scheiterhaufen, hob seinen Schild, zog sein Schwert und stellte sich in Kampfposition. Lorenz schnallte derweil seine Waffe von der Hüfte. Als er Balmung mit einer eleganten Bewegung aus seinem Futteral zog, gab es ein singendes Geräusch. Er warf die Scheide zur Seite und ergriff mit der Linken den runden Eichenschild. Dann machte er den ersten Schritt auf seinen übermächtigen Gegner zu, und trotz aller Zuversicht, die das Schwert ihm verlieh, sackte ihm dabei langsam das Herz in die Hose. Das Raunen der Zuschauer, die bewundernden Ahs und Ohs nahm er kaum wahr. Sie galten seiner Waffe, deren Stahlklinge im Licht der Sonne wunderschön gleißte und glitzerte.

»Meiner Treu, Lorenz von Rabenhorst!«, rief von Schwarzeneck. »Du bist zwar ein feiger Bastard, aber immerhin trägst du ein gutes Schwert! Was ist das für eine Waffe? Woher hast du sie?«

»Das ist Balmung!«, antwortete Lorenz und machte einen weiteren Schritt auf von Schwarzeneck zu. »Es ist das Schwert, das Siegfried von Xanten von den Nibelungen erhielt, und nun wurde es mir gegeben, um das Unrecht hier auf dieser Burg wiedergutzumachen!«

Lorenz' Körper war noch geschwächt von den Anstrengungen der letzten Wochen, der Krankheit, die ihn auf Burg Eltz fast getötet hatte und den Qualen im Verlies, doch in dem Augenblick, als er seine Worte sprach, durchströmte plötzlich eine nie gekannte Kraft seinen Arm. Er erinnerte sich, wie er diese Stärke zum ersten Mal gespürt hatte, damals, als er damit im Coellner Heideland den Malkolpes in Schach gehalten hatte.

Lorenz fühlte sich unbesiegbar. Arnold von Schwarzeneck indes tänzelte um ihn herum und tarierte sein Schwert aus. Lorenz drehte sich, stets darauf bedacht, seinen Gegner direkt vor sich zu haben. Dann krachte mit Urgewalt der erste Schwertstreich auf seinen Eichenschild. Er kam so unerwartet und blitzartig, dass er keine Zeit fand, ihn gezielt abzuwehren.

Die Zuschauer johlten, denn sie hatten gemerkt, dass der Schlag sehr wohl auch tödlich hätte treffen können. Doch von Schwarzeneck hatte mit voller Absicht und wohl dosiert nur auf den Schild gezielt. Er wollte seinem Gegner nicht unmittelbar den Garaus machen. Viel lieber wollte er mit dem Jungen spielen wie die Katze mit der Maus, die ihrem Opfer scheinbar immer wieder eine Chance gibt, nur um dann erneut und umso heftiger mit ihren messerscharfen Krallen zuzuschlagen. Er wollte ihm und natürlich auch den Zuschauern genüsslich seine Überlegenheit demonstrieren.

Lorenz rasten Bilder von all den Übungskämpfen durch den Kopf, die er mit dem Holzschwert gegen Arnold von Schwarzeneck ausgefochten hatte. Er wusste, dass er nicht den Hauch einer Chance hatte, es sei denn, es geschähe ein Wunder.

Wieder ein pfeilschneller Hieb, gnadenlos diesmal und sehr gezielt. Sein rechter Oberarm brannte plötzlich wie Feuer, und Feuchtigkeit breitete sich unter dem Ärmel aus. Wieder hatte von Schwarzeneck sehr kontrolliert zugeschlagen. Er hatte dem Jungen nur einen kleinen oberflächlichen, fast zärtlichen Schmiss zugefügt, wie ein Maler, der sein neuestes Werk mit einem letzten flüchtigen, aber präzisen Pinselstrich perfektionierte. Nur dass dieser Streich sehr schmerzhaft war.

Lorenz versuchte, sich nicht davon überwältigen zu lassen. Er gestatte sich nicht, den Blick von seinem übermächtigen Gegner abzuwenden, starrte ihn einen Moment wie hypnotisiert an – und dann verlor er die Beherrschung. Er wusste, dass sein Kontrahent ihn provozieren wollte, doch es gelang ihm nicht, sich zurückzuhalten. Mit einem lauten Schrei schwang er die Stahlklinge über seinem Kopf, stürzte auf ihn zu und schlug zu, so hart er konnte.

Balmung donnerte auf von Schwarzenecks Schild und hinterließ eine gewaltige Scharte. Der Ritter lachte höhnisch auf und machte einen Ausfallschritt zurück. Plötzlich schrie das Publikum wie aus einer Kehle auf. Von Schwarzeneck war offenbar gestolpert, denn er ging in die Knie und fiel nach hinten. Lorenz war nicht schlecht erstaunt. Wie konnte das sein? Er hatte doch gar nicht so fest zugeschlagen? War sein Gegner über eine Bodenunebenheit gestolpert? Er hatte keine Zeit, weiter darüber nachzudenken, denn schon rappelte von Schwarzeneck sich wieder auf, und er musste sich wieder in Kampfposition bringen.

Der schwarze Ritter schritt auf ihn zu und holte brüllend mit seinem Schwert aus. Jetzt ist Schluss mit lustig!, dachte er. Diese kleine Ratte soll etwas erleben! Er schlug heftig zu, doch seine Klinge blieb mit einem lauten »Klack!« mitten im Schwung beinahe senkrecht stehen. Ganz kurz war ein Farbreflex zu erkennen, der jedoch einen Wimpernschlag später wieder verschwand.

Was war das? Lorenz riss geistesgegenwärtig seinen Rundschild hoch, sprang nach vorne und warf sich mit vollem Gewicht gegen von Schwarzeneck. Die Schilde der Duellanten krachten aufeinander, und von Schwarzeneck wurde erneut nach hinten geworfen. Er schwankte gefährlich, fand dann aber die Balance wieder und richtete sich auf. Fast wäre es ihm auch gelungen, doch mit einem Mal knickten seine Beine weg, er drehte eine groteske Pirouette und landete auf dem Hosenboden. Gelächter quittierte diesen tollpatschigen Fall.

Zwei seiner Soldaten eilten hinzu und wollten ihm aufhelfen, doch er wehrte sie wütend ab.

»Bleibt, wo Ihr seid, und wagt ja nicht, Euch einzumischen!«, grollte er. »Zurück an Euren Platz, und wehe, einer bewegt sich! Unter gar keinen Umständen greift Ihr in den Kampf ein! Das wäre ja noch schöner. Hinterher heißt es noch: Von Schwarzeneck kämpft mit einem Knappen und lässt sich von seinen Soldaten dabei helfen!«

Er richtete sich auf und musste dabei Balmung parieren, denn Lorenz war mutiger geworden und hatte zu einem gezielten Schlag angesetzt. Der Junge ließ mit der Kraft der Verzweiflung und der Wut der Jugend eine Serie von Hieben auf seinen Gegner niederprasseln, der alle Hände voll zu tun hatte, ihn abzuwehren.

Doch dann versetzte der schwarze Ritter seinem Kontrahenten einen Schlag, der so kraftvoll und gewaltig geführt war, dass der Schild des Jungen zerbarst. Schnell zog Lorenz seinen Arm aus den Lederschlaufen und schmiss die Holzstücke zur Seite.

Arnold von Schwarzeneck machte einen Schritt auf Lorenz zu und holte zum nächsten Hieb aus. Wieder gab es einen Farbreflex in der Luft, und er warf mit einem Schmerzensschrei den Kopf in den Nacken. Erneut gab es ein klackendes Geräusch, wieder flog seine Waffe zur Seite, dann ertönte ein dumpfes Klatschen auf seinem Schild. Unvermittelt kippte er mit dem Oberkörper vor und sank in sich zusammen. Was mochte nur mit diesem stolzen Kämpen los sein, dass er plötzlich derart unkontrolliert herumzappelte?

Kaum war es ihm gelungen, vom Boden hochzukommen, da versetzte Lorenz ihm einen weiteren Hieb auf den Schild, und diesmal riss es ihn rückwärts. Die Bewegung wirkte seltsam verstärkt, und im hohen Bogen flog Arnold von Schwarzeneck auf den Rücken. Sofort war Lorenz zur Stelle. Mit dem einen Knie drückte er den Schildarm seines Gegners auf den Boden, mit dem anderen zwang er die Brust des Ritters nieder. Mit seiner linken Hand ergriff Lorenz den Kragen seines Feindes, und mit der Rechten legte er ihm Balmung an den Hals.

»Eine falsche Regung«, keuchte er außer Atem, »und ich schneide Euch die Kehle durch! Ergebt Euch!«

Von Schwarzeneck antwortete nicht. Wütend und völlig fassungslos über die unerwartete Wendung starrte er den Jungen an.

»Ergebt Euch!«, wiederholte Lorenz mit Nachdruck und drückte die rasiermesserscharfe Klinge in die Haut seines Feindes. »Ergebt Euch, sofort!«

Von Schwarzeneck zögerte. Der Junge drückte fester zu und zog die Schneide ein wenig zur Seite. Ein dünnes Blutrinnsal erschien, und von Schwarzeneck stöhnte auf.

»Wird's bald?«, schnauzte Lorenz ihn an.

»Ich ...«, setzte der schwarze Ritter an, »ich ...«

»Nun?«, fragte Lorenz fordernd.

»Ich ergebe mich!«, flüsterte von Schwarzeneck.

»Lauter!«, forderte Lorenz. »So laut, dass alle es hier hören!«

»Ich ergebe mich!«, schrie von Schwarzeneck.

»Schwört bei Eurer Ehre als Edelmann – wenn denn von dieser Ehre überhaupt etwas übrig geblieben sein sollte!«

»Ich schwöre es bei meiner Ehre! Ich unterwerfe mich! Lass mich! Ich flehe dich an!«, kam es zurück.

»Nun gut!«, sagte Lorenz, doch er entließ von Schwarzeneck nicht aus seiner tödlichen Umklammerung.

»Werft Euer Schwert zur Seite!«, ordnete er an. Sein Gegner folgte dem Befehl.

»Und Ihr«, rief der Junge den Spießgesellen des Ritters zu, »Ihr verlasst sofort die Burg! Noch habt Ihr die Möglichkeit. Wartet nicht, bis es Euch so ergeht wie Arnold von Schwarzeneck!«

Zögernd sahen sich von Schwarzenecks Kumpane an, doch dann erhob sich erst einer, dann ein zweiter, und schließlich setzte sich die ganze Truppe immer schneller in Bewegung.

»Aber Herr Lorenz!«, ließ sich da Bernward von Bärenfels vernehmen, »ich darf doch bleiben, lieber junger Herr? Ich wurde gezwungen und hatte keine Wahl! Eigentlich war ich doch immer deinem Herrn Vater ergeben und wollte nur eine gute Gelegenheit abwarten, ihn zu befreien!«

Lorenz war drauf und dran, dem Torwächter eine grobe Antwort zu erteilen, doch er besann sich: »Gut, Bärbeiß, du sollst einstweilen bleiben. Binde den Grafen los!«

Bärbeiß beeilte sich, der Anordnung Folge zu leisten. Er zog seinen Dolch, stieg auf den Scheiterhaufen und löste mit schnellen Schnitten die Fesseln. Bärbeiß musste Graf Roland auffangen, der in sich zusammensackte, als die letzte Fessel gelöst war. Er trug den Grafen zu dem freien Thronsessel und setzte ihn hinein.

»Los, jetzt!«, schnauzte Lorenz ihn an. »Mach gefälligst voran, lass die anderen frei!«

Bärbeiß befreite Franziskus, Hannah und Traugott und fragte dann unterwürfig, was Herr Lorenz als Nächstes befehle.

»Öffne den Halunken das Tor und überzeuge dich, dass das ganze Gesindel die Burg verlässt. Anschließend lasse das Fallgitter herunter und ziehe sicherheitshalber die Zugbrücke hoch!«

Bärbeiß stürmte sofort los. Nach einer kurzen Weile war er wieder zurück und berichtete, dass die ganze Kumpanei wie von Furien gejagt den Weg in Richtung Tal hinunterlief. Das wurde auch Zeit, denn Lorenz' Kräfte erlahmten langsam, und außerdem ließ seine Konzentration nach. Endlich konnte er es gefahrlos wagen, von Schwarzeck loszulassen.

»Erhebt die Hände und lasst Euch fesseln, Herr von Schwarzeneck, und dann seht, wer Euch in Wirklichkeit besiegt hat!«, sagte er und schaute sich suchend um.

»Und du, Kamaria Malaika«, fuhr er fort, »legst jetzt die Tarnkappe ab und zeigst dich! Du brauchst dich nicht länger zu verstecken!«

Caput XLII

Da capo al fine

Ein schwarzer Punkt bewegte sich entlang des Weges und kam gemächlich näher. Lorenz kniff die Augenlider zusammen, um besser erkennen zu können, wer oder was sich da der Rabenhorstburg nähert. Langsam wurde der Punkt größer, ließen sich Umrisse und auch Farben unterscheiden. Aus dem einen Punkt wurden zwei, nein, drei Punkte. Der Junge traute seinen Augen nicht. Sein Herz machte einen kleinen Freudensprung, als er allmählich drei farbig angemalte Pferdefuhrwerke ausmachen konnte. Er spähte angestrengt in die Ferne und erkannte die Vagantensymbole, die darauf gemalt waren. Gaukler!, durchfuhr es ihn. Musikanten, Spielleute, Vaganten! Das wäre zu schön, um wahr zu sein.

»Musiker! Gaukler! Troubadoure!«, schrie Lorenz aufgeregt, während er, sich vor Eifer beinahe überschlagend, die Treppe hinunterfegte. Er schoss durch die Torhalle und rannte nahezu Hannah über den Haufen.

»Musikanten, Hannah!«, rief Lorenz der in den vergangenen Wochen wieder etwas molliger gewordenen Magd zu. »Spielleute!«

Weiter fegte er wie vom Beelzebub gejagt durch den Wehrgang, an der Vogtei vorbei zum Burgtor vor der Zugbrücke.

»Lass bloß das Gitter unten!«, brüllte Hannah ihm mit erhobener Stimme nach. »Es hat schon beim letzten Mal zu nichts Gutem geführt, als wir Musikanten in die Burg gelassen haben!«

Doch er hörte schon nicht mehr richtig hin, nahm nur noch das eine Wort wahr, das ihm wie ein Zauberwort schien – Musikanten!

Seit Kamaria und er die Rabenhorstburg verlassen hatten, hatte es hier keine Musik mehr gegeben. Er fragte sich, welche Art von Vaganten es nun zu seiner heimatlichen Burg zog, die doch abseits von den Hauptreisewegen der fahrenden Ritter und Händler lag.

Hoffentlich brachten sie Musikinstrumente mit. Er brannte darauf, endlich wieder eine Drehleier in Händen zu halten oder wenigstens eine Laute. Vielleicht bekäme er auch neue Heldengedichte zu hören, blutrünstige, gruselige Geschichten von Riesen und Drachentötern, von Kreuzrittern und dem Sultan Saladin oder poetische Lieder von ritterlicher Liebe und hoher Minne, von Artus und seinen Tafelrittern, von Räubern, Zauberern und vor allem von Hexen.

In der Torburg stieg Lorenz die Treppen zum Ausguck hinauf und beobachtete von dort, wie sich die drei bunt bemalten Pferdewagen ächzend die letzten Ellen des steilen Pfads bis zum Tor hinaufquälten. Sie hielten auf der Zugbrücke vor dem herabgelassenen Gitter, und Harald, der Torwächter, begrüßte die Neuankömmlinge: »Woher des Wegs, und was ist Euer Begehr?«

»Isch bin eine berühmtä Troubadour und bringe Eusch Song und Klong und Neuischkeitän aus die großä, weitä Wält!«

Während er sprach, hatte sich der Fremde auf dem Kutschbock des Pferdegespanns aufgerichtet und die Kapuze seines Umhanges zurückgeschlagen.

»Harald«, schrie Lorenz von oben herunter, während er die Treppe der Vorburg hinunterfegte, »lass sofort das Gatter hochziehen!«

»Aber, Herr Lorenz ...«, stotterte Harald.

»Kein Ge-Aber!«, schnauzte Lorenz ihn an, verwundert darüber, wie autoritär er klingen konnte. »Sofort hoch damit! Ich verbürge mich für ihn!«

Inzwischen hatte auch die zweite Gestalt die Kapuze zurückgeschlagen. Es war Emma Myldenberger. Sie strahlte ihn an und Lorenz' Herz machte einen Freudensprung. Mit lautem Kettengerassel hob sich das Fallgitter, und die großen Flügel des inneren Burgtores wurden von den Torknechten geöffnet.

Pierre de Perpignan, denn um niemand anderen handelte es sich, war vom Wagen geklettert. Lorenz begrüßte ihn stürmisch. Währenddessen setzten sich die drei Wagen in Bewegung und rollten in den Burghof. Emma Myldenberger stellte ihr Fuhrwerk als Erste ab, und schon lagen sie und Lorenz sich in den Armen. Direkt danach sprangen Angelo di Napoli und Ubald der Starke auf ihn zu.

Aus dem dritten Wagen gesellte sich eine weitere Gestalt zu ihnen, ein drahtiger junger Mann mit hageren Gesichtszügen. Er hatte wache dunkle Augen, schwarze Haare, einen Dreitage- nein, eher einen Dreißigtagebart und trug einen kleinen Ring im Ohr.

»Ich hoffe, dass du uns diesmal nicht wieder auf so ungehörige Weise sitzen lässt, Lorenz von Rabenhorst!« Mit diesen Worten schloss er den Jungen in die Arme und drückte ihn fest.

»Mathes!«, flüsterte Lorenz. »Ich bin so froh, dich zu sehen!«

Der Fidler löste sich von ihm und wies mit einer eleganten Armbewegung auf die letzte Person, die von seinem Gefährt gestiegen war und sich ihnen nun näherte.

»Darf ich vorstellen«, sagte er: »Trauthilde von Eltz – meine Gattin!«

Ehe Lorenz die Sprache wiedergefunden hatte, gellte ein Schrei über den Burghof. Kamaria stürmte auf die Besucher zu und fiel jedem Einzelnen um den Hals.

»Wachen!«, rief Lorenz, »Fahrt die Wagen der Gaukler hinter die Stallungen und benachrichtigt Graf Roland, dass wir liebe Gäste haben! Plündert die Vorratskammern! Rollt die Weinfässer heran und mobilisiert die Burgbewohner! Jede freie Hand muss helfen. Schmückt den Rittersaal so prächtig es geht! Heute Nacht gibt es ein Festgelage, wie es Burg Rabenhorst noch nie gesehen hat. Ein jeder soll so viel essen und trinken, wie er vermag.«

Er schaute Mathes und Trauthilde an und ergänzte: »Und es wird Musik für die jungen Eheleute hier geben, Gesang und Tanz bis zum Morgengrauen!«

»Das ist eine großartige Idee, Lorenz«, sagte Mathes. »Wir haben in aller Stille in einer kleinen Kapelle geheiratet, ständig mit der Angst im Nacken, dass uns die silbernen und goldenen Löwen erwischen würden. Aber wir haben uns gesagt: Wenn, dann wollen wir wenigstens vorher Mann und Frau geworden sein!«

»Das müsst ihr uns später genauer erzählen!«, meinte Lorenz. »Jetzt lasst uns erst mal meinen Vater begrüßen!« Er geleitete seine Gäste über den Burghof zum Palas.

Als sie an der Küche vorbeikamen, steckte Lorenz schnell den Kopf durch die Tür: »He, Hannah! Ruf das Gesinde zusammen! Wir werden heute Abend feiern. Was sag' ich: heute Abend? Die ganze Nacht durch feiern wir! Sorg dafür, dass es ein riesiges Festmahl wird! Und sag' den Zimmerleuten, wir brauchen eine Bühne heute Nacht!«

»Aber, Lorenz, wie soll ...?«, wollte sie protestieren, doch er war schon wieder verschwunden. Er führte seine Freunde zum Jagdzimmer. Graf Roland erhob sich von einer Liege, als Lorenz eintrat. An einem kleinen Tisch neben seinem Lager saß Franziskus Schmitz auf einem Sessel. Der Graf hatte sich mit dem Coellner Rheinschiffer angefreundet, als sie ihre gemeinsame Vorliebe für eine spannende Partie Schach entdeckt hatten.

Roland hatte sich noch immer nicht vollständig von seiner langen Kerkerhaft erholt. Zwar hatte er sich den Bart abnehmen lassen und gleich mehrere Bäder mit heißem Wasser genossen, doch er sah noch immer aus wie ein Hungerleider, der seit Monaten nicht richtig gegessen hatte, so hager und eingefallen waren seine Wangen. Gottlob hatte er an Gewicht zugelegt, ebenso wie Hannah und Traugott. Sie hatten in der Haft genauso wenig Nahrung bekommen wie Lorenz in seiner sechswöchigen Gefangenschaft.

Franziskus Schmitz hatte die Kerkerhaft gut überstanden. Er hatte zwar etwas länger als Lorenz, jedoch nicht so lange wie Graf Roland in der Zelle gesessen. Nachdem in Coblenz der Stellmacher Achse und Rad an Kamarias Planwagen repariert hatte, war Franziskus den Rhein hinaufgefahren und dann dem Main gefolgt. Er hatte wie geplant viele Kaufleute aufgesucht und Kontakte geknüpft, hatte bei Tuchhändlern und Weinbauern vorgesprochen, bei Zimmerleuten und Steinmetzen, bei allen möglichen Handwerkern und Händlern, um neue Geschäfts- und Handelspartner zu finden.

Schließlich war er an der Rabenhorstburg angekommen. Als er der Wache mitteilte, dass er Kunde von Lorenz von Rabenhorst bringe, war er zunächst freundlich in die Burg gelassen, dann aber noch auf dem Burghof gefangen genommen worden. Hohnlachend hatte Arnold von Schwarzeneck den Coellner in den Kerker werfen lassen. Dann hatte er den Wagen durchsucht und den Schatz der Nibelungen gefunden. Balmung und die Tarnkappe hatte er allerdings nicht entdeckt, da sie zwischen den Seitenbrettern verborgen waren.

Lorenz musste grinsen, als er daran dachte, welch schmähliche Niederlage Arnold von Schwarzeneck hatte hinnehmen müssen. Doch im nächsten Augenblick wurde er ernst, denn es kam ihm auch wieder in den Sinn, welche Verwünschungen der finstere Recke ausgestoßen hatte, als er in den Kerker geworfen worden war, während seine Getreuen die Burg verlassen durften. Nun wartete er darauf, der Gerichtsbarkeit des Bamberger Erzbischofs unterstellt zu werden. Er saß in der Zelle, in der Lorenz zuvor eineinhalb Monate verbracht hatte.

Graf Roland erhob sich und begrüßte die Gäste. Er ließ Wein und Brot auftragen, und nachdem sie sich gestärkt hatten, musste Mathes erzählen, wie es ihnen ergangen war.

»Mein lieber Lorenz, du hast ja ganz schön für Aufregung unter den Eltzer Löwen gesorgt!«, sagte der Fidler. »Nachdem ihr beide mit dem Pferd abgehauen wart, brach das reine Chaos aus. Du kannst übrigens von Glück reden, dass du mir nicht in die Hände gefallen bist. Ich hatte eine derartige Wut auf dich, unvorstellbar! Ich war wirklich felsenfest von dem überzeugt, was Günter vom Ossenberg über dich und Kamaria gesungen hat. Wenn ich dich zu fassen bekommen und am Schlafittchen gekriegt hätte ...«

»Mir ging es genauso«, ergänzte Trauthilde, »und allen anderen, die Günter zugehört haben, ebenso. Was war da bloß los? Wir haben lange gerätselt, was die Zuhörer so gegen euch aufgebracht hat. Es war wie eine böse Magie, die die Menschen verhext hat.«

Lorenz senkte den Kopf und antwortete: »Es lag an der Drehleier. Es war ein magisches Instrument. Ach übrigens«, fügte er noch hinzu, »was ist eigentlich aus Günter geworden? Weiß das jemand?“

Mathes antwortete: »Oh ja, den hat es übel erwischt!«

Der Junge zog erwartungsvoll die Augenbrauen hoch.

»Na ja«, fuhr der Fidler fort, »nachdem sich die ganze Aufregung gelegt hatte, ließ der Erzbischof ihn in Ketten legen und wegen Hexerei in den Kerker werfen. Der Gottesmann hatte nämlich die Vermutung, dass es zwischen Günters Drehleierspiel und der Verwirrung der Zuhörer einen anders nicht zu erklärenden Zusammenhang gab. Im

Verlies hat Günter dann völlig den Verstand verloren. Ob das auch von der Drehleier gekommen war, konnte niemand sagen.«

»Normalärweisä, isch tät sagon, es ist genau ümgekährt: man muss 'aben die Färschtond verlorren, um diese 'öllische Instrument spiellän su wolle«, warf Pierre de Perpignan tocken ein.

»Bei dem Unheil, das diese Leier angerichtet hat, sollte ich vielleicht froh sein, dass ich sie los bin«, entgegnete Lorenz nachdenklich und mehr zu sich selbst. »Es war die Magie des Instruments, die sich gegen Günter gerichtet hat, weil er es zu niederträchtigen Zwecken gebrauchen wollte. Aber ich ärgere mich trotzdem immer noch schwarz darüber, dass ich sie auf der Flucht zurücklassen musste.«

Mathes setzte an, etwas sagen, doch Pierre de Perpignan ergänzte schnell: »Abär, 'ärr Laurence, bittä nischt traurisch sein, dafür 'abe isch Eusch meine alte kleine Sinfonia mitgebrocht, damit Ihr wenischstens eine kleine bisschän auf die Leier könnt spiellän!«

Lorenz sprang auf. »Kommt her und lasst Euch umarmen! Wie gerne nehme ich dieses Angebot an!«

»Ooh, isch machä das nischt ganz uneigännützisch. Donn könnt Ihr misch wiedär begleitän, und meine Minnegesong klingt viel schöner, und isch kann die 'ärzen von die schöne Jungfrauän viel bessär gewinn ...«

Patsch!

Lorenz hatte die Backpfeife kommen sehen und grinste.

»Du wirst dich wohl nie ändern!«, schnaubte Emma Myldenberger. »Mach so weiter, und ich werde diesem schmucken Kavalier hier den Hof machen!« Sie warf Traugott von Trottlingen einen vielsagenden Blick zu. Der zog ein erschrockenes Gesicht, murmelte, er habe etwas Dringendes in den Stallungen zu erledigen, und machte sich aus dem Staube.

»Wo wir gerade von Herz gewinnen reden«, sagte Kamaria und schaute Mathes mit spitzbübischem Grinsen an, »wie kommt es, dass du dir eine Dienstmagd angelst und so mir nichts, dir nichts heiratest? Oder sollte ich besser sagen eine Grafentochter, die ja eigentlich dem Sieger des Sängerwettstreits versprochen war?«

»Nun, ääh«, druckste Mathes, »als während eurer Flucht alles durcheinanderging und nachdem ich wieder einen einigermaßen klaren Kopf hatte, stand plötzlich Trauthilde neben mir und hat mich einfach ... äh ...«

»Ich habe ihn mir einfach geangelt«, ergänzte die Komtess, »und ihm gesagt, dass ich mitkommen werde. Und dann habe ich ihm einen Kuss gegeben.«

»Ja, ja, die Liebä, die Liebä«, sang Pierre mit schwärmerisch nach oben verdrehten Augen, »ist einä 'immelsmacht!«

»Und ich«, griente Mathes, »habe Trauthilde einfach an der Hand genommen, und wir haben uns durch die Menge zu den Planwagen gedrängelt. Auf dem Lagerplatz haben wir dann Pierre und Angelo getroffen.«

»Als isch 'abe gesehän, dass Mathias 'at die belle Komtess bei die 'and, 'abe isch eine große Schreck bekommän. Es war finstär, und wir 'aben ihr sofort ondere Kleidär gegebän und eine 'aube, unter die sie ihrä wunderschönän 'aare 'at verborgän. Und dann 'abe isch misch gefrogt, warum immär nur diesär Mathes 'at solsch eine Glück bei die femmes!«

Er bückte sich und wich geschickt Emmas nächster Backpfeife aus.

»Ja, und dann haben wir überlegt, wo wir hin sollten«, fuhr Mathes fort. »Es musste jedenfalls schnell gehen. Deshalb lenkten wir in der einbrechenden Dunkelheit unsere Wagen den Bergweg zur Baldeneltz hinauf. Emma hat den Soldaten des Erzbischofs schöne Augen gemacht und ihnen erzählt, dass wir im Auftrag des Bischofs auf dem Weg nach Bonn in die Residenz des Coellner Erzbischofs sind und ihm als Geschenk unsere Musik bringen sollen.«

»Es war ein gewagtes Spiel«, ergänzte Emma, »aber die Soldaten haben uns geglaubt und passieren lassen. Damit konnten uns die silbernen und goldenen Löwen nicht auf direktem Weg folgen, denn das Gebiet war von den erzbischöflichen Truppen besetzt. So sicherten wir uns einen großen Vorsprung. Von der Baldeneltz aus sind wir dann die erste Nacht durchgefahren. Was heißt gefahren? In der Finsternis musste immer abwechselnd einer vor den Fuhrwerken hergehen und die Pferde führen.«

»Und ihr glaubt wirklich, dass Graf Johann von Eltz einfach so hinnehmen wird, dass ein hergelaufener Fidler ihm seine Tochter entführt?«, warf Kamaria ein. »Und dann seid ihr so einfältig, mit dieser Komtess auf der Rabenhorstburg aufzukreuzen und uns so die Kriegsknechte der Eltzer auf den Hals zu hetzen?«

»Ach komm, Kamaria, keiner auf Burg Eltz kennt Lorenz' wahren Namen«, beruhigte Mathes sie. »Und woher sollen sie wissen, dass wir zur Rabenhorstburg geflohen sind?«

»Wir wollen auch nicht lange bleiben, wenn wir nicht willkommen sind. Wir werden uns bald aufmachen ins Languedoc, um dort den Winter zu verbringen und neue Minnelieder zu lernen«, ergänzte Angelo.

»Wir haben außerdem darauf geachtet, nur abseits der großen Reisestraßen zu fahren. Niemand ist uns gefolgt«, sagte Mathes. »Und diese Fahrt über Nebenstrecken hätte uns beinahe das Leben gekostet. Vorgestern kamen wir abends in einen finsteren Wald hier ganz in der Nähe und gerieten dabei in sumpfiges Gebiet. Der Weg mündete in eine morastige Waldlichtung, durch die ein Fluss lief. Trauthilde und ich lenkten unseren Planwagen auf die Ebene, als plötzlich die Gäule unruhig wurden. Ich trieb sie weiter an. Dann merkte ich, wie die Vorderräder des Wagens tief im Schlamm einsanken. Ich konnte den anderen gerade noch zurufen, dass sie auf sicherem Grund verweilen sollten. Mit einem Mal erblickte ich eine kleine, dunkel gekleidete Gestalt am Waldrand, die uns zu winkte. ›Bleibt, wo Ihr seid!‹, rief sie uns zu. ›Ich hole Hilfe. Ich schicke Euch ein Pferd, das Euch aus dem Moor ziehen wird!' Wir wunderten uns, aber die Gestalt war schon wieder zwischen den Bäumen verschwunden. Dann riss die Wolkendecke auf und der Mond schickte uns sein silbriges Licht. Wir hörten ein Wiehern, und aus dem Wald trabte ein Pferd auf uns zu. Etwas so Schönes wie dieses Tier habe ich zuvor nie in meinem Leben gesehen. Es schillerte wie ein Regenbogen. Mal blau wie ein Gebirgsbach, mal grün wie ein Türkis, mal golden wie die Sonne, mal rot wie Zinnober. Die Farben wechselten immer wieder – ein wunderschönes Farbenspiel war das! Das Ross blieb stehen und wieherte uns aufmunternd zu. Ich legte ihm so schnell wie möglich ein Seil um den Hals, das ich am rückwärtigen Ende des Planwagens befestigte. Scheinbar mühelos zog es uns aus dem Morast. Als der Wagen auf sicherem Grund stand und ich ihm das Seil abgenommen hatte, tänzelte das Tier auf der Stelle und schnaubte. Es wandte sich um und dann wieder zu uns zurück, als wollte es, dass wir ihm folgten. Das taten wir denn auch und das Pferd geleitete uns sicher durch den Wald.«

»Kelpie!«, rief Lorenz, »Das war Kelpie!«

»Du kennst dieses Pferd?«, fragte Angelo.

»Ja, aber es ist kein Pferd.«, entgegnete Lorenz. »Das war Kelpie, ein Gestaltwandler, ein Nöck, der aus Kaledonia stammt.«

Mathes wurde bleich: »Ein Wassergeist? Um Himmels willen, davon hört man doch sonst nur furchtbare Geschichten. Die sollen doch Menschen in die Fluten ziehen, und sie fressen kleine Kinder!«

»Dieser nicht mehr«, stellte Kamaria fest. »Im vorigen Frühjahr hatte er tatsächlich versucht, Lorenz und mich ins Wasser zu locken. Doch Lorenz konnte ihn besiegen, und Kelpie musste versprechen, fortan niemanden mehr ins Wasser oder ins Moor zu locken, sondern die Leute sicher durch die Sümpfe zu führen. Wie man sieht, hat er Wort gehalten.«

»Das ist gut zu wissen, denn das Moor ist noch morastiger geworden«, sagte Graf Lorenz. »Seit dem vergangenen Herbst führt der Rabenfluss mehr Wasser als je zuvor. Für die Bewässerung der Felder ist das ein Segen, doch weil er auch die Sümpfe im Finsterwald speist, könnte Reisenden das Moor noch leichter zum Verhängnis werden. Umso besser, dass sie sicher geleitet werden. Mich wundert allerdings, woher plötzlich das ganze Wasser im Fluss kommt. Es gab keine übermäßigen Schneefälle im Winter, und der große Regen im Frühjahr fiel heuer eher dürftig aus.«

Lorenz dachte an Lure vom Ley. Sie hatte ihm damals angeboten, zusammen mit ihren Schwestern stets über seine Wege zu wachen. Er fände es schöner, hatte der Junge geantwortet, wenn die Flussnymphen dafür sorgten, dass der Bach am Fuß der Rabenhorstburg ansteigen und genug Wasser für die Bewässerung der Felder führte, damit die Ernte im Herbst endlich ausreiche, um die Burgbewohner ohne Hunger über den Winter zu bringen. Lure hatte nur gelächelt und nichts dazu gesagt. Sie hatte offenbar gehandelt. Es war zwar erst früh im Sommer, doch es war bereits absehbar, dass die Bewohner der Rabenhorstburg und der umliegenden Dörfer in diesem Jahr eine Rekordernte einfahren würden. Die Felder standen voller Korn, und überall wuchs und gedieh alles, was die Bauern angepflanzt hatten, in überreichem Maße.

»Manchmal«, fuhr Graf Roland fort, »manchmal, wenn ich im Frühjahr über die Felder ritt, hatte ich den Eindruck, dass ich von fern die wunderschönen Klänge einer Flöte hörte. Manchmal traurig und melancholisch wie eine Canzone, aber auch schnell und treibend wie ein ausgelassener Tanz. Und jedes Mal fühlte ich Sonnenschein und Zuversicht in meinem Herzen.«

Sein Gesicht verfinsterte sich, als er fortfuhr: »Dann kamen die Reiter, angeführt durch Arnold von Schwarzeneck. Er bringe mir Neuigkeiten von meinem Sohne, hatte er dem Torwächter zugerufen. Hätten sie ihn doch bloß nie eingelassen ...«

Eine Flöte!, dachte Lorenz. Es sah so aus, als habe auch Malkolpes sein Wort gehalten, für eine gute Ernte zu sorgen. Lorenz nahm sich vor, in den kommenden Tagen auszureiten, nach dem Faun zu suchen und ihn willkommen zu heißen.

Sie saßen den ganzen Tag zusammen und erzählten. Gebannt lauschten sie, als Kamaria von ihrer Flucht berichtete. Sie war über die Bedachung des Wehrganges geflohen, am Mauerwerk des Gesindehauses hochgeklettert, hatte sich auf halsbrecherische Weise mit den Fingerspitzen an Steinvorsprüngen festgehalten und in Mauerritzen gekrallt und war schließlich über Dächer und Zinnen balanciert, bis sie die Stallungen erreicht hatte.

Dort hatte sie es in letzter Sekunde geschafft, ihren Planwagen zu erreichen, den Franziskus von Coblenz zur Rabenhorstburg gefahren hatte. Ihr war klar geworden, dass sie unbedingt an die Tarnkappe herankommen musste, wenn sie überleben wollte. Denn obwohl die Rabenhorstburg viele Möglichkeiten zum Verstecken bot, wäre es nur eine Frage der Zeit, bis man sie aufspürte. Mit zitternden Fingern hatte sie das Brett aus der Seitenverkleidung gelöst, und der Brotbeutel mit der Tarnkappe hatte tatsächlich noch an seinem Platz gelegen. Tage- und wochenlang war sie unsichtbar geblieben und hatte nur nachts im

Wald ihre Tarnung abgelegt. Sonst, erklärte sie, wäre sie wahnsinnig geworden, denn es sei ein unheimlicher Zustand, die eigenen Arme und Beine nicht sehen zu können. Zwischendurch war sie immer wieder auf die Burg zurückgekehrt und hatte die Soldaten belauscht, um zu erfahren, was aus Lorenz geworden war, oder um Lebensmittel aus der Küche zu besorgen, um nicht zu verhungern.

Eines Tages hatte sie gesehen, dass die Soldaten Holz aufschichteten und sofort gewusst, dass etwas Besonderes im Gange war. Schließlich hatte sie zusehen müssen, wie Graf Roland, Traugott, Hannah und Franziskus an die Pfähle auf den Scheiterhaufen gebunden wurden. Dann hatten die Soldaten Lorenz gebracht, und ihr war vor Angst ganz schlecht geworden. Als der Junge dann auch noch von Schwarzeneck zum Duell forderte, war ihr klar gewesen, dass sie sofort handeln musste.

Sie war zu ihrem Wagen gehetzt und hatte die beiden Jonglierkeulen hervorgekramt. Sie hatte befürchtet, dass die Tarnkappe nicht groß genug sei, um sie zusammen mit den Keulen zu verbergen. So war es auch gewesen, doch als sie nur eine unter ihrem Hemd versteckte, war sie vor ihren Augen verschwunden. Gut, hatte sie sich gesagt, dann muss halt die eine Keule als Waffe reichen.

Dann hatte sie in das ungleiche Duell eingegriffen. Zuerst hatte sie sich hinter Ritter Arnold gekniet, und er war über sie gestolpert. Dann hatte sie mit der Keule einen Schwerthieb abgewehrt, und als er wenig später Lorenz' Schild zertrümmert hatte, hatte sie ihm ein paar gezielte Hiebe verpasst und dem Jungen auf diese Weise zum Sieg verholfen.

Schließlich waren alle Geschichten erzählt und Graf Roland bat darum, alleine gelassen zu werden. Er wollte sich vor dem Fest noch etwas erholen.

Am Abend brannte ein großes Freudenfeuer auf dem Burghof, und der Rittersaal war mit Bändern und Bannern geschmückt. Überall an den Wänden hingen Blumenkränze, die Hannah und die anderen Mägde geflochten hatten. Blumen lagen auch auf den Tischen.

Der Saal war gefüllt mit bunt gekleideten, fröhlichen Menschen, die glücklich das Ende der Fron unter Arnold von Schwarzeneck feierten. Die Bewohner der Rabenhorstburg waren heilfroh, dass Graf

Roland die Macht über seine Burg zurückerlangt hatte und darüber, dass sein Sohn Lorenz wieder zuhause war.

Doch im Moment freuten sich alle am meisten auf das Festbankett. Vom Morgens bis zum Abend hatten die Bediensteten in der Küche gekocht, gebrutzelt, gebacken, gebraten, gedünstet ...

Nun sollte endlich das Fest beginnen. Am Kopfende des Rittersaals hatten die Musiker der Compagnie Beau Temps auf der improvisierten Bühne ihre Instrumente bereitgestellt. Das Publikum jubelte bereits nach wenigen Takten, als Angelo di Napoli und Mathes der Fidler ein Fidelduett anstimmten, zu dem Ubald der Starke seine Kräfte demonstrierte. Unter den Ahs und Ohs der Zuhörer verbog er dicke Eisenstangen. Währenddessen schoss vom Eingang her ein kleiner Spielmann wie ein Irrwisch den Mittelgang entlang auf die Bühne zu. Er lief nicht, er sprang nicht, nein, nach kurzem Anlauf überschlug er sich unter dem Aufschrei der Anwesenden, als sei er schwerelos. So vollführte er fünf oder sechs Saltos, ehe er vor dem Grafen zum Stillstand kam, Kopf und Knie beugte und beide Arme weit von sich streckte. In den Händen hielt er je zwei Jonglierkeulen – prachtvolle neue Keulen, die der gräfliche Zimmermann am Nachmittag eigens gedrechselt hatte.

Die kleine Gestalt trug ein buntes, venezianisches Kostüm. Ockerfarbene und schwarze Rauten zierten die eng anliegende Jacke und eine dazu passende, dunkelrote Strickhose mündete in ledernen Schuhen mit kurzen Schnäbeln. Ihre Hände steckten in weißen Handschuhen. Eine mit wunderbaren Blumenmustern, Monden und Sternen bemalte venezianische Maske verbarg ihr Gesicht. Auch ihr Haar war nicht zu sehen, denn sie trug eine mit Seidenbordüren bestickte Harlekinmütze, an deren zwei Spitzen je ein Glöckchen baumelte. Das Kostüm war mit bunten Schleifen verziert.

Der Graf erhob sich von seinem Sessel und applaudierte. Kamaria verneigte sich und nahm die Gesichtsmaske ab. Der Saal tobte. Der begeisterte Applaus wollte nicht enden, selbst der sonst stets griesgrämige Bernward von Bärenfels klatschte mit verkniffener Miene die Hände ineinander.

»Das war eine großartige Leistung, Kamaria Malaika«, sagte Graf Roland. »Ich bin froh, dass du wieder zuhause bist. Denn dein Zuhause soll die Rabenhorstburg von nun an für alle Zeiten sein, und jeder freut sich darüber, dass du zu uns gehörst!«

»Jeder?«, zweifelte Kamaria und blickte Bärbeiß scharf an. »Das glaube ich nicht. Im Gegenteil.«

»Wie meinst du das?«, fragte Graf Roland.

»Bernward vom Bärenfels freut sich sicher nicht!«, entgegnete sie. »Er hat von Anfang an mit Arnold von Schwarzeneck unter einer Decke gesteckt und versucht, mich umzubringen.«

»Das ist eine gemeine Lüge!«, schrie Bärbeiß. »Diese verdammte, schwarze Teufelin ...«. Er schlug die Hand vor den Mund, weil er merkte, dass er sich um Kopf und Kragen redete.

»Das ist keine Lüge«, fauchte Kamaria und fuhr, an Graf Roland gewandt, ruhiger fort: »Ich kann es sogar beweisen.« Sie nestelte am Ausschnitt ihres Kostüms und zog einen kleinen Lederbeutel heraus, den sie an einer Schnur um den Hals trug, und öffnete ihn.

»In jener Nacht im vergangenen Jahr habe ich meine Instrumente gepflegt, als mir zwei Männer einen Sack über den Kopf zogen. Sie trugen mich hinaus auf den Wehrgang. Sie waren vermummt, die feigen Schweine, damit ich sie nicht erkennen konnte. Ich wehrte mich natürlich, aber es half nichts. Sie warfen mich über die Burgmauer. Ich habe mich in die Kleider des einen Schurken gekrallt und versucht, mich an ihm festzuhalten, aber sie waren zu stark und ich flog über die Mauer. Zum Glück konnte ich mich an einer Pechnase festhalten. Lorenz hat mich gerettet und mit einem Seil wieder hochgezogen. Später stellte ich fest, dass ein Fetzen Stoff aus dem Gewand des einen Attentäters an meiner Gürtelschnalle hing. Der Dorn der Schnalle muss sich irgendwie in seinem Hemd verfangen und den Stofffetzen herausgerissen haben. Ich habe das Stoffstück sorgfältig verwahrt. Hier ist es!«

Sie beförderte einen Stofffetzen aus dem Lederbeutel.

»Ihr seht, Graf Roland«, ergänzte sie, »es ist ein rostbrauner Stoff mit aufgestickten kleinen Lilien. Ein nicht alltägliches Muster, und ich kenne nur einen, der ein solches Hemd trägt.« Sie erhob die Stimme, als sie weitersprach: »nämlich jener dort!« Mit ausgestrecktem Arm wies sie auf Bernward vom Bärenfels. Die Augen in ihrem samtschwarzen Antlitz funkelten erbost.

»Das – das ist nicht wahr!«, stammelte Bärbeiß und wich langsam zurück, denn alle Blicke hatten sich auf ihn gerichtet.

»Ergreift ihn!«, donnerte Graf Roland. »Wollen wir doch mal sehen, ob Kamaria Recht hat!«

Zwei kräftige Soldaten ergriffen Bärbeiß, und der Graf stand auf und näherte sich ihm. Er musterte das Wams des Beschuldigten. Dann richtete er sich auf und sagte tonlos: »Das Mädchen hat nicht gelogen! Dort oben in deinem Wams ist eine geflickte Stelle. Das Stoffstückchen aus Kamarias Lederbeutel passt perfekt an die schadhafte Stelle.«

Er wandte sich an die Soldaten: »Macht kurzen Prozess mit diesem Mordbuben. Bringt ihn zum Richtblock und schlagt ihm den Kopf ab!«

»Neiiiiiin!« Der sonst so grimme Bärbeiß winselte und versuchte, sich dem Griff der Soldaten zu entwinden. »Neiiiiin! Lasst mich! Es war von Schwarzeneck! Er hat mir eingeflüstert, dass die Teufelin daran schuld sei, dass Lorenz sich nicht zum Ritter ausbilden lassen wollte. Er war es! Nicht ich! So glaubt mir! Ich habe doch nichts getan!«

Niemand hörte auf ihn. Die Soldaten schleppten den Unglücklichen aus dem Saal. Als sie die Tür beinahe erreicht hatten, ertönte ein glockenhelles »Nein!«

Alle Augen richteten sich auf Kamaria. »Nein!«, wiederholte sie. »Lasst ihn!« Sie sah Graf Roland flehend an: »Bitte, verschont ihn!«

»Das verstehe ich nicht«, sagte er. »Erst beweist du, dass Bernward vom Bärenfels ein Spitzbube und Mordgeselle ist, und dann bittest du für ihn um Gnade? Das verstehe, wer will!«

»Ich will Gerechtigkeit, Graf Roland, nicht Rache!«, entgegnete sie. »Natürlich hat er eine Strafe verdient, doch ich möchte nicht, dass er sterben muss. Legt ihn meinetwegen in Ketten und werft ihn in den Kerker, sodass er Zeit hat, über seine Untat nachzudenken!«

Der Graf schaute Kamaria lange nachdenklich in die Augen, dann nickte er. »Du hast recht, kleine Vagantin, es ist genug Leid geschehen. Wir sollten das Freudenfest heute nicht durch Gewalt verderben!«

Er richtete sich auf und rief den Soldaten zu: »In den Kerker mit ihm. Wir wollen später über ihn richten und eine gerechte Strafe finden! Aber nun soll das Fest weiter gehen!«

Jubel erklang, als Mathes und Angelo auf ihren Fideln einen ungestümen Tanz aufspielten. Dann ergriff Pierre de Perpignan das Wort:

»Werte Damän und 'erràn! 'ört nun die größte Troubadour, die isch in die vergongäne Jahren 'abe ge'ört. Er ist eine junge Monn, abär er kann mit seine Gesong die 'ärzen anrühren und die Tränen 'ervorrufän. Begrüßen Sie mit mir gonz 'ärzlisch diese große Künstlär: 'err Laurence von Raben'orst!«

Der Junge erhob sich zögernd, und sofort brandete donnernder Beifall auf. Die Leute johlten und pfiffen und trampelten mit den Füßen, während er auf die Bühne zuschritt. Kamaria fürchtete fast, der Boden könnte nachgeben.

Als Lorenz dann auf der Bühne stand, bat Pierre um Ruhe und sagte: »Und domit Monsieur Laurence auch rischtisch gute Musik konn machän, 'aben wir, die Musiker von die Compagnie Beau Temps, ihm eine besondäre Geschänk mitgebracht! Un p'tit moment, s'il vous plaît!«

Er huschte durch die rückwärtige Tür des Rittersaales, von der aus die Gaukler ihre Bühne betreten konnten, und war im Nu mit einem in eine Wolldecke eingeschlagenen Paket zurück. Er überreichte es Lorenz und ermunterte ihn: »Allez, nun macht schon, packt es aus, es ist eine Geschänk!«

»Danke, Pierre, das ist sehr nett von Euch«, entgegnete Lorenz, der eine Vermutung hatte, was in der Decke eingewickelt war. »Aber es ist wirklich nicht nötig, dass Ihr mir Eure Sinfonia schenkt.« Er schaute den Freund traurig an. »Es reicht mir, wenn ich gelegentlich darauf spielen darf!«

»Nun macht schon auf!«, drängte Emma Myldenberger. »Damit wir endlich weiter Musik machen können! Das Publikum wird schon ungeduldig!«

Als er die letzte Lage zurückschlug und sah, was er da gerade auspackte, konnte er es kaum fassen – er hielt die magische Drehleier in den Händen. Seine Leier, von Meister Volker eigens für ihn gebaut.

»Isch 'abe nischt longe gesögärt, als isch die Vielle sah liegän in die Gras«, sagte Pierre. »Die vermalädeite Schurkä Güntär vom Ossenbersch – möga er bei die dreifach geschwänzelte Beelzebüb als Charbonnier de l'enfer, als 'öllän'eizär, arbeitän – war noch ohnä Bewusstsein, und da 'abe isch in die allgemeinä Verwirrung einfach die Leiär gesteckt in die Sack und für Eusch in Sischer'eit gebracht!«

Lorenz war sprachlos. Tränen der Rührung und Dankbarkeit traten ihm in die Augen. Vorsichtig streichelte er den Tangentenkastendeckel und mochte es immer noch nicht glauben, dass er seine geliebte Radleier zurückhatte.

Unter dem Jubel der Zuschauer nahm er auf einem Schemel Platz, legte sich das Instrument auf den Schoß und befestigte es sicher mit dem Gurt, den er um seine Hüften schlang. Verträumt und spielerisch ließ er die Kurbel kreisen und legte eine Saite nach der anderen aufs Rad. Er musste kaum nachstimmen. Zunächst waren die vollen, sonoren Bassbordune zu hören, dann auch die Melodiesaiten.

Lorenz konnte sich nicht zurückhalten. Er legte die Schnarrsaite auf und begann mit einem schnellen, lustigen Tanz. Sofort griff Kamaria nach ihrem Dudelsack, blies ihn auf und spielte eine zweite Stimme dazu. Emma Myldenberger schlug den Takt auf der Handtrommel und die beiden Fidler Mathes und Angelo ließen ihre Instrumente aufjubeln. Im Nu hatte sich das vorher andächtig lauschende Publikum in eine ausgelassene, durcheinanderwirbelnde Tänzerschar verwandelt. Niemanden hielt es auf den Sitzen. Die Musiker spielten einen Tanz nach dem anderen, und der Frohmut kannte keine Grenzen. Doch irgendwann konnten sie nicht mehr, weder die Tänzer noch die Musiker, und als alle sich nach Luft japsend niedergelassen hatten, nahm Lorenz Kamaria zur Seite.

»Ich war ein Idiot, als ich mich in die Idee verrannt habe, unbedingt das Herz der Komtess erringen zu wollen, ohne sie jemals gesehen zu haben. Was war ich doch dämlich!«

Sie nickte und sah ihm tief in die Augen.

»Ja, das warst du! Du hast eine Stimme wie ein Engel und eine Leier, die zaubern kann, und was hast du damit erreicht? Denk einmal darüber nach!«

Kamaria senkte den Kopf und schaute zu Boden. »Ich glaube, ich schließe mich im Sommer der Compagnie an und ziehe mit ihnen ins Languedoc. Von dort aus ist es nicht weit nach Santiago de Compostela. Mein Herz sagt mir, dass ich versuchen muss, meine Eltern zu finden!«

»Aber Kamaria!«, wollte Lorenz protestieren, doch die Mauretanierin legte ihm ihren Zeigefinger auf die Lippen und flüsterte: »Ich weiß es ja noch nicht! Eine große Sehnsucht überkommt mich, wenn ich an meine Mutter und meinen Vater denke. Doch es ist schon so lange her, dass ich sie verlassen musste. Vielleicht bleibe ich ja auch hier und gehe dir weiter auf die Nerven. Wir werden es sehen. Nur der Wind, mein Freund, kennt heute bereits die Antwort auf solche Fragen!«

Sie hauchte ihm einen Kuss auf die Wangen und sagte: »Und nun spiel, Lorenz von Rabenhorst! Spiel und zeig ihnen, dass du der größte Minnesänger von allen bist!«

Und Lorenz drehte die Kurbel. Er spielte seine melancholische Canzone, aber er veränderte die Melodie an ein, zwei Stellen. So war es nicht genau die magische Weise, sondern eine Variation, die keinen unheilvollen Einfluss auf die Zuhörer hatte.

Und Lorenz sang. Er sang ein Lied, das ihn sein Freund Francesco Petrarca einst gelehrt hatte, und dieses Lied brauchte keine Magie, um seinen Zauber zu entfalten:

»Zu euch, ihr Freunde, flattern diese Lieder,
Die stürmisch meines Herzens Frühling sang.
Der Seufzer Flug, in ungestümem Drang,
Erprobt aufs neu sein schimmerndes Gefieder.

Vor euch, Genossen meiner Leiden, wieder
Vom Trug der Liebe angeweht, vom lang
Bestand'nen, neig ich mich und schlage bang
Den tief beschämten Blick zur Erde nieder.

Denn Ärgernis den Guten, Spott den Bösen,
Verkümmerte der Jugend blühend Reis. -
In Reue will das kranke Herz sich lösen.
Ja Reue! Scham und Reue! - Ach, ich weiß:

Der Erde Leid und Freud gehört uns kaum,
Denn das Vergängliche ist nur ein Traum.

Quellennachweis

S. 16f. und 194: Guillaume de Machaut, »Douce Dame«. Hochdeutsche Nachdichtung von Helga Röse (»Schöne, holde Dame«). (Abdruck mit freundlicher Genehmigung der Autorin.)

S. 18: Auszug aus: Pfaffe Konrad, »Rolandslied« (Übertragung des französischen »Chanson de Roland«). Hochdeutsche Übertragung von Prof. Dr. Dieter Kartschoke in: *Das Rolandslied des Pfaffen Konrad.* Frankfurt: Fischer, 1971. (Abdruck mit freundlicher Genehmigung des Autors.)

S. 20: Neidhard von Reuental, »Ûf dem berge und in dem tal«. Hochdeutsche Übertragung von Dr. Astrid Lamprecht (»Auf dem Berg und in dem Tal«). (Abdruck mit freundlicher Genehmigung der Autorin, Quelle: www.minnesang.de.)

S. 37 und 110: Dietmar von Aist, »Slâfst du, friedel ziere?«. Hochdeutsche Nachdichtung von Kurt Erich Meurer (»Es dämmert an der Halde«) in: *Deutscher Minnesang.* Stuttgart: Reclam, 1978. (Abdruck mit freundlicher Genehmigung des Reclam-Verlags.)

S. 79: Anonymer Verfasser, »Veris leta facies«. Zitiert nach: *Carmina Burana. Die Lieder der Benediktbeurer Handschrift.* Vollständige Ausgabe des Originaltextes nach der von Bernhard Bischoff abgeschlossenen kritischen Ausgabe von Alfons Hilka und Otto Schumann. Übersetzung der lateinischen Texte von Carl Fischer, der mittelhochdeutschen Texte von Hugo Kuhn. Anmerkungen und Nachwort von Günter Bernt. 5. Aufl. München: 1991.

S. 80: Anonymer Verfasser, »Veris leta facies«. Hochdeutsche Nachdichtung von Ulrich Joosten (»Sieh, des Frühlings Antlitz hell«).

S. 98, 100 und 172f.: Auszüge aus: *Das Nibelungenlied.* Hochdeutsche Übertragung von Dr. Karl Simrock. Berlin, Globus Verlag, 1925. (Bearbeitet und der heutigen Rechtschreibung angepasst durch den Autor.)

S. 106: Raimbaut de Vaqueiras: »Kalenda maya« (Quelle: www.trobar.org).

S. 107: Raimbaut de Vaqueiras: »Kalenda maya«. Hochdeutsche Übertragung von Ulrich Joosten (»Nicht erster Maitag«).

S. 147: Anonymer Verfasser, »Du bist mein, ich bin dein« (»Du bist mîn, ich bin dîn«). Verfasser Original und Übertragung unbekannt. (Quelle: Bibliotheca Augustana, www.hs-augsburg.de)

S. 167: Wilhelm Busch, »Ave, Maria Mundi Spes, bewahr' uns armen Mönchen ...«. Auszug aus: »Der heilige Antonius von Padua«. Zitiert nach *Sämtliche Werke I. und II. Band I: Und die Moral von der Geschicht. Band II: Was beliebt ist auch erlaubt. Hg. von* Rolf Hochhuth. München: C. Bertelsmann, 1992

S. 193: Konrad von Würzburg, »Jârlanc wil diu linde«. Hochdeutsche Übertragung von Dr. Lothar Jahn (»Ach, es wird die Linde«). (Abdruck mit freundlicher Genehmigung des Autors, Quelle: www.minnesang.com.)

S. 220: Albrecht von Johannsdorf aus Passau, »Wie sich minne hebt«. Hochdeutsche Nachdichtung von Dr. Karl Simrock (»Wie sich Minne hebt«). Zitiert nach: Karl Simrock, R. L. Friedrichs: *Lieder der Minnesinger.* Elberfeld: 1857.

S. 231, 331 und 433f.: Anonymer Verfasser, »Der walt in grüener varwe stât«. Hochdeutsche Nachdichtung von Ulrich Joosten (»Grün gefärbt ist schon der Wald«). Quelle des Originals: *Anthology of Medieval German Literature. Synoptically Arranged with Contemporary Translations.* Hg. von Albert K. Wimmer. 3., veränderte Aufl. Notre Dame, Ind.: 1998. (Abdruck mit freundlicher Genehmigung von Prof. Dr. Albert K. Wimmer.)

S. 282: Anonymer Verfasser, »Stetit puella rufa tunica«. Zitiert nach: *Anthology of Medieval German Literature. Synoptically Arranged with Contemporary Translations.* Hg. von Albert K. Wimmer. 3., veränderte Aufl. Notre Dame, Ind.: 1998. (Abdruck mit freundlicher Genehmigung von Prof. Dr. Albert K. Wimmer.)

S. 282: Anonymer Verfasser, »Stetit puella rufa tunica«. Hochdeutsche Nachdichtung von Ulrich Joosten (»Es stand ein Mägdelein im roten Hemdelein«).

S. 283: Anonymer Verfasser, »Verschwiegene Minne – die ist gut« („Tougen minne diu ist guot"). Verfasser Original und Übertragung unbekannt. Original zitiert nach*: Anthology of Medieval German Literature. Synoptically Arranged with Contemporary Translations.* Hg. von Albert K. Wimmer. 3., veränderte Aufl. Notre Dame, Ind.: 1998. (Abdruck mit freundlicher Genehmigung von Prof. Dr. Albert K. Wimmer.)

S. 345: Francesco Petrarca, »Quand'io movo i sospiri a chiamar voi«. Hochdeutsche Übertragung von Leo Graf Lanckorowski (»Und plötzlich werden meine Seufzer laut«) in: *Sonette an Madonna Laura (Italienisch/Deutsch).* Stuttgart: Reclam, 1956. (Abdruck mit freundlicher Genehmigung des Reclam-Verlags.)

S. 385: Francesco Petrarca, »Erano i capei d'oro a l'Aura sparsi«. Hochdeutsche Übertragung von Karl August Förster. (»Zerstreut im Wind die goldnen Locken waren«). (Quelle: www.deutsche-liebeslyrik.de, mit Dank an Irene Stasch.)

S. 429: Heinrich Isaac, „Innsbruck, ich muss dich lassen". Zitiert nach: *Der Zupfgeigenhansl.* Hg. von Hans Breuer unter Mitwirkung vieler Wandervögel, mit Gitarrenbegleitung von H. Scherrer. Mainz: B. Schott's Söhne, 1914.

S. 431: Anonymer Verfasser, »A l'entrada del temps clar«. (Quelle: www.lyrics-und-ubersetzungen.com)

S. 432: Anonymer Verfasser, »A l'entrada del temps clar«. Hochdeutsche Übertragung von Ulrich Joosten (»Kommt der Frühling warm und klar«).

S. 485: Francesco Petrarca, »Voi, ch'ascoltate in rime sparse il suono«. Hochdeutsche Übertragung von Leo Graf Lanckorowski (»Zu euch, ihr Freunde, flattern diese Lieder«) in: *Sonette an Madonna Laura (Italienisch/Deutsch).* Stuttgart: Reclam, 1956. (Abdruck mit freundlicher Genehmigung des Reclam-Verlags.)

Alle Quellenangaben nach bestem Wissen und Gewissen. Liedtexte, die nicht genannt werden, sind traditionellen Ursprungs oder stammen vom Verfasser.

Danksagung

Als ich diesen Roman begann, musste ich feststellen, dass es ein riesiger Unterschied ist, ob man einfach ein wildes Knäuel Fabelgarn spinnt oder aber versucht, seine Fantasien in wohlgesetzten Worten zu Papier zu bringen. Ein solch irrwitziges Unterfangen kann nur mit Unterstützung einer Reihe wohlmeinender Zeitgenossen gelingen. Dass *Der Weg des Spielmanns* schließlich tatsächlich sein Ziel zwischen zwei Buchdeckeln erreichte, verdanke ich vor allem den folgenden Menschen, denen mein ganz besonderer Dank gilt.

An erster Stelle steht Doris Joosten, beste Freundin, Gefährtin und Ehefrau, die mich jederzeit mit liebevoller Geduld unterstützt und so manches Mal ihre eigenen Bedürfnisse hintan gestellt hat, damit ich die Mär erzählen konnte. Ihr verdanke ich alles und noch viel mehr!

Manfred Steinke und Hedwig Henschel waren die Ersten, die von meiner Idee zu diesem Buch erfuhren. Ohne ihren Zuspruch nach der Lektüre der ersten beiden Kapitel wäre es nie vollendet worden. Hedwigs Begeisterung, aber auch ihr akribisches Lektorat sowie ihr detektivischer Spürsinn für Ungereimtheiten und Anachronismen trugen enorm zum Gelingen des Unternehmens bei.

Als zweiter Korrektor hat Ingo Nordhofen wesentlich dazu beigetragen, das Manuskript zur Druckreife zu bringen. Seine wertvollen Anmerkungen halfen, grammatikalische und stilistische Trutzburgen zu schleifen. Dabei wurde er nicht nur seinem legendären Ruf als „Bindestrichterminator" gerecht, er hat auch meinen Liedtextübertragungen den letzten Schliff gegeben. Sollten sich dennoch Fehler eingeschlichen haben, liegt das einzig und allein an mir.

Großen Dank schulde ich auch Gabriele Haefs, die stets an mein Buch geglaubt hat und daran, dass es gedruckt würde. Sie hat ein großes Herz und stand mir zu jeder Tages- und Nachtzeit mit einem offenen Ohr, gutem Rat und noch besserer Tat zur Seite. Ohne ihre Hilfe läge das Manuskript sicher noch unveröffentlicht in meiner Schreibtischschublade.

Weitere »Dankeschöns« gehen an Mike Kamp für jahrzehntelange Freundschaft; an Gabriele Nawa und Stefan Backes als Orthografieschiedsrichter; an Volker Heidemann, Bruno Grimbach, Erika Brügger, Mathias Götze-Wittschier, Christine Hellweg, Thomas Helmchen, Nils Schröder und Ralf Mrazek für die Musik; an meine Familie für ihre Unterstützung; an die vielen Musikerinnen und Musiker, die mir im Laufe der Jahrzehnte ihre Freundschaft entgegengebracht haben; an Tom Kannmacher dafür, dass ich bei ihm erstmals eine Drehleier zu sehen und vor allem zu hören bekam, und an die unvergessene Marianne Bröcker für ihre Freundschaft und viele denkwürdige Gespräche.

Zu guter Letzt gilt mein Dank Christian Ludwig, der nicht gezögert hat, meine Geschichte in seinem Verlag zu veröffentlichen, in dem auch das *irland journal* und die Musikzeitschrift *Folker* beheimatet sind.

Dormagen, im November 2013
Ulrich Joosten

Förderer

Ein besonderer Dank geht an all jene netten Menschen, die den *Weg des Spielmanns* durch Vorbestellung unterstützt haben:

Jens Kommnick
Frank Heinen
Sabine Rick
Jan Hermens
Stéphane Johann
Mathilde Kriebs
Sabine Henrich und
Holger Zur
Vera Blankenheim
Karl-Theo Müller
Grit und Carsten Berndt Caspers
Wolfgang Zellerhoff
Uschi Niemann
Detlef Richter
Gertrud und Jürgen Giese
Antonia Fuchs
Beate und Jörg Fillmann
Claudia Berrisch
Maria und Martin Giese
Sandra und Eric Giese
Markus Polland
Nele Schorn
Rita Kötz
Roswitha Strauß
Christine Hellweg
Heike Morbach und
Rudolf Köpper
Manfred Steinke
Gabriele Nawa
Frank Baier
Hedi Ottersky
Christa Muths
Petra Schenk-Schmiedel und
Michael A. Schmiedel
Delf M. Hohmann
Julia Düpont und
Christian Katers
Bärbel und Bruno Grimbach
Hubert Arnold
Karl-Heinz Herbst
Stefan Backes
Gabriele Haefs
Michael Dorp
Sabine Froese
Ulrich Wehpke
Mathias Götze-Wittschier
Silvia Mai
Nils Schröder